清华大学优秀博士学位论文丛书

北宋表启研究

张正（Zhang Zheng） 著

The Study About Biao and Qi of Northern Song Dynasty

清华大学出版社
北京

内 容 简 介

北宋四六文长期以来较少受到研究者的关注,这对于全面了解、认识北宋文学的整体风貌而言,无疑是一种缺憾。在北宋四六文所进及的众多文类中,表、启是彼时文士使用频率最高,作品数量最多,亦最能反映宋四六之创作技法与基本风格的两种体裁,本书特选择此二体作为重点研究对象,试图通过对其历史传承、写法特色、发展脉络及后世影响等问题的探讨,全方位展现北宋四六文绚丽多彩的艺术魅力,并确立其在中国古代骈文史上所应有的地位。

版权所有,侵权必究。举报: 010-62782989, beiqinquan@tup.tsinghua.edu.cn。

图书在版编目(CIP)数据

北宋表启研究/张正著. —北京:清华大学出版社,2022.11
(清华大学优秀博士学位论文丛书)
ISBN 978-7-302-62001-3

Ⅰ.①北… Ⅱ.①张… Ⅲ.①中国文学－古典文学研究－北宋 Ⅳ.①I206.441

中国版本图书馆 CIP 数据核字(2022)第 187035 号

责任编辑:梁　斐
封面设计:傅瑞学
责任校对:赵丽敏
责任印制:朱雨萌

出版发行:清华大学出版社
　　　　网　　址:http://www.tup.com.cn, http://www.wqbook.com
　　　　地　　址:北京清华大学学研大厦 A 座　　邮　　编:100084
　　　　社 总 机:010-83470000　　邮　　购:010-62786544
　　　　投稿与读者服务:010-62776969, c-service@tup.tsinghua.edu.cn
　　　　质量反馈:010-62772015, zhiliang@tup.tsinghua.edu.cn
印 装 者:三河市东方印刷有限公司
经　　销:全国新华书店
开　　本:155mm×235mm　　印　张:23.5　　字　数:393 千字
版　　次:2022 年 12 月第 1 版　　印　次:2022 年 12 月第 1 次印刷
定　　价:129.00 元

产品编号:096740-01

一流博士生教育
体现一流大学人才培养的高度（代丛书序）①

人才培养是大学的根本任务。只有培养出一流人才的高校,才能够成为世界一流大学。本科教育是培养一流人才最重要的基础,是一流大学的底色,体现了学校的传统和特色。博士生教育是学历教育的最高层次,体现出一所大学人才培养的高度,代表着一个国家的人才培养水平。清华大学正在全面推进综合改革,深化教育教学改革,探索建立完善的博士生选拔培养机制,不断提升博士生培养质量。

学术精神的培养是博士生教育的根本

学术精神是大学精神的重要组成部分,是学者与学术群体在学术活动中坚守的价值准则。大学对学术精神的追求,反映了一所大学对学术的重视、对真理的热爱和对功利性目标的摒弃。博士生教育要培养有志于追求学术的人,其根本在于学术精神的培养。

无论古今中外,博士这一称号都和学问、学术紧密联系在一起,和知识探索密切相关。我国的博士一词起源于2000多年前的战国时期,是一种学官名。博士任职者负责保管文献档案、编撰著述,须知识渊博并负有传授学问的职责。东汉学者应劭在《汉官仪》中写道:"博者,通博古今;士者,辩于然否。"后来,人们逐渐把精通某种职业的专门人才称为博士。博士作为一种学位,最早产生于12世纪,最初它是加入教师行会的一种资格证书。19世纪初,德国柏林大学成立,其哲学院取代了以往神学院在大学中的地位,在大学发展的历史上首次产生了由哲学院授予的哲学博士学位,并赋予了哲学博士深层次的教育内涵,即推崇学术自由、创造新知识。哲学博士的设立标志着现代博士生教育的开端,博士则被定义为独立从事学术研究、具备创造新知识能力的人,是学术精神的传承者和光大者。

---

① 本文首发于《光明日报》,2017年12月5日。

博士生学习期间是培养学术精神最重要的阶段。博士生需要接受严谨的学术训练，开展深入的学术研究，并通过发表学术论文、参与学术活动及博士论文答辩等环节，证明自身的学术能力。更重要的是，博士生要培养学术志趣，把对学术的热爱融入生命之中，把捍卫真理作为毕生的追求。博士生更要学会如何面对干扰和诱惑，远离功利，保持安静、从容的心态。学术精神，特别是其中所蕴含的科学理性精神、学术奉献精神，不仅对博士生未来的学术事业至关重要，对博士生一生的发展都大有裨益。

独创性和批判性思维是博士生最重要的素质

博士生需要具备很多素质，包括逻辑推理、言语表达、沟通协作等，但是最重要的素质是独创性和批判性思维。

学术重视传承，但更看重突破和创新。博士生作为学术事业的后备力量，要立志于追求独创性。独创意味着独立和创造，没有独立精神，往往很难产生创造性的成果。1929年6月3日，在清华大学国学院导师王国维逝世二周年之际，国学院师生为纪念这位杰出的学者，募款修造"海宁王静安先生纪念碑"，同为国学院导师的陈寅恪先生撰写了碑铭，其中写道："先生之著述，或有时而不章；先生之学说，或有时而可商；惟此独立之精神，自由之思想，历千万祀，与天壤而同久，共三光而永光。"这是对于一位学者的极高评价。中国著名的史学家、文学家司马迁所讲的"究天人之际，通古今之变，成一家之言"也是强调要在古今贯通中形成自己独立的见解，并努力达到新的高度。博士生应该以"独立之精神、自由之思想"来要求自己，不断创造新的学术成果。

诺贝尔物理学奖获得者杨振宁先生曾在20世纪80年代初对到访纽约州立大学石溪分校的90多名中国学生、学者提出："独创性是科学工作者最重要的素质。"杨先生主张做研究的人一定要有独创的精神、独到的见解和独立研究的能力。在科技如此发达的今天，学术上的独创性变得越来越难，也愈加珍贵和重要。博士生要树立敢为天下先的志向，在独创性上下功夫，勇于挑战最前沿的科学问题。

批判性思维是一种遵循逻辑规则、不断质疑和反省的思维方式，具有批判性思维的人勇于挑战自己，敢于挑战权威。批判性思维的缺乏往往被认为是中国学生特有的弱项，也是我们在博士生培养方面存在的一个普遍问题。2001年，美国卡内基基金会开展了一项"卡内基博士生教育创新计划"，针对博士生教育进行调研，并发布了研究报告。该报告指出：在美国和欧洲，培养学生保持批判而质疑的眼光看待自己、同行和导师的观点同样非常不容易，批判性思维的培养必须成为博士生培养项目的组成部分。

对于博士生而言，批判性思维的养成要从如何面对权威开始。为了鼓励学生质疑学术权威、挑战现有学术范式，培养学生的挑战精神和创新能力，清华大学在2013年发起"巅峰对话"，由学生自主邀请各学科领域具有国际影响力的学术大师与清华学生同台对话。该活动迄今已经举办了21期，先后邀请17位诺贝尔奖、3位图灵奖、1位菲尔兹奖获得者参与对话。诺贝尔化学奖得主巴里·夏普莱斯（Barry Sharpless）在2013年11月来清华参加"巅峰对话"时，对于清华学生的质疑精神印象深刻。他在接受媒体采访时谈道："清华的学生无所畏惧，请原谅我的措辞，但他们真的很有胆量。"这是我听到的对清华学生的最高评价，博士生就应该具备这样的勇气和能力。培养批判性思维更难的一层是要有勇气不断否定自己，有一种不断超越自己的精神。爱因斯坦说："在真理的认识方面，任何以权威自居的人，必将在上帝的嬉笑中垮台。"这句名言应该成为每一位从事学术研究的博士生的箴言。

提高博士生培养质量有赖于构建全方位的博士生教育体系

一流的博士生教育要有一流的教育理念，需要构建全方位的教育体系，把教育理念落实到博士生培养的各个环节中。

在博士生选拔方面，不能简单按考分录取，而是要侧重评价学术志趣和创新潜力。知识结构固然重要，但学术志趣和创新潜力更关键，考分不能完全反映学生的学术潜质。清华大学在经过多年试点探索的基础上，于2016年开始全面实行博士生招生"申请-审核"制，从原来的按照考试分数招收博士生，转变为按科研创新能力、专业学术潜质招收，并给予院系、学科、导师更大的自主权。《清华大学"申请-审核"制实施办法》明晰了导师和院系在考核、遴选和推荐上的权力和职责，同时确定了规范的流程及监管要求。

在博士生指导教师资格确认方面，不能论资排辈，要更看重教师的学术活力及研究工作的前沿性。博士生教育质量的提升关键在于教师，要让更多、更优秀的教师参与到博士生教育中来。清华大学从2009年开始探索将博士生导师评定权下放到各学位评定分委员会，允许评聘一部分优秀副教授担任博士生导师。近年来，学校在推进教师人事制度改革过程中，明确教研系列助理教授可以独立指导博士生，让富有创造活力的青年教师指导优秀的青年学生，师生相互促进、共同成长。

在促进博士生交流方面,要努力突破学科领域的界限,注重搭建跨学科的平台。跨学科交流是激发博士生学术创造力的重要途径,博士生要努力提升在交叉学科领域开展科研工作的能力。清华大学于2014年创办了"微沙龙"平台,同学们可以通过微信平台随时发布学术话题,寻觅学术伙伴。3年来,博士生参与和发起"微沙龙"12 000多场,参与博士生达38 000多人次。"微沙龙"促进了不同学科学生之间的思想碰撞,激发了同学们的学术志趣。清华于2002年创办了博士生论坛,论坛由同学自己组织,师生共同参与。博士生论坛持续举办了500期,开展了18 000多场学术报告,切实起到了师生互动、教学相长、学科交融、促进交流的作用。学校积极资助博士生到世界一流大学开展交流与合作研究,超过60%的博士生有海外访学经历。清华于2011年设立了发展中国家博士生项目,鼓励学生到发展中国家亲身体验和调研,在全球化背景下研究发展中国家的各类问题。

在博士学位评定方面,权力要进一步下放,学术判断应该由各领域的学者来负责。院系二级学术单位应该在评定博士论文水平上拥有更多的权力,也应担负更多的责任。清华大学从2015年开始把学位论文的评审职责授权给各学位评定分委员会,学位论文质量和学位评审过程主要由各学位分委员会进行把关,校学位委员会负责学位管理整体工作,负责制度建设和争议事项处理。

全面提高人才培养能力是建设世界一流大学的核心。博士生培养质量的提升是大学办学质量提升的重要标志。我们要高度重视、充分发挥博士生教育的战略性、引领性作用,面向世界、勇于进取,树立自信、保持特色,不断推动一流大学的人才培养迈向新的高度。

邱勇

清华大学校长

2017年12月5日

丛书序二

以学术型人才培养为主的博士生教育,肩负着培养具有国际竞争力的高层次学术创新人才的重任,是国家发展战略的重要组成部分,是清华大学人才培养的重中之重。

作为首批设立研究生院的高校,清华大学自20世纪80年代初开始,立足国家和社会需要,结合校内实际情况,不断推动博士生教育改革。为了提供适宜博士生成长的学术环境,我校一方面不断地营造浓厚的学术氛围,一方面大力推动培养模式创新探索。我校从多年前就已开始运行一系列博士生培养专项基金和特色项目,激励博士生潜心学术、锐意创新,拓宽博士生的国际视野,倡导跨学科研究与交流,不断提升博士生培养质量。

博士生是最具创造力的学术研究新生力量,思维活跃,求真求实。他们在导师的指导下进入本领域研究前沿,吸取本领域最新的研究成果,拓宽人类的认知边界,不断取得创新性成果。这套优秀博士学位论文丛书,不仅是我校博士生研究工作前沿成果的体现,也是我校博士生学术精神传承和光大的体现。

这套丛书的每一篇论文均来自学校新近每年评选的校级优秀博士学位论文。为了鼓励创新,激励优秀的博士生脱颖而出,同时激励导师悉心指导,我校评选校级优秀博士学位论文已有20多年。评选出的优秀博士学位论文代表了我校各学科最优秀的博士学位论文的水平。为了传播优秀的博士学位论文成果,更好地推动学术交流与学科建设,促进博士生未来发展和成长,清华大学研究生院与清华大学出版社合作出版这些优秀的博士学位论文。

感谢清华大学出版社,悉心地为每位作者提供专业、细致的写作和出版指导,使这些博士论文以专著方式呈现在读者面前,促进了这些最新的优秀研究成果的快速广泛传播。相信本套丛书的出版可以为国内外各相关领域或交叉领域的在读研究生和科研人员提供有益的参考,为相关学科领域的发展和优秀科研成果的转化起到积极的推动作用。

感谢丛书作者的导师们。这些优秀的博士学位论文，从选题、研究到成文，离不开导师的精心指导。我校优秀的师生导学传统，成就了一项项优秀的研究成果，成就了一大批青年学者，也成就了清华的学术研究。感谢导师们为每篇论文精心撰写序言，帮助读者更好地理解论文。

感谢丛书的作者们。他们优秀的学术成果，连同鲜活的思想、创新的精神、严谨的学风，都为致力于学术研究的后来者树立了榜样。他们本着精益求精的精神，对论文进行了细致的修改完善，使之在具备科学性、前沿性的同时，更具系统性和可读性。

这套丛书涵盖清华众多学科，从论文的选题能够感受到作者们积极参与国家重大战略、社会发展问题、新兴产业创新等的研究热情，能够感受到作者们的国际视野和人文情怀。相信这些年轻作者们勇于承担学术创新重任的社会责任感能够感染和带动越来越多的博士生，将论文书写在祖国的大地上。

祝愿丛书的作者们、读者们和所有从事学术研究的同行们在未来的道路上坚持梦想，百折不挠！在服务国家、奉献社会和造福人类的事业中不断创新，做新时代的引领者。

相信每一位读者在阅读这一本本学术著作的时候，在吸取学术创新成果、享受学术之美的同时，能够将其中所蕴含的科学理性精神和学术奉献精神传播和发扬出去。

清华大学研究生院院长

2018年1月5日

前　言

　　在北宋四六文所涉及的众多文类中，表、启是彼时文士使用频率最高，作品数量最多，亦最能反映宋四六之创作技法与整体风格的两种体裁，故本书特选择此二体作为重点研究对象，试图通过对其历史传承、写法特色、发展脉络及后世影响等问题的探讨，全方位展现北宋四六文丰富多彩的艺术面貌。

　　表启二体在入宋之前即已经历了漫长的发展过程，亦积累了丰富的创作经验。两汉至五代的表启作品在题材、技法、风格等方面，皆对北宋表启的创作及发展产生了明显的影响。而"以成句为对仗"是唐代律赋最具特色的写作技法之一，其对于北宋作家在撰写表启时使用类似技巧，亦有着一定的借鉴意义。

　　北宋表文以庆贺、陈谢二类为主，整体风格较为晓畅流利。彼时作家多在继承、接受前辈作品，并进行一定程度调整与修正的同时，将自己的艺术理念付诸实践。如前期表文的"复古"倾向，中期表文的骈散互融，后期表文对"全文长句"的使用以及末期表文的"模式化"等，皆是北宋表文在发展流变过程中所体现出的较为明显的阶段化特征。

　　北宋启文的使用频率明显高于唐代，几可同六朝相媲美。北宋前期贺、谢类启文在写法上讲求用典使事，而上启则多可见"古语切对"。与表文相似的是，北宋中期启文亦以骈散互融为主要特征。而北宋晚期作家多采择杜诗、韩文中的经典语句入启，这无疑在一定程度上丰富了四六文的"语料库"。

　　南宋文人对北宋表启的关注程度较高，摘引相关作品之"妙联警句"并分析其创作得失，是彼时"四六话"类著作及文人笔记中的常见内容。而以理学家为代表的一些有识之士则将欧阳修、苏轼等人自然流畅的章表书启视为四六文之理想典范，他们希望文士能够以此为参照，从而扭转四六写作中存在的不良风习。另外，南宋文章选本及四六类书亦大量选录北宋名家的表启作品，由于编者的文学好尚，以及这些选本、类书的编纂方针、目的等的不同,故其在择录作品时也各有侧重。

从整体上来看,相对于六朝及唐代,北宋四六表启具有较为明显的"古文化"特色。其纷繁多样的艺术面貌与灵活丰富的艺术技巧,很大程度上推动了中国古代骈文的发展进程,具有无可替代的文学与文化价值。

张　正

2021年7月

目 录

第1章 绪论 ··· 1
  1.1 研究对象与选题意义 ··· 1
  1.2 研究综述 ··· 5
  1.3 章节安排与各章主要内容 ·· 18

第2章 宋前表启及律赋创作对北宋表启的影响 ·················· 20
  2.1 两汉至五代表启创作对北宋表启的影响 ························ 20
    2.1.1 两汉至南朝表文创作对北宋表文的影响 ················ 22
    2.1.2 唐五代表文创作对北宋表文的影响 ······················ 34
    2.1.3 南朝至唐末启文创作对北宋启文的影响 ················ 62
  2.2 唐代律赋"好用成句"之特征及其对北宋表启的影响 ········ 75
    2.2.1 初、盛唐律赋中的成句对 ···································· 76
    2.2.2 中唐律赋中的长成句与"全经对" ························ 79
    2.2.3 晚唐律赋中渐近自然的成句对 ····························· 85

第3章 北宋表文研究 ··· 91
  3.1 北宋前期表文的"复古"倾向 ······································· 95
    3.1.1 宋初古文家表文之"以古改骈" ···························· 95
    3.1.2 昆体作家表文之"引古入骈" ····························· 105
    3.1.3 后昆体作家表文之"用《选》作骈" ······················ 119
  3.2 北宋中期表文的骈散互融 ··· 130
    3.2.1 范仲淹之"以奏疏为章表" ································ 133
    3.2.2 欧阳修之"以文体为四六" ································ 142
    3.2.3 "指事造实"的"白描"表文 ································ 153

3.3 北宋中期表文"古语切对"与"指事造实"的融合 …… 160
 3.3.1 "以古今传记佳语作四六"的元绛表文 …… 161
 3.3.2 "揖让于二宋之间"的王珪表文 …… 166
 3.3.3 "以经为本"的王安石表文 …… 169
3.4 苏轼章表与北宋后期表文之新变 …… 177
 3.4.1 苏轼表文之长联偶对与"以成语为长句" …… 178
 3.4.2 北宋后期表文以长联叙事论理之风的展开 …… 183
 3.4.3 "全文长句"在北宋后期表文中的流行 …… 187
3.5 北宋末期表文的"模式化" …… 194
 3.5.1 北宋末期表文的"词科习气" …… 195
 3.5.2 徽宗朝祥瑞表文的"类书化"写作 …… 202
 3.5.3 集北宋末期表文之大成的王安中表文 …… 209

第4章 北宋启文研究 …… 216
4.1 北宋前期启文中的事典与语典 …… 217
 4.1.1 北宋前期贺、谢类启文中的人物事典 …… 217
 4.1.2 北宋前期上启中的成句语典 …… 224
4.2 北宋中期启文的骈散互融 …… 229
 4.2.1 北宋中期启文骈散互融之风的出现与流行 …… 230
 4.2.2 北宋中期骈散互融之启文与事典、语典的结合 …… 244
4.3 北宋后期启文中的"杜诗韩笔" …… 254
 4.3.1 北宋后期启文中的杜诗 …… 256
 4.3.2 北宋后期启文中的韩文 …… 263

第5章 南宋文人对北宋表启的接受 …… 276
5.1 南宋文人眼中的北宋表启 …… 278
 5.1.1 南宋文人对北宋表启"妙联警句"的摘引与评论 …… 279
 5.1.2 南宋文人对四六文写作的反思及其对欧、苏表启的推崇 …… 294
5.2 南宋文章选本及四六类书中的北宋表启 …… 308
 5.2.1 《宋文鉴》对北宋表启的选录 …… 310

5.2.2 《圣宋名贤五百家播芳大全文粹》
　　　　　对北宋表启的选录……………………………… 315
　　5.2.3 南宋苏文选本对苏轼表启的选录……………… 325
　　5.2.4 南宋四六类书对北宋表启的选录……………… 328

第6章　结语 …………………………………………………… 340

参考文献 ………………………………………………………… 346

后记 ……………………………………………………………… 359

第1章 绪 论

1.1 研究对象与选题意义

陈寅恪于《论再生缘》中有言:"中国之文学与其他世界诸国之文学,不同之处甚多,其最特异之点,则为骈词俪语与音韵平仄之配合。就吾国数千年文学史言之,骈俪之文以六朝及赵宋一代为最佳。"[①]但与诗词、散文等体裁相比,宋四六一直是宋代文学研究领域内相对薄弱的环节,学者对于"上自朝廷命令、诏册,下而缙绅之间笺书、祝疏,无所不用"的四六文尚缺乏较为深入、系统的认识。北宋古文运动固然声势浩大,但四六文在彼时文人生活中更是无可替代,正如曾枣庄所指出的:"由于宋人例能四六,故宋人别集几乎都有四六文,一般占三分之一;有些宋人别集多数为四六文,甚至全为四六文,并以四六名集。宋人总集亦如此,吕祖谦所编《宋文鉴》一百五十卷,各种四六文约占文的三分之一,魏齐贤、叶棻合编的《圣宋名贤五百家播芳大全文粹》一百一十卷,四六文甚至占三分之二。面对如此大量的作品,文学史家怎能视而不见呢?"[②]

古文运动对宋代文学所产生的深刻影响众所周知,以往的文学史叙述惯于将宋代古文的辉煌成就与骈文的"萎靡不振"进行对比。实际上,文学创作上的骈散之争,并不存在绝对的"优胜劣汰",而往往是两种文体在既对立又融合的过程中,分别寻求适合自身发展的道路。面对散文的"优势冲击",宋代四六文依然在制诰表启等应用性文体中占据不可动摇的稳固地位,[③]更加难能可贵的是,在主动吸取散文气韵生动、流畅自然等长处后,宋

---

① 陈寅恪:《寒柳堂集》,上海:上海古籍出版社,1980年,第64页。另,为行文之便,本文在称呼相关学者时,皆省去"先生"二字,非不敬,特此说明。
② 曾枣庄:《论宋代的四六文》,《文学遗产》1995年第3期,第62页。
③ 正如柯敦伯所言:"自今日观之,宋之四六文不过占宋文学之一部分,而在当时,则官私文书之讲求典赡工致者必从事于此,不仅取便于宣读已也。"见柯敦伯:《宋文学史》,济南:山东画报出版社,2021年,第54页。

四六之整体风貌,已不复六朝骈文之繁缛富丽,而是以雅致灵动见长,为这一传统文类注入了新的活力。故宋代四六文在中国古代骈文发展史上的贡献与地位,理应得到充分的认识与肯定。

自中唐时期伊始,骈文的施用范围便主要集中于公文领域,这一发展趋势至宋代更为突出,南宋文人谢伋即径称四六为"应用"。[1] 实际上,宋人之所以选择用李商隐所创造的"四六"一词替代六朝及唐人所惯用的"今体"指称骈文,既是因为"四六"相比于"今体"确实更能够突出骈文的体貌特征,也是由于这一称呼更为符合当时的文学发展实际需求,[2]奚彤云即明确指出"北宋形成的'四六',是与古文互补,受到特殊分工的文体,在骈文中也是特别的种类"。[3] 所谓"特殊分工",即是指公文应用而言。

"四六"是对骈体应用文的概称,其所涵盖的具体文类较为多样。考李商隐文集中可称"四六"者,乃表、状、启三类;唐末五代《四六集》盛行,崔致远、李巨川、薛逢、田霖、樊景、郑准、白岩、关郎中、蹇蟠翁、邱光庭、殷文圭、宋齐邱等人皆有之,但全部佚失不存;北宋前期欧阳修、王禹偁、丁谓、夏竦、萧贯、元绛等人亦曾有《四六集》行世,[4]至今尚可得见者,仅有欧阳修之《表奏书启四六集》七卷。集中所涉文体,包括表、状、札子(骈体)、启四类,而表、启数量尤多于其他二类。至南宋以"四六"名集者更为常见,如《格斋四六》《橘山四六》《四六标准》《壶山四六》《南塘四六》《瞿轩四六》《巽斋四六》等,亦皆以表启作品为主。故就唐宋《四六集》的编纂情况来看,表、启二体实可称其中最为重要的体裁。

除《四六集》以外,宋人所著之《四六话》亦为后人提供了一些关于"四六"所涉文体的信息。王铚即于《四六话序》中提到:"世所谓笺题表启号为'四六'者,皆诗赋之苗裔也"。[5] 明确将表、笺、启等体视为"四六",而该书亦确多以评论表、启之写法优劣为主,兼及麻词、诰词、敕榜、青词、乐语等

---

[1] 谢伋:《四六谈麈序》,见王水照编:《历代文话》,上海:复旦大学出版社,2007年,第1册,第33页。
[2] 对这一问题的分析,可参莫山洪:《骈文学史论稿》,桂林:广西师范大学出版社,2017年,第97页。
[3] 奚彤云:《中国古代骈文批评史稿》,上海:华东师范大学出版社,2006年,第65页。
[4] 相关记载可参考郑樵:《通志·艺文略八·四六》,《通志二十略》,北京:中华书局,1995年,第1793页。另据谢伋《四六谈麈》所言:"唐李义山别为《四六集》,本朝欧阳公亦为别集,夏英公、元章简,书肆亦有小集。"可知夏竦、元绛亦有类似《四六集》者传世。谢伋:《四六谈麈》,见王水照编:《历代文话》,第1册,第35页。
[5] 王铚:《四六话》卷上,见王水照编:《历代文话》,第1册,第6页。

体,其他同类书籍如《四六谈麈》《容斋四六丛谈》及《云庄四六余话》等情况亦与之近似。值得一提的是,在这些著作中,均有少量对制诰等"王言之体"进行讨论的内容。北宋文人曾为翰林学士或知制诰者,多将任内依上意所作之文单独编录为《内制集》或《外制集》,以明此为代言之作,与其自撰之表、启等文有别。罗大经亦曾指出"王言之体"与"寻常四六"在风格上的差异:"制诰诏令,贵于典重温雅,深厚恻怛,与寻常四六不同。今以寻常四六手为之,往往褒称过实,或似启事谀词,雕刻求工,又如宾筵乐语,失王言之体矣"。① 据此可知王言制诰虽确多以骈四俪六之形式呈现,但其体裁性质与创作要求,同表状笺启等文实不可混为一谈。

另外,宋代尚有以四六文为主要收录对象的文章选本,其中名气最大,后世影响亦最广者,当推南宋魏齐贤、叶棻所编《圣宋名贤五百家播芳大全文粹》(后简称《播芳大全》)。该书"凡世用之文,靡所不备",且"骈体居十之六七"。全书共有文体三十三类,其中以偶俪成文者有表、启、四六札子、青词、释疏、祝文、婚书、乐语、劝农文、檄文露布、上梁文等十一类,而制诰等"王言体"则除汪藻十篇麻词为骈体外,余下所收王安石、孙觌等作则皆属散体,可见编者亦是以"寻常四六"为主要收录对象,而未将制诰王言归入其内。除《播芳大全》外,叶棻还曾独力编成四六专门类书《圣宋名贤四六丛珠》(后简称《四六丛珠》)一百卷。② 其所涉文类与《播芳大全》略有出入,包括表、启、式、内简、札子、画一禀目、长书、婚启、青词、释疏、祝文、乐语、劝农文、上梁文、挽词(含挽诗)、祭文等十六种,而"王言体"则全然未录。该书既以"四六"命名,故其文体设置在很大程度上当可代表时人对"四六"的普遍认识,也进一步印证了制诰诏册等"王言之体"与表状笺启等"寻常四六"难以等量齐观的事实。由于能够担任翰林学士、知制诰等职者皆乃一时文林之翘楚,人数有限,且诏令类文字遣词造句皆有严格的规范与限制,行文亦多存在"依样画葫芦"的"模式化"问题,而章表、书启等虽是应用公文,但内容、风格相对更为丰富、灵活,更有利于作者展示才学,表达思想感情,故"寻

---

① [宋]罗大经:《鹤林玉露》甲编卷四,北京:中华书局,1983年点校本,第59页。
② 刘炳辉于所撰《〈圣宋名贤五百家播芳大全文粹〉编纂再议》文中提出《播芳大全》编者为叶棻,《四六丛珠》编者为叶寘,二者并非一人。其立论的主要依据,即宋均于《播芳大全》跋文中谈到叶棻之甥王青香曾向其推介乃舅所编之《播芳大全》,但未尝提及《四六丛珠》,而吴奂然之《四六丛珠序》亦并未提及《播芳大全》,若二书同为一人所编,则不当出现这样的情况。刘文所指出的疑点确实值得关注思考,但因其并未进一步提供直接的文献证据,故本文现仍依从旧说,视二书同出叶棻之手。刘文见《宁夏师范学院学报》第42卷第2期,2021年,第12-15页。

常四六"较之"王言之体",显然更能展现宋四六的独特魅力。

北宋作家别集中的"寻常四六",主要包括章表、书启、状文、青词、祝文、乐语、上梁文等几类,①其中尤以表、启二体数量最多,亦最为通用。据《全宋文》所录作品统计,北宋表启文各约四千篇左右,而其余五体合计仅一千四百余篇,可见二者的数量优势极为明显,清人曹振镛于《宋四六选》目录后即称,宋四六中"唯表启最繁,家有数卷"。② 而从两宋四六应用的整体发展角度来看,北宋表启相比于南宋同类作品,亦有着更高的研究价值。首先,唐末五代应用类文体的实际功用与社会地位在当时政治环境的影响下得到了很大的提高,在写作风格上与晚唐骈文相比亦有明显的区别,以流畅平实为主,而不求精雕细琢,北宋表启在延续这一特点的基础上,通过融入前代典籍中的故事、词句,进而形成独具特色的艺术风格,很大程度上改变了六朝以来的骈文风貌,南宋及明清文人皆广受沾溉。因此,对北宋四六表启进行研究,实有助于深入理解中国古代骈体公文的发展流变。其次,相对于南宋,北宋时期不同阶段、不同作家的表启作品整体上呈现出更为显著的差异性,尤需仔细分辨,详加考察,但后世学者多将视线集中于欧、苏、王等少数几位大家,而忽略了一些名气略有不及,但在当时颇具影响的作家,且部分观点主要沿用前人笔记与四六话中的成说,未能结合具体作品深入探讨,相关问题仍有待进一步补充、完善。另外,虽然北宋表启的施用范围较为有限,但作品本身的艺术价值与文化内涵却是极为丰富的,通过对其进行研究,亦可加深今人对北宋文化、政治、思想等领域的认识,故本书特选择北宋表、启二体作为重点研究对象。

需要说明的是,有关表、启之名称、流变、格式、结构、用途等方面的问题,前此学者已进行了较为全面的分析与归纳。③ 表、启之创作历史颇为悠久,吴讷将表文的发展演变划分为汉晋、唐宋两个阶段,前者以陈情达事为

---

① 正如徐师曾所言:"状有二体,散文、俪语是也",北宋状文亦骈散兼存,如奏状、论状、议状、对状、辞免状等以散行者为主,而庆贺、谢恩、进物之状则多为骈体,故不可一概而论。徐师曾:《文体明辨序说》,北京:人民文学出版社,1998年点校本,第124页。

② 彭元瑞选,曹振镛编:《宋四六选》,新北:广文书局,1966年影印本,第1册,第10页。

③ 有关表文之名称、流变等问题,可参考易扬:《论"表"》,《长沙大学学报》(哲学社会科学版) 1998年第3期,第66-69页;马海毓:《宋代表文美学研究》,硕士学位论文,山东师范大学中文系, 2018年,第9-18页。有关启文之名称、流变等问题,可参考田小中:《启文述源》,《渝西学院学报》(社会科学版)第3卷第3期,2004年,第48-51页。有关宋代启文之格式、结构的说明,可参考高香兰:《宋代启文研究》,硕士学位论文,中山大学中文系,2006年,第25-34页。对表、启二体功能、用途的归纳,可参考谢朝栻:《中国古代公文书之流衍及范例》,台北:文史哲出版社,1986年,第169页。

主要功能,例以散语行文;后者则涉及庆贺、辞免、陈谢、进书、贡物等多种用途,惯用四六成篇。① 《播芳大全》则将宋代表文分为庆贺、起居、陈请、进文字、进贡、慰表、辞免、谢表、陈乞九类,而其中尤以贺、谢二类数量最多。陈绎曾即明确指出"贺表、谢表、进表皆用四六",虽然根据题材与用途的不同,作品的具体呈现形式亦往往存在些许差异,但北宋表文大体上皆包括破题、自述、颂德(颂圣)、述意等几个部分。② 而北宋启文亦以贺、谢二类为主,其基本结构与表文并无明显差别。③ 由于本文所涉及的作家大体上以活跃于北宋文坛者为主,如汪藻、孙觌、张守等一些身处两宋之际的四六文名家,虽然其写作风格于北宋时已略具雏形,但因其多数作品为南渡后所撰,故概不将其纳入讨论范围。此外,本文以一般公文应用领域的表启文为重点研究对象,对于一些虽以"表""启"命名,但结构、内容、写法及实际用途皆较为特殊的墓表、朱表、表本、塔表、婚启等体裁,亦不作分析。

1.2 研究综述

北宋表启既是公文,亦属骈文,但以古代公文为研究对象的著作却多未将此二体纳入讨论范围,而宋代骈文的研究者则往往将北宋表启视为宋四六的重要组成部分加以探讨,因此,下文所涉及的研究成果,亦是以古代骈文,特别是宋代骈文领域的研究论著为主。

现当代的骈文研究,明显呈现出"两头重、中间轻"的态势——学者对魏晋南北朝与清代的骈文体现出了较高的研究热情与关注度,而有关唐、宋、元、明诸代骈文之研究则不够充分。魏晋南北朝是中国古代骈文创作的发轫期,"四六始于徐庾"乃后人一致认可的观点,历代骈文作家多奉六朝为宗祖,其在中国古代骈文史上的地位与重要性的确无可置疑。而清代则属于骈文创作的另一高峰期,经过前此数代的艺术积淀,使得清代文人在写作骈文时拥有更多的参考资源与选择余地,他们对骈文的艺术特质、写作技法等,也有着颇为独到深入的理解,故清代之骈文创作,亦确可称百花齐放、名家辈出。

相比之下,宋代四六文,尤其是北宋四六文,长期以来并未得到足够的

---

① 吴讷:《文章辨体序说》,北京:人民文学出版社,1998年点校本,第37页。
② 陈绎曾:《文章欧冶(文筌)·四六附说》,见王水照编:《历代文话》,第2册,第1271页。
③ 陈绎曾:《文章欧冶(文筌)·四六附说》,见王水照编:《历代文话》,第2册,第1272页。

关注。北宋文人对偏重于应用层面的四六文本就不大重视,他们虽热衷于文学品评,但在王铚《四六话》等四六文专门评点类著作出现之前,文人笔记中只零星可见对时人四六之"妙联警句"的摘引,整体数量较少,且多仅限于艺术欣赏,而并未对技法、风格等相关问题进行分析,这与今人在评论文学创作时,同样不会将公文纳入讨论范围是一个道理。而自北宋晚期伊始,词科的设立使士人对四六文的关注程度有所提高,南宋文人笔记中与四六文有关的内容逐渐增多,专门讨论四六文风格流变、写作技巧与代表性作家的"四六话"类著作亦随之出现,在文章选本与类书中,四六文也占据了较高比重,这些无疑都是四六文"走向繁荣"的种种表现。但是,对创作技巧的深入钻研、精益求精,也在一定程度上导致当时一些文人的四六作品"模式化"程度严重,创新与活力不足,这甚至影响到了他们的非四六类诗文创作,而用来描述、批评这一问题的"词科习气"一词,也成为南宋文学批评话语中颇为常见的"流行词汇"①。可见四六写作虽然在南宋成为一种专门之学,但彼时文人对四六文的评价相比于北宋亦未有明显提高,部分理学家对此类"败坏士风"之作更可谓深恶痛绝。而宋人对本朝四六应用的态度,无疑也在很大程度上影响了学者的研究热情与兴趣。

即便如此,自民国迄今,学者针对宋代四六文及宋代表启的研究,亦已出现了一些水平优异、参考价值较高的论著,为进一步深入研究相关问题奠定了坚实的基础。而对这些论著进行梳理、回顾,实有助于今人在借鉴、吸收前贤已有成果的同时,发现尚待补充、完善之处。

20世纪初期,受日本学者影响,清末民国学人多投身于中国文学史的编写工作中,大量相关著作陆续出版,而部分作者亦将"宋四六"视为中国古代骈文发展史及宋代文学史的组成部分之一加以讨论。如林传甲即将中国古代骈文分为汉魏、六朝、唐、宋四体,而针对北宋四六,他认为"宋初杨亿、刘筠、钱唯演辈皆以李商隐为法也",杨亿之《驾幸河北起居表》可谓"有典有则",《贺刁秘阁启》则"词意爽洁,尤存古意",而"欧苏四六,皆以气行,晁无咎又以情胜"。② 所论虽简,但亦有可取。黄人于所著《中国文学史》中,将宋四六视为"两宋新文体"之一,称"唐骈文虽板重者多,而无死对句,亦参差

---

① 相关问题可参考管琴:《论南宋的"词科习气"及其批评》,《文学遗产》2017年第2期,第60—71页。
② 林传甲:《中国文学史》,见陈平原辑:《早期北大文学史讲义三种》,北京:北京大学出版社,2005年,第235页。

错落。宋人则多以剪裁成语为工,且整齐一式",①对唐宋骈文各自特征的概括亦较准确。其后作者又分体列举两宋四六之代表作,令读者自行参考。张德瀛在述及宋代文学史时,特设"两宋四六文"一节,指出宋四六"所从出之源","则陆敬舆其前驱也"。② 其后所举杨亿、晏殊、欧阳修、苏轼、汪藻、真德秀、陆游、岳飞诸家作品及评论之语,率皆由《四六话》《四六谈麈》等书中摘出。民国初年,王梦曾、朱希祖、吴梅等人在编写中国文学史之教材、讲义时,亦曾涉及两宋四六,诸家皆以欧阳修、王安石、苏轼为宋四六文格的奠定者,③而这种看法实可谓彼时学界之"共识"。

与此同时,一批介绍骈文发展历史,讨论骈文写作方法的专著亦先后问世,如谢无量《骈文指南》、金秬香《骈文概论》、瞿兑之《中国骈文概论》、刘麟生《骈文学》与《中国骈文史》、钱基博《骈文通义》以及蒋伯潜、蒋祖怡合著之《骈文与散文》等皆是。从内容上来看,谢、瞿、金三人的著作同属骈文通史类书籍,其中皆设有专章介绍宋代四六文,而他们对宋四六均可谓"无甚好感"。如谢无量即认为宋四六之用"弥滥而不精","然亦无长篇大制,高者尚不逮唐远甚,无论梁陈以上"。④ 金秬香以宋四六"于风之优游,比兴之假托,雅颂之雍容,皆不兼之矣",而"后世以魏晋骈文与宋四六同类并观,实未辨泾渭之言也"。⑤ 瞿兑之则称:"宋四六的好处,自然是清空质直而疏快,但是宋人只有一两联精警的句子,而没有整篇出色的大文章"。⑥ 唯谢无量尚对欧阳修、王安石、苏轼等北宋四六名家变革文风之功给予了肯定。⑦ 这些学者论骈体皆以六朝为宗,故对写法风格、艺术追求与之截然不同的宋四六评价较低。

相比之下,吕思勉、刘麟生、钱基博、蒋伯潜、蒋祖怡等学者对宋四六的

---

① 黄人:《中国文学史》,苏州:苏州大学出版社,2015年点校本,第249页。
② 张德瀛:《中国文学史》第四篇第七章,宣统元年(1909)广东法政学堂铅印本,第七九页b。
③ 王梦曾:《中国文学史》,见任慧编:《民国时期中国文学史著作廿七种》,北京:国家图书馆出版社,2015年,第1册,第71-72页。朱希祖:《中国文学史要略》,见陈平原辑:《早期北大文学史讲义三种》,第290页。吴梅:《中国文学史》(自唐迄清),见陈平原辑:《早期北大文学史讲义三种》,第467-468页。
④ 谢无量:《骈文指南》,《谢无量文集》第7卷,北京:中国人民大学出版社,2011年,第224页。
⑤ 金秬香:《骈文概论》,上海:商务印书馆,1933年,第110页。
⑥ 瞿兑之:《中国骈文概论》,上海:世界书局,1934年,第108页。
⑦ 谢氏曾云:"欧阳永叔之为四六,始变旧格,盖以古文之气势行之者也。王荆公偶有一二隽语。苏子瞻奇文络绎,抒写其胸中不合时宜者,颇有豪气。在北宋四六体初变以后,此数公最为杰出。"谢无量:《骈文指南》,《谢无量文集》第7卷,第226页。

看法显得更为客观,他们皆较为欣赏宋四六气脉生动、流畅自然之特点。吕氏之《宋代文学》虽并非骈文史专著,但他亦将"宋代之骈文"视为宋代文学的主要组成部分之一,并设专章加以讨论。他认为"宋代为散文盛行之世,斯时之骈文,名为与古文对立,而实不免于古文化。以宋代之骈文与宋代之古文较,则为骈文;以宋代之骈文与唐代之骈文较,则唐代之骈文,可谓骈文中之骈文,而宋代之骈文,可谓骈文中之散文矣"。从艺术层面来讲,这种"新型骈文"可谓得失参半:"气之生动,词之清新,虽极剪裁雕琢之功,仍有渐进自然之妙",此为其得;而"造句过长,渐失和谐之美;措语务巧,更无朴茂之风。驯至力求清新,流为纤仄,取径既下,气体弥卑",则是其短。① 以今日的眼光来看,其对宋四六之优劣特点的分析颇为精当,具有很高的参考价值。

刘麟生在《骈文学》中对宋四六以散行之气改变骈体传统风貌的"功绩"表示认可,指出"(骈文)古代作风,偏于浑厚和雅;后人之作,易流于工整板滞。唐人讲求声律,已不能免此,于是宋人文章,出之散文化及议论,遂有宋四六之名"。② 并云"四六有散行之气,唯宋人能之",而"虽有句过冗长,失其美趣者,为保留散行之气,固为绝好教训也"。③ 而在《中国骈文史》中,他进一步将宋四六之"特殊作风"归纳为散行气势、虚字以行气、用典而仍重气势、用成语以行气势、喜用长联及议论以使气六点,并比较唐宋骈文各自之长短:"唐文醇,而少创造之风格;宋文肆,而有犷悍迂腐之病"。④ 刘氏对宋四六写法特点的描述可称全面而准确,而其核心观点实与吕思勉视宋四六为"骈文中之散文"并无差别。此外,钱基博对宋四六艺术特征的看法亦与吕、刘二家近似,其以"宋人章奏,多法陆宣公奏议","利其朗畅,以为楷模,飞书驰檄,其体最宜","然有余于清劲,不足于茂懿",⑤精辟凝练,言简意赅。而蒋伯潜、蒋祖怡"宋代骈文的佳妙者,在乎散文化的骈文,其唯一特点即在自然"之语,⑥更可视为上述诸家观点的概括与总结。

许同莘的《公牍学史》,是为响应国民政府所推行的文书档案改革计划而写成的第一部系统研究我国数千年公牍演进过程及其规律的"公牍学"专著。该书对中国历代公牍文写作的特点及其发展脉络进行了通贯性的研

---

① 吕思勉:《宋代文学》,上海:商务印书馆,1929年,第31页。
② 刘麟生:《骈文学》,上海:商务印书馆,1934年,第26页。
③ 刘麟生:《骈文学》,第29-30页。
④ 刘麟生:《中国骈文史》,上海:东方出版社,1996年,第82-83页。
⑤ 钱基博:《骈文通义》,上海:上海古籍出版社,2012年,第112页。
⑥ 蒋伯潜、蒋祖怡:《散文与骈文》,上海:上海书店出版社,1997年,第63页。

究，在内容安排上采用较为习见的"以点代面"的方式，选取各个时期的代表性人物与相关作品进行分析。该书卷五专论宋代公牍文字，作者认为："骈偶之文，上自制诰，下至笺启，其用甚广，未尝废也。岂唯善为古文者能之，凡以文字进身者，殆无不能之。将材如宗留守，道学如朱晦翁，亦复兼工此体"，[1]明确指出四六文实乃宋代文人日常生活不可或缺的"必需品"之一，且认为宋四六具有"不重典实，而遣词婉曲，说理明通"的特点，[2]充分肯定了其文学价值。但由于表、启等宋代主要四六体裁至民国已不复用，故许氏所详考者，皆乃判词、榜文、札子、咨文等彼时仍在沿用之文书类别，这也在很大程度上限制了其论述的进一步展开。综上可见，民国时期学人对宋四六的研究概以品评、归纳为主，分析论证较为简略，严谨性略显不足，但部分观点时至今日仍有一定的参考价值。

到了二十世纪六七十年代，中国台湾学者对中国古代骈文表现出了较高的研究兴趣。张仁青作为台湾地区首屈一指的骈文研究大家，相关著述颇为丰硕，其《中国骈文发展史》对战国至清代各时期的骈文创作情况进行了较为详细的论述。该书第八章专论两宋骈文，开篇即以吕思勉之言概述宋四六之艺术特征与创作得失，其后则以体制狭隘、工于裁剪、喜用长联、格律谨严、长于议论、繁用成语六点涵盖宋四六之特色，[3]这些观点在其之后所著的《骈文学》中亦无明显变化。作者所谈及的北宋四六作家，以徐铉为始，以秦观为终，就范围而言，时至今日的相关研究亦多未能过之。谢鸿轩之《骈文衡论》亦是台湾地区较为知名的骈文研究著作，该书中编专论以个案研究的形式，对陆机、谢氏诸贤、刘勰、徐陵、庾信等魏晋六朝名家，以及初唐四杰、唐宋八大家之代表性骈文作品进行了评析，并简要介绍了每位作家的生平与写作风格。下编通论部分则首先引述《宋史·文苑传》、钱基博《骈文通义》、陈维崧《四六金针》以及刘麟生《骈文学》等前贤著作中对宋四六风格特色的概括之语，使读者能够对宋四六有一个整体性的认识，其后则以"人各一篇"的方式列举除欧、苏等六大家之外，徐铉、杨亿、宋祁、王珪、秦观、晁补之等北宋名家四六作品以证前说。[4]该书虽是以赏析为主，但因其所涉及的作家人数较多，故能相对全面地展现北宋四六文的整体样貌。而江菊松的《宋四六文研究》，则开启了针对宋代四六文的专题性研究。作者

---

[1] 许同莘：《公牍学史》，北京：档案出版社，1989年，第140页。
[2] 许同莘：《公牍学史》，第141页。
[3] 张仁青：《中国骈文发展史》，台北：文史哲出版社，2012年，第503-506页。
[4] 谢鸿轩：《骈文衡论》，新北：广文书局，1973年。

将宋代视为中国古代骈文发展的"革新"时期,并称"大抵宋人四六专以善用成句属对见长,而工致密丽之色,则无复存矣",①概括较为客观。而其对宋四六文体特色的归纳,则完全承袭刘麟生《骈文学》之论,第四、五两章所罗列的两宋四六文作者及作品,亦与《骈文衡论》基本相同,故该书原创性实有不足。整体而言,上述论著相较于民国学者的著作,内容更为丰富,所涵盖的作家与作品范围明显扩大,但并未得出令人耳目一新的结论,其研究方法以作品评析为主,主要内容则偏重于骈文艺术魅力与文化价值的发掘,而并未对宋四六各阶段之技法演进与风格流变等问题进行细致的研究,深度与创新性皆有所欠缺。

大陆学界于二十世纪七八十年代开始反思对骈体文"形式主义"的过度排斥,逐渐关注并着手研究骈文相关的问题,而这一时期的论著,多以魏晋南北朝骈文为主要研究对象,较少涉及宋四六。姜书阁的《骈文史论》作为新中国成立后第一部骈文通史类著作,对先秦至宋代之骈文皆有涉及。与谢无量、金秬香、瞿兑之等前辈类似,作者论骈文亦以六朝为上,而对宋四六评价较低,认为骈文至宋代已"濒临于衰亡的绝境","在两宋三百二十年间,文人学子对这僵如化石的四六文也不能毫无变革,这是必然的。但任何变革都必然把四六推向死亡的绝路,而不能使它重新繁荣,发出光辉",②故亦无"动力"与必要对宋代四六文相关的具体问题展开详细的论述。

相比之下,程千帆、吴新雷合著之《两宋文学史》则对宋四六给予了更为"公正"的评价,作者将宋四六的艺术特色归纳为注入散文气势少用故事而多用成语,在排偶中喜用长句,参以散文所擅长的议论,工于裁剪,语句较为朴实且多用虚字以行气五点,③相较刘麟生、张仁青之论更为细致而具体。此外,作者还对《四六话》《四六谈麈》《云庄四六余话》《词学指南》等讨论四六作法的专著,以及《四六丛珠》《宋四六选》等四六类书、选本进行了简单的介绍,并以徐铉、杨亿、夏竦、宋祁、晏殊、欧阳修、王珪、王安石、苏轼诸家之文为例,简要论述了北宋四六文的风格变迁。该书虽是一部两宋文学通史,但作者对宋四六的关注与了解程度,于此可见一斑。

于景祥的《唐宋骈文史》虽然在内容安排上以唐代骈文为主,但并未忽视宋四六的文学价值。④ 作者对宋代骈文特征的归纳与刘麟生、张仁青之

---

① 江菊松:《宋四六文研究》,台北:华正书局,1977年,第14页。
② 姜书阁:《骈文史论》,北京:人民文学出版社,1986年,第486页。
③ 程千帆、吴新雷:《两宋文学史》,上海:上海古籍出版社,1991年,第521-522页。
④ 于景祥:《唐宋骈文史》,沈阳:辽宁人民出版社,1991年。

论大同小异,而对宋四六代表性作家与作品则进行了较为全面的列举介绍,大体上可以反映出宋代骈文之基本风貌。其最为可取之处,即在于能够区分某位作家不同体裁作品之间的风格差异,而非"囫囵吞枣"一概而论,这种分体研究的方法值得借鉴。作者在其后所著之《中国骈文通史》中,又对《四六话》《四六谈麈》《云庄四六余话》及《词学指南》四部四六专书进行了介绍,而对宋代骈文特征的归纳及代表性作家作品的评述则与前著基本相同。① 这两部著作的开创意义无可置疑,只是以今天的眼光来看,其对北宋骈文风格流变过程的描述失之过简。

与之前相比,新世纪的宋四六研究论著在问题意识与研究方法上,皆有一定程度的进步与提高。施懿超的《宋四六论稿》是作者在其博士学位论文的基础上经修改、扩充而成的大陆地区最早的宋代四六文研究专著。② 该书上编专论欧阳修、王安石、苏轼、汪藻、李刘五位宋代四六文名家,下编则为"宋四六文献研究",对南宋至明代一些重要四六文总集、别集与专门类书的版本、内容等进行考察。作者在分析相关问题时,尤能注意到每位作家作品风格的多样性与复杂性,故所得出的结论相较前人更为具体、客观。此外,该书对四六文相关文献的研究梳理也较为翔实明晰,具有一定的参考价值。美中不足的是,作者更加偏重于文献方面的研究,故该书下编的"用力程度"明显过于上编,而上编的论述又只涉及五位大家,这就导致了一些重要作家的"缺席",在研究的广度上有所欠缺。

曹丽萍的《南宋骈文研究》、沙红兵的《唐宋八大家骈文研究》与施著同样是具有较高学术水平的宋代四六文研究专著。曹著摒弃了以"宋四六"为一个整体进行论述的常规做法,将"散体化"与"格律化"视为理解南宋四六文的"关键词",明确指出陆贽文风的流行与词科地位的提升在很大程度上影响了南宋四六文艺术风格的形成。③ 该书的最大特点在于作者的切入角度较有新意,如"理学家与四六创作"之类的问题前人即未尝论及,这充分体现出作者对南宋四六文相关问题思考之深入细致。沙著则选取唐宋八大家的骈文作为研究对象,意在重新审视"古文名家的骈文创作"问题。④ 作者在论及苏洵、曾巩、苏辙的骈文作品时,认为启、制诰、表状乃三家各自的"拿手"文类,这种分体研究的意识非常值得肯定。

---

① 于景祥:《中国骈文通史》,长春:吉林人民出版社,2002年。
② 施懿超:《宋四六论稿》,上海:上海古籍出版社,2005年。
③ 曹丽萍:《南宋骈文研究》,南昌:江西高校出版社,2009年。
④ 沙红兵:《唐宋八大家骈文研究》,北京:人民文学出版社,2008年。

曾枣庄于所著《宋文通论》第三编"宋代四六文通论"中,对诏、诰、制、册、表、启、乐语、上梁文等宋代四六文所涉及的体裁一一进行介绍,①列举部分代表性作家与作品,可以使读者对宋四六诸体的风格特征有一定的认识与了解。由于该书属于通论性著作而非专题研究,故论述过程略显简略,但其内容之丰富确足称道。

周剑之的《黼黻之美——宋代骈文的应用场域与书写方式》,②是新近出版的一部有关宋代四六文的研究专著,为作者在其博士后出站报告的基础上修订、完善而成。该书"围绕礼仪属性与身份意识的凸显,勾勒写作范式的积淀成型与流动变迁,由此探讨宋代骈文美学气质的转变",将"应用之文"与"才学之文"视为宋人对骈文的基本定位,从"实用"与"审美"两个角度出发,以书写者与接受者通过文本所形成的互动关系为考察重点,将王言制诏、表、启、上梁文等宋代常用的四六公文置于其原始创作场域,用"内部研究"与"外部研究"相结合的方式,通过对其体式、词汇、典故等元素的考察,揭示这些应用类文体在政治运行、构建士人网络及话语、价值体系过程中的作用。研究视角与方法颇为新颖,所得结论亦有一定的参考价值。唯因作者的重点关注对象并非作品本身,且借以立论的材料多为宋人笔记与四六话之成说,故并未过多涉及宋四六创作方面的问题。此外,该书附录所收《北宋表文嬗变轨迹述论》一文,将北宋表文划分为以杨亿、夏竦、二宋等人为代表的"词采派",以张咏、范仲淹、韩琦、苏舜钦等人为代表的"事功派"及以王禹偁、欧阳修为代表的"兼容派"三种类别,而将王安石、苏轼二家视为欧阳修的后继者。这种派别划分自然有一定的合理性,但难免存在"片面简化"的问题,且并未涉及北宋后期作家与作品。

在以宋四六为研究对象的单篇论文中,曾枣庄《论宋代的四六文》、王友胜《宋四六的文体特征与发展轨迹》、沈松勤《论宋体四六的功能与价值》、张兴武《唐宋"四六"渐变转型的艺术轨迹》及《北宋"四六"研究的三重思考》是其中较为重要的几篇。③ 曾文全面驳斥了前人有关宋四六的诸多"偏见",

---

① 曾枣庄:《宋文通论》,上海:上海人民出版社,2009年,第366—496页。
② 周剑之:《黼黻之美——宋代骈文的应用场域与书写方式》,北京:北京大学出版社,2021年。
③ 曾枣庄:《论宋代的四六文》,《文学遗产》1995年第3期,第60—69页。王友胜:《宋四六的文体特征与发展轨迹》,《中国文学研究》2004年第1期,第18—22页。沈松勤:《论宋体四六的功能与价值》,《文学遗产》2009年第5期,第25—33页。张兴武:《唐宋"四六"渐变转型的艺术轨迹》,《中华文史论丛》2012年第2期,第136—171页。张兴武:《北宋"四六"研究的三重思考》,《文学遗产》2015年第3期,第82—94页。

并且对宋四六的分期、风格与派别划分等问题均提出了自己的见解，对研究者颇有启发。王文对宋四六的名称由来、文体特征与发展脉络进行了较为全面的论述。沈文则以欧阳修为例，探讨了宋四六的散化特征，并分别论述了"代言体四六"纪事存史与"自言体四六"抒情言志的功能，对宋四六的文学价值给予了较高的评价。张兴武的两篇文章则重点关注五代至宋初骈文的嬗变轨迹，并对一些研究者"轻文本解读，重'四六话'成说"的学术惯性提出了批评与质疑。作者特别强调五代时期重要的骈文作家如罗隐、敬翔，以及由五代入宋的南方文士群体对宋初骈文风格的塑造，而这一点在以往的宋四六研究中确实没有得到足够的重视，需要进一步研究探讨。

另外值得一提的是，张兴武近作《宋金四六谱派源流考述》一文，[①]将北宋四六作家中对南宋及金代四六创作有较大影响者，按照时代先后归纳为六大体派：杨刘体（包括杨亿、刘筠、晏殊、宋绶、胡宿、李淑等人）、英公体（包括夏竦、宋祁、宋庠、王珪、元绛等人及金代数家）、欧公体（包括欧阳修及叶适、党怀英等南宋、金源诸家）、东坡体（包括北宋之苏轼、文彦博、张方平、曾巩、李纲，南宋之杨万里、翟汝文、王子俊及金代之赵秉文、王若虚等人）、荆公体（包括王安石、汪藻、赵汝谈等）及词科体（以孙觌、刘弇、周必大、吕祖谦等南宋名家为主）。依创作风格对宋代四六文进行谱系化归纳，在《四六话》类著作中已有先例。这种归纳的好处，在于能够为读者呈现出一幅较为清晰且有迹可循的骈文发展"图景"，但同样会产生一些无法回避的问题。首先，"体"本身就是一个内涵与外延皆较为复杂的概念，就张文所论，则至少涉及写作特征与艺术风格两个方面，但此二者又皆与"体裁"紧密相连，而各类文体的创作传统与艺术追求互有差异，实不可一概而论。其次，体派的核心组成是作家，而大部分作家的四六文亦并非自始至终保持一贯的风格，往往会随着时间的推移呈现出前后有别的不同面貌，而这也是在进行体派归纳时所不可忽视的关键因素。但不可否认的是，张文所提出并试图解决的问题具有很高的学术价值，该文无疑是近年来宋四六研究领域中的重要成果。

陶熠《从别调到主流——骈文"用成语"观念在宋代的成立》一文，通过具体作品的分析，探讨两宋四六文"用成语"这一代表性创作手法的流行与接受过程。[②] 文章选题具有一定的创新性与研究意义，部分观点亦颇堪参

---

① 张兴武：《宋金四六谱派源流考述》，《文学遗产》2019年第1期，第85-100页。
② 陶熠：《从别调到主流——骈文"用成语"观念在宋代的成立》，《文学遗产》2021年第3期，第65-77页。

考借鉴,但由于作者多以笔记、四六话中的成说佐证观点,且"视线"集中于北宋晚期,故在一定程度上影响了所得结论的客观性与准确性。例如,其称"北宋以前作家在骈文创作中使用全文成句的例证确乎极为有限",实则徐陵、庾信、杨炯、柳宗元、李商隐等作家惯于在骈文中使用成句,且唐人之律赋、判词亦不乏其例。另外,作者在描述"用成语"技法在北宋的发展演变时,仅以王安石、苏轼、王安中三位北宋中、晚期名家之作为例,而忽略了北宋初、中期王禹偁、杨亿、刘筠、欧阳修、王珪、元绛等作家在此过程中的"贡献"。盖若以"形成风潮"而论,宋初昆体作家之四六文皆"喜用古语",且其影响之深远,或更在徽宗朝作家之上。因此,作者所谓"用成语"写作骈文的现象"在徽宗朝形成了风潮"的判断,略显武断。

以宋代四六文(包括骈文)作为研究选题的硕、博士学位论文数量相对较少。浙江大学李海洁的《北宋"四六"艺术的传承与创变》是近期完成的一篇专门研究北宋四六文的博士论文。① 该文对北宋四六之渊源、宋初四六渐兴的现象以及馆阁文臣与古文家的四六创作等问题一一进行论述,作者善于将北宋的文化观念与时代意识,同创作主体的文学思想相联系,文中对晚唐律赋与四六之间的"互动",以及吴淑《事类赋》与宋初骈文复兴之关系的讨论尤为精彩。只是该文虽然以"北宋四六"为题,但在具体的章节设置及研究内容上,明显偏重于北宋早期以王禹偁、田锡、杨亿、夏竦等人为代表的作家群体,而对仁宗朝以后的大量作品却言之未详,略有"名实不副"之嫌。另外,作者在引用具体作品分析某位作家的四六文写作特点时,往往以律赋、奏议、书序等文为依据,但从严格意义上来讲,这些体裁皆非宋四六之代表性文类,这反映出作者对北宋四六的文体构成问题,并未给予足够的关注。

限于篇幅体量,以宋四六为选题的硕士学位论文多是针对某一作家的个案研究,与北宋四六相关者,概多以欧、曾、王等名家为主,如杨晓彪《欧阳修骈文研究》、熊仁珍《欧阳修四六文研究》、张力谦《曾巩骈文及其相关问题研究》、李斐《王安石骈文研究》等皆是此类。② 这些论文多是将制诰表启等各类骈文作品合而论之,对单一文类的分析则稍显单薄。肖林恒的《昆体四

---

① 李海洁:《北宋"四六"艺术的传承与创变》,博士学位论文,浙江大学中文系,2016年。
② 杨晓彪:《欧阳修骈文研究》,硕士学位论文,湖南师范大学中文系,2019年。熊仁珍:《欧阳修四六文研究》,硕士学位论文,湘潭大学中文系,2019年。张力谦:《曾巩骈文及其相关问题研究》,硕士学位论文,四川外国语大学中文系,2019年。李斐:《王安石骈文研究》,硕士学位论文,首都师范大学中文系,2009年。

六文研究》一文，①将关注重点集中于北宋初年昆体骈文作家群体及其相关作品，该文在材料收集与论证阐释等方面都体现出较高的水平，而其最为可取之处，即突破了以往论著中常见的"重要作家＋代表作品＋艺术风格"的研究模式，改为以文体为中心展开讨论，这也使得昆体四六的风格面貌能够以更加全面、具体的方式呈现出来。

如前所言，由于古代公文研究专著多未涉及表、启二体，故有关宋代表启的研究，概以单篇论文及学位论文为主。曾枣庄的《论宋启》是现可见最早对宋代启文进行专题性探讨的论文，②作者在文中对书启之异同，宋代启文的广泛适用性以及宋启风格之演变等问题进行了分析，并将直抒真性情、用典贴切、行文须得体视为宋代文人撰启之"准则"，对之后学者进一步研究宋代启文有一定的借鉴意义。因篇幅有限，该文仅谈及欧阳修、苏轼、孔平仲、文天祥等数位作家之启文，故其对两宋启文风格演变的归纳失之过简，忽略了较多的细节问题。作者另撰有《论宋代的"陈情"表》一文，③对宋代贺、谢、陈、乞等各体表文的写作风格与代表性作品进行了简单的介绍，指出"陈情"乃宋表的主要功能特征，亦是有得之见。

张海鸥《宋代谢表文化和谢表文体形态研究》一文首先对两汉至唐代谢表的发展过程进行了简要的论述，④随后即从"官制与谢表""科举与谢表""'四六话'与谢表"等方面探讨宋代的谢表文化，在文章最后的"文体形态"一节中，作者又以苏轼《密州谢上表》为例，对宋代谢表的基本结构进行了分析。该文所涉及的内容较为丰富，但论述略显简略，深度稍显不足。

杨芹《宋代谢表及其政治功能》一文着重突出谢表抒发心曲、表达看法的文体功能，⑤在作者看来，"以文字发言"是宋代士大夫参政议政的重要手段，而谢表作为一种文书载体，与当时的政治事件亦存在一定的联系。该文与前述周剑之《黼黻之美——宋代骈文的应用场域与书写方式》一书的研究视角有相近之处，亦较少涉及谢表文学创作层面的问题。

经检索查询，暂未见以宋代表启为选题的博士学位论文，而相关硕士学位论文数量亦较为有限。高香兰的《宋代启文研究》是现可见最早对宋代启

---

① 肖林恒：《昆体四六文研究》，硕士学位论文，江南大学中文系，2013年。
② 曾枣庄：《论宋启》，《文学遗产》2007年第1期，第47-57页。
③ 曾枣庄：《论宋代的"陈情"表》，见《文化、文学与文体》，上海：上海人民出版社，2011年，第337-352页。
④ 张海鸥：《宋代谢表文化和谢表文体形态研究》，《学术研究》2014年第5期，第145-151页。
⑤ 杨芹：《宋代谢表及其政治功能》，《中州学刊》2016年第10期，第126-130页。

文进行专题探讨的学位论文。① 该文首先梳理了启文的文体流变,指出宋代启文兼具公文、私函的文体性质,其后简要介绍了宋代启文的分类、格式、结构及语体特征,可以使读者对宋代启文有一个基本的了解,但并未对相关问题进行深入分析。

刘英楠的《苏轼表文研究》对苏轼表文的代表作依类进行了列举,② 所涉作品数量较多,但作者的分析较为简略,其对苏轼表文善用典故、长句、虚词等特色的概括与前人之论亦无显著差别。该文末章所论贾谊、陆贽对苏轼表文写作的影响,以及欧、王、苏三家表文之异同等问题,确具有一定的学术价值,但其在讨论苏轼表文的后世影响时,只以南宋作家为例,而忽视了北宋后期作家对苏轼表文写法的承袭。

沈滢的《北宋表类公文写作特点研究》是第一篇针对北宋表文进行专门研究的硕士学位论文。③ 该文第一章以《全宋文》为依据,对北宋表文的作家与作品数量进行了详细的统计,并对陈谢、庆贺、进献三类表文进行了简要的介绍。第二章则联系相关作品的内容与创作背景,探讨北宋表文的"情感性"与"说理性"。而在第三章,作者将北宋表文的语言特点归纳为简洁明畅、长句对偶、多用虚词、音韵和谐。该文所涉及的作品概以王禹偁、欧阳修、王安石、苏轼等大家名作为主,在作品"覆盖面"上实有欠缺,而其对北宋表文写法特点的归纳亦过于简单,与之前学者对宋四六风格特征的概括亦无明显的区别。

马海毓的《宋代表文美学研究》则从美学角度对宋代表文进行审视。④ 该文首章对表文的名称、源流及宋代表文的创作背景进行了梳理。次章讨论宋代表文的政治美学,作者对宋表中常见的一些词汇,如"君父""圣王""龙""伏""窃以""冕旒""宸衷""金铬""丝纶""睿旨"等进行列举,试图以此论证宋代表文中君臣形象的建构,实则这些词汇中的绝大多数,皆可于宋前典籍与文学作品中寻得,宋人只是继承、延续了前人的类似用法,而并未"独辟蹊径",故将这些材料视作宋代表文政治美学的体现,实略显牵强。该文末章从对仗、用典、音律三个角度分析宋代表文的形式美学,其所列举的作品数量较为有限,所得结论亦并无新颖之处。

---

① 高香兰:《宋代启文研究》,硕士学位论文,中山大学中文系,2006年。
② 刘英楠:《苏轼表文研究》,硕士学位论文,辽宁大学中文系,2011年。
③ 沈滢:《北宋表类公文写作特点研究》,硕士学位论文,湖南师范大学中文系,2013年。
④ 马海毓:《宋代表文美学研究》,硕士学位论文,山东师范大学中文系,2018年。

段志鹏的《宋代表文研究：以〈四六法海〉为中心》以王志坚《四六法海》所选录的宋代表文及其评点内容为依据,分析宋代表文的写作特点及风格流变。[①] 该文首先对宋代表文进行了文体辨析,随后即以部分代表性作家作品为例,对两宋表文之发展演变进行论述,并对《四六法海》选文之得失提出了自己的看法。该文的主要问题即在于过度"依赖"《四六法海》,《四六法海》无疑是中国古代骈文的经典选本,但该书对宋表作品的取舍,很大程度上体现出的是王志坚个人的文学观念及品味好恶,与宋代表文的实际发展情形有较大的差距,故仅以其所收录的作品分析相关问题,则难免存在疏漏不足之处,这也在很大程度上影响到了论文结论的全面性与准确性。

综观前此学者的相关论著,可知有关宋代四六文及宋代表启的研究,已经取得了一定的成果,但仅就"北宋表启"这一课题而言,在研究内容与方法上,仍然存在一些可以完善、提升的空间。首先,多数论著皆采取"以点代面"的方式,通过对欧阳修、王安石、苏轼等几位大家及其作品的分析得出相关结论,这些作家确实对宋代表启艺术风格的奠定与发展做出了极其重要的贡献,其作品亦足以代表这一时期表启写作的顶尖水平。但诸如夏竦、范仲淹、元绛、王珪等人,亦皆乃彼时公认的四六名家,他们的作品不仅具有较高的艺术价值,同时也是北宋四六表启风格演进过程中不可缺少的重要环节,理应进入研究者的"视线"之内。因此,研究范围的扩大势在必行。其次,几乎所有论著皆将北宋四六文的"研究时段"限定在宋初至元祐年间,而未尝涉及北宋晚期的相关作品。实际上,词科的设立对宋四六的影响不仅限于南渡之后,在其创始阶段即已可见端倪。彼时文人四六表启之写作技巧相比前辈更加成熟,但作品内容却显得单调空疏,缺乏真情实感的表达流露,而这些问题至南宋时仍然存在。故对这一时期的相关作品进行研究,既能够填补北宋表启文整体发展"图景"中长期缺失的部分,也有利于深入理解南宋之表启写作。另外,南宋文人对北宋表启的接受,亦是之前的研究较少涉及的问题。不可否认的是,后人借以了解北宋四六文风格流变、创作技法、代表性作家与经典作品的相关"信息",大体上皆来源于南宋笔记、四六话、文章选本及四六类书,而这些材料的编撰者对北宋四六与表启创作的看法可谓同异互见,对一些作家的推崇也往往伴随着对另一些作家的排斥,经历了这样"你来我往""此消彼长"的过程,为后人所熟悉的北宋四六名家名作才得以逐步确立其历史地位,而对这一过程进行分析,当有助于今人从一

[①] 段志鹏:《宋代表文研究:以〈四六法海〉为中心》,硕士学位论文,辽宁大学中文系,2019年。

个全新的视角看待北宋表启与北宋四六文。

与拓展研究内容相比,改进研究方法显得更为重要。由于北宋作家的表启不仅相互之间存在风格差异,即便是同一位作家不同阶段的作品亦往往有所区别,故相对于"以人为本",以写法与风格变化为中心进行历时性研究,实更有利于展现北宋表启发展流变的全过程。此外,宋四六多"争胜负于一联一字之间","有句无篇"虽是一种批评,却也是对宋四六文体特征的客观描述,表启亦概莫能外。剪裁熔炼"故事成词",无疑是北宋表启最为重要的创作手法,选材、加工得当与否,在很大程度上直接决定了一篇作品的成败,而作家对句型与典语的不同选择,实即为作品风格差异的根源。因此,欲准确理解、把握北宋表启各种创作风格形成与发展的过程,则唯有深入到作品的句法层面进行考察,方能得出较为可信的结论。

1.3 章节安排与各章主要内容

本书共分6章,除首章绪言与末章结语外,其余4章分别从历史传承、风格流变与文学接受等方面对北宋表启二体进行研究。

第2章主要研究宋前表、启、律赋等体裁对北宋表启写作产生的影响。以往的文学史、骈文史在追述骈体文的发展进程时,往往倾向于展现各时段作品的差异,而忽略了前代作品对后代作家的影响。实际上,表启因其固有的公文属性,故在创作的"自由度"方面与诗、词等纯艺术类体裁相比远远不及,虽不可完全用"依样画葫芦"称之,但前人作品的技法、风格等确会在后人的作品中有所体现,因此,掌握宋前表启二体之发展流变,对于深入理解北宋表启风格的形成,具有十分重要的意义。此外,"好用成句"无疑是北宋表启最为突出的写法特征,虽然南朝至五代之表启中皆可见类似的写法,但以总体数量、使用频率及呈现方式而论,唐代律赋作者更是充分挖掘、展现了这种技法的丰富性与多样性。北宋四六表启中所出现的成句对仗,多可于唐代律赋中寻得"原型",故对唐代律赋以前人成句入文的现象进行讨论,实有助于加深对北宋表启"好用成句"之特征形成的理解。

第3章主要研究北宋表文的相关问题。北宋前期柳开、张咏、王禹偁等古文家以及杨亿、刘筠、夏竦、宋祁等昆体、后昆体作家皆致力于使四六文"复归古道",只是所采取的方式以及所呈现出的结果有所不同。而以范仲淹、欧阳修、韩琦、司马光等人为代表的北宋中期作家,则进一步打通了古、骈之间的界限,突破了骈体传统的四字、六字律令,使四六章表更具古文之意韵风貌,强化了其昭明心曲、指事造实的基本功能。其后元绛、王珪、王安石等作家则尝试将昆体四六之精雕细琢与欧阳修等人章表之平实畅达融为一炉,在保证陈情达意婉转流畅的基础上,充分展现剪裁熔炼的功力,提高了表文的艺术魅力。而苏轼则独辟蹊径,多以"大篇长句"行文,令四六章表之风貌焕然一新,其所惯用的以长联叙事论理及"以成语为长句"的写作技巧,皆为北宋后期的四六作家所继承。相比之下,北宋末期的章表题材略显单一,词科出身的文士在写作四六文时,体现出较为明显的标准化、模式化倾向,这也导致彼时之四六章表普遍存在重技术而轻内容的问题。

第4章主要研究北宋启文的相关问题。与表文相比,北宋启文在写作风格上显得更加精巧细丽,也更为讲求使事用典。具体来讲,北宋前期作家多在贺、谢类启文中使用人物事典,以古喻今;而在撰作上启文时则更习惯使用成句语典,展示才学。以欧阳修为代表的一批北宋中期作家则尝试以平实质朴的语句重塑启文的整体风貌,而苏洵、苏轼父子创造性地以策论之法撰作启文,极大改变了四六书启的基本样态。王安石、秦观、李昭玘诸家则在保证表情达意顺畅自然的同时,适当融入事典、语典,使启文既流畅雅健,又不失精妙别致。此外。北宋后期启文常可见化用杜诗、韩文经典篇目中的语句以入文者,这一现象的产生,与杜、韩二家在北宋时期无人能及的崇高地位有直接的关系,同时也体现出北宋后期四六"语料库"的内容日益丰富。

第5章主要研究南宋文人对北宋表启的接受。现存南宋笔记与四六话类著作中,多可见时人对北宋四六表启之"妙联警句"的摘引与评论。南宋文人作四六普遍以剪截古语、对仗工切为上,故对精于此道的北宋昆体名家及元绛、王珪、王安石、王安中等人较为推崇。而以理学家为代表的文人则对这种风习深恶痛疾,试图以流畅自然、不事雕琢的欧、苏表启为"榜样",力拯时弊。这两种针锋相对的看法,即是南宋文人在接受北宋表启的过程中所形成的"主流观点"。与之相关,后人所熟知的北宋表启经典作品,基本上未出《宋文鉴》《播芳大全》《四六丛珠》《圣宋千家名贤表启翰墨大全》(后简称《翰墨大全》)等南宋重要文章选本及四六类书的采择选录范围。虽然编纂者的身份、地位、文化素养、品味好恶及选文目的各有不同,但这些选本、类书中的相关内容,无疑皆是南宋文人对北宋表启接受情况的直接反映。

第 2 章　宋前表启及律赋创作对北宋表启的影响

北宋表启并非无源之水、无本之木,其技法、风格的形成与确立,皆得益于前人的创作实践。表启二体作为上行公文,在两汉至五代的发展过程中,其题材、结构、技法、风格等皆会随着所处时段的不同而发生一定程度的变化,作者在撰写表启时,或讲究雕琢辞句,或重视用典使事,或行文通顺畅达,或叙述委曲婉转,各不相同的选择也为后人留下了许多可资参照取法的宝贵遗产,即便是因"文辞卑弱""芜鄙荒陋"而被宋人视为"反面典型"的五代应用文,[①]实际上也对北宋表启的写作产生了一定的影响,故不可轻易忽略。值得一提的是,善用成句无疑是宋代四六表启最具代表性的写作技法,但是,其所用者乃"成句"而非"成词",即几乎原封不动地将原文中的四字及四字以上文句"搬运"到自己的表启之中,并作为对句的一部分加以使用,这和后人津津乐道的宋人集句成诗、集句成词的情况非常接近。而这一技法在六朝至五代表启,特别是唐代律赋中皆有所体现,故同样值得进行分析探讨。

2.1　两汉至五代表启创作对北宋表启的影响

汉魏之际,章表行文多不求对仗,但四字、六字句已是彼时作品中最为主要的句式,这充分验证了刘勰"若夫笔句无常,而字有条数,四字密而不促,六字格而非缓"的说法,且如班固《为第五伦荐谢夷吾表》这样能够较为灵活地使用四字、六字单句对以及四六隔句对的表文也已出现。同样值得注意的是,曹魏时期的部分章表还逐渐形成了以单句叙事、以隔对用典的创

[①] 如田况即称:"杨亿在两禁,变文章之体。……其它赋颂章奏,虽颇伤于雕摘,然五代以来芜鄙之气,由兹尽矣。"田况:《儒林公议》卷上,北京:中华书局,2017 年,第 6 页。又如费衮《梁溪漫志》在引用夏竦《辞免奉使启》之名对后云:"是时文章方扫除五代鄙陋之习,故此等语见称于时,自是而后,四六之工,盖十倍于此矣。"费衮:《梁溪漫志》卷六,上海:上海古籍出版社,1985 年,第 64 页。

作模式,而这种模式在北宋一些以复古为目标的作家之章表中犹可得见。相比之下,两晋表文的题材更为丰富,荐举、谢官、劝进等不一而足,且骈俪化程度亦有所提高,如刘琨《劝进表》一类以偶语陈情铺叙而能感人肺腑,不减诸葛亮《出师表》、李密《陈情表》等散体表文的作品亦令人印象深刻。入南朝后,江淹、萧纲、萧绎、徐陵、庾信等骈文大家依次登场、各展其能,他们的作品在遣词造句、用典使事等方面相较前人皆有明显的提高,从而奠定、确立了骈体章表的主流地位,一些结构严谨、句法灵活的表文,更是为后人提供了优质的参考模板。

入唐之后,表文写作呈现多样化的发展趋势,铺陈华藻的骈俪之作与上谏论事的散体章表并存。初唐王勃、杨炯、骆宾王、李峤、崔融等人步遵徐庾遗轨,所撰章表以雕琢辞句、对仗精切见长。陈子昂、宋之问、张说之表文则显得更加平实质朴,充分发挥了章表对扬王庭、昭明心曲的基本功能,而如张说《让封燕国公表》一类以譬喻说理者,更可谓彼时表文之创格,为此后同样长于论说事理的东坡表文导夫先路。玄、肃朝文士之章表多与安史之乱有所联系,王维、高适、常衮等人的作品率皆感情真切、直抒心曲。中、晚唐时期,令狐楚、柳宗元、李商隐等文坛巨子将表文写作推向新的高潮,他们的作品整体上具有两大特征:一是句式灵活多变,或骈散夹杂,或以长句为对仗,在一定程度上突破了骈体章表多以四字、六字组成的规限;二是写法不拘一格,既能铺陈烘托,又能精雕细琢,同时亦擅长叙写心声、陈情说理。而如此多样化的风格写法,对北宋作家的影响亦是多方面的。唐末五代时期文献佚失严重,仅就现存时人章表来看,为了保证表意传情的清晰准确,行文多较为平实质朴,与宋初之作较为接近。

启文的出现时间略晚于表文,直至刘宋时期骈体启文的数量才逐渐增多。刘勰以"陈政言事""让爵谢恩"概括启文之文体功能,实则根据用途的不同,南朝启文的写法与风格亦随之呈现截然相异的样貌,而与言事、让爵、庆贺等主题相关的作品对后世启文的影响更为明显。唐代启文的数量与质量皆无法与表文相提并论,但王勃、骆宾王、张说、柳宗元、李商隐、罗隐、顾云、崔致远等人的作品亦可谓各具所长,在用典、句法等方面皆有宋人可资取鉴之处。

同样值得一提的是,就像集句诗滥觞于傅咸之《七经》,至荆公而后蔚为大观一样,以成句入表启之风确盛行于宋季,而其源头实可溯至六朝。江淹、徐陵、庾信等人皆曾在自己的作品中使用此法,而唐代作家如杨炯、令狐楚、柳宗元、李商隐、崔致远等人之表启亦不乏以成句为对仗之例,虽然总体数量较为有限,但其对宋代作家的先导意义则不可轻视。

2.1.1 两汉至南朝表文创作对北宋表文的影响

由于两汉时期公文体裁之划分尚未及后世清晰严谨,故表文与章、疏、奏、议等上行公文常有重叠含混。李陵、张禹、刘歆、班固、窦武、蔡邕等人皆曾作表,题材涉及谢恩、陈情、弹劾、谏议、举荐、辞让诸类。这些作品之文句虽不乏四字、六字句,但多不求对仗而为单行,如刘歆《上〈山海经〉表》:

> 《山海经》者,出于唐虞之际。昔洪水洋溢,漫衍中国。民人失据,崎岖于丘陵,巢于树木。鲧既无功,而帝尧使禹继之。禹乘四载,随山刊木,定高山大川。盖与伯翳主驱禽兽、命山川、类草木、别水土,四岳佐之,以周四方。逮人迹之所希至,及舟舆之所罕到,内别五方之山,外分八方之海。纪其珍宝奇物异方之所生,水土草木禽兽昆虫麟凤之所止,祯祥之所隐,及四海之外,绝域之国,殊类之人。禹别九州,任土作贡,而益等类物善恶,著《山海经》,皆圣贤之遗事,古文之著明者也。①

又如蔡邕之《让高阳侯印绶符策表》:

> 臣伏惟糠粃小生,学术虚浅。少窃方正,长历宰府。备数典城,著作东观。无状取罪,捐弃朔野,蒙恩徙还,退伏畎亩。复阶朝谒,进察宪台,遂充机密。令守巴郡,还备侍中。车驾西还,执鞭跨马,及看轮毂,升舆下辇,扶接圣躬。既至旧京,出备郎将。中外所疑,对越省闼。群臣之中,特见褒异。讫无鸡犬鸣吠之用,常以汗墨,愧负恩宠,诚不意寤。猥与公卿以下,录功受赏,命服金紫,爵至通侯,非臣草莱功劳微薄所当被蒙,臣邕顿首死罪。臣十四世祖肥如侯,佐命高祖,以受爵赏。统嗣旷绝,除在匹庶。臣子遗苗裔,复蒙显封。前功轻重不侔,惭惶累息,无心怡宁。唐虞之朝,犹美三让,臣者何人,受而不让。臣不胜战悼怵惕,诣阙拜章,上所假高阳乡侯印绶符策,伏受罪诛。②

此二表文辞可谓流畅优美,但与后世骈四俪六者差异明显。相较而言,

---

① 严可均:《全汉文》卷四〇,见严可均校辑:《全上古三代秦汉三国六朝文》,北京:中华书局,1958年影印本,第691-692页。

② 严可均:《全后汉文》卷七一,见严可均校辑:《全上古三代秦汉三国六朝文》,第1721-1723页。

彼时荐举类章表的偶俪化程度略高,如《后汉书》所载班固《为第五伦荐谢夷吾表》即是一篇较为典型的实例:

> 臣闻尧登稷、契,政隆太平;舜用皋陶,政致雍熙。殷、周虽有高宗、昌、发之君,犹赖傅说、吕望之策,故能克崇其业,允协大中。窃见巨鹿太守会稽谢夷吾,出自东州,厥土涂泥,而英姿挺特,奇伟秀出。才兼四科,行包九德,仁足济时,知周万物。加以少膺儒雅,韬含六籍,推考星度,综校图录,探赜圣秘,观变历征,占天知地,与神合契,据其道德,以经王务。昔为陪隶,与臣从事,奋忠毅之操,躬史鱼之节,董臣严纲,勖臣懦弱,得以免戾,实赖厥勋。及其应选作宰,惠敷百里,降福弥异,流化若神,爰牧荆州,咸行邦国。奉法作政,有周、召之风;居俭履约,绍公仪之操。寻功简能,为外台之表;听声察实,为九伯之冠。迁守巨鹿,政合时雍。德量绩谋,有伊、吕、管、晏之任;阐弘道奥,同史苏、京房之伦。虽密勿在公,而身出心隐,不殉名以求誉,不驰骛以要宠,念存逊遁,演志箕山。方之古贤,实有伦序;采之于今,超焉绝俗。诚社稷之元龟,大汉之栋甍。宜当拔擢,使登鼎司,上令三辰顺轨于历象,下使五品咸训于嘉时,必致休征克昌之庆,非徒循法奉职而已。臣以顽骛,器非其畴,尸禄负乘,夕惕若厉。愿乞骸骨,更授夷吾,上以光七曜之明,下以厌率土之望,庶令微臣塞咎免悔。①

此表开篇以尧登稷、契,舜用皋陶二事以见古圣先王用人之道,切合举荐之旨。自"英姿挺特"至"以经王务"一段,称谢氏精通风角占候,且可用之治事。而后则依次称美其历官寿张令、荆州刺史及巨鹿太守时仁民爱物、为政以德之善绩,作者交替使用四字紧句与"奉法作政""居俭履约","寻功简能""听声察实"及"德量绩谋""阐弘道奥"三组隔句对,令文章节奏更为灵动流畅。在极尽推崇夸赞后,作者即正式向君主举荐谢氏,其"上令""下使""必致""非徒"四句乃八字、九字长句对,与文中常用的四字句形成鲜明反差,令人阅后即知上表者之用意所在。该表文句虽并非严格对仗,但结构谨严、遣词精切,隔对运用亦较为纯熟。东汉后期的同类表文在写法上与之近似,如蔡邕《荐皇甫规表》开篇:

---

① 《后汉书》卷八二上《方术列传第七二上·谢夷吾传》,北京:中华书局,1965年,第2713-2714页。按,张溥《班兰台集》以该文为表,严可均《全汉文》则称之为疏,就结构内容而言,其与后世举荐表文无异,故此视之为表。

  臣闻唐虞以师师咸熙,周文以济济为宁。区区之楚,犹用贤臣为宝;卫多君子,季札知其不危。由此言之,忠臣贤士,国家之元龟,社稷之桢固也。昔孝文愠匈奴之生事,思李牧于前代;孝宣忿奸邪之不戢,举张敞于亡命。①

作者由远及近罗列三代至西汉忠臣贤士相关之典,而后则以四字单句叙述皇甫规平乱之功,并用"论其武劳,则汉室之干城;课其文德,则皇家之心腹"加以总结。该文虽不似班固之作铺排挥洒,但在典故及隔对的安排使用方面则并无不及。孔融之《荐祢衡表》乃汉魏表文之名篇,作者于表文前半以散句极力称赞祢衡之才行,而其末段以比拟之法向曹操推举正平则尤为精彩:

  昔贾谊求试属国,诡系单于;终军欲以长缨,牵致劲越。弱冠慷慨,前代美之。……如得龙跃天衢,振翼云汉,扬声紫微,垂光虹蜺,足以昭近署之多士,增四门之穆穆。钧天广乐,必有奇丽之观;帝室皇居,必蓄非常之宝。若衡等辈,不可多得。《激楚》《阳阿》,至妙之容,掌技者之所贪;飞兔騕褭,绝足奔放,良乐之所急。②

"贾谊""终军"一联乃上六下四之重隔对,"钧天""帝室"一联乃上四下六之轻隔对,而"《激楚》《阳阿》""飞兔騕褭"一联则为三段式对句,其句式之灵活错落,辞采之瑰丽飞扬可见一斑。此外,刘勰对曹植表文颇为推赏,称"陈思之表,独冠群才",③其自我举荐之《求自试表》以事父事君之说开篇:

  臣闻士之生世,入则事父,出则事君。事父尚于荣亲,事君贵于兴国。故慈父不能爱无益之子,仁君不能畜无用之臣。夫论德而授官者,成功之君也;量能而受爵者,毕命之臣也。故君无虚授,臣无虚受。虚授谓之谬举,虚受谓之尸禄。④

以对句辨析官职授受之理,思路清晰,言辞切实。随后作者即以自己爵重禄厚而无德可述、无功可纪,且长期以来奉忧国忘家、捐躯济难为终身志愿等理由,向明帝乞求任用,而这些陈述之语多为四字、六字单句,非以偶俪

---

① 严可均:《全后汉文》卷七一,见严可均校辑:《全上古三代秦汉三国六朝文》,第1724页。
② 《后汉书》卷八〇下《文苑列传第七〇下·祢衡传》,第2654页。
③ 刘勰撰,黄叔琳注,纪昀评:《文心雕龙辑注》卷五《章表》,北京:中华书局,1957年影印本,第227页。
④ 曹植著,赵幼文校注:《曹植集校注》卷三,北京:中华书局,2016年,第550页。

第 2 章 宋前表启及律赋创作对北宋表启的影响

行文。至后文以骐骥、韩卢自比,则以杂隔、密隔直明求用之意:"骐骥长鸣,伯乐昭其能;卢狗悲号,韩国知其才。是以效之齐、楚之路,以逞千里之任;试之狡兔之捷,以验搏噬之用"。① 由上可知,汉魏表文以散体为主,但部分作者已能够有意识地使用隔句对,这些隔句对或于开篇点明题意,或于篇中总束前文,且大多引用典故,借古喻今,从而使表文呈现出以四、六单句叙事陈述,以隔对用典佐证观点的基本形式。值得注意的是,这种"单句+隔对"的形式虽然在公文骈俪化过程中被逐渐"淘汰",但北宋高举复古旗帜的作家如王禹偁、范仲淹、欧阳修等人在改变应用文风的过程中,其作品实则皆在一定程度上回归到了这种"失落"已久的原初形态,故其对北宋表启公文的影响确不可轻易忽视。

两晋时期,表文的应用范围与骈俪化程度皆有所提高,此时的荐举类章表仍多以对偶成文,如庾亮之《荐翟阳郭翻表》:

> 盖闻举逸拔幽,帝王之高士;旌德礼贤,治道之所先。是以西伯摽渭滨之伏而帝基以隆,汉高延商洛之隐而王道以固。仄陋无明扬之称,空谷废白驹之咏。恐千里之足,屈于槽枥之下;赞世之才,委于垄亩之间。若解其巾褐,服以缨冕,必能奋赞皇极,敷训彝伦。②

此残段或当为全表之开篇部分,作者灵活使用隔句对与长句对,且词句对仗比之两汉表文更为严谨准确。又如桓温之《荐谯元彦表》:

> ……太朴既亏,则高尚之标显;道丧时昏,则忠贞之义彰。故有洗耳投渊,以振玄邈之风;亦有秉心矫迹,以敦在三之节。……窃闻巴西谯秀,植操贞固,抱德肥遁,扬清渭波。于时皇极遘道消之会,群黎蹈颠沛之艰,中华有顾瞻之哀,幽谷无迁乔之望。凶命屡招,奸威仍逼,身寄虎吻,危同朝露。而能抗节玉立,誓不降辱,杜门绝迹,不面伪庭。进免龚胜亡身之祸,退无薛方诡对之讥。虽园绮之栖商洛,管宁之默辽海,方之于秀,殆无以过。③

遣词生动而形象,叙事委婉而细腻,充分表现出谯秀之忠诚坚贞、矢志

---

① 曹植著,赵幼文校注:《曹植集校注》卷三,第 552-553 页。
② 严可均:《全晋文》卷三六,见严可均校辑:《全上古三代秦汉三国六朝文》,第 3338 页。
③ 《文选》卷三八,北京:中华书局,1977 年影印本,第 532-533 页。

不渝,谭献以"茂密神秀,文家上驷"称之,①殆非虚美。在两晋作家中,刘琨之章表实可谓超逸绝伦,他于荐举类表文外,又进一步实现了谢官、劝进表文的偶俪化,试观其《谢拜大将军都督并州表》:

> 臣闻晋文以郤縠为元帅而定霸功,高祖以韩信为大将而成王业。咸有敦诗阅礼之德,戎昭果毅之威。故能振丰功于荆南,拓洪基于河北。……昔曹沫三北,而收功于柯盟;冯异垂翅,而奋翼于渑池。皆能因败为成,以功补过。②

文章开篇举郤縠、韩信拜将之典故,以明前贤难及、自惭形秽之意。其后作者又以曹沫、冯异之旧事表达其虽曾误信谗言败于刘聪之手,但能知耻后勇,报国之志常存,用典准确,切合文意。在其后描述西晋当前所面临的强敌环伺、故土沦丧之情状,夸饰晋愍帝临危登基、安定社稷之功业以及表明杀敌报国、不畏牺牲之决心时,作者同样以对句行文:

> 臣闻夷险流行,古今代有。灵厌皇德,曾未悔祸。蚁狄纵毒于神州,夷裔肆虐于上国。七庙阙裡祀之飨,百官丧彝伦之序。梓宫沦辱,山陵未兆。率土永慕,思同考妣。陛下龙姿日茂,睿质弥光。升区宇于既颓,崇社稷于已替。四海之内,肇有上下;九服之萌,复睹典制。……臣备位历年,才质驽下,丘山之衅已彰,毫厘之效未著。顷以时宜,权假位号,竟无殪戎之绩,而有负乘之累,当肆刑书,以明黜陟。是以臣前表上闻,敢缘愚款,乞奉先朝之班,苟存偏师之职,赦其三败之怼,收其一功之用,得骋志虏场,快意大逆,虽身膏野草,无恨黄壚。③

长短结合,对仗严谨,此表虽然在结构、内容上与后世常见的谢官表文不同,但写法已略具雏形。刘琨之《劝进表》名闻后世,其以俪语铺叙劝进之由,充分发挥了对句增强语势、抒情酣畅之长处:

> 臣闻昏明迭用,否泰相济,天命未改,历数有归。或多难以固邦国,或殷忧以启圣明。齐有无知之祸,而小白为五伯之长;晋有骊姬之难,而重耳以主诸侯之盟。社稷靡安,必将有以扶其危;黔首几绝,必将有以继其绪。伏唯陛下,元德通于神明,圣姿合于两

---

① 高步瀛选注,陈新点校:《魏晋文举要》,北京:中华书局,1989年,第149页。
② 《晋书》卷六二《刘琨传》,北京:中华书局,1974年点校本,第1682页。
③ 《晋书》卷六二《刘琨传》,第1683页。

仪,应命代之期,绍千载之运。符瑞之表,天人有征;中兴之兆,图谶垂典。……陛下抚征江左,奄有旧吴,柔服以德,伐叛以刑,抗明威以摄不类,杖大顺以号宇内。纯化既敷,则率土宅心;义风既畅,则遐方企踵。百揆时叙于上,四门穆穆于下。昔少康之隆,夏训以为美谈;宣王中兴,周诗以为休咏。况茂勋格于皇天,清辉光于四海,苍生颙然,莫不欣戴,声教所加,愿为臣妾者哉。①

字字呕心沥血、悃悃款款,语语正大光明、殷勤恳切。李兆洛称该文可追配诸葛亮《出师表》,实则从表文发展的角度来看,越石之作以偶语陈情铺叙而能如此深切动人,难度更甚于前辈,其写法的开创意义更不可小视。其后沈炯、徐陵之《劝进表》皆在一定程度上受其沾溉,而其舒雅朗健、豪迈驰骋之风格,更是为骈体章表注入了一股新的活力,无怪乎刘师培评该表"婉转以陈辞,雍容以叙致",并赞其为"书表之正宗也"。② 整体而言,两晋之部分章表已渐趋偶俪,但辞让、求请、论事等表仍多以散体为主,尚未全面进入骈俪化阶段。

江淹作为刘宋时期的重要作家之一,不仅长于诗赋吟咏,其公文写作亦堪称一时之选。泰始七年(471),建平王刘景素自湘州刺史转任荆州刺史,江淹代其撰辞让表文。该表由首至尾不仅对仗严谨、词句典赡,且结构安排颇为清晰合理,与后世同类表文写法几无差别:

> ……该秩诏序,匪贤莫能孚其职;端维裂陕,非功无或滥其选。所以轮鞅国典,缔结民纽,五威咸平,四精或训者也。……至乃曳组河县,蔑驯羽之化;鸣环京毂,谢批鳞之政。声绩两无,风化双缺。而龟纽未剔,玺书频降。复改册湘区,分瑞衡服。竟无贾琮交部之廉,终乏郭伋并壤之信。……荆门务要,方城任积。水交沅澧,山通岷峨。襟带百县,萦抱七州。上德懋勋,堪居斯地。宁臣胶固,所宜膺荷。是以燋薄魂色,惊迫心影。谨刷睿情,置露弱志。伏愿陛下,停疏弛琪,暂照琐曲。③

开篇"该秩诏序"至"四精或训者也"数句,明言荆州刺史之职责重大,选

---

① 《晋书》卷六《元帝纪》,第146-147页。
② 刘师培:《文说·耀采》,见《刘师培全集》,北京:中共中央党校出版社,1997年影印本,第2册,第79页上。
③ 江淹:《建平王让右将军荆州刺史表》,江淹著,丁福林、杨胜朋校注:《江文通集校注》卷六,上海:上海古籍出版社,2017年,第1052页。

人不易。其后"曳组河县""鸣环京毂""改册湘区"数句则简练精准的概叙其充任南兖州刺史、丹阳尹及湘州刺史时的经历,自谦难堪大任、不当重用。而在接到任命后,作者首先以"水交沅澧,山通岷峨。襟带百县,萦抱七州"描述荆州重要的战略位置,并自然引出结尾"停旒弛琪,暂照琐曲"的辞让之言。与前述荐举类表文以夸赞被荐者为主要内容,故相对较容易使用对句铺排不同,辞让类表文需要陈述的内容更多,故通篇对仗的难度更大,而文通此表则毫无龃龉拘谨之处,行文自然流畅,将建平王推辞之由娓娓道来。江淹之辞让表文大多严格遵循"称美职命＋叙官自谦＋描摹风土＋力拒推辞"的基本形式,其升明元年(477)代萧道成所撰《萧骠骑让封第二表》《第三表》《萧骠骑让豫司二州表》等皆同于此,这无疑在一定程度上奠定了后世骈体辞让、谢外任类表文的基本结构。

  此外值得注意的是,江淹还经常引用前代典籍与前人诗文之成句入表。文通少年时即博览群书,"颇留精于文章,所诵咏者盖二十万言",[①]且尤长于模拟古作,故其撰表时借用前贤之语亦属自然。其《萧骠骑让封第二表》中:"日薄星回,昊天无以爽其节;山盈川冲,厚地不能亏其度"一联,[②]一、三分句皆出陆机《演连珠》(其一)。[③]《第三表》之"心忧魄悚,视丹如绿",[④]则借自郭遐叔《赠嵇康诗五首》(其一)之"心之忧矣,视丹如绿"。[⑤] 其代萧道成另撰之《谢甲仗入殿表》中,以"鱼服象弭,一旦虚授;诞锡金珪,方兹为苟"一联形容赐甲仗之事,[⑥]而"四牡翼翼,象弭鱼服"乃《小雅·采薇》诗句。[⑦] 其《萧太尉上便宜表》在历叙宋武帝、文帝简质朴素之故实后,以"阛阓之里,富者窃梁楚之乘;伎巧之家,豪者袭王公之服"一联直指当今骄奢淫逸之不良风气的流行,[⑧]而"阛阓之里""伎巧之家"原为左思《蜀都赋》中的对句。表文末段,作者又毫不讳言地指出刘宋偏安一隅而中原故土沦丧异族多年的现实:"旧齐故鲁,鞠为茂草;全赵盛魏,豺狼所嗥",所用

---

① 江淹:《自序》,江淹著,丁福林、杨胜朋校注:《江文通集校注》卷十,第1718页。
② 江淹著,丁福林、杨胜朋校注:《江文通集校注》卷七,第1194页。
③ 《演连珠》(其一):"臣闻日薄星回,穹天所以纪物;山盈川冲,后土所以播气。"《陆机集》卷八,北京:中华书局,1982年点校本,第91页。
④ 江淹著,丁福林、杨胜朋校注:《江文通集校注》卷七,第1207页。
⑤ 嵇康著,戴明扬校注:《嵇康集校注》卷一,北京:中华书局,2014年,第98页。
⑥ 江淹著,丁福林、杨胜朋校注:《江文通集校注》卷七,第1243页。
⑦ 《毛诗正义》卷九,见阮元校刻:《十三经注疏》(清嘉庆刊本),北京:中华书局,2009年影印本,第884页。
⑧ 江淹著,丁福林、杨胜朋校注:《江文通集校注》卷八,第1311页。

《小雅·小弁》及《左传·襄公十四年》原句恰如其分地刻画出令人唏嘘的现实局面。而其《萧上铜钟芝草众瑞表》中"朱鬐素犩之至,史不绝书;奇叶珍柯之献,府无虚月"一联,①则是将《左传·襄公二十九年》"史不绝书,府无虚月"之单句对扩为隔句对。以上所举,皆为江淹表文善用前人成句之实例,虽然数量有限,但对于宋人四六表启采用同样写法当具有一定的启发意义。

梁陈时期骈体章表渐成主流,部分作品之遣词造句、对仗用事等相较前代更为浑融蕴藉,四六之体已趋完善。梁简文帝萧纲作诗虽以缠绵流丽之宫体为主,但应用章疏则不乏渊懿雅粹之作,其《拜皇太子临轩竟谢表》以两组隔对描写其得知被立为太子后既惊且喜的状态:"出龙楼而衹召,息车驰道;侍銮舆而巡幸,说经孔庭。足践闉阇,风云之势斯近;飞陵倒景,神仙之举超然",②生动自然又恰合分寸。另如其《上昭明太子集别传等表》称赞萧统德才兼备:"禀仁圣之姿,纵生知之量。孝敬兼极,温恭在躬。明月西流,幼有文章之敏;羽钥东序,长备元良之德。蕴兹三善,弘此四聪,非假二疏,宁劳四晧。虎贲恧其经学,智囊惭其调护",③四六单句对、隔句对错落有致、节奏谐和,用典亦准确精当。此外,萧纲表文亦有引成句为对者,如其《请尚书左丞贺琛奉述制旨毛诗义表》开篇:"臣闻乐由阳来,性情之本;诗以言志,政教之基",④用《郊特牲》及《舜典》之语,切合题旨。梁元帝萧绎酷嗜典籍、广闻博览,史称其"军书羽檄,文章诏诰,点毫便就,殆不游手",⑤而其表文亦同样可见以成句为对仗之例。如其《请于州立学校表》中有"拨乱反正,经武也;制礼作乐,纬文也"一联,⑥用《公羊传》及《礼记》原文成对,以见文武兼济之理。另如《荐鲍几表》开篇:"思皇多士,仄陋所以明扬;畴咨熙载,髦俊所以并作",⑦以《大雅·文王》与《汉书·叙传》之文为对,点明尊贤礼士之重要。又如《上忠臣传表》中"冬温夏清,尽事亲之节;进思将美,怀出奉之义"一联,⑧则引《孝经》成句以见忠孝一体之理。

---

① 江淹著,丁福林、杨胜朋校注:《江文通集校注》卷八,第1429页。
② 萧纲著,萧占鹏、董志广校注:《梁简文帝集校注》卷七,天津:南开大学出版社,2015年,第559页。
③ 萧纲著,萧占鹏、董志广校注:《梁简文帝集校注》卷七,第564页。
④ 萧纲著,萧占鹏、董志广校注:《梁简文帝集校注》卷七,第580页。
⑤ 《南史》卷八《梁本纪·元帝》,北京:中华书局,1975年,第243页。
⑥ 萧绎著,陈志平、熊清元校注:《萧绎集校注》,上海:上海古籍出版社,2018年,第583页。
⑦ 萧绎著,陈志平、熊清元校注:《萧绎集校注》,第592页。
⑧ 萧绎著,陈志平、熊清元校注:《萧绎集校注》,第605页。

自大宝二年(551)萧纲为侯景所害之后,一众臣僚即上表力劝萧绎继承大位,而在这些劝进表中,最为后人推重者,当属沈炯为王僧辩所拟之作:

> 我大梁纂尧构绪,基商启祚。太祖文皇帝徇齐作圣,肇有六州。高祖武皇帝聪明神武,奄奋天下。依日月而和四时,履至尊而制六合。丽正居贞,大横固祉。四叶相系,三圣同基。蠢尔凶渠,遂凭天邑。闾阖受白登之辱,象魏致尧城之疑。云宸承华,一朝俱酷。金桢玉干,莫不同冤。
>
> 臣闻丧君有君,春秋之茂典;以德以长,先王之通训。……伏惟陛下至孝通幽,英武灵断,当七九之厄,而应千载之期;启殷忧之明,而居百王之会。取威定霸,险阻艰难,建社治兵,载循古道。家国之事,一至于斯。天祚大梁,必将有主。
>
> 臣闻日月贞明,太阳不可以阙照;天地贞观,乾道不可以久惕。黄屋左纛,本为亿兆而尊;鸾辂龙章,盖以郊禋而贵。……陛下继明阐祚,即宫旧楚。左庙右社之制,可以权宜;五礼六乐之容,岁时取备。金芝九茎,琼茅三脊。要卫率职,尉候相望。坐庙堂以朝四夷,登灵台而望云物,禅梁甫而封泰山,临东滨而礼日观。然后与三事大夫,更谋都鄙。①

沈氏于表文开篇即将梁武帝"依日月而和四时,履至尊而制六合"之繁盛与现今"闾阖受白登之辱,象魏致尧城之疑"的困窘相对比,凸显家国凌夷、世路摧颓之悲凉,而后"丧君有君""以德以长"一联,借瑕吕饴甥安抚晋国群臣之语将简文帝之丧与拥立元帝之意联系在一起,转折巧妙、切合主旨,遣词运思颇见匠心。在铺叙元帝"取威定霸""建社治兵"等功绩后,作者即化用《系辞上》"天地之道,贞观者也。日月之道,贞明者也"之语,②以明国不可一日无君之理。沈氏于表文末段又借《史》《汉》之语构想萧绎登基后端坐庙堂、登临封禅之盛况,一扫四海崩心、万民哀恸之悲凉,大有元帝一出即可立跻太平盛世之意。与刘越石《劝进表》相比,此表文辞之丽、用典之繁、结构之严、构思之巧皆有过之,可见彼时表文之骈俪化及写作精细程度皆有明显提高。

徐陵、庾信乃举世公认之骈体宗师,清人许梿即称"骈语至徐庾,五色相

---

① 《梁书》卷五《元帝纪》,北京:中华书局,1973年点校本,第117-118页。
② 《周易正义》卷八,见阮元校刻:《十三经注疏》(清嘉庆刊本),第179页。

宣，八音迭奏，可谓六朝之渤澥，唐代之津梁"。① 有关二家骈文创作风格之差异与艺术地位之高下的分析评断自古及今皆不乏论之者，② 但前人更为关注其赋、书、碑志等体的创作，而对二家表文则较少涉及。徐陵滞留邺都时，闻侯景已平，亦曾上表劝进元帝：

> 臣闻封唐有圣，还承帝喾之家；居代维贤，终纂高皇之祚。无为称于革鸟，至治表于垂衣，而拨乱反正，非间前古。
> ……
> 若夫大孝圣人之心，中庸君子之德，固以作训生民，贻风多士。一日二日，研览万机；允文允武，包罗群艺。拟兹三大，宾是四门，历试诸难，咸熙庶绩，斯无得而称也。
> 自《无妄》为象，钟祸上京，枭獍虔刘，宗社荡坠。铜头铁额，兴暴皇年；封豨修蛇，行灾中国。……滕公拥树，雄气方严；张绣交兵，风神弥勇。忠诚贯于日月，孝义感于冰霜。如雷如霆，如貔如虎。前驱效命，元恶斯歼。既挂胆于西州，方燃脐于东市。
> ……
> 云师火帝，非无战阵之风；尧誓汤征，咸用干戈之道。星躔东井，时破崤、潼；雷震南阳，初平寻、邑。未有援三灵之已坠，救四海之群飞。赫赫明明，龚行天罚，如当今之盛者也。于是卿云似盖，晨映姚乡；甘露如珠，朝垂原寝。芝房感德，咸出铜池；蓂荚伺辰，无劳银箭。重以东渐玄兔，西逾白狼，高柳生风，扶桑盛日，莫不编名属国，归质鸿胪，荒服来宾，遐迩同福。其文昭武穆，跗萼也如彼；天平地成，功业也如此。
> ……
> 抑又闻之，玄圭既锡，苍玉无陈，乃械朴之愆期，非苞茅之不贡。云和之瑟，久废甘泉；孤竹之管，无闻方泽。岂不惧欤？伏愿陛下因百姓之心，拯万邦之命。岂可逡巡固让，方求石户之农；高谢君临，徒引箕山之客。未知上德之不德，惟见圣人之不仁。③

---

① 许梿评选，黎经诰笺注：《六朝文絜笺注》卷八，上海：上海古籍出版社，1982年，第142页。
② 相关问题可参考于景祥：《徐庾骈文论》，《沈阳师范学院学报》（社会科学版）第22卷第5期，1998年，第1-6页。
③ 徐陵：《劝进梁元帝表》，徐陵撰，许逸民校笺：《徐陵集校笺》卷四，北京：中华书局，2008年，第264-267页。

与沈炯不同,徐陵表文首先借尧帝、汉孝文帝兄终弟及之旧事,证明萧绎在简文身故后登临大宝的合法性,其后"一日二日"至"斯无得而称也"数语,连续使用《诗经》《尚书》《老子》及《论语》成句,称颂元帝之才德功业,重申其继位一事实属众望所归,开篇即将劝进之意明白说出。随后叙削平侯景祸乱,自"滕公拥树"至"方燃脐于东市"一段,作者广引两汉至三国战事之典,一气呵成,痛快淋漓。在以"赫赫明明,躬行天罚"结束对平乱过程的铺叙后,作者笔锋顿转,着力渲染一幅卿云、甘露、芝草、蓂荚等祥兆吉瑞渐次出现,四夷款附、荒服来宾的盛世景象,并用"文昭武穆""天平地成"一联总括元帝之功业,以《左传》之语再次突出主旨。表文末段,作者对萧绎回复群臣初劝进时所提出的不便继位的诸条理由进行反驳,并借用《老子》之论,称"未知上德之不德,惟见圣人之不仁",从反面严正申述其继位的必要性,充分表现出百官万民翘首以盼的殷切心情。徐陵此表几乎全以四六对句成篇,在内容的选取与安排上相对沈表更为清楚直截,而铺排夸饰、锤炼融会之工犹胜一筹,蒋一葵即称赞该文"转转可人,盖四六中绝有体制者也"。[1]

　　较为遗憾的是,徐陵今存表文多为残章断稿,似《劝进梁元帝表》这等因史册载录故得完整传世者并不多见,但今存段落中亦实不乏妥切精当之联句。如其《让散骑常侍表》开篇"臣闻五十知命,宗师之格言;六百辞满,通贤之高概",[2]以《论语·为政》及邴曼容为官不过六百石之典成对,点明辞让之意,可谓破题之范例。其后"昆吾小器,谛视不见玄黄;钧天并奏,静听能闻钟鼓"一联,以极为生动鲜活的语言说明身体欠安,不足继续承担大任,亦不失为辞让表中之妙联。另如《为王仪同致仕表》中有"星回日薄,通人有乞老之言;钟鸣漏尽,前史有夜行之诫"一联,[3]前联与江淹《萧骠骑让封第二表》一样使用陆机《演连珠》原句,而同后联所引魏国田豫辞书中"钟鸣漏尽"之语相配,相比江表之联更能清楚表达谦辞之意。又如其《让五兵尚书表》首联:"仲尼大圣,犹云书不尽言;士衡高才,尝称文不逮意",[4]引《系辞》及陆机《文赋序》中语,申明再次上奏辞让之由。而后"参闻秘计,弗解单于之兵;飞箭驰书,未动聊城之将"则反用陈平救白登之围及鲁仲连射书破聊城二事,说明自己不具备运筹帷幄、决胜千里的军事才能,故不当出任五

---

[1] 蒋一葵:《尧山堂偶隽》卷一,《尧山堂外纪》(外一种),北京:中华书局,2019年点校本,第1566页。
[2] 徐陵撰,许逸民校笺:《徐陵集校笺》卷四,第317页。
[3] 徐陵撰,许逸民校笺:《徐陵集校笺》卷四,第332页。
[4] 徐陵撰,许逸民校笺:《徐陵集校笺》卷四,第337页。

兵尚书,准确切合欲让之职,堪为妙笔。由于徐陵见存表文数量有限,与其广为后世称道的碑志文等不可相提并论,且题材皆为辞让、致仕之类,但其作品结构安排之合理,选用事典、语典之准确以及联句剪裁修饰之精细,皆非前此作家所能及,确可谓"缉裁巧密,多有新意"。①

与徐陵相比,庾信表文之题材更为丰富,除辞让、致仕外,亦有庆贺、谢恩、进物之类,故整体风格较为多样,且遣词造句亦颇自由灵动。试观其《贺平邺都表》称赞北周武帝平邺之英勇神武:"握天枢,秉地轴,驾驭风云,驱驰龙虎。沉雄内断,不劳谋于力牧;天策勇决,无待问于容成。是以威风所振,烈火之遇鸿毛;旗鼓所临,冲风之卷秋叶",②连续使用三字句、四字句及四六隔对,铿锵有力、振奋激昂。而后文述及"兵藏武库,马入华山,立明堂之制,奏大武之乐"之太平景象时,又忽然插入散语:"盛矣哉!上天降休,未之有也",文章节奏亦遂之和缓松弛。其《贺新乐表》"声含击石,更入登歌;调起初钟,还参玉管。足以感天地而通神明,康帝德而光玄象"数联,③虽偶俪而不失流利疏宕之致。与此相类者,尚有《为晋阳公进玉律秤尺斗升表》之"二分二至,行于司历之官;九变九成,被于中和之职。足以动天地,感鬼神,被风俗,平寒暑。岂直吟啸溪谷,回翔鸾凤而已哉",④将所进度量之物"刊正音律,平章历象"的用途予以提炼升华,句式变化多端而又切合题旨。除三字短句外,庾信表文亦可见长句对仗,如《为杞公让宗师骠骑表》中即有"鸿都之门不能定其章句,鸡鹿之塞无以名其碑碣"二句,⑤以两汉典故表达"幼无学植,长阙裁成"之意,四六偶俪之中间有此等,于六朝章表中实属罕见。观此数例,可知四库馆臣对子山骈文"抽黄对白之下,灏气舒卷,变化自如"之评,⑥信非虚语也。

如前所言,江淹、徐陵等人之章表皆曾引前人成句入文,而这一技法在庾信作品中则得到了更为充分的发挥。如其《贺新乐表》中"作者之谓圣,天之所启乎?岂唯路鼓灵鼗,空桑孤竹,广矣大矣,轮焉奂焉"数句,赞美新乐之博大高妙,文词全由《礼记》《周礼》《左传》《易经》等典籍中摘出,而能做到

---

① 《陈书》卷二六《徐陵传》,北京:中华书局,1972年点校本,第335页。
② 庾信撰,倪璠注:《庾子山集注》卷七,北京:中华书局,1980年点校本,第504页。
③ 庾信撰,倪璠注:《庾子山集注》卷七,第512-513页。
④ 庾信撰,倪璠注:《庾子山集注》卷七,第535页。
⑤ 庾信撰,倪璠注:《庾子山集注》卷七,第546页。
⑥ 《庾开府集笺注》提要,《文渊阁四库全书》第1064册,上海:上海古籍出版社,1987年,第2页上。

对仗自然、妙合偶成,毫无生硬凑泊之感。其后"崇牙业业,猛簴趪趪。翠凤扬旌,灵鼍树鼓"四句,又借张衡《西京赋》及李斯《谏逐客书》原句描写观乐时之盛景,亦可谓运古能化,不着痕迹。其《为阎大将军乞致仕表》中有"尸禄素餐,久紊彝典;负乘致寇,徒烦有司"一联,①意谓无才德而不可久居高位,"尸禄素餐""负乘致寇"乃由《魏风·伐檀》及《解卦》"六三"爻辞而来,其后即成为宋人表启公文中的常用语汇。在前代典籍中,子山对《周易》似"情有独钟",除以上二表外,其《代人乞致仕表》之"逾时每乖于勿药,永日犹系于苞桑",②《为晋阳公进玉律秤尺斗升表》开篇"三才既立,君臣之道已陈;六位时成,礼乐之功斯正",《贺传位于皇太子表》"先天不违,后天而奉",③同样是借爻辞、《象传》《文言》之语成联。另外值得一提的是,其《为杞公让宗师骠骑表》开篇自"尧分四岳"至"咸熙庶绩"八句,竟全为《尚书》之辞,如此"贪用"成句之例,除宋人章表外难得一见。

由上文可知,自两汉伊始,四字、六字句即为表文之主要句式,彼时表文多不求对仗,但如班固《为第五伦荐谢夷吾表》、蔡邕《荐皇甫规表》、孔融《荐祢衡表》之类能够灵活运用隔句对的作品亦已出现,荐举类章表在两汉六朝表文的骈俪化进程中也扮演着类似"先驱者"的角色,而这些作品以单句+隔对成文的形式,在北宋前期表文复古的过程中得以重现。其后刘琨、江淹之谢官、辞让、劝进类表率以对仗成篇,他们的作品在写法与风格上皆对后世章表产生了一定的影响。梁陈时期,表文写作已全面进入骈俪化阶段,沈炯、徐陵二家《劝进表》之铺陈修饰、布局谋篇皆超迈前人,而庾信诸表遣词造句之灵动洒落更非寻常作家可及。尤为值得注意的是,江淹、萧纲、萧绎、徐陵、庾信诸家章表皆曾以《易》《诗》《书》《左传》等儒家经典及张衡、左思、陆机等人作品之成句入文,这些尝试无疑在一定程度上为宋人撰作四六章表使用类似技巧导夫先路。总的来看,两汉六朝章表与北宋表文之题材、风格虽存在一定差异,但其写法、技巧等仍不乏相通之处。

2.1.2 唐五代表文创作对北宋表文的影响

以往的文学史著作,常以四杰继徐、庾遗响而领一时之风气作为唐代骈文之始端。实际上,就表之一体而论,在四杰"登场"之前,初唐前期文士的

---

① 庾信撰,倪璠注:《庾子山集注》卷七,第 520 页。
② 庾信撰,倪璠注:《庾子山集注》卷七,第 524 页。
③ 庾信撰,倪璠注:《庾子山集注》卷七,第 542 页。

作品已可谓面貌各异,既有如长孙无忌《贺河清表》《请封禅表》,上官仪《劝封禅表》一样以铺陈华藻、雍容雅致为胜者,亦有如房玄龄《谏伐高丽表》、颜师古《论封建表》、李延寿《上南北史表》等陈事周详、说理透彻之作,而似魏征、褚遂良所撰谏议、陈请诸表则率以散体行文,风格体貌不一而足,这实际上已预示着唐代表文多样化的发展趋势。四杰之中,卢照邻并无表启公文传世,王勃表文仅存三篇,而概以精巧灵逸见长,试观其《上九成宫颂表》:

> 臣闻帝机无朕,道洽则时雍;灵化不言,功成则颂显。伏惟陛下体元篡极,模神建隧,栋梁三气,庭阶六合。松轩夜警,杳冥姑射之心;茅殿晨凝,寥廓峒山之驾。臣沾风太上,庇影华胥。仰衢室而无阶,候襄城而有地。虽望卑平叔,空勤景福之词;而文谢子云,愿竭甘泉之思。谨凭天造,辄贡九成宫颂二十四章。攀紫墀而绝望,叫丹阙而累息。臣诚惶诚恐,死罪死罪。谨言。①

表文开篇即借用《老》《庄》之"无朕""不言"等概念称赞高宗之顺应自然、无为而治,并以"功成而颂显"一句点出进颂主题。其后"松轩夜警""茅殿晨凝"一联以《庄子》所载帝尧、黄帝求仙访道之事比拟高宗驾幸九成宫,令人眼前不觉浮现出一幅仙气缭绕、超凡脱俗的盛景,实乃唐代表文中不可多得的妙联警句。后文之"衢室""襄城"亦同样为帝尧、黄帝相关之典,顺承前文,严谨细密。骆宾王《为齐州父老请陪封禅表》风格与此表相类,观其"非烟翼軑,移玉辇于梁阴;若月承轮,秘金绳于岱岳","境接青畴,俯瞰获麟之野;山开翠巘,斜连辨马之峰"二联,②以优美娴雅的笔调描摹物象,颇具六朝风韵。

杨炯章表仅有为刘仁轨等人所撰《谢敕书慰劳表》一篇见存,而该文最为突出的特点,即在于引经典成句为对仗。③除首段以《毛诗序》"不知手之

---

① 王勃著,蒋清翊注:《王子安集注》卷四,上海:上海古籍出版社,1995年,第115-117页。
② 骆宾王著,陈熙晋笺注:《骆临海集笺注》卷七,上海:上海古籍出版社,1985年,第218-219页。
③ 钱钟书曾指出王维骈文在写法上对宋四六的"启迪":"右丞骈文,……每以成语作对,已启宋四六。"见钱钟书:《钱钟书手稿集·容安馆札记》卷三,北京:商务印书馆,2003年,第3册,第1958页。实则杨炯骈文在"用成语作对"方面,比之王维更接近宋四六"用成句"之法。此外,钱钟书在谈及八股文之源起时,亦称"六代语整而短,尚无连犿之句。暨乎初唐四杰,对比逐多;杨盈川集中,其制尤伙。"见钱钟书:《谈艺录》,北京:生活·读书·新知三联书店,2001年,第110页。明确指出杨炯俪文中隔句长对数量较多的事实。而这两种创作技法,均在一定程度上为两宋四六作家所继承,故诚如章廷华所言:"宋四六,唐初杨炯开之也。"见章廷华:《论文琐言》,黄霖主编,陈圣争编著:《现代(1912—1949)话体文学批评文献丛刊·文话卷二》,南京:凤凰出版社,2021年,第9页。

舞之、足之蹈之者也"形容群臣对高宗祭祀诸神一事欣喜激动之心情外,其称赞中宗李显仁孝恭谨、勤政爱民曰:"德刑详矣,既远安而迩肃;博爱先之,亦涂歌而里咏",①其一、三、四句分别出自《左传·成公十六年》《孝经·三才章》及沈约之《齐故安陆昭王碑文》。表文末尾,作者以"但知怀璧之罪,不可越乡;岂敢贪天之功,以为己力"一联表达对高宗手诏的珍视,以及无功而受奖之惭愧,而上、下联皆出《左传》。实际上,王勃章表中亦偶可见类似的例子,如其于《上拜南郊颂表》中以"为而不恃,悬宝位于中宸;卑以自居,托灵符于上帝"赞美高宗功成弗居、谦恭自守的高尚品德,②而其一、三句乃《老子》及《易经》中的名言,可见六朝时以前人成句入表成对的写法,在四杰作品中亦得到了延续。

武周时期,李峤、崔融等内廷文臣因善作应用文字而颇受倚重,其表文的代表性作品当属庆贺祥瑞一类,而整体风格则与应制诗相类,以典丽雍容为上。如崔融之《代皇太子贺嘉麦表》:

> 纤芒濯露,疑因黑壤之宜;香稼摇风,若吐黄金之色。岂非灵心昭应,睿德感通。降之自天,何必来舞之咏;尝之于庙,先符孟夏之时。凡在含生,相趋动色。臣谬当居守,肃奉宗祧。一穗两岐,徒说张君之咏;十亩千石,方轻氾氏之书。仰天意而增欢,顾人心而载跃。③

开篇一联描写嘉禾瑞麦于田间随风摇曳之姿态,细致入微、色彩斑斓,具有极强的画面感。李峤之《为百寮贺雪表》以"紫楼栖槛,疑璧台之九重;落絮飘花,似芳林之二月。岂惟洛神呈象,来舞帝宫;固亦海骑相趋,下朝仙阙。东皋欣而望岁,南史庆而书祥。万宝登秋,居然可咏;双桐叶唱,即事非遥"数联叙写一众文士登阁赋雪之欢愉情景,④亦可谓富丽高华,足与崔表相媲美。值得一提的是,在撰写其他题材的表文时,这些宫廷文人仍然延续了与庆贺祥瑞吉兆作品类似的写法,如李峤代武嗣宗所撰辞让表文有"伏乞收迹丹墀,归骸素里。庇尧云之光彩,浴舜海之波澜。柳蔚桃浓,听南邻之钟磬;茅舒桂满,陪北阙之簪缨。飡厚渥而忘饥,乐太平而愈疾"数

---

① 杨炯著,祝尚书笺注:《杨炯集笺注》卷五,北京:中华书局,2016 年,第 637 页。
② 王勃著,蒋清翊注:《王子安集注》卷四,第 117 页。
③ 《全唐文》卷二一八,北京:中华书局,1983 年影印本,第 2200 页。
④ 《全唐文》卷二四三,第 2455 页。

联，①表达满足现状而无心再受新职之意，虽较前表略见风力，但仍可见婉约之致。张说以"良金美玉，无施不可"评价崔、李之文章，②确为有识之见，他们的作品也代表了初唐表文的主流风格。

以题材与风格之丰富性而论，陈子昂之表文在初唐作家中可谓独树一帜。今见收于其文集中的章表，大体皆作于垂拱元年至神功元年（685—677）之间，这些作品按写法不同概可分为三类：一是如《为乔补阙论突厥表》《为河内王等论军功表》等析情辨理的散体文字，二是如《为陈御史上奉和秋景观竞渡诗表》《为丰国夫人庆皇太子诞表》等华丽精工的标准四六，三是如《为人陈情表》《为将军程处弼谢放流表》等痛陈心曲的骈散相间之文，而其中尤以最后一类较为值得关注。如前所见，初唐之表文多为精雕细琢、辞藻考究的绮丽篇章，而少有对扬王庭、昭明心曲的简质之作，陈子昂在诗歌创作中追复汉魏风骨，试图扭转齐梁以来"彩丽竞繁"的浮靡诗风，而其应用文字实亦有类似的革新之举，试观其《谢免罪表》：

> 臣巴蜀微贱，名教未闻。陛下降非常之恩，加不次之命，拔臣草野，谬齿衣冠。臣私门祖宗，幽显荣庆，岂止微臣一身而已。臣宜肃恭名节，上答圣恩，不图误识凶人，坐缘逆党。论臣罪累，死有余辜，肝脑涂地，不足塞责。陛下宏慈育之典，宽再宥之刑，矜臣草莱，悯臣愚昧，特恕万死，赐以再生。身首获全，已是非分，官服具在，臣何敢安。臣若贪冒宠私，腼颜恩造，复尘旧职，以玷清猷，蝼蚁微心，实惭面目。臣伏见西有未宾之虏，北有逆命之戎，尚稽天诛，未息边戍。臣请束身塞上，奋命贼庭，效一卒之力，答再生之施。庶陛下咸命，绥服荒夷，愚臣罪庚，时补万一。若臣获死锋镝，为厉犬羊，古人结草，实臣恳愿。不胜大造再生荷戴之至。③

全文交错使用四字单句与对句，表达悔过之意的同时，力请奔赴边疆、戴罪立功。辞句流畅、用语简明，就写法风格而言，很容易使人联想到尚未进入骈俪化阶段的两汉章表。与崔融、李峤以"良金美玉"遍施诸表的作法恰好相反，陈子昂在撰表时，会根据题材的不同选择对应的呈现方式，而他为陈情之便所采用的骈散夹杂、平实简练的写法，虽然在艺术性上或不及四杰、崔、李之文，但确在一定程度上促进了章表风格的转变，叙情说理功能的

---

① 李峤：《为武嗣宗让千牛将军表》，《全唐文》卷二四五，第2476页。
② 《旧唐书》卷一九〇上《文苑上·杨炯传》，北京：中华书局，1975年点校本，第5004页。
③ 《陈子昂集》卷三，北京：中华书局，1962年，第57页。

增强与雕篆夸饰成分的降低逐渐成为初唐后期表文发展的新趋势。

宋之问、张说虽与崔、李同属宫廷词臣,但其章表则显得更为朴实简质。宋之问于长安四年(704)曾代杨元琰撰《让右羽林将军表》,其先于表中历叙杨氏"未盈一纪,连刺九州岛"的经历,而后以"每耻政逾期月,乏来暮之歌;候易星霜,无去思之咏。隼旟回复,日忝恩荣;熊轼往还,多惭道路。出居岳牧,负尸禄之讥;入计河都,待旷官之责"数句自谦任职虽多而未建寸功,①其后作者又对羽林将军一职加以称美:"天卫凝严,北军清切。风霜剑骑,顿玄武之仙闱;龙鸟旌旗,环紫微之帝座。"全表结构完整,叙事清晰,用语简练。其神龙三年(707)代武三思之妻所撰《让封表》,更进一步充分发挥了章表昭明心曲的基本功能:

> 常恐官高禄厚,福极祸来,闺门之谈,颠覆存戒。但以愿施尘露之效,尚郁山林之游。诬谓吴楚指有宠为名,父子以无辜同柱。良以崇高取忌,退让未形,事虽噬脐,言犹在耳。妾夫埋黄壤,子夭青春,唯知哀诉神明,号泣天地。妾之残命,称曰未亡,更何心颜,享兹丰厚。况三思久谋谦退,人所未知。实恐士庶游谈,是非相半,既未能辨明高义,岂复忍贪冒余资。虽则伯宗已亡,献诚者闻乎奸盗;尚冀黔娄宿意,见知者因乎寡妻。今坟土未干,穗帷犹设。妾所以废寝忘飧,沥款披诚,未允前祈,更陈后请。②

作者先称武三思平日夕惕若厉、警敕谨慎,常恐权重招忌、位高震主,而最终仍未免杀身之祸,虽追悔莫及亦无可奈何。值此之时,唯顾"哀诉神明,号泣天地",而无暇求取封号、再享厚赐,语语真挚诚恳,切合上表者之心绪情感。其后所引伯宗及黔娄二典,意在表明虽人言可畏,但知夫者莫如妻,自能明辨曲直、坚持公道,用典精切而妥当。虽然该文难逃掩过饰非、颠倒黑白之讥,但仅就表文写作而言,确可谓委曲精尽、婉转动人。

张说因善作与朝廷大事相关的颂、赞文,以及为贵戚显宦所撰的碑志文而享誉后世,其《大唐祀封禅颂》《姚文贞公神道碑》等篇,确可谓大气磅礴、瑰伟骏丽,而其章表之风格则与此类不同,盖以缘事析理为长。其神龙元年(705)曾代百官上表,请求中宗李显不从武后陵驾:

> 臣闻古者,天子上法天心,下极私情,不违众欲,以顺人理国为

---

① 宋之问撰,陶敏、易淑琼校注:《宋之问集校注》卷七,北京:中华书局,2001年,第684页。
② 宋之问撰,陶敏、易淑琼校注:《宋之问集校注》卷七,第699页。

孝，以克己制心为礼。是故凡圣异礼，公私殊制。私心独展，凡人之孝；万姓感善，圣人之孝也。陛下行尧舜之事，以万姓为心，奈何守曾、闵之节，怀独展之愿……水旱小慾，农虑非浅，东都则水漕淮海，易资盐谷之蓄；陆走幽并，近压戎夷之便。朝命新复，人望在安，宜应静镇，未可移动。陛下若俯顺群愿，留抚都人，则其安若此；如不胜私情，攀奉灵驾，则其虑如彼。况扈从兵马，既不预集；行宫廪蓄，又未先备；发期甫尔，支计阙然；仓卒敦迫，必不堪办。若待陵寝既安，霜露终感，三农岁稔，万乘时巡，奉园庙以展虔，瞻日月以何远……且朝廷故事，典章犹在，献陵追远，太宗不至于三原；昭陵上迁，高宗不至于九嵕。岂先帝私怀，不堪故事。①

作者首先指出"圣人之孝"与"凡人之孝"存在公私之别，而中宗自当以"圣人之孝"为行事准则，而不可同凡夫俗子相类。随后即进一步就现实情况从正反两个方面说明"攀奉灵驾"之不便与"留抚都人"之益处，最后又以太宗、高宗二圣之前言往行为例，力劝中宗"屈至性而顺群情，抑小节而成大孝"，层层递进，用心良苦。与初唐前期房玄龄、颜师古等人所撰之散体谏议章表不同，张说此表全以对仗行文，灵活运用单句对、隔句对及三段式对句，虽未尝用典使事、雕琢辞句，但胜在逻辑严谨、组织得当。

张说表文之善用议论，实不仅限于陈请之作，其开元元年(713)所作《让封燕国公表》首先标举授受之正理："至道之时，重法守义，上无无功之赏，下无无德之禄，故授受礼全，而踰越不起"，②其后又以喻证法阐明自己为君主所赞赏的忠诚贞良之品行，犬马草木皆具，实无足称道，以此推让封赏之举："且如人臣之义，二则为罪；愚智之分，一心不回。譬如犬马有不背之性，草木有不凋之理。知何德于天壤，而欲蒙造化之偏施哉。臣之无功，正与此类"，反复譬喻，说理透彻，在彼时四六章表中难得一见。而这种以骈体论事说理的写法，已略开宋四六之门径，如东坡之表启即以此见长，故张说表文实具有一定的文学史意义。

玄、肃二朝文士如张九龄、王维、高适等人虽并不以善作应用文字著称，但其章表亦皆不乏可观之处。如张九龄代人所撰之《谢赐香药面脂表》，可谓简短精炼、含蓄婉转：

---

① 张说：《百官请不从陵驾表》，张说著，熊飞校注：《张说集校注》卷二四，北京：中华书局，2013年，第1155-1156页。

② 张说著，熊飞校注：《张说集校注》补遗，第1523页。

捧日月之光，寒移雪海；沐云雨之泽，春入花门。雕奁忽开，珠囊暂解。兰熏异气，玉润凝脂。药自天来，不假淮王之术；香宜风度，如传荀令之衣。臣才谢中人，位参上将。疆场效浅，山岳恩深。唯因受遇之多，转觉轻生之速。①

作者以"日月之光""云雨之泽"比喻君主之恩典，由于雪海、花门俱为边关偏塞之所，故此番受赏，确有冬去春来、寒中送暖之意。而香药、面脂本就给人以温馨舒适之感，可知此联并非寻常套语虚词，而是与受赐之物的特征相结合，颇为巧妙。其后"淮王之术""荀令之衣"一联分别使用淮南王刘安炼药与荀彧衣香二典，并以"药自天来""香宜风度"再次表达谢赐之意。与同类表启重在描绘、称美所赐之物有别，此表在夸赞物品的同时将感恩之情蕴含其中，故虽仅寥寥数语，但已曲尽赐予、感谢之意，确足为后来作此类表者取法借鉴。

王维曾奉玄宗之命往名山修功德，在此过程中于南海郡逢一老人，得知九嶷山石室中原藏有古乐器数种，后变为五野猪被当地村民捉获。王维遂至其地取而献之玄宗，并上表说明前后之经过：

臣闻阴阳不测之谓神，变化无方之谓圣，惟神与圣，感而遂通。伏惟开元天宝圣文神武应道皇帝陛下，居皇建之极中，得混成之大道。奉先天之圣祖，玄化协于无为；育率土之群生，至仁侔于阴骘。然犹精意不倦，圣祀逾崇，遍礼群仙，思佑九服。故得庞眉皓发，遥同入昴之人；真诀玄言，来告驭风之客。栖身七曜，以俟唐尧；藏乐九疑，不传虞舜。留兹石室，思献玉墀。凭野豕以呈形，表洞仙之属意。……亦既考击，动谐律吕。韶濩惭其九奏，云咸失其八音。翠凤入于洞箫，殊非雅韵；朱鹭传于鼙鼓，敢比仙声。②

作者于开篇引《系辞》之语将此番寻获古乐器之事归结为玄宗平日顺道而行、子育群生，遂能感应上天，故得此为报。而由"精意不倦"至"表洞仙之属意"数句，则以简练的语言描述偶逢老人及获取乐器之经过，行文次第分明，语意真切。其后则以《韶》《濩》《云》《咸》等五帝三代之名乐与用此乐器所奏之天乐相比，凸显其音色之优美、品质之卓越。王维于表中合理安排叙

---

① 《全唐文》卷二八八，第 2924 页。
② 王维：《贺古乐器表》，王维撰，陈铁民校注：《王维集校注》卷九，北京：中华书局，1997 年，第 864-865 页。

事、进献、庆贺三部分内容,详略得法,且运笔精熟,虽是奇闻异事,而能令阅表者如亲见亲闻。除此文之外,其于肃宗时所撰《为画人谢赐表》则以生动鲜活的词句描绘了功臣图上中兴众臣刚毅威猛的形象:"运偶凤翔之初,无非鹰扬之士。燕颔猨臂,裂眦奋髯,发冲鹖冠,力举龙鼎,爰风猛毅,眸子分明。皆就笔端,别生身外。传神写照,虽非巧心;审象求形,或皆暗识",[①]以文辞代画笔,而不失其精神。盖摩诘"诗中有画"已为人所共知,而其表文实亦长于描摹叙状,自有其妙。

值得注意的是,"安史之乱"对唐代文学的影响是多方面的,这在表文写作中亦有所体现。乾元元年(758),王维因在长安沦陷期间被迫出任伪职,故于战乱平息后降授太子中允,而这对本应受极刑的他来说已是莫大的恩典,在谢官表文中,他即历数己罪,痛陈悔过:

> 臣闻食君之禄,死君之难,当逆胡干纪,上皇出宫,臣进不得从行,退不能自杀,情虽可察,罪不容诛。伏惟光天文武大圣孝感皇帝陛下,孝德动天,圣功冠古,复宗社于坠地,救涂炭于横流;少康不及君亲,光武出于支庶。今上皇返正,陛下御乾,历数前王,曾无比德。万灵抃跃,六合欢康,仍开祝网之恩,免臣衅鼓之戮,投书削罪,端衽立朝。秽污残骸,死灭余气。伏谒明主,岂不自愧于心;仰厕群臣,亦复何施其面。跼天内省,无地自容。[②]

言辞真挚,态度诚恳,实可谓一句一泪,令人读后自然产生同情怜悯之意,与前述二表风格明显不同。安禄山被刺身亡后,举国臣民欢欣鼓舞,而高适所作《贺安禄山死表》则将这种情绪表现得淋漓尽致:

> 臣得河南道及诸州牒,皆言逆贼安禄山苦痛而死,手足俱落,眼鼻残坏。臣闻负天者天诛,负神者神怒,其道甚著,今乃克彰。臣适诚欢诚喜,顿首顿首。逆贼孤负圣朝,造作氛祲,啸聚吠尧之犬,倚赖射天之矢,残酷生灵,斯亦至矣。臣恨不得血贼于万载,肉贼于三军,空随率土之欢,远奉九霄之庆。即当总统将士,凭恃威灵,驱未尽之犬羊,覆已亡之巢穴。无任踊跃庆快之至。[③]

表文开篇即以"手足俱落,眼鼻残坏"这样略带夸张的词句描写安禄山

---

① 王维撰,陈铁民校注:《王维集校注》卷一一,第1059-1060页。
② 王维:《谢除太子中允表》,王维撰,陈铁民校注:《王维集校注》卷一一,第1003页。
③ 高适著,孙钦善校注:《高适集校注》,上海:上海古籍出版社,1984年,第328页。

死状,读之即有痛快兴奋之感。其后"吠尧之犬""射天之矢"乃聚众作乱、逆天而行之典,用来比喻"安史叛乱"亦准确恰当。而"血贼万载""肉贼三军"等词句,更是直截明快地抒发满腔恨意。蒋一葵评此文"开口见喉咙,酷似其诗,令人爽然",①确如其言。

长安收复后,李泌担心玄宗迫于时势不肯自蜀归京,故为肃宗献谋"请更为群臣贺表,言自马嵬请留,灵武劝进,及今成功,圣上思恋晨昏,请速还京以就孝养之意",②而其表文乃常衮代撰:

> 顷者胡羯乱常,崤函失守。暴殄天物,凭陵帝京。上皇兴避狄之仁,陛下有蒙尘之难。赖宸衷果决,睿算昭宣。愤陵寝之樵苏,悲黎元之涂炭。必将尝胆,誓使燃脐。不有殷忧,何以启中兴之盛业;不有患难,何以彰拨乱之英哲。步自邠郊,至于朔漢。抚巡城邑,招致甲兵。诰命俯临,三让而登九五;师徒走集,一呼而踊百万。设坛拜将,虚左迎师。临朝有怵惕之容,率土下哀痛之诏。六军之号令既肃,万人之赏罚且明。汤火不辞,矢石何惧。及清秋戒节,太白方高。爰整军容,顺乎杀气。龚行天罚。扫彼妖氛。……败符融于淝水,自可惭功;破王邑于昆阳,未云快意。遂封尸于京观,旋振旅于王城。启辟千门,扫除九陌。祓膻腥于宫阙,洗毒螫于间阎。耆艾欢迎,久思周德。衣冠雨泣,还睹汉仪。讴吟变噢咻之声,气象回严凝之惨。廓丹霄以瞻羽卫,肃黄道而复銮舆。正宝位于北辰,道光主鬯;迎上皇于西蜀,欢展奉亲。永惟宗社之灵,实荷乾坤之庆。③

表文以玄宗避难入蜀及肃宗留京迎敌开篇,随后即叙写肃宗临危受命、卧薪尝胆之艰辛历程,其"殷忧""患难"一联用"何以"反问句成对,形式新颖,既合乎殷忧启圣、多难兴邦之旨,又彰显肃宗之英明果断、奋发图强。作者以"三让而登九五""一呼而踊百万"写灵武继位之事,表明肃宗登临大宝并非因觊觎皇位而先斩后奏,乃是顺从众意,勉为其难,且在此后全心致力于整顿军旅、抗击逆贼,虽虚言粉饰,亦足见其遣词用语之妙。在剿平祸乱后,长安臣民夹道相迎,喜极而泣,噢咻之声变为欢歌吟唱,惨酷之状转为和顺之景,正为玄宗描绘出一幅万象更新、百废俱兴的太平景象,意在说明其

---

① 蒋一葵:《尧山堂偶隽》卷二,《尧山堂外纪》(外一种),第1593页。
② 《资治通鉴》卷二二〇,北京:中华书局,1956年点校本,第7035页。
③ 常衮:《李采访贺收西京表》,《全唐文》卷四一六,第4258-4259页。

离蜀还京恰当其时,而文末"正宝位""迎上皇"一联,更是直接表现出肃宗思恋晨昏、以就孝养的拳拳心意。此表从形势与感情两方面竭尽全力为玄宗还朝打消疑虑、扫除障碍,无怪乎其得表后"乃大喜,命食作乐,下诏定行日",①这充分体现出作者高超的写作技巧与叙事策略。上述诸表虽题材、内容各异,但皆属以叙事陈情见长,不求雕琢用典、铺陈词藻者,而这种风格实际上也是此后中唐表文普遍具备的风格特点。

大历、贞元之际,章表愈趋平易朴实甚至寡淡无味,但亦有部分可观之作。杨于陵代崔宁所撰庆贺德宗登极赦免天下之章表以联句排比行文,颇具特色:

> 臣闻献岁之初也,惟天所以布和,将以发生万类,故降之春雨,俾泽及群品也。明后始立也,惟君所以施令,将以昭苏万国,故降之以大赦,盖与人更始也。……不颁瑞物,所以戒骄也。节省其用,所以防侈也。卑宫菲食,所以昭俭也。黜邪去佞,所以惩恶也。任才用能,所以劝善也。赏劳录效,所以报功也。睦亲敦族,所以明孝也。招谏纳言,所以闻过也。尊贤容众,所以兴化也。三事用殷,六府孔修。九功既备,无得而称。四海乂安,斯为盛矣。②

作者于开篇即用"献岁之初也""明后始立也"二长排成对,将德宗登极恩赦之举比之天降甘霖、普惠众生,而自"不颁瑞物"至"所以兴化也"则连用九个四六联句,一一历数德宗之善政美行。作者虽有意调整字句,打破对仗格式,但这种独具古文纡徐舒缓之美的新颖写法仍对后来作者产生了一定的影响,柳宗元、苏轼等名家四六中即时可见之,实乃表文之创格也。

韩翃《为田神玉谢茶表》先以"荣分紫笋,宠降朱宫。味足蠲邪,助其正直;香堪愈病,沃以勤劳。饮德相欢,抚心是荷"数句,③将茗茶之芬芳与君主之厚意巧妙结合,与前引张九龄《谢赐香药面脂表》有异曲同工之妙。其后"吴主礼贤,方闻置茗;晋臣爱客,才有分茶"一联又借吴主孙皓令韦曜以茶代酒及晋朝桓温、陆纳奉茶待客二典,体现德宗赐茶所蕴含的旌德礼贤之意,措辞用典皆切合题旨,韩翃之诗"一篇一咏,朝野珍之",④而其表文亦毫不逊色。

---

① 《资治通鉴》卷二二〇,第 7041 页。
② 杨于陵:《为崔冀公贺登极赦表》,《全唐文》卷五二三,第 5310 页。
③ 《全唐文》卷四四四,第 4527 页。
④ 计有功撰,王仲镛校笺:《唐诗纪事校笺》卷三〇,北京:中华书局,2007 年,第 1038 页。

自令狐楚、柳宗元等名家登上文坛之后,中唐表文创作亦随之渐入佳境。令狐楚进士及第后即被时任桂管观察使的王拱招入幕中代掌书记,其贞元九年(793)即曾多次为王氏拟撰上表,如《贺南郊表》即是其中较有代表性的一篇:

> 臣闻禘尝之礼,所以仁祖祢也;郊祀之仪,所以尊天地也。五帝之前,蒉桴土鼓致其敬,敬有余矣,而礼不足。三王以降,金罍玉斝备其礼,礼有余矣,而敬不闻。……岂若国家参文质于六经之中,陛下酌损益于百代之后,顺昊天之成命,得黎人之欢心。……刑莫大于成狱,陛下舍之,罪无轻重。恩莫深于延赏,陛下推之,泽及存殁。行道求志敢于直言者,既许以亲览。触纶挂网屏于远方者,又移之近郊。减来岁之新税,昭其俭也;弃比年之逋债,宏诸仁也。念勋臣而树勋者益劝,尊有德而不德者知惭。赐羸老有粟帛之优,礼神祇无牲币之爱。此所谓幽室尽晓,枯条遍春。雷雨作而蛰虫昭苏,风云行而笼鸟飞舞。①

开篇即用散句长排描述三皇五帝郊祀之礼,而或"礼不足",或"敬不闻",皆不及德宗顺应天意民心,超迈前古。其后则历数德宗之仁政,"刑莫大于成狱""恩莫深于延赏"二联使用三段式对句,"行道求志""触纶挂网"二联为上九下五之对句,"来岁""比年"二联为上六下四之重隔,而后四句则为九字、八字之单句对。句式灵活多变,运散成骈,已非四六之常态。而其元和初年所撰《贺赦表》以"悯朔边之介士,厚其寒衣,恢武功也;褒阙里之胄嗣,贲以布帛,振文教也。推恩而九族既睦,行庆而六师用张。忠贞必表于门间,耆耋遍羞其牢醴"数句体现宪宗之励精图治、勤政恤民,②亦同样使用三段式对句及七字单句对,而联句长度的增加无疑使章表的节奏显得更为流畅悠然,别有风味。

贞元十一年至元和三年(795—808),令狐楚于太原幕府任职,其间曾多次代李说、郑儋、严绶等节度使撰作章表,如其《贺灵武破吐蕃表》即是为李说所作:

> 臣闻天生四夷,用别荒服;国有二柄,谁能去兵。伏惟陛下臣妾兆人,庭衢六合。溟波静息,车轨混同。万里清平,三分厎定。

---

① 令狐楚:《为桂府王拱中丞贺南郊表》,《全唐文》卷五三九,第 5472 页。
② 《全唐文》卷五三九,第 5473 页。

而吐蕃膻臊丑类,狂狡阴计。乘陵冻草,妄窃边疆。相鼠无牙,安能穿屋;羝羊羸角,徒欲触藩。是以神圣启其将心,忠勇成于士力。兵既落于天上,房果陷于彀中。箝口之马,偾车而縶者千蹄;辫发之人,为俘舆尸者万指。遥知水赤,坐想风腥。①

作者首先将德宗治下万里清平之景象与吐蕃丑类骚扰边疆之行径进行对比,以见此番用兵之合理性。而后"相鼠无牙,安能穿屋"则反用《召南·行露》"谁谓鼠无牙,何以穿我墉"之诗句,喻指吐蕃宵小之辈,不可能对中原王朝产生很大威胁。而"羝羊羸角,徒欲触藩"则用《易·大壮》"九三"之爻辞"羝羊触藩,羸其角",说明其侵犯造逆的结果只能是飞蛾扑火、自取灭亡,用典准切。后文"兵落天上""房陷彀中"一联,显然承袭张说《唐故广州都督甄公碑》"兵落天上,思回行以出奇;房堕计中,守便宜而未进"之语。②而其"箝口之马""辫发之人"一联描写番军人仰马翻、死伤无数之景象,虽未曾亲临,亦"遥知水赤,坐想风腥",足见战况之惨烈与战果之辉煌。与此表相类,贞元十六年(800)招讨使韩全义破吴少诚军,令狐楚于《贺行营破贼状》(其一)中以"长蛇之首尾如截,应接自难;狡兔之窟穴已焚,死亡无所。方当破竹,犹系苞桑。剩锐气以长驱,抗威棱而直指。困虽犹斗,乱不能军。既摧众恶之锋,必丧元凶之胆"数句描写平叛大军之势如破竹、不可阻挡,③文辞雄壮豪迈、慷慨激昂。德宗对令狐楚于太原幕府所撰章奏之美亦颇为欣赏,"每太原奏至,能辨楚之所为,颇称之",④而刘禹锡在《唐故相国赠司空令狐公集纪》文中,亦对令狐楚之文学才能大加褒扬。⑤

柳宗元在顺宗即位后授任礼部员外郎,一时庆贺祥瑞表章皆出其手。其《礼部贺甘露表》有"朝光初烛,方湛湛而不晞;畏景转炎,更瀼瀼而未已。

---

① 《全唐文》卷五三九,第5477页。
② 张说著,熊飞校注:《张说集校注》卷一八,第884页。按,蒋一葵曾指出令狐楚《谢春衣并端午衣物表》"罪当禠带,忽颁御府之衣;忧可伤生,重延长命之缕"一联,出自张说《为建安王谢赐衣及药表》之"当从禠服,转承且吉之衣;宜章典刑,翻加有喜之药"。结合上文,可知令狐楚章表对燕公文字多有借鉴。见蒋一葵:《尧山堂偶隽》卷三,《尧山堂外纪》(外一种),第1601页。
③ 《全唐文》卷五四二,第5498页。
④ 《旧唐书》卷一七二《令狐楚传》,第4459页。
⑤ 刘禹锡《唐故相国赠司空令狐公集纪》:"咫尺之管,文敏者执而运之,所如皆合。在藩耸万夫之观望,立朝贲群僚之颊舌,居内成大政之风霆。导畎浍于章奏,鼓洪澜于训诰。笔端肤寸,膏润天下,文章之用,极其至矣。"这里的"文章"一词所指涉的对象,显然不是一般的文学作品,而是与治国安邦息息相关的"立言之文"。见《刘禹锡集》卷一九,北京:中华书局,1990年点校本,第232页。

缀叶而珠玑积耀,盈器而冰玉呈姿,芳袭椒兰,味兼饴醴"数句,①借《小雅·湛露》"湛湛露斯,匪阳不晞"及《小雅·蓼萧》"蓼彼萧斯,零露瀼瀼"之诗句形容露水浓重,即便受到阳光照射犹降而未止、凝而未散,缀叶盈器皆能见其美。明人李东阳对此表甚为赞赏,称其为唐宋表文中出类拔萃之作。而其《礼部贺嘉瓜表》之"质惟同蒂,见车书之永均;地则移风,知化育之方始。虽七月而食,豳土歌王业之难;五色称珍,东陵咏嘉宾之会",②用《豳风·七月》"七月食瓜,八月断壶"及阮籍《咏怀》(其六)"五色曜朝日,嘉宾四面会"之诗句表达种瓜之艰与食瓜之喜,由物及人,丽而有则。此外,蒋一葵曾一一列举其代京兆尹王权所撰五篇《贺雨表》中精妙可诵之句,并将其与宗元之游记进行对比:"昔人谓'子厚诸山游记,将死物俱说活了'。观诸表说天人感应处,若有胗蠁,信笔端巧夺化工矣"。③ 盖其上述作品善用诗语、雅致精工等长处,对荆公之四六表启有明显的影响,确非寻常作者可及。

柳宗元在贬官永州、柳州后,其表文的主题与风格皆与任职礼部时有明显的不同,如其元和七年(812)代韦彪所撰《永州谢上表》:

> 禄秩徒增,讵施乳哺之惠;服命虚受,宁兴襦袴之谣。况此州地极三湘,俗参百越。左衽居椎髻之半,可垦乃石田之余。旷牧守于再秋,弥骄犷俗;代征赋于三郡,重困疲人。分灾本出于一时,积弊遂逾于十稔。抚安未易,知法出而奸生;子育诚难,惧力劳而功寡。夙夜忧切,不敢遑宁。谨当宣布天慈,奉扬神化。以日繋月,傥或有成。少神恺悌之风,因答生成之造。④

柳宗元自永贞元年(805)任永州司马至此已历七载,其对于当地环境之恶劣,民风之彪悍,以及治理之困难皆有深刻的认识,故其在撰表时将相关问题一一列举,以达上听,并将其数年来的辛酸无奈凝聚于"抚安未易""子育诚难"一联之中。故此文名曰谢表,实则具有陈政论事的功能;虽是代撰,而更似柳宗元对沦落穷山恶水的倾诉。三年后其授任柳州刺史,在谢上表文中,他又以真挚恳切的笔调叙写其几十年来的经历与感慨:

> 早以文律,参于士林,德宗选于众流,擢列御史。陛下嗣登宝

---

① 柳宗元撰,尹占华、韩文奇校注:《柳宗元集校注》卷三七,北京:中华书局,2013年,第2375页。
② 柳宗元撰,尹占华、韩文奇校注:《柳宗元集校注》卷三七,第2382页。
③ 蒋一葵:《尧山堂偶隽》卷三,《尧山堂外纪》(外一种),第1599页。
④ 柳宗元撰,尹占华、韩文奇校注:《柳宗元集校注》卷三八,第2447-2448页。

位,微臣官在礼司,百寮称贺,皆臣草奏。臣以不慎交友,旋及祸
讻,圣恩弘贷,谪在善地。累更大赦,获奉诏追,违离十年,一见宫
阙。亲受朝命,牧人远方,渐轻不宥之辜,特奉分忧之寄。铭心镂
骨,无报上天,谨当宣布诏条,竭尽驽蹇,皇风不异于迩迹,圣泽无
间于华夷,庶答鸿私,以塞余罪。①

开篇"早以文律"至"皆臣草奏"数句,言其于德宗、宪宗时任监察御史及礼部郎官之事,表示自己文才堪用而屈居下僚。其后"不慎交友"至"一见宫阙"则述其因永贞革新失败而被贬永州的过程,将获罪的原因归结为"不慎交友"而受到牵连。显然在柳宗元来看,其过错并非无可宽恕,但却因此遭受重罚,其心中的不甘溢于言表。此番得任永州刺史,虽非其所愿,但也只能感念圣恩,"铭心镂骨,无报上天"。上述二表皆可谓敷陈明切、深婉凄壮,千古之后阅之犹能感人肺腑。北宋王禹偁、欧阳修、苏轼等人之谢官表文亦皆以辨理陈情、直叙心曲为主要内容,在写法上与子厚之表实不乏相通之处。

柳州章表之芬华,至晚岁仍不减其色。元和十四年(819)宪宗加尊号曰"元和圣文神武法天应道皇帝",时任柳州刺史的柳宗元亦上表庆贺:

启元和之盛典,延穹昊之景祚。理历凝命,实曰圣文;和众定
功,时惟神武。运行有法天之用,变化乃应道之方。鬼神协谋,夷
夏同志。大礼既建,鸿恩遂行。欢呼远匝于九围,渗漉普周于八
裔。庆超邃古,美冠将来。臣获守蛮荒,远承大典,潢污比陋,河清
幸遂于千年;尘壤均微,山呼愿同于万岁。②

依常理而言,此类表文多以大肆铺陈功德、颂扬伟绩为写作重心,常有浮泛不切之病,但宗元此表则紧密贴合十字尊号,依次阐发其内涵,使阅表者明了此尊号并非虚美奉承,而是字字有理有据、无可置疑。文末"潢污比陋""尘壤均微"一联又于自示谦卑的同时兼顾荣幸祝贺之意,亦可谓周全而得体,虽是铺排之题却写得朴实无华,堪称庆尊号表之范例。

值得一提的是,令狐楚、柳宗元诸表中皆不乏以成句为对仗之联语。令狐楚于贞元八年(792)入王拱幕府之前,曾代时任石州刺史的元韶作《谢上

---

① 柳宗元:《谢除柳州刺史表》,柳宗元撰,尹占华、韩文奇校注:《柳宗元集校注》卷三八,第2451页。

② 柳宗元:《贺册尊号表》,柳宗元撰,尹占华、韩文奇校注:《柳宗元集校注》卷三七,第2319-2320页。

表》,文中有"虽被坚执锐,曾立丝发之功;而化人成俗,未知韦弦之政"一联以示自谦,①"被坚执锐""化人成俗"分别出自《汉书》《礼记》。其贞元十六年代李说所撰《贺破贼兼优邮将士状》以"虽忠不烈,战士所羞;视死如归,武夫之志"一联写平叛军士之英勇无畏、不惧牺牲,②而"虽忠不烈,视死如归"乃李陵《答苏武书》中的名言。其《代李仆射谢男赐绯鱼袋表》中有"匈奴未灭,方忍耻于愚臣;童子何知,复蒙恩于圣主"一联,③以《史记》《左传》所载霍去病、范文子之言表达对德宗恩赐的惶恐与感念。另如其《贺南郊表》有"惟天为大,俾众庶咸新;如日之升,与品物相见"一联赞颂君主之盛业,④以《论语·泰伯》及《小雅·天保》之语成对,其后宋人张方平、曾巩、葛胜仲作四六时皆曾仿效之,足见其遣词择语之工。

柳宗元之《礼部为百官上尊号第二表》以"参天两地之功,为而不有;安上理人之德,置而不论"称颂宪宗功德,⑤而"参天两地""安上治人"分别出自《周易·说卦传》及《礼记·经解》。其《礼部贺嘉禾及芝草表》之"缉熙治道,保合太和,天惟发祥,地不爱宝",⑥用《乾卦·彖传》及《礼记·礼运》成句。其《代裴中丞贺分淄青为三道节度使表》以"自西自东,不违于指顾;我疆我理,咸得其区分"表达"率土之滨,莫非王土"之意,⑦以《诗》语成对,可见其妙。又如《代裴中丞谢讨黄少卿贼表》以"尽瘁事国,期毕命于戈矛;不宿于家,思奋身于原野"自表奋身许国之志,⑧则用《诗》对《礼》,亦无不合。储欣称柳州四六"饱饫经史,宫商谐和",⑨是非虚言。

此外,中唐后期表文亦偶可见以长句为对仗者。长庆元年(821),穆宗至南郊祭祀,大赦天下,白居易代宰臣上表庆贺,其中有"天下之目专专然观陛下之动,天下之耳颙颙然听陛下之言。斯则陛下出一言不终日必达于朝野,举一事不浃辰必闻于华夷。当疲人求安思理之秋,是陛下敬始慎微之日。苟行一善,则可以动人听而式歌舞;况具众美,信足以感人心而致和

---

① 令狐楚:《代石州刺史谢上表》,《全唐文》卷五四〇,第5482页。
② 《全唐文》卷五四二,第5498页。
③ 《全唐文》卷五四〇,第5483页。
④ 《全唐文》卷五三九,第5471页。
⑤ 柳宗元撰,尹占华、韩文奇校注:《柳宗元集校注》卷三七,第2316页。
⑥ 柳宗元撰,尹占华、韩文奇校注:《柳宗元集校注》卷三七,第2371页。
⑦ 柳宗元撰,尹占华、韩文奇校注:《柳宗元集校注》卷三八,第2409页。
⑧ 柳宗元撰,尹占华、韩文奇校注:《柳宗元集校注》卷三八,第2424-2425页。
⑨ 储欣编:《河东先生全集录》卷六,《四库全书存目丛书·集部》第404册,济南:齐鲁书社,1996年,第695页下。

平"数句,①称颂穆宗受万众景仰,一举一动皆为天下楷式。既有十一二字之单句对,亦有上四下十之杂隔对。次年韦处厚、路随采择六经之精粹成二十卷,总题曰《六经法言》,进呈穆宗以备观览,在随书所附之表文中,韦氏先以"膺休运则混六合而不让,思屈已则舞两阶而不疑"十二字单句对称美穆宗之文德武治,②其后则以"取诸身必本于五事,通诸物兼畅于三才。始九族以及于百姓,刑室家以仪于天下。圣君良主之往行,哲人壮士之前言。天人相与之际,幽明交感之应,穷理尽性之辨,药石攻磨之规。尧舜禹汤文武理乱之道尽在,君臣父子夫妇朋友之义必举"表示书中内容包罗万象、应有尽有,亦杂用八字、七字、六字及十二字长句对。这种写法虽在唐代章表中并不常见,但其对苏轼及北宋后期作家以长句对仗叙事说理者,当有一定的启发。

李商隐虽自谦四六应用"非平生所尊尚,应求备卒,不足以为名",③但这并未影响其表状书启等作品被后人推赏为晚唐乃至唐代四六之翘楚。义山青年时期之表状即已体现出精于使事用典的特点,如其开成二年(837)庆贺令狐楚长子令狐绪风痹痊愈所作状文,其中有言曰:"且相如痟渴,不闻中愈;士安瘵疾,乃欲自裁。爰在前贤,亦有沈痼。岂若此蹒跚就路,伛偻言归。念彼良方,始忧病在骨髓;征诸大易,终闻蹇利西南",④引司马相如及皇甫谧所患痼疾而不愈之事,反衬令狐绪风痹全消之幸。而"念彼良方""征诸大易"一联先以扁鹊见齐桓侯疾愈深而回天乏术之事,写令狐绪患病之初众人之忧虑不安;而后用《蹇》卦"利西南,不利东北"之卦辞,比喻其风痹跛行之状至西南方之兴元府而恢复如常,一语双关,足见其用事之妙。大中元年(847),郑亚赴任桂州刺史,李商隐代其撰作到任谢表,其先以"嘉树无忘于封殖,青毡不落于寇偷"比喻郑氏幼承家训,勤学不怠,⑤用《左传》《世说》所载季武子、王献之典故。其后"督晋氏迁延之役,绝戎人侦逻之奸"二句,则指其会昌三年(843)与李岐、李回受命安抚党项及督责河朔三镇讨

---

① 白居易:《为宰相贺赦表》,白居易著,谢思炜校注:《白居易文集校注》卷二四,北京:中华书局,2011年,第1317-1318页。
② 韦处厚:《进〈六经法言〉表》,《全唐文》卷七一五,第7342页。
③ 李商隐:《樊南乙集序》,李商隐著,刘学锴、余恕诚校注:《李商隐文编年校注》,北京:中华书局,2002年,第2177页。
④ 李商隐:《上令狐相公状》(其七),李商隐著,刘学锴、余恕诚校注:《李商隐文编年校注》,第122页。
⑤ 李商隐:《为荥阳公桂州谢上表》,李商隐著,刘学锴、余恕诚校注:《李商隐文编年校注》,第1296页。

伐刘稹叛乱之事,用《左传》《后汉书》所记迁延之役及南单于"为郡县侦逻耳目"之事。在述及郑亚授任桂管观察使时,义山借用东汉贾琮至冀州赴任"传车褰帷"及曹操、曹丕父子"上马横槊,下马谈论"二事:"褰帷廉部,犹恐坠于斯文;横槊令军,实致忧于不武。"而在描写桂州"俗杂华夷"之风气时,则又使用南越王赵佗及交趾太守士燮之旧事:"文身椎髻,渐尉佗南越之余;叩鼓鸣钟,传士燮交州之态。"因义山惯于在章表中大量、频繁地使用人物事典,故其作品常给人以秾丽繁缛之感,而这种写法在入宋之后大体上已为文家所摒弃,即便是通常被认为继承义山衣钵的以杨亿、刘筠为代表的昆体作家,其章表虽亦精于用典,但在数量及频率方面与义山相比亦是"望尘莫及"。

虽是如此,但义山表文中亦不乏以长句为对仗及以论事说理见长者,其会昌元年(841)代时任华州刺史的周墀撰贺赦表文,对武宗之善政大加褒赞:

> 取直言之科,则听舆论者不足算;设宥过之令,则除乡议者未可侪。延赏推恩,用以劝御灾捍患之士;减租退责,将以矜火耕水耨之人。养庶老,颁渾糜暖帛之资;走群望,洁刲牲瘗币之礼。古不睹者复睹,古不闻者复闻。万蛰苏而六幽尽开,五刃藏而九土咸辟。①

一段之内灵活使用密隔、杂隔、疏隔及单句对,以长句为对仗,打破四字六字律令,与前举令狐楚《贺南郊表》之写法颇为近似。其同年代周氏所撰《以妖星见贺德音表》先以"覆载莫大于天地,而升降之气或不接;照临莫大于日月,而薄蚀之度或有差。岂惟休咎之征,自是阴阳之事。旋观彗孛,载考策书,虽欲为灾,曷尝胜德"数句,②表明彗星出现乃自然天象,非关吉凶,且有德者更无须为之烦恼,并历数武宗仁善之举:"戒田游则成汤祝网之意,释冤滞乃大禹泣辜之慈。罢去修营,惜汉民十家之产;劝课耘耔,复周邦九岁之储。德已厚矣,仁已极矣。然犹避寝自责,撤膳贻忧。以此延休,何休不至;以兹备患,何患能为"。其后"贞观之理也,太宗文皇帝吞蝗而灾沴息;泰岱之封也,玄宗明皇帝露坐而风雨销"一联,则引太宗、玄宗二圣苦其身而致灾患平息之往事,证明武宗之德行具足,芒角之见、晷度之失,皆不

---

① 李商隐:《为汝南公华州贺赦表》,李商隐著,刘学锴、余恕诚校注:《李商隐文编年校注》,第541—542页。

② 李商隐著,刘学锴、余恕诚校注:《李商隐文编年校注》,第602—603页。

第 2 章　宋前表启及律赋创作对北宋表启的影响　　51

足为惧。以长句为对仗之外,更体现出作者辨理论事之能。虽然视义山骈体独开宋四六之局面的看法值得商榷,但其部分作品突破四六格式规限、层层递进说理的写法,则确为北宋作家所继承、延续。

　　自唐代中后期伊始,应用公文的撰写能力在一定程度上对士人之升迁有所帮助,擅长此道者亦往往被视为一种"专门型人才"。① 唐末至五代十国时期战乱频仍、局势动荡,割据政权内部与外部频繁的文书往来,以及文士数量的缩减,更使得各国对应用之才的需求明显增加,王定保在称赞顾蒙应用之才时,将通常用来形容王言典范的"燕许大手笔",与"刀尺"相结合,从而创造出"燕许刀尺"一词。② 由此可知在彼时文人的观念中,寻常可见之表状笺启与"高高在上"的典谟训诰一类王言大作,在"身价"上并无悬殊的差距,而在写法上亦有相通之处。虽然从实际情况来看,表状笺启等应用之作究与制诏王言不可等量视之,但彼时文士对应用文的重视程度则于此可见。

　　现当代学者对罗隐的关注,大多围绕其诗歌创作及《谗书》《两同书》中所体现出的思想观念进行研究,而在一定程度上忽略了罗隐作为四六文名家的一面。清人贺裳认为"温、李俱善作骈语,故诗亦绮丽。隐之表启不减两生",③称罗隐之表启可同温李并驾齐驱。其后阮元在《四六丛话后序》中,进一步点明了段成式、罗隐与温、李骈文的风格差异:"义山、飞卿以繁缛相高,柯古、昭谏以新博领异",④亦对其骈体颇见推许。

　　罗隐于光启三年(887)经罗绍威举荐入钱镠幕府为掌文翰,对他而言,这不啻于重获新生。⑤ 由于唐末藩镇节度与中央朝廷间的关系十分微妙,既要维系日常的礼节往来,不可明目张胆地逾越君臣上下之分,又要谨言慎

----

① 如吴丽娱所谈到的:"中晚唐之际,实用性的章表书檄既为朝廷与藩镇间处理政事、协调关系一日不可或缺,且更为藩镇间所用,故此类文章在社会上传播流行,擅长者也以此为进身之阶。……大量掌记人才的出现及其由此而宦达的历史表明,此种文章的实际社会政治功用远过诗赋。"吴丽娱:《唐礼摭遗——中古书仪研究》,北京:商务印书馆,2002年,第117页。
② 王定保:《唐摭言》卷十,上海:上海古籍出版社,2012年点校本,第77页。
③ 贺裳:《载酒园诗话又编》,见郭绍虞编选,富寿荪校点:《清诗话续编》,上海:上海古籍出版社,1983年,第383页。
④ 孙梅:《四六丛话》,北京:人民文学出版社,2010年点校本,第2-4页。
⑤ 据《吴越备史》,罗隐委身于浙西幕府,与钱镠征辟书中"仲宣远托刘荆州,盖因乱世;夫子乐为鲁司寇,只为故乡"一联有一定关系。该联非仅切合情事,足知此幕府对文士的倚重;且以王粲、孔子比之罗隐,更显示出钱镠对其文华的钦慕。故罗隐阅后曰:"是不可去矣",遂为掌书记。虽然不能完全确定此条记录的真伪,但四六应用在彼时社会生活中所具之重要性则可见一斑。见钱俨《吴越备史》老二,《文渊阁四库全书》第461册,第527页下。

行,尽可能避免由失误疏漏所导致的对自身利益的不良影响,故负责公文写作的文士必须在行文过程中时时刻刻权衡利弊、揣摩词句、拿捏语气。而罗隐高超的应用才能,于此正得用武之地。据《吴越备史》所载:

> 王初授镇海节度时,命沈崧草谢表,盛言浙西繁富,成以示隐。隐曰:"今浙西兵火之余,日不暇给,朝廷执政,方切于贿赂,此表入奏,执政岂无意于要求邪?"乃请更之。其略云:"天寒而麋鹿常游,日暮而牛羊不下。"朝廷见之曰:"此罗隐词也。"①

依照常理,授官之谢表,理当以积极进取的态度,展现不负重托之决心,因此沈崧"盛言浙西之繁富",实为遵循惯例的常规写法。但罗隐则更为关注上表之后对藩镇现实利益的影响,故选择在表文中着力烘托战火劫余后的萧飒衰落,其谋虑深远,可见一斑。与此类似,乾宁四年(897)因钱镠平董昌有功,昭宗颁赐恕死铁券,罗隐又代其上《谢赐铁券表》。文中用语如"虽君亲属念,皆云必恕必容;而臣子为心,岂敢伤慈伤爱。谨当日甚一日,戒子戒孙,不敢因此而累恩,不敢乘此而贾祸"等,②在谢恩的同时尽展忠心,措辞谦恭卑顺之至,而又颇合于现实情境,可称得立言之体。与温李之秾丽华靡相比,罗隐之四六章表遣词造句更为简明直截,而用典使事亦不乏精妙之处,整体风格较为流畅顺达。

在懿宗时入唐求学并曾为官的崔致远,亦可称唐末四六文的代表性作家之一。他"始西游时,即与江东诗人罗隐相知",后又与顾云共事于淮南高骈幕府,过从甚密,其在《献诗启》中即对顾云的文学造诣表现出了极度的钦慕。罗、顾二人可称义山之后骈体公文写作的大家,以"刀笔"工作为生的崔致远,自然有着熟练掌握四六应用的现实需求,而罗、顾的相关作品则为他提供了现成的参照模板。

与韩国学者相比,中国学界对崔致远的关注尚较为有限,且多集中于汉诗方面,而其《桂苑笔耕集》中为数众多的骈体作品则少见留意。陈尚君曾于《崔致远在中国文学发展中的地位》一文中,对崔致远骈文的风格特征进行过简单总结,如增加文气转折、对句多变、用典显豁、表达自如等,③为学

---

① 钱俨:《吴越备史》卷二,《文渊阁四库全书》第 464 册,第 527 页下。
② 罗隐:《代武肃王钱镠谢赐铁券表》,罗隐撰,雍文华校辑:《罗隐集·杂著》,北京:中华书局,1983 年,第 305-306 页。
③ 陈尚君:《崔致远在中国文学发展中的地位》,《汉唐文学与文献论考》,上海:上海古籍出版社,2008 年,第 198-205 页。

界正视崔致远骈文的艺术价值提供了一定的帮助。其后翟景运又对崔氏骈文在描摹物象与使事用典等方面的特长进行过分析,①同样为研究者进一步了解其偶俪之作奠定了基础。但客观来讲,这些所谓的"特征",实非崔氏所独具,而从四六表文发展流变的角度来看,崔致远对于经典成句的融摄择取与灵活运用,实有着更为突出的影响与意义。

在进入高骈淮南幕府后,黄巢之乱即成为崔致远平生所经历的最为重大的历史事件。《桂苑笔耕集》中可见多篇与此相关的骈体文章,其中即不乏引成句入联者,如其《贺杀戮黄巢徒伴表》中描写平乱大军的军容齐整、步调划一之联云:"齐驱于六步七步,果划于左之右之",②上下句分别引用《尚书·牧誓》"今日之事,不愆于六步七步,乃止齐焉",③与《小雅·裳裳者华》"左之左之,君子宜之;右之右之,君子有之"二《书》《诗》原句,④对仗新颖且描写生动。

幕府文士所承担的最主要工作,即为代节度使撰写涉及上奏、请命、称谢、祝贺等事项的表状公文,而这也是《桂苑笔耕集》中保存数量最多的作品。在这些文章中,崔致远引原句以成联的手法亦时可得见,如《奏李楷以下参军县尉等状》赞扬被举诸人"学优则仕,既知禄在其中;见善若惊,不愧艺成而下",⑤上联全出《论语》,下联之"见善若惊"源自孔融《荐祢衡表》,⑥"艺成而下"则见于《礼记·乐记》,⑦全联四句皆由典语连缀而成。其《请转官从事状》之结句云:"所冀元戎十乘,速成讨罚之功;越府三才,各得施张之处",⑧"元戎十乘"出自《小雅·六月》,表达征讨叛逆之决心;"越府三才"本指东海王司马越幕府中潘滔、刘舆、裴邈三位才俊,崔致远则以之喻指本次请求转官的薛砺、郑傲、顾云三人,可谓妥帖而精巧。值得一提的是,北宋初期四六作家即多次将"元戎十乘"作为"联语"使用,如宋太宗时馆臣所撰《镇州节度田重加恩制》中即有"委元戎十乘之权,授三令五申之制"之句,⑨

---

① 翟景运:《论崔致远〈桂苑笔耕集〉在唐代骈文史上的地位》,《东亚文学与文化研究》2010年第00期,第127-137页。
② 崔致远撰,党银平校注:《桂苑笔耕集校注》卷一,北京:中华书局,2007年,第13页。
③ 《尚书正义》卷一一,见阮元校刻:《十三经注疏》(清嘉庆刊本),第389页。
④ 《毛诗正义》卷一四,见阮元校刻:《十三经注疏》(清嘉庆刊本),第1030页。
⑤ 崔致远撰,党银平校注:《桂苑笔耕集校注》卷四,第107页。
⑥ 《后汉书》卷八〇下《文苑列传第七〇下·祢衡传》,第2653页。
⑦ 《礼记正义》卷三八,见阮元校刻:《十三经注疏》(清嘉庆刊本),第3333页。
⑧ 崔致远撰,党银平校注:《桂苑笔耕集校注》卷六,第155页。
⑨ 《宋大诏令集》卷一〇四,北京:中华书局,1962年整理本,第385页。

又如杨亿《代陈州李相公陈情表》中亦有"厚禄万钟,深负素餐之愧;元戎十乘,莫伸汗马之劳"之联。① 虽然不能肯定这些宋初文士曾借鉴了崔致远的作品,但其引成句入四六的创作手法,无疑对北宋四六表启"善用成句"之创作特征的形成有一定的影响。崔致远在中国古代文学史上的地位虽远不能与其在朝鲜半岛被视为"东国汉文学之祖"的光辉璀璨相提并论,但其四六骈俪之创作技法与行文风格皆有独到之处,对于考察四六表启由唐至宋的发展演变,有着较高的参考价值。

宋人对五代之文格,素有"衰陋""卑弱"之讥。南宋时崔敦诗与宋孝宗的对话,更是从世道与人文之关系的角度,对六朝与五代之文加以批驳:

> 我朝孝宗皇帝,一日与崔敦诗论文章关世变,……(孝宗)又问曰:"六朝五代之文如何?"敦诗曰:"六朝之文破碎,遂有土地分裂之象;五代之文粗悍,遂有草茅崛起之象。"②

五代时期确属乱世无疑,逢此战乱频仍之际,多数文士唯求安身立命而已,更无从施展其才学抱负。而优秀文士的流失,使得"应用之才"一时颇显"珍稀",这一问题于唐末即已肇端倪:

> 唐光启中,魏博从事公乘亿以女妻之,因教以笺奏程序。时中原多难,文章之士,缩影窜迹不自显。亿既死,魏帅以章表笺疏淹积,兼月不能发一字,或以鹭为言,即署本职,主奏记事。累迁职自支使、掌记至节度判官;奏官自校书、御史、郎官、中丞、检校常侍至兵部尚书。③

以上所记魏博节度幕府缺乏应用文士的现象,殆属罗弘信执掌魏博军政时之事。而罗弘信之子罗绍威雅好文学,为诗倾慕罗隐,其继任魏博节度时,"每命幕客作四方书檄,小不称旨,坏裂抵弃,自劈笺起草,下笔成文"。④ 可见魏博幕府应用人才稀缺,公文写作水平不尽人意的情况,至罗绍威时仍未有太大改变。

在五代群雄并起、逐鹿天下的过程中,除了军事力量的竞争,外交辞令

---

① 杨亿:《武夷新集》卷一四,《宋集珍本丛刊》第2册,北京:线装书局,2004年,第323页下。
② 李之彦:《东谷所见》,宛委山堂本《说郛》卷七三,见陶宗仪等编:《说郛三种》第6册,上海:上海古籍出版社,1988年,第3426页上。
③ 《旧五代史》卷二四《梁书·孙鹭传》,北京:中华书局,1976年点校本,第324页。
④ 孙光宪:《北梦琐言》卷一七,北京:中华书局,2002年点校本,第326页。

第 2 章 宋前表启及律赋创作对北宋表启的影响

作为一种政权"软实力"的象征,亦普遍受到地方豪强的重视,在某种程度上,应用文书的交互往来,可谓彼时"替代性战役的一种"。各方统治者皆热衷于收罗、聘任擅长文书写作的应用之才,这也成为当时的重要社会文化现象之一,诚如赵翼在《廿二史札记》中所谈到的:

> 五代之初,各方镇犹重掌书记之官。盖群雄割据,各务争雄,虽书檄往来,亦耻居人下。觇国者并于此观其国之能得士与否,一时遂各延至名士,以光幕府。①

由此可见,藩镇对应用人才的吸纳,除了文书工作的实际需求外,也涉及政权本身的"面子"问题。而经过一段时间的广收博揽,最终形成了各地皆有代表性文士"坐镇"的局面:

> 自广明大乱之后,诸侯割据方面,竞延名士,以掌书檄。是时梁有敬翔,燕有马郁,华州有李巨川,荆南有郑准,凤翔有王超,钱塘有罗隐,魏博有李山甫,皆有文称,与袭吉齐名于时。②

应用文实际社会功用的提升,促使彼时文士开始潜心钻研此类文章的写作技法,而一些精通此道者的作品,也自然广受"追捧",这也就导致了"应用类专集"的大量编辑刊行。吴丽娱、翟景运等学者已经在自己的著述中对唐末五代时期出现的表状笺启类四六专集进行过较为详细的统计,全面展示了此类文集在当时的编纂、流通情况。值得一提的是,以"四六""刀笔"命名的应用文专集在北宋前期仍可得见,③如王禹偁、丁谓、杨亿、刘筠、宋祁等名家皆有此类文集流通于世。由此可以明确的是,对应用文写作的热衷,

---

① 赵翼撰,王树民校证:《廿二史札记校证》卷二二,北京:中华书局,2013 年,第 475 页。
② 《旧五代史》卷六〇《唐书·李袭吉传》,第 805 页。
③ 需要说明的是,刀笔类文集的内涵界定较为含混。据《四库总目·山谷刀笔》:"考《宋史·艺文志》,杨亿亦以刀笔别行,盖当时风气有此一体云。"由于杨亿等人的《刀笔集》早已无存,而今可见《山谷刀笔》二十卷,通篇皆为黄庭坚与友人之间的往来尺牍,与刀笔吏者所为之应用文章全然不同,纪昀即认为:"黄山谷名其尺牍曰《刀笔》,已非本义。"实际上,"刀笔"在宋代确实存在一个含义上的变化。朱弁《曲洧旧闻》卷九:"旧说欧阳文忠公虽作一二字小简,亦必属稿,其不轻易如此。然今集中所见,乃明白平易,反若未尝经意者,而自然尔雅,非常所及。东坡大抵相类,初不过为文采也。至黄鲁直始专集取古人才语以叙事,虽造次间必期于工,遂以名家。二十年前,士大夫翕然效之,至有不治他事而专为之者,亦各一时所尚而已。方古文未行时,虽小简亦多用四六。而世所传宋景文公《刀笔集》,虽平文,而务为奇险。至或作三字韵语,近世盖未之见。"据此可知宋人以"刀笔"指小品尺牍,并非黄庭坚改换本义,而是自宋初"古文未兴"之时,即多以四六为尺牍,并以"刀笔"名之。黄庭坚遵循这一命名传统,只是彼时之尺牍,已多以散体为之而已。因此宋人之"刀笔",在内涵上虽然不同于五代之文吏公文,但宋初之《刀笔集》,实仍可视为四六文专集。

自中唐至北宋前期犹未见衰减,故北宋文人虽对乱世之文学不屑一顾,但宋初文士对四六应用的重视,实与唐末五季一脉相承,而这也是宋四六得以发展的重要前提。

五代时期的部分章表具有精于用事的创作特点,陶岳于《五代史补》中曾载录李宏皋、李宏节兄弟代马殷草拟谢表之事:

> 李皋与弟节俱在湖南幕下,节亦有文学。同光初,马氏武穆王授江南诸道都统,诏赐战马数百匹。皋为谢表百余字后,意思艰涩,时节在侧,皋顾谓之曰:"尝闻马有旋风之队,如何得一事为对?"节曰:"马既有旋风队,军亦有偃月营,何患耶?"皋欣然下笔云:"寻当偃月之营,摆作旋风之队。"表遂成,论者以此对最为亲切。①

李宏节能够迅速以后汉杨阜于冀城抵御马超进攻时布阵"偃月营"之典,②同其兄所欲用之"旋风队"成对,足见其博洽多闻,该联与罗隐《贺昭宗更名表》"虞舜姬昌"及郑准《乞归姓表》"陶朱张禄"二名联相比亦不遑多让。但不可忽略的是,与大一统王朝有所不同,五代十国政权更迭频繁,相互间的政治关系十分复杂微妙,这就使得当时的应用文写作,既要满足遣词达意顺畅清晰的基本要求,还要审时度势,讲求效率,故彼时文士多以"敏捷"著称。③倚马可待,下笔立成,讲求的就是为文快速且准确,而这样的写作环境,自然会对章表的整体风格产生很大的影响,且部分统治者的文化水平,也确实未必能够接受精雕细琢的表启章奏。后唐牛希济之《表章论》,正明白道出了这一问题:

> 表章之用,下情可以上达,得不重乎?历观往代策文奏议,及国朝元和以前名臣表疏,词尚简要,质胜于文,直指是非,坦然明白,致时君易为省览。夫聪明睿哲之主非能一一奥学深文,研穷古训,且理国理家理身之道,唯忠孝仁义而已,苟不逾是,所措自合于典谟,所行自偕于尧舜,岂在乎属文比事?……况览之茫然,又不

---

① 陶岳:《五代史补》卷四,《文渊阁四库全书》第407册,第673页下。
② 《三国志》卷二五《魏书·杨阜传》:"阜率国士大夫及宗族子弟胜兵者千余人,使从弟岳于城上作偃月营,与超接战"。北京:中华书局,1983年点校本,第701页。
③ 如《旧五代史》卷一八《梁书·敬翔传》:"敬翔字子振,同州冯翊人。……翔好读书,尤长刀笔,应用敏捷"。第246页。另如《旧五代史》卷七一《唐书·马郁传》:"马郁,其先范阳人。郁少警悟有俊才智数,言辨纵横,下笔成文"。第937页。

亲近儒臣,必使旁询左右,小人之宠用是为幸。倘或改易文意,以是为非,逆鳞发怒,略不为难。……盖不可援引深僻,使夫不喻,且一郡一邑之政讼者之辞,蔓引数幅,尚或弃之;况万乘之主,万机之大,焉有三复之理。……窃愿复师于古,但置于理,何以幽僻文烦为能也。①

作者对后唐君主的文化水平进行了巧妙的"掩饰",认为他们无暇"奥学深文,研穷古训"。而表章达意不清、叙事不明,只能令君主"旁询左右",这就给了一些小人假公济私的机会,严重者更会颠倒黑白、"以是为非",影响到国家的长治久安。将公文写作的意义提升到施政层面,这与牛氏在《文章论》中着力推崇能够"垂是非于千载",且"殁而不朽"的"君子之文",并疾声呼吁"退屈宋徐庾之学"的观点完全一致。②

而就《五代史》《全唐文》等文献所收录的为数不多的五代四六章表来看,牛希济的想法基本得到了落实,只是"不可援引深僻"几乎走向了"不见援引","复师于古"或变成了"复归于朴",类似罗隐、郑准、李宏皋诸家表文中的"精工巧对"实难得一见。更多的,即是如后唐杜崇龟《请修省以塞天变表》、史在德《请节国用表》,后晋安重荣《请讨契丹表》、李守贞《上南唐元宗乞师表》等等,仅以平白的语句陈述原委、提出建议,而并不讲求文辞之美与对仗之工的简要平实之作。

相对而言,后周文人四六章表的写作水平在五代时期更为突出。周世宗柴荣于显德元年(954)正月即位,群臣上尊号曰"圣明文武仁德皇帝",而观庆贺此盛事之表文中"远服殊邻,王道无偏而荡荡;亲平叛垒,天网不漏而恢恢","文班黼黻之章,常武蓄雷霆之势。仁兼孝以并率,德与道而相权"数联,③文采确胜于现存之多数五代章表。显德初年任兵部尚书的张昭,在当时与田敏同被目为"后学之宗师,当今之雄尚",④他曾奉旨据自家所藏典籍"撅其兵要"撰成《制旨兵法》一书进献世宗,并于《进所撰兵法表》中讲述编纂原委曰:"留连于尺籍伍符,探赜于枫天枣地。以为人情贵耳而贱目,

---

① 《全唐文》卷八四五,第8878页。
② 《全唐文》卷八四五,第8879页。
③ 冯道:《请上尊号表》,《全唐文》卷八五七,第8990-8991页。需要说明的是,《册府元龟》记此表乃冯道"率文武百僚、诸道节度使、内外将校、官吏、耆老、僧道等"所上,实则该表是否为其亲撰并无确证,故《全唐文》将其"著作权"径归冯道名下,似略欠妥当。《册府元龟》卷一七,南京:凤凰出版社,2006年校订本,第180页。
④ 《册府元龟》卷六〇八,第7019页。

儒者是古而非今。……宁误滋水钓翁之学,今乃椎轮。圮桥神叟之言,已为糟粕",①称柴荣对今世之人徒究心于古代智谋奇谈,而不能观其实际、得其旨要,致使当时所传兵书战策多已失去其现实意义的状况颇有不满。以上数句皆为经典中语,亦能切合表文主题,但就整体风格而言,相对于晚唐及唐末诸家之文,明显更为平实质朴。

与中原王朝相比,前蜀、后蜀、南唐等国由于政治局势相对稳定,文化氛围较为浓厚,风流文雅之士多集于此,故其文学创作水平亦更胜一筹,正如郑方坤所云:"五代中原多故,风流歇绝,固不若割据诸邦,犹能以文学显"。② 而除了诗歌词曲等纯艺术性文类外,这些地区的应用之作同样有着较高的水准。

前蜀文士冯涓学识渊博,自比杜工部。③ 其所作文章亦确"迥超群品",草拟章奏则"悉于教化",④堪称一时之"大手笔"。王建平西川后,曾多次向昭宗请命处死陈敬瑄、田令孜,而皆未得许,至景福二年(893)便欲自行其是,先斩后奏,事毕方令冯涓撰表以达上听。其全文虽已不可见,但文中"开匣出虎,孔宣父不责他人;当路斩蛇,孙叔敖非因利己"一联因用事亲切而得以流传后世。⑤ 其前联用《论语·季氏》中孔子批评冉有、子路作为家臣,而不能尽职劝谏阻止季氏攻打颛臾,反巧言推脱责任的故事,将王建私用极刑的行为,美化修饰成替主君分忧责无旁贷,而行其所难为之事的"忠义之举";后联则将王建此举与孙叔敖少年时斩蛇当道之事相提并论,意在表明其所作所为全出公意而毫无私心。冯涓此表虽难逃"文过饰非"之嫌,但其用事之巧妙合宜着实令人佩服,以至后世小说家亦将此联援引入文。⑥

王建于天光元年(918)去世后,后主王衍即位,其奢侈荒淫、横征暴敛已明著于史册。而彼时朝臣中亦有敢于犯颜直谏者,如蒲禹卿即可称其中代表。蒲氏在乾德四年(966)应制科之策文中即指斥当朝官员"暂偷目前之安,不为身后之虑。衣朱紫者皆盗跖之辈,在郡县者皆狼虎之人。奸佞满朝,贪淫如市",⑦丝毫不留情面。王衍于咸康元年(925)欲至秦州巡游,蒲

---

① 《全唐文》卷八六四,第9055页。
② 王士禛原编,郑方坤删补,戴鸿森校点:《五代诗话·例言》,北京:人民文学出版社,1998年,第7页。
③ 孙光宪:《北梦琐言》卷二〇,第364页。
④ 何光远撰,邓星亮等校注:《鉴诫录校注》卷四,成都:巴蜀书社,2011年,第96页。
⑤ 《全唐文》卷八八九,第9287页。
⑥ 凌濛初:《初刻拍案惊奇》卷二二,上海:上海古籍出版社,1982年标点本,第383-384页。
⑦ 蒲禹卿:《应制科策》,《全唐文》卷八九〇,第9302页。

禹卿又撰表极力劝谏,该表共计两千余言,乃今传五代十国应用文中篇幅最长者。① 该表开篇,蒲氏即历数王建开国奠基之艰难,多年励精图治方得"当四海辐裂之秋,成万代龙兴之业",而王衍亦当以其父为榜样,"听五音而受谏,以三镜而照怀。少止宿于诸处林亭,多历览于前王书史"。随后蒲氏便一一列举此次秦州之行的诸多不宜之处,如该地位处边境,"营中只带甲之士,城上宿枕戈之人。看烽火于孤峰,朝朝疑虑;睹望旗于绝岭,日日提防",十分凶险。另外,因帝王出行"其类苍龙出海,云行雨施,岂合浪静风恬,必见伤苗损物",所历州县接待不易,难免对属地官民造成负担。更为重要的是,如后唐等大国君主很可能在王衍出行途中以邀约会盟的名义令其入朝觐见,而以弱应强,无论去与不去,皆于我不利。况且蜀国正当强盛之际,为君者应"不信倡媚,不耽荒淫,出入而所在防微,动静而无非经久",如此便"匪唯要看天水,直可便坐长安",定鼎天下。全文言辞肯綮,绝无藻饰,而其用心之良苦,直可与诸葛亮《出师表》相仿佛,端为五代章表之名作。

后蜀较前蜀国祚略长,这主要是由于中原战乱频仍,而蜀地则境内少安,故经济文化得以持续发展。然其文士所撰应用文字现存颇少,唯有因两撰降表而被讥讽为"世修降表李家"的李昊代孟昶所草降宋之表今犹可得见。② 李昊此前为王衍所作《降后唐表》中已不乏"混车书于天下,走声教于域中","太阳出而冰雪自消,睿泽敷而黔黎尽泰","释残生于扑蛾之灯,全必死于戏鱼之鼎"等可观之句,③ 而此表用语之工致与抒情之深婉,则犹有过之。该文开篇称孟昶偏居蜀地,"只知四序之推移,不识三灵之改卜",用陆机《汉高祖功臣颂》之成句。其后"当凝旒正殿,亏以小事大之仪;及告类圜丘,旷执贽奉琛之义"一联,则先以《孟子》之语表明蜀国虽知当"以小事大",但未能尽其周全,有悖"畏天者保其国"之理,此番降宋即属违天之谴;后用张衡《东京赋》所言,为帝臣者依奉聘之礼当"献琛执贽",④ 而后蜀亦旷废其事,将国亡之原因归结于未能顺天尊依大宋,得罪上国而遭此责罚,合于降表之体。表文后半则尽抒哀怜之情,以求宋太祖能依刘禅降晋及陈叔宝入隋"皆因归欵,尽获全生"之前朝旧事,对皇室家眷予以妥善安置。而末尾联句"先臣寝庙,不为樵采之场;老母庭闱,尚有问安之所",已纯是摇尾乞怜

---

① 蒲禹卿:《谏蜀后主东巡表》,《全唐文》卷八九〇,第9300-9302页。
② 李昊:《代后蜀主孟昶降表》,《全唐文》卷八九一,第9308-9309页。
③ 李昊:《为王衍草降表》,见吴任臣:《十国春秋》卷三七《前蜀三·后主本纪》,北京:中华书局,2010年点校本,第551-552页。
④ 《文选》卷三,第56页下。

之态,无丝毫王家尊严,世事沧桑,令人慨叹。盖此表对当事人而言,实为不堪回首、无可奈何之作,然仅论其遣词达意,则无愧五代章表之佳什。

南唐之文采风流,当可称五代十国之翘楚。该国文士之诗词创作皆以清婉淡雅为宗,颇为后世称赏。而国灭之后,大批饱学儒雅之士如张泊、舒雅、陈彭年等随即入宋,并多以文才出众而得委重用,故南唐文人对宋初文坛之影响实不可小视。在这些文人中,以四六应用而论,则当以徐铉之作最为可观。不同于唐末五代寻常刀笔之士,徐铉一生著述颇丰,遍涉四部。前人以徐铉之诗清丽可味,其碑铭墓志类作品如《舒州周将军庙碑铭》《吴王陇西公墓志铭》亦典雅华赡、文采飞扬,但却较少谈及其奏议表状等应用之作。徐铉在为友人所作集序文中,将文辞视为文人"通万物之情"的体现,①认为诗歌即便已经失去了"通政教、察风俗"的基本功用,亦"足以吟咏情性,黼藻其身,非苟而已矣",②这些皆体现出其对于文学作品之实用价值的重视。而制诰表启一类应用体裁,恰为徐铉实践其文学理念提供了一个合适的平台。

林仁肇是中主李璟在位时南唐抵御后周进攻颇为依赖的军事将领,显德五年(958)南唐兵败,奉后周正朔,该年五月林仁肇出任浙西节度使,而授官制文即为徐铉所草。文中称赞林氏"鼓鼙之气,指勍敌而愈高;金石之心,因时艰而益壮。故能灼殊功于南部,夷多垒于东门",③不用典而语益高,未藻饰而气愈壮,寥寥数语,即充分表现出林氏之大将风范。建隆二年(961)后主之弟郑王李从善加元帅江宁尹,徐铉所撰制文以后主口吻对其多加劝励:"清如止水,故是非之说不可欺;平如悬衡,故善恶之征不能惑。有犯无隐,非好异也;不违如愚,非苟合也",④将兄长谆谆训诱之意尽蕴其中,较宋代制辞亦可谓有过之而无不及。

徐铉表文与制诰略同,以平实典重为主要风格。如其作于保大十一年(953)的《贺德音表》,因感念南唐久旱而中主下诏自省节用,故称赞李璟"体唐尧之仁以亲九族,极虞舜之孝以奉上宫,率天下之尊以承颜问安,举四海之富以扇枕调膳",⑤句句切合情状。徐铉学识广博,对典籍故事极为熟稔,

---

① 徐铉:《翰林学士江简公集序》,徐铉著,李振中校注:《徐铉集校注》卷一八,北京:中华书局,2016年,第540页。
② 徐铉:《成氏诗序》,徐铉著,李振中校注:《徐铉集校注》卷一八,第544页。
③ 徐铉:《林仁肇浙西节度使制》,徐铉著,李振中校注:《徐铉集校注》卷六,第258页。
④ 徐铉:《郑王加元帅江宁尹制》,徐铉著,李振中校注:《徐铉集校注》卷六,第269-270页。
⑤ 徐铉著,李振中校注:《徐铉集校注》卷二〇,第560页。

曾与兄徐锴因议论殷崇义草军书用事之误而被贬为乌江尉。但他在自撰制文、章表时,则多不使事,更未见雕饰词藻,唯叙事说理,以明其意。冯延巳对其文章特点的评价,最能得其实:"凡人为文,皆事奇语,不尔则不足观,惟徐公不然,率意而成,自造精极"。①

由于今存五代骈体公文数量较少,已很难仅凭此勾勒出五代四六文发展之全景。前人称陶穀"自五代至宋初,文翰为一时之冠",②韩熙载"制诰典雅,有元和之风",③赵邻几"为文浩博,慕徐庾及王杨卢骆之体,每构思,必敛衽危坐,成千言始下笔。属对清切,致意缜密,时辈咸推服之"。④ 而诸人之文今只可见寥寥数篇,无从窥其全貌,文献不足,固为憾事。由上引诸文可知,唐末五代之四六章表整体上更加注重叙事达意、陈情说理,力求使读者能够准确全面地掌握作者所要传递的信息,而未尝究心于一些修饰性技巧,与牛希济在《文章论》《表章论》中所追求的公文之理想形态相符合。

虽然宋代文人对唐末五代之四六往往嗤之以鼻、不屑一顾,但所谓"芜鄙""卑陋"之评,主要是针对其作品之内容与风貌而言。⑤ 当然,新王朝的建立,势必需要寻找到一个能够全面展现新面貌、新气象的文学发展方向,但这并非意味着对前此之文学遗产的抛弃与割舍。北宋之章表自始至终率以清新雅丽、顺畅自然为"基底",而这实际上也是唐五代表文的主流特色。北宋文士亦是在延续前人之步调的过程中,逐渐摸索并确立一种适合自己的应用文风。从这一角度来说,唐五代之表文对于北宋表文可谓影响深远。

---

① 李昉:《大宋故静难军节度行军司马检校工部尚书东海徐公墓志铭》,徐铉著,李振中校注:《徐铉集校注》附录一,第866页。
② 魏泰:《东轩笔录》卷一,北京:中华书局,1983年点校本,第5页。
③ 文莹:《湘山野录》卷下,北京:中华书局,1984年点校本,第55页。
④ 《宋史》卷四三九《赵邻几传》,北京:中华书局,1985年点校本,第13009页。
⑤ 杨囦道于《云庄四六余话》中曾引黄滔律赋中妙联巧对十余例,称其"皆研确有精致,若夫格律之卑,则当时体如此耳"。杨氏所谓"格律之卑",即是指这些隔对皆以描写落花残雨等凄惨意象为主,悲伤愁苦之色萦绕其间,而毫无爽朗健拔之气。似此渲染负面情绪的作品在唐末五代时期寻常可见,而这显然与北宋立国之初所需要的能够展现新王朝恢弘繁盛之气象的文学精神相背离,故宋人对唐末五代文章的批驳,主要着眼于其整体风貌的萎靡不振,而并不是对其技巧、写法等内容的全盘否定。杨囦道:《云庄四六余话》,见王水照编:《历代文话》,第1册,第119-120页。另如释智圆所谓五代时期"文道大坏""作雕篆四六者鲸吞古风"之类的评价,则完全出于对应用文类价值的鄙夷,带有较强的主观色彩。释智圆《佛氏汇征别集序》,《闲居编》卷一〇,《全宋文》卷三一〇,上海:上海辞书出版社,合肥:安徽教育出版社,2006年,第15册,第224页。

2.1.3 南朝至唐末启文创作对北宋启文的影响

启文的出现时间略晚于表文,且其文体功能亦与奏、表等体裁时有重合。虽是如此,但启文与章表的艺术追求并不一致,所谓"制诰笺表,贵乎谨严;启疏杂著,不妨宏肆"。① 与对扬王庭、郑重严肃的章表相比,启文更为简洁灵活;而与倾吐心声、不拘一格的书信相较,启文又讲求修饰雕琢,"若乃敬谨之忱,视表为不足;明慎之旨,侔书为有余",②故介乎于章表、书信之间而自成一体,即是启文略显"尴尬"而真实准确的文体定位,但正如莫道才所言:"启既具有表与书之长,又能补其不足,所以,在公牍骈文中,启是最活跃的。"③

现存两汉至东晋以"启"命名的作品数量极为有限,如高柔《军士亡勿罪妻子启》、刘辅《论赐谥启》、司马道子《皇太子纳妃启》等篇皆为散体。至刘宋时启文数量逐渐增多,除王僧达《求徐州启》、沈亮《陈府事启》、顾琛《纳款世祖启》等散体篇目外,鲍照、江淹等人的部分作品更已开启文骈俪化之先声,如鲍照之《谢赐药启》:

> 臣卫躬不谨,养命无术。情沦五难,妙谢九法。飙落先伤,衰疴早及。遐泽近临,猥委存恤。疹同山岳,蒙灵药之赐;惠非河间,谬仙使之屈。恩逾脯糗,惠重帷席。荷对衔惭,伏抱衿渥。④

此文对仗严谨,短小精炼,与后世尺牍有异曲同工之妙,但其《论国制启》《谢上除启》《通世子自解启》《请假启》等则皆以四字、六字单句成篇。江淹代建平王刘景素所作《谢赐石砚等启》《谢玉环刀等启》《庆改号启》等与明远《谢赐药启》风格相类,而其代萧道成所撰《让司空并敦劝启》则与辞让表文更为接近:

> 臣以为槐铉之任,百王攸先。具司是属,冠冕式瞻。化曜昌辉,连基政务,事深崇替,迹豫兴衰。故道富一时,则风行明令;才乏适权,则山摧河泣。既挠汩苍祇,将紊毁身国。……无德而贵,岂敢偷存。才怯任重,物所不恕。故弱识褊概,频布前辞;枯木朽株,永隔躅恕。岂特《大车》方尘,《小雅》有废而已哉。且皇华之

---

① 杨囷道:《云庄四六余话》,见王水照编:《历代文话》,第1册,第119页。
② 孙梅:《四六丛话》卷一四,第280页。
③ 莫道才:《骈文通论》,济南:齐鲁书社,2010年,第203页。
④ 鲍照著,丁福林、丛玲玲校注:《鲍照集校注》卷九,北京:中华书局,2012年,第811页。

命,居上之鸿私;凤举之招,为下之殊荣。国勋必书,史不谬牒。况臣连牧国岳,董率职方。既铄近古,垂耀中叶。揆望揣实,为泰已甚。而乃复降朱轮之使,方枉青册之劝。寤寐悁灼,谅无以任。①

作者首先着力描述司空一职举足轻重之地位,随后即以自身才德有限而禄位过尊为由推辞任命。此启语句对仗并非十分严谨,但叙事婉转恳切,其结构、写法已颇具唐宋启文之雏形,与谢赐物类差别明显。

齐梁时期启文之功能与形态的分化更为明显,刘彦和以"陈政言事""让爵谢恩"概括启文之用途,实则以写法而论,"陈政"者多为散体长篇,如萧子良《陈时政密启》、崔祖思《陈政事启》等皆是。"谢恩"者多为小巧精丽之骈体,题材以谢赐物类为主,力求精细刻画物象,如王融《谢竟陵王示扇启》:

窃以六翻风流,五明气重,若此圆绡,有兼玩实。轻踰雪羽,絜并霜文。子淑赏其如规,班姬俪之明月。岂直魏王九华,汉臣百绮。况复动制圣衷,垂言炯戒。载睪听视,式范枢机。②

又如谢朓《谢随王赐紫梨启》:

味出灵关之阴,旨珍玉津之茎。岂徒真定归美,大谷惭滋。将恐帝台妙棠,安期灵枣,不得孤擅玉盘,独甘仙席。虽秦君传器,汉后推滀,望古可俦,于今何答。③

作者极力称美所赐之物,并引经据典,以达今古相映之效,与彼时盛行的咏物诗饶有相通之处,是为六朝启文最为常见的样态。而"言事"者同样以对仗成文,篇幅适中,如任昉《为卞彬谢修卞忠贞墓启》:

伏见诏书并郑义泰宣勑,当修理臣亡高祖晋故骠骑大将军建兴忠贞公壶坟茔。臣门绪不昌,天道所昧,忠构身危,孝积家祸。名教同悲,隐沦惆怅。而年世贸迁,孤裔沦塞,遂使碑表芜灭,丘树荒毁,狐兔成穴,童牧悲歌。感慨自哀,日月缠迫。陛下弘宣教义,非求效于方今;壶余烈不泯,固陈力于异世。但加等之渥,近阙于晋典;樵苏之刑,远流于皇代。臣亦何人,敢谢斯幸,不任悲荷之

---

① 江淹著,丁福林、杨胜朋校注:《江文通集校注》卷七,第1219页。
② 严可均:《全齐文》卷一二,见严可均校辑:《全上古三代秦汉三国六朝文》,第5714-5715页。
③ 严可均:《全齐文》卷二三,见严可均校辑:《全上古三代秦汉三国六朝文》,第5842页。

至,谨奉启以闻。①

该启由"门绪不昌"至"日月缠迫"数句,以沉痛的笔调叙写卞氏因人丁单薄致使先祖之墓芜灭荒毁的无奈与懊恼,其后"弘宣教义""余烈不泯"一联先称赞梁武帝修缮前代忠臣墓茔并非"立竿见影"的短视近利之举,而意在以此弘扬正气、教化后人;后言卞壸以身殉国之事迹千古流传,为异代臣子效忠国事树立榜样。既表达谢恩之意,又准确道出萧衍修墓之事的示范意义,端为妙笔。全启未事雕琢而余味悠长,实可谓简练入韵、自具雅音。天监二年(503),萧衍不计前嫌,以南齐旧臣袁昂为后军将军、临川王参军事,袁昂遂上启陈谢:

> 恩降绝望之辰,庆集寒心之日,焰灰非喻,蓁枯未拟,抠衣聚足,颠狈不胜。臣遍历三坟,备详六典,巡按赏罚之科,调检生死之律,莫不严五辟于明君之朝,峻三章于圣人之世。是以涂山始会,致防风之诛;鄩邑方构,有崇侯之伐。未有缓宪于斩戮之人,赊刑于酎罪之族,出万死入一生如臣者也。推恩及罪,在臣实大,披心沥血,敢乞言之。臣东国贱人,学行何取,既殊鸣雁直木,故无结绶弹冠,徒藉羽仪,易农就仕。往年滥职,守秩东隅,仰属龚行,风驱电掩。当其时也,负鼎图者日至,执玉帛者相望。独在愚臣,顿昏大义,殉鸿毛之轻,忘同德之重。但三吴险薄,五湖交通,屡起田儋之变,每惧殷通之祸,空慕君鱼保境,遂失师涓抱器。后至者斩,臣甘斯戮;明刑殉众,谁曰不然。幸约法之弘,承解网之宥,犹当降等薪槱,遂乃顿开钳赭。敛骨吹魂,还编黔庶。濯疵荡秽,入楚游陈,天波既洗,云油遽沐。古人有言:"非死之难,处死之难。"臣之所荷,旷古不书;臣之所死,未知何地。②

作者开篇以死灰复燃、枯杨生稊比喻其受此任命后惊喜交集的状态,由"遍历三坟"至"敢乞言之"数句,借古典感念萧衍"推恩及罪"之宽宏大量,句式长短结合,言辞肯綮。其后作者以田儋举兵起义及殷通劝项梁反秦二事,表明其固守城池、拒不纳降乃是专注于保境卫民、平息祸乱,以致未能在第一时间顺应大局、迎立新朝,尽可能为自己之前的"错误"行为寻找借口,用典措辞含蓄而深婉。此启与任昉所撰者皆以对句叙事陈情,同表奏写法近

---

① 《文选》卷三九,第556页。
② 《梁书》卷三一《袁昂传》,北京:中华书局,1973年点校本,第454页。

似,而与谢赐物类启文之精雕细琢大相径庭。

"让爵"启文现存数量相对较少,除前引江淹之作外,徐陵于天康元年(566)代时为安城王的陈顼所撰之《让录尚书表后启》即是其中较有代表性的一篇:

> 臣闻间平就国,乃盛汉之常仪;郇霍无官,实宗周之明典。何则?皇季之重,非待历阶;王爵之隆,自高群辟。况臣戢翼要荒,亟离寒暑。进惭赵胜,能定楚从;退匪齐文,驰免秦厄。固以内切皇心,外贻家耻,甘输重饵,降礼单于。列城十五,如诸和璧;市乡三十,聊同宝剑。武夫力而获诸原,微臣还而反诸敌。瞻言马骏,著陇右之功;追念曹彰,克乌丸之虏。前王子弟,若此勋庸;偏其反而,岂可胜愧。①

启文开篇隔句对即援引东汉河间孝王刘开及东平宪王刘苍离朝还国,及周武王母弟八人而"五叔无官"之旧典,说明皇亲国戚勋位已崇,不当再任显职之理。又言平原、孟尝二公子皆因善养门客,终能为国解忧、摆脱困境,而其同样身为皇亲却长期困处关右,未立寸功,方之前贤,惭愧不已。随后所引蔺相如、薛烛、司马骏、曹彰四事则意在表明自己既无力开疆拓土,纵持盈守成亦或有不及,谦卑自轻已甚。由于天嘉六年(565)陈顼曾因下属借势横行而遭到弹劾降职,故此番再领要职自当放低姿态、谨慎小心,而全文所用诸典即以充分表达此意为目的,且皆能契合安城王之特殊身份,足见作者之匠心独运。

除陈政言事、让爵谢恩之外,六朝启文尚有以庆贺为主题的作品,沈约于建武元年(494)为庆贺齐明帝萧鸾即位所撰贺启即是此类:

> 窃惟皇源浚远,帝宝连晖,基深庆厚,道贯万叶。而郁林凶德早树,行悖人经,遂听之所未书,宗庙之殆如缀。百灵耸动,九服回遑,结后来之望,思庇民之主,日月以冀,遐迩翘心。伏惟陛下大圣在躬,君德凤表。龙章日彩,焕若丽天,纳麓宾门,道风遐被。眷化神行,无思不洽,狱讼允归,天人戴仰。屈飞龙之眇辔,纡汾阳之远情,运尧心以临亿兆,敷舜烈以膺宝命。虽中宗之兴殷道,宣后之隆汉德,异世同符,千载一揆。刑措之业方远,隆平之基在焉。率土含欣,怀生戴赖。况臣早蒙覆润,夙荷恩灵,踊跃外藩,心不胜

---

① 徐陵撰,许逸民校笺:《徐陵集校笺》卷九,第1021页。

庆。谨缉民和,式流星泽,涂歌里抃,戴怀凫藻。①

启文以赞美南齐高、武二帝所立之不朽基业开篇,随即对萧昭业骄奢淫逸、挥霍无度之恶行给予批判,以怨声载道而求立新君为由,将萧鸾之政变夺权美化为顺承天意民心之义举。由"大圣在躬"至"天人戴仰",连用十个四字句称颂明帝之才行过人、治国有方,而后更将其仁心仁闻与尧、舜相媲美,极尽夸耀之能事。作者还特以殷中宗继雍己而兴殷,与汉宣帝继废帝而隆汉两个以贤能代不肖之故事,比拟明帝取代郁林王登基,以证"异世同符,千载一揆"之理,其择典之精,用意之深,可见一斑。

萧纲之《庆洛阳平启》仅余残章,但仍可就此略见其大概:

自函洛榛旷,獯猃荐食。久绝正朔之风,不睹辎轩之使。乘此战心,负斯戎足。每兴燔燧之惊,常劳守障之民。自非圣略弘宣,天纲遐顿,岂能使汉地尽收,名王争入。方今九服大同,万邦齐轨,亭塞寝兵,关侯罢柝。臣诚兼家国,倍深欢庆。②

此启叙事简明扼要,未尝广引旧典,着重铺叙北伐取胜后战事止息、天下太平的景象。萧绎之《庆东耕启》《庆南郊启》亦非全篇,而其写法大体与乃兄之作相近:

伏惟陛下,敬授民时,造幄籍圃。汉之元凤,未足捧羁;晋之太始,非堪扶毂。但承明侍从,即事未由。周南留滞,伏深恋仰。③

大裘而冕,陶匏以质。黄钟既奏,云门斯舞。乐谐六变,歌陈九德。感天动神,式展诚敬。④

由上可知,启文至刘宋时已渐趋偶俪,"表现出公文艺术化、文学化的特色",⑤但其文体定位尚不明确,根据施用场合的不同,各种启文的写法亦存在较为明显的差异。由于六朝谢赐物类启文数量较多,且通常具有凝练瑰丽、活泼洒落的艺术特点,故往往最为后人称赏,明清时期著名的骈文选本如《四六法海》《骈体文钞》《六朝文絜》《骈文类纂》等在择录六朝启文时亦是以此类为主。实则从启文发展流变的角度来看,彼时以言事、让爵、庆贺为

---

① 严可均:《全梁文》卷二八,见严可均校辑:《全上古三代秦汉三国六朝文》,第6227页。
② 萧纲著,萧占鹏、董志广校注:《梁简文帝集校注》卷八,第611页。
③ 萧绎著,陈志平、熊清元校注:《萧绎集校注》,第620页。
④ 萧绎著,陈志平、熊清元校注:《萧绎集校注》,第624页。
⑤ 田小中:《启文述源》,第51页。

主题的启文虽然数量有限,但相对于讲求描摹物象、雕琢辞藻的谢赐物启,这些更为强调布局谋篇、叙事陈情的作品无疑与唐宋启文的写法更为接近,对后世启文的发展也更具影响力,故其虽然在艺术层面并未如谢赐物类那样得到广泛称誉,但其文学史意义仍然值得重视。

相对于表文而言,启文在唐代可谓颇受"冷落",很多作家集中皆无启文见收,但一些名家之作则仍有可观。王勃现存诸启,皆属向达官显宦呈录己文时所附之作,其乾封二年(667)即曾赍文于时任左侍极的贺兰敏之,并在启文中对贺兰氏之高贵身份与过人才华极尽夸耀:

> 君侯缔华椒阁,席宠芝扃,粲貂冕于金轩,藻龟章于玉署。月开鸾镜,怀精鉴以分形;霜湛虬钟,蕴希声而待物。吞九溟于笔海,若控牛涔;抗五岳于词峰,如临蚁垤。①

华辞丽藻,众采纷呈,比之六朝谢赐物启更见雕琢。而其《上明员外启》中"词条郁雾,遥腾驾日之阴;辨锷横霜,直上冲星之气""凤鸣朝日,森峭烟雨之标;龙跃云津,盘礴江山之气"等联句,②亦可谓清绮飞动、潇洒恣肆。

此外,王勃启文中亦不乏成句对,如其《上李常伯启》有"当仁不让,下走无惭于自媒;闻善若惊,明公岂难知于我"一联,③借《论语》《国语》原句表达其渴求认同、肯定的急切心情。在寄予裴行俭的《上吏部裴侍郎启》中,王勃以较长的篇幅陈述其对文章与治道之关系的看法,全文骈散互用、夹叙夹议,整体写法与上述诸启明显不同。启文首段,作者连续使用《礼记》《论语》原句表明其自幼即遵奉儒家仁道之教为立身之本:"好学近乎智,力行近乎仁。知忠孝为九德之源,故造次必于是;审名利为五常之贼,故颠沛而思远。虽未之逮也,亦有其志焉",④联缀古语成段,已近乎宋人手笔。

与王勃相比,骆宾王之干谒求仕启文则更为讲求铺陈组织,如其上元初自蜀地归山东后,因奉亲之故,欲再干州禄,遂向齐州张司马上启求助:

> 至夫神石呈祥,灵钧表贶。千年驭鹤,振仙驾于帝乡;七叶珥貂,袭荣光于咸里。因以纷纶国牒,昭晰家声。洎乎鹿走周原,相秦图以兴霸;蛇分沛泽,翼汉运以基皇。常山王之玉润金声,博望

---

① 王勃:《上武侍极启》,王勃著,蒋清翊注:《王子安集注》卷四,第121-122页。
② 王勃著,蒋清翊注:《王子安集注》卷四,第136-138页。
③ 王勃著,蒋清翊注:《王子安集注》卷四,第125页。
④ 王勃著,蒋清翊注:《王子安集注》卷四,第129页。

侯之兰熏桂馥。羽仪百代，掩梁窦以霞骞；钟鼎一时，罩袁杨而岳立。①

作者此段由首至尾依次引用张颢得石、张氏传钩、张陵飞升、金张世宦、张仪相秦、张良辅汉、张耳抗暴秦及张骞通西域等两汉张姓名人故事，以推扬张司马门庭显赫、出身高贵。其辞句虽不失宏雅，但罗列同姓之典以见工，巧则巧矣，究非文家上驷。另外，该启后文以"片善必甄，挹虞翻于东箭；一言可纪，许顾荣以南金。……退无毛薛之交，进乏金张之援。块然独居，十载于兹矣。然而日夜迁代，叹沟壑之非遥；贫病交侵，思薜萝而可托"描述自己势单力薄、困顿无奈之处境，而此数句与其龙朔三年(663)写予李安期的《上李少常伯启》全同。其《上廉察使启》"登小鲁之岩""顾兔维箕"等句，则袭自麟德元年(664)所撰之《上司列太常伯启》，故蒋一葵虽称赞宾王诸启"纚纚千余言，如宫商相间，绘素相杂"，同时也明确指出其"前后多雷同，不耐检"。② 似此用同姓之典及相似之联的情形，在宋人四六表启中亦时可见，则宾王已开其端绪也。

与表文近似，张说之启文亦长于辨事析理，其景云三年(712)所撰《上东宫请讲学启》开篇"臣闻安国家，定社稷者，武功也；经天地，纬礼俗者，文教也。社稷定矣，固宁辑于人和；礼俗兴焉，在刊正于儒范。顺考古道，率由旧章，故周文王之为世子也，崇礼不倦；魏文帝之在春宫也，好古无怠。博览史籍，激扬令闻，取高前代，垂名不朽"数句，③先以三段式对句说明文教武功对安定社稷、弘扬礼俗的重要性，其后则进一步指出定社稷、兴礼俗的关键在于振兴儒教。为证明这一观点，作者还引用周文王、魏文帝崇礼好古之典故，以此劝谏太子当勤习典籍，用心进学。步步推进，逻辑严谨，其后苏洵、苏轼父子亦善于在启文中论说事理，而此法盖已先见于燕公处矣。

中晚唐之启文常可见以"求助陈哀"为主要内容者，故整体风格略显沉重压抑，如刘禹锡、温庭筠诸作即皆是此类。相较之下，柳宗元、李商隐启文之内容与写法更为丰富多样。柳氏大部分启文如《上权德舆补阙温卷决进退启》《上大理崔大卿应制举不敏启》《上李宗丞所著文启》《上湖南李中丞干廪食启》《上桂州李中丞荐卢遵启》《上襄阳李仆射怼献唐雅诗启》等，皆以散句单行成文，长于陈情说理，试观其元和六年(811)所撰《上西川武元衡相公

---

① 骆宾王：《上齐州张司马启》，骆宾王著，陈熙晋笺注：《骆临海集笺注》卷七，第225页。
② 蒋一葵：《尧山堂偶隽》卷二，《尧山堂外纪》(外一种)，第1579页。
③ 张说著，熊飞校注：《张说集校注》卷二七，第1307页。

谢抚问启》：

> 某愚陋狂简，不知周防，先于夷途，陷在大罪，伏匿岭下，于今七年。追念往愆，寒心飞魄，幸蒙在宥，得自循省。岂敢彻闻于廊庙之上，见志于樽俎之际，以求必于万一者哉。相公以含宏光大之德，广博渊泉之量，不遗垢污，先赐荣示。捧读流涕，以惧以悲，屏营舞跃，不敢宁处。是将收孟明于三败，责曹沫于一举。俾折胁膑脚之伦，得自拂饰，以期效命于鞭策之下，此诚大君子并容广览、弃瑕录用之道也。自顾屑钝，无以克堪，祗受大赐，岂任负戴。精诚之至，炯然如日。拜伏无路，不胜惶惕。轻冒咸重，战汗交深。①

该启首先自叙其在政变失败后被贬永州的过往，由于柳宗元素来不喜武元衡，故彼此关系并不融洽，但此番武氏不计前嫌，致书关怀抚问，着实令宗元深受感动，故"捧读流涕，以惧以悲，屏营舞跃，不敢宁处"数句并非夸张虚饰之语，而是其内心状态的真实写照。其后所举孟明、曹沫、范雎、孙膑诸事，皆为败而后胜、失而后得之先例，语气不卑不亢、深浅得当，用典亦可谓准切合宜，无怪乎储欣称此文"盛汉之气弥胜"。②

此外，柳宗元诸启尚有骈散句式分明而"各司其职"者。如其元和四年（809）所撰《上扬州李吉甫相公献所著文启》，先以散句叙述其对李氏之倾慕佩服以及未得亲炙之遗憾，其后则以对句赞颂李氏"相天子，致太平"之煊赫功业："用之郊报，则天神降，地祇出；用之经邦，则百货殖，万物成；用之文教，则经术兴行；用之武事，则暴乱蔚灭。依倚而冒荣者尽去，幽隐而怀道者毕出"。③ 另如其两年后所撰《谢李中丞安抚崔简戚属启》开篇以对句称赞李众为官清正、体恤罪臣："以直清去败政，以恻隐抚穷人。罪迹暴著，则按之以至公；家属流离，则施之以大惠。各由其道，咸适于中。威怀并行，仁义齐立。绳愆纠缪，列郡肃澄清之风；匡困资无，阖境知噢咻之德"，④ 而在后文叙述崔简儿女之惨状及李氏对其安顿抚慰时，则全以散句为之。整体来看，柳宗元诸启一改六朝至初唐以骈俪为主的写法，体现出明显的散文化倾向，虽然宋人启文多是骈四俪六而少见与此近似者，但他的作品对于欧阳修、苏轼等有意将古文之写法风格融入四六表启中的作家而言，仍具有一

---

① 柳宗元撰，尹占华、韩文奇校注：《柳宗元集校注》卷三五，第2238页。
② 储欣编：《河东先生全集录》卷六，《四库全书存目丛书·集部》第404册，第685页下。
③ 柳宗元撰，尹占华、韩文奇校注：《柳宗元集校注》卷三六，第2287页。
④ 柳宗元撰，尹占华、韩文奇校注：《柳宗元集校注》卷三五，第2253页。

定的参考价值。

李商隐之书启与其章表近似,亦以用典繁富为主要特征,如其代柳璧拟撰向韩琮赞文所附之启,自叙一段堪称"掉书袋"之范例:

> 伏惟郎中与先辈贤弟,价重两刘,誉高二陆,比李膺则仙舟对棹,方马融则绛帐双寒。若某者,虽陋若左思,瘦同沈约,无庾信之腰腹,乏崔琰之须眉。然至于感分识归,衔诚议报。将酬杨宝,则就雀求环;欲答孔愉,则从龟觅印。推其异类,不后他人。谨复陈新文,重干清鉴。马卿室迩,孔子墙高。迟面莫由,骧肝无所。①

短短百余字中连用十几个人物事典,难免繁冗堆砌之弊。但同样不可忽视的是,其部分作品亦独具精巧闲雅之致。大中二年(848),郑亚为答谢前年赴桂途中滞留潭州受到时任湖南观察使裴休之热情款待,特回赠礼物,并致启一封,该文即出自义山手笔:

> 待诏汉廷,俱成老大;留欢湘浦,暂复清狂。思如昨辰,又已改岁。以公美之才之望,固合早还廊庙,速泰寰区。而辜负明时,优游外地,岂是徐公多风亭月观之好,为复孟守专生天成佛之求。幸当审君子之行藏,同丈夫之忧乐。②

启文开篇即追述其早年与裴休共登贤良方正能言极谏科,而现今俱守偏郡之事,后言裴氏当是如徐湛之流连南兖州风景,或如孟顗专意佛事而无心外务,否则以其才德名望,理应早还中朝任官而不至长期身处外郡,用典切当而略带戏谑。义山于同月又代郑亚草撰寄予前任桂管观察使杨汉公之问候书启:

> 越水稽峰,乃天下之胜概;桂林孔穴,成梦中之旧游。遐想风姿,无不畅悁。一分襟袖,三变寒暄。虽思逸少之兰亭,敢厌桓公之竹马。况去思遗爱,遐布歌谣;酒兴诗情,深留景物。庾楼吟望,谢墅游娱,方知继组之难,不止颁条之事。今者冰消雪薄,江丽山春,访古迹于暨罗,探异书于禹穴,不知两乐,何者为先?幸谢故

---

① 李商隐:《为举人献韩郎中琮启》,李商隐著,刘学锴、余恕诚校注:《李商隐文编年校注》,第1882页。

② 李商隐:《为荥阳公上宣州裴尚书启》,李商隐著,刘学锴、余恕诚校注:《李商隐文编年校注》,第1730页。

人,勉自遵摄,未期展豁,惟望音符。①

开篇"越水稽峰""桂林孔穴"二联以会稽、桂林之风景比喻杨氏离桂赴越之经历,以"天下之盛概"对"梦中之旧游",尤为准切。其后"逸少兰亭""桓公竹马"一联则承接上文,用桓温、殷浩共骑竹马喻郑氏继杨氏刺桂,用王羲之等名贤兰亭聚会喻杨氏处浙东,而着"虽思""敢厌"四字,则表明郑氏处桂尚乐而不厌之意。义山于启文后段以"去思遗爱""酒兴诗情"一联称赞杨氏之仁民爱物,又设想杨氏游览古迹、探访异书之快乐,词句流畅而优美,颇具魏晋风味。

另外,李商隐之启文尚可见使用长句、成句为对仗者。义山于会昌三年至五年间,曾多次代时任郑州刺史的李褒撰写书启,向当朝宰臣请求辞职,并期望能于江南之地寻一偏郡自处。其《上史馆李相公启》即为写予李绅之作,该文开篇即以长句对仗言知人善用之理,借此表明心意:"秉大钧者以物得其所为先,执大化者以材适于任为急。将以致理,在明命官。使轻重合宜,大小有裕,然后人称其职,职无废人",②与苏轼一些以辨理开篇之启文相类。其代座主李回庆贺马植拜相之启文先以"储精垂思,保大定功"称颂宣宗,③用扬雄《甘泉赋》及《左传》成句。其后"以不忿不忘贞百度,以无偏无党定九流。仁远乎哉,古犹今也"四句,④则连用《诗》《书》《论语》及《庄子》成句,赞美宣宗知人善任、唯才是举,可与古圣先王相媲美。另如《为举人献韩郎中琮启》之"任重道远,方怀骥坂之长鸣,一日三秋,空咏马嵬之清什",⑤以《论语》《诗经》之名言成对;《为河东公复相国京兆公启》之"虽二江双流,悬蜀土去思之恳;而一日千里,慰扬州来暮之谣",⑥以左思《蜀都赋》之语对《庄子·秋水》之词,皆运古能化,自然熨贴。

唐末罗隐、顾云、崔致远三家之书启亦不乏可观之处。罗隐近至中年而

---

① 李商隐:《为荥阳公与浙东杨大夫启》,李商隐著,刘学锴、余恕诚校注:《李商隐文编年校注》,第1735页。
② 李商隐:《为绛郡公上史馆李相公启》,李商隐著,刘学锴、余恕诚校注:《李商隐文编年校注》,第981页。
③ 李商隐:《为湖南座主陇西公贺马相公登庸启》,李商隐著,刘学锴、余恕诚校注:《李商隐文编年校注》,第1755页。
④ 李商隐《为绛郡公上崔相公启》中有"以不刚不柔贞百度,以无偏无党定九流"一联,以《左传》之语对《庄子》此句,与此联近似。李商隐著,刘学锴、余恕诚校注:《李商隐文编年校注》,第1042页。
⑤ 李商隐著,刘学锴、余恕诚校注:《李商隐文编年校注》,第1882页。
⑥ 李商隐著,刘学锴、余恕诚校注:《李商隐文编年校注》,第1987页。

屡试不第,所谓"十年索米于京都,六举随波而上下",①但其文才声名,却早为人所共知。他咸通五年(864)落第东归时,曾得时任宣武军节度使郑处诲延请暂歇,数月后方作书辞别,而这篇《辞宣武郑尚书启》可谓其早年四六之代表作。②该启开篇即先声夺人:"郑司农之东去绛纱,感深吾道;谢记室之西辞朱邸,恋切所知",用郑玄别马融,和谢朓辞隋王二典,既点出惜别之意,更明宾主尊卑之分。而后"昔也来惭赋雪,谬称梁苑之游;今则去类乞师,已抱秦庭之哭"一联,在与前句遥相呼应的同时,将初来之情境与分别之感伤对举并观,更衬托出作者此时依依不舍的留恋怅惋。以上所引四典,皆非生僻罕见,但经罗隐加以重新排列组合,则顿觉新颖脱俗。

罗隐常年过着"营生则饱少于饥,求试则落多于上"的凄苦生活,自咸通八年(867)编成《谗书》后,他即常携此书献诸居高位者,而与投献干进相关之启文,亦是其别集中数量最多的四六作品。他于乾符五年(878)写予裴渥之《投蕲州裴员外启》,则可谓此类作品中的代表:

> 某月六日,辄以所著《谗书》一通,贡于客次。遂归逆旅,载轸危途。必恐员外以某姓氏单寒,精神钝滞,泊在众人之下,遗于繁务之中。某怀璧经穿,壮年见志。仲舒养勇,何啻三年;安世补亡,宁惟一箧。其后因从计吏,遂混时人。愤龙尾以不焦,念鱼腮之屡曝。嵇康骨俗,徒矜养性之能;李广数奇,岂是用兵之罪。事往难问,天高不言。去年牵迫旨甘,留连江徼。虽伤弓之鸟,诚则恶弦;食堇之虫,未能忘苦。所以远辞蜗舍,来谒龙门。黍谷棠阴,方偕志愿;荷衣蕙带,不奈风霜。负所业以长嗟,向良工而有谓。昔也松苗各性,已知难进之由;今则火木相生,未测自焚之理。③

罗隐借董仲舒、张安世之旧事表明自己一向专心为学,读书广博。董仲舒治学"三年不窥园"的典故为人熟知,但此处以"养勇"相连,则属罗隐之独创,这一方面可见其对"怀璧"遭忌之不甘,另一方面更体现出其并不满足于皓首穷经而更希望入世为官,一展抱负之意。后联以张安世凭记忆补足亡书,而无一差错,比喻自己学识精深。罗隐在之前写给王凝的《投湖南王大夫启》中亦曾用到此典,但表达出的感情却完全不同,所谓"三箧亡书,幸无

---

① 罗隐:《投秘监韦尚书启》,罗隐撰,雍文华校辑:《罗隐集·杂著》,第292页。
② 罗隐撰,雍文华校辑:《罗隐集·杂著》,第301页。
③ 罗隐撰,雍文华校辑:《罗隐集·杂著》,第295页。

漏略",①这既是一种对自身才华的谨慎表达,更反映出作者对漂泊无依、前途暗淡之现状的无奈。而在此启中,自"怀璧经穿"至"宁唯一箧"连续使用六个四字句,其怀才不遇的急切心情溢于言表,将感情与修辞紧密结合,可见其妙。在叙述自己科举屡次失利的过往时,他起初尚心存愤懑、念之忧之,现在则将这一切归结于时运不济,所用嵇康、李广之典皆明白透彻、直见本意,而"事往难问,天高不言"之语,更是自然洒脱,读之不免使人神伤。末联之"松苗各性""水木相生",又将诗语、物理融汇于一联之内,构思不可谓不巧妙。全文笔调自然、气韵通贯,未见重复堆叠之处,颇具清新流畅之感,明人陈天定评此文曰:"璨于花,皑于雪,绮于云,莹于月",②可称得之。

顾云与罗隐同样以应用之才著称,其现存的四六作品亦以投赠之启为主。就写作水平而言,与昭谏相比亦不遑多让,试观其《投殿院韦侍御启》:

> 雄锋缺落,锐志销磨,执金鼓以无因,送降旗而不暇。李陵矢尽,项藉兵穷。归汉怀惭,还吴失计。所以重嘘懦气,再奋空拳。欲罢不能,既苏复上。将欲戒严文阵,蹂躏议围,赎孟明奔命之辜,雪曹沫败军之辱。③

顾云以疆场比科场,将自己频遭失意而屡败屡战的无奈经历,描摹得生动鲜活。先用李陵、项藉兵败而无颜归国之典故,表明自己犹存再战科场的勇气;后以孟明、曹沫虽经数败而终得胜果的事例,抒发一雪前耻的决心。又如其《投翰林刘学士启》:

> 某闻郑元之谒马融,不知不去;赵壹之干羊陟,未遇未休。或三年常在于门庭,或一日再经其墙仞。盖以此时儒学,无出于马公;当世文儒,莫先于羊子。今所以重桴灵鼓,复扣洪钟者,实存于此也。④

此启开篇由郑玄谒马融、赵壹干羊陟之典起说,而后就此展开,纯以散句成联,运单成复,寓散于骈,与一般的四六书启风貌迥然有别。作者并不仅仅依靠虚字转折来疏通文气,而是径以散文笔法意韵加以铺叙,独见新

---

① 罗隐撰,雍文华校辑:《罗隐集·杂著》,第288页。
② 陈天定:《古今小品》卷二,《四库禁毁书丛刊·集部》第56册,北京:北京出版社,1997年,第497页下。
③ 《全唐文》卷八一五,第8579页。
④ 《全唐文》卷八一五,第8580页。

意。顾云与罗隐的四六书启在句式上大多谨守"四字六字律令",但亦有少许五、七言句式穿插其中。在修辞上未见刻意雕琢,以说理明白、表意清晰为准。其用典亦不以冷僻鲜见之事炫其矜博,常见之典直用其意而略加修饰,即足以实现表达效果。

除罗、顾二家之外,唐末以应用之才著称者尚有罗衮。罗氏于昭宗时以词科入仕,观其《谢史馆裴相公启》:"长沙地窄,难呈宛转之姿;南郡鬼逢,每受揶揄之耻"一联,①上联用贾谊任长沙王太傅时颇不得志之事,下联用《晋阳秋》中罗友以"逢鬼揶揄"答桓温之语,二典皆喻仕途坎坷、前路迷茫,可谓精切。另如其《谢诸知己启》(其二)之"荀君之日月在躬,道存瞻瞩;王氏之风尘外物,荣遂品题",②分别引用袁宏赞荀彧,及王戎称王衍之词,虽是夸赞人语,而亦别出新意,不落俗套,足可知罗衮之文才,实不在罗、顾之下。

崔致远之书启与其章表相类,亦常引成句为对仗。《初投献太尉启》是他向高骈进献诗文以求拔擢的书信,③文中化用《益稷》与《系辞》之语称赞高骈"誉治于良哉康哉,名标于可久可大",后又称其"镜于心而宽兮绰兮,秤于事而无偏无党",二语分别出自《淇奥》与《洪范》。除儒家经典外,崔致远还尝试将熟悉的诗歌语汇融入启文之中,其《再献启》中以"人间之要路通津,眼无开处;物外之青山绿水,梦有归时"来表达自己抱负难申之无奈,④其上联实由罗隐《经张舍人旧居》之颔联"一榻已无开眼处,九泉应有爱才人"而来,⑤下联之"青山绿水"则是诗中习见之语。崔致远对罗隐之诗文十分爱重,故作启之际对其文句加以引用亦属自然,而以"诗语"入联,则使骈体紧凑的节奏得到舒缓,在四六联句严格的形式限制下使意韵更为流畅。这种尝试也令四六文的"语料库"更加丰富,为作者撰文提供了更多的选择,北宋四六书启以诗语成联者亦不乏其例,而崔致远作品的先导意义实不可忽略。

概而言之,启文自南朝至唐代的发展过程中,作品主题由以谢赐物为主转变为以投知干进、言事陈情为主,而这两种题材在北宋启文中亦属常见。虽然宋前启文的整体数量明显少于表文,但包括用典使事及以成句、长句为

---

① 《全唐文》卷八二八,第8724页。
② 《全唐文》卷八二八,第8726页。
③ 崔致远撰,党银平校注:《桂苑笔耕集校注》卷一七,第572-573页。
④ 崔致远撰,党银平校注:《桂苑笔耕集校注》卷一七,第577页。
⑤ 罗隐:《甲乙集》,罗隐撰,雍文华校辑:《罗隐集》,第22页。

对仗等在内的写作技法,皆于北宋启文中得到了继承与发展。而任昉、袁昂、柳宗元等人所撰之以叙事陈情为主要内容的启文,则更是对北宋中期以欧、苏为代表的致力于改变四六文之基本风貌的作家产生了直接的影响,其文学史意义自不待言。

2.2　唐代律赋"好用成句"之特征及其对北宋表启的影响

律赋脱胎于六朝骈赋,学者在追溯律赋之源起时,通常将徐庾之作视为先导。但与表启不同的是,徐庾骈赋之中,四六隔句对实并不多见。① 而今存多数唐代律赋,一篇之内四六联对少则三四联,多至七八联,②且常可见以经典成句为对仗者。如前文所论,在六朝至唐代表启中,以成句为对仗的情况亦非罕见,但整体数量较为有限,且形式比较单一,而唐代律赋作者则明显更加"偏爱"这一写作技法。针对这一问题,赵俊波曾撰专文进行探讨,并将唐代律赋对经典的取用,区分为"以经典中的成语入文""融化经典中的语言"及"套用经典语言的句式"三种情况。③ 赵文所言之"融化经典中的语言",即指作者将经典文句中的几个"关键词"借用到自己的作品当中,形成含有经典"成分"的律赋句式。实际上,唐代律赋以经典成句构成联对这一现象,本就存在一个由四言紧句,到六言漫句,再到"全经句"的推演过程,而对"经语"加以融化锤炼,乃是处于第二、三阶段的作者在使用漫句成对时的必要手段。另外,赵文所提到的"套用经典句式"亦属不具普遍性的个别现象,故唯有"以经典中的成语入文",方是唐代律赋最为突出且对后世产生一定影响的技法特征。

律赋自开元年间直至北宋,长期以来皆是科举取士的主要考察文体之一。与试诗相比,作赋除了能够更为全面直观地体现应举者的文才之外,更可以借此考察其学识与思想。因此,在科举杂文所涉各类体裁中,律赋一直

---

①　铃木虎雄于所著《赋史大要》第四篇"骈赋时代"中,专列一章讨论赋中之四六隔对,并言:"徐陵庾信,虽特并称,然陵之赋,见存殆稀,且其中不见有四六对者。赋中四六,宁入唐而后多。即庾信赋序,虽多四六,然于赋之本部,亦不必篇篇用之"。铃木虎雄:《赋史大要》,台北:地平线出版社,1975年,第107页。

②　彭红卫曾通过详细的数据统计,证明常用"隔句对"是律赋的第二大特征。见彭红卫:《唐代律赋考》,北京:社会科学文献出版社,2009年,第204页。

③　赵俊波:《窥陈编以盗窃——论唐代律赋语言雅正特点的形成》,《社会科学研究》2004年第3期,第146-149页。

占有比较重要的地位。① 北宋建国伊始，科举制度延续唐代旧法，亦以诗赋作为进士科的考察重点。而与此相应的是，《文苑英华》所选唐人赋作，亦以律赋数量为最。据清人周嘉猷所云：

  宋承唐旧，帖括盛行，徐铉（当为徐锴）等集唐人及宋初律赋为《赋苑》二百卷，《英华》纂辑，率本是书。②

《赋苑》一书今虽不传，然其编者徐锴于南唐及宋初皆颇有文名，且曾"四知贡举，号得人"，③故于试赋一道可谓行家里手，因此其所编选的律赋合集，为《文苑英华》的编者所推重并加以参考，亦在其理。与制诏表启等四六公文不同的是，赋虽不属于日常习用之文，但由于宋代文士多为进士出身，故应举时针对律赋的写作训练，从某种程度上来说即为其入仕后写作四六公文积累了经验，提供了素材。据王楙所云，叶梦得"凡看文字，抹两字以上对句，举子用作赋，入仕用作四六，显达用作制诰"，④由此可见律赋与四六文在创作层面上的联系。

北宋文人在写作表启公文时所使用的成句对，基本上皆可于唐人律赋中觅得"雏形"。由于五代及宋初成书的律赋选集如《赋苑》《赋选》《典丽赋集》等皆已失传，而《文苑英华》所收录的相关作品，一方面可以涵盖宋初文人能够接触到的唐五代律赋作品，同时也能反映出彼时文人对前代律赋的接受情况，故对《文苑英华》中的唐五代律赋使用成句对的情况加以分析考察，实有助于今人深入了解北宋四六表启"好用成句"之写作特征的形成。

2.2.1 初、盛唐律赋中的成句对

  唐人律赋引经典成句作对的现象，自初唐时即已出现。苏珦所作《悬法象魏赋》见收于《文苑英华》"治道"类，其中"是则是效，念兹在兹"两句，⑤分别引用《小雅·鹿鸣》及《大禹谟》中成句，言悬治法于象魏的示范意义。见于"舟车"类中的徐彦伯《汾水新船赋》，为作者任职蒲州时所作，该赋结尾以

---

① 如马宝莲所言："唐赋诸作以《全唐文》计，则有一六二二篇，中律赋九六一篇，占百分六十。唐赋可具名者计五百五十一人，律赋作者为三百五十三人，占百分之六四。是以律赋终唐一世，均为赋中大宗。"见马宝莲：《唐律赋研究》，博士学位论文，中国文化大学中文所，1992年，第47页。
② 周嘉猷、周鉁辑，汤聘评骘：《律赋衡裁·例言》，见踪凡、郭英德主编：《历代赋学文献辑刊》第32册，北京：国家图书馆出版社，2017年，第8页。
③ 吴任臣：《十国春秋》卷二八《徐锴传》，第404页。
④ 王楙：《野老记闻》，见《野客丛书》附录，北京：中华书局，1987年点校本，第357页。
⑤ 《文苑英华》卷六七，北京：中华书局，1966年影印本，第302页下。

新船之入水远航,比拟君子之前程远大:"厥声载路,赓歌济巨川之功;史不绝书,考课获畴庸之最",①上联用《大雅·生民》中描写周代先祖后稷降生时哭声饱满有力之语,形容贤人之声名远播;下联则以《左传·襄公二十九年》司马女齐对晋平公之语来表达对能吏政绩优异的赞美。另如崔琪之《击柝赋》,所谓"重门击柝,以待暴客",②赋文的主要内容,便是铺叙守城御敌以备祸患之戒慎肃杀的情景,其"守"韵有"声参投壤之击,知甚挈瓶之守。风雨如晦,不假鸡鸣;夙夜在公,但见牛斗"数句,③作者先直用《郑风·风雨》中形容天色昏暗的著名诗句,而将"鸡鸣不已"改为"不假鸡鸣",更进一步突出当时局势的危急程度已为人所共知,纵愚甚挈瓶之智,亦无须听鸡鸣而方晓;后则以《召南·采蘩》中语,写守城者通宵达旦勤于职守,而唯见牛斗间异气常存不灭,亦属变乱兴替之前兆。或改易字词而加深其艺术效果,或将其他典故糅合并用,以合己意,与苏、徐二人相比,崔琪对成句的使用无疑更见精熟。由于赋本《诗》之"苗裔",故初唐文人多以《诗》语入律赋,而这一写法在北宋作家的表启公文中亦常可得见,是为赋与四六相通之一证也。

经历了初唐的摸索与积累,盛唐文人律赋中四六成句的出典范围更为广泛,特别是《老》《庄》等道家经典,亦多成为律赋作者的"取材对象"。这一现象的出现,与当时社会所普遍流行的"崇道"之风联系紧密。唐代皇室对道家文化及典籍的重视程度较高,上元元年(674)武则天曾上表要求"王公以下,内外百官,皆习老子《道德经》",④该书也确实很早便成为科举考试的主要内容之一。⑤ 玄宗开元二十九年(741)设立崇玄学,除《老子》之外,《庄》《列》《文》等亦需兼习,学生"待习业成后,每年随贡举人例送至省,准明经例考试",⑥入第者亦予授官。天宝元年(742)道举成为依岁之常科,于安史乱前年年举行,盛极一时。虽然从规模上来讲,道举"不过聊作点缀",⑦与传统的进士、明经等大科无法相提并论,但由于"杂文之专用诗赋,当在天宝之季",⑧故士人在应举备考的过程中,对于当时已成"流行文化"的道家

---

① 《文苑英华》卷一二二,第 556 页下。
② 《周易正义》卷八,见阮元校刻:《十三经注疏》(清嘉庆刊本),第 181 页。
③ 《文苑英华》卷六四,第 292 页上。
④ 王溥:《唐会要》卷七五,北京:中华书局,1960 年,第 1373 页。
⑤ 徐松:《登科记考》卷二:"调露二年庚辰(680)考功员外郎刘思立奏明经、进士二科并加帖经。又加《老子》《孝经》,使兼通之。"徐松:《登科记考》,北京:中华书局,1984 年点校本,第 68 页。
⑥ 王溥:《唐会要》卷六四,第 1121 页。
⑦ 傅璇琮:《唐代科举与文学》,西安:陕西人民出版社,2007 年,第 40 页。
⑧ 徐松:《登科记考》卷二,第 70 页。

典籍亦必多加关注,并将相关词句借用于其诗赋作品中,实不难理解。据今日可见之盛唐律赋,其创作背景虽不能确定必与科举相关,但对道家典籍成句的运用,确有着较为明显的体现。

开、宝间进士梁洽,乃盛唐时颇为"高产"的律赋作家,其作品多见收于《文苑英华》,而其中即有以道家典籍词句入文之例。如《水彰五色赋》之"彩"韵有句云:"自得玄之又玄,何谢美之为美",①用《老子》原句;后"彰"韵"博我以文,不独专于润下;用而不竭,将以效其灵长","资"韵"渐以化成,能令素以为绚;期于敷衍,孰云涅而不缁"二联,则使用《论语》中成句,数联皆围绕水所具济物润染之德加以铺叙,典致而不觉生涩。另如天宝七年(748)状元杨誉,今存律赋虽仅《纸鸢赋》一篇,但颇为后世所称赏。② 该赋依次描写了纸鸢由制作、试飞至升高、坠落的全部过程,并在结尾部分以纸鸢之起落喻人才之得失,将主题予以升华,极尽托物言志之能事。其"知我者使我飞浮,不知我者谓我拘留"两句,③借用《王风·黍离》之经典句式,颇见新意。而后"才与不才,且异能鸣之雁;适人之适,将同可狎之鸥"一联,则更是全篇画龙点睛之妙笔:上联所用,乃庄子见木以不材得其天年,与雁因不鸣遂被杀二事有感而发,向弟子讲述"处乎材与不材之间"的入世之道一事;④下联"适人之适",则为《庄子·骈拇》中论及"自闻自见",而不可强与人同的名句。⑤ 其后的"可狎之鸥"则典出《列子》,以鸥鸟"舞而不下"喻名士不染机心的高洁之志。⑥ 作者以道家典语组成联句,不唯对仗精妙、感慨遥深,亦颇得逍遥达观之遗意神髓,实为难得一见之"成句妙对"。《律赋衡裁》选录该赋,并特于此联旁批云:"熟于《庄》《列》,触手圆灵,如此属对,直是神来之笔。"⑦ 与梁洽、杨誉相类,张鼎之《欹器赋》中亦多见《老

---

① 《文苑英华》卷三二,第 144 页下。
② 《全唐文》将此赋系于太宗时之皇亲杨誉名下,然据此赋之行文风格与押韵情况来看,当属律赋发展相对较为成熟阶段的作品,故本文据《登科记考》所载,认为此赋乃天宝时进士杨誉所作。
③ 《文苑英华》卷一三八,第 639 页上。
④ 郭庆藩:《庄子集释》卷七上,北京:中华书局,2006 年点校本,第 668 页。
⑤ 郭庆藩:《庄子集释》卷四上,第 327 页。
⑥ 《列子·黄帝》:"海上之人有好沤鸟者,每旦之海上,从沤鸟游,沤鸟之至者百住而不止。其父曰:'吾闻沤鸟皆从汝游,汝取来,吾玩之。'明日之海上,沤鸟舞而不下也。"见杨伯峻:《列子集释》卷二,北京:中华书局,1979 年,第 67-68 页。
⑦ 周嘉猷、周鉁辑,汤聘评骘:《律赋衡裁》卷五,见踪凡、郭英德主编:《历代赋学文献辑刊》第 32 册,第 534 页。

子》之语。① 该赋题源出《荀子》所载孔子于桓公之庙见"宥坐之器"一事,而蕴损益之理于其中,张鼎则将《老子》论有无吉凶之言用之于赋,如"用"韵之"或益之而损,故至其满成覆觫之凶;或损之而益,故当其无为有器之用"即是,而赋文末段"故当观其所由,察其所安。嗟乎!福兮祸所伏,祸兮福所倚。既福祸之无门,信吉凶之由己",则连用《论语》《老子》与《左传》原文,与韦肇等同题作品相较,此赋已颇近"集句"之类,可谓唐代律赋"善用成句"为对仗的典型。另如石岑《海水不扬波赋》"恍兮惚兮,其中有物;杳兮冥兮,其中有精"一联,②亦是以《老子》中语成对的实例。值得一提的是,以王安石为代表的一些北宋作家,亦惯于援引《老》《庄》典语入其表启公文,而上举唐人诸赋,当可视为这一写法之先声。

2.2.2 中唐律赋中的长成句与"全经对"

与初、盛唐时期相比,中唐律赋无论在数量还是写作水平上,皆有较为明显的提升,这与当时科举考试内容的变化有着一定的联系,周嘉猷曾对唐代律赋的整体发展过程予以简要的概括:

> 唐初进士试于考功,尤重帖经试策,亦有易以箴论表赞而不试诗赋之时,专攻律赋者尚少。大历贞元之际,风气渐开;至大和八年,杂文专用诗赋,而专门名家之学蔚然竞出矣。③

虽然周氏对唐代科举内容变化的考察难免有疏漏之处,但中唐律赋名家如柳宗元、白居易、元稹、李程、贾𬭚等人,确皆于贞元时进士及第。陆贽贞元八年主试以《明水赋》及《御沟新柳诗》为当届考题,该科不仅因得人之盛而有"龙虎榜"的美称,更由于韩愈之应试赋作广受后世赞誉,故亦被视为中唐律赋兴盛之起点。"明水"典出《周礼》,指古代祭祀所用的洁敬之水。④韩愈赋文的主要内容,即以水之清明比喻德之高尚,其"化"韵联句"视而不

---

① 《全唐文》卷三六四,第 3699-3700 页。
② 《全唐文》卷九五九,第 9958 页。
③ 周嘉猷、周鋑辑,汤聘评骘:《律赋衡裁·例言》,见踪凡、郭英德主编:《历代赋学文献辑刊》第 32 册,第 9 页。李调元《赋话》亦曾引此。按,李氏《赋话》分"新话""旧话"两部分,"旧话"多钞撮史料笔记而成,"新话"则广引《律赋衡裁》汤聘评骘之语。据《赋话》前言,该书乃李氏为教学之用编纂而成,本非沉潜自得之作,其独抒己见之处实并不多见,但因资料收录较为全面,确便于阅读参考,故在赋学史上占一席之地。
④ 《周礼注疏》卷三六:"司烜氏掌以夫遂取明火于日,以鉴取明水于月,以共祭祀之明齍明烛共明水。"见阮元校刻:《十三经注疏》(清嘉庆刊本),第 1913 页。

见,谓合道于希夷;挹之则盈,方同功于造化",①用《老子》成句写水之德行通于道之玄妙,其后"宰"韵之"苟失其道,杀牛之祭何为;如得其情,明水之荐斯在",则更是全赋的核心联句:作者将东汉刘梁《辩和同之论》《既济》"九五"爻辞及《论语·子张》中的原句汇于一处,意在表达祭祀的重点不在贡品的丰厚,而在心意之诚美。此联非仅立意深远,使用前人成句亦圆熟妥切、庄重典雅,足见作者之学养与才华,《文苑英华》收录与此同题之赋多篇,余皆各有千秋,难分轩轾,而究"以此赋为第一"。

韩柳齐名,彪炳文坛,而柳宗元之《披沙拣金赋》,无论是写作水平还是后世影响,皆堪与韩愈《明水赋》共相辉耀。② 该赋题曰"披沙拣金",实即选众择才之意,而柳赋的一大特征,即为大量引用经典成句入文。如其"宝"韵之"动而愈出,将去幽以即明;涅而不缁,宝既坚而且好",连用《老子》《论语·阳货》与《小雅·大田》中语,以沙中所蕴之金,喻尚未被发掘之人才,生动而新颖,毫无生凑之迹。其后"之"韵有句云:"潜虽伏矣,获则取之",用《小雅·正月》及《左传》原句,亦自然贴切而不见用典痕迹。其后"久暗未彰,固亦将君是望;先迷后得,孰谓弃予如遗",上联将《左传·襄公三年》孟献子之语移以形容沉沦下僚者期盼遇知的急切心情,下联则融《坤》之卦辞与《小雅·谷风》之诗句为一炉,写君子虽步途曲折,而终得在上者见用,可谓巧妙而雅致。与此联类似者,尚有"同"韵之"欲盖而彰,将炯尔而见素;不索何获,遂昭然而发蒙",下联将张衡诗语及《礼记·仲尼燕居》中的成句相结合,颇见新意。《律赋衡裁》于此联之旁批云:"镶嵌成语,生趣盎然,宋人则平平无奇矣",③其对宋人之贬抑似略失过泛,但此等联句对宋四六使用成句之启发与示范,则毋庸置疑。

自韩柳而下,中唐律赋作品中经典成句的出现频率相较此前进一步提高,高手名家运用成句的技法愈显纯熟,并形成了一种具有普遍性的创作特征。特别值得一提的是,多数作家对于"成句联"在律赋中所应承担之结构功能,亦有了更为深入的理解,其赋作中的"成句联"对文意之表达皆有着明显的帮助。

被后人誉为能开一时律赋之风气的王起,即以善用成句著称。王起本

---

① 《文苑英华》卷五七,第258页下。
② 《文苑英华》卷一一八,第538页下至539页上。
③ 周嘉猷、周鉁辑,汤聘评骘:《律赋衡裁》卷四,见踪凡、郭英德主编:《历代赋学文献辑刊》第32册,第312页。

人的经学修养深湛，并曾于长庆、会昌年间四知贡举，"主文柄者二十余年"，对于当时律赋写作风格的形成，有着不可忽视的推动作用。其《元日上公献寿赋》有"拱北辰之尊，不异乎台居列宿；献南山之寿，更闻乎岳视三公"一联，①极平常之语，而以巧妙对仗为之，更兼措语庄雅典切，便成颇合于赋文主旨的好辞妙句。又如《延陵季子挂剑赋》之"予取予求，昔藏心而可测；一生一死，终弃宝而如遗"，②写季札挂剑之高节信义；《蒲轮赋》之"蒲也采陂泽之丛，有车之用；轮也斲阴阳之木，如日之升"，③叙蒲轮之取材考究；《结网求鱼赋》之"一纵一横，既克张于万目；无小无大，亦何逃于百川"，④言织网之周严细密。以上联句皆旨在突出赋作的中心思想，结构功能十分明确。《庭燎赋》为王起律赋之代表作，后代赋选多见收录，其"辟"韵之联句"昭其明也，叶天鉴之穆清；望而畏之，契天威之咫尺"，⑤上下联分别使用《左传·桓公二年》臧哀伯上谏与《论语·子张》中子夏所言"君子三变"之句，以庭燎之光象征君王之威德，既突出了焰火本身的光辉温暖，更是将统治者宵衣旰食、勤于政务的明君形象表现得淋漓尽致，又与《毛传》所云《小雅·庭燎》"美宣王也，因以箴之"的题旨若合符契，⑥实可谓唐代律赋"成句对"中的经典。

除此之外，王起还尝试在律赋中使用六字成句。如其《蜃楼赋》"楼"韵之"出彼波涛，必丽天以成象；化为轩槛，宁假日以销忧"，⑦上联用《离卦》卦辞，下联用王粲《登楼赋》中名句，描写蜃楼之壮美缥缈。由于四字句是以《诗》《书》为代表的秦汉典籍中最为习见的句型，故文士在写作律赋、四六而欲援引成句时，便通常以这些典籍中的四字紧句为首选。与之相比，使用六字成句则更需要作者广搜博览，并对原文进行一定程度的融化裁炼，其应用难度无疑高于四字成句。而这种作法的好处，即在于能够实现用事无迹、自然贴合的表达效果，如上引联句便得到后人"善于运古"的高度评价。《文苑英华》收录王起之律赋不下数十篇，颇见推崇，而其运用成句之妙法，亦当对宋人之四六创作有所启迪。

---

① 李调元：《赋话》卷一，见王云五主编：《丛书集成初编》，上海：商务印书馆，1936 年，第 2622 册，第 8 页。
② 《文苑英华》卷一〇二，第 469 页上。
③ 《文苑英华》卷一二一，第 552 页上。
④ 《文苑英华》卷一四〇，第 646 页上。
⑤ 《文苑英华》卷一二三，第 562 页上。
⑥ 《毛诗正义》卷一一，见阮元校刻：《十三经注疏》（清嘉庆刊本），第 924 页。
⑦ 《文苑英华》卷一四〇，第 648 页下。

与王起相比,元稹在律赋中使用的"长成句"更令人耳目一新。其元和年间所作之《奉制试乐为御赋》,①文中即多见不拘于四六格式限制,而以漫句为基本组成的隔句联对。如开篇"和"韵之"蟠乎地而极乎天,周流既超于马力;发乎迩而应乎远,驰声亦倍于銮和",上下联皆为"七七"平隔句式,且一、三句并用《乐记》与《系辞上》之成句,言乐之深厚广大、无施不可;二、四句则以车马相承,意在凸显"以乐为御"之优点鲜明、势在必行。前此之唐代律赋,多是将经典中的四字成句作为隔句联对的一部分,形成以轻隔、重隔为主,兼有"四四"平隔的对仗形式。元稹则有意独辟蹊径,择取四字以上成句组成"漫句平隔",其音韵节奏更为舒缓,表达内容更为丰富,将散文舒雅爽健的特征融于律赋写作当中,确不失为一种创举。该赋"道"韵之"乘六气之辨,哂六辔之徒施;鼓八风而行,知八骏之非宝"一联,用《逍遥游》及《国语》成句,以"六气""六辔"、"八风""八骏"相对,构思精巧。其后"之"韵"岂独周域中而利其衔策,亦将肥天下而浃乎骨肌"二句,盛赞礼乐流行化育之功,分别引《汉书》之《张敞传》及《礼乐志》中语,此对不仅突破了以往律赋多以史传文献中的材料作"事典"而非"语典"的一般规律,其运散成骈的写法,亦使律赋于严致谨密之中,别具清通疏落之气。此外,元稹《镇圭赋》"四"韵之联句曰:"夫众色不可以杂施,依方面之正者唯五;群山不可以咸写,选域中之大者有四",②以长联散语写镇圭之外形庄严,《唐人赋钞》评之云:"变四六而用长联,顿觉雄浑排奡,璀璨陆离"。③ 元稹对中唐制诏文风的改革已为后人所熟知,而其律赋句法上的新变虽少见提及,但其后宋人四六中所常见的长句对法,于此已可见端倪。④

　　随着律赋在科举中的地位日趋稳固,文人对其结构句法的理解愈见深入,围绕律赋相关作法的研究亦逐渐成为一种"专门之学",中唐时"赋格"类律赋写作专书的大量出现,即是这一风气的直接体现。如浩虚舟《赋门》、纥干俞《赋格》、范传正《赋诀》、张仲素《赋枢》、白行简《赋要》及蒋防《赋格》等一批著作陆续问世,虽然这些书籍早已佚失,但大致成书于文宗太和、开成

---

①　《文苑英华》卷七四,第 336 页下至 337 页上。
②　《文苑英华》卷一一一,第 506 页上。
③　邱先德选,邱士超笺:《唐人赋钞》卷五,见踪凡、郭英德主编:《历代赋学文献辑刊》第 59 册,第 87 页。
④　如鲁琮所言:"元稹应试每于律体中用流水句法,且多用散语押韵,以拔奇于试贴之外,此又应试金针也。"可知元稹律赋使用"长成句",某种程度上亦出于应试"取巧"之需。鲁琮:《赋学正体》卷五,见踪凡、郭英德主编:《历代赋学文献辑刊》第 48 册,第 436 页。

年间,与其性质相近的《赋谱》则于今尚存。① 据该书可知,彼时赋家已充分认识到隔句对在律赋中的重要性,认为"凡赋,以隔为身体",乃赋文架构得以成型的关键,并称轻、重、杂、疏、密、平等六种不同形式的隔句对法"皆为文之要,堪常用,但务晕澹耳"。这里提到的"晕澹",即是要求作者依照题目与相关内容的变化,灵活运用这些隔对,不可机械死板,从而达到如施粉黛、渐次浓淡的效果。正所谓"体相变互,相晕澹,是为清才"是也。更为重要的是,在隔句对的呈现形式上,《赋谱》也明确指出"若《苏武不拜》云:'使乎使乎,信安危之所重'之类是也,得全经为佳",足见引用经典成句以形成隔对,于此时已是为人所熟知并得到广泛认可的一种律赋写作程式。而正如《赋谱》作者所言,中唐时的一些律赋作家,确已开始尝试完全以儒家经典成句缀合成联,构造所谓的"全经对句"。

德宗于贞元五年(789)立制以二月一日为中和节,此日百官需进献农书,"以示务本"。贞元十九年(803),进士科即以《中和节百辟献农书赋》为试题。贾餗于该年及第,其应试赋作颇为后世称道。贾赋"吉"韵有联句云:"是穮是袞,将致乎千斯仓;爰始爰谋,必因乎四之日",②上联写天下勤于稼穑,终得吉庆丰收;下联言计划农事正当耕作之始,不失其时。全联皆用《诗经》成句,措辞可谓庄雅而典切。又如其《日月如合璧赋》"交"韵之"不缩不盈,自契乎三年之闰;无偏无党,何忧乎十月之交",③上联用张衡《东京赋》及蔡邕《独断》中语,云日月运行自合天道,毫无差错;下联则通过联系《诗经》中涉及日食、月食等异常天象的篇章,进一步表明日月依时交替、不见偏差的重要意义,《唐人赋钞》评此联曰:"运用典雅,巧妙绝伦"。④ 值得一提的是,贾餗的"全经对句"既可施用于政事大题,亦可见之于幺微小题,

---

① 本文所引《赋谱》相关内容,悉据张伯伟:《全唐五代诗格汇考》附录三,南京:凤凰出版社,2002年,第554-569页。值得一提的是,《赋谱》所记相关内容,特别是对文章句式的分类方法,亦多见载于平安时期藤原宗忠等人所编之诗文作法参考用书《作文大体》当中。而后菅江两流另编有同名之著述,亦将《赋谱》之言,抄录于其书所含之《杂笔大体》部分。在菅江氏看来,这种对句式进行分门别类而各明其功用的作法,完全可以涵盖"杂序、愿文、奏状、敕诏、敕答、表白"等"杂笔"众体,且书中明确提到:"赋是杂云,古诗体也,其玉章皆纳此中",足见其是以赋体作为句式分类之基础与根本。据此亦可知《赋谱》等相关著述对日本文章学建构之重要意义。
② 《文苑英华》卷二二,第102页下。
③ 《文苑英华》卷三,第21页上。
④ 邱先德选,邱士超笺:《唐人赋钞》卷一,见踪凡、郭英德主编:《历代赋学文献辑刊》第58册,第68页。

如其《蜘蛛赋》中有"夜居于外,同熠耀之宵行;日就其功,异蚁子之时术"一联,①先以《礼记·檀弓》与《豳风·东山》中成句,写蜘蛛在夜间进行织网工作,显是化用"伊威在室,蟏蛸在户。町畽鹿场,熠耀宵行"之语意而来;②后用陆贽《鸿渐赋》与《礼记·学记》中原句为对,突出其效率甚高,完工迅速。全联与真实情景自然贴合,虽小题而愈见其工巧博洽也。

除贾餗外,皇甫湜亦善于在律赋中使用"全经对句"。如其《鹤处鸡群赋》中有"独立不惧,诚则莫之与京;硕大无朋,所谓拔乎其萃"一联,③上联借《大过》之象辞及《左传·庄公二十一年》齐太史占卜之言,言君子不肯同流合污之高洁情怀,下联则合《唐风·椒聊》与《孟子·公孙丑》原句于一处,同样赞美君子之高尚德行。该联虽然符合隔句对之格式,但在表达上不够流畅贯通,略显生硬拗涩,这也是皇甫湜为文古拙高雅、好奇求新,但往往难免过犹不及之病的体现。相较之下,白行简《石韫玉赋》之"爱而不见,虽类怀宝迷邦;和而不同,终辨我心匪石",④上下联皆以《论语》与《诗经》原句构成,非但用语典致雅训,更是充分地表现出君子怀才而慎于出处、不以时世为转移的坚定信念,与赋文主题高度契合,明显优于皇甫湜之联句,由此亦可知行简能与其兄并列于中唐律赋名家之林,自有其理。

由于"全经对句"主要是将经典成句加以排列组合,而并不过多修饰剪裁,留给作者的"调整空间"较为有限,故有时亦会出现成句之风格语意与赋作本身产生一定龃龉的情况,这也是"全经对句"在使用过程中所无法回避的问题。蒋防、杨弘贞都是中晚唐过渡时期颇具才名的文士,惜天不假年,皆壮岁而逝。二人今存作品以律赋为主,蒋防更是被誉为能够继承李程、王起之衣钵的"随靳之骖"。其《姮娥奔月赋》以"嫦娥奔月"这一经典神话主题为核心内容,全文辞句华丽精妙,体现出作者对主人公追求自由洒脱又难免眷恋留念之矛盾情感的恰当把握与细腻体贴,而该赋"弃"韵有联曰:"往而不返,谁谓与子偕行;仰之弥高,孰云不我遐弃",⑤上下联分别使用《庄子·逍遥游》《秦风·无衣》《论语·子罕》及《周南·汝坟》中成句,以反问的语气描写嫦娥飞升月宫后之孤单寂寥、郁闷幽怨。单就联句而论本无可指摘,但该赋本多瑰奇想象之语,且此联又承担着全篇内容由"飞升过程"向"月宫景

---

① 《文苑英华》卷一四二,第 656 页下。
② 《毛诗正义》卷八,见阮元校刻:《十三经注疏》(清嘉庆刊本),第 845-846 页。
③ 《文苑英华》卷一三八,第 635 页上。
④ 《文苑英华》卷一一五,第 524 页下。
⑤ 《文苑英华》卷六,第 34 页下。

致"转移的关键"任务",故在品评者看来,则"未免质直,于题不配"。白行简《望夫化为石赋》中"远"韵恰有与此含义感情皆相近之联曰:"下山有路,初期携手同归;窥户无人,终叹往而不返",①虽非"全经对句",但缠绵悱恻、回味绵长,更兼"运化成语如自己出",稍作对比而高下立见。

与蒋防赋作"全经对句"之病类同,杨弘贞《溜穿石赋》从"滴水穿石"的现象出发,阐明以柔克刚、积微著效的道理。其"以"韵之联"进寸退尺,常一以贯之;日往月来,则就其深矣",②四句依次出于《老子》《论语·里仁》《周易·系辞》与《邶风·谷风》,言鍥而不舍,终致其功。联句表意显豁但缺乏深意,词气流利有余而雅驯不足,虽取材广泛、精心撰构,却难称名对。

2.2.3 晚唐律赋中渐近自然的成句对

在清人眼中,唐代律赋至晚岁而愈生新境。《律赋衡裁》的一段评骘之语,可作为此类观点之代表:

> 晚唐律赋较前人更为巧密,王辅文、黄文江一时瑜亮也。文江戛戛独造,不肯一字犹人。辅文则锦心绣口,丰韵嫣然,更有渐近自然之妙。③

如上所言,晚唐时期律赋写作技巧的发展更臻完善,可供选择的风格法式多种多样,作家各取所需,自出机杼,最终形成了百花齐放、争奇斗艳的繁盛局面。虽人各一面,难拘一格,但就用语之"来历"而论,则大致可分为"新颖"与"现成"两派:

> 晚唐诸名家若司空表圣、陆鲁望、吴子华大致以新颖为宗,而词必己出,面目各不相似。宋人所尚者清便流转,好用现成语。④

此处所言"好用现成语"者虽为宋人,但实际上晚唐律赋以成语为对者亦不在少数,只是在呈现形式上与中唐时期有所不同。首先,或是鉴于"全经对句"所存在的僵化、死板等问题,晚唐赋家选用这种隔对方式的频率有所降低。另外,作品中引用成句者虽不鲜见,但相比于典雅古奥之风貌,隔

---

① 《文苑英华》卷三一,第143页上。
② 《文苑英华》卷三一,第143页下。
③ 周嘉猷、周鍹辑,汤聘评骘:《律赋衡裁》卷一,见踪凡、郭英德主编:《历代赋学文献辑刊》第32册,第75页。
④ 周嘉猷、周鍹辑,汤聘评骘:《律赋衡裁》卷五,见踪凡、郭英德主编:《历代赋学文献辑刊》第32册,第551页。

对本身的自然流畅，渐渐成为此时赋家所关注的重点。所谓"渐近自然之妙"，殆非王棨赋作独具之风格，而乃晚唐文士在运用"成句对仗"时所体现出的"集体性特征"。

大中九年（855）进士登第的陆肱今存作品数量较少，但其赋作实能反映出晚唐律赋风格变迁之一斑。如其《知四十九年非赋》"贤"韵有联句曰："虽云时不再来，悔无及也；所谓过而能改，善莫大焉"，①上联用《国语·越语下》及《左传·昭公二十一年》原句，下联则以《左传·宣公二年》士季谏灵公之语作对。该联与赋文主题可谓贴合无间，且由于下联所用本即为经典中的口语言辞，而上联二句虽出处不同，却无丝毫凑泊之感，故虽是"全经句"的隔对形式，实更似散文中之单句对仗，颇显轻快流利。陆肱另有《乾坤为天地赋》，尽阐乾坤二卦所蕴含的易理。其中"玄""理"二韵分别以"于乾则易知可察""于坤则简能可立"上下共一百零二字的长段对仗，②详细列举乾为天、坤为地的种种表象，显是借鉴了白居易《动静交相养赋》的句法格式。就此二赋而论，已足可体现出其意在突破常规套路与风格之束缚，而以平易流畅为宗的创作观念。

《律赋衡裁》视王棨与黄滔为"一时之瑜亮"，而二人赋作之风格，实不相同。黄滔作赋"不肯一字犹人"，多新造之语，故对于经典成句亦无太大兴趣；而王棨之赋则相对更为传统，遣词用字颇具大家风范，如《沛父老留汉高祖赋》之类，亦堪为晚唐律赋中的代表作品。该赋"止"韵有联云："圣代而阳和煦物，元首明哉；暮年而蒲柳伤秋，老夫耄矣"，③上联用《尚书·益稷》篇皋陶赞美帝舜之歌，下联用《左传·隐公四年》石碏告陈之语，表现沛国父老对刘邦平定战乱、一统天下的感激与赞颂，二成句皆属直用原文而不改其意，却能自然贴合、妙韵天成，可谓"洒脱有韵致"。王棨另有《阙里诸生望东封赋》，以描写鲁国诸生企盼皇帝东封泰山的急切心情为主要内容，其"人"韵之隔对"当河清海晏之时，宜遵古典；是率土普天之幸，岂但素臣"，④上联用郑锡《日中有王字赋》之名句"河清海晏，时和岁丰"，⑤下联则为《小雅·北山》中语，以今对古，新鲜别致而又整练流动。王棨以上二联，皆与陆肱之作近似，虽为隔对而气脉贯通，颇近单句对仗，亦属晚唐风格的集

---

① 《文苑英华》卷九三，第423页下。
② 《文苑英华》卷一，第11页下至12页上。
③ 《文苑英华》卷五九，第270页上。
④ 《全唐文》卷七六九，第8017页。
⑤ 《文苑英华》卷二，第16页上。

中体现。《律赋衡裁》评王棨《曲江池赋》曰:"一往皆轻俊之气,沉郁混古不逮前贤,盖唐赋之后劲,宋赋之先声也",①盖移此以评王棨乃至晚唐诸家律赋之成句隔对亦无不可,其非仅"宋赋之先声",更可谓宋四六之滥觞也。

  论及晚唐时运用成句最为得心应手者,盖当以陈章为首。② 其赋作见存者不过寥寥数篇,然多以成句贯穿始终,可谓晚唐好用"现成"之语一派的代表。试观其所作《艾人赋》,③自首至尾经典原文络绎不绝,真可称"无一句无来历"。该赋"以"韵用艾比人,抒发怀才难遇之苦与一展抱负的决心,其中有联句云:"苟三年之疾,虽云来者可追;而五日为期,岂复怨乎不以",言时不我待,求用心切,后既得其所,则无可怨愤。此联一、三句分别使用《孟子·离娄上》及《小雅·采绿》原句,而二、四句皆出《论语·微子》,运用巧妙,天衣无缝。本韵中另有成句隔对曰:"行止于百姓之病,虽云具体而微;育材于万物之灵,必见尽瘁以俟",承接上联,言艾人用世之志,引《孟子·公孙丑》对《小雅·四月》,而似全出于作者之口,工整自然。其后"毒"韵则继续描写艾人初步得用之后,犹未安定的心境:"待时而用,益彰惟尔之能;不怒而威,讵可比予于毒",上联乃《系辞》及《尚书·周官》成句,下联为《荀子·儒效》与《邶风·谷风》原文,以古语述心曲,且辞新意精。其"为"韵之"宜尔室家,略备诗人之采;不祈土地,雅同儒者之为",以《小雅·常棣》及《礼记·儒行》成句为对,赞艾人之高行,不唯辞句浑雅,更兼与艾草本物之特征紧密贴合,可谓妙对。除直引成句之外,陈章亦颇善于点化融炼,该赋"悬"韵之"异萱草之忘忧,孰云言树;等匏瓜之不食,焉肯徒悬",上下联分别将《卫风·伯兮》之诗句与《论语·阳货》之散语"改造"为四六隔对的形式,而皆反用其意,可见熔裁之能。

  陈章另有《水轮赋》《腐草为萤赋》等文,皆属小题刻画而能摇曳生姿,近于六朝咏物赋篇,而写作此类赋题的关键,即在于回归"体物而浏亮"的文体传统,对欲咏之物进行全方位的观照把握,方能于临文运笔之际挥洒自如、左右逢源。而陈章此类作品,即是通过运用成句,围绕描写对象进行铺陈渲

---

 ① 周嘉猷、周鍌辑,汤聘评骘:《律赋衡裁》卷二,见踪凡、郭英德主编:《历代赋学文献辑刊》第32册,第137页。
 ② 陈章之生平今已难考其详,据《唐人赋钞》评其《风不鸣条赋》曰:"唐末赋格,多尚华靡,能讲刻画,已近一流作者。刻画之中,尚存浑雅,此篇殊堪讽咏也。"而他的赋作风格,亦确属晚唐格调,故本文从《赋钞》之说。
 ③ 《文苑英华》卷一四九,第691页。

染。如其《水轮赋》"成"韵之联句云："虽破浪于川湄,善行无迹;既斡流于波面,终夜有声",①虽用《老子》及《左传·宣公十二年》成句,但不为原始语境所束缚,师其辞而不师其意,以经文描摹物象,曲尽其妙而可谓"墨痕都化"。②该赋"之"韵联句"殊辚辂以致功,就其深矣;鄙桔槔之烦力,使自趋之",以《邶风·谷风》与杜预《春秋左传集解序》中的成句,称赞水轮之功效便利,亦不减前联之工。陈章另有《腐草为萤赋》,其"名"韵有"无声无臭,同朽苇之成蜃;有显有微,殊积谷之为虫"一联,③用《大雅·文王》及《礼记·礼器》原句描写腐草成虫的变化过程,可谓细致入微,惟妙惟肖。《唐人赋钞》评陈章《艾人赋》曰："小题不难渲染,难其叠用成语,句句如生铁铸成,直是腔有炉锤,不止长袖善舞",④实则不仅此赋而然,广引成句烘托主题乃陈章赋作最为突出的特点,而就其所用成句数量及运用水平而言,确堪为唐代律赋"善用成句"之写作手法的代表。虽与中唐诸家之典丽大方相比,其作品略有"取巧"之感,但究竟未伤大雅,所谓"藻绘而不近浮,刻画而不伤巧"是也。⑤

  由上可见,"善用成句"是贯穿唐代律赋发展之始终的写作特色,化经典成句而为己用,是对作者学识与文才的双重考验,故虽为"雕虫小技",而"亦自有专门名家也"。⑥ 随着创作经验的积累与文化风气的转移,唐代律赋成句的材料来源与呈现方式,亦体现出阶段性的变化:初唐文士多以《诗》《书》等经典之语替代隔句对中的四言紧句,从而形成最为基本,亦最为常见的成句对。盛唐律赋以成句为对之风气渐开,除儒家经典外,因彼时皇室崇道好玄,兼开"道举"以取士,故文人多研习《老》《庄》《列》等道家典籍,而于律赋中用相关成句以作对者如梁洽、杨誉、张鼎之辈,亦引领一时之风尚。德宗贞元之际,名家辈出,柳宗元、王起、元稹等人之律赋,多以"漫句成对"舒宕文气,使得向来以精工巧丽为主要风格的律赋,亦能展现出古文之爽朗

---

① 《文苑英华》卷三三,第 150 页上。
② 周嘉猷、周鋕辑,汤聘评骘:《律赋衡裁》卷四,见踪凡、郭英德主编:《历代赋学文献辑刊》第 32 册,第 363 页。
③ 《文苑英华》卷一四一,第 651 页下。
④ 邱先德选,邱士超笺:《唐人赋钞》卷三,见踪凡、郭英德主编:《历代赋学文献辑刊》第 58 册,第 322 页。
⑤ 邱先德选,邱士超笺:《唐人赋钞》卷五,见踪凡、郭英德主编:《历代赋学文献辑刊》第 59 册,第 127 页。
⑥ 周嘉猷、周鋕辑,汤聘评骘:《律赋衡裁》卷四,见踪凡、郭英德主编:《历代赋学文献辑刊》第 32 册,第 419 页。

第 2 章 宋前表启及律赋创作对北宋表启的影响

雅健、自由奔放,一定程度上改变了律赋的传统风貌。而随着试赋地位的逐步提高,对律赋作法进行摸索研究并总结规律套路以供后学参考的"赋格"类著述,于中唐后期至晚唐时大量涌现,"专门之学"风势渐成。彼时文士对隔句对的种类及用途,有着更为深入而清晰的认识,他们在平隔、漫隔的基础上,进一步追求在创作难度与表现形式方面皆"更高一层"的"全经对句",贾餗、白行简即颇擅此道,二人赋作时可见全以经语组合而成的精妙联句,但由于这种句法难以避免的刻板、拥滞等弊病,在运用过程中,亦经常出现与赋作主题、风格不能完全吻合的问题,故在晚唐时期"追捧"者明显减少。与之相对的是,"渐近自然"的成句对仗在晚唐律赋中成为主流,陆肱、王棨之隔对,虽为四六联句形式,而皆可以单句对仗视之,多以显豁流畅、通达明快为宗,足可代表此时之普遍风格。除此之外,彼时另有像陈章这样能以成句对仗铺衍全文者,其作品现存虽只寥寥数篇,而多能围绕赋文主题联缀前人成语,运思缜密,妥贴工致,"巧构形似之言,却不堕纤靡一派",①堪称唐代律赋用成句为对仗的集大成之家。盖表启等应用文援引经典以成联的目的,往往在于增添文章的古雅之气,以见作者之博学与匠心。而含义过于深奥、文辞过于华丽的成句,很大程度上会造成阅读障碍,削弱表意传情的效果,而类似晚唐律赋之成句对,则恰能满足这种"执两端而取其中"的需求,故成为部分宋代作家"心慕手追"的对象,所谓"开宋四六法门"者,即指此而言。

宋初科举多承唐制,试赋亦为时人所重,故《文苑英华》对唐代律赋收录较广。虽然由于编纂者对一些颇为后世所重的名家名作存在些许的"忽略"而多为学人诟病,但正有赖于该书的选录保存,方使后人得以窥探唐代律赋对宋四六"善用成句"之风所产生的影响。以成句为对仗无疑是北宋四六章表、书启最为常见,亦最为重要的技法特色,终北宋一朝,此风亦未尝断绝。有趣的是,北宋表启中成句对仗的使用,整体上呈现出一个与唐代律赋颇为相似的发展过程:北宋前期昆体四六盛行,以杨亿、刘筠、夏竦、宋祁为代表的作家多由儒家经典、秦汉史籍及两汉六朝辞赋中择取成句,充当四六隔对中的四字句;其后苏轼表启多以"大篇长句"为之,"长成句"在其作品中扮演了极为重要的"角色";北宋后期创立词科,应考文士力求作品新奇出众,他们不满足于一般的成句对,而倾向于选择更容易"引人注目"的"全经对

---

① 周嘉猷、周鈖辑,汤聘评骘:《律赋衡裁》卷四,见踪凡、郭英德主编:《历代赋学文献辑刊》第 32 册,第 365 页。

句",这也使得彼时四六愈趋精致工巧。由此可知,虽然宋代文人在写作四六表启时并不一定要参考唐代律赋,但唐代文人在律赋中使用成句对仗的各种手法技巧,无疑为其导夫先路,而这种文体间的互动关系,则正如简宗梧所谈到的:"赋从汉世以来,一直与文学语言变造的脉动息息相关,赋家一直扮演着书面语言变造者的角色,一方面领先其他文类创新语言,一方面又从其他文类吸取语言精华,因此它一直与其他文类产生紧密的交互影响。"[①]诚哉斯言。

---

① 简宗梧:《试论唐赋之发展及其特色》,见《第二届国际唐代学术会议论文集》上册,台北:文津出版社,1993年,第116页。

第3章 北宋表文研究

"四六"一词,原是以对偶形式呈现的应用类文章之统称,落实到文体层面,则涉及表、状、启、上梁文、青词、乐语、婚书等各种类别,而这些体裁实际上都具有相对独立的创作传统与艺术风格,即便是出自同一位作家之手的表文与书启,其体貌特征亦往往存在一定差异,更遑论与其他作家进行比较。自中唐伊始,四六文的应用范围便愈趋集中于公文领域,进入北宋,其"施展空间"进一步缩小,但在涉及庆贺、陈乞、进献、陈请等场合时,词汇精炼、对仗巧妙、音律和谐的表状笺启,仍是不可或缺的重要"角色"。在北宋四六诸体中,表文之作品数量颇为可观,后人在列举、分析北宋四六的经典篇目时,亦多举表文为例,故其当可称北宋应用领域最具代表性的体裁。

对于宋表之风格特征,明人曾有过一些颇为精炼准确的概括。虽然"明初四六偏重取法唐人",[①]但自景泰、成化年间伊始,宋四六即逐渐取代了唐人骈体的原有地位。[②] 彼时文人常将宋表与唐表进行比对,如徐师曾即认为"唐人声律,时有出入,而不失乎雄浑之风;宋人声律,极其精切,而有得乎明畅之旨"。[③] 徐氏以唐宋表文各有所长、难分轩轾,但多数明代文人则更为"偏爱"宋代章表。陈垲《名家表选》广泛选录唐宋表文,而尤以宋人之作为主,其于序文中亦对宋表多有称赞:

> 予谓表莫盛于唐宋,唐表雄浑,然有出入;至于揣摩声律,剪裁典故,敷陈事情,语精切而意明畅,则惟宋表为然,故宋人往往以

---

① 李慈瑶:《明代骈文研究》,博士学位论文,浙江大学中文系,2015年,第38-39页。
② 张一卿于《新镌古表选序》中即曾指出:"六朝句琢字雕,木鸢玉楮,纤巧有余而宫商不叶。唐神龙而后对偶渐严,宋咸平以来步伍益整,我明定制,一遵宋体。"张一卿:《新镌古表选》,见《域外汉籍珍本文库·第五辑·史部》第20册,北京:人民出版社,重庆:西南师范大学出版社,2015年,第165页。
③ 徐师曾:《文体明辨序说》,第122页。清人王之绩同样认为唐宋之表各具特色:"唐宋表俱用四六,而体亦不同。唐人声律极精,对偶极切,如奇珍杂宝,辏合相配,铢两悉称。宋人以声律之文为叙事之体,明畅过于唐人,而典丽不及也"。见王之绩:《铁立文起》后编卷八,王水照编:《历代文话》,第4册,第3823页。

四六名家。我朝所录程表高者，不减宋人，其余浑厚则有之，文采则不及也，故表学至宋人，不可加矣。①

胡松所编《唐宋元明表》是明代重要的四六表文选本，而宋代表文在该书中占比最高。与陈垲一样，胡氏亦于书前序文中极力推赏宋表之艺术价值，明言四六章表"昉于汉魏六朝，盛于隋唐，而极于宋"。② 有鉴于宋代表文在当时的极高影响力，一些专以此为收录对象的文章选本亦应时而生，如汪用极所编《宋诸名家表》即是其中代表。③ 汪氏认为四六起自唐宋，但"唐体犹非时范"，而"宋则其鹄也"，抑唐扬宋之意颇为明显。他对章表之文体功能的基本理解为"直陈""畅情"，而在衡量一篇表文艺术价值的高低时，不应为学殖、伦理等外在规范所束缚，只要能够直抒胸臆、畅所欲言，便可视为合格的作品。正是基于这样的评判标准，汪氏称赞宋人四六之妙处"正在透微玲珑，不事藻绘，随题结响，情见乎辞，而辞肖其情，寓行云流水之意于抽黄对白之中，真郁郁大雅之音哉"。简而言之，宋代表文在内容上长于叙事陈情，手法上讲究剪裁辞句，风格上追求明白晓畅。这些特点，确皆为宋表之所长，亦是其能够胜过唐表的主要原因。

除整体性评价外，明代文人亦曾点出其心目中的宋代章表名家。张重华于所编《刻评注程墨表选》一书序文中，极力推赏杨亿、刘筠、夏竦三位昆体四六名家：

  唐人腯于辞而意近晦，作者弗范。谭四六者莫高于宋；谭宋之四六者，莫高于杨刘，而尤莫精于夏英公，英公翘楚当代，宋人趋焉。④

这一看法，与王铚之父王萃以夏竦为"四六集大成者"的观点如出一辙。⑤ 而后苏瀹则在比较唐宋四六之风格差异后，特别对欧阳修所倡导的骈散互融的四六给予肯定：

---

① 陈垲：《名家表选序》，《四库全书存目丛书补编》第13册，济南：齐鲁书社，2001年，第95页上。
② 胡松：《唐宋元名表序》，《文渊阁四库全书》第1382册，第292页下。
③ 本文所引汪用极《宋诸名家表》相关内容，悉据北京师范大学图书馆所藏明刻本，其版式为白口，白单鱼尾，四周单边，半页八行，行十八字。
④ 张重华：《刻评注程墨表选序》，《沧沤集》卷一，《四库全书存目丛书补编》第57册，第224页下。
⑤ 王铚：《四六话》卷上，见王水照编：《历代文话》，第1册，第9页。

初唐之瑰丽也,沿六朝之余也,然其类谐,其事核,如大将军击
刁斗,虽众不哗也。迨昌黎氏、柳州氏破觚削方,缔绣之章变而尔
雅,靡曼之音变而平淡,说者谓唐文三变,至韩柳而极,良足多者。
宋兴而庐陵、眉山诸公一洗西昆之习而力振之,绝纤巧,杼真愫,意
若贯珠而词若束帛,故称四六者必以宋为工,非求工也,不蕲工而
自工,乃工之至也。①

"意若贯珠而词若束帛"确实是对欧、苏章表之特点的准确概括。此外,
明人论及宋表时,亦曾将苏、王二家视为典范。如长水先生沈懋孝晚年退居
淇水向诸生传授科场文字写作要领时,即曾谈到四六章表"至宋王介甫、苏
子瞻始厌薄秾词,为真淡写意之体,其后汪浮溪、周益公、杨诚斋之徒嗣之,
故宋表传至今,今之士林皆式之,盖纯乎议论矣"。②袁黄在指导塾生时,亦
提醒他们在学作表文时,"须将《宋文鉴》中所载诸表从头一阅,而于王介甫、
苏子瞻诸公所作尤宜尽心,庶有古人浑厚气象,而不至于浅薄也",③同样是
奉苏、王二家章表为北宋一代之翘楚。明末陶望龄选辑柳宗元、欧阳修、王
安石、苏轼、苏辙、陆游六家表启名作,编为《陶石篑先生批选唐宋六家表启》
一书,在序文中,陶氏将欧、王与二苏四六划为两派,称"永叔介甫,或取材纶
诰之余,或泽言经术之内,辟巨栋截为柍桴,美锦制作襜褕,运橡扛鼎,固可
望而知也。至眉山兄弟而抑郁牢骚之致,缠锦往复之情,咸遇圆而规,触方
成折,立言之妙,荫映古人"。④

综观上言,欧、王、苏三家实为明代文人所普遍认可的北宋四六章表名
家,另如杨、刘、夏等昆体作家亦见提及,这与邵博、杨囷道对北宋四六文之
风格流变的看法非常接近。邵氏以杨、刘与欧、苏分别代表北宋四六的两种
基本体式,前者谨遵"四字六字律令","然其敝类俳语可鄙";后者"以文体
为对属","偶俪甚恶之气一除,而四六之法则亡矣"。⑤杨氏则认为"皇朝四

---

① 苏濬:《词致录序》,见黄宗羲编:《明文海》卷二四八,北京:中华书局,1987年影印本,第3册,第2588页上。
② 沈懋孝:《与塾士论四六骈体》,见《长水先生文钞·贲园草》,《四库禁毁书丛刊·集部》第160册,第116页下。
③ 袁黄:《游艺塾文规》卷五,《游艺塾文规正续编》,武汉:武汉大学出版社,2009年校订本,第227页。
④ 陶望龄:《陶石篑先生批选唐宋六家表启》,天启二年(1622)茅兆海刻本,第二页a。该书版式为白口,黑单鱼尾,四周单边,半页九行,行十九字。
⑤ 邵博:《邵氏闻见后录》卷一六,北京:中华书局,1983年点校本,第124-125页。

六,荆公谨守法度,东坡雄深浩博,出于准绳之外,由是分为两派"。① 二家之说,为后人勾勒出一条由杨亿至欧阳修,由欧阳修至苏、王,由苏、王而立分两派,格局既定的北宋四六文发展脉络。

不可否认的是,上述诸家皆乃北宋,甚至中国文学史上地位显赫的人物,他们的经典章表、书启,也确实可以代表北宋四六文的最高水平。但就北宋四六表启的实际创作情形而言,这样的概括存在两个方面的问题。首先,正如张兴武所言,北宋四六文风格面貌之多样,直可与六朝之"百花齐放"相比拟,②名家"大手笔"之文,亦往往具有非常鲜明的个人化色彩,而建立或"推翻"某种风格体式,虽然确是由这些代表性作家首开其端,但同样离不开更多作家作品的积累与巩固,方能形成可以代表某一时段的普遍性风尚。因此,类似邵、杨二氏的简单概括,很大程度上"掩盖"了许多作家为推动北宋四六表启发展所做出的贡献,这不仅是"功劳簿"记载的疏漏,更会导致北宋四六表启风格流变过程中的重要"片段"逐渐遗失。

其次,上述的概括对后世的文学史叙述产生了非常明显的影响,现当代的骈文史著作在谈到北宋四六文时,大多遵循由杨、刘"发端"至苏、王"结尾"的叙事框架。但实际上,"杨、刘之前"与"苏、王之后",同样是观察北宋四六文风格变迁的重要时段。以表文而论,柳开、张咏、王禹偁等宋初古文家试图以古文改变骈文之风貌,虽然其作品之艺术水平与昆体名家之文相比尚有不及,但他们"以古改骈"的做法,与昆体作家之"引古语入四六",同样是以骈文"复古"为目的,而其后骈散互融章表的产生,亦是以古文之词句、手法撰作四六应用的结果。因此,"复古"无疑是北宋前、中期四六表文发展过程中的核心主题,而宋初古文家的作品,自然是其中不可或缺的重要组成。与之类似,北宋后期章表惯于使用"全文成句",这种句式虽于昆体表文中即已可见其例,但真正将其"发扬光大"者,仍当推苏轼为代表。后世文人及现当代研究者皆对苏轼表文之纵横驰骋、豪迈沉雄赞赏有加,但往往忽视了其作品中频繁出现的"全文成句"对当时及之后四六作家的"示范"作用。故而,对北宋后期四六章表进行分析、研究,亦可使今人进一步全面了解、认识东坡四六,并重新定义其在北宋四六文发展史上的地位。另外,诸

---

① 杨囦道:《云庄四六余话》,见王水照编:《历代文话》,第1册,第119页。
② 张兴武:《北宋"四六"研究中的道学影响》,见《经史之学与两宋文学》,上海:上海古籍出版社,2018年,第117页。按,徐师曾亦曾谈到宋代表文风格之多样:"有唐宋人而为古体者,有宋人而为唐体者。"见徐师曾:《文体明辨序说》,第122页。

如词科章表、祥瑞类章表等北宋末期的独特"产物",同样亦是少见前人提及,但具有一定文学史意义的可资探讨的"话题"。要言之,任何试图简化、模式化北宋四六文发展进程的描述,都是徒劳无功的,只有深入研读作品本身,方能得出更为全面、客观的结论。

3.1 北宋前期表文的"复古"倾向

陈师道对于北宋早期的四六文发展样态,提出过一个颇为精辟的观点:

> 国初士大夫例能四六,然用散语与故事尔。杨文公刀笔豪赡,体亦多变,而不脱唐末与五代之气,又喜用古语,以切对为工,乃进士赋体尔。①

杨亿及昆体四六在宋代文坛的影响较大,相关讨论亦多,也更为后人所熟知。但何谓以"散语与故事"为主要构成的四六文? 在昆体、后昆体盛行之前,由柳开等人所领导的,提倡文学复古,着力扭转五代"卑弱"文风的古文运动正如火如荼地进行。自然,公文写作领域也不能不受到影响,甚至是需要加以特别关照的"重灾区"。柳开、张咏、王禹偁等古文家即以自己的创作实践,"展示"了"以古改骈"的具体方法,所谓的以"散语与故事"写成的四六文,即当是指这种与古文写法风格较为接近的应用作品。事实上,北宋前期作家的表状公文,无论是以"散语故事"为宗,还是以"古语切对"为尚,都是以"复古"为共同目标,只是前者将流畅自然、不事雕琢的古文辞句、手法作为骈文革新的主要手段,后者则通过运用前代典籍中的古语成句,赋予应用章表雍容典雅的气质,二者为道虽异,理实相同,皆对北宋四六章表风格的确立产生了明显的影响。

3.1.1 宋初古文家表文之"以古改骈"

柳开对古文、古道的倡导,为北宋古文运动奠定了基础。其在《应责》文中回应他人指摘批评的同时,也阐明了自己对"古文"之本质的认识:

> 古文者,非在辞涩言苦,使人难读诵之,在于古其理,高其意,随言短长,应变作制,同古人之行事,是谓古文也。②

---

① 陈师道:《后山诗话》,见何文焕辑:《历代诗话》,北京:中华书局,2004年,第310页。
② 《柳开集》卷一,北京:中华书局,2015年点校本,第12页。

单从这段文字来看,柳开对"古文"的构想与追求,确有着匡俗救弊的价值与意义,但文学理论与创作实践毕竟存在一定的距离,柳开以古文之法施诸四六章表,力求"以古改骈",而就呈现出的效果而言,实可谓"不敢恭维"。柳开于淳化二年(991)因罪移授滁州团练副使,为求复原官而作《陈情表》以达上听,其中有联句云:"进寸退尺,费陛下提拔之恩;成是败非,感陛下矜容之赐。"①该联形式上虽是四七隔句,但并非精心构筑的"切对",而是将两个意义相近的单句拆分成联,与传统的四六联句全然不同,过于直白、单调。在表文结尾,柳开自表决心:"规行矩步,不令其厥足用伤;随波逐流,永保其上善若水",虽然上下联皆引用成句,以求古雅,但未经推敲琢磨,颇伤突兀龃龉,表达效果并不能令人满意。与此表相类,柳开知邠州时所上《陈情表》开篇云:"臣千载逢圣明之代,一生同蹇塞之人。不得在霸府随龙,不得向御前及第,徒为散冗,虚报忠贞"。② 在前后两组对句之间,插入两个否定性单句,既打破了文章节奏,也使原本较为通畅的文气受到了阻碍。后文"必能助陛下行非常之好事,必能佐陛下固不拔之丕基,从陛下东封泰山,与陛下北扫胡虏"数句,文辞浅白,意思重复,且前后句字数变化差异过大,读之颇觉拗涩,使得原本长排句应有的气势荡然无存。除以上二表之外,柳开于《乞驾幸表》中分析契丹于冬季来犯的原因,自"当深冬严凝,王师自南而北,违温就寒也",及至"所以番贼利在深冬,王师困于深冬也",③连用六个"也"字,其目的无非在于以古文虚词将原本的四六联句"变偶为奇",但在一段之内频繁使用同一虚词,则很容易给人以"求怪求险"之感。

四六公文用于朝廷日常之上行下使,"便于宣读"本就是这类作品最为基础的要求,而柳开将古文的修辞手法全盘挪用到四六文中,"矫枉过正"之余而更有"生拉硬拽"之嫌,其古文作品已"但觉苦涩,初无好处",④而其表状公文则更是"几使人读之上口不得"。虽然柳开表文的文学价值不高,但其欲在骈体公文中融入古文特色的做法,则无疑是北宋初年追求骈文"复古"的一种体现。

与柳开同为宋初古文家的张咏,虽亦对古文、古道"情有独钟",但其对于文章骈散的看法,则更为通达:

---

① 柳开:《在滁州上陈情表》,《柳开集》卷十,第138页。
② 柳开:《知邠州上陈情表》,《柳开集》卷十,第140页。
③ 《柳开集》卷十,第145页。
④ 王士禛:《池北偶谈》卷一七,北京:中华书局,1982年,第410页。

> 周汉已降,代不乏贤,视文之否臧,见德之高下。若以偶语之作,参古正之辞,辞得异而道不可异也。故谓好古以戾,非文也;好今以荡,非文也。①

据此可知,"文以载道"是张咏文学思想的核心,其所关注的,并非是作品表现形式上的或骈或古,而是其文字背后所蕴含的"道"。因此,如果能够秉持正统道义,并将其视为文学创作的"终极规范",那么"以偶语之作参古正之辞",则亦无不可。乖崖作文,以"疏通物理,宣导下情"为目的,而"与夫多览广记,称博士之流;走翰飞文,擅应用之最者,异日论也"。② 他对以"应用之才"相标榜的文士难掩鄙夷之情,由此亦可想见其所撰表状公文,必与唯知"琐碎排偶"之流有所不同。

今存于《乖崖集》中的表状公文,以贺、谢二类为主。张咏于淳化二年任湖北转运使,其间因奏告荆南造船厂虚占匠人、隐没籍帐之事,反遭监厂郑元祐罗织罪名、构谤诋毁。张咏为此多次上书自陈,终得太宗明察,予以嘉奖。在谢恩表状中,张咏以极其简练得体的语言,陈述自己蒙恩受奖前后的心态变化:

> 既不敢旷职徇情,惟求自适;亦不使容奸党恶,以博虚名。方虞积毁以销金,岂意飞声而悟主。爰回圣奖,俯降天书。匪徒一介之臣,传荣不朽;用使九流之士,砺志无穷。③

"既不敢""亦不使"二句运单成骈,用散行句式体现出其忠君爱国、不计得失的高尚品格。其后"匪徒""用使"一联,更是将此次个人嘉奖作为皇帝明察秋毫、奖惩分明的事例,使不畏奸佞、敢于直言者可无后顾之忧,运思颇为巧妙。张咏一生历职数地,而终以其在四川的执政功绩最为显赫。他以恩威并施的手段对恃功自傲的王继恩加以申斥、激励,最终促使其彻底清除了李顺、王小波的叛军队伍,而后更是在平定刘旴、王均等动乱当中发挥了重要作用。其为政以公正严明、铁面无私著称,蜀地之民皆"畏而爱之"。咸平五年(1002),张咏继马知节再知益州,真宗为表彰其在蜀之"治行优异"而特授其吏部侍郎。就在张咏为此事而撰作的《谢除吏部侍郎表》中,他将自己蕴藏于心中数十年的真情实感毫无保留地吐露宣泄:

---

① 张咏:《答友生问文书》,《张乖崖集》卷七,北京:中华书局,2000年整理本,第73页。
② 张咏:《进文字表》,《张乖崖集》卷十,第113页。
③ 张咏:《荆湖转运蒙恩奖谕谢表》,《张乖崖集》卷九,第94页。

谓奸回不吐，无以增圣主之明；谓凶恶不除，无以解黎元之患。臣行此志，殆十五年。岂不有恶上之民，曲飞谤议；岂不有怙权之党，妄指瑕疵。……独逢圣时，过于往哲，臣之感愤，岂易为言。①

从旁观者的角度来看，张咏无疑是值得称颂的循吏典型，但只有他自己清楚宦海沉浮多年的无奈和忧虑，以及贯彻理想与信念所需要面对的困难及挑战。与寻常谢官表文以叙述经历、赞颂圣恩为主要内容的写法有所不同，张咏在这篇表文里以古文中所常见的"无以""岂不"等虚词增强抒情语气，于谢恩之际表达心声，充分体现出章表"对扬王庭，昭明心曲"的基本文体功能。正如上文所言，张咏对文章表现形式上的"或古或今"并无厚此薄彼之见，其骈体章表将"古正之辞"引入"偶语之作"，借骈体句式增强气势，以古文词汇叙事抒情，二者妙合无间，相得益彰。

张咏惯于在骈体表章中使用"三段式"对句，如《谢起复表》中对未能事亲尽孝的悔恨："所恨者，先臣卧疾之初，阙于尝药；所苦者，丹旐出门之日，不得攀棺。"②《益州谢传旨奖谕表》中对自己尽心国事的描述："所喜者，胜残驭远，得施报国之劳；所幸者，去易就难，少逭偷安之谤。"③《贺东封礼毕表》中称赞皇帝之勤俭爱民："驰道不除，帷宫不饰，菲薄之至也；无劳居民，无夭生物，仁爱之深也。"④如此之例，比比皆是。多段式对句在先秦两汉的子部典籍与论辩说理文中较为常见，一般用于排比事例，增强所欲阐明观点的可信度与说服力。而张咏在表文中用之，一方面使文章气韵更为流畅，有利于文意的表达；另一方面，则使骈体公文更具古文之意趣。虽然在字数长度与艺术水平等方面，乖崖表文中的"三段式"对句与其后苏轼表章中所用者相比皆略有不及，但敢于在骈体章表中进行这样的句法尝试，无疑对宋代四六文"好用长联"之特点的形成，有着不可忽视的先导意义。

柳开、张咏以古文手法写作骈体表状，二人的作品皆在一定程度上实现了"以古改骈"的目标。所不同的是，柳开通过"引单入骈"和泛用虚词等技巧，力求打破骈体原有的格式与节奏，但由于其遣词造句过于简单直截、浅白粗放，故就所呈现的效果而言，是难以令人满意的。而张咏则是以复归章表体裁"昭明心曲"之文体功能为出发点，其使用虚词与"三段式"对句，都是为

---

① 张咏：《张乖崖集》卷九，第100页。
② 张咏：《张乖崖集》卷九，第96页。
③ 张咏：《张乖崖集》卷九，第102页。
④ 张咏：《张乖崖集》卷十，第106页。

了更为清晰地表词达意,这也使他的骈体表文与柳开相比显得更为流畅自然、清晰明快。但二人都摒弃了以四六对句为主要构成的骈文写作传统,作品辞句平实,较少使用语典事典,故其艺术审美价值难免会受到一定的影响,但他们的创作实践,无疑对宋代骈体表文的"复古",起到了一定的推动作用。

王禹偁与柳、张二家同样是宋初颇具影响力的古文大家,而他在四六文领域内的成就,则实非柳、张可及。吴处厚即称王氏"尤精四六",[①]而其"三掌制诰"的辉煌经历,亦足以证明其骈体公文写作水平之高超。王禹偁之所以能够做到骈散兼通,除个人卓越的文学才华之外,更与其所秉持的文学观念有直接的联系。

宋初古文运动的兴起,引发了当时文人对有关"道"之内涵,"文"与"道"之关系,以及古文写作所应追求的是"易道易晓"抑或"难度难测"等问题的重点关注与反复讨究。而在这些问题当中,与四六文关系最为密切的,即是如何看待、认识,并在实践中处理古文与骈文之间从价值内涵到创作手法等方面所存在的种种差异。一些文人视古文与骈体如"一山二虎",不可共存,而王禹偁对于这一问题的理解则颇为独到:

> 今吏部自是者著之于集矣,自惭者弃之无遗矣。仆独意《祭裴少卿文》在焉。其略云:"儋石之储,不供于似室;方丈之食,每盛于宾筵。"此必吏部自惭,而当时人好之者也。今之世亦然也。……子著书立言,师吏部之集可矣;应事作俗,取《祭裴文》可矣。夫何惑焉。[②]

这封著名的《再答张扶书》,是王禹偁因直言太宗不依皇后旧礼为孝章皇后治丧而被贬滁州时,为回应向其求教文学相关问题的文士所作,后世学者一致认为该文是王禹偁文学观念的集中反映。其中涉及的一个主要问题,即韩愈所作之"意中以为好"和"下笔令人惭"的两类文章,在世俗评价中却得到了与其自我认知迥然相反的结果,这一现象令张扶感到困惑不解。韩愈在《与冯宿论文书》中提到:

> 仆为文久,每自测意中以为好,则人必以为恶矣。小称意,人亦小怪之;大称意,即人必大怪之也。时时应事作俗下文字,下笔令人惭。[③]

---

① 吴处厚:《青箱杂记》卷六,北京:中华书局,1985年点校本,第59页。
② 王禹偁:《再答张扶书》,《小畜集》卷一八,《宋集珍本丛刊》第1册,第653页。
③ 韩愈著,刘真伦、岳珍校注:《韩愈文集汇校笺注》卷七,北京:中华书局,2010年,第816页。

韩愈的本意，原是对世俗之人溺于习见，不能够接受其所倡导的"古文"表示遗憾。王禹偁先是从骈文与古文之风格差异的角度解释这一问题："此盖唐初之文有六朝淫风，有四子艳格。至贞元元和间，吏部首唱古道，人未之从，故吏部意中自是，而人能是之者，百不一二；下笔自惭而人是之者，十有八九。故吏部有是叹也。"而后又进一步指出，文章之用本非一途，上而"著书立说"，下而"应事作俗"。致力于"著书立说"者，可自成一家之言，流传后世，但往往不能够得到同时代人的理解与认可；满足于"应事作俗"者，则必须符合其所处时代的文学好尚，而不必追求更为深远的超越性意义。这两类作品虽然存在着经典价值上的高低之分，但对于多数文士而言，即便以"著书立说"为己任，亦难免"应事作俗"的需要，纵是堪称"近世古文之主"的韩愈，亦未能出于其外。王氏之论，对应用作品之存在价值给予了正面肯定，也正是在这样的理念指导下，王禹偁才能够在古文与应用领域都取得令人瞩目的成就，从而得到"一代文宗"的至高评价。①

　　令人不免产生疑问的是，在韩愈集中，除了《祭裴少卿文》之外，尚有其他骈体表状存焉，该文亦非昌黎名篇，为何王禹偁独以此为例？裴少卿名茝，元和时为太常少卿，精于礼学，曾在元和六年为宪宗太子李宁主典虉礼，昌黎于祭文中亦对裴氏礼学修为之高大加赞赏："指陈根源，斟酌通变，莫不允符天旨，克协神休。……从我者足为仪轨，异我者无逃指笑。"②而王禹偁所引用的，则是文中对裴氏为人性格的描写——虽家无余财，但对待朋友亲属却颇为慷慨周全。"儋石之储"语出《汉书·杨雄传》，"方丈之食"则本之《孟子·尽心下》，此联前后文意对比鲜明，且用语典切，充分展现出裴氏之热情大方。纵观韩愈集中的骈体作品，虽确以对偶成篇，但极少使用四六联句，而似此等运用精妙者，则更属"硕果仅存"。王禹偁以此文为例，主要是认为韩集中那些为其所自惭的"应世俗笔"已删汰殆尽，而此独存者当可视为吏部应用作品之代表，而更为重要的是，王禹偁能够准确举出该文的核心联句，可见其对前贤作品中的四六联句颇为熟稔。

　　由于王禹偁兼擅古文、骈体，对二者之表达功能与艺术风格有着深刻的理解，故其所选择的"以古改骈"的方式，亦是建立在充分发挥骈、散二体各自之所长的基础之上，与柳、张二家纯以古文句法取代骈体形制的做法有一

---

① 周必大：《初寮先生前集后序》，《平园续稿》卷一三，见《周必大全集》，成都：四川大学出版社，2017年点校本，第500页。
② 韩愈：《祭太常裴少卿文》，韩愈著，刘真伦、岳珍校注：《韩愈文集汇校笺注》卷一二，第1372页。

定的差别。王禹偁最为后世称道的四六作品,当属其知外到任后所上之谢表。王氏于淳化五年(994)奉敕差知单州军事,其所撰《单州谢上表》即是其中的代表性作品之一:

伏念臣本乏才名,素无门地,徒偶文明之运,滥登俊造之科。升朝便忝于谏垣,劾职仍叨于纶阁。常虞罪谴,永合弃捐。仰穹旻而方类戴盆,遇庆赦而遽收坠履,官复两省之列,职居三馆之先,俸厚于他司,班清于庶品。固合优游仙馆,耽玩群书,常依日月之光,时贡刍荛之说。讵唯卒岁,亦可终身。昨以臣父将作监丞致仕某,足疾婴缠,年光迟暮,向因谪宦,深入穷山,常恐此生,不归故里。自叨赴阙,颇更思乡,盖为衰羸,动多悲感。有孙儿不识面目,有子婿未接笑言,分俸则桂玉不充,聚族则京师难住。近闻馆殿,亦有遣差,频发家书,令求外任。遂沥事亲之恳,以干孝治之朝。

伏蒙尊号皇帝陛下,义在从人,恩推养老,假之符竹,惠以缗钱。居二千石之权,已为望外;受三十万之赐,实自宸衷。感深而泪湿诏书,恋极而魂飞帝阙。实时赴郡,不日迎亲。本州岛以臣叨奉新恩,言承旧例,亦将歌乐,远出郊垧。臣先以文书,并令止绝。盖以垄麦未秀,村民尚饥,当帝王旰食之时,非长吏自娱之日。庶几率下,不是近名。况臣早忝掖垣,每亲疏扆,备熟忧勤之旨,饱闻淳俭之风,足以宣扬圣猷,训导属吏。此外则详评案牍,精究簿书,虽管库以必亲,庶狴牢而无柱,幸逃官谤,用报圣知。

且念亲民之官,自古所重,凡今共理,亦曰难才。张齐贤罢自台司,止知京兆;辛仲甫出从参政,方莅宛丘。虽小大之不同,在郡国而无异。唯臣此任,最是殊恩。十一年前,始为成武主簿;九重天上,曾是制诰舍人。望旧宫而虽隔云泥,过故邑而亦为荣遇。所恨者,忽离侍从,莫遂朝辞,实非臣心,轻去辇毂,但以臣父苦念丘樊,慰怀土之心,晨昏有遂;望拱辰之列,涕泗无从。伏惟陛下少减焦劳,俯加颐养。至于尧水汤旱,历数之常文;丹浦青丘,征伐之彝事。伫见斩继迁于独柳,送蜀寇于槛车,示天下不用干戈,驱域中咸归富寿。然后鸣銮日观,降禅云亭,追踪于七十二君,探策而万八千岁。此际臣之本郡,实有行宫。傥得导引皇舆,扫除御路,撰礼天之书册,虽匪职司,对盛德之形容,敢忘歌颂。①

---

① 王禹偁:《小畜集》卷二一,《宋集珍本丛刊》第1册,第677页。

表文开篇，王氏首先回顾了此前任职内廷文馆"优游仙馆，耽玩群书"的惬意时光，其后"足疾婴缠"至"聚族则京师难住"数句，则以散句及单句对叙述其父年老迟暮、亟待奉养的情况，"有孙儿不识面目，有子婿未接笑言"二句可谓生动传神，令人读之即不免堕泪。在感念宋太宗赐钱物之恩时，其"居二千石之权""受三十万之赐"一联，虽是四六隔对，但与通常意义上以用典使事为之者迥然不同，而更像是将两个单句拆分为隔句对。此后王氏又谈到了其初抵任时父老乡亲夹道相迎之事，虽然由其《初上单州有作》"妓人半在登楼看，亲老初来满郡迎"之诗句已不难想见当时热情喧闹的场面，但在表文中，他对此只是以简短的语句一笔带过，而重点说明其因在皇帝身边"备熟忧勤之旨，饱闻淳俭之风"，考虑到"垄麦未秀，村民尚饥"故"先以文书，并令止绝"，这一方面体现出其为官识大体、知分寸，同时又能借之称颂太宗以民为本、勤俭朴实，足见其运思之深婉，叙事之得法。王氏在谢恩部分首先引张齐贤知永兴军与辛仲甫知陈州二事为比照，二位宰辅重臣纯为出知外任，而自己得归乡土，故"唯臣此任，最是殊恩"。此张、辛之联与其后"十一年前""九重天上"一联虽皆是隔对形式，但实则以单句视之亦无不可。而由"望旧宫而虽隔云泥"至"涕泗无从"数句，王氏以真挚沉痛的笔调表达其忠孝难两全而只得移忠于孝的无奈与痛苦。虽然该表末段亦有"尧水汤旱""丹浦青丘""追踪于七十二君""探策而万八千岁"等颂圣之套语，但该表叙事抒情部分多以简单对句甚至散句为之，所用四六隔句对亦是全然不加雕琢，似由单句对直接拆分而成者，且叙事详略得当、委曲婉转，比之古文亦毫不逊色。

至道元年（995）王禹偁任翰林学士未久，因直言孝章皇后葬礼当遵用旧仪而遭贬滁州，他于《滁州谢上表》中对此番遭际表达了不满：

> 罢直禁中，临民淮上，虽离近侍，犹忝正郎，省己戴恩，既荣且惧。伏念臣早将贱迹，投受圣知。进身不自于他人，立节惟遵于直道。优游两制，出处八年。今春召自西垣，入叩内署。既在深严之地，仍当繁剧之权。虽积兢虞，终无补报。所宜远贬，以肃具寮。伏蒙尊号皇帝陛下，曲念遭逢，俯存终始。止罢玉堂之职，仍迁粉署之资。委以专城，置于近地。沿流数日，登陆三程。诸县丰登，若无公事；一家饱暖，共荷君恩。处之一生，实为万足。
>
> 然而翰林学士，朝廷近臣。陛下登位已来，御前放人之后，从吕蒙正而下，拜此职者，止有八人；臣最孤寒，亦预其数。言于圣选，不为不精。数月之间，忽然罢去。众情尚或惊骇，微臣岂不忧

惶。且臣在内庭,一百日间,五十夜次当宿直。白日又在银台通进司、审官院、封驳司,勾当公事,与宋湜、吕佑之阅视天下奏章,审省国家诏命。凡干利害,知无不为。三日一到私家,归来已是薄暮。先臣灵筵在寝,骨肉衰经满身。纵有交朋,无暇接见。不知谤议,自何而兴。臣拜命已来,通宵自省,恐是臣所赁官屋,在高怀德宅中,一昨开宝皇后权厝之时,便欲移出,未有去处,甚不遑宁。寻曾指约公人,不令呵唱。切恐贵僧出入,中使往还,相逢之间,难为顾揖。自左右正言已上,谓之供奉官,街衢之间,除宰相外,无所回避。此盖贾谊所谓:"人君如堂,人臣如陛,陛高则堂高"者也。

况臣头有重戴,身披朝章,所守者国之礼容,即不是臣之气势。因兹谢表,敢达危诚。况臣粗有操修,素非轻易。心常知于止足,性每疾于回邪。位非其人,诱之以利而不往;事匪合道,逼之以死而不随。唯有上天,鉴臣此志。伏望陛下,思直木先伐之义,考众恶必察之言,曲与保全,俾伸诚节。则孤寒幸甚,儒墨知归;在于小臣,有何不足。今则随岸千里,尧天九重,微躯或遂于生还,劲节尚期于死所。①

王氏于开篇即以"进身不自于他人,立节惟遵于直道"一联,表明其立身处世刚直不阿的一贯作风,为其后文伸冤鸣屈进行铺垫。他先以看似轻松淡然的笔调描述自己到任后的状态,"诸县丰登,若无公事;一家饱暖,共荷君恩",词简意明,直白道出,既体现出其随遇而安的平和心态,又自有一番苦涩不甘隐含其中。滁州士民感念王禹偁恩德,将其画像置于祠堂之中祭拜,后欧阳修莅守滁州时,更是径将此联化为诗句赞美王氏。② 其后话锋一转,由"然而翰林学士"至"陛高则堂高"一段,王氏即对自己任职翰苑"数月之间,忽然罢去"的遭际表达出难以掩饰的愤懑不平,"众情尚或惊骇,微臣岂不忧惶",他一一历叙其任职期间勤勤恳恳、兢兢业业的种种表现,"凡干利害,知无不为。三日一到私家,归来已是薄暮",以此证明此次遭贬绝非出于玩忽职守,"不知谤议,自何而兴",纵通宵自省,亦未得其确解。此段全以散句叙事,与寻常四六章表大相径庭。王氏于表文末段以"位非其人""事匪合道"一联自明心志,同开篇"进身立节"一联相呼应,言之凿凿,颇显气骨,将其直言无悔的刚毅个性表露无遗。此表骈散相融而能"各司其职",作者

---

① 吕祖谦编:《宋文鉴》卷六三,北京:中华书局,1992年点校本,第929-930页。
② 欧阳修:《书王元之画像侧》,见吕祖谦编:《宋文鉴》卷二四,第363页。

根据表达功能的需要而灵活运用对句、散语,令人自然联想到骈散尚未明分的两汉章表,而这也是王氏表文"以古改骈"的主要方式。

除此之外,王禹偁对典故的运用,亦可谓得心应手。咸平二年(999)王禹偁被贬黄州,亦与其"刚不容物"的个性有直接关系。王氏奉命预修《太祖实录》,对先帝之功过得失秉笔直书,拒绝太宗干涉其事,又因私论宰辅,终致被贬黄州。① 其所撰《黄州谢上表》与《滁州谢上表》之结构、内容较为相似,亦是在叙述其为官行事竭尽心力、毫无懈怠,修史亦"昼夜不舍,寝食殆忘"等事后,表现出对贬知外任的不解与无奈,而将其原因归结为"谗谤之口,圣贤难逃","行高于人则人所忌,名出于众则众所排"。② 其后"鉴曾参之杀人,稍宽投杼;察颜回之盗饭,或出如簧"一联,则请求皇帝明察实情,恕其罪过。曾母投杼、颜回攫饭,皆是不明真相,而为眼见耳闻所误导的著名故事。王禹偁以此联申诉冤屈,以求圣断,可谓妥切精当。而其晚年知蕲州所作《蕲州谢上表》中"宣室鬼神之问,敢望生还;茂陵封禅之书,已期身后"一联,③引贾谊、司马相如之典,表达自己还京无望或将客死异乡的痛苦,无限悲凉哀戚尽蕴于此,太宗读后亦不免"御袖掩涕"为之动容。该联多

---

① 《宋史》卷二九三《王禹偁传》,第 9798 页。
② 吕祖谦编:《宋文鉴》卷六三,第 931 页。
③ 王禹偁此表中"宣室鬼神之问"一联,可谓北宋四六中最为脍炙人口的名对之一,但有关此表究竟作于黄州抑或蕲州,尚有争议。据曾巩《隆平集》卷一三所载,真宗因闻黄州现二虎斗、鸡夜鸣等反常异事,知为凶兆之后,亟命王禹偁迁往蕲州,禹偁"力疾上道,卒",即未至蕲州便病死中途,故此表当为其在黄州所上。而司马光《涑水记闻》卷三援引宋敏求为王禹偁所撰《神道碑》,记真宗在王氏移知蕲州不久后,"寻招还朝,禹偁已卒",则该表当为其至蕲后所作。而魏泰《东轩笔录》卷一则将此联归之王氏所作《黄州谢上表》(与《小畜集》所载不同),且明言真宗移郡之敕文方下,禹偁即已死矣。以上三家所记存在明显差异,从资料来源的可靠程度上而言,当以《涑水记闻》之准确性更高,李焘《续资治通鉴长编》卷四九,亦载王氏于咸平四年(1001)徙知蕲州"至,未逾月卒"。北宋笔记如文莹《玉壶清话》、吴处厚《青箱杂记》、王辟之《渑水燕谈录》、沈括《续笔谈》等率以该联出自《蕲州谢上表》。至南宋则有沿袭魏氏之说者,如严有翼《艺苑雌黄》"反用故事法"称此联出自《谪守黄冈谢表》,祝穆《新编四六宝苑群公妙语》卷二"夺胎换骨"条亦同。值得一提的是,胡仔《苕溪渔隐丛话后集》卷一九承用《艺苑雌黄》所记,并加以评论曰:"元之是谢表,须直用其事以明臣子之心,非若作诗,可以反意用,此语殊非通论也",针对严氏之说予以反驳。而胡氏曾明言"元之文集,家藏有之",若其确曾发现此表题目存在问题,则不应不予指出,故当可推知该表在王氏文集中确作《谪守黄冈谢表》,或者已然佚失而未尝见录。徐规《王禹偁事迹著作编年》明确将此联归于《蕲州谢上表》中,唯所据《东都事略》《经进东坡文集事略》等皆为南宋时材料,且未曾提及《隆平集》与《东轩笔录》中的不同说法。虽然依诸家记载以及该联之语气,王禹偁极有可能曾作《蕲州谢上表》并使用该联,但由于该表全文及宋敏求《神道碑》皆已佚失,故仍不能就此认定该联的准确出处,如方濬师即曾怀疑"(《黄州谢上表》)或别有一表未传耶?抑节录未全登耶?"本文暂将此联视为《蕲州谢上表》中的一部分,以俟后考。

为宋人笔记、四六话转引赞赏,乃宋四六章表中颇具代表性的"名联警句"。既有"散语",又不乏"故事",王禹偁之章表,与后山所谓国初士大夫之四六文,确极为相符。

由以上作品可知,王禹偁与柳、张二家对章表"昭明心曲"之文体功能的认识是一致的,其所撰诸表皆和缓平易、流畅自然,符合古文运动改变四六文风的基本诉求。更为关键的是,王氏能够正视应用文章的存在价值,对于四六写作本身亦颇有心得,其所采用的"散语叙事+联句抒情"的写作模式,将古文与骈体各自的特长予以充分发挥,并使二者有机结合、融为一体,在一定程度上实现了古文家"以古改骈"的目的,这对于其后欧、苏等致力于"以文体为四六"的作者,无疑有着一定的先导作用。因此,虽然宋初古文家的骈体章表甚少为后世提及,但其文学史意义与价值,实不可忽略。

3.1.2 昆体作家表文之"引古入骈"

北宋时期第一个能够对当时应用文风产生巨大影响的四六派别,即是以杨亿、刘筠等人的作品为代表的昆体四六。宋初古文家通过自己的创作实践,为骈文风格自五代向北宋之转移奠定了基础,但仅就彼时的文坛影响力而言,即便是被推许为"一代文宗"的王禹偁,也无法和杨亿相提并论,而昆体四六更可谓北宋四六文发展进程中的第一座高峰。学界针对杨亿及其骈文的相关研究亦已积累了一定的成果,但至今仍有一些问题有待进一步探讨。

杨亿为人行事之刚直不阿、忠清鲠亮,得到了后人的一致赞赏,但涉及他的文学创作,特别是有关四六文方面,则出现了褒贬不一的各种声音。朱熹的评论,最能恰如其分地反映这一问题:

> 杨亿工于纤丽浮巧之文,已非知道者所为。然资禀清介,立朝献替,略有可观。①

宋代文人及后世学者在追溯杨亿文章雕琢纤丽之风的成因时,多将其归结于他对李商隐的推崇与模仿。虽然杨亿在自述中只是表达出了对义山诗歌的兴趣,②但在很多人看来,"樊南四六与玉溪诗消息相通,犹昌黎文与

---

① 朱熹:《答李伯谏》,《晦庵先生朱文公文集》卷四三,见朱熹撰,朱杰人、严佐之、刘永翔主编:《朱子全书》,上海:上海古籍出版社,合肥:安徽教育出版社,2010年,第22册,第1958页。
② 《宋朝事实类苑》卷三四:"至道中,偶得玉溪生诗百余篇,意甚爱之,而未得其深趣。……由是孜孜求访,凡得五七言长短韵歌行杂言共五百八十二首"。江少虞:《宋朝事实类苑》,上海:上海古籍出版社,1981年,第435页。

韩诗也。杨文公之昆体与其骈文,此物此志",①故杨亿四六也很容易被认为是义山骈体的"翻版"。时至今日,此说仍颇具影响,几为定谳。②但实际上,这与杨亿理想中的文学样态似乎存在一定的矛盾:

> 我以不肖之质,中人之才,黄屋过听,擢司雅诰,敢不摩揣铅钝,励精夙夜,期有以润色帝载,与三代同风。③

润色帝载、歌咏升平是新王朝建立之初对文学作品的普遍要求,此风自太祖时起,至真宗朝达于极盛。④真宗虽反对作文"好奇而尚浮靡",认为"好奇则失实,尚浮靡则少理",⑤但他"不绝对反繁缛,只是要求文章的繁缛局限在雅正的范围以内,不要流于偏宕"。⑥而广闻博览、才学优赡的杨亿,正符合真宗择选翰苑文士的标准,他对于杨亿所草笺奏亦颇为满意,称其所撰"文理精当,世罕偕者,宜即加奖擢"。⑦杨亿本人对于三代、两汉及元和、长庆时期典重雅致的文章颇为钦服,这在他为李沆所作的《墓志铭》中即有所体现:

> 考三代之质文,取两汉之标格,使国朝谟训与元和、长庆同风者,繄公之故也。⑧

以"典赡雅正"之作为追求,以"元和长庆"之风相标榜,这既是对墓主李沆文学事业的褒扬,也是太宗、真宗朝文士所普遍认同的文学理念,⑨更是杨亿躬行践履、孜孜以求的创作理想与准则。时任宰相王旦对杨氏扭转文风之功

---

① 周振甫选注:《李商隐选集》,上海:上海古籍出版社,1986年,第8页。
② 亦有学者指出杨亿虽学义山而能师心自造,如许永璋《"村夫子"小议》:"大年虽学义山之丰富藻丽,而其炼字、遣词之灵动,立意、造境之深婉,皆欲大义山之堂构而自成家法。可见大年之学义山,亦立足于'变'。"见许炯编:《许永璋唐诗论文选》,南京:南京出版社,1993年,第93页。
③ 杨亿:《送倚序》,《武夷新集》卷七,《宋集珍本丛刊》第2册,第262页下。
④ 吕中:《宋大事记讲义》卷七:"国家创造之初,则其大体必本于厚风俗。涵养之久,则其大势必趋于文。故吕文穆、王文正以诚实厚朴之风镇宇内,而杨大年、王元之之辈,其文章格力皆足以润色皇猷、黼黻云汉矣。"《文渊阁四库全书》第686册,第248页下。
⑤ 李焘:《续资治通鉴长编》卷七九,北京:中华书局,2004年点校本,第1794页。
⑥ 成玮:《制度、思想与文学的互动——北宋前期诗坛研究》,上海:复旦大学出版社,2013年,第43页。
⑦ 李焘:《续资治通鉴长编》卷四一,第863页。
⑧ 杨亿:《宋故推忠协谋佐理功臣光禄大夫尚书左仆射兼门下侍郎同中书门下平章事监修国史上柱国陇西郡开国公食邑三千八百户食实封一千二百户赠太尉中书令谥曰文靖李公墓志铭》,《武夷新集》卷十,《宋集珍本丛刊》第2册,第284页上。
⑨ 陈元锋:《北宋翰林学士与文学研究》,上海:复旦大学出版社,2019年,第49页。

给予了高度肯定："文章有贞元、元和风格,自亿始也"。① 但问题在于,三代两汉、贞元元和之古雅,与陈后山所指"未脱五代习气"之间,存在着一条难以弥合的"裂隙",为何同出一人之手的作品,会给读者留下反差如此明显的印象?

首先需要明确的是,杨亿与宋初古文家多有来往,这对其文学风格之塑造有着直接的影响。他少年时曾至许州依从祖杨徽之读书求学,"昼夜不息"用功甚勤。虽然杨徽之集早已失佚,但据笔记、诗话等材料所存之残章断句可知,其诗文皆以"白体"之从容闲适,清新自然为主要风格。此外,杨亿很早即与王禹偁相识相知,关系莫逆,《小畜集》中可见数首赠与杨亿之作。杨亿出知处州时,王禹偁所赠《送正言杨学士之任缙云》诗中"我占掖垣久,自惊年鬓侵。妨贤兼罔极,相送泪盈襟"数句,更被学者视为"象征着文坛新、旧交接的接力棒"。② 在得知王禹偁卒于蕲州后,杨亿更特撰《故蕲州王刑部阁老五首》以寄哀思。二人之文章、才性、品行,亦颇有近似之处。③ 张咏名列于《西昆酬唱集》内,田况称其"正直少合,与杨亿颇相知善",④杨亿晚年受佞臣排挤构陷,于汝州苦闷无助之际,特寄书于乖崖以求宽慰,二人交谊之深厚,于此可见。

尤为值得一提的是,杨亿本人可谓"少知古道",而"证实"这一点的,正是反对杨亿最力的石介,其可信度毋庸置疑:

> 又天章阁待制刘公随常言:故杨翰林少知古道,……或以其早成凤悟,比前代王勃辈者,则愀然曰:"吾将勉力,庶几子云、退之,长驱古今,岂止于辞人才子乎"又崖相初览其断文数十篇,大奇之,持以示汉公曰:"皇甫持正、柳柳州少年时正当如是。"本朝文人称孙、丁而皆推重之,则杨为少知古道明矣。⑤

杨亿对宋初古文家以古文古道改革五代文风的做法亦表示赞同,⑥ 其

---

① 李焘:《续治通鉴长编》卷八五,第 1945 页。
② 曾祥波《从唐音到宋调——以北宋前期诗歌为中心》,北京:昆仑出版社,2006 年,第 186 页。
③ 张明华:《西昆体研究》,北京:人民文学出版社,2010 年,第 109 页。
④ 田况:《儒林公议》卷上,第 45 页。
⑤ 石介:《祥符诏书记》,《徂徕石先生文集》卷一九,北京:中华书局,1984 年点校本,第 219-220 页。
⑥ 在杨亿同乡黄鉴以杨氏平生所言汇聚而成之《杨文公谈苑》中,有"穆修"一条专论宋初古文,其云:"咸通已后,文力衰弱,无复ು风格。本朝穆修,首倡古道,学者稍稍向之",对穆修在宋初古文运动中的功绩予以客观评价,可见杨氏并不排斥古文,且对古文家变革文风给予肯定。见杨亿口述,黄鉴笔录,宋庠整理:《杨文公谈苑》,上海:上海古籍出版社,1993 年,第 163 页。

早年所作诗文,亦多以平易质朴为主,从这一角度而言,杨亿的文学创作,当可用"由古入骈"加以概括。而促成其文风转变的原因,依石介所言,乃是其"以性识浮近,不能古道自立,好名争胜,独驱海内,谓古文之雄有仲涂、黄州、汉公、谓之辈,度己终莫能出其右,乃斥古文而不为,远袭唐李义山之体,作为新制。"①有趣的是,"由古入骈"是李商隐文学生涯中的重要转折,而作为其后世"拥趸"的杨亿,亦经历了与之相似的文风转变过程。但与义山追复六朝之风,"咽噱于任、范、徐、庾之间"不同,杨亿更倾向于从三代两汉与贞元、元和之经典作品中汲取创作元素,只要稍加对比便不难发现,李、杨二人的四六文风格实并不相似,相对于义山四六之华辞丽藻、用典繁复,杨亿的骈体章表则显得更为流畅自然、雄健深沉。

由前文所引陈师道之言,可知杨亿作四六好用"古语切对",但实际上,北宋文人在撰写骈体章表时引用前人成句为对并非杨亿首创,据现今可见之材料,宋初诸家中,田锡在杨亿之前即已惯用此法。田氏对古文古道深为推崇,常以"师得古道以为己任",②在文学创作上亦讲求文道合一:"夫人之有文,经纬大道,得其道则持政于教化,失其道则忘返于靡漫。孟轲荀卿,得大道者也,其文雅正,其理渊奥。"③以道为本固然无可置疑,但如何在运思援毫之际,将人所共具之"禀于天而工拙"之"性",及"感于物而驰骛"之"情"与大道相结合,则仍是有待解决的理论问题。田锡在经过与宋白的多次讨论商较之后,对这一问题的思考已显得颇为成熟通透。他首先对"道"的基本性质进行了界定:"道者,任运用而自然者也",并非一成不变、恒定静止,亦非高高在上、遥不可及,这就为情、性与道的结合建立了基础,故"以情合于性,以性合于道","随其运用而得性,任其方圆而寓理,亦犹微风动水,了无定文;太虚浮云,莫有常态。则文章之有生气也,不亦宜哉"。④ 田锡以"随性自然"为文学创作的根本原则,与一些文士标榜古文古道,却忽略了作品应有之审美功能的刻板教条大相径庭,将文学还之于性情,"使物象不能桎梏于我性,文彩不能拘限于天真"。⑤ 这种观点,无疑更有利于作者充分发挥自身才华,对于作品艺术水平的提高具有积极的推动作用。

文学创作虽是以性情为本,但在实际操作中必然有所取法宗尚,处于新

---

① 石介:《祥符诏书记》,《徂徕石先生文集》卷一九,第 220 页。
② 田锡:《贻青城小著书》,《咸平集》卷四,成都:巴蜀书社,2008 年点校本,第 48 页。
③ 田锡:《贻陈季和书》,《咸平集》卷二,第 32 页。
④ 田锡:《贻青城小著书》,《咸平集》卷二,第 33 页。
⑤ 田锡:《贻青城小著书》,《咸平集》卷二,第 34 页。

王朝建立初期的文士则更需要树立"偶像"以便仿效参照。田锡自述其早年习文之经历，亦的确是以"模范轨辙"为主要手段。① 但由于其一贯秉持自然随性的创作态度，故与宋初古文家视韩、柳之作为不二圣典有所不同，在"偶像"选择上，他强调"出入众贤之阃阈"而"随其所归"，②并不预设某一家的作品为模板，亦步亦趋、马首是瞻，而是博采众家，各取所长。田锡既以古道为己任，其作品之风貌便多具复古之倾向，纵四六应用亦概莫能外。其"任运用而自然"的文学理念，使得他能够公平、客观地正视各种文体的表达功能与艺术特色，所谓"为文为诗，为铭为颂，为箴为赞，为赋为歌，氤氲吻合，心与言会"。③ 因此，虽然田锡同样有意革新应用文之面貌，但他并未采用柳开那种简单直截，以牺牲骈体之审美特性为代价的"以古代骈"的方式，而是取法六朝及唐代前贤，将三代两汉经典中的短语成句融入骈体章表之内，通过这种方式使四六今体之风貌趋于古雅深沉，从而实现四六应用的"复古"。

　　北宋文人对于经史古语的兴趣由来已久，据晏殊所言，与田锡年辈相仿的安德裕于太平兴国年间即曾"取《汉书》《西域传》山川名号字之古者，改附《近古集语》"，④而据田锡咸平四年呈予真宗之《经史子集要语》，可知其长期以来亦对四部经典中精彩紧要之语句较为关注，勤于记诵，这也使其于临文之际能够灵活调用这些语料资源，信手拈来，自然合节。⑤ 试举其《进文集表》为例，该篇叙进献文集之事曰："木铎求规讽之词，弥光圣德；金门献刍荛之说，式表忠怀"，⑥其中"木铎""刍荛"分别出自《周礼》及《孟子》。其后"涂山高会，执玉帛者华戎；瑞牒载书，萃郊薮者麟凤"一联，前半化用《左传·哀公七年》"禹合诸侯于涂山，执玉帛者万国"的记载，后半则源自《礼记·礼运》"凤凰麒麟，皆在郊棷"之语。该表又有颂圣之联曰："皇勋帝功，可以封泰山而禅梁甫；至德大业，可以作韶乐而建辟雍"，前联完全承用《史记·封禅书》所记管仲之言。又如《贺德音表》（丝纶作解之恩）有联曰："二仪万灵，祥瑞交荐；五风十雨，稼穑屡丰"，⑦而"五风十雨"乃是由王充

---

① 田锡：《贻梁补阙周翰书》，《咸平集》卷三，第 45 页。
② 田锡：《贻宋小著书》，《咸平集》卷二，第 33 页。
③ 田锡：《贻宋小著书》，《咸平集》卷二，第 34 页。
④ 晏殊：《答枢密范给事书》，见吕祖谦编：《宋文鉴》卷一一二，第 1559 页。
⑤ 田锡：《上真宗进经史子集要语》，《咸平集》卷一，第 19 页。
⑥ 田锡：《咸平集》卷二三，第 236 页。
⑦ 田锡：《咸平集》卷二三，第 238 页。

《论衡》原句加以提炼而成。① 以上诸联,皆为其"引古入骈"之明证。此外,田锡表文中尚有直接使用成句的情况,如其《贺正表》颂圣之语云:"皇极中庸,纳生灵于寿域;青阳左个,布政令于明堂",②径以《月令》中语作为四六联句的一部分。另如《贺德音表》(释放罪戾)中"雷雨作解""风行地上"二语,③则乃《解》《观》二卦《象传》之辞。"好用成句"是唐代律赋的主要特征,宋初律赋亦相承未改,而田锡本就是辞赋名家,其《春色》《春云》《杨花》《雁阵》诸赋颇为后世称赏,故其对于成句的使用亦可谓驾轻就熟。

杨亿于咸平五年观览田锡的诗文作品后,"耽味不忘,佩服无斁",如"径尺之宝,论价何止于五城;闻《九韶》之音,忘味更期于三月",高度称赞其作品乃"斯文之先觉,实吾道之悬衡"。④ 虽然杨亿此时已可谓文名甚著,而其对田锡之文仍不吝赞美之词,一方面自是出于对文坛耆宿的尊重,更为关键的,则是对其文学理念与作品艺术价值的肯定。⑤ 杨氏虽并不排斥古文,但"尤不喜韩柳文,恐人之学,常横身以蔽之",⑥这也就决定了他不大可能与宋初古文家一样选择"以古改骈"的方式写作四六应用,而田锡将先贤经典作品中的古辞成句运用到四六章表写作中的方法,恰好为杨亿将三代两汉文风与今体应用相结合提供了有益的借鉴,而这亦当是他推羡田锡文章的一个重要原因。与前辈相较,杨、刘之章表在古语的使用频率与剪裁提炼等方面都有着明显的提高,这也使得以"引古入骈"为主要特征的昆体四六成为北宋初期最具影响力的四六派别。

杨亿在写作表文时,会根据所涉主题与施用场合的不同,选择与之相对应的词汇、联句与典故,这极大丰富了其表文的风格样式。由于杨亿之《括苍》《颍阴》《韩城》《退居》《刀笔》等数集今皆不传,仅就现存于《武夷新集》中

---

① 《论衡·是应》:"风不鸣条,雨不破块,五日一风,十日一雨"。王充著,黄晖撰:《论衡校释》卷一七,北京:中华书局,1990年,第897页。
② 田锡:《咸平集》卷二三,第239页。
③ 田锡:《咸平集》卷二三,第239页。
④ 杨亿:《上田谏议书》,见佚名辑:《新刊国朝二百家名贤文粹》卷八八,《宋集珍本丛刊》第94册,第71页下。
⑤ 正如张明华所提出的,田锡对杨亿而言,"在做人和作文两方面都树立了一个榜样"。见张明华:《西昆体研究》,第89页。
⑥ 王若虚:《文辨》(四),《滹南遗老集》卷三七,见王云武主编:《丛书集成初编》,第2052册,第235页。按,杨亿对韩柳之文不感兴趣,非仅是出于个人之好恶,乃是当时的"群体现象"。据晏殊《与富监丞书》言其初入馆阁时,"隽贤方习声律、饰歌颂,消韩柳之迂滞",在这一风气的影响下,其本人亦"靡然向风,独立不暇"。见佚名辑:《新刊国朝二百家名贤文粹》卷一○二,《宋集珍本丛刊》第94册,第154页下。

的作品而言,主要包括其在处州所上章表,及任职翰苑代朝中公卿所作诸表两部分。杨亿至道二年(996)任著作佐郎时,公卿所上表疏即"多假文于亿,名称益著"。① 今存《武夷新集》中所占比例最高的四六作品,亦确为杨亿代王公大臣所作之谢贺、辞让、请乞、陈情等表奏章疏。代言之难,主要在于如何实现"虽代之而如其自言",这往往需要代写者揣摩、把握上表之人的真实意图,并以此推敲、斟酌遣词造句之合理与否,在整体风格上,代言之表当以词意恳切、叙事委婉为佳。咸平五年灵州陷落,杨亿代时宰上《待罪表》及赦罪后之《谢表》,其中"运奇兵于掌上,视黠虏于目中""退思补过,虽慕林父之事君;用非其人,亦虑匈奴之轻汉",②"征龟玉毁椟之由,抱舟楫济川之愧"等联句,③皆为对仗精切、用语典雅之范例。在其代名将李继隆请求出战澶渊所上之多篇《陈情表》中,多有用典简易、不事雕琢,但颇能体现上表者之英勇无畏与拳拳报国之心的联句,如"焚老上之龙庭,誓歼余孽;裹伏波之马革,庶毕乃心""贾生,一匹夫耳,乃愿系于单于;卜式,彼何人斯,犹誓死于南越""齿发虽暮,亦可强饭于廉颇;胆气未衰,岂愧横行之樊哙""被坚执锐,必誓于身先;冒刃摧锋,庶求于死所"数联,④将李氏老骥伏枥、壮心未已之豪情表现得淋漓尽致。综观杨亿代作诸表,皆能做到适宜得体、妥贴切当,为其后文士写作同类表文,提供了质量上乘的参照模板。

　　真宗朝的澶渊之战与灵州之陷,是北宋前期的重大历史事件,杨亿作为当事人之一,虽不能执戈持戟厮杀于疆场,但犹可挥毫泼墨奋笔于书牍。他最具代表性,也最常为后人提及的四六名作,如《驾幸河北起居表》《议灵州事状》等篇,皆与战事相关,虽然从绝对数量上而言并不算多,但后世对其"豪赡"文风之评价,当即源于此类章表。

　　试举《驾幸河北起居表》为例,真宗于景德元年(1004)在寇准的规劝下御驾征辽,至澶州督战。时杨亿身在处州,亦上表文以壮其气、赞其行,而观该表之遣词造句,实可称得上是一篇不折不扣的"古语合集"。⑤ 开篇"毳幕稽诛,銮舆顺动。羽卫方离于象魏,天威已震于龙荒",所用词汇皆为两汉之

---

① 《宋史》卷三〇五《杨亿传》,第 10080 页。
② 杨亿:《代中书为灵州陷没待罪表》,《武夷新集》卷一三,《宋集珍本丛刊》,第 2 册,第 318 页。
③ 杨亿:《代中书谢表》,《武夷新集》卷一四,《宋集珍本丛刊》,第 2 册,第 319 页上。
④ 杨亿:《代陈州李相公陈情第三表》,《武夷新集》卷一四,《宋集珍本丛刊》第 2 册,第 324 页上。
⑤ 杨亿:《驾幸河北起居表》,见吕祖谦编:《宋文鉴》卷六三,第 931-932 页。

语。其后联句"涿鹿之野,轩皇所以亲征;单于之台,汉帝因之耀武",以黄帝战蚩尤于涿鹿与汉武元封亲征单于二事喻指真宗御驾澶渊,点出主题。在陈述此次战争的必要性时,杨氏以"五材并陈,盖去兵之未可;六龙时迈,固犯顺以必诛"一联尽之。此联前半化用《左传·襄公二十七年》原句:"天生五材,民并用之;废一不可,谁能去兵",后则以《乾卦》之《象》辞:"大明终始,六位时成,时乘六龙以御天"为对,又兼采《周颂·时迈》中周王施美德于四方之意,说明本次出兵御辽,实为顺时应天之举。而其描写辽国时所用胶折、鸟举、名王、老上等词,亦皆出《史》《汉》二书中与匈奴相关的内容。而"劳军细柳之壁,巡狩常山之阳"二句,则以西汉文帝劳军细柳与东汉章帝常山巡守"升践堤防,询访耆老"的典故,再次对真宗御驾亲征予以赞颂。其后,杨亿又从兵将的角度烘托皇帝亲临对士气的激励作用:"师人多寒,感恩而皆同挟纩;匈奴未灭,受命而孰不忘家",上联用宣公十二年楚王伐萧,亲历战阵而令众将士感到"皆如挟纩"而忘记寒冷之事;①下联则以卫青的千古豪言作对,凸显将相齐心,众志成城。② 而后"使辽阳八州之民,专闻声教;榆关千里之地,尽入提封"一联更是全篇之核心,上联看似无典,实则乃是由元稹《处分幽州德音》中"使辽阳八州之众,重睹开元之仪"二句而来,③用前人之语而辞意俱合,全无生硬突兀之感。下联则据《汉书·刑法志》中"天子畿方千里,提封百万井"的记载,④将榆关边疆之地划入王畿之中,与上联相呼应,不求夸饰而尽显豪赡、气概自足,充分表现出对战争取得最终胜利的自信与决心。全表文意显豁,词句古雅,实乃杨亿"豪赡"之风的最佳代表。

杨亿对三代两汉古语的运用,在其他表文中亦时可见。如《谢赐衣表》开篇之"解衣之赐""挟纩之仁",⑤分别出自《左传》与《战国策》;而文中的核心联句"鸟兽氄毛,甫及严凝之候;衣裳在笥,爰推赐予之恩",则使用《尚书》之《尧典》《说命》二篇成句。这些高古典雅词汇的融入,极大地增强了表文的艺术性,在不影响"昭明心曲"之基本表达功能的同时,又进一步贴近了"骨采宜耀""华实相胜"等更高层次的艺术诉求。

除上述两类题材外,杨亿现存章表中亦有少数与其个人生平仕宦紧密联系。杨亿曾分别于咸平元年(998)、大中祥符七年(1014)任知处州、汝州,

---

① 《春秋左传正义》卷二三,见阮元校刻:《十三经注疏》(清嘉庆刊本),第4088页。
② 《史记》卷一一一《卫将军骠骑列传》,北京:中华书局,1982年点校本,第2939页。
③ 《元稹集》(修订本)卷四〇,北京:中华书局,2010年2版,第512页。
④ 《汉书》卷二三《刑法志》,北京:中华书局,1962年点校本,第1082页。
⑤ 吕祖谦编:《宋文鉴》卷六三,第932页。

前者乃遂愿而行,后者则为无奈之举,其心态与情绪上的反差,亦于其所撰之谢上表文中有所体现。《知处州谢到任表》整体风格清新明快,如"袴襦服政,岂朞月之敢期;冰蘖检身,固生平之所履","抱椠怀铅,终预诸儒之末;摩顶至踵,须酬万乘之知"等自我勉励、感恩谢上类辞句于篇中时可得见,①喜悦之情,溢于言表。而在遭受群小排挤,擅至阳翟避难自保,以试探性的口吻请求归朝,并得到暂于汝州任命的答复时,其内心的忐忑无措,可想而知。但与王禹偁出知滁州、黄州所上谢表通篇直抒胸臆、一吐不快有所不同,杨亿之《汝州谢上表》通过灵活运用语典、事典,将所思所想以更为婉转委曲的方式表达出来。表文开篇历叙自己"以童刻之微能"任职翰苑、陪侍御前的经历,而后即以"四巡第颂,诚辨丽之绝闻;二竖兴妖,致冥烦之坐遗"一联转入对现实遭遇的陈述。② 该联前半使用章帝巡狩,崔骃作《四巡颂》称美帝德之事,后联则用《左传·成公十年》所记晋景公"梦疾为二竖子"之典,③暗指王钦若、陈尧叟之搬弄是非、排除异己,寓"今事"于"古典"之中,含蓄而精切,承上启下之转折亦颇为顺畅自然。对于小人的构陷诋毁,杨亿并未极力自证清白甚或反唇相讥,只是以"啧有烦言,实盈庭之可畏;豁然大度,终如地以见容"一笔带过。此联先用《左传·定公四年》成句,将朝廷中于己不利的言辞议论予以简单概括,而后以司马迁形容高祖刘邦之语,感念今上之开明包容。用语得体,不卑不亢,体现出大臣应有的胸襟气度。

撰代言之作则妥切合宜,写战事之文则丰赡雄豪,陈谢上之言则委曲婉转,杨亿四六章表之"体格多变"可见一斑。朱熹虽指斥杨亿之文"纤丽浮巧",但同时亦补充道:"本朝杨大年虽巧,然巧之中犹有混成底意思,便巧得来不觉",④征之上述诸表,可知确非虚言。与宋初古文家"以古改骈"不同,杨亿并未试图改变骈俪文体的基本格式与写法,而是希望通过使用三代两汉经典中典丽精致的词语,扭转五代以来应用文气格卑弱、文辞浅露等问题,使其整体面貌渐趋古雅,从另一个层面实现四六应用的"复古"。实际上,杨亿对专务雕虫篆刻,而罔顾修德立身的风气颇为鄙夷,⑤但他"励精为

---

① 杨亿:《武夷新集》卷一二,《宋集珍本丛刊》第 2 册,第 307 页下。
② 吕祖谦编:《宋文鉴》卷六三,第 933 页。
③ 《春秋左传正义》卷二六,见阮元校刻:《十三经注疏》(清嘉庆刊本),第 4139 页。
④ 黎靖德编:《朱子语类》卷一四〇,北京:中华书局,1986 年点校本,第 3334 页。
⑤ 杨亿《咸平四年四月试贤良方正科策》:"笑穷经白首之徒,专篆刻雕虫之巧。婉媚绮错,既事于词华;敦朴逊让,罔求于行实。流荡忘返,浸染成风。"见曾枣庄、刘琳主编:《全宋文》卷二八二,第 14 册,第 157 页。

学,抗心希古","熟知古代文学典籍中所蕴含的各种情感及价值取向,也了解古代士人以文济世的方法和途径",① 为了实现"宣布王泽,激扬颂声,采谣俗于下民,辅明良于治世",②"革时风之浇浮,润皇藻之雅正"的目的,③故在文学创作上不能追求平白质实、朴素简约,而势必以"文彩焕发,五色以相宜;理道贯通,有条而不紊"为准则。④ 其"'复古'情感有别于王禹偁和田锡,适时就势的选择性更加明确"。⑤ 因此,若以古文家,或者对骈偶文字本就评价不高者的角度来看,杨亿之四六章表因多用"古语切对",自不免雕镂之处,但由上述作品可知,其章表与"缀风月,弄花草,淫巧侈丽,浮华纂组"的昆体诗作判然有别,同北宋晚期及南宋时表文相比,则尤能凸显其深厚蕴藉、雅致典训,正如朱子"巧而混成"之评。⑥

与杨亿同为昆体四六名家的刘筠,其《册府应言》《荣遇》《禁林》《肥川》《中司》《汝阴》《三入玉堂》等七集尽未见传,幸赖《宋文鉴》《播芳大全》等文章选本择其表文之尤善者列于书内,方使后人得以一睹其四六之风采。刘筠之骈体表章与杨亿近似,同样以善用古语为主要特征,试以其《贺册皇太子表》为例。⑦ 该文中有颂圣之联曰:"十翼垂言,黄离之象攸著;四渎流润,重海之歌载扬",先用《离卦》"黄离元吉,得中道也"之辞,称颂君主顺天应时,"以文明中正之德,上同于文明中顺之君";⑧ 后联则以四水流行比拟皇恩浩荡、福泽广被,暗含《小雅·沔水》"朝宗于海""载飞载扬"之意,⑨非直用成句,而仅以"关键词"指代其意。其后作者以"挺温姿而玉裕,蔼淑度以金相"形容皇太子之风度仪容,又以"侍銮游而俨若,拱列钦瞻;省台膳以肃如,慈宸敦眷"描写皇太子之恭谦敬顺,而"玉裕""金相""俨若""肃如"皆古语,遣词典致驯雅,纵置之两汉文中亦无不可。在表文结尾处,作者又以"三让成魄,知天道之好谦;明两作离,见皇图之可大"祝贺太子册立仪式之顺利完成,既以《乡饮酒义》及《离卦》之原意,预示国运之兴旺,又以"月"对

---

① 张兴武:《宋初百年文学复兴的历程》,北京:中华书局,2009年,第88页。
② 杨亿:《送人知宣州诗序》,《武夷新集》卷七,《宋集珍本丛刊》第2册,第257页下。
③ 《赠杨亿官赐谥诏》,见《宋大诏令集》卷二二〇,第845页。
④ 杨亿:《答并州王太保书》,《武夷新集》卷一八,第369页上。
⑤ 张兴武:《宋初百年文学复兴的历程》,第85页。
⑥ 清人储大文认为杨亿之文"词极丰赡,而不敢指为肥腯体者,以气决之也",可谓的评。见储大文:《书武夷集后》,《存研楼文集》卷一四,《文渊阁四库全书》第1327册,第312页下至313页上。
⑦ 吕祖谦编:《宋文鉴》卷六三,第933—934页。
⑧ 程颐:《周易程氏传》卷二,北京:中华书局,2011年点校本,第171页。
⑨ 《毛诗正义》卷一一,见阮元校刻:《十三经注疏》(清嘉庆刊本),第926页。

"日",工整巧妙。与杨亿相比,刘筠章表辞藻更为古奥,用典亦更为深僻,将三代两汉之风完全呈现于自己的作品当中,《宋史》本传称其"文辞善对偶",①信非虚言也。而纵观上引杨、刘诸表,正如邓国光所指出的:"文体风格与作者气性有至密切的关系,同一样的四六,出于耿介的杨亿和傲岸的刘筠,则表现出雄健的气质,在他人又是另一种风貌。……可见宋初的四六骈文,不可一概而论,随意抹杀。"②

作为杨、刘晚辈的晏殊,因其岳父李虚己的举荐而受到杨亿的赏识,③其诗文亦颇得昆体之精髓。晏氏二百余卷原集久佚,今可见者不过九牛之一毛,而其四六章表更仅有寥寥数篇存世,但仅凭此亦足可见其对杨、刘四六之风的继承与发展。天禧二年(1018),晏殊在时为升王的赵祯府中担任记室参军,同年九月,赵祯受册为皇太子,依例上表请辞,而表文的撰写,自然由掌管文书事务的晏殊负责。现存于《播芳大全》中的两篇《代辞升储表》,是今日尚可得见的晏殊早期四六作品,而由其中的一些联句即可明确了解到其对杨、刘"引古入骈"之创作手法的承袭。如首篇中"《易》象垂文,戒立身之非据;圣人敷化,贵育物之得宜"一联,④上联即是由《系辞下》解《困卦》爻象所言"非所据而据焉,身必危"之语而来。⑤ 而紧随其后之"小言而大禄者,犹谓冒居;德薄而位尊者,孰允公议",则分别使用《礼记·表记》与《系辞下》之原句。而次篇中"量力度德""授才任能"等语,⑥亦皆为《左传》中成句。

除直接承用原句之外,晏殊表文在选取主题相关之事典、语典方面的能力,与杨、刘相比可谓有过之而无不及,这在很大程度上依赖于其平日之广览群书与勤搜博采。杨亿曾言李商隐为文"多检阅书册,鳞次堆积,时号'獭祭鱼'",⑦而杨氏自己在作文用典时,亦"使子侄检讨出处,用片纸录之,文

---

① 《宋史》卷三〇五《刘筠传》,第 10089 页。
② 邓国光:《文章体统——中国文体学的正变与流别》,上海:上海古籍出版社,2013 年,第 407 页。
③ 司马光:《温公日记》,见《涑水记闻》附录二,北京:中华书局,1989 年点校本,第 348 页。
④ 晏殊《代辞升储表》(其一),见魏齐贤、叶棻编:《圣宋名贤五百家播芳大全文粹》卷三上,《宋集珍本丛刊》第 95 册,第 72 页下。
⑤ 《周易正义》卷八,见阮元校刻:《十三经注疏》(清嘉庆刊本),第 183 页。
⑥ 晏殊《代辞升储表》(其二),见魏齐贤、叶棻编:《圣宋名贤五百家播芳大全文粹》卷三上,《宋集珍本丛刊》第 95 册,第 73 页上。
⑦ 杨亿口述,黄鉴笔录,宋庠整理:《杨文公谈苑》,第 23 页。

成而后掇拾，人谓之'衲被'"。① 可知昆体风格的形成，与作者的知识积累有着紧密的联系。② 和杨亿奉命编修《册府元龟》故得以尽阅秘阁藏书近似，晏殊亦曾于景德至天圣年间多次参与包括《土训纂录》《十道图》《方岳志》等在内的地理类书籍的编纂与修订工作，③这无疑为他掌握大量历史文献资料创造了极为有利的条件。而元献于寻阅之余，更是将读书所得分门别类加以记录，为其汇集"六艺、太史、百家之言，骚人墨客之文章，至于地志、族谱、佛老、方伎之众说，旁及九州岛之外，蛮夷荒忽诡变奇迹之序录"等众多内容的《类要》的成书，奠定了基础。④ 文人编辑类书之目的，主要是为诗文创作提供素材，而《类要》的存在，则为后人提供了一个了解类书与昆体表文之关系的绝佳范例。

前所举《代辞升储表》首篇有形容太子茂德之联句云："《震》豫《离》明，载前闻于八象；星晖海润，昭茂实于两仪"，"星晖海润"一词非习见之语，而在《类要》"储总叙"类中，晏殊特将崔豹《古今注》中汉明帝为太子时乐人所作之"日重光、月重轮、星重晖、海重润"四章颂德歌诗作为与"太子"相关之典故加以记录，⑤故可知该联正乃元献据此诗提炼而成。而次篇中"仰协重轮之咏"一句，则同样使用了这一典故。天圣四年（1026），仁宗"出后苑双头牡丹图示辅臣，令馆阁献诗赋"，⑥晏殊就此事所作之状文，堪称北宋四六文的经典作品，而文中的精彩联句，实亦可自《类要》内寻得其根源。如其追溯上古三代臣子歌颂圣王美德之事曰："虞舜膺期，有皋陶之赓载；周宣继业，闻吉甫之颂章"，⑦前后二事皆见于《类要》"大臣之文"类目中。又如其以汉、唐二代因祥瑞而赋诗之旧事比拟今日之盛况："永平《神雀》之颂，孝明称美者五人；贞元《重九》之篇，德宗考第于三等"，所用典故较为新颖，与

---

① 佚名：《西轩客谈》，见王云五主编：《丛书集成初编》，第2957册，第10页。
② 需要说明的是，虽然曾枣庄、张明华、曾祥波等学者已指出昆体诗风的形成，与《初学记》《白氏六帖》《事类赋注》等类书刊行、流布之间的关系，但昆体章表与《西昆酬唱集》中所载录的富丽精工、用典繁缛的"类书化"的诗，在风格上实有明显不同。当然，如孔平仲所记刘筠颇爱徐坚《初学记》，尝曰："非止初学，可为终身记。"后人自不能忽视类书对昆体作家的影响，但面对不同的文类，亦不可轻易移彼论之。见孔平仲：《孔氏谈苑》卷五，北京：中华书局，2012年点校本，第274页。
③ 王应麟：《玉海》卷一四，南京：江苏古籍出版社，上海：上海书店，1987年影印本，第273页上。王应麟：《玉海》卷一五，第293页下。
④ 曾巩：《类要序》，《曾巩集》卷一三，北京：中华书局，1984年点校本，第210页。
⑤ 晏殊：《晏元献公类要》卷一一，《四库全书存目丛书·子部》第166册，济南：齐鲁书社，1996年，第531页上。
⑥ 王应麟：《玉海》卷五九，第1124页下。
⑦ 晏殊：《进两制三馆牡丹歌诗状》，见吕祖谦编：《宋文鉴》卷六三，第936页。

文章主题极为贴合,而二事亦分别见载于《类要》"颂圣""应制"类目下。除此篇之外,晏殊表文的一些"断简残章"亦有与《类要》相合之处,如《谢赐飞白书表》现存之数句:"乾文绮粲,睿笔鸾回。文皇风字,近愧于流芳;炎帝穗书,远惭于逸品",①"乾文绮粲"本于《类要》"文章"类之"清文绮粲",而该短语则是自《抱朴子》之"清辩绮粲"转化而来。② "文皇风字"指太宗贞观十六年(642)飞白书答刘洎之诏,列于《类要》"飞白"类之首。"炎帝穗书"则与前典近似,见于《类要》"神翰"类开篇。此外,晏殊《谢升王记室表》全文虽已佚失,但其"衣存缺衽,式赞于谦冲;馔去邪蒿,不忘于规谏"一联,则因得到王应麟的认可而被列入《困学纪闻》当中。③ 该联以周公诫伯禽,及邢峙去其名不正之菜二事相对,表明自己深知皇子当以谦和谨慎为行事准则,且有义务在必要的时候对皇子加以提点规劝。而如"食去邪蒿"这样略显冷僻的事典,亦被元献收入《类要》之中。整体而言,晏殊之表文喜用古事古语,延续了昆体作家"引古入骈"的创作风习,丰富了作品的文化内涵,这主要得益于其深厚扎实的学识积累,所谓"应于外者之不穷,必得于内者深也",④信哉是言。

杨亿、刘筠、晏殊等昆体作家的四六章表,多以《易》《诗》《书》等儒家经典及《史》《汉》等史部典籍之古语成句入文,这体现出的是他们对三代两汉古雅之风的追求。与柳开、张咏、王禹偁等人将古文笔法融入四六文创作,采用所谓"以古改骈"的方法转变应用文风有所不同,如果说古文家是以散语单句为"古",使四六表文之句法结构趋于"古文化",那么昆体作家则是以三代两汉经典之语句词汇、意韵风貌为"古",在不改变四六章表之基本形态的基础上,通过"引古入骈",令其风格更为精致典雅。因此,与其说杨亿等人"从另一角度纠正了古文运动的失败",不如说昆体作家用自己的方法追溯更为古老的创作源头,承续并改进了宋初古文家的工作。⑤ 从读者的角

---

① 王应麟:《玉海》卷三四,第 635 页下。
② 葛洪著,杨明照校笺:《抱朴子外篇校笺》卷二四,北京:中华书局,1991 年,第 588-589 页。
③ 王应麟著,翁元圻辑注:《困学纪闻注》卷一九,北京:中华书局,2016 年点校本,第 2199-2120 页。
④ 曾巩:《类要序》,《曾巩集》卷一三,第 210 页。
⑤ 实际上,北宋前期四六章表在"复古"实践方面的异同,在某种程度上同诗歌层面"白体"与"西昆体"之间的"斗争",极为相似。柳开、张咏、王禹偁之章表,更为接近白居易制诰章表直陈其事,不求雕篆的整体风格,追求的是三代两汉文章清通简要的特点;而杨亿、刘筠则显然更为关注用语措辞之"复古",力求展现"典雅相尚"的盛朝气象。二者之间或许很难做到"理解之同情",如《儒林公议》所载:"陈从易者,颇好古,深摒亿之文章,亿亦陋之",即为明证。见《儒林公议》卷上,第 6 页。

度而言,相对于以"散语故事"为主要构成的四六章表,由"古语切对"编缀而成的作品,显然更能够体现作者之之才与学养,文章本身亦更富艺术感染力,故一时之间,昆体之风弥漫于朝野上下,亦自有其理也。

杨、刘等人以自身的创作实践,在很大程度上形塑了北宋前期的文学风气。如宋祁即对杨亿振兴宋代文风的功绩大加称赞:"虢略杨亿以雄浑奥衍革五代之弊,公与中山刘筠、颍川陈越推而肆之,故天下靡然变风"。① 苏辙则以其比之燕、许"大手笔"。② 晁公武亦云:"自唐大中后,文气衰滥,国朝稍革其弊,至亿乃振起风采,与古之作者方驾矣"。③ 赵彦卫则在所著《云麓漫钞》中,将"杨文公始为西昆体",与"穆伯长、六一先生以古文倡",共同视为改革五代之弊的创举。④ 而陈亮之言,则将宋、晁、赵三人之意表述得更为明白透彻:

> 夫文弊之极,自古岂有踰于五代之际哉,卑陋萎弱,其可厌甚矣。……其后柳仲途以当世大儒,从事古学,卒不能麾天下以从己,及杨大年、刘子仪因其格而加以瑰奇精巧,则天下靡然从之,谓之昆体。⑤

杨、刘"因其格而加以瑰奇精巧",正明白指出昆体风格之形成,与古文运动之间的紧密联系。⑥ 宋人对昆体四六提出批评,一方面是因新进士子以此为风尚,专研文词以求功名,而忽略了与德治教化关系更为紧密的经典学习。另一方面则是由于欧阳修等人所倡导的更趋"古文化"的四六在后世影响甚大,而与其相比,昆体四六确实略显雕琢、缛丽,故不能为时人所接受。但实际上,昆体章表善用"古语切对"的写作风格,终北宋一代亦未尝彻

---

① 宋祁《石太傅墓志铭》,《景文集》五九,见王云五主编:《丛书集成初编》,第1881册,第789页。
② 苏辙《汝州杨文公诗石记》:"公以文学鉴裁,独步咸平、祥符间,事业比唐燕、许无愧"。见《苏辙集》卷二一,北京:中华书局,2017年点校本,第1107页。
③ 晁公武:《郡斋读书志·读书附志》,见晁公武撰,孙猛校证:《郡斋读书志校证》,上海:上海古籍出版社,2011年,第1176页。
④ 赵彦卫:《云麓漫抄》卷八,北京:中华书局,1996年点校本,第135页。
⑤ 陈亮:《变文格》,《陈亮集》卷一二,北京:中华书局,1987年点校本,第134-136页。
⑥ 宋人文谠在《详注昌黎先生文集序》中亦曾谈道:"我圣宋之初,承五季兵革之余,道丧文弊,秉笔之士以雕琢为工,虽柳开、杨亿独以古文唱于其间,而辞义愈尚隐奥,天下之士因乘风流,争以诡异相高。"文氏直将杨亿与柳开并称,同归于宋初古文家之行列,可见宋人对于杨亿文学风格的认识,原本即非"昆体"二字所能全部涵盖。由于杨亿诸种文集多已逸失,仅就《武夷新集》所载,后人已难窥见杨亿之古文创作,但由其四六章表所呈现出的健捷舒朗之风,盖可推知文氏之语,绝非虚言。见曾枣庄、刘琳主编:《全宋文》卷四五七四,第206册,第223页。

底断绝,甚至在北宋后期更有"愈演愈烈"之势,虽然昆体之风在北宋中期已渐衰歇,但其"组织工致,锻炼新警之处,终不可磨灭"。① 固可知昆体章表在北宋四六表文发展进程中的地位及其影响,实不可轻易贬低忽略。

3.1.3 后昆体作家表文之"用《选》作骈"

与古文家之"以古改骈"、昆体作家之"引古入骈"同样,对北宋前期四六章表之风格塑造产生过重要影响的创作方式,当属后昆体作家之"用《选》作骈"。以夏竦、宋祁等人为代表的所谓"后昆体"作家,在前辈的基础上进一步挖掘、探索四六文句式、用典等方面的"潜力",将融裁锤炼之功推向了更高的层次。他们继承了杨、刘"引古入骈"的写法,并且将"古语"的采录范围,由儒家经典及两汉史书,延伸至汉魏六朝之文学作品,使得四六章表的整体风貌愈趋古奥瑰丽,而在这一过程中,《昭明文选》(以下简称《文选》)实扮演了无可替代的重要角色。

《文选》在唐代的影响之大,由胡仔《苕溪渔隐丛话》书中所记便不难想见:"唐时文弊,尚《文选》太甚,李卫公德裕云:'家不蓄《文选》。'此盖有激而说也"。② 为满足阅读参考的需求,唐代传抄《文选》者不计其数,据李匡乂所记,晚唐时期仅李善注本即"有初注成者、复注者,有三注、四注者,当时旋被传写之。其绝笔之本皆释音、训义,注解甚多"。③ 抄本数量的庞大,也保证了《文选》的流通与传播。入宋之后,《文选》依然得到了很高的重视,太宗即曾"召(吕)文仲读文选,赐鞍勒马。又翼日,再召读《江》《海》赋,赐钱三十万",④其后真宗于景德四年(1007)又"命直馆校理,校勘《文苑英华》及《文选》"。⑤ 由于宋初取士亦以诗赋为重,而"为了尽早博取一第,在唐人别集不易搜求的情况下,宋初试子只能熟读《文选》,以提高自己的辞赋写作水平",⑥这也在很大程度上促进了该书的流行及其经典示范价值的确立。此外,如《文选菁英》及《文选双字类要》等将《文选》中的"藻丽之语"加以分门汇编的类书,也为当时文士能够高效地将《文选》中的"优质资源"运用到自

---

① 《西昆酬唱集》提要,《文渊阁四库全书》第 1344 册,第 488 页上。
② 胡仔纂集:《苕溪渔隐丛话》前集卷九,北京:人民文学出版社,1962 年点校本,第 56 页。对相关内容的研究,可参考曹道衡:《南北文风之融合与唐代〈文选〉学之兴盛》,《文学遗产》1999 年第 1 期,第 16-24 页。
③ 李匡乂:《资暇集》卷上,见王云五主编:《丛书集成初编》,第 279 册,第 5 页。
④ 程俱撰,张富祥校证:《麟台故事校证》卷五,北京:中华书局,2000 年,第 196 页。
⑤ 王应麟:《玉海》卷五四,第 1022 页下。
⑥ 张兴武:《宋初百年文学复兴的历程》,第 198 页。

己的文学创作中提供了便利。这些皆是北宋前期《文选》之流行情况的真实反映,可见清人吴锡麟"大抵《选》学者,莫重于唐,至宋初犹蹑其盛"的说法,①是符合客观实际的准确判断。

陆游曾对宋初文人吟诗作文多依从《文选》表达过不满,②由此可见《文选》之影响已渗透至当时文学创作的诸多层面,而四六应用本就以雕琢刻画见长,自然亦难免《文选》之"关照"。追溯《文选》与北宋四六文之间的联系,盖亦当以田锡为起始。其"引古入骈"所涉之古语,虽以出自经史典籍者为主,但汉魏六朝诗文名篇之语汇,亦时可见于其表文中。如其《进河清颂表》开篇点明题旨之句云:"波澜清泚,表嘉瑞以无疆;图牒昭宣,协皇家之有感。"③"清泚"用以形容河水清澈,语出谢朓《始出尚书省》。④ 后文以"勾芒应律,东风已泮于轻冰;川后呈祥,习坎不生于浊浪"一联描写神明感于帝德,终致风平浪静的祥和景象,"川后"之名则源自曹植《洛神赋》。⑤ 除借引二字词汇之外,田锡亦将《文选》中作品之原句,略加修剪而直接挪用到自己的表文当中,如其《贺卢汉赟奏胜捷表》颂圣之语曰:"道德为藩,慈俭曰宝",⑥"以道德为藩"乃左思《魏都赋》中的名言。⑦ 其《贺田重进奏捷表》叙皇帝之勤政为民、励精求治云:"彤闱日旰,犹听政于万机;清禁漏残,已求衣于五夜",⑧而前联显然出自谢朓《酬王晋安》之"拂雾朝清阁,日旰坐彤闱"。⑨ 另如《贺容怀意奏胜捷表》之末联"饮马长城之窟,金石登歌;鸣鸾日观之峰,人神共悦",⑩径以《乐府古辞》名篇之题目作为联句的一部分,亦较为新颖。田锡在章表中对魏晋六朝诗文语汇的承袭,无疑为后昆体作家"用《选》作品"导夫先路。

后昆体作家中,夏竦无疑是在四六文写作方面造诣最深,亦最为后人所推崇的一位。文庄早年受到王钦若的提携而成为《册府元龟》修撰队伍中的

---

① 吴锡麟:《选学胶言序》,见《丛书集成续编》,台北:新文丰出版公司,1988年,第216册,第289页上。
② 陆游:《老学庵笔记》卷八,北京:中华书局,1979年点校本,第100页。
③ 田锡:《咸平集》卷二三,第237页。
④ 《文选》卷三〇,第429页下。
⑤ 《文选》卷一九,第271页下。
⑥ 田锡:《咸平集》卷二三,第249页。
⑦ 《文选》卷四,第96页上。
⑧ 田锡:《咸平集》卷二四,第250页。
⑨ 《文选》卷二六,第371页上。
⑩ 田锡:《咸平集》卷二三,第245页。

一员，其诗文风格与西昆文人多有相近之处。夏竦的确与杨亿有着类似的审美追求，在《厚文德奏》中，他即明确表达出对上古三代以《诗》《书》为代表的文学作品所具有的"辞大意明""气直体壮"等淳雅浑厚之风的欣赏，而对当时文人创作"华者近于俳优，质者近于鄙俚"的现实状况颇为不满。① 在《与柳宜论文书》中，他又谈到两汉之作"去圣犹近，故文壮而气雅"，至五代而"几不坠地"，并针对诗、赋、论、序等各类文体所应遵循的创作准则一一予以点明。② 虽然夏、杨二人都试图追复三代两汉之风尚，但夏竦对于杨亿的作品却并不满意，批评其文"如锦绣屏风，但无骨耳"。由于杨亿文章佚失甚多，仅从其现存作品来看，实难判断夏竦之论究竟缘何而发，范镇亦认为文庄之言有失偏颇，在引述其评语之后，即借"议者"之口为杨亿"打抱不平"："英公文譬诸泉水，迅急湍悍，至于浩荡汪洋，则不如文公也"。③ 盖二家之文各有所长，难分轩轾，相较而言，文庄之文讲求笔力气势，波澜壮阔，变化多端；杨亿之文则更为圆密通达，左右逢源，难窥崖涘。而夏竦之四六章表大体延续了杨、刘以"古语切对"为本的写作方式，而在修辞层面上，则更为讲求成语对仗的剪裁熔炼，这也使得其表文之联句愈显精巧工致。

真宗于大中祥符四年（1011）西祀汾阴后土，这是仅次于东封之礼的祭祀仪式，也是真宗"神道设教"之治国方略的重要实践，满朝上下为此进行了详细而周密的部署策划。夏竦撰有多篇与此相关的颂贺表章，而其中实不乏精彩之处。如《皇帝祀汾阴第五表》有盛赞真宗之语曰："王度之贞，式如金而如玉；天道下济，固为龙以为光"。④ 上联为楚之右尹子革对灵王进行规谏所引《祈招》诗中的原句，⑤下联则为《小雅·蓼萧》诗句，意指天下臣民生逢此圣道昭明之盛世，而深感恩宠荣耀。以经语对经语，似浑然天成，又兼生语、熟语相对，更可见其精妙。在《第九表》中，夏竦运散成骈，以长联对句称颂真宗祭祀之行："乾之太始而坤作成物，混元之大化也；父事于天而母事于地，圣王之至孝也"，⑥上联用《系辞传》开篇之"乾知大始，坤作成物"，形容天地之尊崇；下联则用《孝经·感应章》之语："昔者明王事父孝，

---

① 夏竦：《文庄集》卷一五，《宋集珍本丛刊》第 2 册，第 564 页上。
② 佚名辑：《新刊国朝二百家名贤文粹》卷一○二，《宋集珍本丛刊》第 94 册，第 154 页下至 155 页上。
③ 范镇：《东斋记事》卷三，北京：中华书局，1980 年点校本，第 23 页。
④ 夏竦：《文庄集》卷四，《宋集珍本丛刊》第 2 册，第 464 页下。
⑤ 《春秋左传正义》卷四五，《十三经注疏》（清嘉庆刊本），第 4483 页。
⑥ 夏竦：《文庄集》卷四，《宋集珍本丛刊》第 2 册，第 465 页下。

故事天明；事母孝，故事地察"，①将真宗祀汾阴之本意恰如其分地表达出来。该表结尾重申真宗之功业与祭典之盛大："巍巍荡荡，谅无得而名；穆穆皇皇，知大事在祀"，上联将孔子对尧帝之赞语加以剪裁，②下联则将《大雅·假乐》赞美君王之"穆穆皇皇"，与《左传·成公十三年》"国之大事，在祀与戎"之语各取其半组成新联，与现实情景正相吻合。此表虽为赞上颂圣而作，然不事铺排而语皆凝练，端为大家手笔。而类似这样的"全经对句"，在其《谢赐御制〈册府元龟〉序表》中亦可得见："发凡起例，当类聚以群分；原始要终，必备言而广记"，③该联将杜预《春秋左氏传序》中"发凡起例"与"必广记而备言之"二语分列于上下联中，④并各以《系辞上》《系辞下》之成句与其相对，简明扼要地概括了《册府元龟》的编纂宗旨，全联顺畅自然，虽用语典而如盐入水，几无痕迹，颇能体现夏竦四六剪裁之工。

王铚以"搜山开荒，自我取之"定义四六文写作中所谓的"伐山之语"，包括田锡、杨亿、刘筠等人在内的四六作家所搜之"山"，多未出经史典籍范畴，而夏竦在这方面则更具"开荒者"的"魄力"，其采择古语的范围相较前辈大为延伸，以子部与集部文献词句加工而成的对仗联句，在他的作品中实不乏其例。夏竦于天圣三年（1025）判集贤院，在其所撰之《谢直集贤院表》中将集贤学士所应具备的基本素质概括为"通授羲畎姒之灵篇，闲书笏珥彤之故事"，⑤前句化用张衡《东京赋》之"龙图授羲，龟书畎姒"，⑥乃博通奇书之谓也；后联则用王融《三月三日曲水诗序》中的成句，指史臣秉笔记事。而后连用四个六字句，"继成康之嘉颂，考宣武之懿文，陪法从于甘泉，奉宸游于属玉"，将集贤之职能尽皆罗列，一气呵成，颇见"迅急淌悍"之势。与此表近似，其《谢天庆节御筵表》有联句曰："挹流霞之醇旨，咀芳茝之馨香"，⑦"流霞"出自扬雄《甘泉赋》，"芳茝"乃《九章·思美人》中语，以此为对，颇似赋中之句，寻常公文中罕见其例。此外，其表文中尚有直引前贤名作短语以成联者。如《谢赐御制真游颂表》篇末结句云："日月并明，降鸿辉于圣域；河洛

---

① 《孝经注疏》卷八，见阮元校刻：《十三经注疏》（清嘉庆刊本），第5566页。
② 《论语注疏》卷八，见阮元校刻：《十三经注疏》（清嘉庆刊本），第5402页。
③ 夏竦：《文庄集》卷八，《宋集珍本丛刊》第2册，第498页下。
④ 杜预《春秋左氏传序》："其发凡以言例，皆经国之常制"，"身为国史，躬览载籍，必广记而备言之。"《文选》卷四五，第639页下。
⑤ 夏竦：《文庄集》卷五，《宋集珍本丛刊》第2册，第471-472页。
⑥ 《文选》卷三，第54页上。
⑦ 夏竦：《文庄集》卷八，《宋集珍本丛刊》第2册，第496页上。

开奥,分宝字于私门",①使用《礼记·经解》与左思《魏都赋》中的成句,上联称颂天子"德配天地,兼利万物",下联则赞真宗御制颂文直可与河图洛书相媲美,对仗工稳,妥切得当。另如《谢赐昭应宫判官兼赐章服表》有自谦之词云:"摛埴索涂,误攀于儁轨;以蠡测海,谬对于圣题",②分别以《法言》及《答客难》中的成句为对,与题旨正相吻合。在《代东枢相公辞加恩第二表》中,文庄开篇即以"知止不殆,道家之戒甚明;以荣为忧,先哲之规可览"表达推辞之意,③而"知止不殆"出于《老子》,"以荣为忧"则为羊祜名作《让开府表》中的原句,相隔数世纪的两篇作品于此联句中"会合",前后顺承,毫无龃龉。虽然夏竦对魏晋以降之文章并无好感,④但这并不妨碍他于彼时名家名作中采汲菁华,其《代东枢相公谢授官表》即有联曰:"况振景拔迹,在超越以难阶;苟损实亏名,必满盈而易覆",⑤借用"太康之英"陆机之《谢平原内史表》与六朝公文写作之典范任昉之《为范尚书让吏部封侯第一表》中的原句,婉转表达推谢之意,新颖典致,别具一格。尤为值得一提的是,夏竦表文采择"古语"的范围,甚至延伸到了经书笺注文字及诗文评类著作中。如其《谢授资政殿大学士表》的名联:"诗会余蚳之文,简凝含酖之墨",⑥前句本于郑玄笺释《小雅·巷伯》"萋兮斐兮,成是贝锦"之语,⑦后句乃刘勰对奏启之文的称赞之辞,能够"发掘"这些略显"冷门"的材料并运用自如,非学殖深厚,才思过人者,实难为之。由上可见,举凡骚、赋、诸子、汉人著述及六朝名篇中的词汇短语,皆可作为四六联句的构成元素而被夏竦运用到自己的表文创作里,这极大地丰富了四六表章的文化内涵,同时也使作品之风貌更为接近"去古未远"的理想状态。

夏竦在"搜山开荒"之余,亦没有忘记为四六文之"语料库""添砖加瓦"。他在撰表时,常将前人作品中的词汇提炼融合成一个全新的短语,并作为联句的一部分加以使用。如其《贺五色云见表》开篇联句曰:"徐銮凤驾,总驷于名区;卿霭晨敷,流晖于紫宙",⑧后联之"卿霭晨敷",即是将江淹拟作《颜

---

① 夏竦:《文庄集》卷八,《宋集珍本丛刊》第 2 册,第 496 页下。
② 夏竦:《文庄集》卷五,《宋集珍本丛刊》第 2 册,第 472 页下。
③ 夏竦:《文庄集》卷十,《宋集珍本丛刊》第 2 册,第 521 页下。
④ 夏竦:《与柳宜论文书》,见佚名辑:《新刊国朝二百家名贤文粹》卷一〇二,《宋集珍本丛刊》第 94 册,第 154 页下。
⑤ 夏竦:《文庄集》卷十,《宋集珍本丛刊》第 2 册,第 523 页下。
⑥ 夏竦:《文庄集》卷七,《宋集珍本丛刊》第 2 册,第 492 页上。
⑦ 《毛诗正义》卷一二,见阮元校刻:《十三经注疏》(清嘉庆刊本),第 978 页。
⑧ 夏竦:《文庄集》卷四,《宋集珍本丛刊》第 2 册,第 468 页上。

特进侍宴》诗与孙绰《游天台山赋》中的词汇加以融合,①作为形容云色朦胧的短语加以使用。这样的手法在该表结尾处再次出现,其以"纷纶绚采,散赤水之余霞;焕衍腾文,凝吉云之晓露"一联烘托祥云之缤纷多彩,而后联之"焕衍腾文",又是由王粲《羽猎赋》之"焕衍陆离",②与江淹《别赋》之"日出天而耀景,露下地而腾文"二语糅合生成。③ 这种颇具独创性的方式既保留了古语本身的典致风韵,又使联句的意思表达能够更加贴合表文原旨,同时也为后人撰写类似作品提供了可以直接使用的语料资源,充分体现出"后期西昆派多造语"的创作特点。

《文心雕龙》对于"风骨"这一概念的阐释与分析,被后世奉为圭臬。在刘勰看来,所谓文之"骨",即构成文章的具体辞句,当求"结言端直",则"文骨成焉";而所谓"风",即文章所呈现出的整体面貌,应"意气骏爽",则"文风清焉"。④ 文章之风骨,体现在一字一句都要经得起推敲,且无枯涩陈腐之气,即所谓"捶字坚而难移,结响凝而不滞"。而为了实现这一目的,则需要作者"熔铸经典之范,翔集子史之术,洞晓情变,曲昭文体"。⑤ 以这样的标准衡量,夏竦之章表,确可称"有骨"之文。从四六用词与联句构造的角度来说,昆体作家以经史之语入四六,自然是对"经典之范"的承袭与运用,但并未达到"熔铸"的层次;而夏竦之四六章表则在这一点上有所突破,从原始材料的选取到使用之前的剪裁加工都颇具匠心,部分作品的高古之处,足可与两汉、六朝之文相提并论。

胡宿、宋祁与夏竦同为"后昆体"一派的代表性作家,胡、宋二人皆于天圣二年(1024)进士及第,且长期任职翰苑,朝廷典章诰命多出于其手。吴处厚将胡宿所撰制诏王言与杨亿相提并论,认为"皆婉美淳厚,过于前世燕、许、常、杨远甚"。⑥ 实际上,不仅王言制诏,武平所作四六章表亦以温润丰赡为主要特征,且文中与《文选》相关的语汇亦可谓"层出不穷"。

以《中书贺南郊祥瑞表》为例,其中有"圆灵载廓,素魄徐升"二句形容月

---

① 江淹《杂体诗三十首·颜特进侍宴》:"山云备卿霭,池卉具灵变"。见《文选》卷三一,第452页下。孙绰《游天台山赋》:"八桂森挺以凌霜,五芝含秀而晨敷"。见《文选》卷一一,第165页下。
② 王粲《羽猎赋》仅有部分文字流传后世,"丛华杂沓,焕衍陆离"见于《文选》卷四六颜延之《三月三日曲水诗序》注引,第647页上。
③ 《文选》卷一六,第238页上。
④ 刘勰撰,黄叔琳注,纪昀评:《文心雕龙辑注》卷六《风骨》,第281页。
⑤ 刘勰撰,黄叔琳注,纪昀评:《文心雕龙辑注》卷六《风骨》,第283页。
⑥ 吴处厚:《青箱杂记》卷五,第46页。

色之光华,①即用谢庄《月赋》之语。又如《代中书谢改官表》中的谦辞:"承命益增于陨越,循墙但极于凌兢",②"陨越""循墙"皆出《左传》,而"凌兢"则出于扬雄《甘泉赋》。而其《中书乞赐御制表》赞美君主才思之语云:"储思获蠖之中,研几系象之表",③亦同样使用了《甘泉赋》中的词语。除赋作之外,胡宿对其他文类中可资采用的片言只语亦未尝"放过",如《代谢御筵诗表》描写君主赐筵群臣之场面曰:"鹤书赴陇,乐得彀中之英;凤宸临轩,亲详天下之士",④"鹤书赴陇"原为孔稚圭《北山移文》中用以贬斥那些身在山林而心慕利禄之辈的丑陋行径,胡氏则反其意而用之,亦尽其妙。另外值得一提的是,胡宿精通天人感应学说及卜筮之法,《宋史》本传即载其曾以阴阳灾变理论解释登、莱二州发生地震的原因,⑤而这一点在胡氏表文中亦偶有体现,如其《代贺立后表》有对句曰:"庆钟沙麓,光协寿房",⑥"沙麓"作为皇后贵圣之典,自六朝至唐代咸有用之者,但东汉顺帝梁皇后卜兆得寿房之事,则少见涉及,胡氏以此二事作对,颇为新颖工巧。而其于《代宋状元谢及第表》所用"成汤之骨法"一事,⑦则与此类同。由上引联句可知,胡宿在延续后昆体作家"用《选》作骈"之习惯的同时,亦充分展现了个人之学识涵养,这就使得其四六章表颇具前贤名家之风范,四库馆臣认为胡宿之四六骈偶"典重赡丽,上法六朝",⑧确能得其作品之精髓。

历来被视为昆体四六之殿军的宋祁,或许是宋代文人中与《文选》最有"缘分"的一位,传说他的出生即与该书有着紧密的联系。而在幼年阶段,其父宋玘便"暗诵诸经及梁《昭明文选》,以教诸子",⑨故《文选》在宋祁读书习文的过程中一直占有非常重要的地位。⑩ 观其及第之初与座主刘筠讨论诗歌时所云:"大方之家,往往披华于沈宋之林,收实乎曹王之圃。窒其流荡,

———————

① 胡宿:《文恭集》卷九,见王云五主编:《丛书集成初编》,第1885册,第105页。
② 胡宿:《文恭集》卷十,见王云五主编:《丛书集成初编》,第1885册,第120页。
③ 胡宿:《文恭集》卷一一,见王云五主编:《丛书集成初编》,第1885册,第128页。
④ 胡宿:《文恭集》卷十,见王云五主编:《丛书集成初编》,第1885册,第125页。
⑤ 《宋史》卷三一八《胡宿传》,第10367页。
⑥ 胡宿:《文恭集》卷九,见王云五主编:《丛书集成初编》,第1885册,第106页。
⑦ 胡宿:《文恭集》卷九,见王云五主编:《丛书集成初编》,第1885册,第109页。
⑧ 《文恭集》提要,《文渊阁四库全书》第1088册,第610页上。
⑨ 宋祁:《荆南府君行状》,《景文集》卷六二,见王云五主编:《丛书集成初编》,第1881册,第842页。
⑩ 如王得臣即云:"在予幼时,先君日课令诵《文选》,甚苦其词与字难通也。先君因曰:'我见小宋说手抄《文选》三过,方见佳处。汝等安得不诵?'"见王得臣:《麈史》卷中,上海:上海古籍出版社,1980年点校本,第37页。

归之雅正",①可知他对汉魏六朝之诗文风致颇见推崇。由于宋祁并不认可古文家之文统、道统理论,反倒是较为推崇"切用"之文,②而四六文无疑是以应用为主要存在目的的文类,故宋祁精于此道,除了受昆体诸家之影响外,也与其自身的文学好尚亦有着紧密的联系。

宋祁对杨亿为文"采缛闳肆,汇类古今,气象魁然,如贞元元和"颇为倾慕,③其本人亦可谓学问精博,所撰《笔记》兼涉四部典籍,而如此深厚的知识积累也在其表章创作中有着直接的体现。此外,其修唐史时因好用奇涩之字、艰深之句而为人所诟病,④这一点在其表文中亦有所反映。宋祁于明道二年(1033)进《籍田颂》,并随文附上《进籍田颂表》,在表文开篇,他以"载御耦于介间,脉阳膏于廛左"称颂天子亲耕之事,⑤所谓"脉阳膏"即膏雨普降,土地滋润,正逢春耕良时之意,而宋祁以"脉"为动词,实属罕见。该联之"御耦""廛左",与后文之"九旗""黛秆""九推"等词,同见于潘岳《藉田赋》,可知其撰作此文时,定当以主题相同之潘赋为"模本"。由此可见,宋祁表文古奥雕琢之艺术特质在其青年时期即已奠定,他与夏竦、胡宿一样惯于将《文选》所涉诗赋作品中的成词挪用到自己的四六表文当中。

宋祁认为《诗》三百"皆有为为之,非徒尔耳",⑥盖皆言之有物,缘事而发,非后世"以浮声切响相镇,以雕章缛采相矜"者可比拟,对于视"切用"为衡量文学作品优劣之重要标准的宋祁来讲,这无疑是最高的褒奖。而在辞赋创作方面,宋氏兄弟亦颇有建树,王铚即认为北宋律赋主题由"山川草木、人情物态"转为"礼乐刑政、典章文物,发为朝廷气象",很大程度上要归功于宋庠、宋祁之"雄才奥学"。⑦ 与此相对应,在宋祁表文所使用的古语中,亦以源自《诗经》及《文选》所收两汉辞赋者占比最高,而与搬挪全语相比,宋祁

---

① 宋祁:《座主侍郎书》,《景文集》五〇,见王云五主编:《丛书集成初编》,第1879册,第646页。

② 宋祁:《登科记序》,《景文集》卷四五,见王云五主编:《丛书集成初编》,第1878册,第566页。

③ 宋祁:《石少师行状》,《景文集》卷六一,见王云五主编:《丛书集成初编》,第1881册,第829页。

④ 陈振孙:《直斋书录解题》卷四,上海:上海古籍出版社,1987年点校本,第103页。欧阳修以"宵寐匪祯,札闼洪休"八字为例对其修史求异之"陋习"进行规劝,亦属人所共知之事。而王得臣则将宋祁为文"言艰思苦"归因于其少年读书时"最好《大诰》"。见王得臣:《麈史》卷中,第53页。

⑤ 宋祁:《景文集》卷三六,见王云五主编:《丛书集成初编》,第1877册,第454页。

⑥ 宋祁:《座主侍郎书》,《景文集》五〇,见王云五主编:《丛书集成初编》,第1879册,第646页。

⑦ 王铚:《四六话序》,见王水照编:《历代文话》,第1册,第5页。

之摘引、暗用,显得尤为巧妙。如《代谢衣襫表》之"被躬且吉",①源自《秦风·无衣》"安且吉兮",而与"被躬"相合,展现了士卒身着赐衣后的场面。后文之"念官师所以卒岁,恐天下有受其寒",则是以"卒岁"一词令人联想到《豳风·七月》"无衣无褐,何以卒岁"的著名诗句,扣合表文主题。在表文最后,宋祁以"振裾交抃,联襟相趋"二语生动刻画将士获赐衣袍后欣喜激动之情状,"振裾""联襟"皆出自潘岳《籍田赋》,作者专以其字面之意突出君主赐衣之举深得军心,运思别致,自然合节。吕祖谦、贺复徵、彭元瑞等人皆将此文采入其选本当中,更足以体现其较高的艺术价值。

宋祁善用诗赋古语入文,这也使他的四六章表在烘托恢弘繁丽之场景,称美盛德之形容方面有着他人所不及的优势。宋祁一生仕途之跌宕沉浮,多与其兄之升迁贬谪有直接的联系,其于庆历元年(1041)奉敕出知寿州,即是受宋庠罢相之事的牵连。该年十一月,仁宗"祀天地于圜丘",大赦天下,加恩百官,宋祁虽无法亲临现场,但其所作《贺南郊礼毕表》,充分发挥昆体四六之所长,灵活运用诗赋成词,全面而生动地将祭典的相关内容予以详细描摹,堪称同类作品之典范。其开篇首先以"不烦不怼,由列圣而持循;以妥以虔,合诸神而衎对"一联,②说明君主对祭祀之典颇为重视,不敢有丝毫怠慢。"不烦不怼"由《礼记·祭义》开篇原句提炼而来,而后联之"以妥以虔",本之于《小雅·楚茨》之"以妥以侑",而改"侑"为"虔",更能够体现主祭者恭敬真诚的态度,"持循""衎对"亦分别出自《汉书》《诗经》,全联运用古语而妥贴自然。其后宋祁又以"曳云罕之常羊,服翠虬之半汉"形容祭祀仪仗之规整雄壮,"云罕""半汉"于两汉辞赋中数见,"常羊"为汉代《郊祀歌》之语,③"翠虬"则出自扬雄之《解难》。④ 此联以诗赋中语缀合而成,古意盎然,很容易令人联想到萧纲《大法颂》"云罕乘空,勾陈翼驾;超光蹑景,日被天回。金盖玉举,豹服鼍鼓,卡骊沃若,天马半汉"数句。⑤ 在写到祭祀场面时,"上璧左琮之华,合祛而信祝;祖蓝宗题之次,更侑而迭尝"一联皆为宋

---

① 宋祁:《景文集》卷四一,见王云五主编:《丛书集成初编》,第 1878 册,第 510 页。
② 宋祁:《景文集》卷三六,见王云五主编:《丛书集成初编》,第 1877 册,第 458 页。按,《宋文鉴》卷六四亦收此表,而将表头"臣祁言:今月日,马递到敕书一道,以南郊礼毕,大赦天下。臣当时集本州岛官吏军民宣读,并下管内诸县寨施行讫者"数句删去,题为《贺南郊大赦表》。本文则仍依《景文集》所题。
③ 《汉书》卷二二《礼乐志》,第 1061 页。
④ 《汉书》卷八七下《扬雄传下》,第 3577 页。
⑤ 严可均:《全梁文》卷一三,见严可均校辑:《全上古三代秦汉三国六朝文》,第 6045 页。

祁自创之语，而能将郊祭之次第规谨、典重庄严完全表现出来，衡之以六朝骈俪亦无愧色。在结束对祭祀仪式的描述后，宋祁亦不忘称颂君主大赦天下的恩德："咸与惟新，牖民夷而迁善；聿怀多福，导帝祉以绵区"，用《尚书》与《诗经》成句充分展现出帝王仁爱之心与赦免罪辜的本意。全篇辞句古雅，可称北宋同类表文之翘楚。

值得一提的是，宋祁在编修《新唐书》的过程中，对于骈体应用的价值与地位产生了一定程度的"怀疑"，认为"属对、平侧、用事"之文仅可"供公家一时宣读施行"，但"久之不可施于史传"，而唯有"舍对偶之文，近高古乃可著于篇"。① 这种看法虽然表面上是出于对史笔记事与应用文字之风格差异的认识，以及所谓论著、应用二体之分的自觉，②但对于崇尚六朝文风，且长于四六骈俪的宋祁而言，则更是意味着对自身文学道路的深刻反思与审视。宋祁自述其早年习文"模写有名士文章"，"年过五十，被诏作《唐书》，精思十余年，尽见前世诸书，乃悟文章之难也"，"因取五十已前所为文，赧然汗下，知未尝得作者藩篱，而所效皆糟粕刍狗矣"。③ "悔其少作"是古往今来许多艺术名家所共同经历的"阵痛"，而宋祁"痛楚"的根源，与其对韩柳之文的接受有很大关系。虽然出于或公或私的原因，宋祁对彼时诗文复古革新的态度略显冷漠，但与杨亿始终"不喜韩柳文"不同，他在为韩、柳作传时，特将二人的代表作品如《进学解》《潮州刺史谢上表》《贞符》《惩咎赋》等文加以收录，以示重之。钱钟书更指出其《对太学诸生文》"全仿《进学解》，不上法《文选》之《解嘲》《宾戏》，而甘作重俉，舍《选》学唐，的然可据"，以证明宋祁对韩柳古文的接受。④ 而宋祁虽然不能因此认定宋祁晚年之文全然抹去了《文选》的痕迹，其称赏韩愈"唯陈言之务去"的写作主张亦并不代表他放弃了一贯秉持的昆体艺术理念而投身于古文家的"怀抱"，⑤但其晚年四六章表之风格，确与"少作"有着明显的差别。

试观其于庆历八年（1048）为宰相章得象所草《代陈州章相公乞致仕第一表》，开篇"器有所极，强之者必颠；志有所安，违之者将败。是故志士不

---

① 宋祁：《宋景文公笔记》卷上，见王云五主编：《丛书集成初编》，第280册，第5页。
② 宋祁于《答许判官书》中有云："近文一编，研览数日，足下以韩氏为归，善矣，退之介孟而追孔者也。凡文章于论著应用有二体，所谓论著者，必贯穿质正，分明是非，拾前人所遗以瘉后觉，非如应用一时窃取古人语句苟而成也。"见王正德：《余师录》卷一，王云五主编：《丛书集成初编》，第2616册，第8页。
③ 宋祁：《宋景文公笔记》卷上，见王云五主编：《丛书集成初编》，第280册，第4页。
④ 钱钟书：《谈艺录》，第631页。
⑤ 宋祁：《宋景文公笔记》卷上，见王云五主编：《丛书集成初编》，第280册，第5页。

穷量以邀受,仁君无咈愿以责功"数句,①直接点明主旨,毫无拖沓。而后"抑又闻当退而进者悔必及,宜黜而用者伤必多。高位乃身殃之媒,厚禄为众怨之舍"数句,全无骈体雕镂之气,更似出于古文。宋祁表文风格的变化与其仕途经历的波折,以及官职事务的转换亦有着一定的联系。自皇祐三年(1051)差知亳州起,宋祁的主要工作即由撰写翰苑辞章变为处理边关防务,其心理上的落差可想而知。仁宗于皇祐五年(1053)八月"诏南郊以太祖、太宗、真宗并配",同年十一月"祀天地于圜丘,大赦",②时宋祁在定州任上,亦作表称贺。此表极大地降低了古语的使用频率,自"前会诸儒"至"卓冠彝伦"数句,③皆是以简单的词句叙述仁宗举行祭祀的缘由,唯在正面描写祭祀场景时,其"三后居左,自外止则匹行;两仪位中,由天明则地察"一联,引用《公羊传》及《孝经》之文句,将主君并祀天地、先祖所体现出的"天人合一"的观念予以准确概括,可称妙笔,但并未过多铺陈仪式场面的盛大庄严,与其十余年前的同类之作相比,略显索然寡淡。而该表结尾之联句"惟军旅而未之学,久尘摄帅之行;知鬼神之所以然,方隔受厘之问","军旅未学"之语在其晚年所上表章中常可得见,可谓宋祁内心矛盾的真实写照,而此表所体现出的叙事性加强与修饰性减弱的特点,则成为宋祁晚年四六章表与"少作"之间的最大区别。

  宋祁于至和二年(1055)因进《御戎论》七篇加授端明殿学士,其所上谢表,可谓其晚年表文"变体"之代表作。④ 该表开篇由"才弗振俗"至"臣实代居",叙述定州之战略地位与夏竦、韩琦等前任之业绩,全用散语,一无对仗。而后"所习者艺文,未晓者军旅。用非所习,虽勤而弗效;责于未晓,故技有必穷",再次提到官非其任的问题,虽用联句而词意浅明。宋祁对于仁宗加官之命感恩戴德:"若循礼叠请,则恐涉不诚;或固节还恩,又似规早罢",但其内心的真实想法,依然是希望能够在迟暮之年尽快结束军旅生涯,回归故里,正如其于诗中所云:"儒帅非真帅,瓜时定几时,丹心虽许壮,白发不藏身"。⑤ 借此谢恩之机,宋祁便将其数年边关生涯所见所遇之问题与弊端

---

① 宋祁:《景文集》卷四一,见王云五主编:《丛书集成初编》,第1878册,第518页。
② 《宋史》卷一二《仁宗本纪》,第235页。
③ 宋祁:《定州贺南郊礼毕表》,《景文集》卷三六,见王云五主编:《丛书集成初编》,第1877册,第459页。
④ 宋祁:《谢加端明表》,见吕祖谦编:《宋文鉴》卷六五,第956-957页。
⑤ 宋祁:《到官三岁四首》(其三),《景文集》卷八,见王云五主编:《丛书集成初编》,第1873册,第88页。

毫不避讳地予以指摘："有司特用苛法相挺,守臣类以生事为解。封侯畏怯,不敢摇手;仓库虚乏,正可寒心。建明累上而朝省未从,姑息小亏则谤器立至",针砭时弊,言之凿凿。而鉴于"得人失人,系今日轻重;知己知彼,为天下安危",且自身衰晏蠢冥,无力改变现有局面,故希望君主能够"审择豪俊,俾临统于方隅"。此文最大限度地降低了铺陈修饰的内容,而复归于章表"对扬王庭,昭明心曲"的基本功能,除"得人失人"一联用古语突出中心观点之外,其余文句皆为议论陈述,在整体风貌上与昆体四六差异明显,与其早年作品相比,似非一人所撰。

虽然不能排除施用场合、上表目的,包括年龄、心态等客观因素对宋祁表文风格转变所产生的影响,但修编《新唐书》过程中对骈偶文字之价值及自身"文学道路"等问题的重新审视,仍当是促成其"晚年变法"最为根本的原因。既无法舍弃日常必需的对偶之文,又深知此类作品不可传之后世,宋祁主观上无意继续以经典辞句装饰应用公文,而仅求叙事达意清晰准确足矣。作为北宋后昆体四六名家,虽然身处诗文革新的浪潮之中,但宋祁一生所撰骈体章表,大多"谨守四字六字律令",而其晚年文风的转变,也在某种程度上昭示着北宋四六文又一次重大变革的来临。①

杨亿、刘筠等昆体作家"引古入骈"的初衷,原旨在以雅致的古语成句改变五代以来刻露浅薄、卑弱芜靡的文风,这一做法在当时引起了很大的反响,一时之间应者云集。但随着部分效仿者"刻词镂意""专事藻饰",以雕章丽句相尚,逐渐扭曲了昆体四六之原初样态,致使诸如穆修、尹洙、石介等古文家以颇为激烈的言辞对其展开"口诛笔伐",并再次标举韩、柳古文以拯时文之弊。而范仲淹、欧阳修等人则以更为简明清晰、流畅易晓的文辞,替代昆体四六之古词奥句,进一步提高了四六章表叙事陈情的基本功能,以自身的创作实践为北宋表文的转型指明了方向。

3.2 北宋中期表文的骈散互融

北宋文人欲对昆体文风加以扭转,并最终达成这一目的,实经历了一个较为漫长曲折的探索过程。仁宗于天圣七年(1029)、明道二年接连下诏申戒浮华,提倡散文,这无疑限制了昆体的进一步发展,但文风变革显然不存

---

① 事实上,不仅是四六应用,宋祁在诗歌领域同样扮演了一个由昆体向梅、欧诸家诗风过渡的角色。相关论述可参见曾祥波:《从唐音到宋调——以北宋前期诗歌为中心》,第195页。

在"朝令夕改"的可能,且在实践过程中,往往伴随着波折与反复。彼时"号称古文"的作品,"求深者或至于迂,务奇者怪僻而不可读",①与"古其理,高其意,随言短长,应变作制,同古人之行事"的标准相距甚远,而最为人所诟病者,当属"太学体"之文。据张方平所言,景祐元年(1034)即有"以变体擢高第者","后进传效,因是以习",而"至太学之建,直讲石介课诸生试所业,因其所好尚,而遂成风。以怪诞诋讪为高,以流荡琐烦为赡,逾越规矩,或误后学"。② 这种风气在"倾向于重视古文的庆历四年(1044)才发展成型","到了庆历六年(1046)成为不可忽视的势力",③直至嘉祐年间欧阳修知贡举时仍未见衰歇,如刘几"天地轧,万物茁,圣人发",萧稷"主上收精藏明于冕旒之下",④以及"狼子豹孙,林林逐逐","周公伻图,禹操畚锸,傅说负版筑,来筑太平之基"等语,⑤即为后人熟知的"太学体"作品之"名段"。实际上,这些文句大多源自对前人名篇的仿效与古语成句的提炼:刘几之论的独特句式,袭自杜牧《阿房宫赋》"六王毕,四海一。蜀山兀,阿房出",及陆修《长城赋》"千城绝,长城别。秦民竭,秦君灭"。⑥ 寻其文意,亦不过"阴阳之交相摩轧"以"成造化之功",⑦并非艰深僻奥之辞。⑧ 而"狼子豹孙"乃李商隐形容元结文章"疾劲刚健"特征之语,⑨"周公伻图"数句,亦分别是由《尚

---

① 苏轼:《谢欧阳内翰书》,《苏轼文集》卷四九,北京:中华书局,1986年点校本,第1423页。
② 张方平:《贡院请诫励天下举人文章》,《乐全先生文集》卷二〇,《宋集珍本丛刊》第5册,第482页上。朱刚曾提出张方平所批判的"太学新体",与嘉祐之"太学体"或并不存在前后相承的延续关系,二者的特征亦并不一致,这一点非常值得肯定,但张氏所描述的"怪诞流荡"之文,与欧阳修知贡举时所见者确颇为近似,当可视为"太学体"在正式得名之前的"雏形"。因此,"太学新体"虽并不能同"太学体"直接对应,但与刘几之"太学体"文相近的作品,于庆历年间,甚至更早的时期即已出现,并非全无可能。朱刚:《"太学体"及其周边诸问题》,《文学遗产》2007年第5期,第44-55页。
③ 东英寿:《复古与创新——欧阳修散文与古文复兴》,王振宇译,上海:上海古籍出版社,2005年,第138页。
④ 沈括:《梦溪笔谈》卷九,北京:中华书局,2015年点校本,第88页。
⑤ 欧阳发:《先公事迹》,见《欧阳修全集》附录卷二,北京:中华书局,2001年点校本,第2636-2637页。
⑥ 金武祥:《粟香三笔》卷四,南京:凤凰出版社,2017年,第554页。值得一提的是,李刘《回史秘校公诲献策启》有"遐想六王毕之作,必无万物茁之疑"一联,即以二家之文为对,亦颇有"致敬"之意。
⑦ 程颐:《易说》,见《周易程氏传》附录,第362页。
⑧ 庞俊于《养晴室笔记》之"欧公生平谤议"条目下,指出刘机此语"亦是晚唐人下字之法",欧公加以弃黜,"则所谓矫枉过直"。为刘机"鸣冤"的同时,亦指出其句法之渊源,实具卓识。见庞俊:《养晴室遗集》卷一三,成都:巴蜀书社,2013年,第696页。
⑨ 李商隐:《容州经略使元结文集后序》,李商隐著,刘学锴、余恕诚校注:《李商隐文编年校注》,第2256页。

书》《淮南子》等秦汉典籍的记载而来。① "太学体"虽与骈文关系不大,但仅就上引文句的创作手法来看,与昆体作家引用古语成句并无实质上的区别,只是辞句更为冷涩,节奏更为零散,所谓"磔裂怪僻",正指此而言。这种文体的产生,原当是部分太学生试图另辟蹊径,以形式上的距离感同社会上所流行的昆体文风"决裂",而又未能完全摆脱昆体的影响,他们选择"以散句运古语",追求新奇自由,但缺乏昆体作家熔裁锻炼之技巧,故无法避免生硬造作之病。沈德潜将"太学体"等同于昆体无疑是一种误解,但仅以古文与骈文的体式差别而完全割裂"太学体"与昆体之间的联系,同样并不可取,昆体之"引古入文"与模拟前贤等创作手法,显然为"太学体"所继承。因而,与其说"太学体"是一种古文运动中的不良倾向,不如将其视为昆体与古文相碰撞而诞生的"畸形"产物,或更为合理。

就现有材料来看,"太学体"的影响范围,主要集中于应试之赋、论、策等文类,而并未涉及表启。② 孙复、石介二人因对北宋太学之兴盛起到一定的推动作用,且从学者甚众,在士子心中威望颇高,故往往被视为"太学体"风气盛行的"罪魁祸首"。姑不论他们的古文作品是否生怪险涩,仅就其现存为数不多的启文而言,实难在根本上动摇昆体文风于四六应用领域的统治地位。③ 而真正能够在创作层面与杨、刘、夏、宋等昆体、后昆体名家相抗衡,并将古文之气脉融入应用文中者,仍当推范仲淹、欧阳修等四六名家。范、欧早年皆受到昆体作家的提携,其青年时期所作章表书启仍然延续了昆体四六的一般写法,但他们皆致力于兴复古道,改革文体,范文正在章表当中以散句叙事议论,陈述政见;欧阳永叔则继承了韩愈骈散相融的表文写法,并通过浅显易懂的文词,使四六表文可以像古文一样陈情达意、抒发心

---

① 《尚书正义》卷一五,见阮元校刻:《十三经注疏》(清嘉庆刊本),第 455 页。"禹操畚锸"见于《淮南子·要略》:"禹之时,天下大水。禹身执畚锸,以为民先。"见《太平御览》卷八二,北京:中华书局,1960 年影印本,第 382 页下。

② 如张兴武所言:"'太学体'乃是指当时流行于学校及科场之间的一种应试文风,其实用价值综合体现在'赋''论''策'三种文体当中,所谓'僻涩''怪诞'的语言艺术特征,也主要是针对'赋'、'论'试卷而言。"见张兴武:《宋初百年文学复兴的历程》,第 239 页。

③ 《播芳大全》卷四六有题为孙复所撰之《上郑宣抚启》,而文末"幸托云天之庇,敢辞关柝之卑,恪修春蚓之书,仰渎右貂之重"数句,与孙复之仕履并不相合,且全文之语气姿态,亦与孙氏饱学鸿儒的形象相距甚远。由"履正奉公,廓变西南之俗;轻徭薄赋,惠康参井之墟"一联,知郑宣抚当于四川任官,故该文或为北宋末年受郑刚中提携之人所撰之谢启,而非孙复之文。另,《播芳大全》卷一一、一二、一四、一六所收五篇题为石介所作的四六启文,亦与《徂徕集》中诸启风格迥异,当非出于石氏之手。

曲。相比于宋初古文家之"以古改骈",他们的"改革方案"显得更为全面彻底。除此之外,韩琦、富弼、司马光等北宋中期重臣亦同样以类似的方法撰作表文,进一步推动了四六章表由讲求"古语切对"向强调"指事造实"转移,使北宋四六文的整体风貌再次发生变化。

3.2.1 范仲淹之"以奏疏为章表"

与政治史、思想史上的声名显赫相比,文学史上的范仲淹多少显得有些"寂寂无闻"。在涉及范仲淹文学相关问题的先行研究中,对其律赋、散文与诗歌的关注,更是占据了研究成果的绝大部分,而鲜有学者针对其四六文进行探讨。由昆体四六讲究使用"古语切对",转向以运散成骈为主要手法,注重叙事陈情、昭明心曲,是仁宗朝乃至北宋四六文发展过程中一个极为重要的阶段,研究者普遍将这一转型的实现归功于欧阳修一人,却忽视了其他作家为此所付出的努力,特别是像范仲淹一样在欧阳修之前就已经开始尝试改变四六文写作方法的有识之士。[①]

范仲淹精于四六应用,在其青年时期即有所体现。天禧元年(1017)文正自广德军司理参军转任谯郡从事,由于其早年以朱姓及第,而此时则奉母之命转复原宗,故上《谢复本姓启》说明前后经过。[②] 虽然该启原文已佚,但其中"志在投秦,入境遂称于张禄;名非伯越,乘舟偶效于陶朱"一联,则多为后世所称赏。该联使用范雎化名得以逃魏奔秦,以及范蠡经商致富而自号陶朱公两个历史上广为人知的与易名相关之典故,可谓精巧而妥当。虽是袭用郑准《乞归姓表》中的成句,然亦足见范仲淹读书之广与运思之妙。[③]

范仲淹对四六创作技法,特别是成句运用的熟练掌握,很大程度上得益于其对律赋之深入钻研。李调元以田锡、王禹偁、文彦博、范仲淹、欧阳修五人为北宋律赋之代表性作家,并称文正之作"游行自得",卓然不群。[④] 范仲淹今存律赋近四十首,其中以《自诚而明谓之性赋》《金在镕赋》等篇最为后

---

① 需要说明的是,虽然范仲淹的生卒年与进士及第年份皆早于胡宿、宋祁等后昆体作家,但其表文作品概以骈散互融为主要写法,与胡、宋之章表风格迥异,而更为接近欧阳修等"以文体为四六"者,故为完整呈现北宋中期表文风格的流变过程,本文仍将其列入此节当中。

② 该文在宋人笔记中或记为"表",或称为"启",莫衷一是。在没有明确证据的情况下,本文则依现可见最早记录该文之孔平仲《孔氏谈苑》以"启"称之。

③ 除此之外,后蜀范禹偁随母改姓张而入丹景山苦读,终得于洛阳进士及第,后入蜀任官,上书状以复原姓,其中有句云:"昔年上第,误标张禄之名;今日故园,复作范雎之裔",亦用范雎易名之典。

④ 李调元:《赋话》卷五,见王云五主编:《丛书集成初编》,第2622册,第37页。

人称道,他对经典成句的采择与熔炼,为这些作品增色不少。如《自诚而明谓之性赋》开篇"诚"韵有联承题曰:"生而神灵,实降五行之秀;发于事业,克宣三代之英",①即以《大戴礼记》与《坤卦》"六五"爻之《文言》成句为对。其后"为"韵称颂文王、周公之才德云:"文王之德之纯,既由天笃;周公之才之美,亦自生知",用《周颂·维天之命》诗句与《论语·泰伯》孔子之言为对,不施斧斤而浑然天成,张说《宋公遗爱碑颂》与欧阳修《鲁秉周礼所以本赋》虽皆有与此相近之句,但都不及文正此联之妥切精当。②另如《金在镕赋》以明君谕冶,以贤士为金,金不可藏,必待冶而成器,故"铸"韵之联句云:"动而愈出,既踊跃以求伸;用之则行,必周流而可铸",③分别使用《老子》与《论语·述而》原句。其后"成"韵又引申题意曰:"流形而不盈不缩,出乎其类;尚象而无小无大,动则有成",该联更是以《东京赋》《孟子·公孙丑上》《鲁颂·泮水》及《左传·桓公六年》的原句联缀而成,充分体现出范仲淹运用成句的灵活与熟练。

但技法的纯熟,并不意味着范仲淹沉溺于"抽黄对白"之中而无法自拔,他对于律赋的艺术风格与社会价值,亦有着颇具深度的理解与认识。文正于天圣五年(1027)应晏殊之邀任南京应天府学教席,为指导学子应举而编成《赋林衡鉴》一书。在该书序文中,范仲淹将律赋的功能定义为"或祖述王道,或褒赞国风,或研究物情,或规诫人事,焕然可警,锵乎在闻"。④ 简而言之,律赋虽多为临场应试之作,但亦必须要体现出对现实国政的关怀与思考,而不能仅仅停留在展示文思才情的"肤浅"层面。今存范仲淹的律赋作品,或多为其向学生出题而"先自为之","使学者准以为法"的范文,其中确常可见如《任官唯贤才赋》"度其才而后用,授其政而必当。上以见知人之道,下以见称职之方",⑤《乾为金赋》"乾之运矣,盖造物而罔愆;金之铸焉,亦制器而不爽"等"规诫人事""研究物情"的内容。⑥ 由于范仲淹在教学工作中认真负责、声名远播,以致"四方从学者辐凑,其后宋人以文学有声名于场屋朝廷者,多其所教也",⑦这无疑对其后宋代律赋朝着以议政说理为主

---

① 范仲淹:《范文正公文集》卷一,范能濬编《范仲淹全集》,南京:凤凰出版社,2004年,第18-19页。
② 李调元:《赋话》卷五,见王云五主编:《丛书集成初编》,第2622册,第39页。
③ 范仲淹:《范文正公文集》卷一,《范仲淹全集》,第20页。
④ 范仲淹:《〈赋林衡鉴〉序》,《范文正公别集》卷四,《范仲淹全集》,第453页。
⑤ 范仲淹:《范文正公别集》卷二,《范仲淹全集》,第429页。
⑥ 范仲淹:《范文正公别集》卷二,《范仲淹全集》,第435页。
⑦ 司马光:《涑水记闻》卷十,第182页。

要内容转变,起到了非常明显的引领作用。

与此相似,范仲淹所撰写的四六表章,亦是以陈情谕上、规诫劝谏为主体内容。他对时文之浮靡颇为不满,在天圣三年所进《奏上时务书》中,他明确建议朝廷"可敦谕词臣,兴复古道,更延博雅之士,布于台阁,以救斯文之薄,而厚其风化也"。① 这不仅是他对当朝文士所寄予的殷切期望,亦是其个人文学创作长期践履的最高标准。

明道二年,范仲淹代其忘年之交胡则作《代胡侍郎乞朝见表》,该文历叙胡氏深受国恩,历职清要,年老求退等内容,虽未改四字六字之骈体表章基本格式,但已完全不同于后昆体作家"草必王孙""梅必驿使"的写作习惯,在叙事过程中并不追求辞藻的典致修饰,亦不用典故加以类比,而仅是将欲陈之事、欲抒之情娓娓道来,与宋初古文家之章表更为近似:

> 祗膺宠命,伏积震兢。臣某中谢。窃以宁海巨邦,生聚十万,牧守之重,岂臣克堪。矧为昼绣之行,再领宵衣之寄,始终极幸,进退甚荣。臣方理轻装,即趋便道,敢有再三之渎,庶倾万一之诚。窃念臣才不逮人,遭逢有素,束带从事,四十余年。荷三朝之奖知,历二省之清要,职参仙殿,位亚秋卿。禄赏被于子孙,名级显于中外。报国无状,杀身何成。今复还父母之乡邦,逼桑榆之晷刻,解冠告老,决在此行。久事朝廷,乍越江海,无复瞻望咫尺,对扬清光。虽小人之心,固多怀土;而疲马之志,宁莫恋轩。臣欲于京城就两浙舟船,载家赴任。伏望圣慈暂许臣入谢云天,少叙平生之感;退归乡里,永为万足之心。赖君父之推恩,庶人臣之毕愿。②

作者在文中以"虽小人之心,固多怀土;而疲马之志,宁莫恋轩"一联表达胡氏乞求朝见之意图,该联前半承用《论语·里仁》"君子怀德,小人怀土"之语,③后半则用鲍照《代东武吟》"疲马恋君轩"之句,④虽皆有所本,但文正并非如律赋中那样直接转引,而是以连接词、语气词等加以疏通,使得这些经典成句能够非常自然地融入作品中,与自撰文句几无差别,此非行家里手,实难为之。同年末,范仲淹因率众臣请谏仁宗废郭后一事被外放睦州,而其于次年到任后所作之《睦州谢上表》,则更是将骈、散二体融为一炉:

---

① 范仲淹:《范文正公文集》卷九,《范仲淹全集》,第173页。
② 范仲淹:《范文正公文集》卷一六,《范仲淹全集》,第339页。
③ 《论语注疏》卷四,见阮元校刻:《十三经注疏》(清嘉庆刊本),第5367页。
④ 鲍照著,丁福林、丛玲玲校注:《鲍照集校注》卷三,第122页。

献言罪大,辄劾命于鸿毛;宥过恩宽,迥回光于白日。事君无远,为郡其荣。恭唯皇帝陛下,天德清明,海度渊默。抚群龙以宅吉,念六马而怀惊。临轩以来,侧席不暇。思启心沃心之道,奖危言危行之臣。万寓咸欢,九门无壅。臣腐儒多昧,立诚本孤。谓古人之道可行,谓明主之恩必报。而况眷胯圣选,擢预谏司。时招折足之忧,介立犯颜之地。当念补过,岂堪循默。

昨闻中宫摇动,外议喧腾。以禁庭德教之尊,非小故可废;以宗庙祭祀之主,非大过不移。初传入道之言,则臣遽上封章,乞寝诞告;次闻降妃之说,则臣相率伏合,冀回上心。议方变更,言亦翻覆。臣非不知逆龙鳞者,摄虀粉之患;忤天威者,负雷霆之诛。理或当言,死无所避。盖以前古废后之朝,未尝致福。汉武帝以巫蛊事起,遽废陈后,宫中杀戮三百余人,后及巫蛊之灾,延及储贰。至宣帝时,有霍光妻者,杀许后而立其女,霍氏之衅,遽为赤族。又成帝废许后咒诅之罪,乃立飞燕姊妹,妒甚于前,六宫嗣息,尽为屠害。至哀帝时理之,即皆自杀。西汉之祚,由此倾微。魏文帝宠立郭妃,谮杀甄后,被发塞口而葬,终有反报之殃。后周以房庭不典,累后为尼,危辱之朝,不复可法。唐高宗以王皇后无子而废,武昭仪有子而立,既而摧毁宗庙,成窃号之妖。是皆宠衰则易摇,宠深则易立,后来之祸,一一不善。臣虑及几微,词乃切直。乞存皇后位号,安于别宫,暂绝朝请;选有年德夫人数员,朝夕劝导,左右辅翼,俟其迁悔,复于宫闱。杜中外觊望之心,全圣明始终之德。

且黔首亿万,戴陛下如天;皇族千百,倚陛下如山。莫不虽休勿休,日慎一日,外采纳于五谏,内弥缝于万机。而况有犯无隐,人臣之常;面折庭诤,国朝之盛。有阙即补,何用不臧。然后上下同心,致君亲如尧舜;中外有道,跻民俗于羲皇。将安可久之基,必杜未然之衅。上方虚受,下敢曲从。既竭一心,岂逃三黜。伏蒙陛下,皇明委照,洪覆兼包,赎以严诛,授以优寄。郡部虽小,风土未殊。静临水木之华,燕处江湖之上。但以肺疾绵久,药术鲜功,喘息奔冲,精意牢落。唯赖高明之鉴,不投遐远之方,抱疾于兹,为医尚可苟天命之勿陨,实圣造之无穷。乐道忘忧,雅对江山之助;含忠履洁,敢移金石之心。①

---

① 范仲淹:《范文正公文集》卷一六,《范仲淹全集》,第340-341页。

范仲淹上表的主要目的,显然是本着"重父必重母,正邦先正家"的道理,将自己未能向仁宗当面陈述的废后之事断不可轻易施行的理由达于上听。文正于文章开篇即以"古人之道可行""明主之恩必报"二句表明冒死进谏、百折不回的态坚定度。其后"以禁庭德教之尊,非小故可废;以宗庙祭祀之主,非大过不移"一联,申明其对废后一事坚决反对。此联虽是隔句对,但实乃运散成骈,近似奏章中语,而非寻常可见的四六联对。在提出自己的观点后,文正再次表明扭转圣意的决心:"臣非不知逆龙鳞者,掇薤粉之患;忤天威者,负雷霆之诛。理或当言,死无所避"。"龙鳞""薤粉"出自《庄子·列御寇》中"骊龙颔珠"的著名典故,而其以散语长联直抒胸臆,极大地增强了文章气势,将其铮铮铁骨与拳拳之心表露无遗。为了佐证自己的观点,他即一一列举汉武帝、宣帝、成帝、魏文帝、唐高宗等数位前代帝王因废后而致国祚倾颓的例子,依常理而言,这正应是四六表章以精妙联句展示文采之处,但文正非仅不用四六,且不求对仗,而全以散句铺叙,与上奏论事无异。他为了将这些历朝旧事的前因后果表述清楚,望仁宗能够以此为鉴,避免重蹈覆辙,故而选择更有利于叙事说理的散文形式。这种仅为满足表达需要,而不受文体格式限制的作法,在当时昆体风气犹未衰歇的情况下,无疑需要一定的勇气。文正于该表后半部分着力阐明自己的一片忠心,其"有犯无隐,人臣之常;面折庭诤,国朝之盛;有补即阙,何用不臧"数句,分别使用《礼记·檀弓上》《史记·吕太后本纪》与《大雅·烝民》中与忠臣职责相关的原文,并且以"鼎足对"的排比方式呈现出来,其语气之坚定,态度之决绝由此可见。在表文结尾,文正依惯例仍要对出知外州的安排表达谢恩之意:"乐道忘忧,雅对江山之助;含忠履洁,敢移金石之心",该联与《金在镕赋》"流形而不盈不缩"一联类似,前后四分句皆为前代经典原文:"乐道忘忧"语本《论语·述而》之"乐以忘忧",①"江山之助"为刘勰分析屈原艺术成就与自然地理环境之关系的语句,②"含忠履洁"是萧统对屈子高尚品格的肯定,③而"金石之心"则为光武帝对王常忠心耿耿辅翼汉室的高度称赞。④ 文正将经、史、集三部原典汇聚一处而妙合无间,顺畅自然,且暗以屈子自比,蕴满腔热忱与不平于此联当中,令人印象深刻。结合其到任睦州前后所作《赴桐庐郡淮上遇风三首》(其一)"圣宋非强楚,清淮异汨罗。平生仗忠信,

---

① 《论语注疏》卷七,见阮元校刻:《十三经注疏》(清嘉庆刊本),第 5392 页。
② 刘勰撰,黄叔琳注,纪昀评:《文心雕龙辑注》卷十《物色》,第 402 页。
③ 萧统:《文选序》,《文选》卷首,第 1 页下。
④ 《后汉书》卷一五《李王邓来列传》,第 581 页。

尽室任风波",①及《出守桐庐道中十绝》(其十)"风尘日已远,郡枕子陵溪。始见神龟乐,优优尾在泥"等诗句观之,②此联确可谓其内心感受的真实写照。综观全表,范仲淹一方面承续了王禹偁依表达需要而分别使用骈体、散句的表文写作方式;另一方面亦未抛弃昆体与后昆体作家善用成句、精于剪裁的修辞技巧,但他明显降低了三代两汉之古辞的使用频率,以更为浅显易懂的语汇取而代之,且在语典选择上并不求新求异,往往能令前人之语如出己口。这些改变,使得文正章表既保留了四六文固有的写作技巧,同时在整体风格上跨越昆体,而与宋初古文家之作相仿佛。

景祐三年(1036),范仲淹因反驳吕夷简"务名无实"的无端指责,而被其冠以"越职言事,荐引朋党,离间君臣"等罪状,被仁宗贬至饶州。后于宝元元年(1038)移知润州,其到任后依例所作之《润州谢上表》,则进一步将奏章之语融入四六表文当中:

> 幽远之诚,未尝闻达;高明之鉴,俄复照临。臣中谢。伏念臣起家孤平,蒙上奖拔,置于清近之列,授以浩穰之权。圣唯知人,臣则辱命。徒竭诚而报国,弗钳口以安身。言涉大臣,议当深典。可无退省,抑有所闻。汲黯汉之直臣,尝疏公孙之短;裴度唐之名相,亦陈元稹之非。斯实忠良,岂无谗毁。臣闻孔子曰:"天下有道,政不在大夫"。前代国家,或进退群臣,听决大事,若出于君上,则中外自无朋党,左右皆为腹心;若委于臣下,则威福集于私门,祸衅积于王室。故三桓兴而鲁弊,六卿作而晋分。往古兴亡,鲜莫由此,孔子之论,昭昭不诬。是以君道宜强,臣道宜弱。四渎虽大,不可受百川之归;五星虽明,不可代太阳之照。臣按大《易》之义,《坤》者柔顺之卦,臣之象也,而有履霜坚冰之防,以其阴不可长也;《丰》者光大之卦,君之象也,而有日中见斗之戒,以其明不可微也。臣考兹前训,虑于未萌。当危言危行之秋,有浸昌浸微之说。谓大臣久次,在进退而得宜;谓王者万机,必躬亲而无倦。总揽纲柄,博延俊髦。议治乱之本根,求祖宗之故事。政惨舒而自我,物荣悴而如天。人心不在于权门,时论尽归于公道。朝廷唯一,宗庙乃长。臣之所言,殊未尽意,重烦上听,再贬远方。削天阁之班资,夺神州之寄任。重江险恶,尽室颠危。人皆为之寒心,臣独安于苦

---

① 范仲淹:《范文正公文集》卷三,《范仲淹全集》,第82页。
② 范仲淹:《范文正公文集》卷三,《范仲淹全集》,第83页。

节。萧望之口陈灾异,盖无负于本朝;公子年身处江湖,徒不忘于魏阙。未知死所,敢望生还。伏蒙陛下九日垂光,八风回力,察臣有犬马之志,恕臣无尘露之劳,特出圣衷,稍迁便郡。茁如行苇,保于勿践之仁;鉴若鸣桐,脱彼在楚之患。敢不长怀霜洁,至劾葵倾。进则持坚正之方,冒雷霆而不变;退则守恬虚之趣,沦草泽以忘忧。上副圣知,下逃群责。①

文正此表依然延续了其直言忠谏的一贯风格,他对于吕夷简等重臣把持官员进退之权柄耿耿于怀,于表文开篇即以汲黯、裴度二人为例,说明"斯实忠良,岂无谗毁"的道理,为自己抨击恶象提供依据。其后即以"三段式"对句严肃指明政出私门的弊端:"若出于君上,则中外自无朋党,左右皆为腹心;若委于臣下,则威福集于私门,祸衅积于王室",劝诫仁宗政不可委于大夫,运散成骈,无复四六常态。值得一提的是,范仲淹精研《周易》,撰有《易义》《易兼三材赋》等作品,对北宋欧、苏等以义理论《易》者,有着一定的先导意义,而范仲淹在此表中亦将《易》理之说,融入表章写作之中,以《坤》为臣,本《文言》之说;而以《丰》为君,则是范仲淹自己的见解。② 文正此处以《坤卦·初六》及《丰卦·六二》之爻辞,说明王者当亲躬治政,使"人心不在于权门,时论尽归于公道",而不可听信近臣一面之辞便妄加决断,以免王道受损。其上下联各二十五字,将古文中的句式并排写出,令人印象深刻。实际上,使用长联可说是范仲淹文学作品中的一大特色。陈师道即指出其《岳阳楼记》"感极而悲""其喜洋洋"两段,"用对语说时景",而"世以为奇"。③ 后人对于此段写法之来源,或以为出自小说,或以为借自赋体,足见其跨越文体界限,打破彼此之间藩篱的创作方式,给人带来的耳目一新之感。其后"大臣久次""王者万几""心不在于权门,时论尽归于公道"等文句皆为规劝讽谏之言,文正此表名义上为出知外任的谢恩之作,但实以议政论道为主要内容,这也就决定了其作品之格式句法与奏疏文字多有近似,而与通常意义旨在谢恩颂圣的谢上表文有所不同。

随着时间的推移,范仲淹表章中的散行句式愈发增多,如果说以上两表尚且能以四六文视之的话,那么范仲淹在镇守边关时所进呈的多篇表文,则已完全打破了骈体表章的创作规式。范仲淹自康定元年(1040)在韩琦举荐

---

① 范仲淹:《范文正公文集》卷一六,《范仲淹全集》,第344-345页。
② 范仲淹:《易义》,《范文正公文集》卷七,《范仲淹全集》,第127页。
③ 陈师道:《后山诗话》,见何文焕辑:《历代诗话》,第310页。

下知永兴军,随即开始了其抗击西夏的军旅生涯。在这一过程中,其于庆历元年与西夏之间的外交往来,包括焚毁国书一事在朝中引起了极大的争论与非议,范仲淹也因此被贬官耀州。在所上《耀州谢上表》中,他将自己与西夏之间进退周旋的全部细节进行了完整的说明:

> 雷霆之威,足加死责;天地之造,曲致生全。臣中谢。窃念臣运偶文明,世专儒素。靡学孙吴之法,耻道桓文之事。国家以西陲骚动之际,起臣贬所,特加奖用。臣自知甚明,岂堪其任;但国家之急,不敢不行。自兼守延安,莫遑寝食。城寨未谨,兵马未精,日有事宜,处置不暇。而复虞内应之患,发于边城;或反间之言,行于中国。百忧具在,数月于兹。而方修完诸栅,训齐六将,相山川,利器械,为将来之大备。不幸昨者高延德来自贼庭,求通中国之好,其僭伪之称,即未削去。臣以朝廷方命入讨,岂以未顺之欤,送于阙下。此不可一也。或送于阙下,请朝廷处置,又恐答以诏旨,则降礼太甚;若屏而不答,则阻绝来意。此不可二也。兼虑诈为欤好,以殆诸路之兵,苟轻信而纳之,贼为得计。此不可三也。又宝元三年正月八日,曾有宣旨:今后贼界差人赍到文字,如依前僭伪,立便发遣出界,不得收接。臣所以却令高延德回去,仍谕与本人,须候礼意逊顺,方可闻于朝廷,亦已一面密奏。臣又别奉朝旨,依臣所奏,留鄜延一路,未加讨伐,容臣示以恩意,岁时之间,或可招纳。臣方令韩周等在边上探伺,彼或有进奉之意,即遣深入晓谕。适会高延德到来,坚请使介同行;况奉朝旨,许臣示以恩意,乃遣韩周等送高延德过界,以系其意。或未禀承,则于臣为耻,于朝廷无损。及韩周等回,且言初入界时,见迎接之人,叩头为贺。无何前行两程,便闻任福等有山外之败。去人沮气,无以为辞,贼乃益骄,势使然矣。其回来文字,臣始不敢开封,便欲进上。都钤辖张亢恳言曾有朝旨,若得外界章表,须先开视;及僭伪文字,应有辞涉悖慢者,并须随处焚毁,勿使腾布。臣相度事机,诚合如此。章表尚令先开,况是与臣文字,遂同张亢开封视之。见其挟山外事后辞颇骄易,亦有怨尤,与贺九言赍来文字,意度颇同,非戎狄之能言,皆汉家叛人所为枝叶之辞也。恐上黩圣聪,或传闻于外,为轻薄辈增饰而谈,有损无益。臣寻便焚毁,只存书后所求通好之言;及韩周等别有札到邀求数事,并已纳赴枢密院。今于泾原路取得宝元二年七月十四日圣旨札子一道,并如张亢之言。其所来文字,

果合焚毁,则臣前之措置,皆应得朝廷处分。唐相李德裕与将帅王宰书,为游奕将收得刘稹章表,悖慢无礼,不便毁除,令向后得贼中文字所在焚之,亦与今来意合。其札到数事,内一事如臣所谕,取单于可汗故事,欲称兀卒,以避中朝之号。此大事稍顺,余皆可与损益。傥朝廷欲雪边将之耻,当振皇威,大加讨伐,亦系朝廷熟议,必持重而缓图之。或朝廷欲息生民之弊,屈一介之使,重谕利害,苟能听服,亦天下之幸也。臣前所措置,于此二道并未有妨。然以臣之愚,处兹寄任,岂得无咎,何敢自欺?伏蒙皇帝陛下至仁广度,不欲彰臣子之恶,特因此量行薄责,斯天之造也,臣之幸也。臣敢不夙夜思省,进退惕厉。犬马有志,曾未施为;日月无私,尚兹临照。①

全文除首尾述缘起、谢圣恩之处尚有四六对句外,正文部分全为散句,纵置于奏疏之中,恐亦难以辨别。仁宗于庆历二年(1042)诏命范仲淹为邠州观察使,他三次上表推辞,并在各篇表文中将其不能接受恩命的原因毫无遗漏地一一奏明,与《耀州谢上表》的写法非常近似。盖戎马倥偬之间,本无暇寻章摘句,又兼所陈之事,并非三言两语即可表述清楚,更遑论以四六对仗之法加以修饰,故范仲淹选择以散行为主的写作方式,亦是出于现实所需。在新政失败后,范仲淹被贬出京,辗转于邠、邓、杭、青数州,现实处境与个人心态的变化,使得其表文的主要内容,由"按劾执异"复归于"谢恩陈情",在格式句法上,亦更为接近通行的四六章表。范仲淹晚年的表文已不复壮年时的锋芒锐气,多是追思忆往、铺陈心绪,在经历了"骈散混合"与"以散代骈"两个不同的创作阶段后,范仲淹最终放弃了其青年时期颇为擅长的精选成句、剪裁熔炼等技巧,转以平白简练的词句为主,虽然在结构上并未完全突破所谓的"四字六字律令",但其表文中时有散行句式穿插其间,整体节奏亦产生了一定的变化。

在四六表文中使用语典,是昆体作家推崇古风,欲"引古入骈"而采取的手段。为了尽可能完美地呈现理想的表达效果,就势必需要作者"上穷碧落下黄泉",努力寻求更为新颖的材料,尝试更加精巧的剪裁组合。但这种愈发精致细腻的写作方式,显然在一定程度上影响到了表文"昭明心曲"的基本表达功能。与之相比,宋初古文家之"以古改骈",特别是王禹偁以散句或简单对句陈述原委,用四六联句表达中心思想的安排,显然是一种兼顾文意

---

① 范仲淹:《范文正公文集》卷一六,《范仲淹全集》,第 347-349 页。

表达与艺术审美的"折中之道"。范仲淹在一定程度上继承了王禹偁的文学"遗产",但在其基础上又将奏议等体裁的行文方式"挪用"到了章表写作中,以散句、鼎足对、长联对仗等议论文中的常用句式增强其观点的说服力,并且适度地选用较为平实的古语成句加以剪裁锤炼,使之能够非常自然地融入作品之中,既保证了四六表章"昭明心曲"的表达功能,同时也并未减弱其固有的美学特质。从这一角度来说,范仲淹上承宋初古文家"以古改骈"之余绪,下启四六表文由"古语切对"向"骈散互融"转移的先声,为之后的作家提供了一个新的思路。南宋文人赵孟坚即对王、范二人在北宋文体变革过程中所做出的贡献,给予了充分肯定:

> 庆历以前,六一公欧氏未变体之际,王黄州、范文正诸公充然富赡,宛乎盛唐之制,亦其天资之夐,已脱去五季琐俗之陋。①

但同样不可忽略的是,相对于王禹偁的"叩其两端,允执其中",范仲淹对四六表文的改革多少显得有些"矫枉过正"。其部分作品在打破文体界限,将议论说理作为四六表章之主要内容的同时,也在一定程度上破坏了其原本所独具的神态与韵味,如果按照这样的方式继续发展,则四六文本身的存在价值与意义,无疑会受到极大的挑战。站在范仲淹的立场,这是"救斯文之弊",对"专事藻饰,破碎大雅"的时文"不正之风"的有力回击,但从四六文发展的角度来看,这样的变革无疑会动摇其赖以存在的根基。范仲淹对四六章表写法的改革,其剧烈程度实不亚于其所推行的新政对当时政局所产生的影响。包括欧阳修在内的一些稍晚于范仲淹,同样高举复古大旗的文士,所着力思考并试图解决的问题,与其说是如何令四六文进一步向古文靠拢,而毋宁说是四六文究竟应当呈现出怎样的面貌,才能够与古文并存。

3.2.2 欧阳修之"以文体为四六"

仁宗庆历年间,长期以来即被认为是宋代政治、学术与文学创作的一大转关,而北宋四六章表的写作风格亦确在这一时期发生了明显的变化。以欧阳修为代表的一批作家,继承并发展了宋初古文家"以古改骈"的思路,进一步消解了骈散之间的句法风格差异,使四六章表更趋"古文化"。欧阳修在作于康定元年的《答陕西安抚使范龙图辟辞命书》中,即明确表达出对"世俗四六"之反感:

---

① 赵孟坚:《凌愚谷集序》,《彝斋文编》卷三,《文渊阁四库全书》第1181册,第329页下。

况今世人所谓四六者,非修所好。少为进士时,不免作之;自及第,遂弃不复作。①

作为北宋古文运动的领袖,欧阳修对四六文很早就存在一些"抵触情绪"。在少年读书时,他因"贪禄仕以养亲",为求功名,而不得不"涉猎书史,姑随世俗作所谓时文者,皆穿蠹经传,移此俪彼,以为浮薄,惟恐不悦于时人,非有卓然自立之言如古人者",②而自及第后便"弃不复作"四六文。然据其《表奏书启四六集》中所收诸文,可知其所谓的"弃不复作",更为准确的理解应当是"不再写作昆体风格的四六文"。欧阳修对于当时所流行的四六文虽并无好感,但从未径直以古文取代四六,而是选择从前代名家的应用文字中汲取灵感,逐步改变四六文的风格,而其所选择的"参考模板",即是韩愈之章表。

欧阳修儿时得见《昌黎先生文集》六卷,虽"未能悉究其义",但已"见其浩然无涯,若可爱"。③ 至举进士时,"亦未暇学",而"时时独念于心",并立志"苟得禄矣,当尽力于斯文,以偿其素志"。事实证明,欧阳修也确实履践了他的承诺,孙弈之言,可为其证:

公以文章独步当世,而于昌黎不无所得。观其词语丰润,意绪婉曲,俯仰揖逊,步骤驰骋,皆得韩子之体。故《本论》似《原道》,《上范司谏书》似《谏臣论》,《书梅圣俞诗稿》似《送孟东野序》,《纵囚论》《怪竹辩》断句皆似《原人》。盖其横翔捷出,不减韩作,而平淡详赡过之。④

可见宋人已经对欧阳修师法韩文有所认识,无怪乎当时"士无贤不肖,不谋而同曰:'欧阳子,今之韩愈也'"。⑤ 孙弈在上引文字中为了证实自己的观点,一一对举欧文与韩文风格相似的篇目,但并未涉及二家的四六文,这与他们的传世名篇多为散文有直接的关系。陈师道评价欧公四六之特点云:"欧阳少师始以文体为对属,又善叙事,不用故事陈言而文益高",⑥此说多为后世所称引,而他对韩愈"以文为诗"的论断,更是成为韩文研究中的一

---

① 欧阳修:《居士集》卷四七,《欧阳修全集》卷四七,第661页。
② 欧阳修:《与荆南乐秀才书》,《居士集》卷四七,《欧阳修全集》卷四七,第660页。
③ 欧阳修:《记旧本韩文后》,《居士外集》卷二三,《欧阳修全集》卷七三,第1056页。
④ 孙弈:《履斋示儿编》卷七,北京:中华书局,2014年点校本,第103-104页。
⑤ 苏轼:《六一居士集叙》,《苏轼文集》卷十,第316页。
⑥ 陈师道:《后山诗话》,见何文焕辑:《历代诗话》,第310页。

个经典话题。其后陈善则明确将韩欧二人"破体为文"的情况并列论之："以文体为诗,自退之始;以文体为四六,自欧公始"。① 这里所谓的"以文体为四六",即是"将古文创作的方法技巧运用于四六创作中,创造出一种新颖的文章形式"。②

在欧阳修看来,韩愈"以文为诗"的根本,在于其"笔力"之"无施不可"。③ 换句话说,诗仅仅是韩愈深厚文学素养所展现出的冰山一角而已,其博大雄浑之风,早已灌注于各类体裁的创作当中。在韩愈的观念中,"古文"本就不单是对某种文体的特指,而是"学古道而欲兼通其辞"的诉求,是泛览"三代两汉之书"后"师其意而不师其辞"的再创造。从这一点来说,欧阳修无疑把握住了韩愈古文之道的精髓。虽然韩愈自言每当需要"应事作俗"时,便"下笔即惭",但按照欧阳修的思路,若韩愈以其"雄文大手"移之表状公文,则亦当有过人之处存焉。

宋初古文家力倡古道虽皆以韩为宗,但他们所重点关注的是韩愈古文之作法,而对其四六应用则多"置若罔闻"。王禹偁是这一群体中最早谈及韩愈四六文的,不过他也只是以一种平等、调和的态度,对如何看待韩集中古文与四六并存的问题提出自己的见解。如果说韩愈之表状公文在宋代亦存在所谓"接受史"的话,那么对文章选本层面的考察,则是一个不可忽略的角度。

五代时期战乱频仍,书帙残损、散佚情况严重,以致宋初编纂《文苑英华》时,就出现了"印本绝少,虽韩、柳、元白之文,尚未甚传"的材料短缺问题。④ 据穆修所云:"柳不全见于世,出人间者,残落才百余篇。韩则虽其全,至所缺坠,亡字失句,独于集家为甚",⑤ 可知韩柳文集的残佚情况相差无几。而从《文苑英华》的编者"于宗元、居易、权德舆、李商隐、顾云、罗隐辈,或全卷收入"的情况来看,他们对于韩愈之文章,抑或未能全力搜罗。韩愈之表状作品见存于《文苑英华》者,仅《贺册尊号表》《进元和圣德诗表》《奏汴州封丘县得嘉禾浚仪得嘉瓜状》三篇,⑥虽然韩愈表文数量本就不多,但

---

① 陈善:《扪虱新话》上集卷一,见王云五主编:《丛书集成初编》,第310册,第3页。
② 莫山洪:《骈散的对立与互融》,济南:齐鲁书社,2010年,第253页。
③ 欧阳修:《六一诗话》,《欧阳修全集》卷一二八,第1957页。
④ 周必大:《文苑英华序》,《平园续稿》卷一五,《周必大全集》,第518页。
⑤ 穆修:《唐柳先生集后序》,见吕祖谦编:《宋文鉴》卷八五,第1214页。
⑥ 实际上,所谓的《进元和圣德诗表》即韩愈向宪宗进《元和圣德诗》之前序,而《奏嘉禾嘉瓜状》据考为董晋所作,但《文苑英华》编者将二文视为韩愈之表,今姑从之。

相较于其他几位元和名家,这样的情况还是略显"寒酸"。

由于《文苑英华》卷帙浩繁,成书后亦未立即加以刊刻,相比之下,姚铉的《唐文粹》因为篇幅远较《文苑英华》短小,具有"由简故精"的优势,且"用意精博",故"世尤重之"。姚铉选录文章"以古雅为命,不以雕篆为工",①四库馆臣亦称"是编文、赋惟取古体,而四六之文不录"。② 虽然《唐文粹》亦仅收录韩愈《贺册尊号表》与《请上尊号表》二篇,似与《文苑英华》区别不大,但考虑到《唐文粹》表类共仅十三篇,且"尊号"类只收韩愈二表的情况来看,这可以说是后代文章选本对韩愈表状公文之价值的第一次"认可",其意义自不待言。

唐宪宗加尊号"元和圣文神武法天应道皇帝"在元和十四年,这一年对韩愈而言,正可谓"多事之秋"。他年初因谏佛骨事被贬潮州,小女在离京途中又染病故去,连番打击令其心情极度郁闷,求还之心愈发强烈。故他在初到潮州所作之《潮州刺史谢上表》中,便对宪宗之功德大加称颂,力劝其当行封禅之仪,而自许能够以文学才能"作为歌诗,荐之郊庙;纪泰山之封,镂白玉之牒。铺张对天之闳休,扬厉无前之未伟绩"。③ 数月之后,恰逢宪宗加尊号,韩愈自是不会"放过"这等一展文采的良机,其《贺册尊号表》虽并未使用四六联句,但全篇的结构安排则颇见章法:开篇先以经典中的四字短语解释尊号中每个字的含义,如"发而中节之谓和""无所不通之谓圣",而后便以三段式对句将宪宗之功业与之一一对应,如"喜怒以类,刑赏不差,可谓发而中节矣","明照无私,幽隐毕达,可谓无所不隐矣",④这种对仗排比的写法,以散行之气势替代了联句之雕琢,与传统之四六公文迥然有别。

除了结构与句法"不同凡响"之外,韩愈"唯古于词必己出"的特点,也在其表状文中有所体现。《唐文粹》所收的另一篇《请上尊号表》,乃韩愈长庆元年任国子监祭酒时,为庆贺"坐收冀部,旋定幽都",而以国子监全员名义请宪宗上尊号所作。该表前半部分全以四字句叙述宪宗之功业,其中"析木天街,星宿清润;北岳医闾,神鬼受职"一联尤为精妙:上联以天文之岁次分野代指幽冀二州,下联则用地理之山川镇守与之呼应,文词古雅,且别出新意,令人印象深刻。⑤ 其后曾巩《贺南郊礼毕大赦表》中"钩陈大微,星纬

---

① 姚铉:《唐文粹序》,《唐文粹》卷首,杭州:浙江人民出版社,1986年影印本,第21页。
② 《唐文粹》提要,《文渊阁四库全书》第1343册,第8页下。
③ 韩愈著,刘真伦、岳珍校注:《韩愈文集汇校笺注》卷二九,第2922页。
④ 韩愈著,刘真伦、岳珍校注:《韩愈文集汇校笺注》卷二九,第2934页。
⑤ 韩愈著,刘真伦、岳珍校注:《韩愈文集汇校笺注》卷二九,第2968页。

咸若；昆仑渤澥，波涛不惊"一联即与此同出一辙。① 而在劝进宪宗另上尊号时，韩愈则云："以非常之德，袭寻常之号；以冠古之美，屈守文之名"，可谓言简而意赅，不露声色而将陈请之缘由一语道尽，统束全篇。韩愈在此表中将四六之精工巧妙与散文之凝练深邃予以有机结合，辞采与达意兼顾，实为难得。

  以上两篇表文皆偏散互融，结构与词句均不乏新颖之处，体现出的是昌黎游走于古文与骈体之间而驾驭自如的高超能力，诚然是其表状公文中的佳作。但《文苑英华》与《唐文粹》所选韩愈表文皆为"尊号"一类，则难免给后人留下韩愈只擅长写作此类表状的"错觉"，而忽略了韩愈其他四六章表中的一些值得关注之处。如他在知制诰任上代韦贯之所作《让官表》，"徒知立志廉谨，绝朋势之交；处官恪恭，免请托之累"，②以"徒"字领起，见自谦之态，而实以表达韦氏为官之忠谨。"朋势"词出《国语》，本即"群党"之意，并无明确的感情色彩，而韩愈在彼时朋党之争初露端倪的情况下，则是有意以此突出韦贯之不为时俗所侵染的高洁作风。下联"免请托之累"亦非随笔为之，与史传所记韦贯之本人"终岁无款曲，未曾伪词以悦人"，③及韦氏一门皆不阿贵求进，故三世皆谥曰"正"的情实正相吻合，可见韩愈遣词之严谨得宜。后文在描述宰相之职责时"澄其源而清其流，统与一而应于万。毫厘之差，或致弊于寰海；晷刻之误，或遗患于历年"数语，更是如水银泻地，一气呵成，虽是四六联句，而实不减古文之警策。韩愈在第二年又代裴度作《让官表》，其中"知事君以道，无惮杀身；慕当官而行，不求利己"，④运用典语成句而似己出，特别是"无惮杀身""不求利己"二语，更是将裴度凛然之气烘托而出，与典语相称，更见其妙。后刘挚于《谢生日赐羊酒米面表》（其七）中亦有"事君以道，福敢取于容容；当官而行，功不闻于赫赫"一联，⑤与韩表用语虽同，但表达效果则远不能及。该表后文"方今干戈未尽戢，夷狄未尽宾，麟凤龟龙未尽游郊薮，草木鱼鳖未尽被雍熙"数句，连用四个"未尽"以渲染当时外患纷扰之局势，语脉贯通，深谙对句排比行气之法，而无丝毫四六拘谨

---

① 陈师道：《后山诗话》，见何文焕辑：《历代诗话》，第 309 页。
② 韩愈：《代韦相公让官表》，韩愈著，刘真伦、岳珍校注：《韩愈文集汇校笺注》卷二八，第 2841 页。
③ 《旧唐书》卷一五八《韦贯之传》，第 4175 页。
④ 韩愈：《代裴相公让官表》，韩愈著，刘真伦、岳珍校注：《韩愈文集汇校笺注》卷二八，第 2857 页。
⑤ 刘挚：《忠肃集》卷二，北京：中华书局，2002 年点校本，第 29 页。

之态,后人多以此文为骈体章表之新变,而宋四六流利晓畅之风即源出于此。①

曾国藩曾指出北宋名家效仿昌黎四六,进而形成宋四六之独特风格:"韩公为四六文亦不厕一俗字,欧、王效之,遂开宋代清真之风"。② 综观上述韩愈所作诸表,"辞让"类则精研炼字,用典语而意必己出,且多以古文节奏疏通气脉;"尊号"类则将经典句式排比出之,文势激荡,自创之语更是锦上添花。实际上,作为古文家的韩愈对骈、散关系的处理,尚处于摸索阶段,并未形成一种固定的写作模式,而这种骈散未分的混融状态,却正为欧阳修改变四六文风提供了参考,他吸取韩愈以"古"为本、遍施诸体的创作精髓,将古文的笔法、意境,完美融入四六章表写作当中。③

欧阳修现存四六章表,以其庆历初年所作诸篇为最早,这些作品多以散句对仗成文,不求文华藻饰,唯表情达意而已,诚可谓"如散文而有属对"。④较有代表性的如作于庆历三年(1043)的《谢知制诰表》,通篇叙事皆用散语,而所谓的"联句",亦是古文中所常见的并列句式:

> 伏以王者尊居万民之上,而诚意能与下通,奄有四海之大,而惠泽得以遍及者,得非号令告诏发挥而已哉。然其为言也,质而不文,则不足以行远而昭圣谟;丽而不典,则不足以示后而为世法。居是职者,古难其人。乃以愚臣,而当此选。臣某中谢。伏惟尊号皇帝陛下,茂仁圣之姿,荷祖宗之业,日慎一日,曾未少懈。而自羌夷负固,边鄙用师,勤俭率先于圣躬,焦劳常见于玉色。虽有忧民之志而亿姓未苏,虽有欲治之心而群臣未副。故每进一善,则未尝不欲劝天下之能;每官一贤,则未始不欲尽人材之用。虽以爵禄而砥砺,尚须训诫之丁宁,尤假能言,以谕至意。可称是者,不又艰欤。伏念臣虽以儒术进身,本无辞艺可取,徒值向者时文之弊,偶

---

① 如储欣即称该表"江河浑浩流转之气行于四六骈偶之中,亦厥体一大变也。晚唐诸贤之工辟,宋大家之流利,鲜不奉公为祖"。林云铭则称此表行文"对待中却是一气呵成,此欧、苏四六之祖也"。蔡世远亦明言:"此篇虽以排偶行文,然镕铸经史,兼三国六朝之胜,而浑灏流转,直迫西京者也。欧、苏、王、曾谢表据效此体,绮靡之风衰矣。"

② 曾国藩:《求阙斋读书录》卷八,见徐德明、吴平主编:《清代学术笔记丛刊》第53册,北京:学苑出版社,2005年,第468页下。

③ 储欣所谓"公四六大较亦自韩出,而加以清丽",正明确指出了欧公四六对韩愈的继承。见储欣编:《六一居士全集录》卷二,《四库全书存目丛书·集部》第405册,第212页下。

④ 谢采伯:《密斋笔记》卷三,见王云五主编:《丛书集成初编》,第2872册,第32页。

能独守好古之勤,志欲去于雕华,文反成于朴鄙。本惧不适当世之用,敢期自结圣主之知。陛下奖之特深,用之太过。此臣所以恳让三四,至于辞穷。而天意不回,宠命难止,尚虑顽然之未谕,更加使者以临门。恩出非常,理难屡默。及俯而受命,伏读训辞,则有必能复古之言,然后益知所责之重,夙夜惶惑,未知所措。伏况文字之职,厕于侍从之班,在于周行,是为超擢。不徒挥翰以为效,自当死节以报恩。惟所使之,期于尽瘁。①

表文开篇即以散句说明号令告诏等"王言"文字,乃君主治理天下、协和万民的重要手段,故"质而不文,则不足以行远而昭圣谟;丽而不典,则不足以示后而为世法",以证"居是职者,古难其人"。虽然唐宋赋作中,原即有所谓"上四,下五六七八"之杂隔,但似此上四下十之联对,则甚为罕见,且其又以"则""而"等虚词入句,更与古文中辞句别无二致。而后两个"虽有"句,亦是长达十一字的单句对,"每进一善""每官一贤"则与"质而不文""丽而不典"一联同为上四下十,以虚词串联文句之隔对,再次表明出任知制诰一职的困难所在。全文并无一联四六隔对,亦未尝用典使事,只是将受命前后的所思所想平白道出,将古文句法与四六对仗合置一处,是为"以文体为四六"的典型。

庆历四年欧阳修因所谓"盗甥"一事贬知滁州,至庆历八年徙知扬州,也正是从这时开始,辨别是非、昭明心曲成为其表状文字的核心内容。其初到滁州,便作《滁州谢上表》以申明冤屈,②在历数事件原委之后,更直言自己遭人嫉恨之情状:"自蒙睿奖,尝列谏垣,论议多及于贵权,指目不胜于怨怒。若臣身不黜,则攻者不休,苟令谗巧之愈多,是速倾危之不保",而其表末谢恩之联"知臣幸逢主圣而敢危言,悯臣不顾身微而当众怨",则化自韩愈《为裴相公让官表》"恕臣之罪,怜臣之心"、"知其孤立,赏其微诚"二对句,可见欧阳修对韩文的继承。沈维学评该表曰:"前明谤者之诬,后感君处之当,委曲婉转,觉言有尽而意无穷",实则将此语移诸欧公此时所作众表,亦无不合。在《扬州谢上表》中,他痛陈小人之搬弄黑白:"矧利口之中人,譬含沙之射影,谓时之众嫉者易为力,谓事之阴昧者易为诬",而此番能够迁郡任职,正似拨云雾而见青天,"孤拙获全,忠善者皆当感励;奸谗不效,倾邪

---

① 欧阳修:《表状书启四六集》卷一,《欧阳修全集》卷九〇,第1319-1320页。
② 欧阳修:《表状书启四六集》卷一,《欧阳修全集》卷九〇,第1321-1322页。

者可使息心",①稍可慰其委屈。而直至皇祐元年(1049)得转礼部郎中,政治风向有所好转后,欧阳修才将多年的隐忍不平予以宣泄:

> 恩出非常,荣逾始望。人以臣为宠,臣以喜为忧。伏念臣自小无能,唯知嗜学,常慕古人而笃信,不思今世之难行。而自遭遇圣明,骤蒙奖拔,急于报国,遂欲忘躯。结怨仇者,皆可畏之人;所违忤者,悉当权之士。既将行己,又欲进身,惟二者之难兼,虽至愚而必达。况臣粗知用舍,颇识廉隅。故其自被谗诬,迫于降黜。当举朝沸议,未尝以寸牍而自明;及累岁谪居,不敢以半辞而自理。其后再经宽赦,移镇要藩。曾未逾年,遽求小郡。盖臣知难当之众怒,尚未甘心;思苟免之善谋,惟宜退迹。则臣于荣进,岂敢侥求。此盖皇帝陛下,日月照临,乾坤覆载,不忘旧物,曲轸睿慈。谓后臣贬职之人悉皆牵复,而悯臣无名之罪久未雪除。故推叙进之文,特示甄收之意。然臣近于去岁,早已改官,逮此便蕃,岂宜叨窃。欲固让,则有嫌疑之避;欲遽受,则怀忝冒之惭。进退之间,凌兢失措,唯当尽节,上报深恩。②。

"结怨仇者""所违忤者"一联,虽是上四下五之杂隔,实则即为九字之单句对,这种将单句对拆分为隔对的方式,在王禹偁、范仲淹之表文中亦可得见。而后"当举朝沸议""及累岁谪居"一联,又使用上五下八之隔对,虽与《谢知制诰表》中上四下十之长句对不同,但亦可见"未尝""不敢"等古文中常见之词,表明自己虽遭诽谤而逆来顺受、委曲求全。作者于后文感念仁宗之恩德,"后臣""悯臣"二句又乃长达十一字的单句对,全似从古文中摘出。而文末"欲固让""欲遽受"二联为上三下六之疏隔,既能用"长",亦可施"短",其句式之参差变化可见一斑。

从以上所引不难看出,欧阳修庆历、皇祐年间之四六章表,将欲达上听之情状以颇为直接明了而毫无含混的方式予以充分表露,虽是到任谢表,但几无一语涉及治所之风土人情,而全为心曲之铺叙,符合茅坤对其章表"往往以忧谗畏讥之余,发为呜咽涕洟之词,怨而不诽,悲而不伤,尤觉有感动处"的整体评价。③ 在具体写法上,其四六隔对的数量明显减低,联句从以

---

① 欧阳修:《表状书启四六集》卷一,《欧阳修全集》卷九〇,第1326页。
② 欧阳修:《谢转礼部郎中表》,《表奏书启四六集》卷一,《欧阳修全集》卷九〇,第1328页。
③ 茅坤编:《庐陵文钞》(九),《唐宋八大家文钞》卷三七,《文渊阁四库全书》第1383册,第418页下。

往作品中的核心要素,蜕变为一种整饬句式、调节节奏的手段,传统四六文中雕琢精巧的妙联警句已难觅其踪,而代之以虚词、长句,行文之笔调随作者之心绪多次起伏转折,古文与骈体难分彼此,融为一炉。

然而,欧阳修四六表文之风格并非一成不变,其治平年间的部分作品,即表现出些许向传统四六"靠拢"的迹象。试观其治平元年(1064)所作《辞特转吏部侍郎表》,①开篇"受宠若惊,况被非常之命;事君无隐,敢倾至恳之诚"一联,分别使用《老子》与《礼记·檀弓》中的原句,后文叙及仁宗拔擢之恩时云:"犬马未报,但虞填壑之有时;弓剑忽遗,遽叹攀髯之莫及",该联化用《韩诗外传》中扁鹊治虢国世子,与《史记·封禅书》中百姓仰望黄帝升天"乃抱其弓与胡髯号"的记载,以表哀痛之情。英宗即位伊始,作为参知政事的欧阳修即忙于应付弥合曹太后与英宗,以及韩琦与富弼之间的种种嫌隙与矛盾,可谓心力交疲,他在治平二年(1065)、三年(1066)间屡乞外任,其《乞外任第二表》中有"何修何饰,而可以称职;旅进旅退,而莫知所为"一联,②借董仲舒《天人三策》与《国语》中的原句表达求退之意。而《乞出第三表》中"渴如鼷鼠之饮河,喘若吴牛之见月"二句,③又以《逍遥游》与《世说新语》中的典故生动地描写自己饱受消渴之疾困扰的惨状,读之令人心生不忍。

与之前的作品相比,欧阳修治平年间的章表,除典故使用次数明显提升外,其文风亦愈趋温雅蕴藉。试观其治平四年(1067)所作《谢观文殿学士刑部尚书表》,④开篇即分述学士与刑部尚书二职:"职清书殿,实为儒者之荣;望峻天台,仍忝刑官之重",而后"无拾遗补阙之勤,常陪法从;非大册高文之手,久厕翰林",亦寻常自谦之语。即便是在谈到令其愤恨不已,难以释怀的被蒋之奇等人诬蔑构陷一事时,欧公亦仅以"诬言诘服,已大释于群疑;危迹保全,俾不亏于素守"轻描淡写,一语带过。全文结构规整而明晰,用词简练而稳当,无疑是一篇水平优良的"标准"四六表文,与庆历时期的章表相比,其写法略显"传统"。但特别需要指出的是,正因为经历了这样的转变,欧阳修才能在晚年"百尺竿头更进一步",将骈散二体巧妙融合,从而创作出独具特色的表文作品。

欧阳修在得到神宗准许其外任的肯定答复之后,便先赴颍州修缮旧居,

---

① 欧阳修:《表奏书启四六集》卷三,《欧阳修全集》卷九二,第1353-1354页。
② 欧阳修:《表奏书启四六集》卷三,《欧阳修全集》卷九二,第1358页。
③ 欧阳修:《表奏书启四六集》卷三,《欧阳修全集》卷九二,第1366页。
④ 欧阳修:《表奏书启四六集》卷四,《欧阳修全集》卷九三,第1385页。

为致仕归田做好准备,随后即于治平四年六月到达亳州治所,并于此时撰《亳州谢上表》,而这篇表文当可视作欧阳修晚年四六文风新变的标志:

> 贰政非才,虽获奉身而退;分符善地,犹怀窃禄之惭。祗荷宠灵,唯知战惧。臣某中谢。伏念臣章句腐儒之学也,岂足经邦;斗筲小器之量也,宁堪大用。而叨尘二府,首尾八年。荷三朝之误知,罄一心而尽瘁。若乃枢机宜慎,而见事辄言;陷阱当前,而横身不避。窃寻前载,未有能全。一昨怨出仇家,构为死祸。造谤于下者,初若含沙之射影,但期阴以中人;宣言于廷者,遂肆鸣枭之恶音,孰不闻而掩耳。赖圣神之在上,廓日月之至明,悉究调诬,遂投谗贼。再念臣性实甚愚,而疏于接物,事多轻信者,盖以至诚。如彼匪人,失于泛爱。平居握手,惟期道义之交;延誉当朝,常丐齿牙之论。而未干荐祢之墨,已弯射羿之弓。知士其难,世必以臣为戒;常情共恶,人将不食其余。而臣与游既昧于择贤,持满不思于将覆,自贻祸衅,几至颠隮。上烦睿圣之保全,得完名节于终始。洎恩辞于重任,尤深恻于皇慈。虽避宠辞隆,仅能去位;而清资显秩,愈更叨荣。莫逃侥幸之讥,实负心颜之腼。斯盖伏遇皇帝陛下,乾坤大度,尧舜至仁。察臣自取于怨仇,本由孤直;悯臣力难于勉强,盖迫衰残。既获免于非辜,仍曲从于私欲。遂同万物,俾无失所之嗟;未尽余生,敢忘必报之效。①

开篇"贰政非才""分符善地"一联乃寻常四六隔对,而后"章句腐儒""斗筲小器"一联自贬之辞则为上七下四之杂隔,所用"也""岂""宁"等皆为古文中常见的语气词。在谈到之前所遭逢的构陷之事时,作者以"造谤于下者""宣言于廷者"之"三段式"对句为之,将小人串通一气之丑恶行径予以充分揭露。而蒋之奇原是受欧阳修赏识才得到提拔而授殿中侍御史,此番忘恩负义,正可谓"未干荐祢之墨,已弯射羿之弓",其反用孔融荐祢衡与后羿射日二典,妥切而新颖。其后"知士其难""常情共恶"一联将精炼的四字句与散语相结合,保持四六格式的同时,亦具文气舒荡之妙。该表最为突出的特色,即是不拘常格而将骈、散文法交叉迭用,以散句入联句,而又兼顾了四六文使事用典之传统,实属难能可贵。一向对四六时文浮华藻丽之病深恶痛绝的朱熹亦认为此表"自叙一段,只是自胸中流出,更无些窒碍,此文章之

---

① 欧阳修:《表奏书启四六集》卷四,《欧阳修全集》九三,第 1386-1387 页。

妙也"。①

欧阳修在亳州不过数月,便屡屡上表以求解职归隐,其后于蔡州时又曾多次请命,而这些《致仕表》即构成了欧阳修晚年表文的主体。它们基本上延续了《亳州谢上表》的风格,而更多体现出一种平和与释然,文中的联句对仗多是自由挥洒,"以文体为对属"的魅力亦得到了充分的展示。试观其《亳州乞致仕第二表》"神功不宰而万物得以曲成者,惟各从其欲;天鉴孔昭而一言可以感动者,在能致其诚"之长句对,②《第四表》"然而忠信所以事上,理无弗践之空言;进退各有其宜,力或不能而当止"之散语对,③以及《蔡州再乞致仕第二表》中"凫雁去来,固不为于多少;鸢鱼上下,皆自适于飞潜"之"诗语对",④每每读之,皆令人赞其雅驯自然,数篇同题而各有主旨,不犯重复,用意遣词亦不同于流俗,远非寻常公文能望其项背。

前人多好以"三变"概括某一时代之文风变革,而欧阳修四六章表之写法风格,大致亦呈现出一个与之类似的阶段性发展过程:庆历、皇祐时期,其表文多用虚词、长句叙事陈情,而几乎不曾使用四六隔对与典故。治平初年于中央任职,其表文更趋向于回归四六文之"传统"。而自治平四年出知亳州始,其表文则骈散兼顾、不拘一格,既有四六之典致,亦具古文之悠扬,相对来说特色最为鲜明。欧阳修为文师法韩愈,其骈体表章亦如韩愈元和时诸表,皆是根据上表之目的与当时之情状,选择与之对应的呈现方式。昌黎骈体一如其古文,用语清新独到而不落俗套,欧阳修早年精研四六时文,而后又与尹洙等切磋古文技艺,兼通骈散,故能左右逢源、得心应手,并在晚年百尺更进、师心独造。而其表文之"三变",恰合于其所自言之作文"心得":"作文之体,初欲奔驰,久当收节,使简重严正,或时肆放以自舒,勿为一体"。⑤ 由"奔驰"转"简重",自"严正"而"自舒",这既是其文学道路上的里程标记,亦是其表文风格变迁的真实写照。

特别需要说明的是,后人多将欧阳修"以文体为四六"视为宋四六发展史上的一大转关,但就将古文要素融入四六章表这一做法而言,宋初古文家早已在各自的作品中进行过一些尝试,范仲淹更是几乎以古文"取代"四六,虽然其并未对当时文坛产生很大的影响,但以"开创风气"而论,则显然不能

---

① 黎靖德编:《朱子语类》卷一三九,第 3308 页。
② 欧阳修:《表状书启四六集》卷四,《欧阳修全集》卷九三,第 1390-1391 页。
③ 欧阳修:《表奏书启四六集》卷四,《欧阳修全集》卷九三,第 1394 页。
④ 欧阳修:《表奏书启四六集》卷五,《欧阳修全集》卷九四,第 1415 页。
⑤ 欧阳修:《与渑池徐宰》(其六),《书简》卷七,《欧阳修全集》卷一五〇,第 2475 页。

无视他们的贡献。而欧阳修的主要贡献,即在于能够将虚词、长句等古文中的组成要素与骈四俪六之形式完美结合,其表文中常见的,在杂隔对的基础上衍生出的以融入虚词或语气词的文句所构建的新式隔对,为北宋中后期的四六作家所广泛继承,后来者多是在此基础上融入"全文成句",但并未改变其基本结构,而这才是欧阳修四六表文最大的开创意义。

3.2.3 "指事造实"的"白描"表文

瞿兑之将宋四六称为"白描的骈文","仿佛画家从金碧山水解放到水墨山水一样。大约这种风气,从欧阳修创始,一时善为古文者,亦无不能作这种骈文"。① 文风的变革,往往难凭个体之力一蹴而就,而多有赖于一众作家的"群策群力"。除欧阳修之外,北宋中期以骈散互融为法式撰作四六章表而亦有可观者,尚有韩琦、唐介、富弼、吕诲、司马光诸家。这些作家立身行事皆以刚正严明、直言敢谏著称,而其所撰四六章表亦如其为人,率以叙事说理为主要内容,而绝少过度修饰。

韩琦平素服膺儒道,所撰《五贤赞》盛称孟、荀、扬、王、韩五人发扬圣业之功绩,其对韩愈"道古之道,语古之语",以一己之力扭转唐人"不沦沈谢,则入徐庾"的浮靡文风颇为赞赏。② 相应地,他也极为欣赏欧阳修之古文,称其"譬夫天地之妙,造化万物,动者植者,无细与大,不见痕迹,自极其工",③而这也就决定了其四六应用的风格取向,与昆体之修饰雕琢"无缘"。韩琦自康定元年临危受命任职陕西安抚使起,便长期处于对西夏作战之前线。庆历二年,韩琦进为秦州观察使,依例上表称谢。④ 在表文开篇,作者以"帅十国而为连,盖资屏翰;长万夫而观政,宜拔英豪"概述观察使之职能,前后联句分别使用《礼记》与《尚书》原句,直入主题,贴切自然。在历叙仕履时,作者毫无保留地坦露其忠君之意:"处身必以其道,出言不敢及私。心切爱君,遂忘于己祸;性专任直,弗虞于众嫉",言辞肯綮,语气坚决。以文官而授武职,韩琦内心自是难免纠结,他在表文中亦并未回避这一问题:"边鄙未安,忠愤攸激,力冒艰险,志平僭狂,顾躯命之可捐,岂资品之为较",以国事为重,而不计较个人得失,所言确为得体。随后韩氏还引用典故申明

---

① 瞿兑之:《中国骈文概论》,第104-105页。
② 韩琦:《五贤赞·文公》,《安阳集》卷二三,《宋集珍本丛刊》第6册,第493页上。
③ 韩琦:《故观文殿学士太子少师致仕赠太子太师欧阳公墓志铭》,《安阳集》卷五〇,《宋集珍本丛刊》第6册,第612页上。
④ 韩琦:《谢改观察使表》,《安阳集》卷二四,《宋集珍本丛刊》第6册,第496-497页。

此意:"夺凤池而不贺,前哲堪嗤;刺貏庭之无功,群言是恤",鄙视苟勋之失位怅然,而专以战事之胜负为重。表文结尾,韩氏又以"与贼俱全,是焉深愧;为哙等伍,乌敢自羞"一联再次表达其对朝廷任命的欣然接受,以及"匈奴未灭,何以家为"的雄心壮志。在两个月之后所上的《谢赐诏书示谕表》中,韩琦对于这种"谓匪美迁"的安排又一次阐述了内心的想法:"处不避污,事上之节;让而就贱,守道之常。当朝廷忧边之秋,非臣下择官之日。辞之则有可疑之迹,掇希求进用之嫌;受之则有从权之名,协军旅称呼之便",①不卑不亢,泰然处之,颇能见其乐于用事,而不为利禄浮名所影响的忠直品性。在新政失败,范仲淹、富弼等人相继罢去的情况下,韩琦自请外补,于庆历五年(1045)知扬州。在所上谢表中,韩氏痛陈其所遭受的攻讦与指责:"虑边计则冒朋党之疑,断国论则耻依阿之说。会憸人之肆忿,窥时事以兴诬,爰从亲葬之还,获视篚书之谤",②此等语句,与上引欧阳修同题表文之"矧利口之中人,譬含沙之射影,谓时之众嫉者易为力,谓事之阴昧者易为诬"正相仿佛。以上诸表,皆乃彼时章表"指事造实"之风格特征的直观体现。

韩琦自至和元年(1054)于并州任上因病乞知相州伊始,直到熙宁八年(1075)去世,二十余年间曾数次回故乡任职。而与此相关的陈乞、谢恩表文,亦成为韩氏后期章表的重要组成部分。在这些作品中,韩琦仍然延续了其"以表文诉心曲"的一贯写法。如《乞知相州第一表》之"常行已存必至之心,谓当时无难了之事。期以一身任天下之责,九殒报君上之知。见义必为,所冀公家之可济;其愚莫及,不知世务之无涯",③《知相州乞罢节钺表》之"当人之不欲为,则保完难必;处事之易及责,则忧患常深"等,④拳拳之心,昭然可见。韩琦自治平元年起即多次请辞相位,终于治平四年得遂其愿,其所上《谢除使相判相州表》以简练的笔墨将其生平功业予以概括,⑤韩琦早年任右司谏,确以针砭时弊、能言直谏著称,并因此得到时相王曾的嘉许,他还曾将所存谏文集为《谏垣存稿》,"以见人主从谏之美",⑥而表文中"备员谏诤,几不免于窜投;奋命疆垂,实荐罹于艰阻"一联,正道出其一

---

① 韩琦:《安阳集》卷二四,《宋集珍本丛刊》第 6 册,第 497 页下。
② 韩琦:《扬州谢上表》,《安阳集》卷二五,《宋集珍本丛刊》第 6 册,第 499 页上。
③ 韩琦:《安阳集》卷二六,《宋集珍本丛刊》第 6 册,第 505 页上。
④ 韩琦:《安阳集》卷二六,《宋集珍本丛刊》第 6 册,第 505 页下。
⑤ 韩琦:《安阳集》卷三〇,《宋集珍本丛刊》第 6 册,第 519 页下。
⑥ 王岩叟:《忠献韩魏王家传》卷一,《宋集珍本丛刊》第 6 册,第 623 页上。

生坚持己见之苦心孤诣、难能可贵。在英宗嗣位一事上，韩琦为此出谋划策，起到了至关重要的作用，由"惟知社稷之安，岂顾邦家之末"二句，可见其一片公心，全无私意。而这种行事作风，难免影响到了许多人的利益，也自然会招致诸多非议与指责，韩琦对此心知肚明："为国持平，敢自私于轻重；裁人所欲，固难免于爱憎"，但始终未改其忠君报国的初衷。纵观全表，一位"毁誉几至于万端，夷险常持于一意"的能臣形象，跃然纸上。韩琦之四六章表，虽不及欧阳修之随意挥洒、自然工致，但胜在情意真切而辞句典重，绝无雕篆而独具风骨，展现出了与昆体四六全然不同的艺术魅力。

　　由于富弼、唐介之原集久佚，故二家现存四六章表数量无法与韩琦相提并论，但其以"昭明心曲""指事造实"为宗旨的创作理念，却与韩魏公并无大异。唐介与韩琦同样以直言敢谏著称，他曾于皇祐三年弹劾时相文彦博"专权任私，挟邪为党"，"奸谋迎合，显用尧佐，阴结贵妃，外陷陛下有私于后宫之名，内实自为谋身之计"，①因此被外放全州，后至潭州，而到任后所撰《潭州通判谢上表》，是其唯一见存的表文作品。② 唐介于开篇即直入主题："始窜岭南，人皆谓之必死；及迁湖外，恩实出于再生"，其后则以单句对表明其立身行事之孤高耿直："知忠义以事君，不顾患祸之及己。凡所上奏，必尽至公。流辈为臣寒心，奸邪见臣切齿"，凛然正气，其志难夺。而其"本欲为耳目于陛下，勉副简求；不能效鹰犬于他人，以希进用"，则堪为自古直臣的共通写照，虽为联句格式，但置于古文名篇之内，亦难掩其铿锵之声。由"陛对之间"至"分甘散秩"数句，作者连续使用四字句叙述奏弹、外放之经过，节奏较为紧凑，而在感念仁宗内迁之德时，则仍然以"纳忠获罪，顾百谪以诚甘；尽瘁报君，虽九死而不悔"联句写之，意在分别主次，突出上表谢恩的重点。全文不事雕琢，直抒胸臆，充分发挥了章表最为基本的"指事造实"之功能，词句简明易懂，而如"耳目""鹰犬"一联又令人印象深刻，颇能体现作者之傲岸风骨，堪为妙笔。

　　富弼十分看重文学作品"惩恶劝善"的现实功用，且以"明白其词"为基本的写作要求。③ 嘉祐六年（1061）三月，富弼"以母忧去位"，"帝虚位五起

---

① 李焘：《续资治通鉴长编》卷一七一，第4113页。
② 吕祖谦编：《宋文鉴》卷六五，第964页。
③ 富弼：《与欧阳修书》，见邵博：《邵氏闻见后录》卷二一，第163页。

之,弼谓此金革变礼,不可施于平世,卒不从命",①其《辞起复表》即为此而撰。② 富弼生性至孝,表文开篇即敷陈丧母之痛:"享禄未几,遽缠风树之悲;报德永违,徒怀霜露之感","风树之悲""霜露之感"皆为表述先人逝世的习用典语,田锡撰其父墓志时亦曾用此为对,③而富弼所增"遽缠""徒怀"四字,将生母去世的突然与天人永隔的悲痛充分表达出来,使寻常之典"焕发新生"。其后"寝苫枕块,而适抱至痛;食稻衣锦,则若为自安"一联,则强调居丧之礼节不可移易,且为后文阐述辞免起复的缘由进行铺垫。在富弼看来,如今"中外无事","左右得贤",并非急于用事之际,故与"不遗旧物"相比,使天下臣民奉守正道、遵循教化便显得更为重要,其所言"何须稽故事以遂前世之非,正可存礼经以图今日之善","岂惟陛下有复古之风,抑亦俾愚臣得事亲之道",则是以孔子就子夏"金革无辟"之问所作答复为依据,婉转地回绝了仁宗的诏命。④ 其后"尽母氏平生之恩,怜人子罔极之苦"一联,则是在"晓之以理"后,进一步"动之以情",完整而清晰地将辞免恩命的情由予以说明。富弼此表并未依循张九龄《让起复中书侍郎同平章事表》等前人之作以铺陈凄苦情状为主,而是以礼为据,直书其意,以高明的叙事策略使一己之孝与朝廷之尊"两得其宜",互不冲突,充分发挥了表文"昭明心曲"的基本功能。

吕诲与上述诸家同样以直臣形象见称于世,而其一生的"高光时刻",无疑是在"濮议"事件中直斥欧阳修、韩琦等人"以枉道说人主,以近利负先帝",⑤力守继统之古制。由于最终未能如其所愿,吕诲即"居家待罪",终至贬官蕲州。与范仲淹因力谏废后之事出知睦州所作表文相似,吕诲在治平三年(1066)到任蕲州后,仍对"濮议"的结果耿耿于怀,故于所撰《蕲州谢上表》中,再次陈述其所持之理。⑥ 表文开篇之"三谏则逃,敢隳大节;一麾出守,诚自宽恩",以《礼记》与颜延年《五君咏》之语典,简明快捷地将外放之事由予以概括,直入出题,毫无拖沓。吕诲在之前的奏章中,即曾以董宏建议汉哀帝尊祖母傅太后、生母丁后为太皇太后与太后之事为例,明确指出"师

---

① 《宋史》卷三一三《富弼传》,第 10254 页。
② 吕祖谦编:《宋文鉴》卷六四,第 941 页。
③ 田锡《先君赠工部郎中墓碣》:"霜露之感,载怀怵惕;风树之悲,无所追及。"《咸平集》卷三〇,第 369 页。
④ 《礼记正义》卷九,见阮元校刻:《十三经注疏》(清嘉庆刊本),第 3034-3035 页。
⑤ 《宋史》卷三二一《吕诲传》,第 10428-10429 页。
⑥ 吕祖谦编:《宋文鉴》卷六五,第 962 页。

丹之议为正,董宏之说为邪",①而此表则进一步以汉桓帝追封生母匽明为孝崇皇后一事与之并举,直斥"朋奸之众,盖希宏、博之要荣;致主之谋,不耻哀、桓之乱制",将欧阳修、韩琦视为董宏一类的"奸佞",虽言有过当,而亦足见其心中之怒火,实难平复,同时还伴随着"既不能排斥邪佞,将何以振肃纪纲,心匪石以徒坚,力回天而莫得"之无奈沮丧,千古之下,仍能感受到其文字背后的愤恨忧郁。数年之后,神宗继位,重用王安石,力行新法,吕诲对此亦难苟同,指斥王安石"初无远略,惟务改作立异,罔上欺下,文言饰非",②"好执偏见,轻信奸回,喜人佞己",③及至晚年病困之际,"犹旦夕愤叹,以天下事为忧"。其晚年所撰《奏乞致仕表》,④甫一开篇即"以身疾喻朝政",痛陈所谓"医国"者之恣意妄为:"本无宿疾,偶值医者用术乖方,殊不知脉候有虚实,阴阳有逆顺,诊察有标本,治疗有先后,妄投汤药,率任情意,差之指下,祸延四肢",其后作者更引而伸之,将家国之兴衰与个人之得失相比较:"虽然一身之微,固未足惜;其如九族之托,良以为忧",其忠谟鲠直、忧国忧民,令人敬仰。

吕诲于弥留之际,曾嘱托司马光"天下事尚可为,君实勉之",⑤二人于治国施政方面多有共通之见,而在四六章表的写作上,亦不乏相似之处。司马光在授职知制诰时,即曾自陈"文词鄙野",故连上数状,推辞任命;治平四年除翰林学士,又以"不能为四六"的理由,请神宗收回成命。实际上,不仅限于应用文字,司马光对于古文亦少见论之。嘉祐二年(1057)正值北宋中期文风变革的高潮阶段,而在该年所撰之《答陈充秘校书》中,司马光仍仅专言"古之道",而对"古之文",则直言"平生不能为文,故避而不谈"。⑥ 纵观司马光平生,他始终践行"太上有立德,其次有立功,其次有立言"的古训,与德行、功业相比,文章不过"小道"而已。在与孔文仲论及"孔门四科"时,司马光指出文学被列于德行、言语、政事之后的主要原因,实即因其"无益于时","习其容而未能尽其义,诵其数而未能行其道",故"君子所不贵"。且"今之所谓文者,古之辞也",率"以华藻宏辩为贤",常有"文盛于外而实困于内"的情

---

① 李焘:《续资治通鉴长编》卷二〇七,第5024页。
② 《宋史》卷三二一《吕诲传》,第10429页。
③ 《宋史》卷三二一《吕诲传》,第10430页。
④ 吕祖谦编:《宋文鉴》卷六五,第963页。
⑤ 《宋史》卷三二一《吕诲传》,第10430页。
⑥ 《司马光集》卷五九,成都:四川大学出版社,2010年点校本,第1237页。

况,更与司马光理想中的"礼乐之文"相距甚远。① 另外,以文类而论,司马光亦"重诗而轻文",认为"文章之精者,尽在于诗",②这自然也导致其文学创作存在一些体裁上的倾向性。而在后人编撰的骈文史中,亦少见论及司马光者。这些客观情况,确很容易令人得出其不擅长骈文写作的结论,但据其集中现存制诏、表状观之,司马光于四六应用,可谓"非不能也,实不为也"。

熙宁元年(1068),祁国长公主下嫁张敦礼,进封卫国长公主,时任翰林学士的司马光负责起草制书。③ 在制文开篇他即直入主题,以"帝妹中行,易象赞其元吉;王姬下嫁,召南美其肃雍"一联概括其事,前联取自《泰卦》六五爻"以祉元吉,中以行愿也"之象辞,后联则用《召南·何彼襛矣》之"曷不肃雍,王姬之车"诗句,二语皆为王姬下嫁之典,于此用之正合其宜。其后自"席灵长之绪"至"承师教而不倦",皆为对公主德行的赞美,而"宜疏沭土之邑,俾适富平之孙"一联,以卫国之古称与富平侯张安世"五世袭爵"的典故成对,贴合现实人事,亦颇古雅可称。文章结尾,司马光再次使用《诗》《易》之典构成联句:"琴瑟静好,式昭和乐之音;雷风顺承,是为常久之道",这既是对新婚夫妇的美好祝愿,也符合制辞勉励驱策的惯例,同时亦与开篇之联句前后照应,结构安排独具匠心。除此文之外,其《上皇帝谢赐生日礼物表》亦有善用成语之联句存焉,④如"累茵列鼎,思负米以难追;立身扬名,在显亲而何有",即分别使用《孔子家语》与《孝经》之原典,⑤痛陈"子欲养而亲不待"的无奈与悲怆,而文末之"先事后得,顾惭锡与之荣;移孝为忠,誓竭糜捐之节",又以《论语》及《孝经》之原句成对,⑥感念君主赐物之

---

① 司马光:《答孔文仲司户书》,《司马光集》卷六〇,第1253-1254页。
② 司马光:《冯亚诗集序》,《司马光集》卷六四,第1332页。另外,在《故枢密直学士薛公诗集序》中,司马光同样提到了"文之精者,无如诗"。《司马光集》卷六五,第1363页。又如其于《赵朝议文稿序》所云:"言之美者为文,文之美者为诗",亦可为证。《司马光集》卷六五,第1364页。
③ 司马光:《祁国长公主进封魏国长公主制》,见吕祖谦编:《宋文鉴》卷三四,第531页。
④ 司马光:《传家集》卷一七,《文渊阁四库全书》第1094册,第184页下。
⑤ 《孔子家语·致思》:"昔者由也事二亲之时,常食藜藿之实,为亲负米百里之外。亲殁之后,南游于楚,从车百乘,积粟万钟,累茵而坐,列鼎而食,愿欲食藜藿,为亲负米不可复得也。"见陈士珂辑:《孔子家语疏证》卷二,南京:凤凰出版社,2017年点校本,第55页。《孝经·开宗明义》:"立身行道,扬名于后世,以显父母,孝之终也。"《孝经注疏》卷一,见阮元校刻:《十三经注疏》(清嘉庆刊本),第5526页。
⑥ 《论语·颜渊》:"子曰:'善哉问。先事后得,非崇德与?攻其恶,无攻人之恶,非修慝与?'"《论语注疏》卷一二,见阮元校刻:《十三经注疏》(清嘉庆刊本),第5440页。《孝经·广扬名》:"子曰:'君子之事亲孝,故忠可移于君。'"《孝经注疏》卷七,见阮元校刻:《十三经注疏》(清嘉庆刊本),第5562页。

恩。司马光曾作《古文孝经指解》，就该书"今文旧注有未尽者，引而伸之；其不合者，易而去之"，①故在作文之时引用其中语典，自是信手拈来。由此二文可见，司马光对于典故的选用与剪裁可谓得心应手，所谓"不能四六"，显然是一种推脱之辞。实际上，这种以选材用事见长的制诏章表亦并非其四六作品之"主流"，那些与时政、出处息息相关的"有用之文"，才是其应用文中最具代表性的。

熙宁三年（1070），司马光以"不通财务""不习军旅"为由辞免枢密副使，随后三次致书王安石，指出其"用心太过，自信太厚"，②"尽变旧法，以为新奇"等问题，③但都被王氏一一予以反驳，而在吕公著因批评青苗法，宋敏求、李大临、苏颂因李定擢升监察御史等事件相继被罢免之后，司马光遂于该年八月"乞知许州或西京留司御史台"，后得以端明殿学士知永兴军，到任后其依例上表称谢。④ 在该表前半，司马光以平白的语调叙述出知永兴军的经过，而在叙述当地"山川清美，土地膏腴"后，突然话锋一转，"论其平时，诚为乐土；在于今日，适值凶年"，随后即将当地凄切悲惨的景象予以详细描述："经夏亢阳，苗青干而不秀；涉秋滛雨，穗黑腐而无收。廪食一空，家乏盖藏之粟；襁负相属，道有流离之人"，其悲苦凄切，令人读之或难免堕泪。经历了这样的天灾洗礼，社会治安与人身安全自然也难以得到保证："老弱怀沟壑之忧，奸猾蓄莨蒲之志"。因此在司马光看来，为今之计，"正宜安静，不可动摇"，他还以烹鱼、种树等日常之事为例，强调"勿烦扰则可免糜烂""任生殖则自然蕃滋"。而他所针对的，正是不久前于永兴军推行的青苗、助疫等新法举措，这与其数日前所上《乞免永兴军路苗役钱札子》《乞留诸州屯兵札子》等奏书中所陈者正相呼应，足见其"虽复失位危身，终不病民负国"的决心。就作品本身而言，司马光以先抑后扬的手法，灵活把控叙事节奏，突出所欲陈述的中心问题，同时亦将"白描"技巧发挥到极致，这种基于现场实情的摹画写照，比之由典故而产生联想，无疑更具有震撼人心的穿透性力量，与杜甫感时伤事之诗篇相比亦不遑多让。

上举诸家章表，虽皆以对仗行文，但并不讲求研炼词句、剪裁典故，而长于叙情说理、铺陈心绪，文气脉络与古文别无二致，而这正是其与昆体表文在写法、风格上的明显差别。与宋初古文家有所不同，这些北宋中期作家在

---

① 司马光：《古文孝经指解序》，《司马光集》卷六四，第1337页。
② 司马光：《与王介甫书》，见吕祖谦编：《宋文鉴》卷一一五，第1607页。
③ 司马光：《与王介甫第三书》，《司马光集》卷六〇，第1265页。
④ 司马光：《永兴谢上表》，见吕祖谦编：《宋文鉴》卷六五，第960-961页。

撰写章表时,并未径直"以古代骈",亦不费心考虑所谓骈散"分工"的问题,而是根据意思表达与节奏变化的需要,在四六联对与散句双行之间自由"切换",随意"搭配",充分印证了"恳恻者辞为心使"的经典命题。就艺术来源而言,这种写法于韩愈那些骈散未分的章表中即已可见雏形,而这些后来者的作品由于遣词造句多以简明练达为上,不以奇崛新颖为能,故整体风格更为流利自然、清通顺畅。而在北宋晚期、末期四六应用愈发精巧流丽的阶段,诸如吕公著《定州谢上表》、苏辙《谢除中书舍人表》《谢除龙图阁学士御史中丞表》、滕甫《安州谢上表》、陈瓘《进四明尊尧集表》《通州自便谢表》、刘跂《谢昭雪表》、韩忠彦《免右仆射谢表》、张商英《鄂州谢上表》等作品,率以骈散互融、昭明心曲见长,足见此种写法"生命力"之强大与持久。

值得关注的是,昆体四六对北宋应用文领域的影响,并未因这些骈散互融的章表作品的出现而完全消除,北宋中期的另一些作家即尝试将"引古语切对"与"指事造实"相结合,取二者之所长,进而形成一种既能够委曲婉转抒情达意,又具有对仗工稳、剪裁精当等特色的四六文风。

3.3 北宋中期表文"古语切对"与"指事造实"的融合

在范仲淹、欧阳修等人以骈散互融的方式撰作四六章表,并逐渐建立起一种能够取代昆体风格的应用文写作模式时,尚有部分作家仍然谨守昆体之矩式而未随其流。以王拱辰为例,刘挚于《王开府行状》中称其"为文章浑厚清伟,尤长于比事俪辞"。① 唯王氏文集早佚,仅《贺皇长子封公表》一篇有赖《宋文鉴》收录得以流传后世。② 此表乃嘉祐八年(1063)王氏于定州任上为庆贺英宗继皇位后进封长子赵顼为光国公所撰,该文最为突出的特点,即在于对古语成句的灵活运用,如"周列侯邦,半诸姬而启土;汉有天下,非刘氏则不王"一联,前联用《左传·僖公二十八年》有关"汉阳诸姬"的记载,③后联则以周亚夫所述刘邦"非刘氏不得王,非有功不得侯"之誓约为对,④表明"宗子维城"对于巩固祖宗基业的重要性,其后之"穹壤""恢阐""孙谋""祖构"等语,率皆出于《诗经》《文选》,而结尾颂圣之联"《离》明《震》豫,知帝绪之无疆;海润星晖,戴吾君之有子",则明显仿效晏殊《代辞升储

---

① 刘挚:《忠肃集》补遗,第 478 页。
② 吕祖谦编:《宋文鉴》卷六五,第 960 页。
③ 《春秋左传正义》卷一六,见阮元校刻:《十三经注疏》(清嘉庆刊本),第 3961 页。
④ 《史记》卷五七《绛侯周勃世家》,第 2077 页。

表》之"《震》豫《离》明,载前闻于八象;星晖海润,昭茂实于两仪"。通篇观之,其遣词造句、剪裁熔炼,皆颇得昆体四六之神髓,足见昆体之"流风余韵",及至此时仍传续未绝。

与此同时,元绛、王珪、王安石等作家则试图融合昆体四六表文以及范仲淹、欧阳修等人骈散互融之章表各自的特点。岐公、荆公二人皆为六一门生,依常理而言,他们的四六文或应与乃师之风格较为接近,但实际上,他们并未置四六之传统法度于不顾,所作章表皆词句温雅,用典考究,颇具古风,王铚即认为"王岐公、元厚之四六皆出于英公;王荆公虽高妙,亦出英公,但化之以义理而已",[①]明确将三家四六视为昆体之余绪。然其章表作品虽以善用古语为主要特点,但在使用频率上则多不及杨、刘之作,而在写法上更加讲求"推陈出新""自我作古",依法经典而不蹈袭窠臼,多有警策之联句传世,且尤重于切事达意。与范、欧等人之章表相比,这类作品更能展现出骈偶文字雅致精巧的一面,同时也避免了昆体末流雕篆琐细之弊,三位作家皆被视为北宋四六文之杰出代表,这充分反映出后人对其艺术贡献的肯定。

3.3.1 "以古今传记佳语作四六"的元绛表文

治平三年,钱公辅因王畴资历尚浅而对英宗擢升其为副枢密的任命提出异议,转年被贬知广德军,其到任后所撰《广德军谢上表》有"义当有在,虽富贵诱之而不回;职所宜言,虽斧钺威之而益厉"一联表达忠心尽职之意,[②]"以文体为对属",铿锵有力。而其叙外放一事曰:"放之穷山,所以苦其心志;授之散秩,将以饿其体肤",使用《孟子·告子下》之名句,随后接以"死灰复然(燃)""白骨再肉"二句感念圣上宽宥之恩。值得一提的是,"白骨再肉"语出张鷟之《游仙窟》,[③]作者引小说家语以入文,足见取材之广泛。而该表颂圣之句云:"如天之覆,远则弥周;如日之中,幽无不烛",以《礼记·中庸》及《邶风·简兮》原句成对,而文末之"有民有社,固恪奉于训词;为子为臣,方益坚于素节",则使用《论语》及《宋书·颜延之传论》成句,亦颇工致。此表行文流畅,多见散语对仗,而间用经典原句成联,这种较为独特的组合方式,也昭示着"古语切对"与"指事造实"的融合即将成为北宋四六表文的另一个发展趋势。

---

① 王铚:《四六话》卷上,见王水照编:《历代文话》,第1册,第9页。
② 吕祖谦编:《宋文鉴》卷六六,第980页。
③ 张文成撰,李时人,詹绪左校注:《游仙窟校注》,北京:中华书局,2010年,第31页。

元绛同欧阳修年齿相仿,其少年求学时期,亦正值昆体风气盛行之际。由于元绛现存四六章表数量较少,而早年之作更无从得见,故难以准确判断其应用文字是否发生过风格上的明显转变,但据其晚年之制诏、章表可知,与欧阳修自及第后即放弃"穿蠹经传,移此俪彼"而另寻他途有所不同,元绛大体上延续了昆体长于造语隶事的创作习惯,而其工致高妙,实有过于前人。试观其最为后世所称道的《越州谢上表》:

> 易帅峤南,方深危惧;分符浙右,特荷保全。仰服恩章,唯知感涕。伏念臣习知忠谊,窃慕功名。历事三朝,行将四纪。向自北垂之漕,就更南粤之麾。蒙临遣以丁宁,敢遑安而留滞。载驱长陆,甫及半途,忽闻羽檄之音,谓有龙编之警。横水明光之甲,得自虚声;云中赤白之囊,倡为危事。边萌扰动,朝听震惊。况在守臣,敢怼奔命。风驰南海,已久见于吏民;日远长安,盖未闻于章奏。仰烦宵旰,咨及臣邻。谓护塞之急人,且择才而代戍。驱车万里,虚出玉关之门;乘驷一麾,幸至会稽之邸。尚兼方面,弥畏人言。此盖伏遇陛下,法道曲全,等天丕冒。以臣更事绵久,备历四方之勤;知臣立朝最孤,迥无一介之助。涣然休命,付畀价藩。臣敢不训旅以严,安民以静。庶希乐易之治,仰补熙隆之时。衔赐不赀,论生曷补。①

此表的主要内容,乃元绛到任越州后回述此前"由广转越"之曲折经历。② 治平四年,元绛"向自北垂之漕,就更南粤之麾",奉神宗之命由河北转运使徙知广州,而"甫及半途",即"忽闻羽檄之音,谓有龙编之警",由于两广地区常有边民侵扰滋事,更兼赴任途中,信息获取自是不便,故元绛以"横水明光之甲,得自虚声;云中赤白之囊,倡为危事"一联形容当时的情形。此联先用李德裕讨伐泽潞节度使刘稹时,中人马元实受横水裨将杨弁贿赂,

---

① 吕祖谦编:《宋文鉴》卷六七,第984页。
② 王铚称此表的写作背景为:"元厚之久作藩郡,后闻侬智高余党寇二广,移知广州,而所传乃妄,改知越州",即元绛出守广州本就为平乱而行,但这与文中甫及半途、忽闻边警的说法并不一致。叶梦得《石林燕语》则明确提到:"会广西侬智高后,复传溪峒有警,选可以经略者,乃自南京迁知广州",以此表为至广州后所作,而由"分符浙右""幸至会稽之邸"等句可知此说实误。盖元绛起初受知广州时,尚未有所谓的紧急情况出现,而误传之事当发生于其赴任途中,在火速奔临现场并未发现异常后,便暂驻广州等候朝廷的进一步处理方案,最终得命改知越州。另据文中"向自北垂之漕,就更南粤之麾"一联,则元氏当自河北都转运使赴任广州,而非如叶氏所言自南京迁知。

妄称该地兵士甚众,"属明光甲者十五里",后被文饶当面拆穿谎言之事;①后则以丙吉因其驭吏偶见驿骑赤白囊内军书,言虏入云中、代郡,而得预先准备,后在面圣之时一一具陈所闻之典为对,②意云边急虽未亲见,或为虚情,但若确有其事,则亦当提早防患,不可掉以轻心。该联所用二事皆非寻常之典,颇具新意,而又能与此情此景贴合无间,足见元绛平素记问之广博与临文才思之敏赡,王铚、叶梦得、龚明之等人皆对此联赞不绝口,故书之于己著,以传后世。其后陆佃于所撰《贺收青唐表》中以"争奉玄黄之篚,以迎王师;罢持赤白之囊,而撤边警"形容边境绥安之态,③亦当受厚之此联之影响。元绛快马加鞭奔赴广州,但到达当地后方知该信实虚,故唯将此事报知天听,等候圣命,其"风驰南海,已久见于吏民;日远长安,盖未闻于章奏"一联,正是对此情况的描述。"日远长安"自是以《世说新语》所载东晋元、明二帝"长安何如日远"之事表达对神宗旨意的祈盼,④而前联看似未用典,实乃借用《汉书》中有关赵广汉"见吏民,或夜不寝至旦"的记载,⑤言其在粤之日亦未曾偏废公务,尽忠职守。在接到"择人代戍",移知越州的诏命后,元绛紧张的心情终于得以舒缓:"驱车万里,虚出玉关之门;乘驷一廛,幸至会稽之邸"。该联所用"虚""幸"二字,颇为工巧:所谓"虚"者,言未能分辨军情真假而急至边地,有过无功;所谓"幸"者,则意在感念君主不加责备而令其转守越州。元绛仅凭二字,即将戴罪谢恩之意予以婉转表达,且后联又与长安厩吏"乘驷马"以迎朱买臣的典故相合。⑥既贴合实情,又寓古于今,四六熔裁锻炼之妙,在此得到充分体现,谢伋言此联多为人所称颂,良有以也。⑦

元绛之章表多有与昆体四六"息息相通"之处,如上所用"虚出玉关之门",或即得自宋祁《代南郊乞侄男恩泽表》之"延望玉关之门"。另据王铚所记,元绛曾因神宗责其"忘事"而请辞职命,其《乞致仕表》中"少之烛武,尚不如人;老矣师丹,仍多忘事"一联,乃化用宋庠"老矣师丹多忘事,少之烛武不如人"诗句而来。⑧除语词意象上的借鉴外,元绛更是继承了昆体四六善

---

① 《旧唐书》卷一七四《李德裕传》,第4256-4257页。
② 《汉书》卷七四《魏相丙吉传》,第3146页。
③ 陆佃:《陶山集》卷八,见王云五主编:《丛书集成初编》,第1930册,第90页。
④ 《世说新语·夙慧第十二》,刘义庆撰,刘孝标注,杨勇校笺:《世说新语校笺》,北京:中华书局,2006年,第535页。
⑤ 《汉书》卷七六《赵尹韩张两王传》,第3202页。
⑥ 《汉书》卷六四上《严朱吾丘主父徐严终王贾传》,第2793页。
⑦ 谢伋:《四六谈麈》,见王水照:《历代文话》,第1册,第35页。
⑧ 王铚:《四六话》卷上,见王水照编:《历代文话》,第1册,第7页。

用成句的创作手法。《宋史》本传称元绛："所至有威名,而无特操,少仪矩。仕已显,犹谓迟晚。在翰林,谄事王安石及其子弟,时论鄙之",①此论虽不免偏颇,但谓元绛与王安石交情莫逆,则非虚言。荆公早在嘉祐二年知常州时,即曾撰启向当时出任两浙转运使的上司元绛表达谢意,②嘉祐七年（1062）,元绛以天章阁待制知福州,时任知制诰的王安石特赠诗相送,以"元侯文章翁,更以吏能著"称赞厚之文才,又以"四坐共咨嗟,疑侯不当去"表达遗憾惋惜之情。③ 荆公初拜相时,还曾向神宗推荐其出任知制诰一职,后元绛得迁翰林学士,亦有赖于此。④ 在政治上,元绛亦积极支持荆公之变法举措,被后人划为新党一派。正是基于二人公、私层面上的友好关系,熙宁八年二月王安石复宰相位,元绛于所撰制书中对荆公之德行功业大加称赞,所谓"信厚而简重,敦大而高明","驰天人之极挚","泝道义之深源"等皆是其类,⑤而文中最为后世传诵之联句曰："谗波稽天,孰斧斯之敢缺;忠气贯日,虽金石而自开",前联以"波"喻"谗",或当借自刘禹锡《浪淘沙》（其八）之"莫道谗言如浪深",⑥而"斧斯"则出于《豳风·破斧》之"既破我斧,又缺我斨";后联则以孔休先《谕众檄》"忠贯白日"之语,⑦与熊渠子弯弓射石"见其诚心而金石为之开"之典缀合而成。⑧ 此联乃是对前所言"尔则许国,予唯知人"之意加以发挥,先以"谗波稽天"渲染王安石及其新政所面临的诸如变乱法度、祸国殃民等铺天盖地的质疑与声讨,而后则将王安石比作须臾不可离之日常生产器具,以神宗的口吻向其传达"孰敢缺之"的坚定支持,充分体现出"予唯知人"所蕴含的赏识与信赖,而"忠气""金石"则是对"尔则许国"的形象化呈现。虽然王铚曾以"谗波"与"斧斯"之间的语意关系不及后联之衬托连贯的缘故,而认为此联略犯"偏枯"之病,但依然无损其新颖妥切、匠心独运。值得一提的是,由元绛首创的"谗波稽天"与"忠气贯日"二

---

① 《宋史》卷三四三《元绛传》,第 10907 页。
② 王安石：《知常州谢运使元学士启》,《临川先生文集》卷八一,北京：中华书局,1959 年,第 845 页。
③ 王安石：《送元厚之待制知福州》,《临川先生文集》卷九,第 151 页。
④ 叶梦得：《石林燕语》卷九,北京：中华书局,1984 年点校本,第 136 页。
⑤ 元绛：《王安石拜昭文相制》,《宋大诏令集》卷五六,第 284 页。
⑥ 《刘禹锡集》卷二七,第 362 页。
⑦ 《宋书》卷六九《范晔传》,北京：中华书局,1974 年点校本,第 1823 页。
⑧ 韩婴撰,许维遹校释：《韩诗外传集释》卷六,北京：中华书局,1980 年,第 230 页。按,此事多见录于先秦两汉之逸闻类编性书籍当中,如《新序》《西京杂记》等皆可得见,且具体内容并无大异,而王铚径以此事为"《西京杂记》载扬雄全语",则不免武断。

语,多为其后作家所袭用,这也从另一个侧面明确反映出该篇制文在当时受到广泛认可与推崇的真实情形。

元绛晚年受长子事牵连,出知外州,后志欲休老,数次上表托病请归,而这些《致仕表》依然延续了其精于熔炼成句的一贯风格。如其中一篇有"跄跄退舞,敢忘舜帝之笙镛;翼翼归飞,亦在文王之灵沼"一联,①前联源自《书·益稷》之"笙镛以间,鸟兽跄跄",后联则由陶渊明《归鸟》之"翼翼归鸟,晨去于林",②与《大雅·灵台》之"王在灵沼,于牣鱼跃"组合而成,③言其虽离朝远去,而旦夕不忘君恩。与此联句意手法相近者,尚有《谢致仕表》"冥鸿虽远,正依天宇之函容;时藿未凋,尚傃日华之明润"一联,④其后联乃是合潘岳《闲居赋》"囊荷依阴,时藿向阳",⑤及李德裕《仁圣文武至神大孝皇帝真容赞序》"天光晬清,日华明润"于一处,⑥其意谓"万物不离于天地,虽致仕不离君父也"。

与后昆体作家之广引博采近似,举凡经史子集四部之典,皆可在元绛章疏表奏中觅其踪影,王铚视其作品为"取古今传记佳语作四六"的典型,盖非虚言。观其《越州谢上表》等作可知,元绛虽精于运古,但所选词句皆较为明白显畅,而非刻意仿古,亦未曾铺排典事,这就使得其章表相较夏竦、宋祁等后昆体作家之文更为流畅通顺,在温润典切的基础上,增强了指事陈请的功能。虽然元绛屡以所撰贽之欧阳修而"卒不见录",⑦或当是由于欧公对以骈四俪六、抽黄对白见长的应用作品原即不屑一顾,但这并未妨碍元绛吸纳其表文之所长,运"古今佳语"而能"切于事理",以巧妙的构思令"一篇一咏,往往出人意表","秉笔之士,以此多称美之",⑧而这种"执其两端而用其中"的创作选择,在某种程度上也奠定了北宋中后期四六章表的基本样态。

---

① 王铚:《四六话》卷上,见王水照编:《历代文话》,第1册,第7页。
② 陶渊明著,逯钦立校注:《陶渊明集》卷一,北京:中华书局,1979年,第32页。
③ 《毛诗正义》卷一六,见阮元校刻:《十三经注疏》(清嘉庆刊本),第1130页。另,王铚言元绛此联当借自欧阳修《谢致仕表》之"虽伏枥之马悲鸣,难恋于君轩;而曳尾之龟涵养,未离于灵沼",虽皆有"灵沼"一词,但二家所用典故实不相同,故借鉴一说,并不准确。
④ 吕祖谦编:《宋文鉴》卷六七,第985页。《四六话》亦引此联,而与《宋文鉴》所载略有差异:"冥鸿虽远,正依天宇之高华;微藿虽倾,尚溯日华之明润。"王铚:《四六话》卷上,见王水照编:《历代文话》,第1册,第7页。
⑤ 《文选》卷一六,第227页上。
⑥ 《全唐文》卷七一〇,第7291页。
⑦ 叶梦得:《石林燕语》卷九,第136页。
⑧ 苏颂:《太子少保元章简公神道碑》,《苏魏公文集》卷五二,北京:中华书局,1988年点校本,第782页。

3.3.2 "揖让于二宋之间"的王珪表文

与元绛同样颇受昆体沾溉,而又能自出机杼、卓然成家者,尚有可与燕许常杨媲美之北宋"大手笔"王珪。王珪自皇祐五年任知制诰以来,即开启了长达二十余年的翰苑词臣生涯,其"不出都城致位宰相",长期过着"金带系袍回禁署,翠娥持烛侍吟窗"的雅致生活,这也使得其诗文与昆体作家同样呈现出温润丰缛的馆阁气象,以题材而论,"其平生著述,多代言应制之文,而无放逐无聊感愤之作"。① 他的近体诗篇多为歌功颂德、吟咏太平之作,遣词造句"喜用金璧珠碧",对舆服器物的精细刻画甚至带有些许宫体之意味,故被其兄目为"至宝丹"。而其骈体表章虽亦以谢贺称颂一类为主,但与诗歌之"满目富贵"不同,独胜在运思之别致巧妙。

举例言之,庆贺寿星(或老人星)出现的章表,在唐宋人文集中并不鲜见,如李商隐之《为荥阳公贺老人星见表》,②首先以"曜为经而宿为纪,则有常名;斗挹酒而牛服箱,或标虚号。若候时而出,有道则彰"数语,突出老人星见于此时的难能可贵,而在历叙君主盛德之后,续以"自南耀彩,将弘解愠之风;近晓流光,欲助无私之日"一联描写星光之璀璨,其用典造语亦可称工致,但对于寿星之祥兆,则并未予以正面说明。田锡之《贺老人星见表》是北宋同题章表中现存较早的一篇,③该文首先叙写真宗仁民爱物之心感动于天,"和气所感,殊祥遂臻",随后以"黄明润大之色""祉佑昭彰之符"形容老人星之特征,与义山之表侧重点有所不同,但亦未能充分体现出老人星的独特之处。反观王珪之《贺寿星见表》,④其开篇之"金行贯叙,灏气肃于西成;珠纬躔空,祥辉丽乎南极",前联以秋日肃杀之象烘托气氛,而正值此万物沉寂之时,寿星的光辉才显得更为耀眼夺目,将时序环境与表文主题径直呈现在读者眼前,以准确而雅致的语言使人很容易联想到寿星运行于天际、闪耀于南空的景象,可谓四六表文破题之语的典范。在铺叙帝德合于上下的内容之后,王珪以"荐人君之寿,既稽元命之图;表天下之安,又载西京之志"一联写寿星之吉兆,除一般的长寿象征之外,作者还特别引用《史记·天官书》中"老人见,治安;不见,兵起"的记载,⑤说明寿星另具之太平无事的

---

① 许光凝:《华阳集序》,见曾枣庄、刘琳主编:《全宋文》卷二九七二,第 138 册,第 84 页。
② 李商隐著,刘学锴、余恕诚校注:《李商隐文编年校注》,第 1563-1564 页。
③ 田锡:《咸平集》卷二五,第 264 页。
④ 王珪:《华阳集》卷十,见王云五主编:《丛书集成初编》,第 1912 册,第 103 页。
⑤ 《史记》卷二七《天官书》,第 1306 页。

含义,将天子万年与百姓安康联系在一起,进一步突出主君之"仁惠育物""诚德参天"。这样的构思,确非前此作者能及,王应麟对此二联给予了高度评价,称"一时庆语,无出其右",①《宋会要辑稿》亦以此联作为描述老人星之特征的标准,②足见该表在后人心目中的经典地位。

除称颂恭贺之外,王珪以表文论事陈情,亦能做到详整有法、委婉得体。嘉祐元年(1056)九月,仁宗因病体初愈及水患得平,欲于大庆殿行恭谢天地之礼,并计划于前一日诣太庙祭祀。③众臣为仁宗健康着想,即上表望其取消拜谒太庙的活动,而执笔撰文者正是王珪。在《请皇帝罢谒太庙第一表》中,他以直入主题的方式开篇:"礼备者文必昭,诚至则体或简,属因时而展事,敢缘变以错宜",④在后文则以"且天地念生民之深,时则锡九宸之福;维祖宗怀继统之重,岂欲殚大辂之勤"与之呼应,并言"倘精意之上交,固礼文之旁适",以较为直接的方式请从其谏。在未得到仁宗的明确答复后,王珪随即另上《第二表》进一步阐明群臣之意。⑤该文首先即以"升燎于坛,既节徂郊之礼;奉璋于室,宜财假庙之文"一联点明主旨,"升燎""奉璋"分别为郊祀及祼礼的主要组成环节,此次恭谢天地既然选择在大庆殿而不是到南郊进行,表示皇帝本即有仪式从简的想法,以此类推,"假庙"之行则显得更无必要,理应裁之。与前表"因时制宜"的理由相比,此联在逻辑上明显具有更强的说服力,且用语更为典赡。其后"粢盛方洁,璧玉华光"一联,又使用《孟子》与《汉书·礼乐志》中的成句,⑥形容祭祀所用器物之精致考究。而王珪此表最为高明之处,即在于将群臣忧虑仁宗御体的爱君之情,予以充分表达:"窃恐雾露之气,涉于宵衣;舆马之音,震乎天步。""雾露之气"语出《史记》,⑦"舆马之音"则借自陈蕃《谏幸广城校猎疏》,⑧用于此处,正可体现出下臣对君主无微不至的关心,作者又以"非所以承祖宗之爱,来邦家之休"两句紧接其后,言仁宗若因执意进谒太庙而致龙体有损,则不免违背了祭祀祖先的本意,实为得不偿失之举。王珪此表真可谓"晓之以理,动之以情",

---

① 王应麟:《词学指南》卷三,北京:中华书局,2010年点校本,第456页。
② 徐松辑:《宋会要辑稿·瑞应一之一》,北京:中华书局,1957年影印本,第2065页上。
③ 司马光:《涑水记闻》卷八,第160页。
④ 王珪:《华阳集》卷九,见王云五主编:《丛书集成初编》,第1912册,第95页。
⑤ 王珪:《华阳集》卷九,见王云五主编:《丛书集成初编》,第1913册,第95-96页。
⑥ 《孟子注疏》卷一四上,见阮元校刻:《十三经注疏》(清嘉庆刊本),第6037页。《汉书》卷二二《礼乐志》,第1067页。
⑦ 《史记》卷一一八《淮南衡山列传》,第3079页。
⑧ 《后汉书》卷六六《陈王列传》,第2162页。

既以古语成句点缀其间,有昆体古雅之韵味,在结构安排与叙事方法上,又可见类似欧公章表纡徐委曲之姿态,是能兼得二体之长也。

王珪晚年之章表,整体上更具自然流畅之美,而其中一些联句亦颇为警策可传。熙宁三年王珪进位参知政事,其《辞免参知政事表》有"伛者既升,彼指顶之愈众;负而且乘,亦致寇之可虞"一联,①前联化用《荀子·儒效》之"身不肖而诬贤,是犹伛伸而好升高也,指其顶者愈众",②与《解卦》"六三"爻辞相对,表达谦辞退避之意。而在随后所上《谢参知政事表》中,则有联句曰:"图事揆策,追前王之未能;聚精会神,索一德之同至",③此联妙在前后四字分句皆出自王褒《圣主得臣颂》,④写君臣相合协力、共治天下。元丰二年(1079)十月,太皇太后曹氏病故,神宗"命王珪为山陵使",负责葬礼相关事宜。在料理丧务的过程中,高太后与神宗皆降中使传宣抚问,王珪在答谢章表中,以悲怆的笔调叙写因太皇太后离世而笼罩在君臣左右难以消解的沉痛之情,如"下翔凤之瑞闱,风云为之变色;过跃龙之闲馆,道路莫不陨心",⑤描写灵驾启行时天昏地暗,众人心忧陨涕的情景。又如"诏发芝封,已建因山之号;歌流薤挽,更勤陟岵之思",⑥前联写神宗易太皇太后园陵为山陵之诏令,后联则以《魏风·陟岵》"陟彼岵兮,瞻望母兮"之句,将"因山建号"与"登山思母"联系在一起,运思亦可谓巧妙。再如"望极霸陵,不改山川之旧;悲深庆寿,更无歌舞之余",⑦前联用汉文帝"霸陵山川因其故,毋有所改"的遗诏,⑧写丧事墓冢之简约朴素,以见太皇太后之仁德谦厚,后联则写君臣上下于曹氏生前所居庆寿宫睹物思人,无心欢娱,古今相对,亦颇为切当。此外,《华阳集》中另存二十二篇《谢赐生日表》,数量冠绝两宋诸家,虽无明确系年,但据各篇内"擢居丞弼""遂翼政机"等语,可知其中的绝大多数皆作于王珪登临宰辅高位之后,而如"币缯实筐,宠已厚于解衣;饩廪盈庭,愧有加于浮食",⑨"良金烛乘,严宝鞁于天驹;藻帛绚文,杂华章于笥服"等

---

① 王珪:《华阳集》卷九,见王云五主编:《丛书集成初编》,第1912册,第97页。
② 王先谦:《荀子集解》卷四,北京:中华书局,1988年点校本,第129页。
③ 王珪:《华阳集》卷一二,见王云五主编:《丛书集成初编》,第1913册,第134页。
④ 王褒《圣主得臣颂》:"昔贤者之未遭遇也,图事揆策,则君不用其谋,……聚精会神,相得益章"。见《汉书》卷六四下《严朱吾丘主父徐严终王贾传》,第2825-2826页。
⑤ 王珪:《谢太后抚问第三表》,《华阳集》卷一二,第138页。
⑥ 王珪:《谢皇帝抚问第一表》,《华阳集》卷一二,第138页。
⑦ 王珪:《谢皇帝抚问第三表》,《华阳集》卷一二,第139页。
⑧ 《史记》卷一一《孝文本纪》,第434页。
⑨ 王珪:《谢赐生日表》(其九),《华阳集》卷一二,第142页。

联句,①亦皆具温润雅丽之风韵,确可谓"摘藻细润,典雅劲健"。②

四库馆臣称王珪之文"揖让于二宋之间,可无愧色",③与王萃同样将其四六之风格源头上溯至后昆体诸家。以创作手法而论,王珪之章表确在很大程度上继承了昆体四六之"衣钵",遣词造句典赡雅致,这也符合王称对其文章"有西汉风"的评价。④但与前人相比,王珪之章表更为流畅顺达,绝无古奥生僻之辞句,结构上严谨缜密、逻辑清晰,尤善破题立意,联对的使用亦非以铺排渲染为目的,多运思巧妙而能突显主旨,故其四六虽与二宋文风相近,但亦独具个人特色。

3.3.3 "以经为本"的王安石表文

南宋文人陈鹄称"荆公作事,动辄引经为证",⑤实则荆公之四六章表亦同样"以经为本"。王氏早年求学,即明言"独古人是信",其所谓的"古人",实即"其道大中至行"的尧舜一类圣王贤君。对于文学作品,则甚喜"一本于古"的典正之文。王安石青年时期即与昆体名家有所接触,庆历二年进士登第后,他在谒见晏殊时曾受到特别的礼遇,同年赴任扬州签判又成为宋庠下属,但其早年之应用作品,与昆体四六风格并不一致。该年七月,王安石曾代宋庠草撰吕公著、章得象、晏殊三人判枢密院事、兼枢密使贺启,元宪对其中贺吕一篇似并不满意,"涂抹殆遍",自行别撰。⑥观荆公之启,先以"风华博照""天韵雄成""清议被民""丰规振俗"等语称颂吕氏之德行政绩,后以"畀兹全责,钦若壮猷","馗通函谷""威彼匈奴"叙写其任职枢密之事。而宋庠之启,在结构上与王启相似,亦是以称美吕氏辅佐帝王之德业为开篇,但其所用语词相较而言则更为典致:如"将明""弼直"分别出自《大雅·烝民》与《书·益稷》,"三事""九功"语本《左传》,"穆眖假以无言""陟大猷于同体"则是以《商颂·烈祖》与《小雅·巧言》之诗句代替王启"清议被民""丰规振俗"之联。而宋启区别于王启的最大不同之处,即是以"唯是本兵,别归谋幄"至"创宥密之判规,宠裁成之政本"数句,着重强调吕公著判枢密院一事

---

① 王珪:《谢赐生日表》(其二二),《华阳集》卷一二,第147页。
② 方回选评,李庆甲集评校点:《瀛奎律髓汇评》卷二,上海:上海古籍出版社,1986年,第54页。
③ 《华阳集》提要,《文渊阁四库全书》第1093册,第1页下至第2页上。
④ 王称:《东都事略》卷八〇,济南:齐鲁书社,2000年,第672页。
⑤ 陈鹄:《西塘集耆旧续闻》卷一,北京:中华书局,2002年点校本,第290-291页。
⑥ 陈鹄:《西塘集耆旧续闻》卷四,第325-326页。

在朝廷制度上的特殊性,更能突出贺启之主旨。而联系王安石同时所撰的另外两篇启文可知,其青年时期的四六文尚未形成独特的个人风格,这与其痛斥杨、刘"粉墨青朱,颠错丛庞"的态度,①以及曾巩对其"文甚古,行称其文"的称赞相一致。② 需要注意的是,王安石虽然遵循古道,但尤为看重文学作品本身的适用性,必"务为有补于世"者,方可谓之文,而雕镂刻画乃文之"容貌",亦不可或缺,唯勿先于适用即是。③ 由此可见,王安石与那些恪守"文以载道"的古文家在文学理念上不尽相同,整体而言更具"实用主义"色彩,这也为其之后应用文风格的变化,奠定了基础。

曾巩于庆历四年将王安石文进呈欧阳修,并于一段时间后致书王安石,转述欧阳修观览其文之评语,所谓"勿用造语及摸拟前人",乃是欧公就其《性论》一类明显承袭《孟子》、韩文之文法意脉者而发。④ 虽然王安石于庆历、至和,乃至嘉祐初年所撰之《代郓州韩资政谢表》《代王鲁公德用乞罢枢密表》《代王鲁公乞致仕表》等作,皆是"以文体为四六",以"指事造实"为依归,但他"模拟经典"的创作习惯,终使其四六文风于嘉祐六年就任知制诰后逐渐发生转变,而这一转变又与王氏前此数年精研儒家圣典有着直接的关联。盖王安石青年时期好古敏求,对儒家性、命之说尤有兴趣,其《性论》《性情》等文即为精研深思《孟》《荀》等典籍之所得。而在任职常州时,他又对《诗》《易》产生了浓厚的兴趣。⑤ 嘉祐四年(1059),王安石就职集贤院,曾与刘敞就性、情问题进行论辩探讨,这无疑对其经学思想的发展,起到了一定的促进作用,而如此日复一日、念兹在兹,最终使得那些儒家经典中的名言警句,内化为荆公个人创作时"信手拈来"的常规用语,于其临文挥毫之际自然流露于笔端。值得注意的是,王安石在最初引成句入表启时,多是直用其

---

① 王安石:《张刑部诗序》,《临川先生文集》卷八四,第884页。
② 曾巩:《上蔡学士书》,《曾巩集》卷一五,第239页。
③ 王安石:《上人书》,《临川先生文集》卷七七,第811页。
④ 曾巩:《与王介甫第一书》,《曾巩集》卷一六,第255页。王安石终身服膺孟子之哲学思想,又对其文多有借鉴,且不仅限于古文,其四六应用中亦时可见《孟子》之语,所谓"他日若能窥孟子,此身安敢望韩公",正明白表露其心之所向。
⑤ 梅尧臣《得王介甫常州书》诗云:"勤勤问我《诗小传》,《国风》才毕《葛屦》章",可见王安石此时研《诗》之勤。见梅尧臣著,朱东润编年校注:《梅尧臣集编年校注》卷二七,上海:上海古籍出版社,1980年,第983页。又《墨客挥犀》卷四:"舒王性酷嗜书,虽寝食间手不释卷,昼或宴居默坐,研究经旨。知常州,对客语,未尝有笑容。一日,大会宾佐,倡优在庭,公忽大笑,人颇怪之。……有一人窃疑公笑不由此,因乘间启公,公曰:'畴日席上,偶思《咸》《恒》二卦,豁悟微旨,自喜有得,故不觉发笑耳。'"据此可见王氏究心《易》学,沉潜其中。见彭乘辑撰:《墨客挥犀》,北京:中华书局,2002年点校本,第318页。

语而很少施以剪裁熔炼,这一特点在他之后的作品中亦较为常见,其引经入文,亦多旨在突出其中所蕴含的有关立身治世之正理,并以此作为修饰"文器"之"妆容",而非追求文辞之雅致绚丽,故在表现形式上,与昆体之精雕细琢自有不同。

  叶梦得曾提到"荆公诗用法甚严,尤精于对偶,尝云:'用汉人语,止可以汉人语对,若参以异代语,便不相类。'"①这种对典语出处一致性的严格要求,即是荆公"诗及四六,法度甚严"的实质,而汤思退所谓"经对经、史对史、释氏事对释氏事、道家事对道家事"的概括,便是这一"法度"在其四六章表中的具体反映。② 治平初年,王安石的经学造诣已为世人所推赏,其所撰《易解》《洪范传》《淮南杂说》等经学论著皆大行于世,"天下推尊之,以比孟子"。③ 但王安石此时之四六章表,大体上仍然延续了前期"以文体为对属"的写作方式。如其治平四年所撰《除翰林学士谢表》,开篇即以长联表明任使进取之难:"人臣之事主,患在不知学术,而居宠有昧冒之心;人主之畜臣,患在不察名实,而听言无恻怛之意"。④ 其后论任职学士所应具之才德,亦与此相同:"忠厚笃实廉耻之操足以咨诹而不疑,草创润色文章之才足以付托而无负",前后联各十五字,颇具古文清畅流利、气势磅礴之美。熙宁二年(1069)王安石除授参知政事,其所撰《谢表》中有谦辞之联曰:"以为奉令承教,庶几无尤;至于当轴处中,良非所称",⑤虽使用《战国策》《汉书》原句,但皆属较为习见者。直至翌年拜平章事、监修国史,其先后所上辞、谢二表,方可见引经之句。如他在《辞免平章事监修国史表》(其二)中以"今内或怵奇邪之俗,无喻德宣誉之忠;外或扇苟简之风,有犯令陵政之悖"一联痛陈新法推行过程中所遇到的种种阻碍,⑥"喻德宣誉"乃《毛传》对《大雅·绵》中"奔奏"一词的解释,⑦而"犯令陵政"则为《周礼》之语,借古讽今,针砭时弊,用经语而如己出。另如其《除平章事监修国史谢表》有描述君臣关系之联曰:"须倡而后和,则诚意每患于难通;不入而后量,则忠力或嫌于自

---

① 叶梦得:《石林诗话》卷中,见何文焕辑:《历代诗话》,第 422 页。
② 曾季狸:《艇斋诗话》,见丁福保辑:《历代诗话续编》,北京:中华书局,2006 年,第 310 页。
③ 马永卿辑,王崇庆解:《元城语录解》卷上,见王云五主编:《丛书集成初编》,第 601 册,第 6 页。
④ 王安石:《临川先生文集》卷五六,第 611 页。
⑤ 王安石:《除参知政事谢表》,《临川先生文集》卷五七,第 613 页。
⑥ 王安石:《临川先生文集》卷五七,第 614 页。
⑦ 《毛诗正义》卷一六,见阮元校刻:《十三经注疏》(清嘉庆刊本),第 1101 页。

献",①亦分别使用《毛传》解经之语,②及《礼记·少仪》原文。随后即举成汤、伊尹及武丁、傅说两对君臣相知无间的先例,指出其"所趣非由二道,故所为若出于一身","二臣既以此获展事君之义,两君亦以此得成理物之功",前后顺承严谨,雄辩犀利。结尾处又以《尚书》成句缀合成联:"勿贰于任贤,务本于除恶,使万邦有共惟帝臣之志,万姓有一哉王心之言",这既是对神宗治国理政的称颂,同时也寄托了作者对明君圣主的期许。

王安石于丁忧母期间,曾致书曾巩,称:"读《礼》,因欲有所论著。"③而其对《尚书》亦颇为推崇,称该书"历代所宝,以为大训,其言乃孔子、孟子所取以证事",④熙宁元年,神宗即曾因其讲《礼记》"数难记者之非",又言:"《礼记》多驳杂,不如讲《尚书》帝王之制,人主所宜急闻也",⑤遂"诏讲筵权罢《礼记》,自今讲《尚书》"。⑥故以上二表既用《礼》文,又多引《书》语,实与荆公素常所习之经典有着紧密的联系。熙宁七年(1074),王安石在时论重压之下乞罢机务,外知江宁,该年十一月二十五日,神宗南郊礼毕,大赦天下,荆公亦上贺表以闻,而这篇《贺南郊礼毕肆赦表》(其一),则充分展现了其四六章表"以经为本"的写法特点:

> 精意上昭,神灵底豫;茂恩旁畅,夷夏接和。臣闻道以飨帝为难,礼以配天为至。有秩斯祜,唯四表之欢心;胡臭亶时,匪九州岛之美味。自古在昔,若圣与仁,厥遭昌辰,乃睹熙事。恭惟皇帝陛下迈种三德,敷奏九功,率吁奉璋之众髦,肇称奠璧之新礼。庙筵致孝,郊血告幽。诚既格于穹旻,福遂均于品庶。振忧矜寡,原宥眚灾。第五玉以褒封,善人是富;发三钱而庆赐,贱者不虚。天其居歆,人以呼舞。臣凤叨宠奖,亲值休成,虽无与于骏奔,实不胜于窃抃。⑦

甫一开篇,他即化用《礼记·祭义》与《周书·君奭》二篇之成句,以"道以飨帝为难,礼以配天为至"一联点明主旨,随后之"有秩斯祜,唯四表之欢

---

① 王安石:《临川先生文集》卷五七,第 615 页。
② 《郑风·萚兮》:"萚兮萚兮,风其吹女"。《毛传》曰:"兴也。萚,槁也,人臣待君倡而后和。"《毛诗正义》卷四,见阮元校刻:《十三经注疏》(清嘉庆刊本),第 722 页。
③ 曾巩:《与王介甫第三书》,《曾巩集》卷一六,第 256 页。
④ 李焘:《续资治通鉴长编》卷二四一,第 5886 页。
⑤ 朱弁:《曲洧旧闻》卷九,北京:中华书局,2002 年点校本,第 208 页。
⑥ 黄以周等辑注:《续资治通鉴长编拾补》卷三下,北京:中华书局,2004 年点校本,第 134 页。
⑦ 王安石:《临川先生文集》卷五八,第 627 页。

心；胡臭亶时，匪九州之美味"，前联用《商颂·烈祖》及扬雄《法言序》之文，言君主祭祀，实以得天地上下之心为洪福；后联则用《大雅·生民》及《礼记·礼器》之句，盛赞祭物之精美丰盛。在描写祭祀场面时，其所用"率吁奉璋之众髦"一句，则是将《商书·盘庚》之"率吁众戚"与《大雅·棫朴》之"奉璋峨峨，髦士攸宜"组合而成。而文末之"善人是富""贱者不虚"，则分别用《论语·尧曰》及《礼记·祭统》之文，印证前所言之"福遂均于品庶"。王安石此表使用经典成句之频率，相较之前作品有明显的提高，盖因此类题材原即以古雅渊致为上，故荆公之文亦属遵循传统而为之，将胸中所蕴之经典予以剪裁组合，继而成篇。

除儒家经典外，王安石对《老》《庄》二书亦素有研究，且于庄子其人其说尤为欣赏，①这一点在其四六应用中亦有所反映。王安石赴任江宁前，神宗诏王雱为右正言、天章阁待制，并许其从父同至江宁修撰《经义》。王安石在所上《谢表》中深刻检讨自身之不足，其"道常违俗，宜刍狗之致妖；才不逮人，何蠸蠋之能化"，②前联用郭象注解《庄子·天运》时所引师金"刍狗之譬"所言，③以"已陈之刍狗"自喻，表明自己并无过人之作为，却为主君带来了无穷的烦恼，是为"致妖"之患；后联则以庚桑楚答南荣趎之语为对，④言人之才分大小，小者不能化其大。两个月后王安石到任江宁，在所上《观文殿学士知江宁府谢上表》中，他再次以《庄子》成句为联："秋水方至，因知海若之难穷；大明既升，岂宜爝火之弗熄"，⑤表达才力有限，自当退避让贤之意。及至熙宁八年王安石再次入相，拜昭文馆大学士，其《谢表》中有"近或长陌，而仁义之泽未流；远或虚侨，而道德之威未立"一联，⑥指出当前朝中所存在的问题，而"长陌""虚侨"皆为《庄子》中语。另如《辞免左仆射表》之

---

① 司马光《与王介甫书》："光昔从介甫游，于诸书无不观，而特好《孟子》与《老子》之言"。见吕祖谦编：《宋文鉴》卷一一五，第1609页。另，王安石《庄子解》四卷虽已佚失，但其论《庄》之语则散见于诸文中，如其《答陈柅书》即云："庄生之书，其通性命之分，而不以死生祸福累其心，此其近圣人也。"又如《庄周》一文："后之读庄子者，非其为书之说，则可谓善读矣，此亦庄子之所愿于后世之读其书者也。"另观其论《九变而赏罚可言》，认为庄周虽为"古之荒唐人也"，但其言之善者"圣人亦不能废"。以上言语，皆可证其对庄子其人其学之服膺。
② 王安石：《除雱正言待制谢表》，《临川先生文集》卷五六，第608页。
③ 郭庆藩：《庄子集释》卷五下，第512页。又，严有翼于《艺苑雌黄》中曾指出王安石《虎图》诗"神闲意定始一扫"之句，实本《庄子·田子方》所载宋元君画图一事之郭象注语，详见胡仔纂集：《苕溪渔隐丛话》后集卷二五，第180-181页。据此可见荆公以郭注入文，非仅表之一体也。
④ 郭庆藩：《庄子集释》卷八上，第779页。
⑤ 王安石：《临川先生文集》卷五七，第616页。
⑥ 王安石：《除平章事昭文馆大学士谢表》，《临川先生文集》卷五七，第618页。

"蚊力负山",《除左仆射谢表》之"裘氏之吟"与"轮人之议"等,①亦皆属此类。盖荆公退居之际,心中难免无奈不平,而他此时之诗作,即多见用《庄子》意象以寄托忧思者,如《君难托》之"槿花朝开暮还坠",②取"木槿"代指"朝菌",喻年华易逝之意。另如《忆金陵三首》(其二)之"蒿目黄尘忧世事",③化用《庄子·骈拇》之"蒿目而忧世之患"。而在入相后所作《偶成二首》(其二)中,则仍以"可怜蜗角能多少,独与区区触事争"感叹身处权力中心之战战兢兢、如履薄冰。④ 虽无明确记载加以佐证,但王安石初罢相后,或曾有感于庄子立身处世之放达无拘,故读《庄》自娱,而于撰文吟咏之时引用书中言辞,亦非无可能。

王安石在二次罢相返归江宁途中,曾与少年求学时的好友孙少述于高沙相见,二人"剧谈经学,抵暮乃散"。这次相遇,某种意义上可视为荆公晚年专意治学的开端,而这也使他的四六章表,在延续"以经为本"之一贯风格的基础上,愈发精致古雅,特别是一些以《诗》语成文的作品,更可称其中之代表。荆公退居之初所上《贺生皇子表》(其六)开篇之联曰:"燕禖飨德,方储锡羨之祥;熊梦生贤,克协会昌之运",⑤即用《小雅·斯干》之"吉梦维何,维熊维罴",而后之"《思齐》神罔时恫,《假乐》民之攸暨",先以《思齐》《假乐》之诗句赞颂神宗德业上无愧于列祖列宗,下敷照于百姓万民,而后则顺承其意,继续使用二诗中语成联:"天所保佑,厥唯太姒之多男;国之荣怀,亦曰成王之众子",正因无愧于天,故皇妃受其庇佑而有"大姒嗣徽音,则百斯男"之福;⑥又因民受君恩,故皆尚其"子孙千亿"之庆。⑦ 此数句结构安排谨严,交替使用《诗》语,亦显新颖而别致。其后作者将神宗之德行功绩与周文王、成王相提并论:"令德光乎洛诵,康功茂乎岐昌",⑧因成王名诵而卜洛,

---

① 王安石:《临川先生文集》卷五七,第 618-619 页。
② 王安石著,李壁笺注:《王荆文公诗笺注》卷二一,上海:上海古籍出版社,2010 年点校本,第 508 页。
③ 王安石著,李壁笺注:《王荆文公诗笺注》卷四三,第 1134 页。
④ 王安石著,李壁笺注:《王荆文公诗笺注》卷三一,第 771 页。
⑤ 王安石:《临川先生文集》卷五八,第 626 页。
⑥ 《毛诗正义》卷一六,见阮元校刻:《十三经注疏》(清嘉庆刊本),第 1111 页。
⑦ 《周书·秦誓》:"邦之杌陧,曰由一人;邦之荣怀,亦尚一人之庆。"《尚书正义》卷二○,见阮元校刻:《十三经注疏》(清嘉庆刊本),第 545 页。又《大雅·假乐》:"干禄百福,子孙千亿。"《毛诗正义》卷一七,见阮元校刻:《十三经注疏》(清嘉庆刊本),第 1165 页。
⑧ 王安石以神宗比文王,在其初撰《诗义序》时即已为之,但随后依神宗之命予以删改,至此表而仍用其说,亦可见其对神宗之爱敬。

故借《庄子·大宗师》之"洛诵"一词称之,且得与"岐昌"成对。① 这一略显取巧之例,在荆公此前的表文中实属罕见,后被杨万里讥为"文人之舞文弄法者也"。② 由下联之"景命有仆",及至文末之"寿考万年",荆公又先后五次使用《诗》句。而在其转年所上之《贺生皇子表》(其一)中,亦同样可见《螽斯》《斯干》《生民》《文王》《下武》等诗篇之文句,足见其晚年四六章表用《诗》语之频繁。

除《诗》语外,荆公还曾以《诗序》之文成联,如其广为后人称道的《贺册贵妃表》之"《关雎》之得淑女,以无险诐私谒之心;《鸡鸣》之思贤妃,则有警戒相成之道"一联,③即是他退居江宁后在借鉴孙洙《邢氏进号贤妃制》的基础上加以修改而成的经典范例。④ 孙氏原联之一、三句,本为"《周南》之咏《卷耳》"与"《齐诗》之美《鸡鸣》",⑤"险诐私谒"虽为《卷耳》小序之语,但该诗本为思人伤怀之作,并不适用于贵妃进位的场合,而荆公改用"窈窕淑女,君子好逑"之意,则显然更为切合主旨,其后联全用《鸡鸣》小序之语,以"得淑女"与"思贤妃"相对,也进一步突出了册立贵妃的中心主题,与孙氏原联相比,实可谓"青胜于蓝"。

考王安石表文以《诗》语成联者,上可追溯至《百寮贺复熙河路表》之"我陵我阿,既饬鹰扬之旅;实墉实壑,遂平鸟窜之戎",⑥但亦不过一联而已,与《贺生皇子表》之类存在本质上的区别,而这种创作习惯,很容易令人联想到

---

① 这一称呼后亦见于其元丰六年(1083)所上之《贺南郊礼毕肆赦表》(其二):"虽洛诵之休明,尚难譬称;岂儿宽之浅讷,能尽揄扬",可见王氏对此转借之例当较为满意。王安石:《临川先生文集》卷五八,第628页。

② 杨万里:《诚斋诗话》,见杨万里著,辛更儒笺校:《杨万里集笺校》卷一一四,北京:中华书局,2007年,第4380页。

③ 吕祖谦编:《宋文鉴》卷六五,第964页。

④ 此文最早见称于王铚,其言该制为熊伯通代王安石所作《立贵妃表》始创,荆公取用之,而后人多见承袭。至谢伋《谈麈》则指出该语原出孙氏制文,而王安石退居金陵后屡见用之。按,熊本代荆公作表之说,刘成国已辨其误,见《王安石年谱长编》,北京:中华书局,2018年,第2136页。另据《皇宋十朝纲要》卷一一,邢氏于元丰元年(1078)十二月进贤妃,而王安石二次罢相判江宁府在熙宁九年(1076)十月,故孙文作于荆公退居金陵之时当无疑义,但神宗诸嫔妃中,并无在王安石生前即得进位贵妃者,故其表题或有舛误,刘成国认为此表乃元丰七年(1084)正月荆公贺贤妃朱氏进位德妃而作,概可备一说,如此则荆公于孙《制》有所参考,亦非全无可能。洪迈《三笔》称此制文为邓润甫所撰,然据《续资治通鉴长编》卷二八九及卷二九四,邓氏元丰元年四月已坐相州狱事落职抚州,断无草制之可能,而孙洙恰于该年十一月除授翰林学士,虽逾月而得疾,但亦满足撰写该制的职位与时间等客观条件,故此制当出于孙氏之手。

⑤ 吕祖谦编:《宋文鉴》卷三五,第545页。

⑥ 王安石:《临川先生文集》卷五六,第604页。

其晚年"合异为同,易故为新"的集句诗,①然究其根源,仍当与他"休息田里"而治经不辍关系紧密。王安石于元丰三年(1080)上《乞改〈三经义〉误字札子》二道,对因自身"闻识不该,思索不精,校视不审"而导致《三经义》中所存在的问题予以修正,这显然并非一朝一夕之功,而是其数年间泛览百家、竭尽精思后的点滴所得。陈善在谈到宋文之"三变"时,特将王安石"以经术为文"视为其中的重要环节。② 要之荆公自少及老,始终未变"好学泥古"的本性,故其施政治学不曾"合乎流俗"亦属自然之事,所谓"失在信书,事浸成于迂阔",③正道出其平生之缺憾。而其所撰文章,亦多能与平生各阶段所钻研之学问相互呼应,梁启超称荆公之文为"学人之文",其"湛深于经术而餍饫于九流百家,则遂非七子者之所能望也",④即指此而言。

王安石"以经为本""取经史见语错重组缀有如自然"的四六章表,⑤符合宋人"经史语以其载道的功能而档次更高"的普遍看法,在作品中加入经史全语,也在一定程度上能够提高作品的价值与力量。⑥ 既求模拟前人之巧,又以流利畅达为风,这与后人心目中北宋四六文的基本形象较为接近,陈振孙称荆公四六"深厚尔雅,俪语之工,昔所未有",⑦而王炎更是将其视为北宋四六之唯一代表,⑧可见推许之高。黄山谷称"本朝诗出于经",戴复古亦言"本朝诗学古,六经为世用",实则荆公四六亦可谓"出于经"也。唯后辈文士但知运古而不顾文意表达之清晰得体与否,作品风格亦远不及荆公诸表之雄深朗健,正如陈绎曾所总结的,以荆公四六为法,"能者得之,则兼通古今,信奇法也;不能者用之,则贪用事而晦其意,务属对而涩其辞"。⑨所谓"末流不免有弊",诚哉斯言。

---

① 牟巘:《厉瑞甫〈唐宋百衲集〉序》,见曾枣庄、刘琳主编:《全宋文》卷八二二八,第 355 册,第 272-273 页。
② 陈善:《扪虱新话》上集卷三,见王云五主编:《丛书集成初编》,第 310 册,第 23 页。
③ 王安石:《乞罢政事表》(其二),《临川先生文集》卷六〇,第 642 页。
④ 梁启超:《王安石评传》,上海:世界书局,1936 年,第 141 页。
⑤ 叶适:《习学记言序目》卷四八,北京:中华书局,1977 年,第 711 页。
⑥ 周裕锴:《宋代诗学通论》,上海:上海古籍出版社,2019 年,第 427 页。
⑦ 陈振孙:《直斋书录解题》卷一八,第 526 页。
⑧ 王炎《松窗丑镜录》:"至我有宋,文有欧、苏,古律诗有黄豫章,四六有王金陵,长短句有晏、贺、秦、晁,于是宋之文掩迹乎汉、唐之文"。见《双溪类稿》卷二五,《文渊阁四库全书》第 1155 册,第 721 页下。
⑨ 陈绎曾:《文章欧冶(文筌)·四六附说》,见王水照主编:《历代文话》,第 2 册,第 1266 页。

3.4　苏轼章表与北宋后期表文之新变

苏轼之四六应用,或是其璀璨文学成就中最不引人注目的部分,但其作品在北宋乃至中国古代四六文发展史中的崇高地位则无可置疑。储欣即认为"坡公俪句风华圆转,天分独奇,除李太白诗、顾长康画,无可拟似者",①他在编辑《东坡先生全集录》时,即存录多首"断不能割"的东坡表启,以飨世人。正如王若虚所言:"东坡之文,具万变而一以贯之者也。为四六而无俳谐偶俪之弊,为小词而无脂粉纤艳之失,楚辞则略依仿其步骤,而不以夺机杼为工,禅语则姑为谈笑之资,而不以穷葛藤为胜,……此其所以独兼众作,莫可端倪"。② 苏轼之四六与其诗词等体裁类似,率以纵横排宕为主要风格,而不屑于雕琢纂组。也正因如此,在后人眼中,他往往被视为继欧阳修之后又一位以骈散互融为主要创作方式的四六名家。

实际上,与昆体作家以及王珪、王安石等人的作品相比,东坡骈体之风貌确与欧公更为接近,但东坡四六章表风格之变化多样,又绝非以"骈散互融"四字即可完全概括:其早年章表惯于使用长联对偶叙事论理、增强语气,中年以后章表则常"以成语为长句",熔铸经典而能"左右逢其源",在前代作家"引古入骈"的基础上,开拓了四六文使用语典的可能性。虽然东坡四六与欧公之作皆给人以"骈文中之古文"的印象,但在技术层面上,他与王珪、王安石等人都在尝试将"古语切对"与"指事造实"有机结合,而东坡更倾向于在融会骈散的基础上,以长联偶对及前代经典中的成句为其应用文字"增光添彩"。③

苏轼对北宋后期政治、文化等领域所产生的影响早已为学界所熟知,但其四六章表为彼时应用文写作所带来的改变则尚未见论及。自元祐年间伊始,以"苏轼为核心,'四学士''六君子'为骨干的不同层次的人才结构网络"日渐形成,并"成为政治上自立自断、学术思想上独立思考、文学艺术上自由创造的一个集合体"。④ 这一集合体所涉及的人员范围甚广,其中不乏以四

---

① 储欣编:《东坡先生全集录》卷七,《四库全书存目丛书·集部》第 405 册,第 492 页下。
② 王若虚:《文辨》(三),《滹南遗老集》卷三六,见王云五主编:《丛书集成初编》,第 2052 册,第 231 页。
③ 王夫之曾指出苏、黄二家诗作,与"獭祭鱼"似的昆体诗并无本质区别,均属"除却书本子,则更无诗"。语虽不免过之,但确指出东坡"以学为诗"的特点,而这一点在其四六文中亦有充分的体现。王夫之:《姜斋诗话》卷二,北京:人民文学出版社,1961 年点校本,第 158 页。
④ 王水照:《"苏门"的性质和特征》,见载于《苏轼研究》,上海:上海人民出版社,2019 年,第 35 页。

六应用见长者。而苏轼诗文在哲宗时即已多见刊刻流传,一些与其并无直接往来的文士,亦可通过这一渠道接触、研习相关作品。在多重因素的"共同作用"下,苏轼表文好以长联叙事论理以及善于运用"全文长句"等艺术手法,逐渐为当时文士所接受,并成为北宋后期表文之新风尚。

3.4.1 苏轼表文之长联偶对与"以成语为长句"

苏轼与欧阳修二人皆属对"抽黄对白"无甚兴趣,但所作文字人亦难及的四六名家。东坡少年时期曾"学为对偶声律之文",①由他十余岁拟作《谢赐对衣金带马表》之事,②亦可证明其于四六文传统的剪裁对仗之法是较为熟悉的,只是在主观上不愿为之。苏轼颇具"古文本色"的四六作品常被视为骈体之"变调",而其行云流水、挥洒自如的艺术特色,亦得到了后人的高度称赞。学界对苏轼四六相关问题的研究较为充分,但其在四六写作技法上的革新与贡献,则尚有进一步讨论的必要。

苏轼之四六章表常可见所谓的"大篇长句",如其到任密州后所上《谢表》有联曰:"学虽笃志,本先朝进士篆刻之文;论不适时,皆老生常谈陈腐之说",③虽是自贬之辞,而"论不适时""老生常谈"等语,实皆针对荆公新法而言,表达出其独持己见而不愿随波逐流的意志。苏轼知徐州时遭逢黄河决口,其亲率吏民筑堤防洪,数月之后河口方告闭塞,在其所撰《徐州贺河平表》中,以"方其决也,本吏失其防,而非天意;及其复也,盖天助有德,而非人功"之"三段式"对句,④将黄河决口归咎于工事疏忽,并非通常意义上君主施政有亏所遭受的"天谴",而水患得以平息,实乃上苍有感于神宗德行而"施以援手",绝非人力所能左右。既称颂君德,又切合题旨,运思之巧无以复加,无怪乎邵博以"力挽天河"之语盛赞之。⑤ 另如其元丰七年初抵泗州时所撰《乞常州居住表》,开篇即以多段对句称述君主治人之罪而不欲致其死的宽厚仁慈:"臣闻圣人之行法也,如雷霆之震草木,威怒虽甚,而归于欲其生;人主之罪人也,如父母之谴子孙,鞭挞虽严,而不忍致之死",⑥言辞肯綮,真切率直,令人读之即不免动容,为其后陈述乞居常州的种种理由做好

---

① 苏轼:《上梅直讲书》,《苏轼文集》卷四八,第 1385 页。
② 赵令畤:《侯鲭录》卷一,北京:中华书局,2002 年点校本,第 45 页。
③ 苏轼:《密州谢上表》,《苏轼文集》卷二三,第 651 页。
④ 《苏轼文集》卷二三,第 653 页。
⑤ 邵博:《邵氏闻见后录》卷一六,第 124 页。
⑥ 《苏轼文集》卷二三,第 657 页。

铺垫,而此等句法亦完全打破四六之常规,实属罕见之创调。苏轼在"以文体为对属"的基础上,又以长联偶对叙事说理,其纵横排宕、驰骤铿锵之势,对读者的"视觉冲击力"之大不难想见,在一定程度上对四六文精致细丽的传统风格提出了"挑战",后来作四六者亦多承袭此法,是可谓苏轼对推动北宋四六文发展所做出的的重要贡献之一。

将前代典籍中的成句作为隔句对中的长句部分加以使用,是东坡四六章表的另一大特色,这种写法在给人耳目一新之感的同时,亦使表文之气脉更为通畅顺达。苏轼于熙宁十年(1077)赴任徐州,其所上《谢表》的核心内容,乃意在向神宗表明其抨击新法举措之言论皆出于拳拳忠心而并无私情,故表中诸多联句即围绕此意而展开。如"信道直前,曾无坎井之避;立朝寡助,谁为先后之容",①即分别使用《中庸》与《史记·邹阳列传》中的成句。其后"知臣者谓臣爱君,不知臣者谓臣多事",则明显模仿《王风·黍离》"知我者谓我心忧,不知我者谓我何求"的经典句式而来,化用成语而全如己出。苏轼因"乌台诗案"被贬黄州,于元丰三年到任后上表请罪谢恩,文中有叙外放之联曰:"案罪责情,固宜伏斧锧于两观;推恩屈法,犹当御魑魅于三危",②即以《孔子家语》所记孔子诛少正卯,及《左传》《尚书》所载舜流四凶、窜三苗之事以自喻。而后"天地能覆载之,而不能容之于度外;父母能生育之,而不能出之于死中"一联,前后各十四字,看似出于自撰,实则巧妙化用《后汉书·袁敞传》中张俊临刑上书之语,贴合文意而又新颖别致,令人印象深刻。③ 四年之后,苏轼接到量移汝州的诏命,随即上表谢恩,此文"只影自怜,命寄江湖之上;惊魂未定,梦游缧绁之中"一联广为后人传诵,④该联于苏轼现实心境之表达,可谓妥贴自然、恰如其分,而如此神韵天成的对句,实是在《庄子》及《论语》原句的基础上加工而成,⑤而其易"身在"为"命寄",改"虽在"为"梦游",看似微小的调整,却准确而生动地写出自己因罪遭贬后惊慌失措、惶恐不安的状态,可谓精警传神,杨万里将此联视为"截断古人语五

---

① 苏轼:《徐州谢上表》,《苏轼文集》卷二三,第652页。
② 苏轼:《到黄州谢表》,《苏轼文集》卷二三,第654页。
③ 朱翌《猗觉寮杂记》卷下:"东坡《益州谢表》云:'天地能覆载之,而不能容之于度外;父母能生育之,而不能出之于死中。'至今脍炙人口,盖用《后汉·袁敞传》张俊语曰:'天地父母能生臣俊,不能使臣俊当死复生。'"朱翌:《猗觉寮杂记》,见王云五主编:《丛书集成初编》,第284册,第60页。
④ 苏轼:《谢量移汝州表》,《苏轼文集》卷二三,第656页。
⑤ 《庄子·让王》:"中山公子牟谓瞻子曰:'身在江海之上,心居乎魏阙之下,奈何?'"郭庆藩:《庄子集释》卷九下,第979页。《论语·公冶长》:"虽在缧绁之中,非其罪也"。《论语注疏》卷五,见阮元校刻:《十三经注疏》(清嘉庆刊本),第5371页。

字,而补以一字如天成者"的范例,①实非过誉。除此联之外,该表颂圣之联亦有可观:"弹冠结绶,共欣千载之逢;掩面向隅,不忍一夫之泣",将韩愈《潮州刺史谢上表》之语巧妙融入其中,②既是谢恩,又委婉道出自己的苦闷与失落,构思亦极其巧妙。该联亦颇得彼时文人爱赏,孔武仲于苏轼上表次年所撰《代人贺司马相公状》文中有联曰:"圣贤相得,共欣千载之逢;法度更张,深慰黎元之望",③即明显承袭东坡此联。而其后曾叔夏应举时听闻士人缓步大言诵东坡此联而喜一事,④亦可从侧面印证其流传之广,实可谓脍炙人口。盖用"世间好句"而能"用之如神""令君丧魄",唯东坡为能也。

上引联句,全为"以成语为长句"的典型范例,以欧阳修为代表的作家通过运用散语联对的方式,使原本以雕琢篆组见长的四六文更加贴近古文之纡徐委曲,苏轼则在此基础之上,以深厚的学识积累与过人的敏捷才思,解决了散语、成句难以相容的问题,在最大限度保证叙事抒情之委曲精尽的同时,借助前人之好辞妙句提高了作品的艺术美感。储欣以《黄州谢表》为苏轼"着意之作",称其"字筋句骨,语语圆成,学者所当潜心玩味",又称《谢量移汝州表》"真情真景,最能感动",⑤对上述表文的艺术成就皆给予了高度评价。

苏轼在谪居黄州期间"闲废无所用心",故"专治经书",并计划于"一二年间了却《论语》《书》《易》",⑥这一经学研究工作直至其绍圣年间被放儋州时仍在继续。⑦ 与此相关的是,这三部典籍中的语句,亦成为苏轼晚年表文选取成语的主要"材料来源"。如其《登州谢上表》之开篇:"臣不密则失身,而臣无周身之智;人不可以无学,而臣有不学之愚",⑧即引用《系辞上》之原句,而后文之"于其党而观过",则本之《论语·里仁》。又如其元祐元年

---

① 杨万里:《诚斋诗话》,见杨万里著,辛更儒笺校:《杨万里集笺校》卷一一四,第4380页。
② 韩愈《潮州刺史谢上表》:"当此之际,所谓千载一时不可逢之嘉会。"韩愈著,刘真伦、岳珍校注:《韩愈文集汇校笺注》卷二九,第2923页。
③ 孔武仲:《宗伯集》卷一一,见陶福履、胡思敬原编,江西省高校古籍整理领导小组整理:《豫章丛书·集部》第2册,南昌:江西教育出版社,2004年,第278页。
④ 朱弁:《曲洧旧闻》卷九,第215页。
⑤ 储欣编:《东坡先生全集录》卷五,《四库全书存目丛书·集部》第405册,第440页下至441页下。
⑥ 苏轼:《与滕达道》(其二一),《苏轼文集》卷五一,第1482页。
⑦ 苏轼:《答李端书》(其三),《苏轼文集》卷五二,第1540页。
⑧ 《苏轼文集》卷二三,第659-660页。

(1086)就任翰林学士后所上《谢宣召入院表》(其二)文末,有"巍巍其有成功,不见治迹;断断而无他技,专用老成"一联感念太皇太后高氏擢用之恩,①以《论语》对《尚书》,亦无不合。而由其元祐中期所上《贺兴龙节表》之"天佑民而作君,唯德是辅;帝生商而立子,有开必先","以若稽古之心,上遵王路;行不忍人之政,下酌民言",②《谢赐对衣金带马状》(其二)之"仲卿龙具,追晏子之一裘;伯厚鸡栖,陋景公之千驷",③以及《谢兼侍读表》(其二)之"天覆地载,以圣不可知为神;而日就月将,以学而不厌为智"等"全句对",④可知其四六章表的"经学味道"实愈发"浓厚"。元祐六年(1091),苏轼以龙图阁学士除知颍州时,受赐对衣、金带、良马等物,其于表文称谢部分采用少年时所拟"匪伊垂之""非敢后也"一联,某种意义上恰能反映东坡再度回归到"声律对偶"这条原本为其所放弃的"旧路",但这种回归并非意味着"倒退",而是标志着其"以成语为长句"的创作方式,向着"以经语为长句"的最终形态发生转化,这种写法为北宋后期,特别是南宋时期的四六作家广泛接受,逐渐成为彼时文人撰作四六时的常用技巧。

盖使用经书成句作为隔句对之四字短句自宋初四六即已不乏其例,但隔句对之长句部分则多为事典或自撰之语。明人黄瑜于所著《双槐岁钞》中称"宋人制诰章表,四六骈俪,多用经书句,谓之天生自然对",并列举数十联相关文例以证其说,且尤以六字及以上长句为主。⑤ 就其中作者可考者而言,皆为南渡前后及南宋中期作家之文,此足可证明"以经语为长句"自北宋后期伊始,逐渐成为普遍流行的四六文写作手法,而将此首创之功记于苏轼名下,亦当无可置疑。

除"以成语为长句"外,苏轼晚年章表尚有突破四六体式之局限而另造新境者。如其元祐五年(1090)所作《贺坤成节表》以"放亿万之羽毛,未若消兵以全赤子;饭无数之缁褐,岂如散廪以活饥民"一联感念朝廷与西夏议和,及赐度牒易米以救民等仁政,⑥称述实事,不求对仗之精工,而寓"一人有庆,兆民咸赖"之意于字里行间,理致蕴藉,自难企及。其同年所撰《贺立

---

① 《苏轼文集》卷二三,第 666 页。
② 《苏轼文集》卷二三,第 678 页。
③ 《苏轼文集》卷二三,第 683 页。
④ 《苏轼文集》卷二三,第 685 页。
⑤ 黄瑜:《双槐岁钞》卷四,北京:中华书局,1999 年点校本,第 73 页。
⑥ 《苏轼文集》卷二三,第 679 页。

皇后表》(其一)末联为"下逮海隅,夫妇无有愁叹;上符天造,日月为之光明",①与前例近似,将哲宗与皇后孟氏视为夫妇和睦之表率,又称立后一事顺承天意,吉庆有余。一联之内,括尽人事天命,张栻赞其"全不用古人一字,而气象塞乎天地",②确为古今立后表文之典范。元祐七年(1092),苏轼除端明殿学士兼翰林侍读学士,平生最后一次领受衣带良马之赐,而外放回朝不过数月,"白首复来,丹心已折"的苏轼面对这样的赏赐,已难有数年前初任翰林学士时"慨然揽辔""束带立朝"的豪情壮志,表文中"物生有待,天地无穷。草木何知,冒庆云之渥采;鱼虾至陋,借沧海之荣光"一联,③以物喻人,流畅华美,恭谦敬慎之外,更透露出得失无意、宠辱不惊的闲静淡泊,于抽黄对白中蕴含诗情画意,无怪乎王铚以"涵造化妙旨"盛赞此联。④ 在生命的最后阶段,苏轼由儋州遇赦北还,行至英州得诏命获准提举玉局观,其所上谢表首联曰:"七年远谪,不自意全;万里生还,适有天幸",⑤将《汉书》之郭解、吴王刘濞二传中的原句同自身的现实处境完美结合,全用古语而令人难以察觉,与其《黄州谢上表》"天地父母"一联如出一辙,该联不仅是苏轼一生波折坎壈的真实写照,亦可视为东坡四六之精髓的浓缩呈现。这些作品已不复其初登文坛时的锋芒毕露,而联句之流丽典重、生动隽永,意脉之当行则行、当止则止,不仅与常规骈体章表判然有别,一定程度上也解决了"古语切对"与"指事造实"两种写作方式各以精巧、平实为胜,而又难免皆有所欠缺的问题,与其自言"少小时须令气象峥嵘,采色绚烂,渐老渐熟乃造平淡;其实不是平淡,绚烂之极也"的为文之道正相符合。⑥ 这样的境界,确可称"前无古人,后无来者"。

自杨囦道标举苏、王为北宋四六两大派别之代表以来,后世文人即常论及二家四六风格之差异,较为经典者如王志坚所言:"藏曲折于排荡之中者,眉山也;标精理于简严之内者,金陵也"。⑦ 实际上,二家章表皆以熔炼经典为根本,对雕琢刻画一路写法较为排斥,而善于借古语以谕事理。唯荆公表文遵循四六矩式,"周旋"于《诗》《书》成句之间,故给人以严谨整肃之

---

① 《苏轼文集》卷二四,第 697 页。
② 杨万里:《诚斋诗话》,见杨万里著,辛更儒笺校:《杨万里集笺校》卷一一四,第 4384 页。
③ 《苏轼文集》卷二四,第 703 页。
④ 王铚:《四六话》卷上,见王水照编:《历代文话》,第 1 册,第 10 页。
⑤ 苏轼:《提举玉局观谢表》,《苏轼文集》卷二四,第 708 页。
⑥ 苏轼:《与二郎侄一首》,见赵令畤:《侯鲭录》卷八,第 203 页。
⑦ 王志坚:《〈四六法海〉序》,《文渊阁四库全书》第 1394 册,第 297 页。

感；而东坡之四六,始即以策论之法为之,汪洋恣肆,而后化古语为长句,亦是别出心裁,而晚年之洗练洒脱,更非骈体常态。因此,若视荆公之作为传统四六的高峰,则东坡骈体当属"破而后立"、自成一家的"异类"。曾季狸称"东坡之文妙天下,然皆非本色,与其它文人之文、诗人之诗不同。文非欧曾之文,诗非山谷之诗,四六非荆公之四六,然皆自极其妙",①确能道出苏轼诗文"特立独行"的整体特点,而其善用长联对仗,以及化用成语为隔对之长句部分的手法,则成为北宋后期表文创作的"新风尚",宋人四六好用"全文长句"的整体特色,亦由此逐渐形成。

3.4.2 北宋后期表文以长联叙事论理之风的展开

陈振孙视"欧、苏始以博学富文为大篇长句,叙事达意,无艰难牵强之态"为北宋四六文的重要变革之一。② 欧阳修之章表以融入虚词或语气词的文句缀合而成的隔句对,替代传统骈体表文以四字六字为主要构成的轻、重隔对,使得章表文句整体上呈现出"加长"的趋势。而东坡表文之长联对仗,在字数与使用频率等方面,相比欧公更是有过之而无不及,除了有助于叙事达意外,其灵活新颖的形式亦与传统四六判然有别。这种新式写法也受到了苏轼同辈及后辈文人的"大力追捧",一些明显带有"东坡特色"的四六章表,在彼时作家文集中常可得见。

以苏辙为例,与其兄有所不同,子由之四六章表并未体现出明显的阶段性风格变化,力求"指事造实",甚少使用语典、事典,而惯于在撰表时使用"三段式"对句与长联对句阐发事理。元祐二年(1087),太皇太后高氏因"时雨愆期"之故,权停受册之礼,而当旱灾结束后,群臣即欲令其按照原定计划受册徽号,时任中书舍人的苏辙代众官上表请命。表文开篇他即以"三段式"对句陈述其所依循之理法:"方旱灾未解,则克己安众,人主之令猷;及神人既和,则备物正名,有国之常法",③不缓不迫,娓娓道来。元祐七年,苏辙擢升太中大夫,守门下侍郎,其于《谢表》中以疏隔句称颂太皇太后之懿德:"惟至清,故大臣小吏不察而不尽知;惟至公,故贵戚近习不戒而自饬。"④类似联句的使用,使文章之气脉节奏更为舒缓,最大限度地将古文纡徐婉转之态呈现于骈体表文之中。

---

① 曾季狸:《艇斋诗话》,见丁福保辑:《历代诗话续编》,第 323 页。
② 陈振孙:《直斋书录解题》卷一八,第 526 页。
③ 苏辙:《请太皇太后受册表》,《栾城集》卷四七,见《苏辙集》,第 820 页。
④ 苏辙:《谢大中大夫门下侍郎表》(其一),《栾城后集》卷一七,见《苏辙集》,第 1073 页。

与苏辙同样在表文写作中体现出"东坡特色"的作家,还有张舜民。张氏与苏轼的交谊,上可追溯至嘉祐六年东坡初解褐任凤翔签判之时,据张氏所撰《祭子由门下文》"忆昔关中,尝亲伯氏"之语,可知其少年时期即曾从游于东坡。① 元丰四年(1081),张舜民贬监郴州酒税,两年后行至黄州时,恰逢苏轼谪居于此,又相伴共游武昌。元祐元年,苏轼与邓伯温共同主持馆职考试,张舜民遇赦北归,因司马光举荐而赴试,并授秘阁校理,次年除监察御史。而在罢职通判虢州时,苏轼又赠诗相送,由其中"玉堂给札气如云"之句,可见他对张舜民之文才颇为欣赏。②

元符三年(1100)徽宗即位后,擢张氏为右谏议大夫,其所撰《谢表》即与东坡四六颇有相通之处:

> 方安谪籍,忽对锋车,入瞻八彩之秀毫,进与七人之上列。窃闻明主临政而愿治,先王为官而择人,号曰梓材,取其器使。若夫谏争之任,政惟侍从之臣。地密而选清,秩卑而望重。其所以起居言动,则与史官相表里;其所以弹诃风察,则与台宪同咸休。始则专弼人主之违,今乃泛论天下之事。乃者药石不进,凫雁仅存,仗马一鸣,茅茹不已。岂谓大明之东出,廓然睨雪之日消。鼓之以惠风,润之以膏泽。南穷海峤,北浃江湘,脱禁锢者,何翅二千人,计水陆则不止一万里。死者伤嗟之不及,生者扶匐以来归。昔居辅弼之崇,谋谟帝所;终作蛮夷之鬼,弃掷道傍。古先未之或闻,毕竟不知其罪。敢望桑榆之晚景,获依日月之末光。招魂于楚水之涯,拭目于云台之表。手遮西日,口诵《离骚》。齿发摧颓,谩索太仓之粟;衣裳颠倒,惊闻长乐之钟。此乃伏遇皇帝陛下,上当天心,下厌人望。见机不俟终日,从谏甚于转圜。变通得之神宗,宽大类乎仁祖。岂止刍荛之被赏,将令泉壤以衔恩。率是以行,为国何有。敢不激昂暮气,缉理空文。乘白马而伏青蒲,试图来效;饿西山而蹈东海,期免后艰。③

---

① 张舜民:《祭子由门下文》,见曾枣庄、刘琳主编:《全宋文》卷一八二〇,第 83 册,第 372 页。按,苏轼于嘉祐六年至治平元年任职凤翔,而据张舜民自言"嘉祐末,余在太学"之语,及治平二年进士登第的经历,可知其亲炙东坡当在嘉祐八年之前,未及弱冠。

② 苏轼:《次韵张舜民自御史出倅虢州留别》,苏轼撰、王文诰辑注:《苏轼诗集》卷二九,北京:中华书局,1982 年点校本,第 1534 页。

③ 张舜民《谢谏议大夫表》,见吕祖谦编:《宋文鉴》卷六九,第 1015 页。

该表开篇自"其所以起居言动"至"今乃泛论天下之事"数句叙谏议之职责,以长联散语为对,而寓匡扶之志于其中。张氏此表的主体内容,乃是借谢恩的机会,向君主倾吐积郁胸中数年的因党争而遭受排挤贬斥的愤懑不满。其元祐六年即被列为刘挚一党,①后于元符元年(1098)将转知青州时,又遭邢恕、邓棐以其"资望轻浅",元祐年间"踪迹骏杂","但闻助奸,不见正议"等理由加以阻挠,终未成行。② 张舜民由陕西转运使被贬潭州之事由未见史料记载,而据表中"凫雁仅存""茅茹不已"等句推知,亦当与执政新党之攻讦有直接关系。徽宗即位之初,向太后起用元祐党人,张舜民一方面感念"大明之东出,睨雪之曰消",又以"脱禁锢者何啻二千人,计水陆则不止一万里。死者伤嗟之不及,生者扶舁以来归"四长句痛陈旧党遭受打压迫害的凄惨景象,其所言"昔居辅弼之崇,谋谟帝所,终作蛮夷之鬼,弃掷道傍",与苏轼《昌化军谢表》"子孙恸哭于江边,已为死别;魑魅逢迎于海外,宁许生还"可相对照,③非仅是个人经历的书写与记录,更是党争背景下的时代缩影。其后"招魂于楚水之涯,拭目于云台之表。手遮西日,口诵《离骚》"数句,又以屈子自比,望国兴叹。而文末之"乘白马而伏青蒲,试图来效;饿西山而蹈东海,期免后艰",则将史丹、张湛、伯夷、叔齐、鲁仲连五位能言极谏、品格高洁之先贤故事汇于一联之内,表达以死报君的决心与志气,颇具劲直之概。该表叙事抒情之深沉悱恻、跌宕流转,以及长短错落、变化多样的章法结构,确与苏轼表文颇有相通之处,显是受到其作品的很大影响。

北宋后期的重要词人黄裳于元丰五年(1082)进士及第,并因此前所作《游仙记》为神宗爱赏,特被钦点为该科状元。由于其所上《谢赐燕表》化用仁宗赐进士及第诗"恩袍草色动,仙籍桂香浮"一句而成联,而被东坡戏称为"好作闻喜宴酸文",④这一略显尴尬之事,也成为黄裳与苏轼现可确知的仅有的联系,但观其所撰《谢及第启》,由"材或不备,则不可与防不虞;材或不嘉,则不可与图无弊"至"行止在我而不在乎人,此道所以行;富贵在德而不在乎物,此德所以立"数联,⑤连续使用七组杂隔、密隔联句,纵论朝廷取才育人及贤士立身之道,详赡细密,言之有物,深得东坡长联对偶句法之精髓。

---

① 李焘:《续资治通鉴长编》卷四六七,第11152页。
② 李焘:《续资治通鉴长编》卷四九六,第11795页。
③ 《苏轼文集》卷二四,第707页。
④ 吴曾:《能改斋漫录》卷一四,上海:上海古籍出版社,1979年,第403页。
⑤ 黄裳:《演山集》卷二五,北京:方志出版社,2011年点校本,第196页。

由黄裳熙宁、元丰年间于澶州、南剑州为州学生讲授《周易》《周礼》《论语》《孟子》等儒家典籍之事,可知其儒学造诣深湛,故于启文中论及才德问题,亦可谓信手拈来、驾轻就熟,在阐述义理方面比之东坡之作亦可谓有过之而无不及。在黄裳为汇编早年残稿所成之《书意集》所作序文中,他明确将"近而远,约而详,不为艰苦轻扬之辞"标举为其始终遵循的创作信条,而对那些"采摭历代之史,百家之集,巧语奇字,隐奥难见之事迹,缀联为文,出人不意,然后以为工"的作品则不屑一顾。① 这当可视为他反对雕琢篆刻一类四六应用的"宣言",由此亦可知其选用长联散对撰写四六章表的原因所在。

苏轼的作品无疑为黄裳提供了一种可资借鉴的参考模板,这种创作方式在其后期表文中仍有延续。② 绍圣四年(1097),黄裳由礼部侍郎改任兵部侍郎,其所上《谢表》开篇即以长联对句论君子出处之道:"古人之有为也,趣时而不趣人;君子之见用也,仕道而不仕禄。道合则从,而无得丧忧虞之态;义在则守,而无低昂观望之心。不得已则通之有权,无奈何则安之有命。惟知古意之可适,不问时情之所趋",③语语皆合"不仕无义""谦恭自守"之古道,全似由论说文中摘取而出,非四六之固态。建中靖国元年(1101),黄裳因其女与曾布之子为夫妇,为避亲嫌而数次上表请赴外任,后得除知颍昌府。在表文中他再次以密隔长联自明心迹:"以狥物则失道,故其学不为名利而用舍;以趋人则失己,故其气不为权贵而低昂",④语势铿锵有力,充分阐明"缘亲而避贵"的理由。黄裳以"天性之气"为文章之根本,"其志高明,其气刚大,世气俗趣不足以系累其灵台",若此而"肆笔书之",则"古意弥漫,浩无津涯"。⑤ 是言当可解释其承用东坡"以策论为四六"之法,

---

① 黄裳:《演山集》卷二一,第 168-169 页。
② 值得一提的是,经义与诗赋之争,可谓北宋科举发展史的"主旋律"。自王安石改革贡举,力推经义取士之法,经义文就成为了北宋中后期举子的主要研习对象。而这种文体在一定程度上亦对彼时四六文的写法产生了一定的影响,北宋中后期表启文中常可见以论事辨理为目的的长联,此种联句的出现,当与经义文的推行有一定关系。黄裳《演山集》中所收录的诸篇经义之作,是北宋现存为数不多的较为珍贵的经义文原始文献,由其破题部分所惯用的长句偶对可知,"经义文偶对成分的增多,与宋末四六好以长句为对的习惯互为表里"。见祝尚书:《宋代的经义》,《重庆社会科学》2006 年第 9 期,第 45 页。黄庭坚于《叔父给事行状》中,亦指出彼时士子所作经义文"大率集类章句,联属对偶",可见经义虽本是为探究经典旨趣,明道喻理而设,但其在呈现形式方面实不免"抽黄对白""移此俪彼"之风习。有关经义与北宋晚期四六之关系,待另撰文进行深入探讨。见《黄文节公全集·别集》卷九,《黄庭坚全集》,成都:四川大学出版社,2001 年点校本,第 1651 页。
③ 黄裳:《谢除正任兵部侍郎表》,《演山集》卷二六,第 203 页。
④ 黄裳:《谢除颍昌府表》,《演山集》卷二六,第 206 页。
⑤ 黄裳:《上黄学士书》,《演山集》卷二三,第 185 页。

所撰章表多见论说之语的原因所在。

苏辙、张舜民、黄裳三家皆不以善作四六著称后世,但其章表均以长联偶对叙事说理,亦自可观。盖不拘于骈偶格式的限制,而能将心中所思所感以平实自然的笔调和盘托出,即乃苏轼等作家使用长联对偶的基本目的,虽然这些作品或因未见精雕细琢而略显平淡,但在真切质朴的联句中所蕴含的拳拳之心,则是其高于寻常四六章表的过人之处。

3.4.3 "全文长句"在北宋后期表文中的流行

"宣和间,多用全文长句为对"是谢伋对北宋晚期四六文的一个普遍性特征的归纳总结。① 据其所考,这种句法之"始作俑者",乃真宗朝之名相王旦。王氏文集久佚,表启应用之作已难窥其貌,仅就其现存谥册、颂文等作品来看,以成句入文的现象虽较为普遍,但实未见"全文长句"之踪影。严格来讲,谢伋所提到的"全文长句",理应分为"以成语为长句"及"全文隔对"两种类型,前者即化用经典成句作为隔对中的长句,或单纯以两个"长成句"为对;后者则指隔对之四分句皆出于前代典籍,二者的共同点即所谓的"长句"当以六字及以上为准。正如前章所论,"全文长句"在唐代律赋中时有出现,元稹、陈章诸家即以此为长,北宋作家如王禹偁、范仲淹等亦偶有承袭,至苏轼则将这种写法"发扬光大",如其应举时所作《通其便使民不倦赋》之"变"韵即有联曰:"五材天生而并用,或革或因;百姓日用而不知,以歌以抃",②分别使用《左传》及《周易》成句,论治国不可强变民俗,而当因势利导,顺其自然。除律赋外,苏轼还曾于王言制诏中使用"全经隔对",如《除吕公著特授守司空同平章军国事加食邑实封余如故制》开篇赞吕申公加恩一事为众望所归:"既得天下之大老,彼将安归?以至国人皆曰贤,夫然后用。"③摘《孟子》之语成联而妥贴典重,无怪乎叶石林言"全经句"虽近赋而不当用,但"意有适会,亦有不得避者",如东坡此语,则可谓"气象雄杰,格律超然,固不可及"。④ 而其在骈体表章中使用成语长句为对,亦已见论于前文。正因为苏轼勇于突破文体界限,将"全文长句"灵活运用于骈俪诸体,才

---

① 谢伋:《四六谈麈》,见王水照编:《历代文话》,第1册,第34页。楼钥于《北海先生文集序》中亦将"全文长句"视为文人求新求奇的一种手段:"作者争名,恐无以大相过,则又习为长句,全引古语,以为奇崛,反累正气。"见曾枣庄、刘琳主编:《全宋文》卷五九四八,第264册,第103页。
② 《苏轼文集》卷一,第26页。
③ 《苏轼文集》卷三八,第1094页。
④ 叶梦得:《避暑录话》卷上,见王云五主编:《丛书集成初编》,第2786册,第31-32页。

使得这种源自律赋的特殊句法,成为北宋晚期四六文的流行风尚。

准确地说,"全文长句"早在元祐年间即已多见于四六章表之中,而非如谢伋所言至宣和时方成气候。在四六应用写作方面最得"东坡神髓"的苏门文士,当属晁补之。晁氏未及弱冠而作《七述》即令苏轼叹为不及,后与东坡共游讲析,"不记寝食,必意尽而后止",①其英气豪迈、辨博俊敏,与乃师颇为相近。神宗初览晁补之文,即叹赏其"深于经术""可革浮薄",②对经典的熟练掌握,也为他在四六章表中运用经典成句而左右逢源奠定了坚实的基础。苏轼于元祐初年供职翰苑,补之亦于同时任秘书省正字,在此期间,他曾代苏轼草撰多篇《冬至贺表》,其中如"化本时行,元统天而不息;德方日起,明出地以无疆",③"衡端气至,候炭仰而铁低;表北景长,知人和而岁美","斟酌岁始,天地节而四时成;孳萌日新,阴阳争而诸生荡"等句,④皆乃"以成语为长句"之实例,唯尚未及东坡之畅达雄浑。盖苏轼令补之代为撰作章表,除欣赏其文采以外,亦当考虑到二人作品风格之相近,而补之亦确将苏轼表文善用"全文长句"的特点完美继承了下来。元祐九年(1094)晁氏出知齐州,于年末为庆哲宗生日特上《贺表》,即又一次使用"全文长句"称赞哲宗勤政爱民:"道斯行而动斯和,无非事者;生不伤而厚不困,所欲与之",⑤其一、三句出自《论语·子张》及晁错《举贤良文学策》,二、四句则全为《孟子》之语,选材剪截亦可称精当。

入徽宗朝后,晁补之运用"全文长句"的能力相比此前略有提高。建中靖国元年四月朔日食,曾肇借此时机一一条陈徽宗修身治国不当之处,并请其"反覆循省,痛自克责,以塞天变"。⑥ 徽宗"悚然顺纳",避殿减膳以示从之,而彼时刚刚应召回朝,充任礼部员外郎的晁补之则代礼部众臣上表请复正殿。在首次上表时,晁氏主要以称颂安慰的方式劝请徽宗,如"奉以无私,要本容光而必照;建其有极,盖用勿忧而宜中",⑦即引《孟子》及《丰卦》原文

---

① 李昭玘:《上眉阳先生书》,《乐静集》卷十,《文渊阁四库全书》第1122册,第302页下。
② 《宋史》卷四四四《晁补之传》,第13111页。
③ 晁补之:《代苏翰林为皇弟诸王贺冬至表》,《鸡肋集》卷五四,《文渊阁四库全书》第1118册,第841页上。
④ 上二联皆出晁补之:《代苏翰林为皇弟诸王冬至贺太皇太后表》,《鸡肋集》卷五四,《文渊阁四库全书》第1118册,第841页下。
⑤ 晁补之:《齐州贺兴龙节表》,《鸡肋集》卷五四,《文渊阁四库全书》第1118册,第844页上。
⑥ 《宋史》卷三一九《曾肇传》,第10394-10395页。
⑦ 晁补之:《四月朔日蚀礼部请皇帝御正殿第一表》,《鸡肋集》卷五四,《文渊阁四库全书》第1118册,第845页上。

言君主圣德如日中天,普照四隅,不必为日食而烦恼。或是由于进言效果并不理想,他于《第二表》中即转变策略,其先以散语长对"与其戒居处饮食之安,孰若扩视听猷为之善"进言徽宗当以政事为重,[①]后则以子贡论君子有过、改正皆如日食之昭然可见,及王嘉劝诫哀帝当深察天象异常之真实原因以应之,而不可"以先入之语为主"二典进一步向徽宗表明复御正殿的合理性:"岂惟过也见而更也仰,是谓应以实而不以文。"此联借古鉴今,所用语典、事典与主题极为切合,充分说明劝慰所依之理,确能体现出作者运思之深婉。晁补之所撰《两汉杂论》中即有"息夫躬诈谋诡计"条,直斥息氏之"利心告变"及哀帝之偏听偏信,[②]可见其能够于作表时准确援引典事,亦得益于长期以来的储备与积累。在撰作此表的四个月后,晁氏即因管师仁弹奏出知河中府,其所上《谢到任表》有自贬之辞云:"知寡尤所以干禄,非曰能之;谓崇德在于安身,终不近也",[③]前联全用《论语》成句,后联则将《系辞下》及《知北游》之文置于一处,表意顺畅自然,毫无凑泊之感。而其同年底获赐崇宁元年历日表,《谢表》中有"本诸修己,虽聪明睿智足以临;用此求端,盖风雨霜露无非教"一联,[④]先以《中庸》成句称颂徽宗之圣明广照,后则以《孔子闲居》之文相承,言循此历之安排,即能体会到君主体恤民情、化育天下之意,以《礼》对《礼》而含义深远、语势雄杰,可谓《谢历日表》中难得一见的警策之句。其晚年所撰《泗州谢上表》又曾以"左右前后皆正人"与此"风雨霜露"句成联以颂圣德,[⑤]足见晁氏对此语之喜爱。与上表相类,晁补之《谢赐春衣表》有"织篚乱流,岂惟加五百里之远;女工同僚,故复半三十日之收"一联,[⑥]以《禹贡》所载兖州"厥篚织文"及"五服"之说,同《汉书·食货志》所记"女工夜绩"之事相对,既寓天下太平、帝德广运之象,又称所得春衣来之不易,故臣僚受赐服之,即当"与之同体",克勤奉公。此成句长联构思之奇巧,剪裁之精妙,在同类表文中亦可谓独树一帜,故颇得后世骈文选家之青睐与推崇。

曾肇与晁补之同样善于在表文中使用"全文长句"。虽然在后人看来曲

---

① 晁补之:《四月朔日蚀礼部请皇帝御正殿第二表》,《鸡肋集》卷五四,《文渊阁四库全书》第1118册,第845页下。
② 晁补之:《鸡肋集》卷四二,《文渊阁四库全书》第1118册,第745页上。
③ 晁补之:《河中府谢到任表》,《鸡肋集》卷五五,《文渊阁四库全书》第1118册,第853页下。
④ 晁补之:《河中府谢历日表》,《鸡肋集》卷五四,《文渊阁四库全书》第1118册,第848页上。
⑤ 晁补之:《鸡肋集》卷五五,《文渊阁四库全书》第1118册,第855页上。
⑥ 晁补之:《鸡肋集》卷五四,《文渊阁四库全书》第1118册,第849页上。

阜之文学成就或不及乃兄，但以四六应用而论，曲阜之作实犹胜南丰一筹。据苏轼、苏辙、黄庭坚、晁补之等人集中诗文可知，曾肇于元祐年间与"苏党"之人多有往来，后又与苏辙结为儿女亲家，故其四六表文带有一些"东坡特色"，亦属自然。元祐四年（1089），曾肇因"车盖亭诗案"牵连而自请外补，徙知颍州，后于元祐六年自陈州转知应天府，其所上《谢表》以散语长句行之，语势舒缓而委婉，其中有自贬之联曰："既不能兴教化于民，使之迁善而远罪；又不能作聪明于外，因以诳世而取名"，①用贾谊《治安策》与应劭《风俗通》成句相对，虽用语典而与自作之语贴嵌相合，非细观深察几难以察觉。曾肇曾盛赞贾谊"德性之厚"与"好善之笃"，②此处用其名篇中语，亦是对其钦佩之情的体现。建中靖国元年因日食而直言上谏后，曾肇乞知外郡，从此便开启了其人生最后阶段的漂泊迁徙，巧合的是，在曾布的帮助下他又一次赴任应天府，其到任《谢表》中"周流二国，俛仰十期，何幸衰年，复寻故步"即指此而言。③ 与十余年前初临此地时相比，历经政治漩涡洗礼的曾肇，对于这样的安排已是心怀感念，但其刚正忠直的个性则未尝有变，他在表文中以《左传》及《论语》原文组成长句对，表明自己秉忠执道、坚定不渝的信念："虽险阻艰难备尝之矣，而造次颠沛必于是焉"，平易之中自有浩然之气充于其间，令人印象深刻。其后"平生寡偶而少徒，故临事易危而多畏"二语，则以长联略述其立身处世之困窘，"寡偶少徒"语出东方朔《答客难》，而"易危多畏"则出自欧阳修之《与晏相公书》。④ 曾肇虽未尝亲炙欧公，但他曾将欧公与荆公、王回及南丰并列为"有宋文章始兴"的代表，⑤而其骈体章表多以散语成联，故曾肇于欧公之文，定当极为熟悉。北宋四六表启中确有借同代作家之语以入文者，然多为直接承用联句对仗，而罕有跨文类转引者，故曾肇此联亦属创新之举。

除苏门相关文士外，"全文长句"在北宋后期其他文人章表中亦可得见。虽然以知名度而论，刘弇远不能与晁、曾二人相提并论，但其四六章表善用"全文长句"，作品质量亦属上乘。刘弇论文以"气"为宗，曾提出"其气完者

---

① 曾肇：《南京谢上表》，《曲阜集》卷一，《文渊阁四库全书》第 1101 册，第 334 页下。
② 曾肇：《书贾谊传后》，见佚名辑：《新刊国朝二百家名贤文粹》卷一九四，《宋集珍本丛刊》，第 94 册，第 691 页上。
③ 曾肇：《南京谢上表》，见吕祖谦编：《宋文鉴》卷七〇，第 1026 页。
④ 欧阳修：《与晏相公书》，《表奏书启四六集》卷七，《欧阳修全集》卷九六，第 1456 页。
⑤ 曾肇：《王补之文集序》，《曲阜集》卷三，《文渊阁四库全书》第 1101 册，第 368 页下。

其辞浑,其气削者其藻局以卑"的论断,①他以孔子、孟子、司马相如、司马光及韩愈诸家之言行事迹为例,认为此数家皆乃"气之完足者",可知其所推重的"气",虽脱胎于曹丕"文以气为主"的传统命题,但实则更为强调作家通过立德行事所培养并体现出的气质心性,而文辞不过其内在之"气"的自然流露。刘弇生平经历固可谓平淡无奇,又因"少失严训,着鞭不早","愁凄脾以吟《梁父》,物怅情以赋'归欤'"等坎坷经历而"摇夺其气",但仍尽力追步前贤之"后尘";而其现存作品,亦确以文气充沛、雄奇遒劲见长。

刘弇于绍圣三年(1096)以词科第二人入等,是可谓对其应用文写作能力的肯定,而其现存四六章表,则以元祐元年至三年任洪州教授期间代时任知府熊本所作者为多。熊氏本人颇擅四六应用,《四六话》中即曾载录其所撰表启之名联,唯其集久佚,难窥原貌,而刘弇能够代其草拟章表,足可见熊氏对其"应用之能"的信任。元祐二年,在种谊、游师雄等人的带领下,宋军平定西番叛乱,并擒获其首领鬼章。逢此大捷,众官自纷纷上表称贺,熊本虽远守偏郡亦莫能外,而其所进二表皆为刘弇所代撰。在《代贺皇帝平鬼章表》开篇,作者即直指西番不识旧恩、得寸进尺:"旧惟函覆,解网曾待于汤宽;晚乃陆梁,摇蛊猥先于邾小",②前后联分别化用《吕氏春秋·异用》所载"网开三面"之典,及《左传·僖公二十二年》所记臧文仲劝诫僖公之语为长句,切合题旨。后文则顺承前意,陈述征伐一事之合理:"待之尽则责之宜详,恩所加者义所当制。理难置于度外,虏自堕吾计中","待之责之"句由韩愈《原毁》"其责人以详,其待己以廉"而来,③"恩加义制"则出于《汉书·孝成赵皇后传》之名句:"夫小不忍乱大谋,恩之所不能已者义之所割也。"④刘氏袭取原文结构而稍变其语以适己用,以"全文长句"运古文气脉于四六章表之中,实为妙笔。

相比此文,刘氏于进上太皇太后之《贺表》中,更是充分发挥了"全文长句"在叙事抒情方面的优势。如其叙北宋对西番之怀柔及其反叛之事曰:"谓其幽闲僻陋之难怀,所以慰荐抚循者甚备。三驱之前禽偶失,两端之首鼠辄穷"。⑤"幽闲僻陋"语本《荀子·王制》,⑥"慰荐抚循"则出自《汉书·匈

---

① 刘弇:《上运判王司封书》,《龙云集》卷一八,《文渊阁四库全书》第1119册,第214页上。
② 刘弇:《龙云集》卷一一,《文渊阁四库全书》第1119册,第151页下。
③ 韩愈著,刘真伦、岳珍校注:《韩愈文集汇校笺注》卷一,第59页。
④ 《汉书》卷九七下《外戚传下》,第3999页。
⑤ 刘弇:《代贺太皇太后贺平鬼章表》,《龙云集》卷一一,《文渊阁四库全书》第1119册,第152页上。
⑥ 王先谦:《荀子集解》卷五,第161页。

奴传》，①二语皆非习见，刘氏引之为成句对，又能如此妥切工稳，给人以耳目一新之感。而后二句又用《比卦》"九五"爻辞与《魏其武安侯列传》之成语为对，以见主君"爱其来而恶于去"，征讨之事乃鬼章咎由自取，亦颇见其安排巧妙。其后，刘弇以"迅如驰飙之陨霜叶，赫若烈火之燎鸿毛"长联描述平叛大军一鼓作气、速战速决，二语实出庾信《贺平邺都表》之"威风所振，烈火之遇鸿毛；旗鼓所临，冲风之卷秋叶"，②而作者改"冲风"为"驰飙"，用"陨""燎"替代"遇""卷"，进一步烘托战事之残酷激烈，使文句更为真实生动，确为作品增色不少。此外，如其《代谢皇帝赐元祐编敕表》之"虽前王所恃著乎律，必本于人情；而上德以宽服其民，亦稽诸时变"与"尚俾愚民，知钦哉唯恤之尧舜；更期盛世，几措而不用之成康"二联，③以及《代谢太皇太后赐元祐编敕表》之"无废纠虔，如得其情则勿喜；庶期迁揉，兹用不犯于有司"等等，④皆是使用"全文长句"成对的典型文例。

由上可见，刘弇尤擅以"全文成句"为单句对，将古文句法与四六章表相结合，并同四字对句及四六联句错杂相融，使其章表之节奏抑扬顿挫，且其所用语典取材亦较为广泛，经史子集无所不涉，故其名虽不显，然确不失为北宋后期之四六名手。

值得一提的是，作家在章表中使用"全文长句"与否，并不是由作者之政治见解或党派归属等外在条件所决定的。"全文长句"虽因东坡而兴，但苏门文士如秦观、张耒等人所撰章表未见用之，反是在政坛上与蜀党针锋相对、攻讦不已的洛党中人，其四六章表时可见"全文长句"之"踪影"。例如，作为程颐门生的贾易，其为人尚可称忠正耿直，但对苏轼及与之过从较密人士的抨击亦可谓不遗余力，而正因其在东坡守杭赈灾期间仍不顾大局横加诋毁，触怒太后，故于元祐六年被外放宣州。在其所撰《谢上表》中，有"杀其身有益于君，行之无悔；见其利不顾其义，死莫敢为"一联，⑤以《礼记·文王世子》与《汉书·郦寄传》之语衍为长句，铿锵有力，正气凛然，凸显作者之恳切忠诚，实乃"全文长句"之典范。而其文末之"谓好言利病者，有区区忧国

---

① 《汉书》卷九四下《匈奴传下》，第3814页。
② 庾信撰，倪璠注：《庾子山集注》卷七，第505页。
③ 刘弇：《龙云集》卷一一，《文渊阁四库全书》第1119册，第153页下。
④ 刘弇：《龙云集》卷一一，《文渊阁四库全书》第1119册，第154页上。
⑤ 贾易：《宣州谢上表》，见吕祖谦编：《宋文鉴》卷七〇，第1028页。此表《播芳大全》卷三三亦收，但题为曾肇所撰，《曲阜集》卷三亦可见之，而其作者实当为贾易，参见朱昌豪：《曾肇研究》，硕士学位论文，杭州师范大学中文系，2012年，第7-8页。

之心;谓不事权贵者,非汲汲谋身之辈",虽未用成句,但能于谢恩同时自表廉直,亦为长句对之佳言妙语,南宋文人郑兴裔即将此联完整挪用于自撰《扬州到任谢表》中,①亦是其经典性之一证。

与贾易近似,作为北宋理学大家的杨时,无疑是继承二程衣钵,并将其学术思想传之后世、发扬光大的洛党中坚,而其所撰章表,亦时有以"全文长句"成对之联。龟山于元祐三年至五年(1088—1090)任虔州司法,在此期间曾代虔守作《贺正旦表》,其中即有"顾惟履地而戴天,孰不咏仁而蹈德"一联,②将《左传·僖公十五年》与班固《东都赋》之四字成句扩为长联以颂圣,可见杨时于青年时期即已对"全文长句"之法有所了解。宣和末,杨时除迩英殿说书,其所上《谢表》又以"全文长句"为自谦之词:"自怜挟策以亡羊,奚殊博簺;几类画墁而志食,有愧轮舆",③前后联分别使用《庄子·骈拇》中臧、谷之事与《孟子·滕文公下》彭更与孟子问答之语,以生事对熟事,而自见其工。而该表谢恩言志之联曰:"非尧舜之道不陈,敢忘训奖;惟虞夏之书具在,益懋前闻",又以《孟子》与扬雄《法言》之语相对,扣合说书一职,亦可谓允洽得体。谢伋言"程门高第如逍遥公、杨中立、游定夫皆工四六",④今上蔡、鹰山二家应用之作虽已无处得见,但观龟山诸表,其言盖可信也。

从根本上讲,"全文长句"可视为"长联对句"的特殊形态。"长联对句"以骈散结合的方式,改变了传统四六的句式结构,提高了联句的基本"容量",更有利于作者在应用文中叙事、抒情、议论,也在很大程度上令北宋四六"骈文中之散文"的"历史形象"深入人心。而"全文长句"则在此基础上,以经典成语替代隔句对或单句对中的长句,与习见的四字成句有所不同,"长成句"更有赖于作家之选材加工,运用之妙者往往能够达到融化前贤之语而一如己出的表达效果。但不得不说的是,"全文长句"自元祐年间开始流行,至北宋末期其风愈炽,在一定程度上成为彼时应用章表、书启的必备组成元素,作家孜孜以求、斗新斗巧,使四六写作逐渐蜕化为一种探寻如何妥善安排语典事典的工作,重技术而轻内容的问题日益凸显,而这也是大量使用"全文长句"所导致的必然结果。

---

① 曾枣庄、刘琳主编:《全宋文》卷四九九一,第 225 册,第 85 页。
② 《杨时集》卷三,北京,中华书局,2018 年点校本,第 65 页。
③ 杨时:《谢除迩英殿说书表》,《杨时集》卷三,第 53 页。
④ 谢伋:《四六谈麈》,见王水照编:《历代文话》,第 1 册,第 39 页。

3.5 北宋末期表文的"模式化"

与诗词等体裁相比,应用类作品往往容易给人以"模式化"的印象,宋太祖用"依样画葫芦"讥讽陶谷草制,虽意带戏谑,但确反映出公文写作长期以来存在的弊病。[①] 唯章表因所涉门类数量较多,结构内容较为复杂,遣词造句较为自由,故相对于以除授、加恩为主要内容的制文,其个人色彩更为浓厚。但是,受王安石新学及科举改革的影响,北宋晚期馆阁翰苑词臣的整体素质有所下滑,所撰公文难餍人意,为扭转这一局面,哲宗、徽宗二朝即欲通过词科选拔应用人才,而四六章表亦被列为重点考察文类之一。由于应试者须在有限的时间内以尽可能完美的方式交出一份令考官满意的答卷,故随着词科考试的多次举办及其影响力的提升,应试章表自开篇至结尾的各个部分,亦逐渐形成一套相应的写作规范与标准,成功入等者的作品,多体现出较为一致的风格特征,而这种讲求技巧性的创作习惯,也往往会影响到作者日常四六章表的撰写。

另外,词科表文试题以庆贺、谢赐类为主,这也导致此前文人颇为擅长、个体特色亦最为鲜明的谢上类表文在北宋末期的创作水平有所下降,优秀作品相对较少,而徽宗朝吉兆频现的"社会现实",又使庆贺祥瑞成为当时最为热门的表文主题。因多数祥瑞相关典故皆见存于类书之中,故作者撰表时常有赖于类书的"帮助",在祥瑞种类有限但表文需求量较大的情况下,一些与主题最为切合的典事成语,很大程度上会成为诸家通用的"公共资源",而祥瑞类章表的"同质化"现象亦因此愈发明显。

在北宋末期四六名家中,王安中虽非词科出身,但其所撰章表在细节上皆符合词科之标准,并能充分调动经史典籍与类书等既有材料,联句编排组织之工令人叹赏,但同时亦有"模式化"的问题存在,在某种程度上可视为北宋末期四六章表之"典型"。故通过对其作品进行个案分析,实有助于深入了解、掌握彼时四六文创作的真实样态。

归结起来,北宋末期表文之布局谋篇、写作技巧皆愈发纯熟细致,但内容、情感相比前辈之作略显空洞单调,这种风气至南宋时仍有延续,对宋四六的整体发展产生了较大的影响。

---

① 魏泰:《东轩笔录》卷一,第 5 页。

3.5.1 北宋末期表文的"词科习气"

自熙宁年间科举考试以经义取代诗赋后,应用文写作水平的下降与合格代言人才的匮乏,即成为困扰北宋统治者的痼疾之一。由涵咏风雅转为钻研经义,士人唯"《三经义》《字说》是习","非王氏之书不读也",导致"为文者唯务解释,而不知声律体要之学",知识结构的变化,终使"适用之文从此遂熄"。① 熙宁四年(1071),吕大防即曾指出彼时"科举益轻,而文词之官渐艰其选"的问题,②次年张商英又曾以"文馆寂寥",现任词臣之文各有其弊,"不足以发帝猷、炳王度"为由,乞令神宗另择词臣,③而由章惇所言"先帝晚年甚患文字之陋",④可知这一问题至神宗去世仍未妥善解决。哲宗元祐时虽复以诗赋取士,与经义并行,但好景不长,绍圣元年(1094)旋又罢之。与此同时,为了在绍述熙丰之政的基础上扭转应用之作"文体卑弱"、不堪其用的现实困境,词科即作为一种折衷补救之方,登上历史舞台。

由绍圣二年至宣和六年(1095—1124),北宋词科共举行考试二十五次,除政和三年(1113)、政和七年(1117)与宣和元年(1119)三科之外,表文在历次词科试中皆被列为考查文体之一,因此,提高表文的写作能力对应试者来讲,其重要性自不待言。就技术层面而论,词科表文尤重开篇,"一表中眼目全在破题二十字",既要切合题旨,又不可"体贴太露",尤需作者斟酌考量。⑤ 绍圣二年首届词科试《代嗣高丽王修贡表》,罗畸以第二人入等,其表文开篇以"中国明昌,适际圣神之运;远邦奔走,宜修臣子之恭"一联写高丽唯宋朝马首是瞻,自示谦服,而同科第一人黄符之作首联则为:"仰被王灵,获承基绪。敬修臣职,敢后要荒",既涵括称服之意,又将嗣位之事点明,表意更为完整,故而胜之。⑥ 绍圣三年词科表文试题为《代宰臣以下谢赐新修都城记表》,林虙以头名入等,其开篇联句曰:"帝室皇居,屹若金汤之固;神谟圣作,焕乎琬琰之传",⑦突出都城之雄伟坚固与碑记之辞采华丽。当科第二人刘弇之表,则以"铁瓮崇墉,更迩臣之笔助;龟趺妙勒,覃上圣之龙

---

① 李焘:《续资治通鉴长编》卷三六八,第8858页。
② 吕大防:《吕公著神道碑》,见李焘:《续资治通鉴长编》卷三九四,第9593页。
③ 吴曾:《能改斋漫录》卷一二,第354页。
④ 苏轼:《答张文潜县丞书》,《苏轼文集》卷四九,第1427页。
⑤ 王应麟:《词学指南》卷三,第453页。
⑥ 王应麟:《词学指南》卷三,第454-455页。
⑦ 杨囦道:《云庄四六余话》,见王水照编:《历代文话》,第1册,第108页。

光"开篇,①此联语势亦可称宏壮,然上下联皆意在称美记文,略有重"记"而轻"城"之嫌,且先臣后君,次序安排亦欠妥当,第三人滕及表文之首联则仅以"筑成固国""刊石勒勋"平叙其事,而未涉御赐之恩。刘、滕二家之表头各有缺憾,整体上皆不及林表首联之清晰平正,最终的排名,亦真实反映了这一情况。

开篇破题的稳切与否,在很大程度上会影响考官对一篇词科表文的"第一印象",而紧随其后的"推原"及"形容"部分,方是决定作品最终成败的关键环节。"中谢"后的"窃以"数句,是章表正文的起始,此处依例当推原古事,以达"借古喻今"之效,而作者用典剪裁之功力深浅,亦于此得到体现。滕康政和二年(1112)应试所作《代宰臣贺野蚕成茧表》中"被阜以生,验汉庭之熙洽;食槲而化,彰唐室之隆平"即为"窃以"用典之范例,②此联以《后汉书·光武帝纪》所载建武二年(26)"野蚕成茧,被于山阜",③与《旧唐书·太宗本纪》所记贞观十三年(639)滁州"野蚕食槲叶,成茧大如柰"二事相对,④表明"野蚕成茧"自古以来即为祥瑞吉兆。二典既非寻常习见,又能切合题旨,故可称妙笔。除事典外,亦有作家选择以经典成句推原颂圣,元符三年词科试《代高丽王谢赐〈太平御览〉表》,葛胜仲为该科唯一入等者,其表文"窃以"部分以"自诚而明,惟睿作圣。师古而克永世,逊志而敏厥修。往行前言,已并包于圣学;博闻强识,更兼利于儒林"赞颂太宗之文德,⑤此数联选用《易》《书》《礼》之成句,典致稳切,与赐书之题风格相符。

而进入到正文的"叙述形容"部分,则更是作者尽展所能以求"博人眼球"之处。如葛表之"公孙数万之诡辞,披图可见;虞初九百之小说,开卷尽知",以《法言·吾子》"公孙龙诡辞数万以为法",⑥及张衡《西京赋》"小说九百,本自虞初"之语成联,⑦形容《太平御览》之广收博采、包罗万象,即可谓独到新颖、不同寻常。⑧另如张守政和八年(1118)应试所作《代云南节度使

---

① 刘弇:《代宰相以下谢赐新修都城记表》,《龙云集》卷二,《文渊阁四库全书》第1119册,第73页上。
② 王应麟:《词学指南》卷三,第459页。
③ 《后汉书》卷一上《光武帝纪》,第32页。
④ 《旧唐书》卷三《太宗本纪》,第51页。
⑤ 葛胜仲:《丹阳集》卷二,《文渊阁四库全书》第1127册,第422页下。
⑥ 扬雄撰,汪荣宝注疏:《法言义疏》,北京:中华书局,1987年,第63页。
⑦ 《文选》卷二,第45页上。
⑧ 刘弇《谢中宏词启》中有"支离他学,奚啻公孙数万之诡辞;琐尾冥搜,间及虞初九百之小说"一联,既有自谦之意,亦表明词科应试者知识储备之广博。刘弇词科入等在绍圣三年,故葛表此联很可能是借鉴刘启而来,但相较之下更为简洁大气,故而胜之。

大理国王谢赐历日表》之"惟中国有至仁,无思不服;故小邦怀其德,莫敢不来",①用司马相如《难蜀父老》及《诗》《书》之语,亦是流畅自然、突出题旨。而在以经典成句铺叙形容方面表现最为突出者,当推孙觌政和四年(1114)所作《代高丽王谢赐燕乐表》之"登歌下管,天地同流,鼓瑟吹笙,君臣相说"一联。②"登歌下管"语出《周礼·春官·大师》,"鼓瑟吹笙"乃《小雅·鹿鸣》之句,而"天地同流""君臣相说"分别出自《孟子》之《尽心上》与《梁惠王下》。除"天地"句外,其余三语皆是与音乐相关之成句,该联既表现出燕乐曲调之美妙和谐,又蕴声教远被之意于其中,且联句本身的音节韵律亦婉转轻巧,确为难得之警句。此外,该表谢恩之联"荡荡乎无能名,虽莫见宫墙之美;欣欣然有喜色,咸与闻管龠之音",同样是以"全经句"成联,自居谦卑而推尊圣朝,蒙恩受赐而喜不自胜,措辞立意极为谨严。更为难能可贵的是,该联"宫墙"一句得自《论语》,而其余三句则率出《孟子》,是可谓"当家"之对,蒋一葵对孙氏之巧思甚为叹服,赞之曰:"《四书》只在目前,人自思量不到"。③王应麟在评析孙氏此表时亦特意指出:"大凡词科四六,须间有此一两联则易入人眼",并举同科第二人王志古所撰联句"征角并扬,庆君臣之相悦;埙篪迭奏,与天地以同流"为例,称其虽与孙氏"登歌下管"一联有相近之处,但因未能"全用经句",故终有所不及。④盖叶梦得所称"全经句"近赋故前辈不肯多用的情况,至北宋末年已不复存焉。正如前文所言,使用经典成句乃北宋晚期四六章表的惯用写法,词科表文亦概莫能外,而欲胜人一筹者,则势必精益求精,由剪裁加工"全文成句"转而追求更为典丽巧妙的"全经对句",这既是词科入等者的"成功经验",亦是北宋末年表文写作"模式化"倾向的一个直观体现。

  开篇联句明分主次、囊括题旨,推原、铺叙则以"全文成句"或"全经对句"增色添彩,这不仅是词科应试表文的标准范式,亦是词科出身文士日常撰表时的共同习惯。赵鼎臣与黄符、罗畸等人同为首届词科入等者,而相比于多数词科文人,其应用章表留存尚多,其中颇可见带有词科风习的作品。赵鼎臣于元符三年入李清臣真定幕府,⑤同年向太后还政于徽宗,李氏所上《贺表》即为赵氏手笔,该表"窃以"部分联句曰:"二帝之美,在为天下而得

---

① 张守:《毗陵集》卷四,《文渊阁四库全书》第1127册,第709页上。
② 王应麟:《词学指南》卷三,第449页。
③ 蒋一葵:《尧山堂偶隽》卷六,《尧山堂外纪》(外一种),第1661页。
④ 王应麟:《词学指南》卷三,第449页。
⑤ 彭国忠:《赵鼎臣生平事迹新考》,《文学遗产》2010年第2期,第53页。

人；匹夫之情，乃或豆羹而见色"，①"二帝""匹夫"分别出自袁宏《后汉纪》与陈寿《三国志》，"天下得人""箪豆见色"则皆出《孟子》。以"全文长句"称颂向氏之宽宏仁厚、顾全大局，而非贪恋权势"独断闱闱"，故联后用"其度量如此之远，故载籍罕得而书"散语联句相承，表意清晰，选词得体，可称"推原"之范例。另如其《天宁节贺表》（其二）以"千载一遇，元首明而庶事康；十月为阳，圣人作而万物睹"开篇，②除"千载一遇"出于《史记》外，其余分句皆为经语，以"全文长句"破题，纯是颂圣而雍容大气，又能与文末"俾寿而臧，喜一人之有庆；式歌且舞，均万国之欢心"之"全经对"前后呼应，虽所用皆是常典，但胜在裁剪工切，亦自不凡。而其《代谢除刑部尚书表》之"谓臣朽粪墙而雕朽木，虽曰无以逾人；察臣超北海以挟太山，盖亦未尝择事"，③前后四成句出处各异，而合之却如出一口，亦属"易入人眼"的"全文对句"。与此近似，其《贺甘露表》有联曰："厥壤可游，岂必待木兰而后饮；惟德其物，固知非仙掌所能承"，④上联先以司马相如《封禅文》之语形容天泽普降，率土之滨皆可遨游，后则反用《离骚》"朝饮木兰之坠露兮"之意，凸显此次甘露祥瑞之规模非同寻常；下联则以《左传·僖公五年》宫之奇向虞公劝谏所引《周书》之语及汉武帝建仙掌以承露之事，表明吉兆全赖君主之德行所致，而非刻意求之可得。既写甘露之象，又兼顾其背后所蕴含的天人相通、至诚感格之理，更暗喻徽宗圣明远非汉武能及，亦属同类表文中较为出色的"全文对句"。

　　王应麟认为词科表文之断句当收束有力，这在赵鼎臣章表中亦不乏其例。如其《贺狱空表》（其二）之尾联："沈朱李于寒水，共乐清时；鞠茂草于圜扉，殊多暇日"，⑤前联借用曹丕《与吴质书》"沈李浮瓜"之句，后联以王融《三月三日曲水诗序》之"鞠草园扉"为对，描写狱空无事，天下太平和乐之景象，全用六朝之语，而悠然畅达之感浮于纸上，与该表题旨切合无间，且令全文意境得到升华，确为表文结语之经典实例。另如其《代谢转金紫表》之末联："蠹国已多，方且食上大夫之禄；杀身有益，其敢忘古烈士之风"，⑥以

---

① 赵鼎臣：《太后还政贺表》，《竹隐畸士集》卷八，《文渊阁四库全书》第1124册，第172页下。
② 赵鼎臣：《竹隐畸士集》卷八，《文渊阁四库全书》，第1124册，第171页下。
③ 赵鼎臣：《竹隐畸士集》卷八，《文渊阁四库全书》，第1124册，第177页上。
④ 魏齐贤、叶棻编：《圣宋名贤五百家播芳大全文粹》卷二上，《宋集珍本丛刊》，第95册，第45页下。
⑤ 魏齐贤、叶棻编：《圣宋名贤五百家播芳大全文粹》卷二上，《宋集珍本丛刊》，第95册，第43页上。
⑥ 赵鼎臣：《竹隐畸士集》卷八，《文渊阁四库全书》第1124册，第176页下。

《史记》成语为长句对,谢恩报君之语而铿锵坚定、慷慨激昂,同样可谓收束有力。

葛胜仲词科应试之作已见前文,而其平日所撰章表,亦颇可见词科"风范"。如其《贺燕乐表》"窃以"联曰:"原乐之初,声相应故生变;语形而上,道可载而与俱",①以《礼记·乐记》与《庄子·天运》之语相对,将音乐之生发机制与"贯道之器"的本质一联道尽,推原形容,工稳典恰。在叙述君主制礼作乐的过程后,葛氏又以"有始禽从纯之美,无细抑大陵之伤。盖和声既涤除于奸声,则今乐遂同于古乐"四句褒赞今朝之燕乐。先化用孔子论乐之语,同单穆公谏周景王之言进行对比,以见所制燕乐节奏和谐,无高下相害之弊,后则引《乐记》所论和声、正声之言,及孟子见齐宣王所言"今之乐犹古之乐"成对,于价值层面赋予燕乐正统地位。在其后的颂圣部分,作者又以"立度出均,始达神明之德;登歌下管,遂同天地之和"一联铺陈燕乐之盛况。"立度出均"出于《国语·周语》,胡宿虽曾于《代中书诏定大乐名议》中用之,但并非习见之语,而"登歌下管"则为音乐相关主题表启所常用,新熟相配,亦见其妙,且该联二、四分句同出《乐记》,其熔炼之精、对仗之工,当不在孙觌《代高丽王谢赐燕乐表》警联之下。

葛氏章表以"全文对句"铺叙形容之例,尚有《谢赐历日表》(其四)之"俯察仰观,千岁之日可致;下蟠上际,万物之生得宜",②前联用《系辞上》与《孟子·离娄下》成句,言君上尽心体物,掌握天道运行之规律,后联则用《庄子·刻意》及《荀子·富国》之语相接,说明以这种规律为依据,制成日历后颁赐传播,可使万民稼穑治生皆不违农时,前后顺承,表意清晰而连贯。此外,葛胜仲亦擅用"全文长句",如其《谢赐日历表》(其三)之开篇:"协用五纪,厎日而无失日之差;允厘百工,后天而有奉天之谨",③将《洪范》《左传》《尧典》及《乾卦·文言》之语汇于一处,句句皆言日历之用,令人一览即可知其表文主题,又未尝将题中之字道破,所谓囊括题旨而不"体贴太露",即指此种而言。而其《贺收复燕山府表》"全文长句"之联曰:"仰怖威德,如洪炉之燎毛发;蕲霑圣泽,若大旱之望云霓",④直引《史记·刺客列传》与《孟子·梁惠王下》成语,不加雕琢修饰,而能将军势之雄与燕民之望体现得淋漓尽致,颇为生动传神。该表结语之"抚剑鸣而驰伊吾,徒深赞喜;登泰山而建显号,

---

① 葛胜仲:《丹阳集》卷一,《文渊阁四库全书》第1127册,第406页下。
② 葛胜仲:《丹阳集》卷二,《文渊阁四库全书》第1127册,第417页下。
③ 葛胜仲:《丹阳集》卷二,《文渊阁四库全书》第1127册,第417页上。
④ 葛胜仲:《丹阳集》卷一,《文渊阁四库全书》第1127册,第408页下。

行庆升中"，则先以范晔称颂中兴名将臧宫、马武之语，自表未预战事而心系疆场之志；后借《封禅文》成句赞此收复之功，足可宣示天地，传扬万世，得体而有力，与前联有异曲同工之妙。

与赵、葛二人同为词科出身的石𫖮，亦为北宋末期工于四六的行家里手。杨万里对其应用之作评价不高，称其文"浮靡而不典"。① 石氏《橘林集》今已不存，后人亦无从准确判断杨氏之言恰当与否，但其现存表文带有明显的词科"特色"，却是毋庸置疑的。徽宗时太学之地位明显提高，崇宁、宣和年间更一度成为选材取士的唯一途径，石𫖮之《贺车驾幸太学表》即以描写徽宗本人亲临太学之盛况为主要内容。该表开篇"三千璧水，教自国中；万里□旌，来从天上"，②分别以《史记·孔子世家》"弟子三千"与《汉书·陈汤传》"悬旌万里之外"形容太学人才之盛与徽宗仪仗之威，简练直截而能突出题旨。而文中"岂特夏曰校而周曰庠，矢其文德；将使戎在西而狄在北，怀我好音"一联，则以《孟子》《礼记》与《诗经》之语组成"全经句"，借太学之繁盛与蛮夷之敬服，衬托徽宗之文治武功。但就联语之剪裁搭配与文句之遣词达意而言，此表实难称"无懈可击"：全文本未涉及外族之事，而上引联句以戎狄与太学相对，有欠稳妥；另如"自然草靡而风从，孰不鸢飞而鱼跃""有司洒道以清尘，观者骈肩而累足"等句，亦确与陈振孙所举石氏策问中语一样"殊乏蕴藉"，③但在重视开篇与"全经句"的使用上，本文则依然保留了词科表文的一贯风貌。

南宋文论语境中的"词科习气"，原是针对当时词科末流之文所普遍存在的"意主于谄，辞主于夸，虎头鼠尾，外肥中枯"等问题的批评之语，④本书则借之指代词科文人所撰章表中一些具有共通性的创作手法与习惯。与今日各类考试中常见的命题作文相似，词科表文分数高低的评判，主要取决于应试者能否在有限的字数内以最为恰当合理的方式充分表达主题，而这种能力的获得，很大程度上依赖于长期的学习与训练。以宋惠直为例，他在政和七年(1117)以词科第三人入等，而其早于大观初年即已开始接受王萃的"针对性"指导。在受训期间，宋氏曾奉王萃之命，为王彦舟送行宴会撰写乐语，其文中三联曰："少年射策，有贾太傅之文章；落笔惊人，继沈中丞之翰墨。从来汝、颖之间，固多奇士；此去潇、湘之地，相逢故人。况有锦帐之郎

---

① 杨万里：《诚斋诗话》，见杨万里著，辛更儒校笺：《杨万里集笺校》卷一一四，第4381页。
② 曾枣庄、刘琳主编：《全宋文》卷三〇三七，第141册，第128-129页。
③ 陈振孙：《直斋书录解题》卷一七，第517页。
④ 吴子良：《荆溪林下偶谈》卷三，见王水照编：《历代文话》，第1册，第569页。

官,来为东道;且邀红莲之幕客,共醉西园"。① 其首联以贾谊、沈传师二人与彦舟作比,称美其文采斐然,且书法功底深厚,而贾、沈二人亦皆曾于长沙任职,与彦舟出知潭州事正相对应,可见其遣词之工巧。次联以《晋书·姚兴载记》成句与柳恽《江南曲》诗句顺承前意,言值此送行之宴,得与故人相逢,亦属"不幸之幸"。末联则用药崧"锦帐郎"与王俭"红莲幕"二典分别指代王萃与同席之王积中,写数人把酒共饮之欢乐场面。此数联虽为乐语中词句,但皆切合时景,"句句着题",且能灵活运用语典、事典乃至全文对句等诸般"技艺",深得词科文章写作之三昧。刘埙曾于《隐居通议》中记录其与同乡傅自得论词科文体之语:

> 盖词科之文自有一种体致,既用功之深,则他日虽欲变化气质,而自不觉其暗合,犹如工举业者力学古文,未尝不欲脱去举文畦径也。若且淘汰未净,自然一言半语不免暗犯。②

词科应试虽不过一时之事,但作家在备考过程中通过不断训练所掌握的一系列技巧,无疑会内化为种种"习惯",进而影响到其日常的应用文撰写,这种现象并不局限于某种文体,上至王言制诰,下至青词乐语,概莫能外。而由《词学指南》所引北宋末年至南宋晚期的诸多作品与联句可知,词科考试"范文"的评价标准,长期以来并未发生太大的变化,而应试者"前赴后继"的不断钻研,以及词科考试的考查重心逐渐由独重文才,向着"文""学"并重的方向转移,终使词科文字"日趋于工","譬锦工之机锦,玉人之攻玉,极天下之组丽瑰美"。③ 渡江之后,一些四六名家所撰碑铭类文,"亦只是词科程文手段,终乏古意",④"词科习气"之讥,亦随之而起。

如上文所论,在词科初设的北宋末期,入等文士所撰之章表,即已体现出严格遵循各"部件"之创作规范,尽可能使用"全文对句"等共通特征,这些写法技巧确实提高了彼时应用文的整体写作水平,一定程度上解决了长期困扰统治者的"代言乏人"的现实问题,但四六文写作的"模式化"倾向,则于此亦可略见端倪。

---

① 王明清:《挥麈三录》卷二,《挥麈录》,北京:中华书局,1961年,第239页。
② 刘埙:《隐居通议》卷一八,见王云五主编:《丛书集成初编》,第214册,第193页。
③ 刘克庄:《退庵集序》,见刘克庄著,辛更儒笺校:《刘克庄集笺校》卷九四,北京:中华书局,2011年,第3978页。
④ 罗大经:《鹤林玉露》丙编卷二,第245页。

3.5.2 徽宗朝祥瑞表文的"类书化"写作

王应麟在指导后学备战词科时,曾专门提到"前人表,谢上表固无用,然其间亦有可用者,如颂德之类",①此言正反映出词科表文命题之倾向性。通观北宋词科表文试题,概无外乎赐物、外交与祥瑞三类,皆属国家事务。词科设立的目的,本在于选拔可掌丝纶之才士,故其命题自是重"公"而轻"私",但值得注意的是,与赐物、外交类相比,庆贺祥瑞类的章表在北宋末期文人别集中的出现频率极高,而这种现象同徽宗"锐意制作,以文太平"的一系列举措息息相关。

面临异族环伺、敌强我弱的危机局面,徽宗本人及部分臣僚皆不以为意,尽情沉浸于歌舞升平之中。蔡绦南渡后对徽宗朝之繁盛景象的追忆与回顾,即是这一情形的真实反映:

> 大观、政和之间,……海宇晏清,四夷向风,屈膝请命;天气亦氤氲异常,朝野无事,日惟讲礼乐、庆祥瑞,可谓升平极盛之际。②

正所谓"文变染乎世情",为烘托、渲染这种吉庆祥和的朗朗盛世,彼时的文学作品亦多以歌功颂德、粉饰太平为主要内容。非但诗、词、曲等纯艺术类体裁极尽夸赞称颂之能事,即便是以论事陈情为基本功能的四六章表,亦未能于此时"独善其身"。

北宋真、徽二帝皆对礼文符瑞等吉兆颇有兴趣,"必致诸福之物,以表太平之符"。③真宗初年任苏州判官的崔瑞即曾以"花芳连萼,竹筠双茎,白龟见乎昆丘,甘露零乎佛庙"数句描述彼时"嘉瑞荐臻,休祥杂沓"的景象,④而徽宗朝祥瑞种类之丰富,规模之庞大,又远非真宗朝所能及,正如田锡所言:"暗君暴主,不无祯祥;衰世乱邦,亦有符瑞"。⑤孙觌为葛胜仲《丹阳集》所撰序文中即谈道:"当是时,天子辑瑞应,搜讲狝文,报礼上下,四方以符瑞来告者不可胜数",⑥蔡绦于《铁围山丛谈》中详细记录了八宝、九宝、玄圭、九鼎、芝草等众多祥瑞的出现经过,徽宗还曾"诏令编类天下所奏祥瑞,其有

---

① 王应麟:《词学指南》卷三,第452页。
② 蔡绦:《铁围山丛谈》卷二,北京:中华书局,1983年点校本,第27-28页。
③ 林希:《尚书礼部会奏天下祥瑞表》,见吕祖谦编:《宋文鉴》卷六九,第1010页。
④ 崔瑞:《苏州四瑞联句诗序》,见曾枣庄、刘琳主编:《全宋文》卷二八〇,第14册,第125页。
⑤ 田锡:《符瑞图序》,见佚名辑:《新刊国朝二百家名贤文粹》卷一六二,《宋集珍本丛刊》,第94册,第509页上。
⑥ 孙觌:《丹阳集序》,《鸿庆居士集》卷三〇,《文渊阁四库全书》第1135册,第306页上。

非文字所能尽者,图绘以进",①一些专门记录、描绘相关事物的《瑞应记》《瑞应图》亦随之涌现。② 与真宗朝相比,"徽宗朝祥瑞体系不再强调突发性,而是重在营造日常性",③无论确有其事抑或想象编造,徽宗长期以来即致力于营造一种天人交感、瑞应频现的社会氛围,这与他希望通过塑造个人形象的神圣性,进而定义其现行统治之正当性与合理性的政治诉求有直接的关系。而任何一次祥瑞的出现,百官臣僚理论上都需要撰文庆贺,孙奭在奏疏中即谈到真宗朝众臣"野雕山鹿,并形奏简;秋旱冬雷,率皆称贺",④而这种情况至徽宗朝可谓愈演愈烈。

北宋末年文人别集中,时常可见与祥瑞相关的四六章表,不同作家围绕同一题材进行创作,相互之间自会存在一种无形的"竞争"关系,众多名家尽施文才、各展所能的同时,也在一定程度上提高了此类表文写作的精细程度。大中祥符七年,龙溪属邑民丘颛于九龙溪网鱼时得到一颗精美异常的明珠,由于"海出明珠"历来被视为王者"德及渊泉""仁圣宽慈"的象征,故时知漳州的王冕即将此物呈献真宗,并撰表说明情况,文中有"荧煌外散于月华,皎洁内含于星彩"二句描述明珠外貌,⑤虽简练畅达,但仅为"就物论物",而未加进一步修饰。宣和四年(1122),"顺州得枸杞宿根于土中,其形獒伏,仙家以为千载所化,驰献阙廷。土生于壬戌,正符所属之辰,尤以为善祥",⑥而正当百僚欲上表庆贺而"无以措词"之际,时为太学学官的綦崇礼奉命执笔,其文中"灵根夜吠,变异质于千年;驿骑朝驰,荐圣人之万寿"等精妙联语令徽宗亦为之动容。⑦ 以"灵根夜吠"形容枸杞,本之《太平广记》中朱孺子、王玄真食二犬所化枸杞而成仙延寿之事,⑧白居易《和郭使君题枸杞》诗即有"不知灵药根成狗,怪得时闻吠夜声"之句,⑨而朱、王食枸杞事

---

① 《宋史》卷三七一《白时中传》,第11517页。
② 大观四年(1110),张皋即曾将京西路诸县瑞麦绘图一十二本,进呈徽宗。另据赵鼎臣于政和六年(1116)所上《代进瑞应图札子》,可知时任开封府尹的王革即曾"以本府境内暨畿县所获甘露、芝草、珍木、瑞麦之祥,与夫图圄空虚之日,路不拾遗之人,合若干,厘为五篇,目曰《政和畿内瑞应记》。其当以形见者,具图所以如左"。这些皆可视为对徽宗诏令的积极响应。
③ 方诚峰:《祥瑞与北宋徽宗朝的政治文化》,《中华文史论丛》2011年第4期,第226页。
④ 李焘:《续资治通鉴长编》卷七四,第1702页。
⑤ 王冕:《漳州进珠表》,见吕祖谦编:《宋文鉴》卷六五,第966页。
⑥ 楼钥:《北海先生文集序》,见曾枣庄、刘琳主编:《全宋文》卷五九四八,第264册,第102页。
⑦ 綦崇礼:《代宰执贺顺州进枸杞表》,《北海集》卷二六,《文渊阁四库全书》第1134册,第691页下。
⑧ 《太平广记》卷二四,北京:中华书局,1961年,第163页。
⑨ 白居易撰,谢思炜校注:《白居易诗集校注》卷二五,北京:中华书局,2006年,第1955页。

亦见载于《白孔六帖》之"药"部中,相较于王氏《进珠表》,綦氏《进枸杞表》显然更见雕刻琢磨,遣词造句亦更为精细考究。王应麟即以綦表为例,提醒应试词科者"须灯窗之暇,将可出之题件件编类,如《初学记》《六帖》《艺文类聚》《太平御览》《册府元龟》等书,广博搜览,多为之备"。① 由于创作主题较为单一,祥瑞章表所用相关故实大多可由唐宋类书中寻检而得,故文人对类书之"依赖"亦非不可理解,但材料来源的集中,势必导致作品内容的重复、机械。

黄河之水由浊变清,本是一种特殊的自然现象,但在古人观念中,常将其视为圣人降世、国泰民安的吉兆。北宋太宗、真宗与徽宗朝皆可见有关"河清""河再清"的奏报,而据学者统计,徽宗朝"河清"的次数,相当于太宗、真宗二朝之和。② 黄河之澄清,并非依靠分流改道、疏河浚淤等治理措施即可轻易实现,且北宋治河"多是小修小补,并没有全面、系统的工程",河清现象确属可遇而不可求,虽不能排除地方官员迎合帝旨而造谣谎报之嫌,但如此之高的出现频率,终使"黄河清"成为徽宗朝的代表性祥瑞之一,而庆贺河清,亦成为此时祥瑞类表文的重点创作主题。李新《贺河清表》"窃以"联句曰:"四渎所宗,九河为大,昭负图之龙马,著舞气之神鱼",③前后四分句皆为黄河相关习见之典,于《初学记·地部·河》④及《册府元龟·帝王部·符瑞》中即可得见。⑤ 慕容彦逢之《代宰臣以下贺黄河清表》在用典上与李表时有雷同而稍胜一筹,如开篇"惟河四渎之宗,惟水五行之首"亦用"四渎"事,⑥但以"五行"成对,含河水既清而万事无不顺谐之意,简洁有力,气象博大。另,李表颂圣句以"俟河之清"对"如山之寿",彦逢此表则以"如川之至"与"俟河之清"收结,二联意思相近,但川、河皆为水之属,与表题更为切合,故为优也。

甘露作为"王者德至""天和气盛"的标志,于历朝正史帝王《本纪》与《符瑞志》《祥瑞志》中屡见不鲜。北宋太宗、真宗朝亦不乏记载,但就庆贺表文而论,则仍以徽宗朝"蔚为大观"。由于甘露现象较为普遍,与之相关的诗文故实亦积累丰厚,故唐宋类书中多以"露"单独成节,这也为文人撰写相关作

---

① 王应麟:《词学指南》卷三,第454页。
② 王琳珂:《北宋"黄河清"现象探析》,《唐山师范学院学报》第38卷第3期,2016年,第85页。
③ 李新:《跨鳌集》卷一二,《文渊阁四库全书》第1124册,第493页上。
④ 徐坚:《初学记》卷六,北京:中华书局,2004年,第119-121页。
⑤ 《册府元龟》卷二二,第221页。
⑥ 慕容彦逢:《摛文堂集》卷一一,《文渊阁四库全书》第1123册,第426页上。

品提供了充足的基础材料,而徽宗朝文人所撰甘露表文,亦确广受其沾溉。慕容彦逢之《贺甘露降帝鼐表》有"眷霄零之甘露,禀云表之清英"一联,①后句本之张衡《西京赋》"承云表之清露",而该句正被列入《文选类林》"露"部当中。② 文末之"瀼瀼和液",由《小雅·蓼萧》"零露瀼瀼"与蔡邕《释诲》"和液畅兮神气宁"组合而成,二句亦皆见于《六帖》。綦崇礼《代宰执贺燕山甘露表》将甘露溥降与收复燕山之事联系在一起,以"珠凝玉蕊,异霄降之金茎;脂润饴甘,疑朝和于琼液"形容甘露之色美味甘,③而"珠露""玉蕊""金茎""饴露"率皆为《初学记》《六帖》中与"露"相关之典语。另如程俱《贺甘露表》、王安中《贺开封府甘露表》等相关作品亦皆不乏取自类书之词句。

因同类表文数量较多,故"异文同典"现象在《贺甘露表》中亦不罕见。如綦崇礼《代宰执贺熙州甘露表》开篇"至阴肃肃,安厚载于坤舆;零露瀼瀼,格休符于天鉴",④与上举慕容彦逢之表同用"零露瀼瀼"语典。而后之"滋液渗漉者,雨露所以生物;劳来还定者,帝王所以安民","滋液渗漉"出于司马相如《封禅书》,前文所举赵鼎臣《贺甘露表》亦有"惟滋液渗漉之富,当蜩蜽蠖濩之严"一联形容甘露之充沛与帝居之堂皇。而赵表开篇联句曰:"盛德至矣,燕及皇天;零露湑兮,震于珍物","零露湑兮"与"零露瀼瀼"同见于《蓼萧》及《野有蔓草》,亦为《诗经》中与露相关的代表性诗句,而王安中《贺延福宫竹上甘露表》《贺汝州等祥瑞表》皆曾用之。

与甘露同为传统祥瑞之代表的芝草,历来被视为王者慈惠仁和、德及草木的象征。在徽宗朝"瑞兆频现"的大环境下,芝草自无"缺席"之理,而文士所撰相关庆贺表文数量,亦不在甘露类之下。赵鼎臣《贺芝草表》"窃以"句云:"异亩产同颖之祥,一年见三秀之祉",⑤"异亩同颖"语出《书序》,"三秀"最早见于《楚辞·山鬼》,二语同为形容芝草之常用语典,亦皆见收于类书之"祥瑞""禾"等部类中。赵氏所作《贺左藏生芝草表》有联曰:"虽草木之微细,每禁牛羊;欲菽粟之均通,皆如水火",⑥其上联使用《大雅·行苇》之"敦

---

① 慕容彦逢:《摛文堂集》卷一一,《文渊阁四库全书》第1123册,第424页下。
② 旧题刘攽《文选类林》卷一,见宋志英,南江涛选编:《〈文选〉研究文献辑刊》第2册,北京:国家图书馆出版社,2013年,第73页。
③ 綦崇礼:《北海集》卷二七,《文渊阁四库全书》第1134册,第696页上。
④ 綦崇礼:《北海集》卷二七,《文渊阁四库全书》第1134册,第695页下。
⑤ 魏齐贤、叶棻编:《圣宋名贤五百家播芳大全文粹》卷二上,《宋集珍本丛刊》,第95册,第46页下。
⑥ 魏齐贤、叶棻编:《圣宋名贤五百家播芳大全文粹》卷二上,《宋集珍本丛刊》,第95册,第47页上。

彼行苇,牛羊勿践履",以体现帝王"仁及草木"之德,此诗句见录于类书之"荻""萑苇"等部,与芝草主题较为切合,故作者多引之入表,如翟汝文《贺临华门生芝草表》之"德及草木,无行苇践履之伤;仁如驺虞,有庶类蕃殖之盛",①及綦崇礼《代宰执贺艮岳敷春门生芝草表》之"德合乾坤,法黄帝垂衣之象;仁加草木,有周成行苇之风"即皆用之。② 除"三秀"和《行苇》外,《汉书·宣帝纪》所载"金芝九茎"事,亦常见于类书之"芝""祥瑞"等部,而该典亦成为芝草表文中的"常客",如葛胜仲《贺湟州芝草表》之"斋房之诗,徒着九茎之异;瀛洲所产,第存三秀之名",③前举綦崇礼表中"茁九茎于秘宇,是兴汉帝之歌;采三秀于琼山,尝感骚人之赋"之联,④包括张守《代李宪贺检法厅生芝草表》"铜池尝记于九茎,山涧亦夸于三秀"二句,⑤皆是以"九茎"对"三秀"的实例。而綦氏《代宰执贺后苑太清楼前生芝草表》开篇联句"宝构峥嵘,贮太空之和气;金芝菌蠢,呈治世之嘉祥",⑥则将"金芝"与张衡《南都赋》"芝房菌蠢生其隈"组合为"金芝菌蠢"短语。此外,嵇康《幽愤诗》之"煌煌灵芝",亦被《六帖》收录于"芝"部当中,张守、綦崇礼表文之"显煌煌之上瑞""绚金色以煌煌"即本此典而来。实际上,类书中有关芝草的材料并不在少数,而上述文士撰表时却大多"不约而合"地选取相似典故,故其作品虽不能说"千人一面",但与主题相关的部分则不可避免地出现"重复性元素"。

除"河清"、甘露、芝草等传统自然类祥瑞外,玄圭、八宝等"人工产物"在徽宗朝同样备受重视。政和二年,士人王敏文以千七百金买得据传丁渭旧藏之玄圭,由宦官谭稹敬呈徽宗,⑦徽宗随即令蔡京等人议定此物之实际功用及象征意义等相关"身份"信息。虽然自古以来玄圭即被视为帝王统治合法性的象征,但有关其形制等细节内容却并无明确记载,而蔡京所奏《上玄圭议》,则首先依"圣人以玉为圭"的理由,将玄圭列入《舜典》所载"五玉"之中,并据《禹贡》"禹锡玄圭,告厥成功"的记载,及其形貌同周王所执、后世帝

---

① 翟汝文:《忠惠集》卷五,《文渊阁四库全书》第1129册,第241页上。
② 綦崇礼:《北海集》卷二七,《文渊阁四库全书》第1134册,第694页上。
③ 葛胜仲:《丹阳集》卷一,《文渊阁四库全书》第1127册,第409页上。
④ 綦崇礼:《北海集》卷二七,《文渊阁四库全书》第1134册,第693页下。
⑤ 张守:《毗陵集》卷三,《文渊阁四库全书》第1127册,第707页下。
⑥ 綦崇礼:《北海集》卷二七,《文渊阁四库全书》第1134册,第693页上。
⑦ 蔡绦:《铁围山丛谈》卷一,第9-10页。

王祭祀所用之"镇圭"极为近似,最终将此物定性为千古之后复见人间的"禹圭"。① 徽宗于是年冬御大庆殿举行受圭仪式,并在转年下诏将其定为冬祀之礼器,这才标志着此物由寻常古物到"国之重宝"蜕变过程的结束。但这种人为"制造"出的祥瑞,前代类书中并无现成材料可供撰写相关庆贺章表者拣选,这对于作者而言无疑是很大的挑战。赵鼎臣、晁咏之所撰《贺玄圭表》全然未涉玄圭之特征,仅是从侧面称颂君王盛德,李昭玘《代人贺元圭表》对徽宗拜受玄圭的场面多有铺排渲染:"大乐备九成之奏,群臣奉万岁之觞。麾幡缥缈于祥风,云物冲融乎和气,人神胥悦,霈泽横流",② 但对玄圭本身则少有描述,其"故外黑以示智之所出,内赤以显神之所存"二语亦不过就蔡京奏章复述,而其"得玉璜于磻水,何乃不经;出宝鼎于汾阴,是诚小物"一联,则借吕尚磻溪钓玉璜及新垣平言汾阴有周鼎二传说,衬托徽宗获玄圭之超迈往古,盖全篇仍是以赞颂君德为主要内容。周行己《代贺元圭表》之"十有二山,为州之镇;尺有二寸,法天之时。上有云雷,盖示圣人之泽;下无琢饰,又知天子之全"数句,③ 同样只是就实物论其形制而毫无新意。

众家之中,唯李新所作二表略有不同。其《贺锡元圭表》有联云:"平其首以象葵,体道之复;好其中而纳组,执德之洪",④ "终葵首"为《周礼·考工记》中对大圭尖首形态的描述,见录于《艺文类聚》"珪"部,⑤ 与此圭"上锐下方"的特征相符,其下联又以"传圭袭组"之意与此相配,较成季、浮沚二表更为切题。在李氏另一篇《锡元圭贺表》中,"制葵于首,则体之以无为;纳组于中,欲执之而勿失"一联与前表用典相同,⑥ 而"璨非止刻四方之镇,色固尝形两者之元",前句化用《周礼·大宗伯》郑注之语,可见于《六帖》之"珪璋"部。⑦ 由于唐宋类书中无可直接取用的玄圭相关典事,故李氏稍加变通,扩大搜寻范围,从与"珪"相关之材料中择己所需,亦属退而求其次的无奈之举。

---

① 徐松辑:《宋会要辑稿》瑞异一之二〇,第 2074 页。慕容彦逢所上《玄圭议》与蔡文大意略同,慕容彦逢:《摛文堂集》卷一二,《文渊阁四库全书》第 1123 册,第 443 页。
② 李昭玘:《乐静集》卷一四,《文渊阁四库全书》第 1122 册,第 323 页下。
③ 曾枣庄、刘琳主编:《全宋文》卷二九五〇,第 137 册,第 83 页。
④ 李新:《跨鳌集》卷一二,《文渊阁四库全书》第 1124 册,第 497 页下。
⑤ 欧阳询撰,汪绍楹校:《艺文类聚》卷八三,北京:中华书局,1999 年,第 1430 页。
⑥ 李新:《跨鳌集》卷一二,《文渊阁四库全书》第 1124 册,第 498 页上。
⑦ 白居易原本,孔传续撰:《白孔六帖》卷七,《文渊阁四库全书》第 891 册,第 125 页下。

由此可见，在没有直接对应的类书资料的帮助下，很多文士于撰表时即会陷入"巧妇难为无米之炊"的窘境，部分作家唯有舍本逐末，以歌功颂德代替正面描写，而只有少数作者能够灵活调用现有材料，突破主题与典事完美对应的局限，由相关部类中挑选尚可使用的素材编缀联句，充实表文之主体部分。这种情形，恰从另一个角度反映出类书对祥瑞表文写作所具有的不可忽视的决定性影响。

侯体健曾从南宋四六类书之"散联警语""典藻故实""官职地理"与"诸式活套"四个方面论述四六类书之编纂与骈文写作"程式化"的相关问题。① 该文材料翔实，分析透彻，见解新颖，唯整体内容上偏重于讨论类书体例特色与士人社会生活之联系，而较少涉及类书中的材料对彼时骈文创作的"支持"与"帮助"。北宋时期虽无《四六丛珠》《翰墨大全》等四六专用类书行世，但《艺文类聚》《初学记》《六帖》《太平御览》《册府元龟》等唐宋著名类书早已成为文士日常应用文字的主要"原材料供给地"。② 北宋文人使用类书撰作四六章表的情况绝非徽宗时首次出现，③ 只是徽宗朝祥瑞吉兆"层出不穷"的社会现实，导致创作相关庆贺表文的需求大量产生，而通过对比其中的同题之作即可发现，执笔者对类书的依赖十分明显，一些重要的语典、事典更是同见于各家表文当中。谢伋曾谈到徽宗时朝廷应用章疏的"生产"机制："宣和间，掌朝廷笺奏者，朝士常十数人，主文盟者集众长合而成篇，多精奇对而意不属，知旧事者往往效之"，④ 这虽是就王言诰命诸体而言，但据此可知彼时四六作品中一些工稳精妙的联句，会很快成为通用的"公共资源"为文士们所吸纳采用，故表文中部分典语的重复出现，抑或缘此而致。如侯文所论，骈文写作的程式化问题在南宋作家中普遍存在，而所谓程式化的本质，实即为类书化。南宋作家自四六类书中套用成式、择取典故、袭用警语，与北宋作家由传统类书中摘录典语并无根本上的区别，只是相对来说"工序"更为繁琐，"成品"更为趋同而已。因此，北宋末期祥瑞表文的"类书化"写作，当可视为南宋四六文程式化的一个"前期预兆"。

---

① 侯体健：《四六类书的知识世界与晚宋骈文程式化》，《文艺研究》2018年第8期，第58-66页。
② 实际上，除这些著名类书外，北宋中晚期文人亦常有私纂类书的行为，诸如程鹏《唐史属辞》、刘巨济《十史事类》、任广《书叙指南》等皆是其类，这种风气与应用文写作的"类书化"亦当互为表里。
③ 宋仁宗于天圣三年曾特下诏命令国子监罢刊《初学记》《六帖》《韵对》等"钞集小说，无益学者"的类书，这恰好反向印证了北宋前期类书的广泛流通。见李焘：《续资治通鉴长编》卷一〇三，第2378页。
④ 谢伋：《四六谈麈》，见王水照编：《历代文话》，第1册，第41页。

3.5.3 集北宋末期表文之大成的王安中表文

作为北宋末期以四六应用而被后人目为"一代文宗"的"大手笔",①王安中之四六章表在事典、语典的选用与剪裁方面,皆可称一时之表率。《宋史》本传称其政和间因所撰祥瑞表文受到徽宗称赞而被授官中书舍人,②今可见辑本《初寮集》中所存祥瑞章表之数量确远非其他作家能及,更为值得一提的是,这些作品虽并未改变类书化的基本写作方式,但其典故运用及联句构造常有出人意表、别具新意之处。例如,其《代周提举作贺冬至朝会受玄圭表》两篇,大体上与前述诸家所撰《贺玄圭表》相似,以歌颂圣德为主,所用词语亦未见新奇,唯其二文末有"璪以云油而雨霈,形其天锐而地方"一联描写玄圭之外形,③"云油雨霈"出自李白《明堂赋》,④唐代及北宋类书均未收录该语,但其与玄圭上所见"云行雨施"之文恰能自然贴合,用典不可谓不巧妙。

《初寮集》中收有多篇庆贺甘露类章表,其间亦不乏新颖可观者。如《贺开封府甘露表》之"乃霈云表饴醴之滋,在彼府居杞棘之上",⑤后句本于《小雅·湛露》之"湛湛露斯,在彼杞棘",《初学记》卷二"露"部中即载此典,但多数作者皆用"饴醴"之事而未见用此。该表末联曰:"垂恩储祉,讵须汉掌之承;翻润流甘,颇觉魏盘之隘","翻润流甘"乃由梁代褚沄《芳林园甘露颂》中"翻润星多,流甘月晓"二句而来,此语同"杞棘"典同见于《初学记》,形容甘露之丰沛充足颇为生动传神,惜除王氏之外,其余撰甘露表者皆不曾措意。初寮所作芝草表文亦有与众不同之处,如其《贺河南府嘉禾芝草同本表》以"协穗殊茎,俪仙英而竞秀;吐柯载叶,附长亩以争奇"描绘禾草并蒂的景象,⑥"吐柯载叶"乃缪袭《神芝赞》中语,该文可见于《艺文类聚》"木芝"

---

① 李邴即将王安中与杨亿、刘筠、王珪、元绛、苏轼诸大家相提并论,并云:"自徽宗皇帝即位以来,擅制诰之美者,公一人而已,得不谓一代之奇文欤?"李邴:《王初寮先生文集序》,见曾枣庄、刘琳主编:《全宋文》卷三八二三,第175册,第57-58页。另外值得一提的是,王安中曾在《答吴检法书》中明确提到:"文非仁非义,非道非德,实则辞也",反映出其所秉持的"纯文学"之"文统观",与北宋前中期文士"纠结"于文、道关系问题迥然有别。其究心于四六应制,从某种程度上来说,与五代时期以"应用之才"见长的文士颇为相似。见曾枣庄、刘琳主编:《全宋文》卷三一五八,第146册,第334页。
② 《宋史》卷三五二《王安中传》,第11124页。
③ 王安中:《初寮集》卷四,《文渊阁四库全书》第1127册,第86页下。
④ 李白著,王琦注:《李太白全集》卷一,北京:中华书局,1977年,第51页。
⑤ 王安中:《初寮集》卷五,《文渊阁四库全书》第1127册,第94页下。
⑥ 王安中:《初寮集》卷五,《文渊阁四库全书》第1127册,第104页下。

类,亦未见同题章表引用此典。另如《贺蕲州芝草表》"飞鸟升龙之状,贯珠偃盖之形"一联,①乃是摘取葛洪对菌芝、紫珠芝、五德芝状貌的描述语拼接而成,突出芝草之"仙药"性质,而其《贺亳州太清宫芝草表》之"未闻还丹五色之余,忽效吐叶千层之瑞",②亦是由《抱朴子》而来,此数语皆能于《太平御览》之"药"部"芝"类中寻得,而同样为初寮所独用。盖王安中《贺芝草表》虽亦常用"三秀""九茎"等习见典语,但其文中多有新颖独特、与题旨极为切合、于他人作品罕能一睹之联句作为点睛之笔。他在类书化写作的基础上独辟蹊径,不满足于人云亦云,而是进一步求精求细,这才使其祥瑞章表能够在彼时文坛中脱颖而出,给人以"眼前一亮"的感觉。

　　王安中之祥瑞类四六不仅于选材上有独到之处,其联句对仗搭配亦颇见匠心。袁褧《枫窗小牍》即载录其《益八宝为九宝诏》中之名联:"太极函三,运神功于八索;乾元用九,增宝历于万年",③其上联之"太极函三"本之《汉书·律历志》之"太极元气,函三为一"。④"八索"则非指《左传》之《八索》《九丘》,而是依孔安国《尚书序》"八卦之说,谓之八索"之解,⑤以八宝比之象征天地万物之八卦,言徽宗圣德昭明,洞贯三才。而下联之"乾元用九"则出于《乾》卦之《文言》,与前联之"函三"相承,合乎一而三、三而九的变化之意。徽宗御制第九宝为"定命宝",其上刻文有"万寿无疆"四字,⑥故其末句以"宝历万年"作结。该联既点明了由八宝增至九宝的经过,同时又以《易》数为本,将徽宗制作、接受"国之神器"的意图与愿景,巧妙而充分地表达出来。李新所撰《贺九宝表》"纽以龙文,协乾元之用九;受之谷旦,迈帝德之登三"一联,⑦以《乾卦·文言》之"乾元用九"对司马相如《难蜀父老》之"咸五登三",结构上与初寮联句相似,但论意味之涵容隽永,则实有不及。因九宝皆为徽宗独创,故可借以入文的相关历史材料亦无处寻觅,而王联所用语典事典皆非冷涩生僻者,唯经其妙手"调遣",即成警语,由此足见王氏撰表技艺之高超。

　　前文曾谈到,王应麟认为词科章表当尽可能使用"全文对句"提高作品

---

① 王安中:《初寮集》卷五,《文渊阁四库全书》第1127册,第104页下。
② 王安中:《初寮集》卷五,《文渊阁四库全书》第1127册,第105页上。
③ 袁褧撰,袁颐续:《枫窗小牍》卷上,上海:上海古籍出版社,2012年点校本,第15页。
④ 《汉书》卷二一上《律历志上》,第64页。
⑤ 《尚书正义》卷一,见阮元校刻:《十三经注疏》(清嘉庆刊本),第237页。
⑥ 宋徽宗:《来年元日祇受定命宝御笔手诏》,《宋大诏令集》卷一四九,第553页。
⑦ 李新:《跨鳌集》卷一二,《文渊阁四库全书》第1124册,第495页下。

的"印象分",北宋词科出身的作家如赵鼎臣、葛胜仲等人皆善于运用这种句法,但若以使用频率、呈现方式等标准来衡量,则上述诸家似皆逊于未曾应试词科的王安中。王氏元祐年间曾从学于苏轼,①而其四六章表亦确能继东坡神韵,②以善用"全文长句"为主要特征。崇宁三年(1104),王安中丁忧服除,赴任大名元城县主簿,其间曾代吕惠卿草熙河路奏捷谢表,该文现唯有一联存焉:"方叔壮猷,顾自嗟于老矣;皋陶赓载,尚希赞于康哉",③以《小雅·采芑》及《虞书·益稷》成句为对,既赞颂圣功,又将吕氏虽"老骥伏枥"而"壮心不已"之豪情寄寓其中,确属工稳妥切、体贴入微之妙对,虽非"全文长句",然已可略窥其四六精于成句对仗的特点。崇宁末至大观初,王氏曾入张近高阳幕府中负责文字事务,其代撰表文已多可见"全文长句",如其《谢大观改元赦表》之"正月始和,于焉布德而施惠;大观在上,所以藏用而显仁",④《谢除显谟阁待制表》之"原省因任,乃君师所以佑下民;善贷曲成,如天地之能裕万物",⑤皆是"以成语为长句"之例。与前文所论晁补之于表文中数次使用"风雨霜露"句相类,王氏对"君师佑民""天地裕物"一联亦可谓"情有独钟",在其后所撰《陕漕谢上表》《谢知大名府表》等文中皆可见之。另如其政和六年(1116)除中书舍人所上《谢表》以"道兼于天,有雷风之鼓舞;言惟作命,同云汉之昭回"称颂帝德,⑥该联亦见于其次年所作之《谢除翰林学士承旨并宣召表》,盖以习用联句歌功颂圣,是为王安中骈体表章的特征之一。

  初寮表文中的"全文长句",多是以四字成句为定语构成长句对仗,并配合另外一对"长成句"组成"全文隔对"。这种方法上可追溯至政和六年为庆祝徽宗诞辰于集英殿设宴,王氏所进《教坊致语》中的颂圣联句:"歌太平既醉之诗,赖一代之有庆;得久视长生之道,参万岁以成纯"。⑦"太平既醉"为

---

① 周必大《初寮集序》:"(王安中)年十六,即贡京师。后两年,坡至,奇之,公亦自谓得师也。"见王安中:《初寮集》卷首,《文渊阁四库全书》第1127册,第3页上。
② 方回评王安中《观僧舍山茶》诗兼论其四六,言初寮"当苏学方以为禁,而阴袭东坡步骤,世人不悟也",准确道出其四六取法之渊源。见方回选评,李庆甲集评校点:《瀛奎律髓汇评》卷二七,第1198页。
③ 陈鹄:《西塘集耆旧续闻》卷六,第345页。
④ 王安中:《初寮集》卷四,《文渊阁四库全书》第1127册,第75页下。
⑤ 王安中:《初寮集》卷四,《文渊阁四库全书》第1127册,第60页下。
⑥ 王安中:《谢除中书舍人表》,《初寮集》卷四,《文渊阁四库全书》第1127册,第59页上。
⑦ 此文已不见于传世《初寮集》中,唯张邦基《墨庄漫录》引之,方得一观。见张邦基:《墨庄漫录》卷七,北京:中华书局,2002年点校本,第203页。

《大雅·既醉》小序之语,①"久视长生"语出《老子》,②二语皆是作为"诗""道"之定语入联,并与《吕刑》《齐物论》之成句共同组成"全经对句"。宣和元年王安中官拜尚书右丞,所上《谢表》有论及右丞一职系国政轻重之联云:"上焉得原省因任之至权,则朝廷正而百官正;下焉有同寅协恭之诚意,则众贤和而万物和"。③"原省因任""同寅协恭"为《庄子·天道》与《皋陶谟》之原句,王氏将其作为修饰"至权""诚意"之定语纳入联中;而"朝廷百官""众贤万物"二句则分别出自董仲舒之《天人三策》与《汉书·刘向传》,乃直承其语而用之。该表另有关于授官当谨慎择选之联曰:"必慎厥与,以俟知微知彰之贤;俾率有陈,庶迪唯几惟康之助",亦是将《系辞下》与《益稷》成句作为定语嵌入长联之中。这种写法对于作者的知识储备与剪裁技巧皆有较高的要求,并非轻而易举即可驾驭,初寮将"天下之书,虽山经地志、花谱药录、小说细碎,当无所不读"视为欲工于诗者之必备条件,④实则其四六章表更有赖于日积月累、广闻博览,故虽是小道,而亦有可观。

王氏四六章表之"全文长句",在选材剪辑与呈现形式方面亦皆有与众不同之处。其《谢除右丞表》文末颂圣联句曰:"欲一日二日之万机无旷,永绥攸暨之民;合六德九德而百工唯时,胥乐思皇之士",一、三分句皆是由《皋陶谟》中短语组合而成,以同篇之语衍为长联对仗,在北宋四六表文中并非常见之例。与此联类似,其宣和三年(1121)之《辞免左丞表》曾以"举直措枉而选于众,必得股肱之良;陈力就列而止不能,是惟犬马之愿"一联表达垦辞之意,⑤前联将《论语》之《为政》《颜渊》二篇成语合为一句,后联则以《季氏》篇周任之语为对,二联同出一书,亦可谓设计巧妙。此外,王氏四六文中尚有"三段式全句"存焉,如其《大名奏教成新乐表》称颂徽宗制新乐之功云:"身为度,声为律,得以自然;徵为事,角为民,按之大备",⑥用太史公赞美大禹立身行事堪为法度之言,与《乐记》所载五音五政互通之理论相匹配,以见明君治世之音安乐祥和。另如其《天宁节小儿致语》中脍炙人口之

---

① 《毛诗正义》卷一七,见阮元校刻:《十三经注疏》(清嘉庆刊本),第1153页。
② 朱谦之:《老子校释》,北京:中华书局,1984年,第242页。
③ 王安中:《谢除右丞表》,《初寮集》卷四,《文渊阁四库全书》第1127册,第61页下。
④ 王安中:《歙城杜泽之诗集序》,见王正德:《余师录》卷三,王云五主编:《丛书集成初编》,第2616册,第51页。
⑤ 王安中:《初寮集》卷四,《文渊阁四库全书》第1127册,第62页下。
⑥ 王安中:《初寮集》卷四,《文渊阁四库全书》第1127册,第84页下至85页上。

名联:"五百里采,五百里卫,外并有截之区;八千岁春,八千岁秋,共上无疆之寿",①前联以《周礼·大行人》所划分之贡服等级为依据,言天下华夷皆同心慕化;后联则借《逍遥游》得享大年之大椿恭祝圣寿,吉庆华美,溢于言表。该联虽难言典雅蕴藉,但对仗之工、运思之巧,确能进一步烘托现场气氛,可称致语联句之出类拔萃者,其被洪迈、黄瑜等人列入"四六名对""天生自然对"之"榜单"中,亦属实至名归。"三段式"对句本为苏轼等作家为论事陈情之便而采用,王安中则将"全文长句"与之结合,用以铺排夸饰、颂君赞圣,改变了其原始功能,亦自得其妙。

初寮四六章表中的一些"全文长句"虽未加修剪而直接使用前代经典成语,但胜在选材得体、气象涵容。如其宣和七年(1125)所撰《谢除检校少傅表》有联曰:"包虎皮而櫜弓矢,种落一家;挽天河以洗甲兵,农桑千里",②前联由《礼记·乐记》之"倒载干戈,包之以虎皮",与《周颂·时迈》之"载戢干戈,载櫜弓矢"组合而成,后联则袭用杜甫《洗兵马》篇末之名句,描写夷乱平定后的祥和景象,虽是粉饰之语,但确可谓涵容广大。③ 其《谢赐御诗表》之颂圣长联曰:"乘天地之正而御六气之辩,曾莫测于真游;通神明之德而类万物之情,独获窥于宝画",④以至人神游喻徽宗御诗构思之奥妙难测,以伏羲制《易》喻徽宗御书之铁画银钩,夸大其词,言过其实,但"全文长句"之纵横排荡、流畅洒脱在很大程度上掩盖了内容的空洞,唯使人叹赏其对仗之工巧。

王安中作四六善用经典成句一事,无疑在时人心目中留下了深刻的印象,以至于宋人笔记中犹可得见其以妙对之能为他人"排忧解难"的轶事。宣和四年,宋、金联合伐辽,在向金国交纳大量财物及"租金"后,燕云六州之地及燕京城方归宋有,而逢此"盛事",群臣百寮纷纷上表称贺。徐梦莘《三朝北盟汇编》载录宰相王黼所上贺表,⑤该表在渲染宋朝兵势雄壮,"长驱出塞者百万有奇,分道并进者东西相属"后,以"岂特昆夷维其喙矣,是谓燕民悦则取之"一联描述民心之所向,从而体现伐辽之举的正义性。其化用《大

---

① 张邦基:《墨庄漫录》卷七,第203页。
② 王安中:《初寮集》卷四,《文渊阁四库全书》第1127册,第67页上。
③ 王氏于表文中引杜诗非仅此一处,其《谢赐诏书银茶合表》谢恩之语曰:"捧次光生,认天题之湿处;啜余神往,追风驭之泠然"。此联前半亦用杜甫《端午日赐衣》之名对,然以赐衣之语用于赐茶之事,难免牵强不合,未及"挽天河"一联之自然精妙。
④ 王安中:《初寮集》卷四,《文渊阁四库全书》第1127册,第77页上。
⑤ 徐梦莘:《三朝北盟会编》卷十,上海:上海古籍出版社,2019年,第71页下至72页上。

雅·緜》"混夷駾矣,维其喙矣"诗句,与《孟子·梁惠王下》"取之而燕民悦,则取之"之语相对,巧妙妥切,堪为该表点睛之笔。而据方勺所记,该联或在王安中的帮助下方得完成。① 有趣的是,与王黼同朝为官且自始至终反对与金共同伐辽的郑居中,所上贺表亦用"昆夷维其喙矣"之句,而以"周公方且膺之"为对。此语原为孟子引《鲁颂·閟宫》诗句批评陈相背弃其师而转学蛮夷之道,郑氏则借古圣亦曾伐戎狄为据,表明此次战争的正当性,并暗含"用夏变夷"之意。单就对仗本身来讲,王、郑之联皆可谓精妙妥切,唯"燕民""周公"二联虽同出于《孟子》,但后者实本之《诗》,与"昆夷"句相配,正是"以《诗》语对《诗》语",故郑氏虽称王氏之联"属对甚切",然尚不及其自撰之"当家者"联句。② 此事生动而真实地展现出北宋末期文人在撰写四六章表时,热衷于采择、裁炼经典成句以为联对的普遍风气,而尤精于此道的王安中,固可称一时之集大成者也。

盖北宋表文"以成语为长句"的写法由苏轼首开其端,晁补之、曾肇等作家相继承袭,至初寮则进一步充分挖掘"全文长句"在选材、组合等方面的潜力,其章表之"全文长句"虽承袭"东坡步骤",但以对仗之精妙程度及句式之使用频率而论,初寮之作可谓后出转精、青胜于蓝,足以代表北宋末期四六文的最高水准。然而"全文长句"的大量使用,确在一定程度上削弱了表文叙事陈情的基本功能,且王安中及同时期的四六作家主要以"全文长句"歌功颂德,而非叙事论理,这就导致部分联句或其中的某些组成元素在不同作品中重复出现,这种模板化现象,以及类似"经对经""史对史"等对联句语典原始出处一致性的追求,令"全文长句"的构撰在南渡之后逐渐类同于文字游戏,成为南宋四六写作的一大弊端,与东坡初创此法时的新颖灵活不啻南辕北辙,是为其所短也。聂崇岐认为宋四六之末流"遗精华而取糟粕,重技巧而忽性灵",究其原因,盖"其文实少动人者故耳"。③ 以委婉真挚而论,

---

① 方勺《泊宅篇》卷九:"宣和中,取燕山,群臣称贺。蔡太师京令一馆职代作表,仍语以'燕人悦则取之'一句,不得不使其人归搜经句,欲对未得。王安中曰:'何不曰昆夷维其喙矣?'遂用之。"方勺:《泊宅篇》,北京:中华书局,1983年点校本,第52页。据此可知蔡京所上《贺表》或亦曾用此联,但其原文今已不可得见,而蔡表中的精华部分或已为最终由王黼率百官呈上徽宗的贺表最终版本所吸收。谢伋曾谈到徽宗朝四六章疏常有"集众长合而成篇"的现象,故此联在彼时成为诸家之"公用资源"亦非全无可能,而其"原创权"当归王安中所有。

② 董弅:《闲燕常谈》,见周勋初主编,葛渭君、周子来、王华宝编:《宋人轶事汇编》卷二六,上海:上海古籍出版社,2015年,第1872页。

③ 聂崇岐:《宋史丛考》,北京:中华书局,1980年,第169页。

欧、苏等人之章表，当是北宋四六表文中最能体现作者之心绪情感的，且尤以谢上类表文著称于世，而以王安中为代表的北宋末期作家，则力求以精妙警策、新颖别致的联句对仗"博人眼球"，二者的艺术追求有着明显的不同。北宋四六章表中最具性灵而能打动人心者，确多为作者遭逢坎坷，"道不得行"之时所撰，而一心钻研写作技法，罔顾思想感情的呈现与表达，正可谓求之愈深，失之愈甚。王应麟曾希望士人能够以"六经之文培其本"，但终无法改变"词科习气"的蔓延，实属无可奈何。

第4章 北宋启文研究

宋代启文之用途较六朝、唐代更为广泛，[①]公、私场合皆可用之，而启文之题材相比之前亦发生了一些变化。《文苑英华》将六朝至唐代启文分为谏诤、劝学、谢官、谢辟署、谢赐赉、谢文序并和诗、上文章、投知及杂启九类，其中以谢官、谢赐赉及投知三类篇目所占比重最高。《播芳大全》则将所收启文分为贺启、谢除授启、谢到任启、谢启（即除授、到任外的杂谢类）、上启、回启六类。《文苑英华》中的谢官一类被分为除授、到任二种，其余杂谢启文则统归一处，可见谢官类启文地位的明显提升。上文章启与投知启，以及原属杂启中的上启性质接近，故《播芳大全》将三者加以合并，又单辟回启为一类，以体现其在写法与内容上的独特性。尤为值得注意的是，贺启在六朝与唐代数量寥寥，而于此时却"异军突起"，成为启文中无法忽视的重要类别。宋代繁盛的经济文化局面使文人的社会生活极为丰富多彩，"举世重交游"的普遍风气，亦推动了社交文学的勃兴。由于贺启多是为友人、同僚官职升迁而作，故其行文措辞相较于日常往来书启更为严谨考究，比之除授、谢官一类"官样文章"更具个人化色彩，且通过一篇文字，即可达到联络感情、展示文才等多个目的，因此该体颇受宋代文人青睐，相关作品的艺术价值在启类中亦普遍较为突出。

在宋人笔记、四六话类著作中，时可见作者列举、摘引北宋启文之"名联警句"并加以评论。而通览相关内容即不难发现，多数作者仍是以北宋前中期名家为关注重点，较少涉及北宋后期的作品，且重"大家"轻"小家"的情况亦十分明显。实际上，北宋启文的风格变化虽不及表文复杂，但亦绝非仅凭后世熟知的几位代表性作家的经典作品即可完全概括，不同时期不同作家以及同一作家不同阶段的启文写作样貌，皆有所差别。尤为值得一提的是，北宋启文之写法、风格具有较为明显的阶段性特征，而准确把握这些特征，实有助于进一步深入理解北宋启文的整体发展脉络。

[①] 《四六标准》提要："至宋而岁时通候、仕宦迁除、吉凶庆吊，无一事不用启，无一人不用启。其启必以四六，遂于四六之内，别有专门"。《文渊阁四库全书》第1177册，第1页下。

4.1 北宋前期启文中的事典与语典

如前所论,北宋前期古文家之"以古改骈"与昆体、后昆体作家之"引古入骈""用《选》作骈",使彼时之四六章表呈现出较为明显的风格差异,而同时期的四六书启则多是对仗精熟、用典切当之作,故相对于表文而言,其"四六化"程度更高。北宋表文之用典方式自初至末大体上呈现出由"重事典"向"重语典"转移的过程,而这一过程于启文中同样存在,且在北宋前期即已有所体现。有趣的是,这种用典方式的区别,与启文之类别亦存在一定联系:贺、谢类启多见"人物事典",而"成句语典"则主要被用于上启,或者准确地说是归属于上启的投知类启文当中。另外,昆体、后昆体作家在很大程度上促进了北宋章表"好用成句"之特点的形成,但这些作家在写作四六书启时,却更倾向于使用"人物事典",反倒是范仲淹、欧阳修等北宋四六文的"改革者",在其早年启文中惯于化用前人成句,而这些皆是北宋前期四六启文与同时期表文的显著区别。限于材料的不足,后人已很难推测导致上述差异的具体原因,但这些现象的存在实不可轻易否认,盖同出一人之手的表、启二体,在写法与风格上亦不尽相同,故北宋四六研究必当"分体治之",亦自有其理。

4.1.1 北宋前期贺、谢类启文中的人物事典

与表文不同,王禹偁之启文并无散句成分,各篇作品皆是标准的四六骈体,且用典频率亦明显在表文之上。王氏于端拱元年(988)被宋太宗授予右拾遗、直史馆,依北宋惯例,"作馆职则如登科,例有谢启",[①]其《谢除右拾遗直史馆启》正为此而作。该文大体上可分为自叙经历、称美职事与谢恩言志三部分,而其中最为精妙的联句,当属谢恩时所用"数仞墙边,暗展铸颜之力;如椽笔下,潜施与点之恩"一联。[②] 该联先用《论语·子张》"夫子之墙"与《法言·学行》"孔子铸颜渊"二事,言某官之悉心栽培;后以《晋书·王珣传》"如椽之笔"及《论语·先进》"吾与点也"二语,感念提拔之恩,得体而自然。相比语典,王禹偁撰启更偏爱使用事典。淳化五年,王氏在单州居官十五日后即被召还回朝,充任礼部员外郎、知制诰,其所上《谢启》有"宪宗览

---

① 王铚:《四六话》卷下,见王水照编:《历代文话》,第1册,第20页。
② 王禹偁:《小畜集》卷二五,《宋集珍本丛刊》,第1册,第706页上。

表,移韩愈于潮阳;文帝经年,召贾生于湘浦"一联,①借韩愈、贾生之遭际反衬宋太宗之宽宏仁慈。次年王氏任翰林学士,在其为谢两府而作之《谢除翰林学士启》中,前人旧事更可谓"琳琅满目"。② 他首先用潘安"二毛"、子路负米二事叙述自己年齿已长及值父丧而出外任官之无奈:"顾潘安之毛发,已有雪霜;念季路之甘旨,不如藜藿",后更以石祁子与欧阳通两位孝子"执丧过礼"作比,而自愧弗如远甚:"想石祁子之执丧,空惭至行;比欧阳通之起复,尚欠礼文"。其文末谢恩处则曰:"征贾谊于谪官,终成前席;荐相如之视草,幸得同时",以贾谊、司马相如二人自比,亦颇贴切。

此外,王铚于《四六话》中曾载录王禹偁写予张洎之谢启:

> 张洎参政事江南,李后主时为大臣,国亡,受知太宗,复作辅臣。时王元之禹偁为翰林学士,洎手书古律诗两轴与之,元之以启谢云:"追踪季札辞吴,尽变为《国风》;接武韩宣适鲁,独明于《易》象"。谓其自他国入中朝也。③

季札"将授之国而避之不受",故退隐山水之间以绝国人之念,在出使鲁国欣赏周乐时,数叹"美哉"。韩宣子至鲁"观书于太史氏,见《易象》与《鲁春秋》",有感而发曰:"周礼尽在鲁矣,吾乃今知周公之德,与周之所以王也。"④实际上季札与韩起皆因出使而入鲁,与张洎因国亡而投宋的情况并不相同,而王禹偁很巧妙地回避开张洎曾经历的亡国之痛,而将其入宋的原因"美化"为是受到了中央王朝礼乐教化之感召,这样既顾及了张洎的感受,又展现了宋王朝大国正统的权威,确为构思巧妙的经典联句。而如此频繁使用"人物事典"的情况,在王氏表文中并未出现,可见北宋前期启文与表文在写法上的区别。

真宗朝文士之四六书启相较王禹偁所撰更为精妙,而好用人物典故的特点则未有改变。被王禹偁盛赞为"文类韩、柳,诗类杜甫"的丁谓,因今存作品寥寥无几,故后人亦无从了解其诗歌、古文方面的真实成就,但宋人笔记中有关其精于四六的记载则时可得见。丁氏于景德元年自夔州转运使任上被召入朝,充任知制诰、判吏部流内铨。其所上谢两府启文先以"二星入

---

① 王禹偁:《谢除礼部员外郎知制诰启》,《小畜集》卷二五,《宋集珍本丛刊》,第 1 册,第 706 页下至 707 页上。
② 王禹偁:《小畜集》卷二五,《宋集珍本丛刊》,第 1 册,第 707 页。
③ 王铚:《四六话》卷下,见王水照编:《历代文话》,第 1 册,第 17 页。
④ 《春秋左传正义》卷四二,见阮元校刻:《十三经注疏》(清嘉庆刊本),第 4406 页。

蜀，难分按察之权；五月渡泸，皆是提封之地"一联叙述其在夔经历，①"二星入蜀"语出《后汉书·李郃传》，②丁氏以此代指其与王挺"同规度蛮洞事"而"互相违戾"，后朝廷从其请，另派任中正出使替换王挺之事；③"五月渡泸"则乃诸葛亮《出师表》中语，意谓蛮夷之所尽为皇土，既赞美王化远播，又暗表其招抚之力，切合实情而又含蓄得体。其后谢恩明志之联则曰："效慎密于孔光，不言温树；体风流于谢傅，惟咏苍苔"，依魏泰之解，北宋初年"宰相怙权，尤不爱士大夫之论事"，④故丁氏拜谢两府，用孔光居家与兄弟妻子闲谈而无一语牵涉"朝省政事"，⑤及谢安寓居会稽"入则言咏属文，无处世意"二典，⑥表明自己毫无政治野心，使事表意准确精当，由此亦可见丁谓文才之盛、城府之深。

　　北宋前期最善于在启文中使用人物事典而能尽其妙者，当推杨亿。据北宋后期文人何薳所云，其宣和年间曾于杨亿五世孙德裕家，获睹杨氏八九岁文时所撰《病起谢郡官启》手书原件，叹赏其"属对用事，如老书生"，⑦可见其早慧夙成。淳化四年（993），杨亿因所进赏花诗得太宗喜爱，即命直集贤院。⑧而其入馆所作谢启有联句云："朝无绛、灌，不妨贾谊之少年；坐有邹、枚，未害相如之末至"。⑨《史记·贾生列传》载汉文帝欲以贾谊任公卿之位，而遭到周勃、灌英、张相如、冯敬等大臣的反对与排挤，《司马相如列传》又记司马相如因钦慕邹阳、枚乘等"游说之士"而辞官客游梁地之事，杨亿引此二典，旨在表达权臣重卿扶持晚辈、奖掖后进，三馆秘阁名流汇集，自当叨陪末座，相与切磋之意。用典恰当，遣词婉转，毫无年少轻狂之感，唯见老成持重之态，无怪乎闻者啧啧称之。咸平三年（1000）杨亿赴处州任途中，曾受邀至北宋名将李继隆府上做客，杨亿还京后李氏又特为致书，推誉其文章，杨氏集中《上陈州李相公启》（其二）即为答谢李氏而作。该启先以"汉薛宣之故事，未尝移书；晋何曾之持衡，不答小简"感念李氏身为重臣而能礼

---

① 文莹：《湘山野录》卷上，第 10 页。
② 《后汉书》卷八二上《方术列传第七二上·李郃传》，第 2718 页。
③ 李焘：《续资治通鉴长编》卷五四，第 1189 页。
④ 魏泰：《东轩笔录》卷一四，第 158 页。
⑤ 《汉书》卷八一《匡张孔马传》，第 3354 页。
⑥ 《晋书》卷七九《谢安传》，第 2072 页。
⑦ 何薳：《春渚纪闻》卷一，北京：中华书局，1983 年点校本，第 9 页。
⑧ 王辟之：《渑水燕谈录》卷七，北京：中华书局，1981 年点校本，第 84 页。
⑨ 徐度：《却扫编》卷上，上海：上海古籍出版社，2012 年点校本，第 121 页。

贤下士，①《汉书·薛宣传》称薛氏任丞相后规定"府辞讼例不满万钱不为移书"，②后成为惯例，《晋书·何曾传》载何氏敕记室勿报"以小纸为书者"。③此二典皆为居高位者不以繁细琐事挂怀之例，杨亿则借之衬托李氏为人之平易与对己之关怀，而又能同李氏惠书之举完美对应，用典可谓巧妙。同年稍后，钱唯演因进《咸平圣政录》而自右神武军将军改官太仆少卿，钱氏至杨亿家中相谈并以自撰诗文相赠，杨氏为祝贺、答谢钱氏而作《谢太仆钱少卿启》。此文开篇杨氏即连用前贤逆境著书的故事："虞卿穷愁，乃就著书之业；扬雄寂寞，始奋草《玄》之名。灵均放词，初因于憔悴；兰成述赋，实主于悲哀"，④以证自古名篇"大抵圣贤发愤之所为作也"。而如钱氏这等"世传带砺之盟，身居环列之尹""列鼎而食，执玉以朝"的名门贵胄，却能"贱青紫如拾芥，比富贵于浮云，优游文史之场，躬亲布素之行"，"以至学成麟角，才掞天庭，思若涌泉，文类摛锦"者，实属难能可贵。钱氏于次年献《高堂赋》而得直秘阁，杨亿闻讯又作启道贺，文中叙及唯演家世曰："忠谨树勋，吴芮早书于甲令；积善余庆，毕万独享于魏封。"⑤吴芮乃吴王夫差之后，作为开国功臣被汉高祖封为长沙王，传国数世，刘邦特令御史将其忠心汉室之名著于典册。毕万因随晋献公征战之功而受封魏地，其后世子孙繁衍生息，绵延未绝。由于钱氏与吴芮同属吴越国人，而其父钱俶又顺应时势纳土归宋，得以延续吴越王之名号，故杨亿用毕万与之作比，亦属切当。大中祥符六年（1013）杨亿因受人排挤中伤，遂以探望母病为由自请离朝，不俟闻命而径归阳翟，其宅居期间所撰启文中有联曰："介推母子，愿归绵上之田；伯夷弟兄，甘受首阳之饿。"⑥前联反用晋文公以绵上之地追封介子推之事，言富贵虚名身外之物，皆若浮云，随时可抛；后联则引伯夷、叔齐旧事，痛陈清白之志、亮直之心。该联在抒发忠愤感慨的同时，又能结合其尽心侍母、兄弟倚居的现实处境，是其妙处。

通观上引诸联，可知杨亿启文所用人物事典，皆符合"当人可用而他处不可使"的四六文工切之标准，与其表文"引古语入骈体"之手法可谓异曲同工，而其行文亦于妍炼稳称之中，有抑扬爽朗之致。盖虽小文短札，亦不失

---

① 杨亿：《武夷新集》卷一九，《宋集珍本丛刊》，第2册，第373页下。
② 《汉书》卷八三《薛宣朱博传》，第3393页。
③ 《晋书》卷三三《何曾传》，第998页。
④ 杨亿：《武夷新集》卷一九，《宋集珍本丛刊》，第2册，第374页上。
⑤ 杨亿：《与秘阁钱少卿启》，《武夷新集》卷一九，《宋集珍本丛刊》，第2册，第376页上。
⑥ 吴处厚：《青箱杂记》卷五，第47页。

"大手笔"风范,方无愧乎"文章宗主"之盛名。

除王、杨之外,夏竦亦精于启文写作,而其对人物典故的使用亦有独到之处。试观其写予李迪的《贺舒州李相公启》,开篇即连用八个四字句"先朝违豫,臣党奸兴,密啸群邪,阴窥时柄。允系哲辅,克殄凶谋,防检未萌,澄综多辟",①写丁谓一党之乱政专权,而李迪多加抗争,扬清激浊。但其后终因谗言而被贬官外放,"处荣悴之交,人言无间;失左右之手,国体即亏",己于国,损失甚大。在丁谓一党败露失势之后,朝廷"澄洗司制,延即旧臣",李迪终得起知舒州,夏竦对此则以袁安、谢安二人比之:"袁安涕洟,念深于王室;谢傅忧乐,望结于苍生。"东汉袁安与公卿议论国事则"噫呜流涕",谢安以天下为己任,若不得用,则"如苍生何"。二人皆为国之栋梁,且都有复出执政的经历,同李迪之身份情景正相吻合,用典可谓精切。

夏竦四六启文最为后世称许者,当推《辞免奉使契丹启》。天圣三年,在王钦若的帮助下,夏竦起复知制诰,并受命出使契丹。但因亲父死于契丹侵略,又值丁母忧期间,故夏竦不愿奉旨前往,而此启正是其向朝廷陈情而作。该文最早见称于欧阳修《归田录》:

> 夏英公竦父官于河北,景德中契丹犯河北,遂殁于阵。后公为舍人,丁母忧起复,奉使契丹,公辞不行。其表云:"父殁王事,身丁母忧。义不戴天,难下穹庐之拜;礼当枕块,忍闻夷乐之声"。当时以为四六对偶最为精绝。②

其后王铚《四六话》则借此文为例,讨论四六文写作之"伐山语"与"伐材语",而其所引文句则与《归田录》略有差异:

> 夏英公《辞奉使表》略云:"顷岁先人没于行阵,春初母氏始弃孤遗。义不戴天,难下单于之拜;哀深陟岵,忍闻禁休之音"。③

王铚将异文产生的原因,归结于欧阳修的擅自改动。其后江少虞《宋朝事实类苑》、王称《东都事略》等记载该文者,皆称其体裁为"表"。吕祖谦编选《宋文鉴》时,则将此文收于"启"类中,方令后人得窥其全貌。以表体而论,该文缺少诸如"中谢""窃以""伏念"等一些基本格式要素,而更接近于启文之特征。造成这种矛盾的原因,或是由于夏竦当时确有上表且亦用此联,

---

① 吕祖谦编:《宋文鉴》卷一二一,第1680页。
② 欧阳修:《归田录》卷一,北京:中华书局,1981年点校本,第16页。
③ 王铚:《四六话》卷上,见王水照编:《历代文话》,第1册,第8页。

但该表已然佚失；或是此文原即为启，而时人误记为表。本文则依《宋文鉴》将其视为启文。

就联句本身而言，"义不戴天"语本《礼记·曲礼下》"父之仇，弗与共戴天"。① "《归田录》版"下句之"穹庐之拜"，当出丘迟《与陈伯之书》中讽陈之语："闻鸣镝而股战，对穹庐以屈膝"；②而"《四六话》版"之"单于之拜"，则用郑众出使北庭，"拔刀自誓"而不下拜之典。两相比照，后者无疑与夏竦自身之境遇更为切合。联系《后汉书·郑众传》中"单于大怒，围守闭之，不与水火，欲胁服众"的记载，③则"单于之拜"显然更能突出夏竦心意之坚定与态度之决绝，故远较"穹庐"为胜。"《归田录》版"下联之"礼当枕块"为古时丧母之礼，以示"哀亲之在土也"，④旨在表明身丁母忧，依礼不当闻乐之意。虽是实情，然不免直白，而若作"哀深陟岵"，则另蕴深意：由于《陟岵》本为征人思亲之诗，母既已丧，而出使远行，则思母之心益甚，哀恸之情愈深。故其所以不能奉命出使，非仅于礼不合，更因个人感情难以接受。此与上联"穹庐""单于"之区别相似，虽仅一词之差，但在表达效果上则有明显的深浅之异。虽然无法确定两种版本"孰是孰非"，然仅从风格上来判断，则《四六话》所引与《宋文鉴》所存者，实更能凸显夏竦"镕铸锻炼"之工。

该启后文另有一联云："王姬作馆，接仇之礼既嫌；曾子回车，胜母之游遂辍"，上联所用乃鲁庄公元年（前693）周天子嫁王姬之事，鲁桓公在齐遇害，庄公即位，周天子欲嫁女于齐，而令"同姓诸侯"鲁国为之主婚。据《穀梁传》："躬君弑于齐，使之主婚，与齐为礼，其义固不可受也"，⑤则此事于礼虽无亏，但于义则难全，故"筑王姬之馆于外"。关于这一事件，《公羊传》亦明言"于外非礼也"，⑥而杜预则注曰："齐强鲁弱，又委罪于彭生，鲁不能雠齐，然丧制未阕，故异其礼，得礼之变"，⑦可见这种处理方法，于义于礼，皆不免龃龉。夏竦之父既丧于契丹之手，出使之事，正可谓进退维谷，取舍难定，然士子终当以孝为先，故其决心上书辞免。而下联之"曾子回车"，乃是

---

① 《礼记正义》卷三，见阮元校刻：《十三经注疏》（清嘉庆刊本），第2706页。
② 《文选》卷四三，第608页上。
③ 《后汉书》卷三六《郑范陈贾张列传》，第1224页。
④ 《礼记正义》卷三五，见阮元校刻：《十三经注疏》（清嘉庆刊本），第3595页。
⑤ 《春秋穀梁传注疏》卷五，见阮元校刻：《十三经注疏》（清嘉庆刊本），第5164页。
⑥ 《春秋公羊传注疏》卷六，见阮元校刻：《十三经注疏》（清嘉庆刊本），第4831页。
⑦ 《春秋左传正义》卷八，见阮元校刻：《十三经注疏》（清嘉庆刊本），第3826页。

由钟离意"孔子忍渴于盗泉之水,曾参回车于胜母之闾"之言而来,①与上联同样意在突出"百义孝为先"之理。夏竦本启之二联,皆融现实情境与前人故事为一体,将不能出使的理由以最为婉转得体又恰当合理的方式表达出来,"义不戴天"一联之精妙固已见称于世,而从运用人物事典的角度来说,费衮认为"王姬作馆"一联之妙"实不减前语",②亦属有见之言。

欧阳修早年书启仿效昆体之风而行之,讲求对仗用典,"排比而绮靡",以致其部分作品被黄震目为"一句一故事"。③ 其天圣八年(1030)代王拱辰所撰《状元谢及第启》中有表达自谦之意联句曰:"陆机阅史,尚靡识于撑犁;枚皋属文,徒率成于骪骳"。④ 其下联用《汉书·枚皋传》对枚氏之赋"其文骪骳,曲随其事,皆得其意"的评价,而上联之"陆机撑犁",北宋晚期文人黄朝英谓不识其典之所出而有所疑惑,⑤至南宋吴曾、王楙等人方指明其本之皇甫谧《玄晏春秋》,而与陆机无关。⑥ 此联虽涉"张冠李戴",但欧阳修以小说杂传所载之事入启,亦足见其涉猎之广泛。明道二年钱唯演因范讽弹劾而落职平章事,以崇信军节度使归本镇,欧阳修于洛阳初任留守推官时,与谢绛、尹洙等"一时胜彦"皆受钱氏厚遇,游宴吟咏,颇为惬意舒畅。而如今钱氏逢此遭际,正当意志消沉、情绪低落之时,欧阳修念及旧情,遂致启以表关心。文章前半,作者回顾数年前于钱氏幕中任职的快乐与惬意,其"告休漳浦,许淹卧以弥旬;偶造习家,或忘归而终日"一联,⑦用刘桢病卧漳浦与习凿齿提点占星人之故事相对,以见钱氏之宽宏包容。在文章结尾,欧阳修又以"虽流路之谤,未免三年以居东;而在廷之臣,岂无一言之悟主"一联宽慰钱氏,无论是上联"周公居东"之典,还是下联车千秋为戾太子伸冤之事,都极为切合钱氏的处境,且能言其所欲闻,而非虚与委蛇、假意敷衍,该启"言情运事皆佳",⑧实为难得。景祐元年,欧阳修充任馆阁校勘,其所上《谢校勘启》开篇即言"校雠之职,是正为难",⑨随后即用"以仲尼之博学;犹

---

① 《后汉书》卷四一《第五钟离宋寒列传》,第1407页。
② 费衮:《梁溪漫志》卷六,第64页。
③ 黄震:《黄氏日抄》卷六一,见黄震著,张伟、何忠礼主编:《黄震全集》第6册,杭州:浙江大学出版社,2013年,第1887页。
④ 欧阳修:《表奏书启四六集》卷六,《欧阳修全集》卷九五,第1433页。
⑤ 黄朝英:《靖康缃素杂记》卷四,北京:中华书局,2014年,第31页。
⑥ 吴曾:《能改斋漫录》卷三,第50页。王楙:《野客丛书》卷七,第72页。
⑦ 欧阳修:《表奏书启四六集》卷六,《欧阳修全集》卷九五,第1439页。
⑧ 高步瀛选注:《唐宋文举要》乙编卷四,北京:中华书局,1963年,第1621-1622页。
⑨ 欧阳修:《表奏书启四六集》卷六,《欧阳修全集》卷九五,第1440页。

存郭公以示疑；非元凯之勤经，孰知门王而为闰"一联为证，其先举《春秋》之"郭公"无传经文，后以杜预改《左传》"闰月"为"门五日"事相对，上下联句皆为校勘相关之典，一反一正，且同涉一书，确为巧妙。金人王若虚以北宋末年董逌之《谢正字启》与此文并观，称赞欧启"举讹舛之类"一联已足尽其意，而董启"穷极搜抉，几二千言"，不过"以该赡夸人"，实非"为文之体"，两相比较，高下立判。①茅坤亦称此启"句句校勘，绝佳之作"。②

由上引诸启可见，北宋前期贺、谢启文所用"人物事典"，以见载于儒家经典及先唐史书者为主。王禹偁、丁谓、杨亿、夏竦、欧阳修等名家，皆能将"古典"与"今事"有机结合，其引用前人旧事，并非矜炫渊博，而是意在借古喻今，将欲表之情蕴于典事之中，以婉转得体而又巧妙简洁的方式呈现出来，这既是对作者学识积累的考验，亦有赖于临文之际的匠心独运，绝非于"兔园册子"中翻检寻觅即可。北宋中后期启文亦以化用成句为能，而"人物事典"的使用则愈发"循规蹈矩"，千文一面的"模式化用典"现象极其普遍，虽然这种情况在北宋前期即已初露端倪（例如贾谊与司马相如二人即乃此时启文中"最受欢迎"的"常客"），但上述诸家之"人物事典"，多能达到"移之他处不可"的精切程度，而作品风格之深厚蕴藉，更非北宋中后期启文可相比拟。

4.1.2 北宋前期上启中的成句语典

与贺、谢启文有所不同，投知类启因带有较为明显的目的性，故作者往往竭尽所能夸赞致书对象之才艺德行，并极力渲染其渴求赏识的迫切心情。而这些启文本身，则在很大程度上充当了受信者了解寄书者文学素养的重要角色，故投知类启的篇幅长度与用典数量，通常在贺、谢启文之上，这也使其成为彼时文士展现"抽黄对白"之能的绝佳"舞台"。

就具体写法而言，北宋前期投知启虽然亦多引前人故事称颂受信者之才德，但原文成句在此类作品中所占比例则明显高于贺、谢启文。天禧三年（1019），范仲淹任集庆军推官，从事谯郡。正逢该年年末张知白自天雄军徙知应天府，仲淹遂向张氏投书自荐。其《上张侍郎启》甫一开篇，即点明求用

---

① 王若虚：《文辨》（三），《滹南遗老集》卷三六，见王云五主编：《丛书集成初编》，第2052册，第228-229页。
② 茅坤编：《庐陵文钞》（九），《唐宋八大家文钞》卷三七，《文渊阁四库全书》第1383册，第429页上。

之志:"汉相出守,遽彰集凤之仁;蜀客寓言,适起攀髯之志"。① "集凤"语本《大雅·卷阿》,以百鸟"亦集爰止",象征"王多吉士,维君子使";②下联则由王褒《四子讲德论》之"附骥尾则涉千里,攀鸿翮则翔四海"而来。③ 其后赞张氏辅佐圣君、治民有方,则曰:"仁助南薰,下解吾民之愠;道俾东易,旁洗庶物之心"。上联用《孔子家语》所记《南风歌》"南风之薰兮,可以解吾民之愠兮"之词,下联则先以"东易"对"南薰",并由此引出《系辞上》之"圣人以此洗心"。④ 作者在后文又引用袁虎"东阳之扇"与虞亮"武昌之楼"二典,并以"仪刑乎仁寿之域,啸歌乎逍遥之墟"二句相承。"驱一世之民,济之仁寿之域",乃王吉对汉宣帝的殷切期望,⑤与袁虎接受谢安赠扇后所言"辄当奉扬仁风,慰彼黎庶"之语正相对应;⑥而"假道于仁,托宿于义,以游逍遥之墟"为《庄子·外物》中所描述的至人之行,⑦同庾亮之洒脱率性亦有近似之处。此数句将人物事典与成句语典融为一炉,前后逻辑顺承严谨,虽不过夸诹之辞,然亦足称道。在以极度谦卑的口吻自叙经历之后,作者即坦诚吐露求进之心:"小国之仰大国,亹亹诚敦;先知之觉后知,循循岂倦"。因范仲淹于亳州任职,与应天府相距不远,故上联用《左传·襄公十九年》所载季武子之语,而下联则以《孟子》之言相对,既符合现实之地理位置及官阶身份,又能够自明心意,可称工切。

北宋前期,举子行卷之风与唐代无异,⑧而在赍文同时,必当修书一封以表明身份及目的。胡宿于天圣二年进士及第,在此之前即曾向谢绛等朝臣献文行卷,⑨而其所撰投知启今尚于集内可见,文中亦不乏原文成句,且以出自《论语》者为多。如《上谢学士启》中自谦之词:"管仲之器小哉,安能任大;汲黯之戆甚矣,胡可适时",⑩用《八佾》与《汉书》之语成对,自比管仲、汲黯之气量狭小、戆拙迂直。又如《上两浙均输徐学士启》开篇联句:"吾党

---

① 范仲淹:《范文正公别集》卷四,《范仲淹全集》,第457页。
② 《毛诗正义》卷一七,见阮元校刻:《十三经注疏》(清嘉庆刊本),第1178页。
③ 《文选》卷五一,第711页下。
④ 《周易正义》卷七,《十三经注疏》(清嘉庆刊本),第169页。
⑤ 《汉书》卷七二《王贡两龚鲍传》,第3063页。
⑥ 《晋书》卷九二《文苑·袁宏传》,第2398页。
⑦ 郭庆藩:《庄子集释》卷五下,第519页。
⑧ 陆游:《老学庵笔记》卷五,第69页。
⑨ 欧阳修《赠太子太傅胡公墓志铭》:"其举进士也,谢阳夏公绛荐公为第一,公名以此益彰,而谢公亦以此自负"。见《居士集》卷三五,《欧阳修全集》,第518页。
⑩ 胡宿:《文恭集》卷三〇,见王云五主编:《丛书集成初编》,第1888册,第361页。

小子,仲尼兴斐然之嗟;天下英才,孟轲有乐得之叹",①则用《公冶长》与《离娄上》原句,点明冀求赏识之意。本文结尾处另有联曰:"君子之所贵乎道,岂以言而废人;善歌者使继其声;亦有教而无类",此联除"善歌者"一句出自《礼记·学记》外,其余诸句皆由《论语》中来,以"全文长句"的形式再次表达出强烈的求荐之意。除此之外,胡宿亦善于将前人诗文成句引入其投知启文中,如《上刘学士启》有自叙之联云:"痿人之不忘乎起,抑乃常情;穷者之欲达其言,良难自默",②即以韩信《报柴武书》与庾信《哀江南赋序》中之语成对,亦自工整妥切。

令人稍感意外的是,北宋前期作家中,在撰启时大量、频繁地使用成句语典者,并非杨亿、夏竦等昆体名家,而是"以文体为四六"著称后世的欧阳修。由天圣元年(1023)欧阳修应随州试所撰《左氏失之诬论》中"石言于晋"的警策之句可知,③他对当时流行的四六对偶之风并不陌生,只是非其心头所好。但天圣五年会试失利,则促使欧阳修"暂时放弃"以韩愈古文为主要效仿对象的习文之路,转而全力投身于时文写作的"事业"中,日日究心于"穿蠹经传""移此俪彼"。其天圣六年(1028)寄予胥偃以求推奖的《上胥学士启》,以及收到对方答书后所复之《谢胥学士启》,即是其骈文修习的"阶段性成果"展现。这两篇作品明显受到昆体四六的影响,甚至在用典数量上远超大多数昆体作家所撰者,从某种程度上来说,似带有一定程度的"炫技"成分。而细观之便不难发现,在使用人物事典的同时,欧阳修常直接引用前代典籍之成句语汇入文,其所用成句大体上出自以下三类文献:魏晋六朝诗文著述、《庄子》及《论》《孟》等儒家经典,且尤以前两类为主。

以《上胥学士启》为例,④文章开篇作者略叙致书目的,用"宜殚重跰宿春之劳,怀漫刺署里之字"二句明其赤诚之心。上句之"重跰宿春"由《天道》与《逍遥游》二篇之语合成,皆为表达不辞辛劳、长途跋涉之意的语典。其后则用"爽爽之声,轶前良而通美;琅琅其璞,瑞昭世以称珍"一联称赞胥偃之人品高洁,而"琅琅其璞"出自庾阐之《吊贾生文》。⑤胥偃因违反糊名制度,发试卷之封"择有名者居上",而被贬监光化军酒,欧阳修则对其不受世俗规尺束缚,遵循本真性情的作法表示赞赏,其"谓轩冕之倘来,视同于寄物;履

---

① 胡宿:《文恭集》卷三〇,见王云五主编:《丛书集成初编》,第1888册,第363-364页。
② 胡宿:《文恭集》卷三〇,见王云五主编:《丛书集成初编》,第1888册,第364页。
③ 叶梦得:《避暑录话》卷下,见王云五主编:《丛书集成初编》,第2787册,第69页。
④ 欧阳修:《表奏书启四六集》卷六,《欧阳修全集》卷九五,第1422-1424页。
⑤ 《晋书》卷九二《文苑·庾阐传》,第2385页。

名教之中乐,坦照乎清襟"一联,用《庄子·缮性》之语同《世说新语》所载乐广之名言成对,写胥偃"不以物喜,不以己悲"的旷达胸襟,颇为生动传神。在述及胥偃徙知汉阳军的经历时,欧阳修则多用魏晋六朝诗文语典以形容之,如"一麾出守,固雅尚之所忖;千里佩青,乃上心之攸往"一联,即用颜延之《五君咏》及张悛《为吴令谢询求为诸孙置守冢人表》中语,而其后之"秀野颁春,过衡皋而倦目;清言捉麈,临雅俗以镇浮",则用《洛神赋》"税驾蘅皋"与王衍"麈尾清谈"之典,将胥偃之风流同六朝名士等量齐观,词句颇为秀丽雅致。在文章的最后部分,欧阳修进一步表达对胥偃的仰慕之情,其"闻伯夷之名,增其懦气;伏海滨之下,久以望风"一联,与后文之"登泰山者小天下,在培塿以宜惭",则皆由《孟子·万章》而来。虽然该启之末尚有"六辔在手""五色成文"等出自儒家经典中的成句,但总体来看仍是以《庄子》及魏晋六朝典语占据主导地位。

  类似的写法在《谢胥学士启》中仍有延续。[①] 该文开篇,欧阳修以"始绳穷而匣开,烂然在目;旋骨惊而心折,至矣闻音"表达其接到胥偃回书时激动而紧张的心情,"绳穷匣开""烂然在目"语本曹丕《与钟大理书》,[②]"心折骨惊"则是江淹《别赋》对离别之情状的逼真刻画,[③]欧公于此借用其语,切合现实情境,又给人以新颖别致之感。后文"至有不喜人事,常堆案而弗酬",则引用嵇康《与山巨源绝交书》中所举"必不堪者"之一,又以沈约《齐故安陆昭王碑》所言"交士林忘公侯之贵"与前者形成对比,[④]凸显胥偃之礼贤下士、谦恭敦厚。进入启文自叙部分,欧阳修又以《庄子》典语成联:"顾右臂而为弹,早叹苶疲;虽左肘之生杨,徒能弹化",上下二语原皆为寓言作者借肢体之病态与"患者"之达观,阐发万物变化无端而当随其任以适之的道理,欧公此处则仅取其字面意思为自谦之语。在启文后段,欧阳修又以"喷咳珠玉,大小以之成珍;指顾飞沈,眄睐于焉起色"一联对胥偃在回书中的称赞和推引表达感谢,前联将《庄子·秋水》之夔、蚿寓言中"喷则大者如珠,小者如雾"之语,[⑤]同夏侯湛《抵拟》之"咳唾成珠玉,挥袂出风云"相结合,[⑥]称美胥氏回信字字珠玑、可堪玩味;后联则用《世说新语·识鉴》所载褚裒

---

① 欧阳修:《表奏书启四六集》卷六,《欧阳修全集》卷九五,第1425-1427页。
② 《文选》卷四二,第592页下。
③ 《文选》卷一六,第239页上。
④ 《文选》卷五九,第823页上。
⑤ 郭庆藩:《庄子集释》卷六下,第593页。
⑥ 《晋书》卷五五《夏侯湛传》,第1494页。

识孟嘉之事,喻胥氏对己之青睐有加。由上可见,《庄子》及六朝作品中的典语,无疑为本启提供了最主要的创作素材。

实际上,欧阳修早年对六朝诗文及《庄子》的偏爱,在他同时期的诗歌中即有所体现。其天圣五年落第归家途中所作《舟中望京邑》颔联曰:"遥登灞岸空回首,不见长安但举头",①即化用王粲《七哀诗》(其一)"南登霸陵岸,回首望长安"之名句。又如《南征道寄相送者》之颈联:"云含江树看迷所,目逐归鸿送不休",②则借谢朓"天际识归舟,云中辨江树"与嵇康"目送归舟,手挥五弦"二句成联。再如其天圣六年所作《晓咏》诗之尾联:"西堂吟思无人助,草满池塘梦自迷",③则明显承自谢灵运之《登池上楼》。以上所举,皆为其化引六朝诗句之例证。此外,欧阳修虽以排斥佛老闻名,但对道家著作、思想却并非不屑一顾,而是始终保持一种"选择性接受"的态度,④这在他早年的诗作中亦有所反映,如其《舟中寄刘昉秀才》之颈联及尾联曰:"归心逐梦成鱼鸟,夜汉看星识斗牛。酾酒开樽谁共醉,清江聊且玩游鯈",⑤"鱼鸟""游鯈"皆为《大宗师》与《秋水》中的著名典故。另如次年所作《闲居即事》中"巷有容车陋""卧臂如枝骨"两句,⑥则由《让王》《达生》二篇而来。诗、启相通,于此可见。

要而言之,作为青年学子的欧阳修,与其后引领北宋儒学复兴及古文运动的一代宗师尚不可等而视之,相比之下,这一阶段的欧阳修反倒更为接近风流潇洒、超然脱俗的林泉高士,魏晋六朝诗文与《庄子》中的典语,皆是其诗歌与书启的基本构成元素。以上两篇投知启明显借鉴了昆体、后昆体作家四六写作之法,而组织之细密、用典之繁复犹有过之,其对成句语典的使用,在明道至治平年间的启文中仍可得见,如《谢石秀才启》之"冥飞已远,笑弋者之何求;齷齪坐谈,嗟律魁之独弃",⑦《谢张先辈启》之"荡荡默默,而满坑满谷、雅韵迭扬;郁郁纷纷,而非雾非烟、文华炳发",⑧《答李秀才启》之

---

① 欧阳修:《居士外集》卷五,《欧阳修全集》卷五五,第784页。
② 欧阳修:《居士外集》卷五,《欧阳修全集》卷五五,第785页。
③ 欧阳修:《居士外集》卷五,《欧阳修全集》卷五五,第778页。
④ 相关研究可参考严杰:《欧阳修与佛老》,《学术月刊》1997年第2期,第85-91页。洪本健:《略谈欧阳修对道教的排拒和对老庄思想的吸收》,《湖州师范学院学报》第26卷第5期,2004年,第1-4页。
⑤ 欧阳修:《居士外集》卷五,《欧阳修全集》卷五五,第783页。
⑥ 欧阳修:《居士外集》卷五,《欧阳修全集》卷五五,第778页。
⑦ 欧阳修:《表奏书启四六集》卷六,《欧阳修全集》卷九五,第1438页。
⑧ 欧阳修:《表奏书启四六集》卷七,《欧阳修全集》卷九六,第1481页。

"良工晚成者器必大,宁以朴而示人;逐水先至者骥之能,岂与驽而争路",①《转吏部侍郎回谢亲王书》之"以圣主而责愚臣,方怀惕惧;假小人而乘大器,岂不隮颠"等皆是其例。② 而其熙宁初年所作启文,如《回宫教邱寺丞书》《回李舍人书》中,亦有"爱人不苟,知君子之用心;服义甚高,俾懦夫之有立","金相玉振,焕三代之文章;雷动风行,警四方之耳目"等成句对存焉,③只是相关语句多出自六经、《史》《汉》等著作。可知以前人语典撰作启文的习惯,几乎贯穿欧阳修一生,而这种习惯在其表文中则并不常见,故后人虽常将表、启等而视之,但对当时作家来讲,二体之写作手法时有细微差别,未尝混为一谈。

4.2 北宋中期启文的骈散互融

值得一提的是,欧阳修等作家对应用文风的扭转实不仅限于表文,北宋中期启文亦同样经历了一个由讲求用典切对,转变为以骈散互融为主要写法的过程。虽然欧阳修本人早年启文受昆体影响很深,但其风格转变之迅速亦可谓"有目共睹",自景祐年间伊始,其书启中的典故使用频率,相较上节所论二启有明显的降低,并常直接以散语缀合成联,句式亦并不拘泥于四字六字,与其表文之风貌较为接近。其后苏舜钦、苏洵、苏轼诸家皆承袭这种写法,唯二苏父子将策论之规矩步骤移诸四六书启,以应用体裁论事说理,这就使其启文与其政论文字同样具有跌宕起伏、纵横奇崛之特点,与欧公之"温柔敦厚"形成鲜明对比。二苏父子"破体"为文的作法,在改革四六启文之风格的"力度"上,比之欧公实有过之而无不及,东坡启文中的"长排对仗",亦堪称北宋四六文中的一道独特"风景"。而以类似方式撰作的启文至北宋晚期仍可见于部分作家别集当中,其影响力之大,可见一斑。

骈散互融在很大程度上改变了北宋启文的基本风貌,但这种写法同使用事典、语典并非不可共存的两个极端。王安石之四六书启,在保证叙事陈情婉转流畅的基础上,适当引用前人成句,将新、旧两种启文风格融会贯通,这种兼顾功能性与艺术性的四六启文也给予了作家更大的展示才学的"空间"。苏轼中、晚年所作诸启,与早年之"策论型"迥然有别,更为讲求事典、

---

① 欧阳修:《表奏书启四六集》卷六,《欧阳修全集》卷九五,第1436页。
② 欧阳修:《表奏书启四六集》卷七,《欧阳修全集》卷九六,第1463页。
③ 二文皆见欧阳修:《表奏书启四六集》卷七,《欧阳修全集》卷九六,第1473页。

古语的运用,妙联警句层出不穷,充分体现出其"运古能化"的高超本领,而秦观、李昭玘等苏门学士中精于四六写作者,亦按照类似的方法撰作启文。这些作家的创作实践,丰富、拓宽了北宋中期四六书启的技巧手法与文化内涵,推动了北宋启文的进一步发展。

4.2.1 北宋中期启文骈散互融之风的出现与流行

前文已论及欧阳修所倡导的"以文体为四六",对章表风格之转变所产生的影响,而这种强调骈散互融,更为接近古文风貌的新式应用文,在启文中亦不乏其例。欧阳修景祐二年(1035)至襄州探视其妹时,受到时任知府燕肃的盛情款待,次日欧公即上启以示感谢,而这篇《谢襄州燕龙图惠诗启》,当可视为六一启文风格发生转变的标志:

> 昨日伏蒙知府龙图即席宠示五言诗一章者。修闻古者宾主之间,献酬已接,将见其志,必有赋诗,托于咏叹之音,以通欢欣之意。然而工歌《三夏》,使者再辞;及于《皇华》,然后拜贶。是则施于贵贱,各有所当。修,贱士也,何足当之。伏惟某官,以侍从之臣,当藩屏之任,德爵之重,与齿俱尊。学通天人,识洞今古,绰有余裕,多为长言。谈笑尊俎之间,舒卷风云之际。成于俄顷,盖其咳唾之余;得而秘藏,已如金玉之宝。岂伊屑陋,敢辱褒称。形于短篇,以为大赐。伏读三四,且喜且惭。譬夫四面之宫,铿锵之奏,愚者骤听,骇然震荡。及夫心平悸定,然后知于至和。在于顽蒙,获此开警。然贶之厚者,不敢报之以薄;礼所尊者,不敢敌之以平。顾惟愚庸,岂得赓继。但佩黄金之赐,无忘长者之言。①

文章开篇,作者将其与燕氏的诗文酬答,同先秦时期"赋诗言志"的交际行为相类比,所谓"托于咏叹之音,以通欢欣之意",既是宾主之间的常规应酬,同时也是上级对下级的热情礼遇。欧阳修对此自是感恩戴德,以"工歌《三夏》,使者再辞,及于《皇华》,然后拜贶"一联表达自谦之意,其所引用的《左传》与《国语》二典,皆是国君以礼乐惠赐下臣之事,而以乐章之规格与臣子之身份衡量,一为天子享元侯之乐,一为国君贶使臣之音,贵贱高低自有分别,欧阳修以身为贱士之由称自己"何足当之",而将燕氏之诗与《三夏》之

---

① 欧阳修:《表奏书启四六集》卷六,《欧阳修全集》卷九五,第1442页。何焯曾评此启曰:"变调,佳在不作长句",明白指出其与欧阳修前期启文的风格差异。见何焯:《义门读书记》卷三八,北京:中华书局,1987年点校本,第679页。

音同等并观,不着繁言而赞美对方,确为巧妙。启文后半,作者首先以"谈笑尊俎之间,舒卷风云之际"二句称美燕氏于席间所体现出的名士风度,随后则用"夫四面之宫,铿锵之奏,愚者骤听,骇然震荡。及夫心平悸定,然后知于至和"描写其欣赏燕氏诗歌过程中由惊奇震撼转为会心叹服的情绪变化过程。此数语虽是四字六字格式,但不求对仗,亦不用典语,通过真实而生动地叙述,使读者产生"见启如见诗"的感觉,未施精雕细琢而自见工致,这正是将古文之特长与四六骈体相结合后才能达到的效果,无怪乎茅坤称该启"词虽四六之体,而蕴思转调如峡之流泉,如岫之吐云,绝无刀尺,绝无断续"。①

此后,欧阳修书启骈散互融的特征愈发明显,其康定二年(1041)所撰《上执政谢馆职启》,全篇句式灵活多变,率皆运单成骈,亦未尝使事用典,叙事陈情与古文几无二致,而结尾处更有散语长联曰:"虽未能著见德业,以称君子教育之仁;犹可以作为歌诗,称颂圣朝功化之美"。② 而其嘉祐二年知贡举时所撰《答胡秀才启》,则更是一篇足与古文佳作相媲美的骈偶文字:

> 窃以考行选贤,故人皆修德而自厚;论才较艺,则下或衒己而忘廉。试诱养之道殊,致进趋之势异。寖久之俗,益薄恶而可嗟;习见为常,遂安恬而不怪。伏以秀才学优坟史,词富文章,能力行以自强,方韬藏而待价。岂期误举,遂尔遗材。惟贤食之不家,顾良时之难得。譬夫饿者,虽耻嗟来,因而无言,亦将不及。既一惭之莫忍,遂两讼以交兴。逮乎究穷,果自明白。矧朝廷之选士,惟寒俊之是先,虽尔初屯,理将后得。必也莅官学古,为政临民。当狱讼而平心,视斯为戒;利公家而忘己,效此必争。苟终身之不回,虽一眚之何患。如此,则圭璧之玷,犹或可磨;日月之更,其将皆仰。至于较定能否,明辨是非,形长者岂度之私,貌妍者非鉴之惠。但惭浅识,惟竭至公。渔者让泉,思古人而莫见;私门受谢,亦鄙志之不为。③

该文以劝导说理为主要内容,作者于开篇即以"考行选贤""论才较艺"

---

① 茅坤编:《庐陵文钞》(九),《唐宋八大家文钞》卷三七,《文渊阁四库全书》第1383册,第428页上。
② 欧阳修:《表奏书启四六集》卷六,《欧阳修全集》卷九五,第1446-1447页。
③ 欧阳修:《表奏书启四六集》卷七,《欧阳修全集》卷九六,第1457页。

之长联点明才德难兼,而当以修德为上,其后则概叙胡氏因故被黜及讼冤之事,作者接连引用"饿者不食嗟来之食"、介子推不言其功及子家子劝说鲁昭公之语,而丝毫不见组织堆砌,颇为简洁流畅。在对胡氏进行安慰后,欧阳修亦借题发挥,以莅官为政之道诲之:"当狱讼而平心,视斯为戒;利公家而忘己,效此必争",唯当如此,"则圭璧之玷,犹或可磨;日月之更,其将皆仰",以《论语》《诗经》中先贤之语为鉴,劝告胡氏日后应以立德修身为本,与薄恶之流俗划清界限,作者之耐心恳切、循循善诱令人难以忘怀。清人王元启对欧阳修早年应举时所作启文大加批驳,由此认定"欧公四六文实居八家之最下",但对此启则颇为称赏,指其为"偶俪之合道者","虽古人明道觉世之言无以过,岂得与寻常应酬之文同视?"①盖此文并非后人熟习之骈体名篇,但确能充分体现出骈散互融之启文在叙事说理方面的优势,王氏之评,绝非过誉。

苏舜钦与穆修、尹洙、欧阳修等古文名家相知甚久,其诗歌、散文皆引领一时风气,颇受后世推崇,②而四六应用虽非其所长,但相关作品亦有可资讨论之处。苏氏于《石曼卿诗集序》中对昆体"率以藻丽为胜"的文风略表不满,极力推崇石延年、穆修等人"自任以古道,作之文,必经实,不放于世",③而这也是其自身所认同、遵循的文学理念。庆历四年苏舜钦监管进奏院时,依例用奏封废纸换钱置办酒宴,后竟为王拱辰、刘元瑜等弹奏,终被除名为民,至庆历八年方得复官,而其《上执政启》即为谢恩鸣冤所作:

> 近者,被中宸之书,叨上佐之命,起于放废,仍获便安,是为异恩,曷胜感惕。伏念某幼而向学,长则多忧,场屋十年,闲关四举,才叨科级,连被凶艰,血属沦亡,生理凋尽,仅存残息,勉就小官。还台之初,辱上公之荐;给笔以试,预道山之游。素为忧患之所丛,遂以畏慎而成性,言皆三复,动必再思。且留邸之祀神,缘常岁而为会,馂余共享,京局皆然。窃谓前规有所未便,起无名之率,会不肖之徒,且醵敛吏人,岂如斥卖弃物;啸聚非类,岂如宴集同僚。更出私钱,以助公费,余循旧贯,先即上闻。岂意谤喧台中,章彻宸

---

① 王元启:《读欧记疑》卷三,见《丛书集成续编》,第 23 册,第 47 页下。
② 相关论述可参看吴瑞璘:《简论苏舜钦散文的成就和历史地位》,《汕头大学学报》(人文社会科学版)1992 年第 3 期,第 11-16 页。赵玲:《苏舜钦研究》,硕士学位论文,山西大学中文系,2005 年,第 3-10 页。
③ 《苏舜钦集》卷一三,上海:上海古籍出版社,1981 年,第 165 页。

极,因猜嫌而生隙,谓猥亵以当惩,造谤以动上聪,持必以变朝论。捽首就吏,虽具狱而无他;刺骨定刑,终削籍而见弃。素承清白之训,枉被盗贼之名,近戚当涂,陈冤无路,徊徨去国,举动畏人。僛尔羁旅之囚,漂然江海之上;出则鬼揶揄而见笑,居则鹏闲暇以相窥。不及虫鼠之生,仅与草木为伍。三逢恩沾,四换岁纪,弗敢自述,已分陆沈。不图特降命书,复登仕版。此盖相公运斡元化,翕张洪炉,赞天地生育之私,布朝廷宽大之恩。虑一物之失,适万物之宜,顾唯摈斥之微,亦预甄陶之末。谓诛意无害,且论法本轻,取宣尼观过之言,酌《春秋》原情之义,度此蚌累,渐而收效。古人睹道上之遗簪,为之泣涕;匠者得沟中之断木,饰以青黄。是为不忍遐遗,有所倡劝。誓固困穷之节,上酬提品之私。①

该文与上举欧阳修诸启类同,全篇皆"以文体为对属",首段历叙其求学为官之过往,并总结道:"素为忧患之所从,遂以畏慎而成性,言皆三复,动必再思",以见其平日处事之谨慎。后文叙述其获罪之经过,以"捽首就吏""刺骨定刑"一联描写刑罚之残酷,"捽首就吏"本于《旧五代史·崔沂传》之"捽首投躯",②"刺骨定刑"则化用刘知几《上萧至忠论史书》中的"刺骨之刑"。③苏氏被黜后,虽于沧浪亭"舣而浩歌,踞而仰啸""沃然有得,笑闵万古",④但由此启看来,其内心的痛苦与愤怒,显然难以轻易缓解。其后文所用罗友"路鬼揶揄"及贾谊《鵩鸟赋》二事,皆与仕途失意、无奈排遣相关,心酸失落之情状可谓溢于言表。苏氏于启文结尾处以"遗簪断木"一联感念执政起复之恩,前用《韩诗外传》所载妇人失簪而哭的故事,以见当政者之"不忘故也";⑤后则反用《庄子·天地》沟中断木之事,表达逐臣再获进用的喜悦。本文虽以散语成对,但并非平白铺叙,而是能将前代语典事典以尽可能自然流畅的方式巧妙融入骈俪文字当中,却毫无刻意点缀之感,这既保证了作品的艺术性,同时也为作者叙述陈情提供帮助而非阻碍,此与苏氏所提出的"言也者,必归于道义""不敢雕琢以害正"的创作理念亦相符合。⑥

---

① 《苏舜钦集》卷一二,第 145 页。
② 《旧五代史》卷六八《唐书·崔沂传》,第 900 页。
③ 刘知几:《上萧至忠论史书》,《全唐文》卷二七四,第 2788 页。
④ 苏舜钦:《沧浪亭记》,《苏舜钦集》卷一三,第 158 页。
⑤ 韩婴撰,许维遹校释:《韩诗外传集释》卷九,第 103-104 页。
⑥ 苏舜钦:《上三司副使段公书》,《苏舜钦集》卷九,第 95 页。

苏洵、苏轼父子与苏舜钦同为蜀士之能文者,而其四六书启亦以骈散互融为主要写法。三苏父子于至和、嘉祐间以所撰文字献谒欧阳修,随即得到欧公的高度肯定,公卿大夫争相传阅其文,"一日父子隐然名动京师"。① 虽然这种令人耳目一新的视觉冲击力,主要源于那些"纵横上下,出入驰骤"的策论文章,但其四六表启之"委曲精尽,不减古人",同样为昆体之风"笼罩"下的应用文领域,注入了一股"清流"。

庆历年间,苏洵因屡试不第而"弃今从古",专自古圣先贤之作品中汲取精华,而由其令苏轼拟作欧阳修《谢宣召赴学士院仍谢赐对衣金带并马表》可知,其在应用文写作方面所选定的参习"模板",即为欧公"以文体为对属"的四六作品。嘉祐五年(1060)苏洵被授试秘书省校书郎,历经求仕不得及丧妻、亡友等多番打击,此时的苏洵已不复嘉祐元年受张方平举荐至京师遍谒名公时的豪情壮志,反有些心灰意懒、情绪消沉,而其所撰《谢相府启》则尖锐地指出当代士人出处之弊:

> 朝廷之士,进而不知休;山林之士,退而不知反。二者交讥于世,学者莫获其中。洵幼而读书,固有意于从宦;壮而不仕,岂为异以矫人。上之则有制策诱之于前,下之则有进士驱之于后。常以措意,晚而自惭。盖人未之知,而自衒以求用;世未之信,而有望于劝官。仰而就之,良亦难矣。以为欲求于无辱,莫若退听之自然。有田一廛,足以为养;行年五十,复将何为。不意贫贱之姓名,偶自彻闻于朝野。向承再命以就试,固已大异其本心。且召试而审观其才,则上之人犹未信其可用;未信而有求于上,则洵之意以为近于强人。遂以再辞,亦既获命。以匹夫之贱,而必行其私意;岂王命之宠,而敢望其曲加。昨承诏恩,被以休宠。退而自顾,愧其无劳。此盖昭文相公,左右元君,舒惨百辟,德泽所畅,威刑所加,不旸而熙,不寒而栗。顾惟无似,或谓可收。不忍弃之于庶人,亦使与列于一命。上以慰夫天下贤俊之望,下以解其终身饥寒之忧。仰惟此恩,孰可为报。昔者孟子不愿召见,而孔子不辞小官。夫欲正其所由得之之名,是以谨其所以取之之故。盖孟子不为矫,孔子不为卑。苟穷其心,则各有说。虽自知其不肖,常愿附

---

① 欧阳修:《故霸州文安县主簿苏君墓志铭》,《居士集》卷三五,《欧阳修全集》卷三五,第512页。

其下风。区区之心,惟所裁择。"①

老泉对鲁人颜太初之诗文颇为赞许,称其文"皆有为而作,精悍确苦,言必中当世之过",②而本启开篇数句,单刀直入,针砭时弊,亦当得此评。随后作者即历叙其求进之路的坎壈挫折,并总结道:"盖人未之知,而自衒以求用;世未之信,而有望于效官。仰而就之,良亦难矣",而面对这种无法改变的现实局面,苏洵选择顺其自然、随遇而安:"以为欲求于无辱,莫若退听之自然。有田一廛,足以为养;行年五十,将复何为"。此番言语,与其两年前致书雷简夫推辞赴试舍人院时所云:"闲居田野之中,鱼稻蔬笋之资,足以养生自乐,俯仰世俗之间"并无差异。③ 苏洵在启文中亦谈及其屡辞召命的原因:"必试而审观其才,则上之人犹未信其可用;未信而有求于上,则洵之意以为近于强人",此联四句全用散语,且前后意脉顺承,非如寻常四六联句之同义相对者,与欧阳修、苏舜钦启文中"以文体为对属"之联句亦有区别,纯粹是将古文中语句"整齐"而后出之。而在言及昭文相公提拔之恩时,苏洵又连用四字短句,在节奏上与前后文之舒缓纡徐形成鲜明对比,体现出作者对执政者之良苦用心的感念,以及对出仕任官之事的重视。启文最后,苏洵以孔、孟对待出处一事的不同态度,引出他所认同的"夫欲正其所由得之之名,是以谨其所以取之之故"的道理,既坦露其内心的顾虑矜持,又体现出文人之铮铮傲骨。此启叙事论理婉转而清晰,以"革新力度"而论,较之欧阳修启文更胜一筹,完全改变了北宋四六启文的基本风貌,为古文与四六的融合提供了可资参考的范例。

苏轼于嘉祐、治平年间所作的谢中举与谢官类四六书启,多以讨论朝廷取士之法与士人之出处进退开篇,而在写法上则进一步消融了骈、散之边界。如其嘉祐二年写予王珪之《谢王内翰启》,首段即以"取士之道,古难其全"展开:"欲求偶傥超拔之才,则惧其放荡,而或至于无度;欲求规矩尺寸之士,则病其龌龊,而不能有所为",④与此相似者尚有《谢韩舍人启》之"古之明天子,信其臣而不惑于多言,故有司执法而无所忌;古之良有司,忧其君而不卹于私计,故天下归怨而不敢辞",⑤这种同类议论句的并列结构,在

---

① 吕祖谦编:《宋文鉴》卷一二一,第1694-1695页。
② 苏轼:《凫绎先生诗集叙》,《苏轼文集》卷十,第313页。
③ 苏洵:《答雷太简书》,苏洵著,曾枣庄、金成礼笺注:《嘉祐集笺注》卷一三,上海:上海古籍出版社,1993年,第366页。
④ 《苏轼文集》卷四六,第1338页。
⑤ 《苏轼文集》卷四六,第1339页。

先前的四六启文中实难得一见。就在其父上《谢相府启》的次年,苏轼应中贤良方正能直言极谏科,并因所作制策极为出色而得列高等,而其为谢恩所上之《谢制科启》(其一),则更是充分展现了以启文论事说理的可能性:

> 临轩策士,方搜绝异之材;随问献言,误占久虚之等。忽从佐县,擢与评刑。内自顾于无堪,凛不知其所措。恭惟制治之要,惟有取人之难。用法者畏有司之不公,故舍其平生,而论其一日;通变者恐人才之未尽,故详于采听,而略于临时。兹二者之相形,顾两全而未有。一之于考试,而掩之于仓卒,所以为无私也,然而才行之迹,无由而深知;委之于察举,而要之于久长,所以为无失也,然而请属之风,或因而滋长。此隋、唐进士之所以为有弊,魏、晋中正之所以为多奸。惟是贤良茂异之科,兼用考试察举之法。每中年辄下明诏,使两制各举所闻。在家者能孝而恭,在官者能廉而慎。临之以患难而能不变,邀之以宠利而能不回。既已得其行己之大方,然后责其当世之要用。学博者又须守约而后取,文丽者或以用寡而见尤。特于万人之中,求其百全之美。凡与中书之召命,已为天下之选人。而又有不可测知之论,以观其默识之能;无所不问之策,以效其博通之实。至于此而不去,则其人之可知。然犹使御史得以求其疵,谏官得以考其素。一陷清议,辄为废人。是以始由察举,而无请谒公行之私;终用考试,而无仓卒不审之患。盖其取人也如此之密,则夫不肖者安得而容。轼才不逮人,少而自信。治经独传于家学,为文不愿于世知。特以饥寒之忧,出求斗升之禄。不谓诸公之过听,使与群豪而并游。始不自量,欲行其志。遂窃俊良之举,不知才力之微。论事迂阔,而不能动人;读书疎略,而无以应敌。取之甚愧,得而益惭。此盖伏遇某官,德为世之望人,位为时之显处。声称所被,四方莫不奔趋;议论一加,多士以为进退。致兹庸末,亦与甄收。然而志卑处高,德薄宠厚。历观前辈,由此为致君之资;敢以微躯,自今为许国之始。过此以往,未知所裁。①

启文开篇,他采取先抑后扬的手法,首先指出魏晋及唐代取士长期以来存在的"舍其平生而论其一日"与"详于采听而略于临时"之未能兼顾的问

---

① 《苏轼文集》卷四六,第 1323-1324 页。

题。随后则借此衬托、凸显本朝贤良科的制度优越性:"在家者能孝而恭,在官者能廉而慎。临之以患难而能不变,邀之以宠利而能不回。既已得其行己之大方,然后责其当世之要用。学博者又须守约而后取,文丽者或以用寡而见尤",据实而论,简明扼要,一无空言,句句皆似从策论中来,无复骈四俪六之故态。治平二年苏轼经学士院试后得直史馆,其所上《谢知制诰启》前半,则全为谈论制科出身之士人高下悬殊的仕途境遇:"其志莫不欲举明主于三代之隆,其言莫不欲措天下于泰山之固。大则欲兴礼乐以范来世,小则欲操数术以驭四夷。然而进有后先,名有隐显;命有穷达,时有重轻。或已践庙堂之崇,或已登侍从之列。或反流落于远郡,或尚滞留于小官。或死生之乖睽,已为陈迹;或摈斥于罪戾,仅齿平民"。①"其志""其言"二句分别本之王吉《上宣帝疏言得失》及刘安《谏伐南越书》,而将史传中散语化为长联对句后,气势则更为沉雄有力,为了充分证明其所提出的显隐穷达各有不同的观点,作者又连续使用六个"或字句",通过鲜明的对比令读者信其所言,同时亦体现出制科"虽曰功名富贵所由之途,亦为毁誉得丧必争之地"的本质,环环相扣,语意完足,名曰四六,实与古文一般无二。这种写法在苏轼熙宁年间的启文中仍有延续,如其熙宁四年所作名篇《贺欧阳少师致仕启》,由"怀安天下之公患,去就君子之所难"至"有其言而无其心,有其心而无其决"数句,②纵论士人出处之际所面临的艰难抉择,其后又连用四个"足以"句式,以明急流勇退者所需要具备的仁心与意志,并借此衬托欧阳修之"大勇若怯""大智如愚",层层递进,鞭辟入里,置之论说文中亦毫不失色。熙宁七年韩绛复相,苏轼于杭州通判任上撰启称贺,首段即以长联对句称赞君主驭臣有方:"任法而不任人,则责轻而忧浅,庸人之所安;任人而不任法,则责重而忧深,贤者之所乐。凡吾君所以推心忘己,一切不问,而听其所为;盖其后必将责报收功,三年有成,而底于至治",③亦是环环相扣,层序分明。钱基博称苏轼非四六类书牍具有"急言竭论,有识有笔,同策论之气体"的特色,④实则其四六书启亦是如此。

　　上述苏氏父子之四六书启,完全突破了所谓的"四字六字律令",欧公盛赞苏氏四六,亦当是出于其心心念念之文体变革一事终能有所突破,难抑愉悦欣喜之情。苏洵以古文作法施诸四六,使骈、散二体交互融合,苏轼则在

---

① 《苏轼文集》卷四六,第1323页。
② 《苏轼文集》卷四七,第1345-1346页。
③ 苏轼:《贺韩丞相再入启》,《苏轼文集》卷四七,第1344页。
④ 钱基博:《中国文学史》,武汉:华中师范大学出版社,2011年,第446页。

启文中以长排论事说理,极大地改变了骈体书启的样态。

虽然通过张方平对"太学新体"之赋文"每句或有十六字、十八字以上"的批驳可知,北宋前期科试文中即有以长句为对的现象,但这种写法在苏轼之前,并未于四六领域产生明显的影响。而苏轼以策论、奏议之法撰作启文,除受到欧阳修、苏洵的启发外,更与其对前人作品之模仿有一定关联。苏轼对柳宗元之诗歌颇为推崇,认为"李杜之后",唯韦应物、柳宗元二家诗能"发纤秾于奇古,寄至味于淡泊",故"非余子所及"。① 其自撰诗词在句法修辞等方面,亦多有借鉴、承袭柳诗之处。② 而苏轼对柳文亦非全无所涉,他甚为称赏柳氏《袁家渴记》中"每风自四山而下"至"蓊葧芗气"数句能以有声有色之物写无形无影之风,称此等文句"殆入妙矣"。③ 柳宗元既是一代古文名家,其骈文方面的造诣亦堪为唐人之表率,他的一些四六表状如《代裴中丞上裴相贺破东平状》之类,与东坡四六风格亦有相近之处,储欣即评该状文:"一气舒卷,骋议论于声律排偶之中,坡公表启,滥觞于此。"④ 而柳宗元律赋中亦可见所谓的"长排偶对",在其颇负盛名的《披沙拣金赋》中,"道"韵由"其隐也"至"合于至道","同"韵由"其遇也"至"契彼玄同",两段文字组成长达四十八字的长联对仗,其中还引用"和光同尘""明道若昧"等《老子》成句,将君子或隐或遇之情境烘托而出。⑤

清人汪份于所编《唐宋八大家文分体读本》中,选录东坡《谢制科启》(其一),并在文后评点部分引柳宗元《张舟墓志》之长联与其进行对比,以见柳、苏长排之差别:

东坡四六有此长排,按子厚对联更有长者,但苏用之议论,多虚字而不用词;柳用之叙事,少虚字而用词,则迥乎别矣。柳文《张舟墓志》云:"文单环王,怙力背义,公于是陆联长毂,海合艨

---

① 苏轼:《书黄子思诗集后》,《苏轼文集》卷六七,第 2124 页。
② 相关具体内容可参考杨再喜:《唐宋柳宗元传播接受史研究》,北京:中国社会科学出版社,2013 年,第 123-132 页。
③ 苏轼:《书子厚梦得造语》,《苏轼文集》卷六七,第 2109 页。
④ 储欣编:《河东先生全集录》卷六,《四库全书存目丛书·集部》第 404 册,第 704 页上。
⑤ 唐代作家在赋文中使用长段对句,于肃、代时可见其例,如郑锡所作《元月一日含元殿观百兽率舞赋》中,有描写兽舞队伍进退变化的壮观场面之句:"其初进也,波委星攒,如冈如峦,发扬蹈厉兮鼓舞争集,无大无小兮容止可观。其少退也,军旋阵折,匪蛮匪貊,蹄角且千分羽仪累百,诡色殊奇兮相辉赫赫",上下联各三十字,亦堪称赋文之创调。但需要说明的是,郑赋此联主要是为了增强气势、渲染情而用,明显承自古体大赋铺陈排比之传统;而柳赋之长排则旨在辨析道理、比较说明,更近乎论说之句式,实属"破体"为文之例,与苏启写法更为接近。

膛,再举而克珍其徒,廓地数圻,以归于我理;乌蛮首帅,负险蔑德,公于是外申皇威,旁达明信,一动而悉朝其长,取州二十,以被于华风"。又云:"公患浮海之役,可济可覆,而无所恃,乃刳连乌以辟坦途。鬼工来并,人力罕用,沃日之大,束成通沟,摩霄之阻,若为高岸,而终古蒙利。公患疆场之制,一彼一此,而不可常,乃复铜柱为正制。鼓铸既施,精坚是立,固围之下,明若白黑,易野之守,险逾丘陵,而万世无虞"。①

虽然从呈现形式与表达功能来看,柳文之长排与苏启之"多段式对句"确有所区别,但对于熟读子厚诗文的东坡而言,这种段落式的联排对仗,无疑对其在撰文时使用类似句法有很大启发。

与柳宗元相比,陆贽章疏奏议对苏轼四六书启的影响或更为明显。东坡自幼年受其父影响而接触陆贽作品时,即对宣公"论古今治乱,不为空言"颇有好感,②在元祐八年(1093)所上《乞校正陆贽奏议上进札子》中,他更是对宣公之才德不吝称赞之词:"才本王佐,学为帝师。论深切于事情,言不离于道德。智如子房,而文则过;辩如贾谊,而术不疏。上以格君心之非,下以通天下之志。三代已还,一人而已"。③ 而多以长排并列的结构进行对比、分类论证,正是陆贽奏疏的主要文体特征。其《论缘边守备事宜状》有云:"力大而敌脆,则先其所难,是谓夺人之心,暂劳而久逸者也;力寡而敌坚,则先其所易,是谓固国之本,观衅而后动者也",④按照敌我力量的强弱差异选择与之对应的策略手段,其思虑可谓严密周详。又如其《论兼并之家私敛重于公税》首先提出"凡在食禄之家,不得与人争利"的论点,⑤随后则以长排对仗的形式详细阐述"其道存"与"其制委"两种情况所产生的后果,条分缕析,令人信服。由于篇幅与体裁的限制,苏轼启文中的长排联对在长度上多无法与宣公奏议相提并论,但二者形制上的近似则显而易见。在苏

---

① 汪份:《唐宋八大家文分体读本》第三集卷三,康熙五十九年(1720)遗喜斋刻本,第五八页。该书版式为白口,黑单鱼尾,上下单边,左右双边,半页八行,行二十四字。有关汪份本人及该书体例、评点等方面的内容,可参看付琼:《清代唐宋八大家散文选本考录》,北京:商务印书馆,2016年,第198-203页。
② 苏辙:《亡兄子瞻端明墓志铭》,《栾城后集》卷二二,《苏辙集》,第1126页。
③ 《苏轼文集》卷三六,第1012页。
④ 《陆贽集》卷一九,北京:中华书局,2006年点校本,第611页。
⑤ 《陆贽集》卷二二,第767页。

轼看来,欧阳修"论事似陆贽",①这当是他钦服欧公的原因之一,但能够于四六书启中灵活运用宣公章奏之法,则唯东坡一人焉。苏轼奏议终身效法陆贽已为人所公认,而其骈体启文,实亦受宣公沾溉多矣。

　　与苏轼同为"蜀党"核心人物的吕陶,其四六书启之风格亦与东坡较为近似。治平二年乃吕陶于太原府寿阳县任职的第二年,恰逢唐介以龙图阁学士知太原府,吕陶遂上启以贺。启文甫一开篇,吕氏即以长联对句点题:"四国于蕃,邦家所以示强干弱枝之劳;一麾出守,州部所以致承流宣化之势",②准确概括镇守一方的职责所在与重要意义,使人一览即知启文主旨,且"以文体为对属",又使该联颇为流利畅达。两年后,唐介被召还朝,但二人之交谊则未因地域限制而受到影响,正是在唐介的举荐下,吕氏于熙宁三年才得以参加当年的贤良方正科选拔,而在答谢唐介的启文中,吕氏对朝廷取士之利弊表达了自己的看法:"有与进之道,则多士得以凭借;有至公之义,则名卿秉以抑扬。可洁其流而不可窒其源,可重其体而不可易其用",③此为其利;但当世之人"各矜巧行,多饰伪端","或奸回其心,迹希薳史之直;或贪冒乃欲,口称夷齐之廉;或抗戾以谋知,或将迎而幸进",以致"朝称良吏,暮陷匪彝,少享令名,长隳寸节",此即因未能详察其品性,"听其言而信其行",以致有此弊端。一正一反,对比说明,令人不得不信服。而此等"以论为启"的写法,极似苏轼早年启文风格,连续使用"或字句"排比的结构,亦与上举东坡《谢知制诰启》如出一辙。此外,吕氏亦善用"三段式"对句,在制科顺利入等之后,吕氏撰启向试官表达感谢,其中"取人之术,惟名实之辨不欺,则可要以终;行己之方,惟义利之分不惑,则能伸其志"数句,④以长排论取士行己之正途,而后文"以谷永之附托,而转攻世主之过咎,则今之愚者所不能;以刘蕡之量切,而卒为有司之弃遗,则古之贤者或不幸",以谷、陈二人之事迹为例,见制举入等者之得失差异,同样以长排出之。熙宁五年(1072),赵抃以资政殿大学士第四次出知成都,吕氏自少及长的绝大部分时间都是在蜀地度过的,对当地之风土民情可谓了若指掌,而此时又值朝

---

① 苏轼:《六一居士集叙》,《苏轼文集》卷十,第316页。
② 吕陶:《贺太原帅启》,《净德集》卷一二,见王云五主编:《丛书集成初编》,第1922册,第127页。
③ 吕陶:《谢荐举启》(其二),《净德集》卷一一,见王云五主编:《丛书集成初编》,第1922册,第118页。
④ 吕陶:《谢登制科启》,《净德集》卷一一,见王云五主编:《丛书集成初编》,第1922册,第119页。

廷大力推行新法的阶段,身在蜀州的吕氏对新法的诸般举措素有异议,故欲借此称贺之机,将心中所思所感向赵氏和盘托出。该文首先指出西蜀一带对北宋全国的重要性:"天下之势,如腹心手足之交扶;剑南之权,实屏翰蕃宣之最盛",①因其地处偏远,民心易变,故朝廷长期来恩威并施,"有恩以结其情也,故文法之体,大概归诸简易;有威以神其用也,故牧伯之任,一切付以权宜",该地亦"物情自遂,帝力何知"。吕氏深研《周易》,且对"三义"中的"简易"思想尤为认同:"圣人之所谓道者,以简易为宗",②这也成为他思考、理解现实政策的出发点。在他看来,新政的推行存在简单粗暴、过犹不及的问题:"伍保,周之遗法也,行之所以息寇盗,而连甍多惧于网罗;租庸,唐之定赋也,复之所以抑兼并,而下户反嗟于朘削。患浮费之不会,而裁以宪度,则父老谓绝其嬉游;欲大法之有宗,而戒其权断,则奸暴窃窥而猖獗"。以长排直指新法之弊,虽是启文,而谈论国政实与章疏无异。

年辈稍晚于吕陶的朱辂,其现存作品虽极为有限,但试观其《谢监司荐举启》中"其观人也,遗于短必求其长;其荐士也,因其才不移乎势。受知者所以感激而至于太息,而有识者莫不尊仰而为之耸闻""昔孔融之得祢衡,既荐于前而无以济之晚节;晏婴之遇石父,虽脱于难而不能举于平时"数句,③可知朱氏身为眉山后学,其书启写法亦颇具东坡神髓。苏轼曾向曾巩推荐同乡黎、安二生,子固览其文后称赞其"诚闳壮隽伟,善反复驰骋,穷尽事理",④盖蜀地文士之作多以纵横之势为胜,且非仅奏疏议论,四六应用同样以此擅场,观上引诸启,足以证之。

在反对新法的众臣中,郑侠当属其中较为突出的一位。郑氏青年时期曾于江宁闭户苦读,时王安石正持服寓居于此,郑氏遂携所撰文章登门请益,得到荆公赞许。但在光州任职期间,郑氏对新法推行过程中存在的种种弊端心生质疑,后于熙宁七年手绘《流民图》《正直君子邪曲小人事业图迹》上陈神宗,因而获罪,从此即开启了长达十余年的贬谪生涯。哲宗继位,宽

---

① 吕陶:《贺成都赵大资启》,《净德集》卷一一,见王云五主编:《丛书集成初编》,第1922册,第120页。
② 吕陶:《应制举上诸公书》,《净德集》卷十,见王云五主编:《丛书集成初编》,第1922册,第105页。对吕氏"简易"思想的研究,可参考官性根:《吕陶的"简易"思想述论》,《蜀学》第二辑,成都:巴蜀书社,2007年,第155-162页。
③ 曾枣庄、刘琳主编:《全宋文》卷二八二二,第130册,第403页。
④ 曾巩:《赠黎安二生序》,《曾巩集》卷一三,第217页。

赦其过,但他始终"不赴吏部参选",在苏轼向哲宗陈请乞加录用后,方得除泉州教授,郑氏感念东坡盛情,特撰长启表达感谢。这篇《谢苏子瞻端明启》多以散句对仗直陈时病,吐露心迹。如"物感而来,道丧为患,不知有君臣之义,不知有神民之依,惟利之为图,惟身之为进。故取于下,则庾廪殚竭,饥穷相食而不以为念;进于上,则忠义废斥,朝廷将空而不以为忧"。① 在后文称谢部分,郑氏又对苏轼寄予厚望:"伏愿早膺纶綍,入正台槐,以平日所欲言而不得言者,倾竭于冕旒之前;以平日所欲行而不得行者,抖擞于钧轴之上。毋念旧恶,毋记往愆,释群疑于菩屋之丰,涤众污于雷雨之解"。② 不同于蜀中文士洋洋洒洒的宏辞雄论,郑氏之启胜在情意恳切,正气凛然,全以古文气脉行文,而笔调曲折宛转,收放自如,故能动人心扉,感人肺腑。元符元年,郑氏又因周常上奏再窜英州,两年后徽宗继位,时知广州的朱师服上表荐举郑氏,这才使其再次得到复官的机会。在答谢朱氏之书启中,郑氏论"古之愤者"数语,令人不免为之侧目:"窃以古之愤者,或至怒发而冲冠,呕血而不食,盖其情由义激,气以道充,疾首疢如,幻生轻矣。故视斧锧无斧锧,非不畏死亡也,以所畏有甚于死亡者,诗书之典训;视权贵无权贵,非不惮势力也,以所惮有甚于势力者,上下之神祇"。③ 忠耿之人"视刀锯鼎镬甘之如饴",千载而下复观其语,犹多生气。而后作者又向朱氏坦陈长期以来支持其秉公直谏的内心动力:"虑之熟而计之精,惟兹存亡之如系;寝不安而食不饱,直恐败坏而弗支。有如刀锋,钻于胸次。诚谓弗白于上,必将获罪于天,是倾蠢愚,重渎神睿。"此数语以极为细腻真实的笔触,刻画出古往今来谏诤之臣的心理活动,毫无夸张虚饰,唯见诚挚朴实。联系其《示女子》诗"以为臣事君,即是子事父。闺门有危难,谁不在惸疚。推其爱父心,谁不得前剖。幸为男儿身,许国自结绶。安能冷眼看,终不一开口"等句,④可知"未尝一日忘其君"实乃郑氏终身践行不辍的人生信条。王士禛称郑氏"所谓浩然之气,至大至刚,其为诗文,亦如之。大抵似石守道而无其怒张叫呶之习,有德之言,仁者之勇,仿佛见之",⑤郑氏之诗歌古文,皆为后人称颂赞誉,而其应用书启之艺术价值,则犹未得正视,殊为可惜。

---

① 郑侠:《西塘集》卷八,《文渊阁四库全书》第1117册,第466页上。
② 郑侠:《西塘集》卷八,《文渊阁四库全书》第1117册,第467页上。
③ 郑侠:《谢广州经略朱舍人启》,《西塘集》卷八,《文渊阁四库全书》第1117册,第468页。
④ 郑侠:《西塘集》卷九,《文渊阁四库全书》第1117册,第486页下。
⑤ 王士禛:《居易录》卷一二,《文渊阁四库全书》第869册,第452页。

值得一提的是,虽然北宋后期文人四六书启多以"成语切对"为上,但亦确有坚持以骈散互融之法撰启者,如张耒于元符元年为祝贺亲家潘鲠以奉议郎致仕所撰之《贺潘奉议致仕启》即是一例:

> 伏审亲家致政奉议,上还印绶,退即里闾,已私知止之安,将受永年之福。凡居亲旧,实助忻愉。窃以人之多难,在于儒者尤甚。壮年讲学,谓富贵利禄之可期;小试多违,信功名遇合之有命。加以岁月荏苒,时不待人,顾瞻簪裳,义则当止。彼贪冒无耻者,率皆优佚而老;惟进退顾义者,不免饥寒之忧。未馀汉庭之赐金,复休故社之乔木。追计宦游之廪禄,何有一毫;复与平生之箪瓢,相从三径。莫非命也,谓之何哉。伏惟某官奥学渊源,懿行金玉,久栖迟于末路,遂高退于明时,清誉益隆,多祥有在。某自怜罪戾,久困泥涂,延企高风,但怀景仰。①

文潜对潘氏为人为官之忠笃孝悌、清廉自守颇为称赏,②同时亦对其一生沉居下僚,有才无位感到遗憾。该文自"窃以"句后,作者对儒者一生命运之跌宕感慨万千:"壮年讲学,谓富贵利禄之可期;小试多违,信功名遇合之有命"。此联全然未用事典语典,仅以散语成对,但确"浓缩"了张氏历经四十余年之波折坎壈后,最为真实的人生感悟,与其数年前所作《次韵子夷兄弟十首》(其三)之末联"功名系遇合,不遇欲何如"所表达出的无可奈何如出一辙,③盖正因其真,故最能打动人心。随后张氏又以"贪冒无耻""进退顾义"一联对比奸佞小人与忠节义士待遇反差之悬殊,而其"追计宦游之廪禄,何有一毫;复与平生之箪瓢,相从三径",则进一步以细节展现固穷者的凄凉晚景,此二联皆与"壮年讲学"之联形成呼应,充分佐证其所提出的"功名遇合莫非命也"的主题,结构安排亦颇谨严。此数语虽以对仗形式出之,但句法、节奏等,皆与司空见惯的骈四俪六之文迥然有别,而字里行间所蕴含的真情实感,亦令人不免为之动容。

由上可知,以骈散互融之法撰作启文,实为欧公之创调,其后二苏父子步其轨辙,以策论之法作启,使四六书启之风格由欧公之流畅自然、温雅纡徐,变为纵横曲折、起伏跌宕。这不仅提高了应用文论事说理的能力,同时

---

① 吕祖谦编:《宋文鉴》卷一二三,第1723页。
② 张耒:《潘奉议墓志铭》,《张耒集》卷六〇,北京:中华书局,1990年点校本,第894页。
③ 《张耒集》卷十,第153页。

也赋予了四六书启本身前所未有的独特魅力,①吕陶、郑侠、张耒等作家,亦通过自己的创作实践,展现了骈散互融之启文的艺术魅力。但实事求是地说,单纯追求骈散互融的作品或许对多数作家而言仍缺乏足够的"吸引力",自六朝以来延续至此的以用事对仗为核心的启文写作传统虽然受到了"挑战",但其"根底"并未动摇,一些作家即尝试着于撰启时将骈散互融的写法与事典、语典的运用相结合,如苏轼中年、晚年与早年书启的明显风格差异实即源于此,而这也是北宋中期启文的另一个发展方向。

4.2.2　北宋中期骈散互融之启文与事典、语典的结合

北宋中期启文除运单成骈,多以散句对仗外,用典数量的锐减亦是其与北宋前期启文在写法上的显著区别之一。而在一些作家看来,在保证叙事抒情流畅自然的同时,适当地运用事典、语典,能够使作品的内涵更为丰富,而王安石的四六书启即是很好的例子。

荆公现存诸启,以其庆历二年进士及第后所上谢启为最早,此文在"以文体为对属"的基础上,以成句语典穿插其间,并能使二者相融无间,互为依托:

> 四方之杰,茂对清光;一介之技,猥尘华选。冒荣之辱,抚己而惭。窃以国家揽八县之广,具万官之富。一化所染,人有善行;数路之举,野无滞材。取士如此之详,得人于斯为盛。然犹谦不自足,乐于旁求,比诏郡邑,详延岩穴。向非蔚有声采,著在观听,何以酬上勤仁,塞人烦言?如某者族敝而贱,材顽且疏,逢世治文,追师向道。员冠方屦,有贱儒之名;高文大册,无作者之实。昊乾不吊,先子凤表,侨家异土,归扫穷闾。上不能执轩冕以取高,下不能力稼穑而为养,俛首干进,薪荣逮亲。适会诏之兴旺,遂负书而应令。乡老署其行,荐之明朝;春官警其材,置以异等。率趋法座,辈试殊庭,仅成骩骸之谈,复玷高华之选。夫何抵此,厥有繇然。兹盖伏遇某官德厚兼容,风华博照。斟酌元气,洪纤溥被其仁;雕刻众形,妍恶曲成其汇。乘云洒润,秉律嘘枯,使是寒士,阶于荣路。敢不审图大方,悖率常宪,取所承学,着之行事,唯仁之守,唯

---

① 王之绩对欧、苏启文评价甚高,将二家之作视为"宋启"之开端:"唐启则工丽似赋也。宋启自欧苏为之,韵悠辞逸,笔墨间有行云流水之趣,则又胜于前贤矣。其法先叙事,次入题,末陈所言焉。"王之绩:《铁立文起》前编卷七,见王水照编:《历代文话》,第4册,第3707-3708页。

谊之循,不以邪曲回精忠之操,不以宠利污廉洁之尚,庶期尽齿,无负大赐。易此而他,未知所裁。①

作者于启文首段论国家广求贤能、擢选才士,以"取士如此之详,得人于斯为盛"作结,二句虽分别出自杜佑《通典》与《汉书·公孙弘卜式儿宽传》赞语,但读来则与"以文体为对属"者一般无二。在自叙部分,荆公以"员冠方屦,有贱儒之名;高文大册,无作者之实"一联自贬,前联本之《庄子·田子方》,后联则用《西京杂记》中所载扬雄"高文典册用相如"之语,②亦妥贴自然。其后荆公进一步叙述其少年丧父、苦读以求进的经历,由"昊乾不吊"至"薪荣逮亲"数句,长短搭配,一气呵成,无一事一典而胜在真率诚恳,非如前人同类启文大肆铺排渲染。在启文结尾,其又以"唯仁之守,唯谊之循,不以邪曲回精忠之操,不以宠利污廉洁之尚"数句自表心志,字字铿锵,正气凛然,衡荆公一生,确无愧于此,是可谓不忘初心者也。本启将"古语切对"与骈散互融有机结合,辞句简明流畅,运用成语亦能切合文意,盖荆公四六启文之特长,于此已可略窥一斑。

相对于表文之典雅庄重,荆公启文则更常见流丽清新之作。皇祐元年王安石由江宁返回鄞县途中,路经杭州,适逢范仲淹出知此地,荆公即上先状问候,至鄞后,得文正回书,遂又上启称谢。因范氏与荆公之父为同年进士,故文中有联曰:"童乌署第,夙荷于揄扬;立鲤联荣,复深于契眷",③该联前后二典皆是与父子相关之事,既切合彼此之身份,又体现出荆公对文正之尊仰。次年荆公知鄞期满,复归临川前与弟安国又至杭州拜谒范氏,并再上启文。启文开篇以"粹玉之彩,开眉宇以照人;缛星之文,借谈端而饰物"一联描写范仲淹之风韵神采、谈吐不凡,④如魏晋名士复生于目前;而在得知范氏将"言旋桑梓之邦",赴任青州后,荆公以"写吴绫之危思,未尽攀瞻;凭楚乙之孤风,但伤间阔"一联,将惜别后留恋不舍的情貌充分表现出来,且吴绫、楚乙皆为南方风物,非于青州可见者,南北悬隔,更增添了几分凄楚悲凉,端为妙语。

遍观荆公生平交往之人,韩琦可称其中颇为重要的一位。宋人对王、韩二人之关系的描述与"揣测",涉及庆历五年荆公于淮南签判任上初逢魏公,

---

① 王安石:《谢及第启》,《临川先生文集》卷八一,第856页。
② 葛洪:《西京杂记》卷三,北京:中华书局,1985年,第22页。
③ 王安石:《谢范资政启》,《临川先生文集》卷八一,第850页。
④ 王安石:《上杭州范资政启》,《临川先生文集》卷八一,第847页。

直至熙宁八年韩琦辞世为止三十年间的多个阶段。① 虽然二人在性格、政见等方面确有龃龉不合之处,但总体上看王安石对韩琦仍可谓敬重有加。荆公集中有数篇与韩琦相关之启文,其中尤以《贺韩史馆相公启》及《贺韩魏公启》两篇最具代表性。嘉祐六年韩琦授昭文馆大学士,监修国史,荆公所作贺启篇幅短小,但精辟凝炼,其称赞韩琦"道直方而行以不疑,气刚大而养之无害",②将《坤卦》"六二"爻辞与孟子所言"浩然之气"原句化为散语长联,凸显韩琦之刚强正直。③ 其后"贪夫以廉,惟伯夷之行是效;枉者更直,则成汤之举可知"一联,则以《论》《孟》之语相对,在赞美韩琦个人品行之后,进一步渲染其身居高位时期的"榜样效应"对整肃朝廷风气所做出的贡献,结构次第颇为清晰。治平四年,韩琦出判相州,荆公在所上《贺韩魏公启》中,对魏公平生功业进行了更为全面的总结:

> 伏审判府司徒侍中,宠辞上宰,归荣故乡。兼两镇之节麾,备三公之典策。贵极富溢,而无亢满之累;名遂身退,而有褒加之崇。在于观瞻,孰不庆美。伏惟某官,受天秀气,为世元龟。诚节表于当时,德望冠乎近代。典司密命,总揽中权。毁誉几至于万端,夷险常持于一意。故四海以公之用舍,一时为国之安危。越执鸿枢,遂跻元辅。以人才未用为大耻,以国本不建为深忧。言众人之所未尝,任大臣之所不敢。及臻变故,果有成功。英宗以哀疾荒迷,慈圣以谦冲退托。内摈百官之众,外当万事之微。国无危疑,人以静一。周勃、霍光之于汉,能定策而终以致疑;姚崇、宋璟之于唐,善致理而未尝遭变。记在旧史,号为元功。未有独运庙堂,再安社稷,弼亮三世,敉宁四方,崛然在诸公之先,焕乎如今日之懿。若夫进退之当于义,出处之适其时,以彼相方,又为特美。安石久于庇赖,实预甄收。职在近臣,欲致尽规之义;世当大有,更怀下比之嫌。用自绝于高闳,非敢忘于旧德。逖闻新命,窃仰下风。④

---

① 对相关材料与问题的分析,可参考王晋光:《王安石淮南签判时期与上司关系考辨》,见《王安石论稿》,台北:大安出版社,1993年,第1-16页。

② 王安石:《贺韩史馆相公启》,《临川先生文集》卷七九,第832页。

③ 王安石元丰二年所撰《贺致政赵少保启》中有"伯夷之直唯清,仲山之明且哲。所居之名赫赫,岂独后思;尔瞻之节岩岩,方当上辅"二联,同样使用了这种将前人原句"浓缩"成对的手法,此亦是其"运古能化"的一种体现。见《临川先生文集》卷七九,第830页。

④ 吕祖谦编:《宋文鉴》卷一二一,第1691-1692页。

启文以韩琦自请辞位一事开篇,"贵极富溢,而无亢满之累;名遂身退,而有褒加之崇",上联借用司马迁评穰侯魏冉及范晔论梁商二语,但皆反用其意,以见韩琦得其位而无其累;下联则用《老子》成句,体现朝廷上下对其功绩的肯定,直入主题,毫不拖沓,对仗工稳而大气。韩琦早年镇抚边疆、抵御外敌,其后推行新政、改革弊端,又与欧阳修等人扶立英宗承绪帝业,上述诸般,皆是关乎国家命运的大事,而在实施过程中,亦无不伴随着诋毁与非议,而本启"毁誉几至于万端,夷险常持于一意。故四海以公之用舍,一时为国之安危""以人才未用为大耻,以国本不建为深忧。言众人之所未尝,任大臣之所不敢"数句,正可谓简练而准确地概括了其"秉国之钧,维系四方"的无可置疑的重要贡献与崇高地位,又与韩琦"成大事在胆,未尝以胆许人,往往自许"的自我评价相符。①李清臣在为韩琦撰写行状时,亦特别提到本启"未尝""不敢"二句,"天下以为名言",足见此文在当时流传之广、影响之大。②荆公在启文后半,又将韩琦同周勃、霍光、姚崇、宋璟等前代能臣贤相进行比较,认为此数人之事迹,皆不足与韩氏"独运庙堂,再安社稷,弼亮三世,敉宁四方"的不世勋业相提并论,推许之崇,无以复加。而在一番称颂褒扬之后,荆公又再次将话题转回韩氏罢相一事,言其"进退之当于义,出处之适其时",比之前述诸功,更为难能可贵。出处本即为古人之大节,荆公本人对此亦极为看重,这由其至和三年(1056)由殿中丞转任太常博士后寄予郎简启文中"依违王事,虽名理之未安;妄冒人知,亦生平之不欲"一联即可见知,③故他对韩氏功成身退给予高度评价亦属自然,而此数语又与篇首"名遂身退"一联遥相呼应,结构安排极为严谨细致。此文虽是称贺之作,但毫无虚饰奉承,语语皆据实而发,不求对仗之精工,但求立意之深远、语势之铿锵,实乃荆公四六书启之代表作,茅坤以"典刑之言"四字评之,蔡上翔更称其为"煌煌宇宙大文",④实非过誉。

如上节所论,苏轼早年书启多以策论奏议之法为之,但其启文风格并非一成不变,而是随着时间的推移逐渐变化。熙宁三年,韩绛拜同中书门下平

---

① 何孟春:《余冬录》卷二七,长沙:岳麓书社,2012年点校本,第279页。
② 值得一提的是,李清臣《韩忠献公琦行状》原文所引此启之句为"为古人所未尝,任大臣所不敢",则本启或当有其他版本存焉。见杜大珪编:《名臣碑传琬琰集》中集卷四八,《文渊阁四库全书》第450册,第581页。
③ 王安石:《上郎侍郎启》(其一),《临川先生文集》卷八〇,第839页。
④ 蔡上翔:《王荆公年谱考略》,见詹大和等著:《王安石年谱三种》,北京:中华书局,1994年点校本,第406页。

章事,苏轼特上启以贺。在这篇《贺韩丞相启》中,苏轼开始尝试在骈散互融的基础上融入前代语典与事典,如其开篇论治国与选才之关系曰:"夫天将欲措世于大安,必有异人之间出;使民莫不回心而向道,类非俗吏之所能",①后联即出自贾谊《治安策》。在以师旷知音、王良善驭比喻朝廷付国柄于韩绛之决断甚是英明后,其又以"引领以望,唯日为年"表达对贤能之士得居高位的期待,而二语分别出自《孟子·梁惠王上》及《后汉书·李膺传》。该启在赞美韩绛之仪德时,所用"亹亹申伯之望,堂堂汉相之风""淮蔡既定而裴度相,徐方不回而召虎归""实愿周公之亟还,无烦邓禹之久外"数联,无一例外皆属以《诗》对史。苏轼直史馆期间,正逢王安石全力部署、实施新法举措之时,虽然在治国理念上苏、王二人分歧明显、针锋相对,但以应用文写作而论,苏轼在这一阶段或是受到王安石以经史成句入文的影响,逐渐接受、吸纳更为传统的骈体创作手法,而其四六书启亦随之呈现出一种与其青年时期作品有所不同的新风貌。

当然,这种变化并不意味着苏轼完全舍弃了之前的四六书启写法,而是在原有本色的基础上融入新的元素。元丰元年,吕公著同知枢密院事,因苏轼初试馆职时曾得吕氏荐举,且二人在对待新法的态度上亦较为接近,故苏轼于所作《贺启》中对吕氏之才德大加褒赞:

> 伏审近膺告命,入总枢机。中外耸观,朝廷增重。伏惟庆慰。窃以古之为国,权在用人。德厚者,辅其才而名益隆;望重者,无所为而人自服。是以淮南叛国,先寝谋于长孺;汾阳元老,尚改观于公权。樽俎可以折冲,蔾藿为之不采。哀此风流之莫继,久矣寂寥而无闻。天亦厌于凡才,上复思于旧德。恭惟枢密侍郎,性资仁义,世济忠嘉。岂惟清节以镇浮,固已直言而中病。出领数郡,若将终身。小人谓之失时,君子意其复用。迨兹显拜,夫岂偶然。然而荷三朝两世之恩,当《春秋》贤者之责。推之不去,凛乎其难。进伯玉而退子瑕,人皆望于门下;烹桑羊而斩樊哙,公无愧于古人。莫若尽行畴昔之言,庶几大慰天下之望。轼登门最旧,称庆无缘。踊跃之怀,实倍伦等。②

该启开篇"窃以古之为国"至"无所为而人自服"数句,与其早年启文以

---

① 《苏轼文集》卷四七,第1343页。
② 苏轼:《贺吕副枢启》,《苏轼文集》卷四七,第1348-1349页。

论理开篇者相似,只是在篇幅上大为缩减。其后"淮南叛国,先寝谋于长孺;汾阳元老,尚改观于公权"一联,将吕氏比之汲黯、杨绾,意在借淮南王刘安对长孺之忌惮与郭子仪撤乐之事,着重突出吕氏上任之后对在朝官吏的"威慑效应",用事颇为精确考究。而后文之"进伯玉而退子瑕,人皆望于门下;烹桑羊而斩樊哙,公无愧于古人",乃本启之核心联句。前联用《孔子家语》所载史鱼"尸谏"卫灵公之典,后联则将《史记》之《平准书》与《季布传》中二事合为一句,这既是对此前吕氏直指吕惠卿"奸邪不可用"之往事的称许,① 同时也蕴含着东坡本人对吕氏还朝后改变政治格局的期许。此联同汲、杨之联正相呼应,皆属借古喻今之范例,而所用之典事,亦乃作者为受书者"量身打造",不可移之他人。

元丰八年(1085),哲宗即位,吕氏奉命自扬州归朝辅政,并向朝廷提议"广开言路,登用正人",而苏轼、苏辙兄弟即在其举荐名单当中,苏轼为此特作启称贺答谢。相较前启,这篇《贺时宰启》更偏重于使用成句语典。文章前段,作者连用《易》《礼》《论语》之原句赞美吕氏:"直方以大,广博而良,进以正而正邦,异乎求以求政"。② 后文"清心省事,则法可使复结绳之约;强本节用,则货可使若流泉之长。材无不可范而成也,譬泥之在钧;俗无不可易而善也,犹风之靡草"数句,皆为"成语短句+并列式散句"的格式,将传统四六句法与散句对仗有机结合,流畅自然而又新颖别致。而后"顾此民逢此日之何幸,谓吾相劝吾君以爱人"二句,则直接承用吕氏前月所上奏疏中语成对,着实令人叹服其运思之妙。作品的后半段,苏轼借上启之机,向吕氏痛陈数年间因诗案指控而遭贬官外放,辗转州郡的惨痛经历,其"天雨何私,笑流行之木偶;沧溟不改,叹自荡之波臣"一联,前联用《史记·孟尝君列传》苏代喻谏孟尝君语,后联则由谢朓《谢随王笺》之"不瘝沧溟未运,波臣自荡;渤懈方春,旅翩先谢"略加修改而来,③将数年谪居的辛酸悲苦蕴含其中,该联词句新颖,所用典语亦非寻常可见者,故令人印象深刻,其后晁补之于所撰《贺门下李侍郎启》开篇,即完全承用东坡此联曰:"沧溟不改,叹自荡之波臣;天雨何心,笑流行之木偶。"④在谈到吕氏举荐之事时,作者连续使用四字短语成句:"补息劓黥,雕杇粪朽,出蓄见日,去盆望天",四语遍涉经、史、子三部,一经东坡浓缩提炼,即能自然成对,虽是由原文"加工"而成,

---

① 《宋史》卷三三六《吕公著传》,第10774页。
② 《苏轼文集》卷四七,第1344-1345页。
③ 吴曾:《能改斋漫录》卷七,第197页。
④ 晁补之:《鸡肋集》卷五六,《文渊阁四库全书》第1118册,第868页上。

却与直接摘引者几无区别,纵置之前代典籍当中亦绝无违和。

苏轼启文用典之新颖切当,尚有如下二例可资参考。元丰六年,蒋之奇以江淮等路发运副使的身份运送漕谷入京,在觐见神宗时"条画利病三十余事,多见纳用",①时东坡虽远在黄州,闻知其事后,亦特撰启向好友表达祝贺。该启较为简短,其中有联曰:"虽已得正法眼藏于大祖师,犹有一大事因缘于当来事",②先用释迦摩尼心许摩柯迦叶,以真谛妙论传之的佛教著名典故,代指神宗对蒋氏的认可;后以《法华经》中诸佛世尊以大事而出现于世的记载,比喻蒋氏之后必将得到重用。由于蒋氏平素笃信释教,钻研典乘,而东坡于此道亦浸淫颇深,故他在写予蒋氏的书启中特以佛教典事入文,投其所好而又独具意趣,是为四六用典之范例。元祐三年,范镇积数十年之功于去世前方完成新乐的制作,并移书东坡告知此事,东坡接信后"究观累日,喜愧兼怀",特作书以复。在这篇《答范端明启》前半,苏轼首先简要回顾了秦汉至唐代音乐的曲折发展史,以此衬托范氏"参稽古乐,追述新书。琢石铸金,成之有数"等一系列工作的重要意义,③而在文章结尾处,其又以"得《商颂》十二篇于周大师,虽贤者之事也;获古磬十六枚于犍为郡,岂偶然而已哉"一联,将范氏制乐之事同古圣先贤之陈迹相类比。范氏作乐以房庶之说为基础,房氏曾自云其法本之"古本《汉志》",④范氏亦称其制作过程中"上考《周官》,下稽《汉志》",⑤且"所造编磬,皆以《周官·磬氏》为法",⑥强调遵循古法,而苏启上联所用《商颂》,其《那》篇中正有"既和且平,依我磬声"之句,下联获磬之事则见载于《汉书·礼乐志》,二事皆与范氏制乐之核心元素紧密相连。盖与乐律相关之典故数量繁多,东坡独能于其中挑选最为适合受书之人者用之,正是其运思缜密巧妙的直接体现。

苏门文士之四六多有得东坡神韵者,以启文而论,秦观与李昭玘二人之作最为可观。秦少游之诗词颇为后人称赏,学界相关研究亦是以此二体为重点,而其四六应用,则罕见提及者。李廌《师友杂论》载录秦观论赋之语数则,称其"用心于赋,甚勤其事",故"论赋至悉,曲尽其妙"。⑦少游对赋中用

---

① 李焘:《续资政通鉴长编》卷三三六,第8102页。
② 苏轼:《贺蒋发运启》,《苏轼文集》卷四七,第1352页。
③ 《苏轼文集》卷四七,第1359页。
④ 李焘:《续资治通鉴长编》卷一七一,第4127页。
⑤ 范镇:《进乐律表》,见曾枣庄、刘琳主编:《全宋文》卷八六八,第40册,第242页。
⑥ 马端临:《文献通考》卷一三五,北京:中华书局,2011年点校本,第4130页。
⑦ 李廌:《师友谈记》,北京:中华书局,2002年点校本,第18页。

典使事之法颇有心得,尝曰:

> 赋中用事,如天然全具对属亲确者固为上。①

> 若作赋,则惟贵炼句之功,斗难、斗巧、斗新。借如一事,他人用之,不过如此,吾之所用,则虽与众同,其与之巧,迥与众别,然后为工也。②

> 凡赋句,全藉牵合而成。其初,两事甚不相侔,以言贯穿之,便可为吾所用。此炼句之工也。③

作赋与作四六本有相通之处,而秦观四六书启之用典,亦确可称出人意表、精当妥切。如其元祐三年代蔡州郡守向宗回致书王存,向其升任尚书左丞表示祝贺,文中有联曰:"其退也,如陂万顷,挠不浊而澄不清;其进也,若火一燃,用弥明而宿弥壮。"④前联用《世说新语·德行》所记郭太赞黄宪之语,后联则以《法言·问神》中扬雄对"圣人之言似于水火"的释语成对,凸显王氏平素论政言事针砭时弊、公正不阿,为人处事清廉自守、无所附丽的高尚品质,以"天然全句"形成长联对仗,正乃少游心目中上乘用事之法。元祐八年,秦观由秘书省校对升为正字,在经历了一系列政治风波后,重任旧职的秦观对来之不易的短暂平稳颇为珍惜,也对数年来的遭际心有余悸,这种复杂的情绪在其所上谢官启文中即有所体现:

> 法同博士,阅五载而迁官;例比编书,通三年而改秩。宠灵既逮,愧惧实深。伏念观族系单微,器能浅陋。少时好赋,仅成童子之雕虫;中岁穷经,未究古人之糟粕。始策名于进士,俄充赋于直言。滥居方物之前,叨被传车之召。文章末技,固非道义之尊;箕斗虚名,祇取谤伤之速。亟从引避,几至颠隮。襃未就于衮华,恶已成于疮痏。三期之内,王尊乍佞而乍贤;七年之中,鲁田一与而一夺。但以偏亲垂老,生计屡空,聊复腼颜以居,未能投劾而去。日期沙汰,分绝进升。岂期积日以累劳,辄亦逢年而遇合。束缊还妇,虽蒙假借之私;惩羹吹齑,尚虑谴诃之及。窃观前史,具见鄙惊。西属中郎,孔明呼为学士;东海钓客,建封任以校书。虽为将

---

① 李廌:《师友谈记》,第19页。
② 李廌:《师友谈记》,第19页。
③ 李廌:《师友谈记》,第20页。
④ 秦观:《代贺王左丞启》,见秦观撰,徐培均笺注:《淮海集笺注》卷二九,上海:上海古籍出版社,1994年,第945页。

相之品题，实匪朝廷之选用。夫何寡陋，遽有遭逢。此盖伏遇某官，道欲济时，仁能锡类。始怜贫女，稍分秦壁之光；终念波臣，为激越江之水。矧兹奇蹇，亦与甄收。敢不以古人行己之方，为国士报君之义。千金敝帚，聊依翰墨以自娱；一割铅刀，或冀事功之可立。①

文中"三期之内，王尊乍贤而乍佞；七年之中，鲁田一与而一夺"一联，前联用《汉书·王尊传》原句，以王尊担任京兆尹的三年中捕贼有功又被罗织罪名、诬陷指控一事，与自己元祐六年受贾易诋毁，至今又得升迁相类比，而由元祐六年至八年正为"三期"。后联用《左传·成公八年》所载季文子之言，以汶阳之田自鲁成公二年至八年（前589—前583）在晋国的操纵下先归鲁后归齐的故事，代指其元祐二年至八年间于秘书省正字一职任而复罢、罢而复任的过程。此二典皆乃人所熟知的著名事件，秦观亦直用其原文而未加过多修饰，但因二典之时间、内容等细节皆与作者的现实经历极为贴合，悬隔千载而能相映成趣，使人不得不叹服其选材眼光之独到。作者在启文叙事部分仍体现出简明流畅之特点，由"偏亲垂老"至"辄亦逢年而遇合"数句，叙写其数年间惴惴不安、无意仕进的心理状态，而在谈到复任馆职一事时，其"西属中郎，孔明呼为学士；东海钓客，建封任以校书"一联，用诸葛亮尊秦宓为学士及张建封辟秦系为校书二典，同宗同职，妙合天成，王铚于《四六话》中即称赞其巧用"当家二故事"。② 作者匠心独运，以其巧妙的构思将相隔数百年而"甚不相侔"的旧事"牵合"成联，并使其成为只此得用而移之他处不可的工切联句，观之即不免产生"文章本天成，妙手偶得之"之感。此等文例，实堪为少游斗巧、斗新之艺术主张的完美注脚。

李昭玘的应用文写作水平，在苏门文士中尤为突出，谢伋于《谈麈》中即称其"最工四六"。③ 李氏少年时即熟读苏文，"虽未能深达义趣，读之反覆，不知所以不能废"。④ 在听闻同乡友人晁补之，与从学者苏辙之婿王子中描述、称颂苏轼之文才品行后，李氏对东坡其人其文更为倾慕有加。自元丰四年经王子中将李氏自撰书信转交苏轼后，二人即常以书信、诗文相往来，而

---

① 秦观：《谢馆职启》，见吕祖谦编：《宋文鉴》卷一二三，第1720-1721页。
② 王铚：《四六话》卷下，见王水照编：《历代文话》，第1册，第25页。
③ 谢伋：《四六谈麈》，见王水照编：《历代文话》，第1册，第36页。
④ 李昭玘：《上眉阳先生书》，《乐静集》卷十，《文渊阁四库全书》第1122册，第302页下。

李氏之四六书启,亦与东坡启文多有相近之处,如其《代谢荐启》(其一):"盖闻先王之时,公卿大夫相与进贤拔善者,既不敢蔽其所知;闾巷贱士所以致身托名者,亦不敢易其所守。荐人于朝,与众共之,非挟于私恩也,彼以道焉;见知于上,由己得之,非矜其幸进也,吾有义尔","同乎己则终日而再迁,不同乎己则穷年而不问;见其利则一揖而竞进,未见其利则三已而复来",①使用多段式对句与长联对句论今古荐士风气之异,此数语纵置之苏集中恐亦难以辨别。哲宗亲政后,起用变法派,元祐党人多遭贬斥,李昭玘亦自请外任。绍圣初,李氏受命提点永兴军路刑狱,到任后,其以表、启分别向哲宗、执政表达感谢之情。在表文中,李氏简述其仕宦经历,对哲宗准许其外出任职,以及此次调任表达感谢,言语之间未见失落不平之意,似对党争一事并无挂怀,而实际上,李氏内心的波澜激荡,全部反映在其同时所上之谢启中。该启以叙官开篇,而由"惟知反己以自求,敢急因人而幸进"起,②李氏即笔锋一转,自证清白:"谓有昭昭之功者,必有冥冥之志;无赫赫之热者,亦无凛凛之寒",此数语本之《荀子·劝学》,李氏借其句式而对字词稍加调整,即变劝诫之言为处事之理,运古能化,值得称道。而后之"以愚自信,何尝称博而毁丹;与世何尤,不暇去婴而归蚡",上联用《汉书·杜业传》班固赞语,表明自己未尝恣意褒贬同僚,下联用《汉书·田蚡传》之文,旨在说明其立身高洁,未尝随波逐流、趋炎附势。后文之"处冲季孟之间,仅知所立;甘陵南北之部,适幸两忘",又分别以春秋及东汉旧事,类比当朝之新旧党争,李氏虽与相关人物确有交谊,但对政坛纷争并无兴趣,只求以"旁观者"的身份独善其身。此联以古喻今,用事准切,语气委婉但立场坚定。在表明心志后,李氏又以"洋然迎饵,讵为宓氏之鱼;兀若畏人,反类羊公之鹤"说明自己既不愿谄媚逢迎,又对彼时事态感到恐惧,这极大影响了其处理公务的能力,"一传未终,恍已迷其姓氏;片文屡过,几不辨其偏旁",已无法胜任秘阁校书之职,故自请外任,"舍丹铅之点勘,视鞭扑之喧嚣"。而由"蝇纷诉牒"至"道不过门"数句,李氏细数其在潞州任上的种种艰辛困苦,故期盼易职他处,至此"特假祥刑之任",终遂其愿。此启叙事环环相扣,详略安排得当,颇得骈散互融之精髓,而所用语典事典又精切妥贴,与苏轼启文风格确有近似之处,盖以"委屈精尽,不减古文"称之,亦不为过也。

上述诸家之四六书启,皆属以骈散互融为"基底",以故事成语为"点缀"

---

① 李昭玘:《乐静集》卷二〇,《文渊阁四库全书》第1122册,第353页上。
② 李昭玘:《永兴提刑谢到任启》,见吕祖谦编:《宋文鉴》卷一二三,第1726-1727页。

的作品。这种新型启文,或是以前人成句替代原本的散语,以之叙事说理;或是与北宋前期启文一样,在行文过程中以典事借古喻今。如果说欧阳修、苏轼等人的启文使骈、散之界限逐渐"模糊",那么这些作品则为后人展示了以融合为基调的新型创作模式。这对北宋后期的启文创作产生了明显的影响,许多文士在撰启时,倾向于选择这种相对而言能够在叙事陈情与艺术修饰间取得平衡的方式,因此,这些作家的创作实践,无疑在很大程度上促进了北宋启文的写法转型,其文学史意义自不待言。

略显遗憾的是,北宋后期四六写作"重技巧而忽性灵"的风气,对启文的影响亦十分明显,多数作品追求"成语切对",以为工巧,在一定程度上牺牲了叙事的流畅性,破坏了前人所营造的平衡状态,实不免"舍本逐末"之弊,故后世文人对北宋后期四六评价往往不高。但不得不承认,北宋后期启文在语典的使用方面确有独到之处,成句之出处相较此前更为多样,杜诗、韩文中的经典语句亦时见作者摘引化用,这无疑丰富了骈文"语料库",为后人之应用文写作提供了更多的选择,故其所得所失,亦不可"执于一端"以概之也。

4.3 北宋后期启文中的"杜诗韩笔"

北宋四六表启成句语典之出处,遍涉经、史、子、集四部,从整体上来看,集部文献的"出镜率"略低于前三者。① 如前所论,宋四六好用成句的文体特征,导源于唐代律赋,而唐代律赋中的前代成句,绝大多数即由经、史、子三部典籍中摘出,宋人律赋仍沿袭这一习惯,其表启公文亦如之。而相对于诗歌、散文,两汉魏晋赋作似更受四六文作者青睐,在前文所涉及的四六表启中,司马相如《子虚赋》、贾谊《鵩鸟赋》、左思《三都赋》及陆机《文赋》等作品中的语句,确偶见作者采撷引用,这与赋文多见四字短语,故可径直"照搬"到表启公文中有很大的关系。严格来讲,北宋四六表启亦并不乏"诗语",很多联对中的四字短句,实即为"三百篇"中的诗句,以王安石为代表的一些作家,亦以善用《诗》语著称。但从文献性质来讲,这些《诗》语应属"经语"范畴,谢伋认为作四六当以"经语对经语,史语对史语,诗语对诗语,方妥

---

① 朱宏达于《典故简论》文中,曾对古代典故出处进行了统计,得出"典故出自先秦典籍居多,使用频率也最高"的结论。这一结论同样适用于北宋四六表启之用典。朱文见于《杭州大学学报》第 13 卷第 3 期,1983 年,第 48-56 页。

贴",①而其所举陶谷赦文"豆笾陈有楚之仪,黍稷奉唯馨之荐"一联,以《小雅·宾之初筵》之"笾豆有楚"与《周书·君陈》之"黍稷非馨"成对,②由于谢伋将此联视为用语典妥贴切当之范例,可知其必应符合经、史、诗语各自成对的标准,故"笾豆有楚"虽为诗句,但从四六文成句语典的角度来看,其与"黍稷非馨"一类"非诗句"并无本质上的区别,概皆当以"经语"视之。

实际上,《诗》句与赋语,对四六作者而言,皆可谓现成而优质的"素材宝库",无须特别剪裁加工,直用其语即可令作品更为蕴藉雅致,同时亦符合四字短句以精切凝炼为上的艺术追求。③ 相比之下,五七言诗句因内容与格式上的限制,一般很难与四六表启产生联系,使用者需要在准确把握诗句含义与用典场合的基础上,对原文进行修剪熔炼,方可令其完美融入四六句格当中,这无疑对作者的知识储备与文学素养提出了更高的要求,因此,依写作策略考量,以五七言诗句入文,绝非四六作者的上上之选。而与之相应的是,如果能够在四六作品中灵活、恰当地融入前贤诗句,则往往令人观之即叹服作者运思遣词之新颖高妙,实可收出奇制胜之效,正所谓"文中有诗,则句语精确"。④ 相对于厚博典重的章表,风格自由灵活的书启,显然更适合"承担"这一"融诗语入四六"的跨文体"试验任务"。北宋前中期一些勇于尝试挑战的作家,通过自己的创作实践,为后人开示在四六启文中使用诗语的门径,其筚路蓝缕之功确不可没,但这一写法于彼时尚未普遍流行。而到了北宋晚期,随着四六写作技巧的纯熟与语典选材范围的扩大,诗语的出现频率远较之前更为频繁,且尤以唐诗为主,特别是随着杜甫"诗圣"地位在北宋中后期的奠定,杜诗名句也成为彼时启文诗语的主要来源,"爱之深者,至剽掠句语"的情况不仅限于诗歌,四六书启亦概莫能外。

"杜诗韩笔愁来读,似倩麻姑痒处抓"是杜牧对两位前辈的致敬,⑤而晁

---

① 谢伋:《四六谈麈》,见王水照编:《历代文话》,第1册,第34页。
② 此联今唯见于卢多逊《幸西京诏》中,而陶谷赦文已不可得,若非谢伋误记,则陶、卢二文孰先孰后亦已无从考知,今姑从《谈麈》所记,将该联视为陶氏原创。
③ 杨囷道云:"《诗三百篇》其间长短句固无几,足以尽四字句之旨",他将《诗经》《尚书》、两汉制诰及古赋四者并列为"四六之所从祖",可见四六与《诗》本就存在一定的"亲缘关系",而五七言诗与此实不可等量齐观。杨囷道:《云庄四六余话》,见王水照编:《历代文话》,第1册,第128页。
④ 陈善:《扪虱新话》上集卷一,见王云五主编:《丛书集成初编》,第310册,第3页。
⑤ 杜牧:《读韩杜集》,《樊川文集》卷二,见杜牧撰,吴在庆校注:《杜牧集系年校注》,北京:中华书局,2008年,第248页。

说之"杜诗韩笔,谁不经目"之语,①则简练而真实地反映出杜、韩二家在北宋文人心目中至高无上的尊崇地位,以及其诗文在北宋的广泛传播。与杜甫相比,韩愈对北宋文人的影响实有过之而无不及,在北宋文学、史学、思想等领域的发展过程中,皆可见韩文公之"身影",而其应用章表,亦成为欧阳修等四六名家借鉴学习的对象。韩愈为文"卓然不丐于古,而语一出诸己",②作品中多有独创之语,而自北宋中期伊始,四六书启中即时可见韩文之名篇名句,至北宋晚期,"以韩文入启"已逐渐成为一时之新风尚。北宋四六表启所引前人作品,大多未出两汉魏晋范围,唐文实不多见,而似韩文这般广受推崇者,则更是独一无二。虽然宋代类书与文章选本所采录的韩文皆不在少数,但为启文所涉及者,则不过《进学解》《送穷文》等数篇,当可为后人进一步了解、认识韩文之"经典化"过程,提供帮助。

4.3.1 北宋后期启文中的杜诗

北宋作家"以诗语入书启"之"始作俑者",当属王禹偁。吴处厚《青箱杂记》载王氏曾以启文祝贺"与之在翰林而大拜者",文中有联曰:"三神山上,曾陪鹤驾之游;六学士中,独有渔翁之叹",吴氏指出其后联出自白居易赠李绛之《上李留守相公》诗中尾联"同时六学士,五相一渔翁"。③ 在庆贺他人高升的同时,亦暗含自嘲之意。王氏学诗以乐天为宗,"得其清不得其俗",其能于撰启时引及白诗,亦足证其学之深、爱之切。除白诗外,王氏书启亦有别家"诗语"存焉。至道三年(997)真宗即位后,王禹偁由扬州还朝,第三次出任知制诰,在所上《谢除刑部郎中知制诰启》中,他对"复王言之旧任"颇感庆幸,并以"阶前药树,重吟谢客之诗;观里桃花,免动刘郎之咏"一联描述其难以掩饰的激动心情。④ 其上联借谢朓《直中书省》之名句"红药当阶翻,苍苔依砌上",指代自己重回旧任之事,下联则通过与刘禹锡《再游玄都观》"种桃道士归何处,前度刘郎今又来"二句所蕴含的辛酸失落进行对比,表达其"枯木逢春"般的欣喜、愉悦。一"重"一"免",一正一反,意境完足,作者炼字之精,亦实有过人之处。王氏二启,为后人作四六引用诗语奠定了良好的基础,其开创之功,不可忽视。

---

① 晁说之:《送王性之序》,《嵩山文集》卷一七,见张元济主编:《四部丛刊续编》,上海:商务印书馆,1934年,第388册,第78页。
② 宋祁:《宋景文公笔记》卷上,见王云五主编:《丛书集成初编》,第280册,第5页。
③ 吴处厚:《青箱杂记》卷六,第59页。
④ 王禹偁:《小畜集》卷二五,《宋集珍本丛刊》,第1册,第708页上。

第 4 章　北宋启文研究

虽然王禹偁曾以"子美集开诗世界""敢蒯子美是前身"等诗句表达对杜甫的推崇与钦服,但由于杨亿等引领一时风尚的昆体作家专学李义山,对杜诗"不屑一顾",故北宋初年杜诗的影响力尚较微弱。① 依蔡居厚所言,由宋初至景祐、庆历间,白居易、李商隐、李白及韦应物等唐贤先后成为时人所推重的诗家,而"杜子美最为晚出"。② 至皇祐年间,王安石盛赞杜诗,称其"力能排天斡九地,壮颜毅色不可求",③并言"予考古之诗,尤爱杜甫氏作者。……世之学者,至乎甫而后为诗",④观王琪"近世学者,争言杜诗",⑤吕昌彦"近世学诗者莫不视杜以为法"等语,⑥已足可反映北宋中期文人对杜诗的热衷,而"剽掠"其句语以入四六书启者,亦于不久之后出现。

北宋时期最早使杜诗与四六书启产生联系的作家,乃后昆体代表人物之一胡宿。胡氏于治平四年以太子少师致仕,其《致仕谢两府启》中有"微倚楼看镜之怀,习寻壑经丘之陋"一联,⑦前句化用杜甫《江上》"勋业频看镜,行藏独倚楼"之名联,⑧而着一"微"字,便将原诗"频看镜""独倚楼"所蕴含的身老志坚、壮心未已之情,转为坐看云起、随遇而安的闲适自由,与后句所用陶潜《归去来兮辞》之"既窈窕以寻壑,亦崎岖而经丘"意脉相贯,可称致仕联句之经典。其后朱熹在《跋〈免解张克明启〉》文中曾记该《免解启》之一联曰:"行藏勋业,销倚楼看镜之怀;窈窕崎岖,增寻壑经丘之趣",⑨与胡启同样使用《江上》与《归去来兮辞》二语成对,不知是否由前辈处得到启发。王应麟曾将此《免解启》列入《困学纪闻·评文》当中,以示推赏,但并未指出胡宿数十年前之先例,亦是其短。值得一提的是,该启另有谢恩联句曰:"拯拔湮沈,与继千帆之后;吹嘘朽蠹,俾同万木之春",用刘梦得《酬乐天扬州

---

① 彼时虽有如狄遵度之辈"当杨文公昆体盛行,乃独为古文章,慕杜子美、韩退之句法",但究竟未能造成太大的影响。见赵令畤:《侯鲭录》卷二,第 68 页。
② 蔡居厚:《蔡宽夫诗话》,见郭绍虞辑:《宋诗话辑佚》卷下,北京:中华书局,1980 年,第 399 页。
③ 王安石:《杜甫画像》,《临川先生文集》卷九,第 150 页。
④ 王安石:《老杜诗后集序》,《临川先生文集》卷八四,第 880-881 页。
⑤ 王琪:《杜工部集后记》,见曾枣庄、刘琳主编:《全宋文》卷一〇四二,第 48 册,第 192 页。
⑥ 吕昌彦:《杜子美白水诗后记》,见曾枣庄、刘琳主编:《全宋文》卷一六六三,第 76 册,第 177 页。
⑦ 胡宿:《文恭集》卷三四,见王云五主编:《丛书集成初编》,第 1889 册,第 416 页。
⑧ 杜甫撰,王洙编次:《宋本杜工部集》卷一五,北京:国家图书馆出版社,2019 年影印本,第 4 册,第 80 页。
⑨ 朱熹:《晦庵先生朱文公文集》卷八一,见朱熹撰,朱杰人、严佐之、刘永翔主编:《朱子全书》,第 24 册,第 3849 页。

初逢席上见赠》颈联名句成对,亦颇为巧妙自然,而该联亦同样为后人所承袭,胡寅即一字不差地将其挪至自撰《谢魏参政书》中,①可见巧用诗语成对,确会给人留下较为深刻的印象。

  神宗时期,"以诗语入四六"的现象不仅可见于书启之中,在王言制诏内亦可得见,如《杨遂宁远军节度使殿前副都指挥使制》文中有称赞杨氏英勇忠义之联曰:"奋身许国,彰赵士之曼缨;厉志图功,抚臧宫之鸣剑",②前联明显化用李白《侠客行》首句"赵客缦胡缨"。③ 而此时于启文中使用杜诗者,如郑得一《贺张提举启》以"四十围溜雨,是诚大用之资;九万里抟风,果展横飞之翼"赞美张氏,④前句乃截取《古柏行》之"霜皮溜雨四十围"而来,⑤以参天之木与展翅鲲鹏比喻张氏之才干器识,虽难言工妙精巧,但造语尚可称新颖别致。与之相比,刘弇启文对杜诗的加工使用,则更为灵活妥当。熙宁五年,刘弇乡试合格后被推荐至京师参加会试,其所撰《谢解启》在回顾自己二十年读书求学的经历后,在文章末尾以"熙如阳春,而物被其赐者无隐约之间;浩若溟渤,而川受其助者无大小之殊"一联感念试官提赏之恩,⑥"浩若溟渤"本之杜甫《水会渡》之"汹若溟渤宽",⑦此句本为少陵赴成都途中夜渡所见之景,描写江水之汹涌澎湃,而刘弇则易"汹"为"浩",以水之浩瀚喻恩情之深厚,改一字而意思情境皆变。绍圣二年刘弇应宏词科入等,在《谢启》中他以较为夸张的语句描述其应考时的紧张状态曰:"巨题镇而万牛回首,私魄褫而六鹢退飞",⑧前句出自《古柏行》之"万牛回首丘山重",该语乃工部以古柏自喻,见贤者易退难进之窘境,无奈失落尽蕴其中,而刘氏则用以体现词科考题难度之大、要求之高。郑、刘二人同以《古柏行》诗句入启,但前者直承原意,后者则"师其词而不师其意",虽然这一时期以杜诗入

---

  ① 胡寅:《斐然集》卷一八,长沙:岳麓书社,2009年点校本,第359页。
  ② 《宋大诏令集》卷一〇一,第372页。
  ③ 北宋晚期制辞中亦有用杜诗者,如颜岐草《晁说之中书舍人辞》有"知世掌美,又润色于丝纶"一联,即用杜甫《奉和贾至舍人早朝大明宫》"欲知世掌丝纶美"之句。见吴曾:《能改斋漫录》卷一四,第131—132页。
  ④ 魏齐贤,叶棻编:《圣宋名贤五百家播芳大全文粹》卷二一,《宋集珍本丛刊》,第95册,第342页下。按,郑得一生平不详,今依《全宋文》编者所言视其为熙宁时人,见曾枣庄、刘琳主编:《全宋文》卷一八二八,第84册,第56页。
  ⑤ 杜甫撰,王洙编次:《宋本杜工部集》卷四,第1册,第149页。
  ⑥ 刘弇:《龙云集》卷一二,《文渊阁四库全书》第1119册,第158页下。
  ⑦ 杜甫撰,王洙编次:《宋本杜工部集》卷三,第1册,第133页。
  ⑧ 刘弇:《谢中宏词启》,《龙云集》卷一二,《文渊阁四库全书》第1119册,第161页上。

四六者尚非习见,但脱离诗歌本意而纯用其字句的"文本化"现象已现端倪。

自神宗末年至哲宗时期,杜诗在书启中的出现频率有所提高。① 非仅"工于诗者必取杜甫",②工于四六者亦往往而然。元丰二年春,秦观赴越省亲,受到时任越州太守程师孟的殷勤款待,"席上有所悦,自尔眷眷,不能忘情",③二人游览名胜,赋诗唱和,由夏至秋,流连忘返。因感念程氏厚意,秦观于事后特致启相谢。启文以回顾此次会稽之游为主要内容,其"潇洒兰亭,尝继孙王而奉笔;风流莲社,屡陪刘阮以焚香"一联,④写程氏特将其置馆于蓬莱阁。"升将军之故第,泛宾客之旧湖。兴与天横,情随水远。牙樯锦缆,拥南国之佳人;玉斝金罍,醉西园之清夜"数句,则以优美而生动的语句描写二人泛游胜迹、诗酒酬唱之情景。"牙樯锦缆"语出杜甫《秋兴八首》(其六)之"锦缆牙樯起白鸥",⑤工部于夔州遥想安史乱前长安曲江上装饰华丽、来往穿梭的游船,抚今追昔,无限感慨凄凉。少游则仅取原诗字面之意,回想与程氏泛舟鉴湖、美人相伴共游之乐,而绝无丝毫心酸伤痛之情。其下联之"玉斝金罍",当本韩愈《忆昨行和张十一》诗之"玉斝屡举倾金罍"。⑥ 秦观对杜、韩二家之推崇,集中体现在其所撰《韩愈论》文中,他认为韩愈之文"钩列、庄之微,挟苏、张之辩,摭班、马之实,猎屈、宋之英,本之以诗书,折之以孔氏",空前绝后,无人能及;而杜甫之诗则"穷高妙之格,极豪逸之气,包冲澹之趣,兼峻洁之姿,备藻丽之态,而诸家之作所不及焉",亦属古往今来集大成之家。⑦ 而秦观以杜、韩二家之诗句成联,亦乃北宋四六文

---

① 宇文所安通过对北宋晚期词作的考察指出:"从11世纪最后二十多年开始,词人越来越多地从唐五代诗中汲取资源。他们使用的唐诗几乎全都来自安史之乱以后,而且大都是9世纪所作。宋人对杜甫的推崇在这个时代走向高峰。"由此可见,使用诗语并非四六领域之特色,彼时文人作词亦有同样的趋向。见宇文所安著,麦慧君、杜斐然、刘晨译:《只是一首歌——中国11世纪至12世纪初的词》,北京:生活·读书·新知三联书店,2022年,第291页。
② 黄裳:《陈商老诗集序》,《演山集》卷二一,第174页。
③ 严有翼:《艺苑雌黄》,见胡仔纂集:《苕溪渔隐丛话》后集卷三三所引,第248页。
④ 秦观:《谢程公辟启》,见秦观撰,徐培均笺注:《淮海集笺注》卷二八,第923页。
⑤ 杜甫撰,王洙编次:《宋本杜工部集》卷一五,第4册,第89页。
⑥ 韩愈撰,魏仲举集注:《五百家注韩昌黎集》卷三,北京:中华书局,2019年点校本,第210页。
⑦ 秦观:《韩愈论》,见秦观撰,徐培均笺注:《淮海集笺注》卷二二,第751页。另,胡仔于《苕溪渔隐丛话》中曾记录李歌《注诗史》中伪托东坡之语数则,其中一条曰:"少游一日来问余曰:'某细味杜诗,皆古人语何,补缀为诗,平稳妥贴,若神施鬼设,不知工部腹中,几个国子监耶!'余喜此谭,遂笔寄同叔,使知少游留心于老杜。"盖李书虽为伪作,但并非全凭己意杜撰,而多是"据实演绎",以此条而论,秦观与苏轼之间是否曾有过这样的对话难以断定,但"少游留心于老杜"的结论,当非虚语。此条见《苕溪渔隐丛话》前集卷一一,第75页。

中并不多见的"以诗语对诗语"之例,细细玩味咀嚼,字里行间颇具六朝风韵,这种写法极大地提高了启文本身的艺术观赏性,该启虽不及其《谢馆职启》名声之大,但亦堪称秦观启文之代表作。

与秦观同为苏门学士的李昭玘亦善于以杜诗成句入启。元祐六年,马涓廷试第一,荣登辛未科状元,他或曾向李昭玘致书表达欲相识之意,李氏遂依礼回启称谢。其中有句云:"方欲效李邕之识面,慕卢仝之卜交",①"李邕求识面"本为杜甫《奉赠韦左丞丈二十二韵》诗中自我标榜之语,②李氏此处则反主为客,置马氏于尊位。而后句之所以用卢仝、马异订交之事,当是因马异、马涓同宗,故特以之承接上文,亦属活用典故之例。李氏对《奉赠韦左丞丈二十二韵》似情有独钟,绍圣三年朝廷令其权提点京东西路刑狱,闻命后李氏遂向时知枢密院事的曾布致书表达感谢,启文开篇他即用"以尧舜而致君,并夔龙而济世"称颂曾氏辅弼之功,③前句显是由诗中名句"致君尧舜上"而来,二启所涉诗句同出一篇,亦非习见。

哲宗、徽宗时期,使用诗语已成为文人撰启时的主要选择之一,这与词科文士的大力推动不无关联。元祐八年,苏轼由扬州转任定州知州,时赵鼎臣之父赵俣正担任河北路转运副使一职,赵鼎臣虽以亲老之故未曾赴任真定府户曹参军,但其活动范围亦当未出河北路诸州府。因其对东坡慕名已久,值此天赐良机,更是不容错过,故特致书苏轼,欲求亲炙。启文以大量的语典事典对苏轼之文才德行加以称颂赞美,极尽铺陈夸耀之能事,如其以"阶翻红药,凤游西掖之池;花对紫薇,莲引北门之烛"一联,④叙写苏轼出任中书舍人一事,前句与王禹偁《谢除刑部郎中知制诰启》同用谢朓《直中书省》诗句,后句则以白居易《紫薇花》诗中"紫薇花对紫微郎"一句成对,二诗与"凤池""北门"等词皆为喻指中书舍人之典,故作者将其缀合一处。赵氏四六书启中亦不乏以杜诗入文者,如其《代谢到任启》以"麟角凤觜,既待用以皆宜;蝉腹龟肠,亦属厌而自足"一联感念执政提拔之恩,⑤"麟角凤觜世莫识"乃杜甫《病后遇王倚饮赠歌》之首句,⑥以珍惜合用之物喻指怀才待遇

---

① 李昭玘:《回谢马状元启》,《乐静集》卷一六,《文渊阁四库全书》第1122册,第334页下。
② 杜甫撰,王洙编次:《宋本杜工部集》卷一,第1册,第14页。
③ 李昭玘:《移京东西路宪谢曾枢密启》,《乐静集》卷一七,《文渊阁四库全书》第1122册,第341页上。
④ 赵鼎臣:《上苏内翰端明启》,《竹隐畸士集》卷十,《文渊阁四库全书》第1124册,第191页下。
⑤ 赵鼎臣:《竹隐畸士集》卷一一,《文渊阁四库全书》第1124册,第209页上。另,《播芳大全》卷三二收有赵氏《倅到任谢宰执启》,经核对与此《代谢到任启》实为同篇异题。
⑥ 杜甫撰,王洙编次:《宋本杜工部集》卷二,第1册,第82页。

之人,与其后"蝉腹龟肠"既得饱暖而无复他求成对,充分体现出到任者之谦卑自守。另如其《贺董守启》有"鲸吞鼍作,曾砥柱之不移;露廓云披,见景星之独出"一联,①"鲸吞鼍作"出自杜诗名篇《渼陂行》,"鼍作鲸吞不复知,恶风白浪何嗟及"乃工部面对岑氏兄弟不顾"天地黮惨""波涛万顷"而执意泛舟一游所表达出的担忧焦虑,②赵氏此处则用以称赞受书者在受到诋毁攻讦时意志坚定、不为所动,终得拨云见日、邪正分明。

  如前所论,石公之四六章表以善用经语著称,而其书启则多引诗语入文,这在其元符三年进士及第后所上《谢及第启》文中即有充分的体现。石氏对两汉魏晋等前科举时代所涌现出的如嵇康、司马相如等"豪伟横行于万人""风采耸观于一座"的"洒落不羁之才"极为神往,③同时也对后世文士汲汲于功名利禄的不良风气痛心疾首。其"伟服粲粲动数百群,枯肠寂寂无五千卷"一联,前句借《小雅·大东》之"西人之子,粲粲衣服",④形容士人衣着之光鲜亮丽,后句则反用卢仝《走笔谢孟谏议寄新茶诗》之"三碗搜枯肠,唯有文字五千卷",⑤以鲜明的对比讽刺那些金玉其外、败絮其中的"名士",下笔辛辣,一针见血。有趣的是,作者在描述考场众生"文决猛战"的过程时,竟连用四个五字句:"雄鸷孟东野,汪洋韩退之。变化轰雷霆,光彩赫天地",以应试作品比之韩、孟诗文自是夸张,但也恰如其分地展现了科场竞争之残酷激烈。"孟东野"句本之韩愈《荐士》诗之"有穷者孟郊,受材实雄鸷",⑥"轰雷霆"句则出自元稹《书异》之"骡鼓轰雷霆",作者除借诗语词汇入启外,还以五言诗的形式将其呈现出来,熔诗启二体于一炉,这种大胆而新颖的手法在北宋启文中难得一见。而杜诗虽于该启"登场"较晚,但并未"缺席",石氏于启文末段以"谪仙之高吟,醉扫千首;焦遂之雄辩,卓惊四筵"一联称赞试官,前后句皆出少陵《饮中八仙歌》,⑦这种形式,也为启文通常最为"模式化"的称谢部分提供了新的选择。

  当然,以杜诗入启并不是词科文士的"专利",北宋后期非词科出身的文人亦同样惯用这一手法。吴则礼于《谢李邦直辟置启》中以"藜杖貂裘,迹未

---

 ① 魏齐贤、叶棻编:《圣宋名贤五百家播芳大全文粹》卷二二,《宋集珍本丛刊》,第95册,第351页下。
 ② 杜甫撰,王洙编次:《宋本杜工部集》卷一,第1册,第35页。
 ③ 曾枣庄、刘琳主编:《全宋文》卷三〇三七,第141册,第133页。
 ④ 《毛诗正义》卷一三,见阮元校刻:《十三经注疏》(清嘉庆刊本),第989页。
 ⑤ 《全唐诗》卷三八八,北京:中华书局,1960年,第4379页。
 ⑥ 韩愈撰,魏仲举集注:《五百家注韩昌黎集》卷二,第150页。
 ⑦ 杜甫撰,王洙编次:《宋本杜工部集》卷一,第1册,第32页。

群于麋鹿；石田茅屋，梦已落于江湖"一联描述其涉世屡奇而郁郁不得志的状态。① 该联分别使用工部《晓望》"荆扉对麋鹿，应共尔为群"，② 及《醉时歌》"先生早赋归去来，石田茅屋荒苍苔"二句成对。③ 许景衡在《贺致政薛老启》中以"林下一人，而今始见；人生七十，于古亦稀"称赞薛氏能"力辞美仕"，适时退隐。④ 此联先用释灵澈《东林寺酬韦丹刺史》中的名句："相逢尽道休官好，林下何曾见一人"，⑤ 而反转其意，变讥讽为褒扬；其后则以杜甫《曲江二首》(其二)之"人生七十古来稀"成对，⑥ 前后相承，凸显薛氏之德高年邵、齿德俱尊。在许氏所撰《贺转运判官启》中，有"锦囊彩笔，谢春草之池塘；霜节绣衣，凛秋天之雕鹗"一联，⑦ 上联用谢灵运之《登池上楼》，下联则出自杜甫《奉赠严八阁老》之颔联"雕鹗在秋天"，⑧ 既赞其文才之高妙比于谢客亦差过之，又称其执法之严格纵秋日之雕鹗亦觉凛然可畏。工部原是以蛟龙得水、雕鹗逢秋比喻严武受封给事中之遇主承时，许氏此处则借其情景体现受书者之公正严明，亦能尽其妙，且该联以春日之温光与秋气之肃杀成对，颇为生动而妥贴。

　　王安中对杜甫亦颇为推重，他认为韩愈、柳宗元、刘禹锡等名家"文冠百代，其诗皆天下之奇作"，"而言诗者终不以先李杜"的根本原因，即在于"李杜于诗专故也"。⑨ 而在《次秦夷行观老杜画像韵》诗中，王氏简要回顾工部生平，其"英风想廉蔺，妙手传顾陆"，"声名乾坤破，生事岁月促"数句，赞美称颂之中，更蕴无尽哀思怅惘。⑩ 初寮表文用杜诗成对已见前述，而其四六书启亦有以杜诗入联者，如《与乡帅书》之"三釜洎亲，痛初心之永已；万牛回首，认乔木之空存"，⑪ 下联与刘弇《谢解启》同样使用《古柏行》之"万牛回首丘山重"，但与刘启不同的是，王氏意在借万牛回首望木之情景，与"三釜

---

① 《全宋文》卷一七〇三，第78册，第171页。
② 杜甫撰，王洙编次：《宋本杜工部集》卷一六，第4册，第154页。
③ 杜甫撰，王洙编次：《宋本杜工部集》卷一，第1册，第25页。
④ 许景衡：《横塘集》卷一二，《文渊阁四库全书》第1127册，第275页上。
⑤ 《全唐诗》卷八一〇，第9133页。
⑥ 杜甫撰，王洙编次：《宋本杜工部集》卷十，第3册，第21页。
⑦ 许景衡：《横塘集》卷一四，《文渊阁四库全书》第1127册，第290页下。
⑧ 杜甫撰，王洙编次：《宋本杜工部集》卷十，第3册，第11页。
⑨ 王安中：《鄄城杜泽之诗集序》，王正德：《余师录》卷三，见王云五主编：《丛书集成初编》，第2616册，第51页。
⑩ 王安中：《初寮集》卷二，《文渊阁四库全书》第1127册，第25页下。
⑪ 王安中：《初寮集》卷七，《文渊阁四库全书》第1127册，第126页。

洎亲"之典对举,表达其对故乡的思念与物是人非的怅惘,以及子欲养而亲不待的遗憾与无奈,同句异用而能各得其所,可见四六作家运用诗语之灵活多变。

虽然诗歌与四六在格式与功能上并无相近之处,然由上所引诸多启文实例可知,自王禹偁首先"引诗语入书启"后,此手法即成为北宋文人撰启的可选项之一。北宋启文中的"诗语"多出自唐诗,且尤以杜诗为主,这与欧阳修、王安石、苏轼、黄庭坚等文坛巨子对杜甫的大力推崇,以及其诗作在北宋时期的广泛流行有着直接的联系。这些以杜诗构成的联句在启文中所承担的"任务"各不相同,抒发心曲、描绘场景、赞美褒奖、感念恩德等不一而足,大体上皆能切合语境,而无龃龉生硬之弊。值得一提的是,这种写法在南宋时仍可得见,如蒋芾乾道年间进位右相时,王询所作《贺启》中有联曰:"早登黄合,独见明公之妙年;今得旧儒,何忧左辖之虚位",①前联用《奉赠严八阁老》之"扈圣登黄合,明公独妙年",②后联则出自《赠韦左丞丈济》之"左辖频虚位,今年得旧儒",③全以杜诗中语成对,亦自可观。④

作为四六文之成句语典的一种,以整体的出现频率而论,"诗语"显然无法与经、史、子三部之经典相提并论,但随着时间的推移,其愈发受到北宋四六作者的关注也是不争的事实。作者通过援引诗句,为四六公文增添了别样的艺术美感,灵动鲜活、妙趣横生,确有其他三部典籍成句所难及之处。盖"以文为诗"乃文学史上的著名命题,而北宋时期"以诗语入书启"的现象虽不得直谓之"以诗为文",但在一定程度上或可为进一步深入了解诗歌与四六之间的联系,以及杜诗在北宋的传播与接受,提供帮助。

4.3.2 北宋后期启文中的韩文

有关北宋文人对韩愈作品的模仿、接受,无疑是"韩学"研究领域内的"老话题",但韩愈诗文词句在北宋四六文中所扮演的重要"角色",则尚未见学者谈及。如前文所论,虽然韩愈并不以四六应用见长,但王禹偁、欧阳修、

---

① 洪迈:《容斋三笔》卷八,《容斋随笔》,北京:中华书局,2005年点校本,第520页。
② 杜甫撰,王洙编次:《宋本杜工部集》卷十,第3册,第11页。
③ 杜甫撰,王洙编次:《宋本杜工部集》卷九,第2册,第168页。
④ 南宋好以杜诗入四六者尚有李刘,沈如泉于《南宋李刘骈文与杜诗》文中即详细列举《四六标准》卷一所录启文中化用杜诗之处,并将其以杜诗作对的方式划分为"以杜诗对杜诗""以杜诗对他人诗赋"及"以杜诗与经史子部著作中语为对"三种,此亦可见北宋后期以杜诗入启的写法在南渡后仍有延续。沈文见载于莫道才主编:《骈文研究》(第一辑),桂林:广西师范大学出版社,2017年,第23-33页。

苏轼等北宋四六名家皆在一定程度上受其沾溉，然而这种影响毕竟只涉及少数几位作家，与之相比，以韩愈诗文入启，则是北宋四六文写作中一个更为普遍的现象。

有趣的是，北宋时期最早在四六骈体中使用韩文词句者，实为"尤不喜韩柳文"的杨亿。在《谢赐诏书钦恤刑狱表》中，他以"政经载肃，治具毕张"赞美真宗施政有方、制法完备，①而"治具毕张"正是韩愈《进学解》中首创之语，可见杨氏虽"不喜韩柳文"，但并非对二家之文"弃若敝履"，而是有意识地汲取其中精华为己所用。与杨亿相比，欧阳修在四六文中使用韩文，则并不令人意外，其《上执政谢馆职启》谢恩联句曰："柱石之功，佐佑明主；钧衡之任，进退百官"，②"坐于庙朝，进退百官，而佐天子出令"是韩愈在《送李愿归盘谷序》中对身居高位的显贵重臣之姿态的描述，③后则常被借以指代宰执所拥有的任免之权。此外，司马光《授校勘谢庞参政启》以"承命震骇，征营失据"描写其闻知除授之命后惊慌意外的状态，④而"承命震骇"实源自韩愈《代韦相公让官表》。⑤ 由以上诸例可见，北宋前期以韩文入四六的写法尚未普遍流行，且作者多倾向于将韩文中的四字成句直接"搬运"至自己的表启公文当中，这一特点亦一直持续至北宋晚期而未变。

有赖于欧阳修等名家的推誉赞赏，韩愈在北宋中后期文坛的地位明显提高，且欧公所校韩集，亦在很大程度上推动了韩文的流行，⑥这也为彼时文人在撰作四六文时采择韩文词句提供了更为便利的条件。文彦博于熙宁六年（1073）守司徒兼侍中，刘攽上启称贺，文中有联曰："文绥武服，垂宪建休而粲然；风挥日舒，赞襄辅和而允若"，⑦"风挥日舒"语出韩愈《魏博节度观察使沂国公先庙碑铭》，⑧喻指天地清畅、万物顺遂，刘攽于《鸿请宫三圣殿赋》中亦曾使用该语。值得一提的是，前联之"文绥武服"出自欧阳修《谢奖谕编次三朝故事表》，该联以今人之语对先贤之词，亦能相映成趣。

---

① 杨亿：《武夷新集》卷一三，《宋集珍本丛刊》，第 2 册，第 312 页下。
② 欧阳修：《表奏书启四六集》卷六，《欧阳修全集》卷九五，第 1446 页。
③ 韩愈著，刘真伦、岳珍校注：《韩愈文集汇校笺注》卷九，第 1031 页。
④ 《司马光集》卷五八，第 1220 页。
⑤ 韩愈著，刘真伦、岳珍校注：《韩愈文集汇校笺注》卷二八，第 2841 页。
⑥ 张敦颐《书韩文后》："韩文自欧阳文忠公校故本于泯没二百年之后，天下所共传而有也。"文见韩愈撰，魏仲举集注：《五百家注韩昌黎集》附录二，第 1677 页。
⑦ 刘攽：《贺文侍中启》（其一），《彭城集》卷三一，见王云五主编：《丛书集成初编》，第 1910 册，第 423 页。
⑧ 韩愈著，刘真伦、岳珍校注：《韩愈文集汇校笺注》卷一六，第 1826 页。

晁补之"自少为文,即能追考左氏、《战国策》、太史公、班固、扬雄、刘向、屈原、宋玉、韩愈、柳宗元之作",①可知其当曾熟读昌黎之文。元丰二年晁补之进士及第,在前此所撰《谢解启》中以"拙非世用,僻与众违,有转喉触讳之穷,无炙手可热之助"描述其特立独行、不合时宜的性格特点与处世之方,②其中"转喉触讳"正出自《送穷文》。③

与时人多推尊韩愈有所不同,王安石对昌黎之思想理论与文学造诣既非热意追捧,亦非诋毁打压,而是褒贬互见、毁誉交加,这也使"荆公评韩"自宋代以来即成为文人学士频繁讨论的热门话题。与之相对的是,王安石虽"不以退之为是",但在诗文创作过程中,又经常借鉴、模仿韩愈诗文,钱钟书即曾谈道:"荆公诗语之自昌黎沾溉者,不知凡几"。④ 实际上,荆公之四六书启亦有韩文词句存焉。元丰六年文彦博以太师致仕,而在元丰七年至元祐元年间,王安石曾向文氏致启贺岁,其中有联曰:"冕服命圭,极上公之贵号;神旗豹尾,总全魏之嘉师",⑤"神旗豹尾"与"风挥日舒"同出一文,韩氏在铭文中以此代指田弘正率六州军民归顺朝廷,进而受封魏博节度使一事,而文氏自元丰三年起便担任河东节度使,及至致仕亦未有变,故荆公此联借该词赞美文氏,亦属恰当。值得一提的是,此语乃韩氏独创,王珪虽早在熙宁四年撰《梁庄肃公适墓志铭》时即曾用之,但因该文并非骈体,故专以四六应用而论,仍当以荆公此文为始用之者,该词在北宋晚期至南宋之制诏、书启中亦常可得见,⑥或是受荆公之启发,亦未可知。

韩愈在贬官潮州后,于所上《潮州刺史谢上表》中极力称颂宪宗之丰功伟绩,其中"宜定乐章,以告神明,东巡泰山,奏功皇天"数句,历来被视作韩愈鼓吹封禅的铁证而遭到后人一次又一次的口诛笔伐,虽亦有为其回护辩解者,但真正能够体会韩愈当时心境并对其抱有"理解之同情"者实不多见。

---

① 张耒:《晁无咎墓志铭》,《张耒集》卷六一,第902页。
② 晁补之:《鸡肋集》卷五九,《文渊阁四库全书》,第1118册,第892页上。
③ 韩愈著,刘真伦、岳珍校注:《韩愈文集汇校笺注》卷二六,第2742页。
④ 钱钟书:《谈艺录》,第205页。查金平于所著《宋代韩愈文学接受研究》中,又详细列举荆公诗之词句意境与韩愈诗文相关者54则,为钱氏之论提供了充分的证据。查金平:《宋代韩愈文学接受研究》,合肥:安徽大学出版社,2010年,第100-104页。
⑤ 王安石:《贺文太师启》,《临川先生文集》卷八○,第837页。
⑥ 如苏轼《皇伯仲晔赠保宁军节度使东阳郡王》制文即有:"豹尾神旗,守臣之威命;金玺鼇绶,诸侯之宠章",而傅察《代贺开府相公启》中"衮衣赤舄,参华鼎足之司;豹尾神旗,增壮辕门之势"一联亦同,似此之例,不一而足。

张舜民在其所作《史说》文中，对韩愈以封禅之事迎合宪宗表达了自己的看法："丈夫之操，始非不坚，誓于金石，凌于雪霜，既而怵于死生，顾于妻孥，罕不回心低首，求免一时之难者，退之是也。"①韩愈在谏迎佛骨触怒宪宗后得贬潮州实可谓死里逃生，在张舜民看来，韩愈《谢表》中的"阿谀奉承"，只是一个经历劫难而畏惧死亡者的自然选择，不当因此而过分苛责之。张舜民一生仕途之曲折多舛前已述及，故他能够为"同是天涯沦落人"的韩愈仗义执言，并非因尊韩而有意为之，实乃其真情实感的自然流露。张舜民对韩愈其人饱含同情，而对其文亦是较为熟悉，他在遇赦得由郴州北归，并除授监察御史一职后大喜过望，"自疑如出乎梦中，为幸实来于分外"，而于所作《谢提仓荐举启》中，他以"抗尘走俗者二十年，不堪回首；号寒啼饥者数百指，未免折腰"一联回顾为官多年的辛酸苦楚。②前联用《北山移文》之"抗尘走俗"形容其宦海沉浮的经历，言语间不乏自嘲之意；后联则将韩愈《进学解》中"冬暖而儿号寒，年丰而妻啼饥"二句合为"号寒啼饥"一词，③表达其为贫而仕但依然未能得偿所愿的无可奈何，与《史说》中"怵于死生，顾于妻孥"之语正可形成照应。其后张耒、邹浩又分别于其所撰《黄州谢到任表》《贺苏丞相启》中使用该词，亦令此韩愈首创之语成为宋人文章中的习见词汇之一。

除上举《贺苏丞相启》之外，邹浩书启中尚有其他以韩愈诗文词句入文的例子。邹浩曾与苏京、胥茂世、裴仲孺等好友共同校阅韩文，④可证其对韩愈作品当颇为熟稔，这也为他在四六书启中使用相关词句奠定了基础。元祐四年，邹浩除颖昌府学教授，到任后他即向举荐其任官的苏颂致启以示感谢。启文末，其以"右诗左书，岂特诸生之是慰；知新温故，抑欣素志之将成"一联，⑤表明此次任职颇合心意，如愿以偿。前联之"右诗左书"，乃韩愈《郓州溪堂诗》中对马总风流儒雅之姿的赞美，⑥邹浩则借之表达此番能够遨游书海，得英才而教之的愉悦。在颖期间，邹浩与时任长官韩维关系莫逆，自元祐元年始，哲宗采纳司马光的建议，立"十科举士"之法，"带职自观

---

① 吕祖谦编：《宋文鉴》卷一○八，第1498页。
② 魏齐贤、叶棻编：《圣宋名贤五百家播芳大全文粹》卷三五，《宋集珍本丛刊》，第95册，第479页上。
③ 韩愈著，刘真伦、岳珍校注：《韩愈文集汇校笺注》卷二，第147页。
④ 邹浩：《与仲儒述之世美东禅纳凉校韩世美以韩公召先去》，《道乡集》卷七，《文渊阁四库全书》第1121册，第226页下。
⑤ 邹浩：《到任谢苏尚书启》，《道乡集》卷二三，《文渊阁四库全书》第1121册，第359页上。
⑥ 韩愈撰，魏仲举集注：《五百家注韩昌黎集》卷一四，第788页。

文殿大学士至待制,每岁须于十科内举三人",①韩氏认为邹浩符合"经术精通可备讲读科"之标准,故向朝廷大力举荐之,邹浩感念韩氏恩情,特撰启相谢。启文中"以进退百官之余力,而区别群类;以生成万物之初心,而仁周一方"一联,②乃邹浩对韩维不吝其力提携后进的称赞,与欧阳修《上执政谢馆职启》同样以《李愿归盘谷序》之"进退百官"入文。其后毛滂于政和四年移守秀州时所上《谢启》中"生成万物,而寒暑必信;进退百工,而邪正自分"一联,③与邹氏此联极为相似。在代钱公辅之子钱世雄所作《谢执政启》中,邹浩又以"致君泽物,不徒发于空言;伟绩闳休,期远追于治古"一联称颂执政功业,④而"铺张对天之闳休,扬厉无前之伟迹"正是韩愈《潮州刺史谢上表》中对宪宗歌功颂德,表达心迹之语,邹浩将其"浓缩"为四字短语以入联,亦能见其巧思。

  邹浩之好友陈师道,可谓北宋文人中极少数较为关注四六公文之发展演变者,后人有关宋四六的很多论断,皆建立在其相关评论之语的基础上,但陈氏本人的四六文创作却少见学者提及,而实际上,后山之四六并非无足称道。元祐四年,时任徐州教授的陈师道受梁焘举荐候太学正阙日差,虽因刘安世弹劾未能成行,但后山对梁氏举荐之恩未曾忘怀。三年后,梁焘"与同列议夏国地界,不能合,遂丐去",⑤以资政殿学士知颖昌府。师道于《贺启》中首先称扬梁氏赤诚无私、竭忠许国:"以公恕之心,言者无怨;以循良之政,去则有思。虽夷险之百为,而始终之一节",⑥其后之"辞名遁禄,虽自计之甚都;挈国跻民,如人望之未已",言梁氏出京赴外虽是立身高洁之举,但其威望不会因所处之地而有所减损,仍然肩负着济国安民的重大使命。此联不涉一典,亦无剪裁拼合之迹,但能与受书者之身份地位、现实处境完美结合,立意深刻而高远,无怪乎谢伋将其载录于《谈麈》当中,⑦此亦可证后山于四六非仅善鉴,亦善写之。

  陈师道谈诗论文遵循"本色",强调"诗文各有体"而不可混淆,这乃是就

---

① 李焘:《续资治通鉴长编》卷三八二,第9302页。
② 邹浩:《谢韩资政荐讲读科启》,《道乡集》卷二三,《文渊阁四库全书》第1121册,第360页上。
③ 毛滂:《到秀州谢执政启》,《东堂集》卷五,《文渊阁四库全书》第1123册,第755页上。
④ 邹浩:《代钱济明谢执政启》,《道乡集》卷二四,《文渊阁四库全书》第1121册,第367页上。
⑤ 《宋史》卷三四二《梁焘传》,第10890页。
⑥ 陈师道:《贺许州梁资政启》,《后山居士文集》卷一二,上海:上海古籍出版社,1984年,第615-616页。
⑦ 谢伋:《四六谈麈》,见王水照编:《历代文话》,第1册,第35页。

作品的整体写作手法与格式而言,并不是全盘否定、排斥各种体裁间的交互融合,由后山之书启来看,则四六文中亦不妨有"诗语"及"文语"。因赴太学无望,后山只得再任徐州教授,他在所上《谢启》中"逮此踰时,复伸故意",①对擅自出境送东坡赴杭一事毫不讳言:"昨缘知旧,出守东南。念一代之数人,而百年之几见。间以重江之阻,莫期再岁之逢。使一有于先颠,为两涂之后悔","一代不数人,百年能几见"乃后山《送苏公知杭州》诗中对东坡的称赞之语,②此处引该诗入文,无疑是对诋毁者的有力回击,恰如张侃所言,充分反映出后山"终不渝其守"的意志与决心。③

前代文人中,对后山影响最大者,当推工部、昌黎二家。其《诗话》对韩诗之修辞、用典及作品优劣等问题皆有涉及,虽然"后山诗点化杜语"者不乏其例,但其四六书启中则仅有韩诗韩文,而未见杜甫作品,此或是因韩愈"以文为诗",故其词句更易入启故也。绍圣元年陈师道颍州教授任满,得监海陵酒税,恰逢哲宗亲政打压元祐党人,后山亦"向缘余党,例罢故官",改授彭城令,直至元符三年徽宗即位,受曾布等大臣举荐,才得任秘书省正字。在写予曾布的《谢启》中,后山以"一废七年,日有投荒之惧;十生九死,卒完填壑之躯"描述其长期以来因畏惧政治打压而紧张不安的精神状态。④ 由绍圣元年至元符三年恰为七载,故有"一废七年"之说,而下联之"十生九死",则由韩愈《八月十五夜赠张功曹》诗之"十生九死到官所"而来,⑤体现此番"云开月明",公道大行的来之不易,以实对虚,亦见工巧。除韩诗外,后山四六亦有用韩文之例,如其《谢胡运使启》中以"动而得谤,语辄忤人"对小人诽谤表达不满,借《进学解》之语抒发愤懑。⑥ 陈氏早年曾有《除官》诗云:"端能几字正,敢恨十年迟",⑦可见出任正字乃是其心中梦想,此次得偿所愿,后山于谢恩启文中难掩兴奋之情,他称赞正字一职"名虽文学之选,实为将相之储",而后又云:"头童齿豁,敢辞乳媪之讥;闻浅见轻,但畏金根之谬",⑧前后联分别使用何承天年老而除著作佐郎被荀伯子讥为"奶母",以

---

① 陈师道:《谢再授徐州教授启》,《后山居士文集》卷一二,第 610-611 页。
② 陈师道:《后山居士文集》卷一,第 108 页。
③ 张侃:《跋陈后山再任校官谢启》,见曾枣庄、刘琳主编:《全宋文》卷六九三四,第 304 册,第 157 页。
④ 陈师道:《与曾枢密启》,《后山居士文集》卷一三,第 638 页。
⑤ 韩愈撰,魏仲举集注:《五百家注韩昌黎集》卷三,第 189 页。
⑥ 陈师道:《后山集》卷一五,《文渊阁四库全书》第 1114 册,第 661 页上。
⑦ 陈师道:《后山居士文集》卷六,第 392 页。
⑧ 陈师道:《后山居士文集》卷一三,第 646-647 页。

及昌黎生臆改"金根"为"金银"而致谬二典,既含戏谑自嘲之意,又贴合正字之职能所在,乃该篇之核心联句。而前联之"头童齿豁"则出自《进学解》,后山于《别圆澄禅师》诗中亦有"此去他来尚有缘,头童齿豁恐无年"之句,①至此又将其用于四六书启中,可见对该语之喜爱。

赵鼎臣以杜诗入书启的情况前已论及,而韩文亦在其"运古"范围之内。赵氏虽自进士及第后因亲老之故,未赴真定府户曹参军之任,但在随侍期间实曾数次致书知州长官以求举荐。许将自元祐五年至七年以资政殿学士知定州,赵鼎臣在写予许氏的书启中有"丽靡相先,悔子云之少作;忸怩自视,愧韩愈之初心"一联,②"忸怩自视"本之韩愈《答崔立之书》中"自取所试读之,乃类于俳优者之辞,颜忸怩而心不宁者数月"之语,③与扬雄雕虫篆刻"壮夫不为"之典成对,表达反躬内省、自惭浅薄之意,二事一熟一生,亦能相映成趣。元祐八年,李清臣初知真定府,赵氏又上启求见,于文中对李氏不吝夸赞之辞,"金声玉振,独谐雅正之音;龙章凤姿,迥出嚣埃之外""谋王体而断国论,运筹帷幄之中;窥紫闼而攀台阶,跻民仁寿之域"等类似语句不一而足,④而其"兼容乎樗栎侏儒,糜间于柤梨橘柚"一联,则以《进学解》与《韩非子》之原句成对,称美李氏知人善任、唯才是举,此二句皆以木喻人,可谓天生自然之对。⑤在《代谢铨试第一人启》中,赵氏以"国家上规姚姒,踵武羲农,阐长世之善经,厉无前之伟迹"称颂朝政,⑥而"上规姚姒"亦本之《进学解》。⑦元符元年,路昌衡以宝文阁直学士知定州,赵鼎臣亦在同年入其幕,是为其仕途之始,由于次年路氏旋即离任,故二人共事时间并不算长,但通过其后路氏为赵氏荐官的情况来看,二人于定州时相处当较愉快。在赵鼎臣为答谢路氏所上之《谢启》中,亦多可见韩文之词句,如开篇"试吏踰年,课裁自脱;居官积日,冗不见治",⑧即用《进学解》中语;而后"获私俎豆

---

① 陈师道:《后山居士文集》卷三,第 214 页。
② 赵鼎臣:《上许冲元启》,《竹隐畸士集》卷十,《文渊阁四库全书》第 1124 册,第 192 页。
③ 韩愈著,刘真伦、岳珍校注:《韩愈文集汇校笺注》卷六,第 687 页。
④ 赵鼎臣:《见李邦直启》,《竹隐畸士集》卷十,《文渊阁四库全书》第 1124 册,第 193 页下。
⑤ 曾肇于元祐二年授任中书舍人,在其所上《谢启》中有"樗栎侏儒,虽小不废;猴苓鸡壅,有用必收"一联,以自贬谦辞表达对执政者的感谢之意,"猴苓鸡壅"语出《庄子·徐无鬼》,二者皆为贱药之名,同《进学解》之"樗栎侏儒"亦能对仗切合,与赵启之联正可并观。曾启见吕祖谦编:《宋文鉴》卷一二三,第 1719 页。
⑥ 赵鼎臣:《竹隐畸士集》卷一一,《文渊阁四库全书》第 1124 册,第 203 页上。
⑦ 韩愈著,刘真伦、岳珍校注:《韩愈文集汇校笺注》卷二,第 147 页。
⑧ 赵鼎臣:《上路帅启》《竹隐畸士集》卷一一,《文渊阁四库全书》第 1124 册,第 205 页。

之便安,不觉虀盐之冷落",则以《送穷文》之"太学四年,朝韲暮盐"描述其任太学博士后清贫困苦的生活状态;①"数叩潭潭之府,屡陪冉冉之趋"又以《符读书城南》诗之"潭潭府中居"回顾定州幕府时的过往;②在启文末段,赵氏以"盱衡扼腕,雌黄定乎口中;校短量长,阳秋出于皮里"一联凸显路氏之褒贬评断在彼时所具之影响力,同时亦感念其抬爱提携,而该联前后之四字句则分别出自《广绝交论》与《进学解》。一启之中,三用韩愈诗文,在北宋四六文中极其罕见,可见赵氏对韩愈作品之熟稔与喜爱。

  以韩愈诗文入启的现象在徽宗朝亦不乏其例。毛滂虽仕途不遇,长年沉居下僚,但其文学造诣则得到后人肯定,四库馆臣称其"诗有风发泉涌之致,颇为豪放不羁;文亦大气盘礴,汪洋恣肆,与李廌足以对垒。在北宋之末,要足以自成一家"。③现当代学者对毛滂的相关研究,多以其诗词为主要对象,实则毛氏之四六书启亦不乏可观之处。毛滂元丰初年随父居筠州时即得与苏辙相识,其后又曾作《拟秋兴赋》寄予苏轼,与二苏兄弟常有诗书往来。元丰八年,二苏还朝并领要职,毛滂闻之亦辞家赴京,在写给苏辙以求推奖的《上中书舍人书》中,毛滂曾谈到其少年时的读书经历:"得西汉时人所著作,又屈原、宋玉《离骚》词及韩愈文章亦数卷,试取读之,若与故人素所欢者语,心甚好之,以故日夜携持,益熟其语矣"。④崇宁四年(1105),毛滂经人引见得与蔡京相识,后即多次致书献文以求赏识,而他于《上时相书》中,又称"韩愈、柳宗元辈,皆宏肆而雅健"。⑤由以上两条材料可知,毛滂必曾深入研读韩愈作品,并对其文颇为欣赏,而在撰启时对韩愈诗文词句的引用,即是他"益熟其语"的直接体现。例如,其《通问监司启》(其一)全篇以希求进用为主要内容,文中有"鬓发未老而先化,田园将芜而不归"二句,⑥表明自己虽求进不得,未老先衰,但仍对仕途抱有希望,而前句实为韩愈《河之水二首寄子侄老成》(其一)中的原句,⑦作者用其与《归去来兮辞》之名句成对,亦自然而贴切。崇宁五年(1106)蔡京罢相,毛滂亦受到牵连,在执政刘逵的帮助下,方得授真定倅,其《谢启》中有联曰:"惟悯穷悼屈,本出于至

---

① 韩愈著,刘真伦、岳珍校注:《韩愈文集汇校笺注》卷二六,第 2742 页。
② 韩愈撰,魏仲举集注:《五百家注韩昌黎集》卷六,第 359 页。
③ 《东堂集》提要,《文渊阁四库全书》第 1123 册,第 696 页上。
④ 毛滂:《东堂集》卷七,《文渊阁四库全书》第 1123 册,第 784 页上。
⑤ 毛滂:《东堂集》卷七,《文渊阁四库全书》第 1123 册,第 778 页下。
⑥ 毛滂:《东堂集》卷五,《文渊阁四库全书》第 1123 册,第 752 页上。
⑦ 韩愈撰,魏仲举集注:《五百家注韩昌黎集》卷三,第 171 页。

公；然刮垢磨光，卒成于委曲"，①"悯穷悼屈"实源自韩愈《上兵部李侍郎书》之"哀穷而悼屈"，②而"刮垢磨光"则出于《进学解》，上下联皆是对刘逵之提携、排解表达感谢，其以韩文对韩文，尤见工巧。大观元年（1107），毛滂受人举荐得任京官，特撰《谢举主启》多篇表达感谢，其中一篇有句曰："往有市茯神而得老芋，或至欲昌阳而进豨苓。虽众人之可蒙，待良医而自判。"③"茯神老芋"乃柳宗元于《辨伏神文序》中所述买药被骗之事，"昌阳豨苓"则为韩愈《进学解》结尾告诫诸生之语，此二句皆以药喻理，强调明辨是非真伪的重要性。毛滂则借以称赞举主之慧眼识真。宋四六中以韩、柳文成对而能尽其妙者极其罕见，非熟习二家文且精于四六者恐难为之。另，韩愈在《南海神庙碑》文中以"云阴解驳，日光穿漏"，"旗纛旌麾，飞扬晻霭"等独创之语描摹祭祀现场环境，颇为后人称道，④而毛滂《贺执政启》即以"天光清明，云阴解驳"形容朝政清明、天下太平。⑤ 由以上诸例可知。除作诗填词外，毛氏于应用一道，亦自有心得。

石𢘅之四六书启除惯用诗语外，亦常由韩文中采撷成词。其《谢及第启》之首联"扬眉吐气，誓摩鹏翼之高程；血指汗颜，亦作龙门之下客"，⑥以李白《与韩荆州书》及韩愈《祭柳子厚文》成句为对，甫一开篇，即将一位历经考场"拼杀驰骋"，金榜题名后踌躇满志的新科进士形象呈现在读者眼前，颇为切合"谢及第"之主题。除此之外，石氏在《谢试中宏词启》中追溯词科历史，还特意提到韩愈贞元时应试博学宏辞科而为中书所黜之事："此李唐开博士之途，虽韩愈有中书之黜"，⑦而后之"归栖得助之江山，再托可亲之灯火"，则借《符读书城南》之"灯火稍可亲，简编可卷舒"叙述其备考期间埋首书卷、挑灯夜战的勤奋刻苦。由上二文可知石氏书启既用韩文，又涉韩诗。

以名气而论，李新在北宋文人中可谓"寂寂无闻"者，但其于应用文写作

---

① 毛滂：《得真定倅谢执政启》，《东堂集》卷五，《文渊阁四库全书》第1123册，第756页下。
② 韩愈著，刘真伦、岳珍校注：《韩愈文集汇校笺注》卷五，第600页。
③ 毛滂：《谢举主启》（其五），《东堂集》卷五，《文渊阁四库全书》第1123册，第751页下。
④ 如黄震即称韩公此碑"多隽语"，并列举数语为例。黄震：《黄氏日抄》卷五九，见黄震著，张伟、何忠礼主编：《黄震全集》，第6册，第1832页。另如俞文豹亦认为"碑记文字铺叙易，形容难，犹之传神，面目易模写，容止气象难摹模"，而如韩愈《南海庙碑》、欧阳修《醉翁亭记》、范仲淹《岳阳楼记》、苏轼《赤壁赋》中的精妙之句则可谓"费尽丹青，只这些儿画不成"。见俞文豹：《吹剑录全编》，上海：古典文学出版社，1958年，第107页。
⑤ 毛滂：《东堂集》卷五，《文渊阁四库全书》第1123册，第755页下。
⑥ 曾枣庄、刘琳主编：《全宋文》卷三〇三七，第141册，第133页。
⑦ 曾枣庄、刘琳主编：《全宋文》卷三〇三七，第141册，第132页。

领域,则"在北宋末年,可以称一作者"。① 前章论及祥瑞表文时已对其作品有所涉及,而相较于表文,李新之书启更以俊迈飘逸见长,试观其《上宇文知郡启》中"功名难得,怜青鬓之半苍;岁月易迁,虑红尘之暗老",②抒发时光荏苒、岁月蹉跎之叹,又如"音容和粹,春生金谷翠连天;风骨精明,冰透玉壶清满腹",以近似七言诗的句子称美宇文氏之风姿雅望,亦可谓新颖别致。李新亦善于在书启中使用前人诗文成句,如其《谢举官启》(其二)中"池塘生草,曾回邹子之春;宴寝凝香,未报窦申之鹊"一联,③即以谢灵运《登池上楼》与韦应物《郡斋雨中与诸文士燕集》中的名句成对。而韩愈诗文亦是其启文中的"常客",崇宁四年,李新被列为元祐党人,至大观元年方授任梓州司寇参军,并于次年得以遇赦出籍。在这一过程中他得到了数位官员的支持与帮助,故在闻此喜讯后特撰启表达感谢,在《转官谢贾安抚启》文中,李新以"说礼敦诗,威自宣于塞外;轻裘缓带,气已盖于军中"称赞贾氏文武兼济、才德过人,④而文末之"碧油红斾,尚阻远于音尘;毛颖陶泓,略修文于竿牍",则承《毛颖传》之说,以毛颖陶泓代指笔砚。政和六年,郑居中进位太宰,时在梓州的李新致启称贺,文章末联曰:"云天霭霭,冀少护于钧衡;公府潭潭,愿无忘于草芥",⑤形容其与郑氏身份地位之悬殊,与前举赵鼎臣《谢路帅启》同用《符读书城南》诗,亦较贴切。

王安中之四六以善用成句见长,其语料来源虽是以经、史、子三部典籍为主,但集部作品亦非全无所涉,如韩文即时可见于其表启文字当中。例如,其《又谢赐玄圭集议册表》及《贺汝州等祥瑞表》皆以"铺张闳休"赞颂徽宗之大业美德,即是借用韩愈《潮州谢表》褒美宪宗之语。相比之下,初寮启文中的韩文词句远较表文为多。如其《服阕谢河间帅张显谟启》有联曰:"再拜天孙,莫捐少巧;三揖穷鬼,已扰半生",⑥以柳宗元《乞巧文》与韩愈《送穷文》二名篇之原句成对,其值丧期间意志消沉、心情抑郁之状态,由此可见。另如其《谢陈左司荐启》有联曰:"学无师承,既凉凉而踽踽;文必己出,辄怪怪以奇奇",⑦上联之"凉凉踽踽"语本《孟子·尽心下》,形容古之狷

---

① 《跨鳌集》提要,《文渊阁四库全书》第1124册,第422页下。
② 李新:《跨鳌集》卷二四,《文渊阁四库全书》第1124册,第606页上。
③ 李新:《跨鳌集》卷二五,《文渊阁四库全书》第1124册,第614页上。
④ 李新:《跨鳌集》卷二五,《文渊阁四库全书》第1124册,第609页下。
⑤ 李新:《贺郑太宰启》,《跨鳌集》卷二六,《文渊阁四库全书》第1124册,第619页。
⑥ 曾枣庄、刘琳主编:《全宋文》卷三一五八,第164册,第340页。
⑦ 王安中:《初寮集》卷七,《文渊阁四库全书》第1127册,第131页上。

介者孤独冷清之貌,初寮此处则借以表达其长期以来"独学而无友"的孤独寂寥;下联之"怪怪奇奇",则为昌黎《送穷文》中对"文穷"之鬼特征的描述,初寮则用之自贬己作,以示谦卑。全联以经语对韩文,亦无龃龉不合之感。又如《谢雄守辟留再任启》中"燕垂赵际之要冲,文恬武嬉之积久。临机应变,已归堂上之奇;尽智竭诚,未废幕中之画"数句,①借《平淮西碑》之"文恬武嬉"言燕赵之地位处要冲,而自己唯知贪图安逸,未建寸功,故不宜再于幕下任职。此外,初寮对《进学解》似"情有独钟",启文中多见摘自该篇之语,如《回谢时宰免书》"邦治时定,若泰山而四维;人心式讹,回狂澜于既倒"一联,②即以淮南王刘安劝谏武帝免伐南越上书中原句同韩文成对,称赞时宰以一人之力维系举国之安定之无上功业,对仗虽略欠严整,但语势则可谓铿锵有力。③ "冗不见治"乃《进学解》中弟子讥讽国子先生之语,初寮在启文中经常用之,如《谢除馆职启》之"入宫学以谈经,博而寡要;宜王庭之吁俊,冗不见治",④《谢中书舍人启》之"长而无述,几惊诋隙之驹;冗不见治,坐跂垂天之翼",⑤皆以该词表达自贬之意。由上举诸例可知,王安中惯于以韩文成词作谦辞,且所涉皆为名篇,其选文、用语的"目的性"十分明确,此亦可称其独到之处。

除以上所举个例之外,韩文中的一些经典词句,如"牛溲马勃""冀北空群"等等,亦已成为诸家表启之"通用语汇"。通观北宋四六文中的韩愈诗文,大体呈现出两个主要特征,一是启文中的韩文词句数量远非表文可比,二是所涉韩文篇目较为集中,盖尤以《进学解》《送穷文》《送李愿归盘古序》《潮州刺史谢上表》及《符读书城南》诸作最受青睐,而这些诗文亦确皆属宋人所激赏者,⑥如宋祁即云:"韩退之《送穷文》《进学解》《毛颖传》《原道》等诸篇,皆古人意思未到,可以名家矣",⑦其修《唐书》时亦于《韩愈传》中全篇载录《进学解》《潮州谢上表》等文。其后王令曾拟作《送穷文》,苏轼则称"唐

---

① 王安中:《初寮集》卷七,《文渊阁四库全书》第1127册,第132页上。
② 王安中:《初寮集》卷七,《文渊阁四库全书》第1127册,第128页上。
③ 苏轼《告文宣王祝文》中"肆笔成书,吐辞为经""回狂澜于既倒,支大厦于将倾"数句,皆用《进学解》之语称颂孔子,初寮是否受其启发亦未可知。
④ 曾枣庄、刘琳主编:《全宋文》卷三一五八,第164册,第336页。
⑤ 王安中:《初寮集》卷七,《文渊阁四库全书》第1127册,第130页上。
⑥ 事实上,北宋初年对于韩愈部分名篇的经典性似尚未形成完全一致的看法,姚铉《唐文粹》在北宋前期的影响力毋庸置疑,但其中《送穷文》《平淮西碑》二篇皆取段成式之作而非韩愈之文,张淏于所著《云谷杂记》中曾对此加以批判,而这样的选择在北宋中后期实属"不可思议"。
⑦ 宋祁:《宋景文公笔记》卷中,见王云五主编:《丛书集成初编》,第280册,第11-12页。

无文章,唯韩退之《送李愿归盘古序》一篇而已",①推许之高无以复加。黄庭坚以《送穷文》"出于扬子云《逐贫赋》,制度始终极相似。而《逐贫赋》文类俳,至退之亦谐戏,而语稍庄",而《进学解》则"拟子云《解嘲》",亦"文章之美也",②认为二文"青出于蓝而胜于蓝"。此外,他又曾手书《符读书城南诗》及《送李愿归盘谷序》赠予友人,③亦可见其对韩愈诗文之爱重。叶梦得"《进学解》即《答客难》也,《送穷文》即《逐贫赋》也"的观点与山谷之言大同小异,④其对韩文"虽源流不免有所从来,终不肯屋下架屋"之独创精神的肯定则与山谷完全一致。虽然这些名家在写作四六公文时并未选用韩愈诗文语句,但通过其对相关作品的评赏分析,已足可了解北宋骈体公文所涉及的"韩笔"大多集中于某些经典篇目的主要原因。韩愈撰文强调"唯陈言之务去",独创之语甚夥,而后人承袭、仿效者亦不在少数,北宋四六表启本即惯以前人成句入文,时愈晚而风愈炽,故作家采撷韩文成词入其书启,一方面反映出韩愈作品在当时的接受程度较高,印证了晁说之"杜诗韩笔,谁不经目"的说法,⑤另一方面亦与北宋晚期四六"求新求异",语料资源更为丰富的整体发展趋势相符合。实际上,以韩文词句入四六的现象在南宋仍时可得见,⑥虽

---

① 苏轼:《跋退之送李愿序》,《苏轼文集》卷六六,第2057页。
② 黄庭坚:《跋韩退之送穷文》,《黄文节公全集·别集》卷七,见《黄庭坚全集》,第1594页。
③ 黄庭坚:《书韩退之符读书城南诗后》,《黄文节公全集·外集》卷二三,《黄庭坚全集》,第1403页。黄庭坚《书送李愿归盘谷序遗吴周才》,《黄文节公全集·别集》卷七,《黄庭坚全集》,第1593页。
④ 叶梦得:《避暑录话》卷上,见王云五主编:《丛书集成初编》,第2786册,第41页。盖《送穷文》脱胎于《逐贫赋》宋人多无异议,而论《进学解》之所祖,则各有己见,莫衷一是,如洪迈即认为"韩公《进学解》拟东方朔《客难》",于黄、叶二家外另立一说。见洪迈:《容斋续笔》卷一五,《容斋随笔》,第407页。
⑤ 诚如刘真伦所言:"韩文语言研究存在一个非常明显的薄弱环节:对宋明以下近代语言系统的影响研究。韩愈主张陈言务去、词必己出,其富于独创性的语言成就,对宋元以下的近代语言系统产生过巨大影响。"见韩愈著,刘真伦、岳珍校注:《韩愈文集汇校笺注》前言,第48页。而北宋四六文对韩愈诗文词句的吸纳,则是后世韩文语汇接受研究中一个很容易被忽视的组成部分,实际上,韩文与应用性文体的结合,更能真实反映出韩文在某一时期的普及与流行程度,其重要性不言而喻。
⑥ 如王应麟即曾提到洪迈《谢敷文阁直学士表》首联:"宣布中和,方歌盛德之事;擢列侍从,遽复敷文之阶",本之韩愈《王仲舒铭》"敷文帝阶,擢列侍从"。毛宪任长沙太守,在写予韩侂胄的《谢启》中以"湖南之地二千里,序诗幸托于昌黎;平原之客十九人,脱颖愿同于毛遂"表达感恩之意,上联取用韩愈《荆潭倡和诗序》"常侍杨公领湖之南壤地二千里"之语。杨慎亦曾于《丹铅杂录》中提到宋人四六语"州疆马齿,候馆鱼鳞"之下联,出于韩愈《酬裴十七功曹巡府西驿途中见寄》之"候馆同鱼鳞"。见杨慎撰,王大厚笺证:《升庵诗话新笺证》附录二,北京:中华书局,2008年,第1117页。盖南宋以韩文词句入四六之风尚,与北宋相比有过之。

然后世文人对"以韩文对经语"之类的写法嗤之以鼻,①抑或难免薛瑄"钝贼"之讥,②但这恰可为李商隐《韩碑》诗"公之斯文若元气,先时已入人肝脾"二句增添注脚,盖一时之风尚如此,究未可轻易否定。

---

① 持此观点者,当以王夫之为代表:"邱仲深自诧博雅,而以'披发左衽''弱肉强食'两偶句推奖守溪,此七岁童子村塾散学课耳。况以韩文对经语,其心目中止知有一韩退之,谓可与尼山并驾,陋措大不知好恶,乃至于此。"见王夫之:《姜斋诗话》卷二,第169页。按,"弱肉强食"语出韩愈《送浮屠文畅师序》,邱濬、王鏊皆为明代大家,此种写法由来已久,偶一为之亦无伤大雅,王氏之评,似不免严苛。
② 薛瑄于其《读书录》中有云:"苟取其法,不取其词,可也。若并取其词为己出而用之,所谓钝贼也"。薛瑄:《读书录》,南京:凤凰出版社,2017年点校本,第12页。

第5章 南宋文人对北宋表启的接受

　　与诗、词等体裁相似,北宋表启文亦存在一个独有的传播与接受过程。表启作为公私应用往来互动的主要文字载体,其写作原因与目的通常较为明确,故此类文字率皆缘事而发,极少乘兴而作。追溯六朝之前应用类文体的发展脉络,虽然内容与风格复杂多变,但明理达意自始至终是其最为根本的创作要求,相较于作品本身遣词造句之精妙华丽,作者所欲表达出的心绪事理才是更为关键的。以四六对仗的格式写作公文创自六朝,这在很大程度上改变了应用类文体的风格特质,而正处于这一潮流中心的刘勰,坚决秉持更为古老而传统的儒家文艺观,故并未对相关体裁之风貌变化进行深入剖析。唐人上承六朝余绪,表启书序诸体多以偶俪成文,但中唐古文运动对骈俪文风多有限制与改造,故四六文虽未至退出历史舞台,却亦少见时人针对骈体进行分析讨论。而将四六文视为一种具有群属特征的文类,并对其风格源流、修辞技法等相关问题加以探讨研究,实由宋代文人首开其端。从这一角度来说,宋代可谓是"四六学"之发轫期。

　　也正是自宋代伊始,四六文中精妙警策的联句,会在文人之间广为传播记诵,并被他人学习效仿,这也使"较工拙于一联之内",成为宋代笔记与四六话中最为常见的品评模式。从后人角度来看,这种模式难免"以联代文"之偏颇,但这些分散、零星的"只言片语",确是时人欣赏、评鉴骈体作品的实际方法,也是作品接受情况的直接反映,而为笔记与四六话所认可的作品,则往往会被纳入宋四六之"经典"序列。与明清时期相比,由于时代与文化环境上的接近,南宋文人对北宋四六表启的整体认识显得更为丰富全面,不同群体对各家作品的好恶取舍互有差异,但在一些基本问题上,多数文人大体上亦能够"达成共识",如欧阳修、王安石、王珪、苏轼、王安中等人作品的经典地位,于此时即已初步确立,所谓"大家"与"小家"的区分,亦已略见端倪。

　　与此相关,南宋文章选本对北宋四六表启的采择、选录,无疑也是南宋文人接受北宋四六表启的重要体现。《宋文鉴》与《播芳大全》是现存南宋文章选本中选录北宋四六表启数量最多,涉及作家范围最广的两部。吕祖谦与魏齐贤、叶棻在身份、学养及艺术理念等方面的差异,以及二书基本性质上的区别,使《宋文鉴》与《播芳大全》所选录的北宋四六表启具体篇目存在明显的不同。由于时代语境难以复原,后人已无从准确判断究竟哪一份"名单"更为接近南宋文人的普遍好尚,而这种选择上的歧异本身,恰在一定程度上反映出不同阶层的文人对北宋四六表启的认识与理解亦并不一致。相对于代表官方权威,以包罗北宋一代之文学精华为目标的《宋文鉴》,《播芳大全》则更倾向于为广大基层官僚提供一部详尽而全面的"写作参考书",也正是基于这种"自我定位",《播芳大全》所选录的作品数量远在《宋文鉴》之上,且以四六表启而论,格式完整、结构清晰、个人色彩较为"薄弱"的作品,相比于某些经典名篇,更容易为读者所参考、仿效,故此类文章亦成为编者的主要采选对象。虽然存在种种差别,但这两部选本皆为北宋四六表启经典序列的形成奠定了最为坚实的基础,明清选家在择录北宋四六表启时,多奉二书为圭臬,它们对后人理解、接受北宋四六表启,起到了无可替代的重要作用。

另外值得一提的是,苏轼在南宋时期的崇高地位,使得苏文选本亦应运而生,在现存选本中,《经进东坡文集事略》与《重广分门三苏先生文粹》两部皆收录东坡四六表启,这在彼时同类选本多以古文为选录重心的整体趋势下,显得尤为难能可贵。明清时期三苏文选本与东坡文章专选本数量繁多,虽然三苏之名并称于世,但以四六文写作水平而论,苏轼显然更胜一筹,故三苏选本于制诰表启等体,常仅录东坡之作,而弃苏洵、苏辙之文于不顾,与此同时,一些东坡四六之专选本亦逐渐涌现,而这两部南宋选本则与《宋文鉴》《播芳大全》共同为后世选家提供了可资参考的"东坡四六表启经典篇目",其先导意义不可忽视。

南宋时期,类书的编纂亦进入到一个较为繁荣的阶段,内容、形式及用途各异的类书层出不穷,而四六类书则是这一时期颇具特色的新生事物。叶棻所编《四六丛珠》及建阳书坊所刊刻之《翰墨大全》皆广泛选录北宋四六表启,或全篇采入,或断章摘句,以分门别类、对号入座的方式编排全书,力求使读者在日常练习及临文之际能够快速寻找到与现实情境最为贴合的四六文写作素材,以供参考。虽然二书皆以南宋名家手笔为主要收录对象,但北宋四六表启亦在其中占有一定比例。这两部类书所涉及的作品与《宋文鉴》及《播芳大全》有所重合,从某种角度来说,将其视为二选的"精编本"亦非无理,但由于类书本身所独具的针对性与实用性,故在作品传播与接受层面,类书实有着文章选本无可比拟的先天优势,书中所选录的文章与段落,亦会在读者心目中留下更为深刻的印象。因此，南宋类书中的北宋四六表启，亦是南宋文人对北宋四六表启之接受情况的真实反映，理当加以探讨。

5.1　南宋文人眼中的北宋表启

南渡初期，政府文书的撰写很大程度上依赖于精通应用文写作的专门人才，[①]且由词科入等进身馆阁、登临宰辅亦是当时较为主流的"终南捷径"，这就使创自哲宗朝的词科在南宋时期仍颇具影响力。而南宋词科之考查内容与北宋相比并无太大区别，同样是以拔擢应用之才为主要目的，故文人对四六文写作的关注程度相比北宋时期亦有明显的提高，而与王铚《四六话》类似的探讨四六文相关问题的"四六论"，亦随之成为南宋文学批评中的一个主要组成部分。

相比于六朝、唐代骈文，南宋文人显然对北宋四六之名家名篇更感兴趣。究其原因，首先，靖康之难所造成的巨大冲击，使"渡江文物，追配中原"成为南宋文化的一大特色，北宋四六文作为彼时的"文化遗产"之一，亦属南宋文人"追配"之对象。其次，汪藻、孙觌、翟汝文等北宋晚期作家在南渡后皆成为引领一时风尚的四六巨匠，使南宋文人尚可由其作品略窥北宋四六之风貌。另外，部分文人在追述四六写作之"正途"时，常以北宋前贤为"榜样"。以上三点，皆使北宋四六文，特别是北宋四六表启在南宋"四六论"中长期扮演着不可或缺的重要角色。

南宋文人对北宋四六表启的看法与观点大体上存在两种形态，一是对相关作品中的"妙联警句"与创作技法进行列举、评论，二是以北宋之文为参照，对时人四六写作所存在的弊端进行反思。二者一正一反，相辅相成，同为南宋文人之"四六论"的组成部分。"摘联赏句"是宋人笔记中最为常见的四六文评赏模式，这种模式将某位四六作家及其作品浓缩于数联之内，使读者"见其联"而"知其文"。从研究者的角度来看，这样的形式自难免"一叶障目"之弊，但恰能反映出宋代文人在写作、品评四六文时对警策之联的重视与关注，而精巧新颖的"全文成句"，即为多数南宋文人所认可的警策妙笔。习作四六者念兹在兹、乐此不疲，以致南宋四六常见"有联无文"、运古不化

[①]　叶绍翁即曾谈道："自制科明数之问既罢，绍兴尝复而未盛，上之发策，下之对策，皆出于虚文。故士之知书日益少，而宏词遂得以擅该洽之誉。"见叶绍翁：《四朝闻见录》丁集，北京：中华书局，1989年点校本，第157页。

之病,而以理学家为代表的一些"有识之士",则尖锐地指出时人四六写作中的"不良风气",并从"古文与四六同一关键"的理念出发,力图扭转这一局面。而无论"摘联赏句"抑或"针砭时弊",北宋四六表启作品皆是南宋文人比量参照,并借以表达观点看法的主要对象,好恶各异的文人墨客在"各取所需"的同时,也为后人勾勒出一幅以北宋四六表启经典作品为主题的多彩图景。

5.1.1 南宋文人对北宋表启"妙联警句"的摘引与评论

在笔记中对时人或前人表启中脍炙人口的"妙联警句"加以摘引,于北宋前期即已可见端倪。欧阳修《归田录》所载谢绛谒见杨亿所上启文中"曳铃其空"之联,丁谓《斋僧疏》"补仲山之衮"及《光州谢执政启》中"三十年门馆从游""二星入蜀"之对,夏竦《免奉使启》"礼当枕块"之句,皆被其他笔记著述多次转载。而文莹之《玉壶清话》《湘山野录》与吴处厚之《青箱杂记》,可谓北宋中期对四六文关注程度最高的笔记类著作。文莹虽皈依佛门,但雅好文艺,"交游尽馆殿名士",且"收古今文章著述最多,自国初至熙宁间,得文集二百余家,近数千卷"。[①] 其书中所涉骈体文字,尤以太宗、真宗朝文士如王禹偁、宋湜、丁谓等所撰为主,且大多仅存残句,而观其所载之联,遣词达意皆婉约含蓄,回味悠长。吴处厚长于诗赋,曾于皇祐四年(1052)国学解试《律设大法赋》拔得头筹,并因用事独出心裁而颇得考官称赏,[②] 故其对四六应用一类"抽黄对白"之文当有所研究,其书中所载王禹偁《贺启》"三神山上"与《蕲州谢上表》"宣室茂陵"二对,及范仲淹《复本姓启》"志在投秦"之语等,皆被后人视为北宋四六表启颇具代表性的名联佳对。值得一提的是,被"天下目为奸邪"的丁谓,自罢相后历贬崖州、雷州、道州数地,饱经坎坷,而其贬谪期间所撰四六表章却传诵一时,如其上仁宗表文有"虽迁陵之罪大,念立主之功多"一联,"仁宗读而怜之,乃命移道州司马",可谓能动人心者,此事便为诸多笔记著述同载。

较为遗憾的是,这些在当时广受称誉的作品多"联存而文佚",难以复见其全貌,而就艺术手法而言,上引诸联多以雅驯见长,未见求奇求新,除谢绛启文对句化用经史原文,其余仅引据事典而已,与南渡之后专以用事妥当、剪裁精巧为胜者并不相同,而是以能够最大程度切合主旨、打动读者为根

---

① 文莹:《玉壶清话序》,《玉壶清话》,北京:中华书局,1984年点校本,第1页。
② 吴处厚:《青箱杂记》卷二,第20-21页。

本。由于今存北宋笔记多成书于元祐之前,且整体上皆带有较为明显的追溯既往性质,故北宋中期虽四六名家辈出,但如王珪、元绛、苏轼、王安石等人的作品皆少见提及,而限于内容体例等缘故,笔记中与四六相关的记载通常只占全书的很少一部分。从整体来看,北宋文人普遍更为重视散文、诗歌等体裁的创作,对四六文的关注程度有限,亦少见针对四六写作技法的探讨,但以笔记的形式记录四六文中的名联警句,则直至南宋仍有延续。

王铚之《四六话》乃宋人针对四六文之源流、技法等内容专门进行分析探讨的开山之作,该书首次以近似诗话、文话的形式,将四六文作为全书"主角",记述北宋一朝与骈体相关之"前辈话言"与"事实闻见"。[1] 王氏对四六文的浓厚兴趣,与其家学渊源关系密切。其父王萃曾入滕元发幕府,而滕氏常以刀笔工作见托,"平日代公表启,世多传诵",其中部分篇章甚至载入东坡文集当中。[2] 在九江任官时,还曾因爱赏才俊而指导德化县主簿宋惠直应试宏词科,[3]可见其于撰写应用之文颇有心得。据王铚所述,王萃"学文于欧阳文忠公","从滕元发、郑毅夫论作赋与四六",古文、四六皆有一定根柢。滕甫与郑獬皇祐五年廷试同作《圜丘象天赋》,而分别摘得状元、探花,后亦皆曾任翰林学士,郑氏更是掌制多年,一时诰命典册皆出其手。综观《四六话》中所载王萃骈体之"片言只语",似尤以谢上、陈情表文为其得意之体,其代滕甫、孙贲所作表章皆以婉转铺叙见长,且好用长联散对,与欧阳修四六章表之风貌较为接近。王氏父子曾博览群籍,广泛搜集欧公"家集所不载"之佚文并"集为二十卷",足见对欧文甚为推崇,故于四六应用亦追摹其神髓。

王铚生当北宋晚期,青年时正逢徽宗因"患世之学者,不复留意文词","亦不能应制诰骈俪选",而于大观四年在宏词科基础之上改立词学兼茂科,

---

[1] 宋人诗话"性质并不严肃,而其体制又极富于弹性",故并不尽如后世同类著述仅"就诗论诗",而多见涉及其他文类者。如文莹《玉壶诗话》曾谈及王禹偁《蕲州谢上表》,陈师道《后山诗话》亦数次论及四六写作相关问题,杨万里《诚斋诗话》更多可见作者对前人及时人四六的品评。这一方面体现出宋代诗话体例之驳杂,同时亦与宋人视四六为"诗赋之苗裔"的观念不无关联。对相关问题的分析讨论,可参考莫山洪:《骈文学史论稿》,第 99—111 页。

[2] 王明清:《挥麈后录》卷六,《挥麈录》,第 153 页。需要说明的是,王氏这一说法显然承自其父,虽不可谓之杜撰,但难免有所夸大。孔凡礼《〈代滕甫辩谤乞郡状〉确为苏轼所作》一文,即已指出王铚以《代滕甫辩谤乞郡状》为其父所撰而"误印在东坡本市本文内",乃是"置(苏轼)改动(王氏原文)一半以上的事实于不顾,从狭隘的父子亲情出发,留下了后人议论的话柄"。该文见载于《孔凡礼文存》,北京:中华书局,2009 年,第 88—92 页。

[3] 王明清:《挥麈三录》卷二,《挥麈录》,第 239 页。

一时间应用之才颇受推重。由《四六话》序文中"老成虽远,典刑尚存,此学者所当凭心而致力也"数语推断,① 王氏撰作此书的目的之一,或即是以前贤遗韵为备战词科之士提供可资取法的四六文字典范。王氏视笺题表启等皆属"诗赋之苗裔",而"诗赋盛则刀笔盛",从文体价值层面赋予了四六骈体较为"体面"的"出身"。正是基于这样的认识,王氏对二宋兄弟"以雄才奥学"将律赋之主题由晚唐五代之"山川草木""风花雪月"一变为"礼乐刑政""典章文物"评价甚高,而与此同时夏竦表章又以其"深厚广大、无古无今皆可施用"的高超艺术造诣,使北宋四六彻底摆脱五代衰陋之气,于仁宗时推至第一个发展高峰,恰好验证了诗赋、刀笔互为表里的紧密联系。

从技术角度而言,王铚开篇即以元绛《王安石拜昭文相制》及《越州谢上表》"忠气贯日""横水明光之甲"二联为例,对其"取古今传记佳语作四六",用"古人妙语以见工"高度赞赏。北宋四六表启"集句成联"的现象自始至终未尝断绝,但明确将其作为一种创作手法加以归纳,并以元绛为其代表,则属王氏首创。但通观全书,王氏对于四六语典的了解与认识,尚仅停留在"新语""古语"的区别层面,而并未如南宋文人于成句剪裁之法津津乐道。相对而言,他更为在意事典的运用,类似"伐山"与"伐材""相资之事"与"相须之对"等概念皆是就四六文使用历史人物、事件的情况进行分析。王氏在书中多次强调用语之新意,如沈括《谢分司南京表》"洪造兴物""虽奋竭之心"二联"皆新语也",② 王安石《敕榜交趾》"唯天助顺"一联用王世充《假隋恭帝禅位策文》"海飞群水"之"旧意"而为"新语"。③ 王氏称"四六贵出新意",这种新意一方面体现在内容上的铺叙形容,即所谓"用景";④ 另一方面即在于遣词造句的推陈出新,而其中又以"长句中四字为难","以其语少而意多,因旧为新,涵不尽无穷意故也"。⑤ 北宋末年,四六表启创作整体上愈趋工致精细,而大量使用经典成句更是此时通行之风尚,王铚身处其中,亦难对此"视而不见",然细味其所举成句对仗之例,多为借其词汇而衬以己意,并非单纯挪用全语,与北宋末年之流行写法实有不同。故王氏一意推崇故旧,专以名家手笔为标榜,似隐有对时下之文心存不满,而欲假前贤典型加以勘正之意。

---

① 王铚:《四六话序》,见王水照编:《历代文话》,第1册,第6页。
② 王铚:《四六话》卷上,见王水照编:《历代文话》,第1册,第9页。
③ 王铚:《四六话》卷上,见王水照编:《历代文话》,第1册,第14页。
④ 王铚:《四六话》卷下,见王水照编:《历代文话》,第1册,第18页。
⑤ 王铚:《四六话》卷下,见王水照编:《历代文话》,第1册,第27页。

经统计可知,《四六话》全书共涉及北宋作家四十六位,相关作品八十七篇。从时代分布上来看,以仁宗、神宗二朝文士为主,这与王铚在序文中对北宋文章"盛于景祐、皇祐,溢于嘉祐、治平"而终"始克大成"的整体认识相一致。就涉及篇目数量而言,元绛之文独居诸家之冠。王氏在书中引用其父对北宋四六风格发展的看法,以夏竦为四六文之"集大成者",继之而起者则为王珪、元绛、王安石。相对于岐公、荆公之名满天下,元绛四六在王氏以前实罕见文士提及,而在南宋文章选本如《宋文鉴》《播芳大全》中,元绛之表章制诏则多有入选,此亦可见王氏之独具慧眼。除元绛之外,王铚对荆公、东坡之四六表启尤见推崇,他认为东坡"谢衣带"二表可"涵造化之妙旨",而荆公《贺韩魏公启》则能巧妙运用相资相须之"互换格",二家骈体各有千秋、齐驱并驾。出于王萃与王安石的学术传承关系,以及王铚个人对其作品的爱赏,《四六话》中涉及荆公骈体的条目数量仅次于元绛。南渡后苏文盛行,但在四六文领域内,苏、王实难分轩轾,部分文章选本择录荆公之作更多于东坡,故《四六话》"王重苏轻"的倾向,亦是两宋之际文人对北宋四六之普遍看法的反映。此外,在《四六话》中为王氏所称赏的郑獬、邓润甫、吕惠卿、梁焘、张舜民诸家的代表作品,率皆为《宋文鉴》及后世选本择取采录,由此可知王氏对北宋四六整体发展情形的把握十分准确而精当。同时,如廖正一、阎洵仁、王陶等颇精于四六写作,但因文集散佚而难见其作品原貌的作家,幸赖王氏于书中载录残章断句,才使后人得以略窥其四六之一斑。

　　作为现存最早的四六文评论专书,《四六话》对四六文的创作要领进行了初步的归纳总结,在强调用事的基础上,对使用古语而能见其妙的作品亦给予肯定,后人在谈及北宋四六表启时,亦多引用该书相关内容为依据,故其在北宋四六表启之接受史上,实具有难以替代的重要价值。

　　南宋文人对四六写作中与古语成句之剪裁加工有关的问题较为关注,周煇"四六应用,所贵剪裁"之语,即准确概括了彼时文人的普遍看法。[①] 谢伋之《四六谈麈》成书于绍兴十一年(1141),虽与《四六话》相距不远,但书中所涉及的作品则多为两宋之交的四六文。作者于全书开篇即明确指出多以"全文长句"为对,乃北宋晚期四六文在写法上与前中期最为明显的差别,谢氏本人对这种风尚并不认同,由其"四六之工在于剪裁""四六全在编类古语"之说可知,谢氏对四六文使用成句并无异议,唯须施以修剪,而不可径以原文成对。后人在谈及四六创作时,多引用谢氏剪裁编类之说及"经史诗语

---

① 周煇撰,刘永翔校注:《清波杂志校注》卷四,北京:中华书局,1994年,第150页。

各自成对"之论,其影响之深远,已成为四六话语中的重要组成部分。① 而谢氏这些观点的形成,一方面或源于其叔祖谢良佐的影响,②另一方面则是其所处时代之四六表启创作风气的直观反映。③ 以原文成句对仗成联,原是昆体作家为骈体增添古意的手段,至北宋中后期此风则愈演愈烈,以古语成篇者比比皆是,且多不加改动而直接使用全文,这种作法不免导致部分作品仅求对属之精工,而于意脉、文气之贯通与否全然不顾,此正乃贪引古语而未致浑融所产生的主要问题,亦是北宋末年四六表启之所短。谢伋身处潮流之中,自难全盘否定时人之普遍好尚,但对于这种写法所存在的问题亦有清醒的认识,故特意标举剪裁加工及"经史诗语各自成对"之说,借此限定、规范四六语典之运用,其良苦用心于此可见。

通观《谈麈》全书,谢氏所称引之联句,多是不用古语而能切合情境者,如其代谢良佐所撰谢启,即就事论事,据实而言,并未引用古语成句,而似此之例实为《谈麈》中所占比例最高者,由此或可推断自出机杼而切当妥贴者,实为谢氏本人心目中的四六典范。在北宋作家与作品接受方面,《谈麈》与《四六话》同样对元绛之文较为推崇,引用其表启中的警策之对,并提到夏竦、元绛之四六,"书肆中亦为小集",以体现二家之文在两宋之际爱习者不在少数。谢氏对北宋晚期四六名家如廖正一、李昭玘、吴敏、赵鼎臣、王安中、何栗等人的作品亦多有赞赏,使后人能够对彼时的四六表启创作有所了解。

南宋前期文人著述论四六而颇见心得者,当推洪迈之《容斋随笔》与杨万里之《诚斋诗话》。洪氏家学深厚,兄弟三人同为词科出身,亦皆曾任中书舍人、翰林学士,于四六应用之学颇有造诣。洪氏有关四六的讨论,集中于

---

① 如俞文豹于《吹剑三录》中即称:"作文援经须对经,史须对史,三代须对三代,汉唐须对汉唐。……四六亦然"。见俞文豹:《吹剑录全编》,第53-54页。其后元人王构于《修辞鉴衡》中亦曾引用《谈麈》之语,而陈绎曾则视"剪截"与"融化"为宋体四六之标志性创作手法,且更进一步将二者细分为"熟、剪、截、融、化、串"六个步骤。见陈绎曾:《文章欧冶(文筌)·四六附说》,见王水照编:《历代文话》,第2册,第1268页。以上诸家皆明显受到谢氏之说的影响。

② 谢伋于《谈麈》中曾言谢良佐"为四六极工,极其精思",并举其《谢改官启》中"志在天下,岂若陈孺子之云乎;身寄人间,得如马少游而足矣"一联为例,上下联分别化用《后汉书》之《陈蕃传》及《马援传》中原文,亦所谓以"史语对史语"。谢伋:《四六谈麈》,见王水照编:《历代文话》,第1册,第39页。

③ 张邦基于《墨庄漫录》"谢表用经史全语而工者"条目下,即分别列举翟公巽、叶梦得、汪藻三人所撰谢表中之全句对仗而工致妥贴者,由此可见全句对在两宋之际四六文写作中所占据的重要地位。张邦基:《墨庄漫录》卷七,第202-203页。

《容斋三笔》至《五笔》当中,而其撰写时间,则正值孝宗力复元祐学术,苏文盛行于世的时期。洪氏个人对东坡其人其文亦极为服膺,据学者统计,《随笔》与苏轼相关之材料共达八十余则,其中虽偶有驳斥东坡注解事典的疏漏之处,但整体上皆是对其诗文创作的正面肯定,而四六表启亦莫能外。洪氏于《三笔》之"四六名对"条中,"撷前辈及近时缀缉工致者十数联",以见其警策精切,而其所举北宋诸作,如王禹偁《蕲州谢上表》、范仲淹《乞复姓表》等文中联句,皆与他书雷同,唯苏轼《坤成节功德疏文》与《慰宣仁圣烈皇后山陵礼毕表》中"至哉坤元""大哉孔子之仁"二对,乃洪氏独推。① 此二联在知名度上远不能与东坡"谢衣带"等表状中的名联相提并论,但胜在运古能化,且与文章主旨妙合无间,确可称东坡四六之佳作。此外,洪氏于《五笔》中专设"擒鬼章祝文"条,说明东坡《擒鬼章奏告永裕陵祝文》中"昔汉武命将出师,而呼韩来庭,効于甘露;宪宗厉精讲武,而河湟恢复,见于大中"一联,意在借用前代贤主圣君之故事,衬托哲宗绍承神宗先志而终克成功,用事极为精切妥贴。② 洪氏虽未就北宋四六表启之整体发展进行过多探讨,但其对苏轼作品的推崇,亦为后世东坡四六表启之广泛传播与接受起到了一定的推动作用。

　　杨氏《诗话》之成书,与洪迈《三笔》至《五笔》的写作时间较为接近。③ 虽然杨、洪二人在有关高宗配享问题上的观点针锋相对,激烈的争执亦导致他们同遭外遣,但政见之差异与文学品味之好恶并不存在直接的关联,就二家对四六创作之理解与看法而言,实可谓"大同而小异"。杨氏颇为关注四六表启中成句语典的使用,由《诗话》中所设"一联用两处古人全语""一联而四用古人语"等条目可知,杨氏当对谢伋"四六全在编类古语"的看法较为赞同,故其对精于此道的王安中颇为欣赏。在杨氏看来,东坡四六表启内容之丰富与技巧之精妙更远非他人可及,其既善于化用经典成句,亦能在表启中使用较为轻雅的流丽之语且"典而不浮",更可以如《贺立皇后表》中"上符天造"一联那样"全不用古人一字,而气象塞乎天地"。与此相对的是,杨氏对

---

① 洪迈:《容斋三笔》卷八,《容斋随笔》,第517页。
② 洪迈:《容斋五笔》卷九,《容斋随笔》,第933页。
③ 有关《诚斋诗话》的成书时间,研究者曾进行过一些讨论,现已基本确定其撰于杨氏晚年退居故里之后。至于具体年份,胡建升《〈诚斋诗话〉成书年代考》认为其写作上限为绍熙三年(1192),《唐都学刊》第26卷第3期,2006年,第123-126页。而丁功谊《论〈诚斋诗话〉成书年代》则断定其成书范围在庆元二年(1196)至六年(1200)之间,《社会科学战线》2010年第10期,第246-249页。本文即从丁氏之说。

荆公之文则偶有贬抑，如《贺生皇子表》改用"洛诵"原意用之，杨氏即指其为"文人之舞文弄法者"，又引张栻有关荆公《贺册贵妃表》与东坡《贺立皇后表》高下对比之语以见二家之高下，凡此种种，似皆有"王不及苏"的看法隐含其中。杨、洪二氏皆处苏文盛行之时，他们对东坡四六表启的关注亦属一时文学风气之缩影，此为二家之"同"；而其著述中所提及的具体作品则存在明显的区别，略经对比可知，《诚斋诗话》所讨论的篇目，与《宋文鉴》所采录者多有重合，而《容斋随笔》所举之文，则多为其个人阅读经验的体现，是为二家之"异"也。

光宗、宁宗时期，士人对于苏文热切追捧的势头未见衰弱，但在四六文领域内，部分文人已逐渐开始拓宽视野，将苏轼以外的北宋四六名家纳入讨论范围当中。产生这种转变的直接原因，或是缘于笔记作者对时人四六文创作现状的不满，而有意于前贤之作中寻觅"正法"，并以之建立规式。值得一提的是，《宋文鉴》与《播芳大全》二书的出现亦恰逢此际，这两部文章选本体量较大，作品选录范围涵盖北宋一代之文，且成书之后亦很快得以在士林中传播流通，为知识阶层提供了全面了解、认识北宋四六之整体创作情况的资源渠道，对南宋中后期文人反思四六写作中的弊端，探寻四六发展之正途，奠定了坚实的基础。

杨囷道之《云庄四六余话》，乃是继《四六话》《四六谈麈》之后，南宋中期出现的一部四六话类著作。① 该书虽以抄撮、汇录前贤之论为主要内容，但杨氏并未满足于此，全书时可见其有关四六创作的个人见解。"荆公谨守法度，东坡雄深浩博，由是分为两派"，即为杨氏对北宋四六整体发展样态与趋势的经典概括，后世学者多以此作为理解北宋四六之风格流变的基础。客观来讲，杨氏的这一观点实难免同类论断"以偏概全"的通病，但后世响应其

---

① 杨氏之生平事迹今虽不可详考，但《余话》之成书时间则犹可进行简单推断：该书征引笔记类文献多种，大体上以《墨庄漫录》《能改斋漫录》等南宋前期之著述为主，而其中成书时间最晚，且采录内容最多者，即为洪迈之《容斋随笔》。除《初笔》与《五笔》之外，其余三《笔》，《余话》皆有涉及。据洪氏自序，《二笔》撰成于绍熙三年，《三笔》撰成于庆元二年，《四笔》撰成于庆元三年(1197)，而最早之五集合刊本，乃嘉定五年(1212)洪伋刊刻于赣州之章贡本。故杨氏或于庆元年间便已得见诸集之单行本，或至嘉定后方据章贡本进行选录。另观《余话》所提到的作者作品，当以庆元二年(1196)之《奉孝宗皇帝御制藏华文阁诏》为诸篇之末，而未见更晚于其后者。综合考量上述因素，若《余话》于《容斋随笔》成书之前便已开始编纂，而在观览其之后将相关内容加以补录，则其最早的成书时间，可推至庆元三年或四年(1197 或 1198)，最迟于嘉定年间亦当完稿；若该书自《容斋随笔》刊刻之后方始撰作，则上据嘉定或亦不至太久，当为南宋中期之著述。

说并以此立论者实不乏其人,可见其影响之深远。①

通观《余话》全书,或是出于避熟之故,杨氏引举苏、王二家作品不过寥寥数段,反倒是对王珪四六章表多有摘选,如《谢翰林学士承旨表》《代叔父光禄卿乞致仕表》等皆属此例。另外,谢伋于《谈麈》中虽已提到王珪集内"谢生日赏赐"类表文数量繁多,"用事多同,而语不蹈袭",但并未举出具体例子进行详细说明。杨氏则同样提到"华阳居政府日久,生日礼物谢表最多,命意措词,无一雷同",②并"不厌其烦"地选取相关作品中的多段谢恩类联句,以佐证其说法的正确性。今本《华阳集》中有《谢赐生日表》二十二篇,《余话》选其中九篇为例,虽然这些联句皆属窃禄自羞、难报圣遇之"陈词滥调",但确能通过细微的词句调整,给人以耳目一新之感,而绝无陈陈相因之弊,非名家作手实不能为之。杨氏对岐公四六章表的推崇,在其分析谢谠词科之作《代宰臣贺老人星见表》时亦有所体现。因谢氏表中借用"台阶(即三台星)""景星""荧惑""东井"等其他星象之典事作为衬托,杨氏即特别指出这种写法与王珪同题之作中"方察紫躔之度,遽观南极之祥。灵气发于先朝,骍芒烨于既暮。兹所以赞民风之奏,延皇历之遐"数联完全从正面描写老人星之福兆祥瑞有着明显的差异。③虽然杨氏对此仅言"益见作者不同",而无高下优劣之判别,但隐隐之间似仍是对王珪直截了当、切合题旨的写法更为欣赏。

除王珪之外,《余话》所记有关张耒四六表启的内容,亦同样值得关注。杨氏对张耒"不惟工于诗篇,尤精于四六"的评价,完全出于其个人之阅读体验。④《宋文鉴》选张耒表文一篇、启文三篇,《播芳大全》选其表文四篇、启文两篇,数量皆较少,而在其他宋人著述中,亦少见如此正面肯定文潜之四六写作才能者。观《余话》所举联句,"虽鸡犬相闻,实一苇可航之川;而坐畏简书,有其人甚远之叹"一联四句,上联用《老子》《三国志·贺邵传》成句,下联引《小雅·出车》《郑风·东门之墠》诗句,全联极为流畅自然,丝毫不见

---

① 袁桷在回答高舜元《问四六格式及速成之方检阅之书》时云:"大要寡学而才气差敏捷者,直师东坡,南渡以后皆宗之,金源诸贤,只此一法。唯荆公一派以经为主,独赵南塘单传,莫有继者。汪彦章则游乎苏王之间。若欲精究,当取夏英公、杨文公、翟忠惠、綦北海、王初寮、元章简、王禹玉、张安道、刘莘老诸人文字置几案。"明确将苏、王二家判为两派。见袁桷著,杨亮校注:《袁桷集校注》卷四二,北京:中华书局,2012年,第1887-1888页。
② 杨囦道:《云庄四六余话》,见王水照编:《历代文话》,第1册,第104页。
③ 杨囦道:《云庄四六余话》,见王水照编:《历代文话》,第1册,第87页。
④ 杨囦道:《云庄四六余话》,见王水照编:《历代文话》,第1册,第91页。

使用语典所难免的龃龉突兀之病,将系于公事而未得会晤的遗憾心情表露无遗。其后所举《谢明堂赦书表》"宗祀于明堂,既尽宁亲之孝;大赉于四海,遍覃及物之仁"一联,一、三句分别使用《孝经·圣治》与《尚书·武成》原句,而二、四句之"宁亲之孝"与"及物之仁",现存张耒集诸本皆作"寅恭之志"与"在宥之仁"。从字面意义上来看,二组对仗的区别并不明显,似皆可通;但细致考究,明堂祭祀之本意,原就是令先祖之神灵和宁安顺,所谓"孝莫大于宁亲,宁亲莫大于宁神",而将这种爱亲之意推及庶民,便有此宽赦罪人之义举,虽然"寅恭""在宥"皆为谢赦类奏章的常用语汇,但实不及"宁亲""及物"前后意思贴合紧密、圆融亲切,而这也正是文潜此联的过人之处。幸赖《余话》记载,方不至令此"异文"湮没于世,而杨氏所举其余二联,今亦不见于张耒集中,但同样属于巧妙运用经典成句之类。盖杨氏论四六表启,整体上并未脱离南宋文人追求精妙对属的普遍倾向,《余话》中多次列举词科表章之警策联句以及其他作品中的巧联妙对,即为明证。南宋中期苏文之影响无出其右,杨氏在将苏、王二家视为北宋四六两大派别之代表性人物的同时,又能对王珪、张耒等作家给予一定的关注,实属难能可贵。

陈鹄之《西塘集耆旧续闻》(后简称《耆旧续闻》)的成书时间虽略晚于杨著,但因该书乃是由陈氏数十年请益见闻之点滴所得汇聚而成,故书中所体现出的一些涉及北宋四六文的看法与观点,与南渡初期文人更为接近。[①] 该书卷六专列"本朝名公四六"条目,以王元之、杨文公、范文正公、晏元献、夏文庄、二宋、王岐公、王荆公、元厚之、王履道等人作为北宋四六之杰出代表。[②] 从年代分布上来看,仍是以活跃于真宗、仁宗二朝之北宋中期作家为主。陈氏在此条总述之后,又一一列举各家四六表启中的名联警句,而除王安中于大名府元城县主簿任上代吕惠卿所作《谢表》尚未见他书提及之外,其余皆可在前此之笔记、四六话中寻得。值得注意的是,苏轼竟无缘此份"榜单",这在苏文盛行的南宋时期着实出人意料。而仔细审视这份名单即不难发现,陈氏所举出的这些"北宋四六名家",其作品大体上以精雅典驯为共通特征,与苏轼的四六风格确有不同,在某种程度上更为接近四六文之"当行本色"。南宋初年邵博既肯定欧、苏扫除偶俪甚恶习气之功,又因其作品极大地改变了四六文之基本风貌,而感叹"四六之法亡矣",苏文虽于南宋

---

① 有关陈氏生平及《耆旧续闻》成书等内容的讨论,可参考丁海燕:《南宋陈鹄〈耆旧续闻〉研究》,《廊坊师范学院学报》(社会科学版)第25卷第3期,2009年,第48-51页。

② 陈鹄:《西塘集耆旧续闻》卷六,第344页。

广为流行,东坡四六表启亦得到了多数文人的肯定与称赞,但以骈体之传统而言,则其作品确属"另类"无疑,而陈氏显然更加偏爱能够遵循"四字六字律令"的"传统"四六,故其未将苏轼列于名单之中,亦非全然不可理解。

南宋末年针对四六文诸体特征、写作技法等相关问题进行专门探讨且卓有识见者当推王应麟。由于词科对应试者素质的要求极高,故南宋词科自建炎二年至开庆元年(1128—1259)一百三十二年间取人之科仅二十有六,中试人数不过四十一人。① 且自宁宗嘉定元年(1208)之后,直至宝祐四年(1256)与开庆元年王应麟、王应凤兄弟先后入等之前,近五十年时间并无一人入等。② 作为词科末期难得一见的成功应试者,王氏兄弟对于这一科目的"执着",很大程度上来源于其少年读书时便已立下的远大志向,③而王应麟的"词科情结",则完全凝聚于其所著《词学指南》一书当中。④

与今日的各种考试近似,词科亦存在着所谓的"应试技巧",王氏将《词学指南》置于《玉海》全书之末,就是希望备考者在扩充知识储备的同时,能够对用功次第、作品评判等内容有所了解。以理学家为首的话语主导者长期以来对词科不遗余力地攻讦指责,使得词科的影响力与号召力日趋式微,这显然会降低应试者的备考热情。故在《词学指南》开篇序文中,王氏即针对朱熹《学校贡举私议》中所提出的"词科则当稍更其文字之体"的建议提出质疑,并进一步言道:"然则学者必涵泳六经之文以培其本"。⑤ 王氏虽与黄震同为浙东学派之大家,但与东发独以程朱之学为尊有所差异,深宁学问虽

---

① 此据聂崇岐《宋词科考》一文统计所得,见《宋史丛考》,第153-163页。作者于文中还对宏词科、词学兼茂科、博学宏词科与词学科,及即所谓"词学四科"之难度高下进行了简单比较,指出"词学科,'止试文辞,不责记问',四者之中,应属最易。宏词科所重,虽不仅在辞藻,唯较之词学兼茂及博学宏词二科,则尚不难;盖前者出题仅限时事或本朝故事,后二者则并及于历代史故事也"。可见虽同属词科范畴,但南宋词科的应试难度整体上高于北宋,而中试者的待遇亦较后者为优,体现出统治阶层对专门人才选拔与培养的重视。

② 陈振孙将这一现象的成因,归结为当权者对该科的厌恶:"戊辰以后,时相不喜此科,主司务以艰僻之题困试者,纵有记忆不遗、文采可观,辄复推求小疵,以故久无中选者。"见陈振孙:《直斋书录解题》卷一五,第451页。实际上,史弥远与真德秀之间的政治恩怨只是南宋中后期导致词科逐渐边缘化诸因素中的一个,词科自身所存在的片面性缺陷,以及理学家对该科的长期批判抨击,都在一定程度上影响到了词科的进一步发展。

③ 《宋史》卷四三八《王应麟传》,第12988页。

④ 有关王应麟之"词科情结"的具体研究,可参考王水照:《王应麟的"词科"情结与〈辞学指南〉的双重意义》,见傅璇琮,施孝峰主编:《王应麟学术讨论集》,北京:清华大学出版社,2012年,第1-14页。

⑤ 王应麟:《词学指南》卷首,第384页。

源出于晦庵,但同时亦具有"和齐斟酌,不名一师"之博采众长、兼容并蓄的特点,①故其于朱子之说,多有异论。②"稍更文体"与"涵咏六经"看似只是程度上的差异,实则体现出的是朱、王二人对词科迥然不同的理解与认识:朱熹认为词科取士唯以写作能力为标准,且考察重点集中于以抽黄对白为主的四六应用之体,可谓"浮文伤道"之代表,长此以往必会"蠹坏士心""驯致祸乱",而其所提出的建议,亦是站在全面否定词科的立场上而言。王应麟则与此相反,十余年孜孜以求的备考过程与成功经验,使得词科对他来说不仅是仕途上的关键节点,更是其自我认同的重要组成。以"六经之文"培其本,是王氏个人为学作文的切身体会,这一涵养修践的过程,不仅限于词科应试之目的,以道学为业者同样需要如此。换言之,士人多作谀辞的情况,并非单纯由词科的考察内容所致,而更多的要从其自身之道德与文学素养来寻找原因;从另一角度来说,真正的词科之文,与古文等体裁并无根本性区别,同样是以六经之文为源头,这不仅是"义理"上的追溯依归,而是"机杼物采规模制度无不具备"的词科文字之"本色",故词科之作在价值层面上并不"低人一等",而"稍更其文字之体"一类的意见,则亦自然没有付诸实践的必要。王氏于序文中引用韩驹"为科举之文,已略仿依三代之体,则他日遗言立意,自当不愧古人"之言,意在进一步明确科试之文,特别是词科之文同日后任职显要之所需撰作者关系紧密,希望应试词科之人亦能以此为目标。王氏之语气虽较平和,但态度却是坚决而不容置疑的,既为将要踏上词科备考之路的后学打消了疑虑,又为其指明了方向。

虽然在对待词科的态度上,王氏与理学中人可谓针锋相对,但涉及四六写作技巧等具体内容,王氏又常引用朱晦庵、吕东莱、真西山等前辈理学名家论文之语作为纲领性原则,并在其基础上进行引申与补充。如其先引吕

---

① 全祖望:《深宁学案序录》,黄宗羲原撰,全祖望补修:《宋元学案》卷八五,北京:中华书局,1986年点校本,第2856页。全氏于《宋王尚书画像记》文中亦谈到王应麟"私淑东莱,而兼综建安、江右、永嘉之传"。见全祖望:《鲒埼亭集外编》卷一九,《续修四库全书》第1429册,上海:上海古籍出版社,2002年,第639-640页。全谢山之说,实最能得深宁学术广najima浑融之旨趣。近现代学者有关王应麟学术渊源方面的讨论并不少见,在材料之掌握运用及论述之翔实缜密等方面皆胜于前贤,但所得之结论,大体上似犹未出谢山之所言。钱茂伟曾提出将吕祖谦、真德秀、王应麟三位南宋前、中、后期的代表性"调和论者"串成一条线加以研究,具有一定的启发性,但作者亦未对此进一步深入分析,略显遗憾。见钱茂伟:《王应麟学术评传》,北京:中华书局,2011年,第156页。
② 四库馆臣在撰作《困学纪闻》提要时,即指出了这一问题:"应麟博洽多闻,在宋代罕其伦比。虽渊源亦出朱子,然书中辨正朱子语误数条,……皆考证是非,不相阿附。……故能兼收并取,绝无党同伐异之私。"见《文渊阁四库全书》第854册,第138页下。

氏"凡作四六,须声律协和,若语工而不妥,不若少工而浏亮"之说,后即加以说明:"上句有好语而下句偏枯,绝不相类,不若两句俱用常语。古人文字有语似不连属而意实相贯,程文切不可如此"。① 在有限的时间内创作出令考官满意的作品,若非天赋异禀之奇才,还是应当遵循"不求有功,但求无过"的保守而稳健的应考策略,以避免硬伤为第一要务,故相对于追求华丽精致但"风险系数"较高的妙联警句一类"加分项",还是选择四平八稳但表意清晰的常规联句更为明智。所谓"语似不连属而意实相贯"的"古人文字",当即是指以"潜气内转""上抗下坠"为特征的六朝骈文,②而词科之设本为简选两制人才,所取文章更当以"便于宣读"作为基本要求,故王氏于此特加警示提醒。

上述两点,皆是会影响作品评价的"不可为者",而关于"所当为者",王氏又引用洪迈"四六宜警策精切",与谢伋"四六之工在于编类古语"及"经史子语各自为对"等说法作为写作要领,而在其后"语忌"一节中,他又引用廖正一"四六须要古人好语换却陈言"之说,可见王氏仍视成句对仗为四六文中不可或缺的重要元素。结合笔记中所载录的词科入等佳作之片段,可见词科考试对四六作品的风格要求,自始至终并无明显的转变。

在词科考察所涉及的十二种体裁当中,王应麟以"制、表、记、序、箴、铭、赞、颂"八类为出题频率相对更高,需要优先掌握之"所急者"。而据学者统计,记、表、制三体在历届考试中命题总数皆在六十以上,远超其余五体,当可谓"急中之急"者。③ 虽然按照礼部规定,上述诸体皆许骈散并用,但制、

---

① 王应麟:《词学指南》卷一,第393页。
② "潜气内转"一词首见于繁钦《与魏文帝笺》,意在形容美妙乐音之起伏变化。至清代骈文复古风潮盛行,这一概念便被部分文人引入到有关六朝骈体的批评话语范畴之内,最早实例见于朱一新《答问骈体文》:"骈文自当以气骨为主,其次则词旨渊雅,又当明于向背断续之法。向背之理易显,断续之理则微。语语续而不断,虽悦俗目,终非作家。惟其藕断丝连,乃能回肠荡气。骈文体格已卑,故其理与填词相通。潜气内转,上抗下坠,其中自有音节,多读六朝文则知之。"见朱一新:《无邪堂答问》卷二,北京:中华书局,2000年,第91-92页。朱氏对这一概念的理解,仍主要集中于音节韵律方面,与其原始含义相距不远;至孙德谦《六朝丽指》论"潜气内转妙诀",则以之描述六朝骈体上下句意的承接转折:"文章承转上下,必有虚字。六朝则不然,往往不加虚字,而其文气已转入后者"。并以江淹、刘孝仪、萧统等人的作品为例进行说明。孙德谦:《六朝丽指》,见王水照编:《历代文话》,第9册,第8459页。孙氏此论,应即为王应麟之所指,故以"潜气内转"对这一六朝骈文创作特征加以概括分析虽始自清人,但王厚斋实早已有见于前,唯未加深论而已。
③ 聂崇岐于《宋词科考》文中最早对此进行统计,见《宋史丛考》,第133-134页。管琴则以表格形式将历届词科试题详细列出,具体数据与聂著略有出入,而准确度更高。见管琴:《词科与南宋文学》,北京:北京大学出版社,2018年,第69-84页。

表二体惯以四六成文，宋人记文虽多是散体，但词科之作仍是以骈体为主，故叶水心以四六之文为词科之最贵者，实非虚言。

在北宋四六名家中，吕祖谦认为学子首先应当熟读欧、王、苏三家之四六以夯实根柢，王氏对此则有不同看法。词科文风讲究精切严整、沉厚典雅，与欧、苏"以文体为四六"之艺术特征并不相合，如果仅是基础性学习，以三家集为本自然没有问题；但若以应试中选为目的，则势必应该掌握更为符合词科要求的规范体式，而这种体式之核心内涵，即如陈振孙所归纳之"格律精严，一字不苟错"。① 馆阁两制之文皆有非常突出的道德指向性与礼制仪式感，文词华丽典赡之外，措辞用语更是要在全方位考虑施用场合相关细节的基础上，反复揣摩斟酌，力求以最为恰当的方式将国家意志予以完美呈现，而一字一句地修改调整，都会对文意表达产生明显的影响，与寻常四六自是判然两途。王珪、王安石、王安中、汪藻四人皆为词臣之代表，长期典制，所作四六皆属传诵一时、丰容安豫的"台阁文字"，正是词科所欲选拔的理想人才模板，故王氏认为备考者首先当取四家骈体"择而诵之"，其次可自夏竦、元绛、苏轼三家四六中择其"近今体者"习之。② 从文学接受的角度而言，王氏显然认为以上三家骈体风格更为多样化，而前四家之文风则相对单纯。由于百卷本《文庄集》明代即已不传，仅靠现存篇目难以准确判断夏竦四六之全貌，王昭素以夏英公为北宋四六之集大成者，亦从侧面反映出其四六之包罗万象。东坡四六用成句则精切妥贴，叙事论理则婉转恳切，抒发心曲则婉转悱恻，文风多样，富于变化。元厚之文集久佚不传，但其四六文中的名联警句在宋人笔记中时可得见，其所撰除授诸制与《越州谢上表》等文赖《宋文鉴》收录尚得一观，前者温润古雅，"诲尔谆谆"，与荆公、岐公之作难分轩轾；后者则真挚诚恳、简严得体，而皆工致精密，善用"古今传记佳语"。王氏在此将其与夏、苏二家并列，并将其列于词科四六之参考对象范围内，可见对其文甚为欣赏。

王氏在说明各项基础备考工作之后，便针对各类体裁不同的表达功能与写作要求进行详细分解。四六文诸体兼擅者绝少，而词科"十二体各有规式"，以此标准衡量，各家之作更难以等量齐观。相对而言，表文的掌握难度较高，这是因为表章的施用场合与体式更为多样化，虽然"贺、谢、进物各有不同"，而皆当以"简洁精致为先，用事不要深僻，造语不可尖新，铺叙不要繁

---

① 陈振孙：《直斋书录解题》卷一八，第526页。
② 王应麟：《词学指南》卷一，第399页。

冗"为写作要领。① 具体来说,表头破题要"见尽题目","又忌体贴太露",力求简短有力;中间叙事部分最好使用剪裁工致的成句对仗,"大凡词科四六须间有此一两联则易入人眼",整体风格上要妥贴亲切。② 依照真德秀的观点,两宋名家之中,"惟汪龙溪集中诸表皆精致典雅,可为矜式"。③ 而王氏显然认为这一看法过于片面,北宋诸家如宋祁、夏竦、欧阳修、王安石、苏轼、苏辙、曾肇、王安中等人的作品实亦须熟诵,在随后列举前贤佳作之警策联句时,王氏又特别摘引王珪《贺老人星见表》"金行贯叙"及"荐人君之寿"两联,称赞"一时庆语无出其右"。④

在对词科表文之创作纲要进行说明之后,王氏又将表文分为起联、"窃以"用事、推原、铺叙形容、用事形容及末联等部分,每一部分皆选列前贤表文中可资借鉴之数联至数十联作为后学参考之范例。其中多为汪藻、洪迈、周必大、吕祖谦等南宋名家之作,北宋作品传诸后世且明确可考者唯"窃以"条目下晏殊之《进两制三馆牡丹歌诗状》,王安中之《谢赐御诗状》《贺燕乐成表》,"推原"条目下王珪之《谢翰林学士承旨表》,"铺叙形容"条目下吕惠卿之《贺元日大朝会表》与吕希纯之《代贺景灵宫奉安御容礼成表》,"末联"条目下王安中之《贺平定军白兔表》。从内容上来看,这些表文及所选联句皆以称颂圣德、弘扬国体为主,造语用事不免"夸大其词",但恰与词科表文"意专褒美"的整体要求相吻合。

综上可见,以四六表文的"可参考度"而论,王珪、王安石、王安中"三王"之作可谓北宋四六章表中与词科文字风格最为近似者,后学备考者自当潜心研习。此外,夏竦、元绛、苏轼三家章表亦当"选择性"参考,而宋祁、欧阳修、苏辙、曾肇等人的作品虽亦有可资汲取利用之处,但整体参考价值不及前此数家。这样的等级划分,乃王氏在东莱、西山等词科前辈基础之上参以己意而成,是个人品味与词科标准的混合产物,可谓北宋四六表文接受史中的独特存在。

与《词学指南》同为王氏代表性著作的《困学纪闻》,亦以内容丰复精深著称。该书卷十九专论骈体,主要涉及以下几方面内容:一是对部分联句所涉及的事典、语典之原始出处予以说明,如该卷开篇王氏即指出邓润甫

---

① 王应麟:《词学指南》卷三,第 453 页。
② 王应麟:《词学指南》卷三,第 449 页。
③ 王应麟:《词学指南》卷三,第 452 页。
④ 王应麟:《词学指南》卷三,第 456 页。

《立皇太子制》"建储非以私亲"一联出自《穀梁传·隐公四年》之注文；①二是广泛搜集前代骈文中的警联妙语，如杨炯碑文之类；三是对本朝名公佳作进行品评赏析，这也是该卷中内容占比最大，与北宋四六表启相关度最高的部分。王安中《贺唐秘校及第启》"得知千载"一联，因前后分别使用陶渊明《赠羊长史》及嵇康《与山巨源绝交书》成句而雅驯自然，故得到王氏肯定。②另如王禹偁《黄州谢上表》、晏殊《进两制三馆牡丹歌诗状》、夏竦《谢授资政殿大学士表》、王珪《赐宰臣韩琦乞退一表不允批答》等文亦皆被王氏视为佳作。总的来看，《困学纪闻》与前述笔记相同，对"妙联警句"较为关注，以工致妥贴、精巧细密为主要评价标准。而除王安中启文联句此前见称于杨诚斋《诗话》外，其余诸篇相关内容皆为王氏独得之见。他虽于《词学指南》中盛推苏、王四六，但或因二家之文传诵甚广，无须赘述，故在此不复提及；而上述诸家之文，亦皆属词科备考之人所当编类参考的范围之内，可见王氏对四六文的评赏标准，自早年备战词科之时便已奠定，至晚年亦无明显改易，何义门谓是书尚不免词科人习气，实非"空穴来风"。王氏之词科情结，确为贯穿其人生各个阶段而始终不曾磨灭的鲜明印记。

综观宋人笔记、四六话中对北宋四六表启"妙联警句"的摘引评论，可知随着时代的推移，作者的关注重点亦在逐渐发生变化：北宋时期，四六文尚属文人笔记中的"边缘角色"，虽然一些构思精巧的妙联警句能够在部分笔记中占有一席之地，但作者并未对此进行深入探究，直至王铚《四六话》的出现，四六文才首次作为"主角"受到关注。该书在体例上延续了北宋笔记以摘联选句为主的编纂方式，同时有意识地对写作相关问题予以分析说明，提出了诸如"伐山""伐材""相资之事""相须之对"等技法术语，为后人深入了解北宋四六表启提供了可资参考的信息。南渡后，在词科影响力逐步扩大的背景下，"四六之艺诚曰大矣"，彼时文人对四六文的关注程度较之北宋明显提高。由于北宋中后期四六作家惯于使用原文成句，这一风气至南渡后犹未衰歇，故南宋笔记对四六章表书启的讨论亦多围绕运用"古语"展开，谢伋《谈麈》"四六全在编类古语""经史子语各自成对"之说，杨诚斋《诗话》"一联用两处古人全语""一联而四用古人语"等条目皆是此类，而作者所摘选的"妙联警句"，亦由以"精于用事"者为主，转为以"巧用语典"者为多，此亦乃创作风气变化之体现。王铚于《四六话》中对北宋前中期四六名家如王禹

---

① 王应麟著，翁元圻辑注：《困学纪闻注》卷一九，第2199页。
② 王应麟著，翁元圻辑注：《困学纪闻注》卷一九，第2215页。

俅、夏竦、元绛、王安石、王珪等人多有褒奖,虽然无法确定王铚的个人好恶究竟能够在多大程度上代表当时的普遍意见,但由南宋笔记与文章选本来看,这些作家确无愧于北宋四六大家之名。其后谢伋又在《四六话》的基础上,对北宋晚期四六名家进行了"补充",赵鼎臣、王安中、何栗等人的作品皆得到谢氏的肯定。特别值得一提的是,因苏轼在南宋时无可比拟的绝大影响力,东坡四六亦得到洪迈、杨万里等名家的高度评价,而杨囦道则将苏、王二家视为北宋四六两大派别之代表,虽然亦有少数文人如陈鹄等置苏轼于北宋四六名家之外,但东坡四六在南宋中期的地位实难以撼动。其后王应麟以词科应试之标准考量,视岐公、荆公、初寮三家之章表为北宋名家中最可参取者,而英公、厚之、东坡及其他数家之表则各有短长,整体看法与前人略有差异。

不难发现,在北宋四六文发展过程中影响甚大的,以欧阳修为代表的一批致力于骈文复古的作家,于上述宋人笔记中处于相对"边缘"的地位。由于那些以骈散互融为主要写法的表启作品,行文多讲求平铺直叙,内容上则以指事造实为依归,而这些文人笔记所关注的,多是用典妥切、造语精巧的妙联警句,以这样的标准衡量,这些更为"古拙"的作品确不免略显"寡淡",但其价值则并未因此而削减,南宋一些有识之士在反思时文写作之弊端,探寻四六应用之"正道"时,这些具有明显古文特征的四六作品即再次进入他们的视野,并颇受追捧。

5.1.2 南宋文人对四六文写作的反思及其对欧、苏表启的推崇

南宋文人对四六文技法、风格等方面所存在的弊端的反思,于南宋前期即已见端倪,如叶梦得即对北宋晚期文人作四六唯知用经语全句而不顾文意顺畅与否提出了批评:

> 自大观后,时流争以用经句为工,于是相与衮次排比,预蓄以待用,不问切当否,粗可牵合,则必用之,虽有甚工者,而文气扫地矣。[①]

费衮之《梁溪漫志》成书于绍熙三年,该书整体上以记录前言往行为主,唯以"欲施之用"为撰作目标,故于时政、典章、文艺等领域皆能独抒己意,其中亦不乏与四六相关之内容,如"元城了翁表章"条云:

> 今时士大夫论四六,多喜其用事精当,下字工巧,以为脍炙人

---

① 叶梦得:《避暑录话》卷上,见王云五主编:《丛书集成初编》,第 2786 册,第 32 页。

口。此固四六所尚,前辈表章固不废此,然其刚正之气形见于笔墨间,读之使人耸然,人主为之改容,奸邪为之破胆。①

费氏举刘安世《谢表》"志惟许国"及陈瓘《进四明尊尧集表》"愚公老矣"二联为例,认为其"于用事、下字,亦皆精切""而气节凛凛如严霜烈日",似此等凌驾于写作技巧之上的精神气质,在费氏看来正是一般四六作品普遍欠缺的。费氏并不否定四六表启用事造语应以工致为追求,他对夏竦《免奉使启》与苏轼《答高丽使私觌状》隶事对偶之精妙切当亦颇为赞赏,但关键在于行之有度,若"雕镌太过,则反伤正气"。② 从后人的角度来看,这种说法并无新意可言,但以其所处之时境而论,则非以经世致用为志,而又深明其疾之所居者,实难道哉。

如果说叶氏对"时流争以用经句为工"的批评以及费氏对四六文"刚正之气"的推崇尚属个人之独见,那么理学家群体对四六文风格特质的反思,则对南宋四六文之发展及北宋四六表启的接受,产生了很大的影响。文学与理学之间的摩擦碰撞,无疑是南宋文学的核心主题之一。自二程据各人为学之宗尚而将当时学者划分为"文士""讲师""儒学"三类,并视探究儒家义理者为"知道者"以来,文学与理学的关系便可谓"势同水火"。③ 而在当时文坛最具号召力,且思想、性格、学术诸方面皆与伊川有着难以调和之"永恒的冲突"的苏轼,即顺理成章地成为文士团体的代表,"自元祐后,谈理者祖程,论文者宗苏,而理与文分为二",④正是当时士林风气的真实写照。降及南宋,这种文理判然的局面依然没有发生实质性的变化,"言道学者薄词章,近世则然"。⑤ 以理学家的视角而言,所谓文章,当如尧、舜、孔子等"由道心而达",始可言之,"若文士之言,止可谓之巧言,非文章"。⑥ 朱熹、张栻、陆九渊等南宋理学大家虽然在哲学思想上互有同异,但"道本文末""浮文妨实"的基本观念,"行有余力,则以学文"的圣贤古训,则乃诸家所共同遵循。

饶有兴味的是,现实中的理学家并非皆如其在阐释思想理论时那般与文学创作完全"绝缘",他们的文学造诣或难与欧、苏、王等"专事于文者"相

---

① 费衮:《梁溪漫志》卷三,第33页。
② 费衮:《梁溪漫志》卷六,第64页。
③ 程颢,程颐:《二先生语》(六),《二程集》卷六,北京:中华书局,2004年点校本,第95页。
④ 吴子良:《荆窗续集序》,见祝尚书编:《宋集序跋汇编》卷四〇,北京:中华书局,2010年,第1953页。
⑤ 周必大:《跋郑景望诗卷》,《省斋文稿》卷一八,《周必大全集》,第162页。
⑥ 杨简:《家记》,《慈湖先生遗书》卷一五,济南:山东友谊书社,1991年影印本,第780页。

提并论,但其中的佼佼者不仅于诗文领域有所建树,甚至在四六创作上都得到了同时期士人的较高评价。谢伋早在南渡初期即以"程门高弟如逍遥公、杨中立、游定夫,皆工四六"为依据,纠正了部分学者所秉持的"谈经者不习于此(指四六文)"的错误观念。① 此三人皆受业于二程,与吕大临并称"程门四大弟子",而似此等亲炙者尚精于四六"小道",后学私淑之辈因束于道学身份而与文学创作"势不两立"者则更为罕见。张南轩为湖湘学派之代表性人物,"学之所就,足以名于一世",仰慕推崇者甚众。在他看来,"自孩提之童则使之怀利心而习为文辞",乃人才难得、治功难成等顽疾的症结所在。② 吕氏《文鉴》搜罗一代之作,令前贤佳篇不至于湮没,诚有功于后世,却被南轩斥为"闲文字","徒使精力困于翻阅",丝毫无补于后学治道。③ 依此而言,四六骈俪更是与其理想中有益于世教的载道之文相距甚远,绝非学者所宜习。但《诚斋诗话》中"四六一联而用四处古人语"条,即以张栻《答游广文启》"识其大者,岂诵说云乎哉;何以告之,曰仁义而已矣"一联为例,认为其全用经书成句而不露痕迹,"四人语乃如一人语"。④ 在杨万里看来,张栻"深于经学,初不作意于文字间,而每下笔必造极",其代父所作《谢自便表》便具有"辞平、味永、韵孤"等优点,⑤盖学养既深,而笔下自有韵致。在与张栻的书信往来中,杨氏亦不吝赞美之词,直言:"近世此作(指四六),直阁独步四海,施少才、张安国次也。某竭力体裁,或者谓其似吾南轩,不自知其似犹未也"。⑥ 有趣的是,诚斋早年欲习宏词科,正是在南轩劝导之下,才罢辍此念,转求圣学。⑦ 而在晚年撰作《诗话》时,反是将南轩视为四六写作

---

① 谢伋:《四六谈麈》,见王水照编:《历代文话》,第1册,第39页。
② 张栻:《南轩先生孟子说》卷六,《张栻集》,北京:中华书局,2015年点校本,第560页。
③ 张栻:《答朱元晦》,《新刊南轩先生文集》卷二四,《张栻集》,第1132页。
④ 杨万里:《诚斋诗话》,见杨万里著,辛更儒校笺:《杨万里集笺校》卷一一四,第4379页。
⑤ 杨万里:《诚斋诗话》,见杨万里著,辛更儒校笺:《杨万里集笺校》卷一一四,第4401页。
⑥ 杨万里:《与张严州敬夫书》,见杨万里著,辛更儒校笺:《杨万里集笺校》卷六五,第2783页。
⑦ 罗大经:《鹤林玉露》甲编卷三,第47-48页。胡铨于所撰《诚斋记》中,即对杨氏尽弃"宏博之学"而为"子思中庸之学"的心路历程有着详细的描述,见杨万里著,辛更儒校笺:《杨万里集校笺》,第5342-5343页。另,与杨氏经历类似者,尚有南宋儒者刘清之。据《宋史·刘清之传》载,刘氏"既举进士,欲应博学宏词科。及见朱熹,尽取所习焚之,慨然志于义理之学"。见《宋史》卷四三七《刘清之传》,第12956页。这些材料皆足以体现理学家对词科之"深恶痛绝",以及理学话语在士人阶层中所具有的影响力,但词科与四六,实不可等量视之。盖词科四六始终以"朝廷台阁之体"为考察重点,官员寻常陈请辞谢、交际应酬所用之表启等文,本就不在词科涉及范围之内,而只是彼时文人的"基本职业技能",今存理学家群体所撰四六主要即为此类。故部分理学家长于四六,乃是其个人文学素养的体现,而与其所宣扬之词科"败坏士风"的观点言论,并不存在矛盾冲突。

方面的模范。可见在谢氏与杨氏的观念中,理学家与四六文之间,并不存在一条无法逾越的鸿沟,二者的关系,亦非如想象中那般"势不两立"。

上述实例,皆反映出理学家鄙夷害道之文而又精于四六骈俪的"矛盾"。实际上,四六应用长期以来即为士人日常交际与官场应酬中须臾不可离之必备事物,理学中人亦难"避之大吉"而"独善其身",更兼其于文艺"不徒不能废弃,转以反对淫艳之文故,而益增其盛也",①故"长于四六写作的理学家"在南宋时期并不鲜见。② 不仅如此,部分理学大家对四六应用这一文类所存在的弊端有着清醒的认识,他们在批评、反思的过程中,亦通过树立"榜样",为四六文之发展指明方向。

与张栻类似,朱熹不仅深于经学,其文学造诣亦极为深湛。由于《播芳大全》《翰墨大全》首刊于建阳书坊,而朱熹晚年讲学著述等活动亦多在考亭新居展开,故二书皆采录朱熹表启多篇,这一方面确有书商借晦庵之名望与社会影响力而提高出版物之商业价值的考虑,但同时也足以证明朱熹之四六文写作水平得到了当时文人的广泛认可。当然,相比于骈俪对偶,朱熹显然对"平说而意自长"的古文更为欣赏,在他看来,北宋初年之文章"皆严重老成",而"到东坡文字便已驰骋,忒巧了。及宣政间,则穷极华丽,都散了和气",整体上呈现"每况愈下"之势。其间唯欧公之文流利与古拙并行,"未散得他和气"。③ 而其骈散互融的四六表启,亦是以自然流畅、意味绵远见长,朱熹对其《亳州谢上表》评价颇高,"自叙一段,只是自胸中流出,更无些窒隘"。④ 朱熹平日与弟子言谈中常有论及欧文之处,且多以"平易""有条理""敷腴温润""纡徐曲折"等词予以赞美,而以这些评语衡诸欧公四六亦无不合。此外,朱熹在同他人谈论四六文时,曾推赏范祖禹《徐王改封冀王制》中"周尊公旦"一联为前辈四六语之佳者,认为该联胜在"平正典重","工于四六者却不能及"。⑤ 联系朱熹对曾巩拟制高古典雅,"虽杂三代诰命中亦无愧"的评价,可知在朱熹的观念中,以欧阳修表启为代表的具有鲜明古文特色的四六作品,包括风格与此近似的骈体文字,虽仍是以对仗格式行文,但

---

① 吕思勉:《宋代文学》,第22页。
② 刘咸炘于《宋元文派略述》中,对南宋文人四六、义理之学兼习的特点曾有过精当的概述:"出而酬应须四六,则竞鸿词记诵之学;处而议论为语录,则撮先儒性理之言。"见刘咸炘:《文学述林》卷二,《推十书·戊辑》第1册,上海:上海科学技术文献出版社,2009年,第35页。
③ 黎靖德编:《朱子语类》卷一三九,第3307页。
④ 黎靖德编:《朱子语类》卷一三九,第3308页。
⑤ 黎靖德编:《朱子语类》卷一三九,第3313页。

与"纤巧无气骨"的寻常四六不可等价齐观,而此类作品之佳者,亦具有古文平正简易、典重雅致之特长,故其文学价值亦当得到肯定。

需要说明的是,以朱熹为代表的理学家群体,并非有意抵制四六文,而主要是对词科写作中所常见的"诪諛夸大""骈俪刻雕"等"佞辞"颇为不满,意欲以古文及带有古文特色的四六之类作品"稍更其文字之体"。① 南渡以来,词科出身之人仕途多较为显豁,这便使得该科的社会影响力较北宋时期有明显的提高。② 词科所欲拔擢的人才,乃进登两制代行王言的擅文之士,因此,四六文的撰写能力无疑是决定应试者能够入等与否的关键,而长期究心于此者,就难免陷入理学家所极力贬斥的溺于辞章而不知修身体道的"危险境地"。故而,理学家对于词科四六,更多的是一种道德属性上的歧视。从结果上来看,理学对科举的渗透,自南宋后期伊始,确实在一定程度上削弱了词科的社会地位,而朱熹对欧阳修骈体的推重,也使以骈散互融为主要风格的四六作品的地位,在南宋后期逐步提升,其接受史意义实不可忽视。

叶适与朱熹同样鄙视词科,但对四六文亦有着自己的看法。水心虽然明确表示"为文不能关教事,虽工无益也",③对不合于义理的文章,"小为科举,大为典册","虽刻秾损华",亦不可谓之文也,④立场极为坚定。但据周密《浩然斋雅谈》所载其有关"洛学兴而文字坏"之论,可见水心对文艺的关注程度犹在晦庵一派之上。⑤ 清人李春龢即认为在南宋诸儒中,论"文章之工","尤以忠定为最"。⑥ 叶适以功利之学闻名后世,即谈论诗文,其着眼点亦往往不在欣赏作品之艺术内涵,而更为关注其文字背后所体现出的道德意涵、治法要理与时政得失等。因此,相对于藻丽精巧的应用文字,他更为看重雅驯典正的古文,所谓"文学之兴,萌芽于柳开、穆修,而欧阳修最有力"的观点,⑦正充分体现了其内心的真实想法。而其对欧阳修之表启四六亦

---

① 朱熹:《学校贡举私议》,《晦庵先生朱文公文集》卷六九,见朱熹撰,朱杰人、严佐之、刘永翔主编:《朱子全书》,第23册,第3364页。值得一提的是,朱熹虽编有"择之之精,甚非他人目力所能到"的《欧曾文集》,但并无记载证明该书与科举相关;而陈亮所编《欧阳文粹》,"姑以公之文,学者虽私诵习之,而未以为急也。故予姑缀其通于时文者,以与朋友共之",则带有明显的以欧作为士子科举文范的意图,故理学家对时文的"改造",实不仅停留于理论号召,更在实践层面有所行动。
② 相关内容可参考管琴:《词科与南宋文学》,第104-115页。
③ 叶适:《赠薛子长》,《叶适集》卷二九,北京:中华书局,2010年点校本,第607页。
④ 叶适:《周南仲文集后序》,《叶适集》卷一二,第219页。
⑤ 周密:《浩然斋雅谈》卷上,北京:中华书局,2010年点校本,第15页。
⑥ 李春龢:《水心别集序》,《叶适集》,第629页。
⑦ 叶适:《习学记言序目》卷四七,第696页。

颇为欣赏,在这一点上,水心与朱子正可谓"英雄所见略同"。

叶适晚年退居水心后,集平生博览群书之所得撰成《习学记言》,该书所论以经、史、子三部之典籍为主要内容,与辞章相关者唯《皇朝文鉴》一书而已,但叶适有关四六文的观点与看法,正集中体现于其针对《文鉴》所收北宋四六章表的品评与鉴赏当中。盖水心评文,始终遵循文质合一的基本原则,而不单以作品之工拙评定优劣。例如,他一方面承认王安石《谢宰相表》最为工致,"为近世第一",但又以其内容为"大言之尤者",故"不可为后世法"。① 曾巩《贺熙宁十年南郊礼毕大赦表》中"钩陈太微"一联甚为时人称道,足可与韩愈《请上尊号表》"析木天街"一联相媲美,而水心即以"文事不称"为由加以贬斥,并不因其名气而有所回护。另外,水心对"取经史见语错重组缀,有如自然","模拟典雅以求复古"的作法颇不以为是,②而认为上古"质实近情"的文风"未必为非",这与他批驳词科时文"以一联之工,而遂擅终身之官爵"的陋习如出一辙。虽然水心颇为欣赏苏文之驰骋开阖、纵横倏忽,③但因其《谢知制诰表》所述"止于近事",不能及古,故亦不为其所喜。④以上种种,皆反映出水心不为时俗所动而独持己见的坚定立场,明人叶道毂言水心乃"宋人中颇不入颓流者",且"务以我为是",⑤可谓得之。

在北宋四六表文中,叶适仅对欧阳修《谢知制诰表》、李之仪《代范忠宣公遗表》、陈瓘《进四明尊尧集表》三文表达了赞许,且称欧表"得文字之正意,古今如欧阳修者鲜矣"。⑥ 南宋后期文人吴子良作文为学率以水心为宗,于所著《荆溪林下偶谈》中亦多见推重叶适之处,其称"水心于欧公四六暗诵如流,而所作亦甚似之,顾其简淡朴素,无一毫妩媚之态,行于自然,无用事用句之癖,尤世俗所难识也"。⑦ 观叶氏集中表文,如《蕲州到任谢表》《湖南运判到任谢表》等作,确具六一章表不事雕琢、畅达事情之特点,因此,吴氏"本朝四六,以欧公为第一,苏、王次之"之评,⑧当可谓契合水心之意旨,且能补《习学记言》之所未言。虽然"崇宁、大观间","后生不复有言欧公

---

① 叶适:《习学记言序目》卷四七,第729页。
② 叶适:《习学记言序目》卷四八,第711页。
③ 叶适:《习学记言序目》卷五〇,第744页。
④ 叶适:《习学记言序目》卷四九,第729页。
⑤ 叶道毂:《习学记言序目跋》,叶适:《习学记言序目》,第763页。
⑥ 叶适:《习学记言序目》卷四九,第729页。
⑦ 吴子良:《荆溪林下偶谈》卷二,见王水照编:《历代文话》,第1册,第555页。
⑧ 吴子良:《荆溪林下偶谈》卷二,第554页。

者"的描述略显夸张,亦不尽合于实情,①但欧阳修四六在南宋的影响,确难与苏、王二家骈体相比。而经朱熹、叶适等理学大家的推赏,欧公四六作品的艺术价值亦逐渐为南宋文人所认可。

虽然"古文与四六同一关键"的说法首见于《荆溪林下偶谈》,但实际上朱熹、叶适等理学家一直以来即是将古文的创作手法与艺术特征"迁移"至四六领域,并以此为出发点,审视、反思前人与时人的四六写作。这种思路在南宋后期仍颇具影响,一些曾受学于理学大家,又对四六文较为关注的著名文士,亦常"借古文以论四六"。

南宋文人对四六文"古语切对"的关注程度普遍较高,但部分文士亦开始反思"成句对仗"这一流行已久的写作技巧对文意表达效果的削弱问题。除前文所提及的叶适与此相关的看法外,陈鹄于《耆旧续闻》之"四六用经史全语必须词旨相贯"条中,通过援引谢绛写予杨亿之谢启及张方平《除李昭亮殿前副都指挥使宁武军节度使制》二文中的联句为例,提出四六使用原文成句一定要与意思表达相结合,绝不可为矜炫渊博而堆叠造作,否则便会如集句诗文般难登大雅之堂。② 与陈氏之论相类,楼昉在《过庭录》中亦就成句对仗的"语料来源"问题,表达了自己的看法:

> 《书》句自对《书》句之类尤佳,六经循还,自相对之;若不得已,以史句分晓处对子句或经句,亦不奈何。大要主于缕贯脉联,文从字顺而已,不必太拘。③

楼昉随后还以苏轼《除吕公著守司空同平章军国事制》与《提举玉局观谢表》二文为例,佐证其观点。楼昉的这一说法,与谢伋"经史子语各自为对"之论可谓针锋相对,他并未否认四六文使用"经史全语"的正当性,只是强调需"文从字顺",将表情达意置于四六文写作的首位,而任何的手法技巧都应服务于这一根本目的,这与陈鹄的观点不谋而合。楼昉师承吕祖谦,曾仿照《古文关键》编纂《崇古文诀》,其于《过庭录》中对太史公及韩、柳文章颇为称许,而在该书"文字"条中,他亦明确表达出以六经正说为立言之主的思想,故其上述关于四六文成句对仗的看法,在某种程度上亦属"借古文以论四六"。

---

① 朱弁:《曲洧旧闻》卷八,第 205 页。
② 陈鹄:《西塘集耆旧续闻》卷五,第 334 页。
③ 楼昉:《过庭录》,见王水照编:《历代文话》,第 1 册,第 456 页。

因楼昉在南宋士林与文坛中极具威望,①故其有关文学创作的理论亦颇为时人及后人所重。王应麟于《词学指南》中首先转引其上述观点,其后明人黄瑜、李诩,清人赵翼等后世学人亦皆于各自的笔记著述中就楼氏此说专立条目,并在其基础之上有所扩充。但稍显遗憾的是,诸家的关注重点都集中于经书对偶之妙然天成,即所谓的"天生自然对",而有意无意地忽略了楼昉重表达效果、轻手法技巧的主要诉求。不得不说的是,迂斋在四六文写作风格愈趋专精,成句使用仍颇为频繁的时期独倡己见,其远见卓识令人佩服。

如果说楼昉的观点尚较为"温和",那么视四六为其"家事"的刘克庄对四六文写作的看法与意见,则可谓态度鲜明、不可置疑的"针砭时弊"。后村论四六之语,多见于其所撰序跋文内,如在《宋希仁四六序》中,他即尖锐地指出近人之作所存在的种种问题,认为"新者崖异,熟者腐陈,淡者轻虚,深者僻晦,或淳漓相淆杂,或首尾不贯属,均为四六之病",②而其理想中的四六文,炼字、组织、事典、语典各方面均应相辅相成、融会贯通,不可偏于一端,以致龃龉不合。而能够统领、安排这些"部件"的关键,即在于"笔力"与"立意":"能用事而不为事束缚,能用古人语如自语者,笔力也","能使一篇意脉贯属而不涣散者,意也",而"立意"尤重于"笔力","意高则笔力从之矣"。③后村对"意"的讲求,实为骈散各体所共通,这与其所标举的"文气"概念性质接近。后村对方信孺之才情诗文颇为推许,无论有韵无韵,皆有可观,其四六亦多警策之语,而方氏之所以"能集众长而擅一家"的主要原因,即在于其为文"气高天下"。④他又称赞辛弃疾"文墨议论尤英伟磊落",词作亦"大声镗鞳,小声铿鍧,横绝六合,扫空万古,自有苍生以来所无",⑤而亦皆以文气充盈为根本。古来文人以"气"论文者不知凡几,要皆无出曹丕、韩愈"文以气为主""气盛则言之短长与声之高下者皆宜"二言。赵汝谈曾致信后村,对其以古文之才而专用于诗与四六甚为惋惜,⑥但也正缘于这种"不务正业",才使得后村能够以超越体裁细类分别的视角,用"气"这一古代文论中的经典范畴统摄骈散,并借之为四六文写作树立规式。

---

① 刘克庄《迂斋标注古文序》:"经(楼昉)指授,成进士名者甚众,其高第为帝者师、天下宰,而迂斋已不及见。"见刘克庄著,辛更儒笺校:《刘克庄集笺校》卷九六,第4049页。
② 刘克庄著,辛更儒笺校:《刘克庄集笺校》卷九七,第4094-4095页。
③ 刘克庄:《黄牧四六序》,见刘克庄著,辛更儒笺校:《刘克庄集笺校》卷一〇七,第4457页。
④ 刘克庄:《诗境集序》,见刘克庄著,辛更儒笺校:《刘克庄集笺校》卷九七,第4098页。
⑤ 刘克庄:《辛稼轩集序》,见刘克庄著,辛更儒笺校:《刘克庄集笺校》卷九八,第4113页。
⑥ 刘克庄:《赵南塘洪平斋汤晦静遗墨》,见刘克庄著,辛更儒笺校:《刘克庄集笺校》卷一〇八,第4481页。

与陈鹄、楼昉相近，后村对时人写作、品评四六多以善用成句为上的风气不以为然，在《方汝玉行卷》中，他即以南宋四六名家李刘之文为例，对此问题进行说明：

> 四六家以书为料，料少而徒恃才思，未免轻疏；料多而不善融化，流为重浊，二者胥失之。近时学者多宗梅亭，梅亭者，李功父侍郎也。忆余少游都城，于西山先生坐上初识之。时功父新擢第，欲应词科。西山指楣上竹夫人戏曰："试为竹夫人进封制，可乎？"功父须臾成章。末联云："保抱携持，朕不安丙夜之枕；展转反侧，尔尚形四方之风。"西山称赏。今人但诵其全句对属，以为警句。功父佳处，世所未知也。①

李刘以四六写竹夫人，本为南宋时习见"文戏"之一，确难登大雅之堂，但李氏此联先以《召诰》中对商朝末年"夫知保抱携持厥妇子"的悲惨情状，②与《新唐书·循吏传序》所载唐太宗因"思天下事"，而"丙夜不安枕"之典构成上联，③形容物主心忧天下、情系苍生；后联则以《关雎》诗句及《诗大序》之"辗转反侧""四方之风"二语比拟竹夫人精巧玲珑之形态与清凉消暑之功能，巧妙妥切之外，又与上联之情境若合符节。李氏以生动的笔调为读者描绘出一张饶有趣味的"夏夜入睡图"，同时又通过以物喻人的手法使作品的主题得到升华。由此可见，真正的大手笔，即便游戏之作，亦有过人之处。

该联虽是以经史成句连缀而成，但意脉贯通，切合情景，并无牵强凑泊之弊，后村所谓"功父佳处"，想即指此而言。在后村看来，全文成句虽"尤能累文字气骨"，但作四六又"不可无也"，在使用时必经剪裁融化、增删加工等步骤，操作难度较高，故即便是孙觌、李刘等四六名手，亦难免存在生硬堆垛之弊。④ 故后村特意将其心目中可资取法的两宋四六名家一一罗列，与"庶几有志者"共勉："精切则夏英公，高雅则王荆公，南渡后富丽则汪龙溪，典严则周平园，其余大家尚数十公，而欧、苏又四六中缚不住者"。⑤ 值得注意的是，夏竦、王安石、苏轼皆乃南宋文人所共推的大家，但欧阳修则在很长一

---

① 刘克庄：《跋方汝玉行卷》，见刘克庄著，辛更儒笺校：《刘克庄集笺校》卷一〇六，第4432页。
② 《尚书正义》卷一五，见阮元校刻：《十三经注疏》（清嘉庆刊本），第450页。
③ 《新唐书》卷一九七《循吏传》，北京：中华书局，1975年点校本，第5616页。
④ 刘克庄《林太渊文稿序》："四六家必用全句，必使故事，然鸿庆欠融化，梅亭稍堆垛，要是文字之病。"见刘克庄著，辛更儒笺校：《刘克庄集笺校》卷九八，第4122页。
⑤ 刘克庄：《跋方汝玉行卷》，见刘克庄著，辛更儒笺校：《刘克庄集笺校》卷一〇六，第4432页。

段时间内处于湮没无闻的状态,而后村此处非仅将欧公列入四六名家范围内,又视其为作四六"缚不住"者,足见推许之高。后村所谓"缚不住",大体上可以从两个方面理解:一是指该作家四六文风格多变,难以像其他各家那样用单纯的修饰性词汇加以概括;二是指其为文类似"鄱阳三洪"之"笔力浩大,不窘于记问,不缚于体式",①能够超脱体裁限制而将充沛之文气贯注于各类作品当中。相比于俊巧秀丽、精雕细琢而成的瑰丽文字,后村个人更偏爱雄健浑厚、深沉典雅之四六文,而视堆故事、用全句者为等而下之。② 因此,虽然后村之四六被真德秀评为取法于荆公,其在与汤埜孙讨论四六文时,亦曾举荆公《除平章事昭文馆大学士谢表》中"宜选于众"一联,作为"用故事而工者"的代表,③但观其在指导后学习作四六时所云:"(作四六)当用西山之法,参取坡公,则益雄浑变化而不可测矣"之语,④可知就其个人艺术理念与文学好尚来看,他显然更为推崇欧、苏一类"缚不住"且讲求气韵意脉的骈体。

实际上,后村本人的四六文作品,原即有不拘一格、不落俗套的特点。赵汝谈曾在初次观览后村四六时评云:"更须参取欧、苏,使之神化不测",而他日复见其文,又云:"今知前所见一卷,就某所好一体耳"。⑤ 虽然不能确定南塘之评价前后有别的缘故,究竟是由于后村初进文时即有意"投其所好"而献,还是在听取建议后迅速"改弦更张",抑或确因赵氏所见之文数量有限而难免以偏概全,但无论真相如何,这段故事皆足以反映出后村骈体风格之变化多端,以及欧苏四六对其潜移默化的影响。

后村曾将其四六写作之心得提炼为"宁新毋陈,宁雅毋俗,宁壮浪毋卑弱"十四字"法门要义",⑥而东坡四六本即以新奇壮阔著称,荆公四六亦被后村视为高雅的代表,故其虽对南宋四六名家如汪藻、周必大、真西山、赵南塘等多有称许,但就其骈文之取径而言,仍是出入于苏、王之间并广取各家之所长,而其对欧公四六的推崇,又与叶适、朱熹等理学大家看法一致。后

---

① 刘克庄:《退庵集序》,见刘克庄著,辛更儒笺校:《刘克庄集笺校》卷九四,第 3978 页。
② 刘克庄《跋张天定四六》:"张君能甫,示余表启一卷,典丽刊冗腐,闲淡具姿态,无狂澜而委蛇曲折行焉,不设色而黼黻藻火备焉,非近时堆故事用全句者所能至也"。见刘克庄著,辛更儒笺校:《刘克庄集笺校》卷一〇六,第 4429 页。
③ 刘克庄:《跋汤埜孙长短句又四六》,见刘克庄著,辛更儒笺校:《刘克庄集笺校》卷一一一,第 4614-4615 页。
④ 刘克庄:《跋张天定四六》,见刘克庄著,辛更儒笺校:《刘克庄集笺校》卷一〇六,第 4429 页。
⑤ 刘克庄:《杂记》(其一四),见刘克庄著,辛更儒笺校:《刘克庄集笺校》卷一一二,第 4673 页。
⑥ 刘克庄:《跋汤埜孙长短句又四六》,见刘克庄著,辛更儒笺校:《刘克庄集笺校》卷一一一,第 4615 页。

村之所以对北宋名家多有推许，乃是欲借之以扭转近人专习流行之体而不知"取法乎上"的局面，由于后村在彼时文坛之号召力罕有其匹，"言诗者宗焉，言文者宗焉，言四六者宗焉"，①"江湖士友为四六及五七言，往往祖后村氏"，②故其对四六文写作技法的反思以及北宋四六代表性作家的称赞，无疑会对南宋晚期文人重新认识北宋四六文产生一定的影响，从这一角度来说，后村四六之论，实为北宋四六文接受过程中的重要环节。

宋末"东发学派"之创始人黄震，亦同样遵循"借古文以论四六"的思路。黄氏虽乃博通今古的饱学鸿儒，但四六应用亦非其专门留意者，只是在阅读名家文集时，对其所撰表启应用之文未尝轻易放过，而将点滴阅读所得随手录下，寥寥数语背后，体现出的是黄氏对文学正道的追寻探索。③从学术渊源传承的角度来说，黄氏乃朱门后劲，其哲学思想以程朱理学一脉为依归。④而黄氏作文亦本之朱熹，故其在评价文学作品之内容、风格时，同样以载道言理、平正淡雅等基本特质为"准绳"。⑤黄氏在读罢朱熹表启后，认为其文"皆和平直叙，世之掇拾古语、牵对为工者可观矣"，⑥将晦庵骈体树立为应用之作的典范，令近人贪用全句者"对照检查"，这种态度与楼昉、刘克庄等虽知全句对仗"尤累正气"，但究以成句语典为四六写作中不可或缺的一部分存在一定的差别。

在黄氏看来，"和平直叙"不仅是晦庵表启之风格特征，更是理学家四六之本色。黄氏对张栻、叶适二人之四六亦多加称赞，南轩所撰严州、江陵等

---

① 林希逸：《宋修史侍读尚书龙图阁学士正议大夫致仕莆田县开国伯食邑九百户赠银青光禄大夫后村先生刘公行状》，见刘克庄著，辛更儒笺校：《刘克庄集笺校》卷一九四，第7548页。
② 洪天锡：《刘克庄墓志铭》，见刘克庄著，辛更儒笺校：《刘克庄集笺校》卷一九五，第7574页。
③ 学界有关黄震及《黄氏日抄》的研究，已积累了较为丰硕的成果，葛晓爱于所著《〈黄氏日抄〉研究》的"前言"部分，已将钱穆、林政华、吴怀祺、张伟等学者的相关著述予以详细回顾。但包括葛著在内，研究者的关注重点，皆集中于黄震生平及其在《日抄》中所体现出的理学及经史思想，而对其阅读两宋诸家文集所作品评之语中所蕴含的文学思想与艺术理念，则多未暇顾及，略显遗憾。葛晓爱：《〈黄氏日抄〉研究》，新北：花木兰文化出版社，2013年。
④ 钱穆于《黄东发学述》中即言："后儒治朱学，能深得朱子奥旨者，殆莫踰于黄氏。"见《中国学术思想史论丛》（六），台北：联经出版社，1998年，第1页。
⑤ 黄氏评阅朱熹文集后的总结之语，概可视为其文学理念的集中反映："《六经》之文皆道，秦汉以后之文鲜复关于道，甚者害道。韩文公始复古文，而犹未必尽纯于道，我朝诸儒始明古道，而又未尝尽发于文。……提挈纲维，疏别缓急，无一不使复还古初，《六经》之道赖之而昭昭乎如揭中天之日月。其为文也，孰大于是"。文以载道，文道相融，黄氏通过对朱熹之文的赞美，将其所秉持传统文道观念予以明确的表达。此语见于黄震：《黄氏日抄》卷三六，见黄震著，张伟、何忠礼主编：《黄震全集》，第4册，第1350页。
⑥ 黄震：《黄氏日抄》卷三六，见黄震著，张伟、何忠礼主编：《黄震全集》，第4册，第1338页。

到任《谢表》"皆平叙民情国事,文从字顺",①水心之表启则"文平意顺",堪称"大手笔"。② 直叙事情、文平字顺乃晦庵、南轩、水心表启应用之文的共通特点,而这也是黄氏心目中四六骈体之典型范式。故其在品评前人四六作品时,亦是以古雅简淡为最高标准,凡违背这一原则者,即便声名显赫如韩、柳者,亦难免受到尖锐的批评。③

黄震以"文平意顺"之作为高,或是受到朱熹称赞欧公及三苏文章之妙处,正在于"平易说道理"的直接影响。④ 黄氏与前辈理学家一样对六一表启应用多加推崇,他在《日抄》中即摘取欧阳修《谢宣召入翰林状》《亳州乞致仕第三表》《第四表》《辞宣徽使判太原府第五札子》《第六札子》及《回李舍人书》等文内的警策联句,这些联句或叙事,或抒情,或谢恩,或形容,功能内容各有差异,但皆属不用事典、语典而平铺直叙一类。与之相对,黄氏还特别提到《上胥学士启》等欧公青年时期的四六作品,称此等"一句一故事"之文,"非晚年明白言意者比"。⑤ "明白言意"与"文平意顺"含义近似,皆为欧公四六表启最为突出的风格特征,而这种风格在普遍讲求成句对仗、以运古为上的南宋四六文中实非主流。黄氏继承、延续了朱熹、叶适等前辈以骈散互融之四六"针砭时弊"的作法,但在提出观点、举例论证等环节上更为清晰、详赡,虽然黄氏并不以四六写作见长,但其切中时弊、寻觅正法的眼光与精神,亦值得肯定。

欧阳修之后,苏轼在继承前辈衣钵的基础上融入新的元素,将"以文体为四六"发扬光大。黄氏对二家文章之前后相承,亦有着清晰的认识:

> 迹其(欧阳修)文词,盖温而自然畅达,夫岂人力之所可强。……苏文忠公继生,是时公实奖掖而与之俱。欧阳公之模写事情,使人宛然如见,苏公之开陈治道,使人恻然动心,皆前无古人矣。……故求义理者,必于伊、洛;言文章者,必于欧、苏。⑥

---

① 黄震:《黄氏日抄》卷三九,见黄震著,张伟、何忠礼主编:《黄震全集》,第5册,第1402页。
② 黄震:《黄氏日抄》卷六八,见黄震著,张伟、何忠礼主编:《黄震全集》,第6册,第2026页。
③ 黄氏认为韩愈《贺庆云》等表"皆文人谀语,牵于时俗,无足论者",又指其《贺太阳不亏表》"皆我朝先正所不为者"。与韩愈相比,柳宗元之表启则更难入黄氏法眼,"启皆献文求哀之辞,表多世俗称颂之语,气索理短,未见柳之能过人者",从内容到风格,一无可取。似此之言,皆不加讳饰而直陈己意。黄氏对柳宗元其人其文,确因"不根于道""大肆其力于文章"而有所不屑,但对韩愈则少见指摘,恰恰相反,黄氏曾盛赞韩愈"孔孟而后,所以辨析义理者,文公一人而已",其文"论事说理,一一明白透彻无可指择",故上述针对韩愈的严厉措辞,正可反映黄氏贯彻始终的评价标准。
④ 黎靖德编:《朱子语类》卷一三九,第297页。
⑤ 黄震:《黄氏日抄》卷六一,见黄震著,张伟、何忠礼主编:《黄震全集》,第6册,第1887页。
⑥ 黄震:《黄氏日抄》卷六一,见黄震著,张伟、何忠礼主编:《黄震全集》,第6册,第1898页。

东坡四六表启在南宋广受推崇,或赞其气势磅礴、笔意浩荡,或爱其善用成句、妥贴自然,但在黄氏眼中,其过人之处与欧公无异,同样胜在"文平意顺"。黄氏在《日抄》中以《徐州贺河平表》为例,指出文中"方其决也"一联"与散文无异",而全篇亦"不过言理,但取其齐比易读,盖表启本如此"。在评论《贺坤成节表》时,黄氏又再次谈到"此类皆说理,不求工于文,近世表启,文虽工而理缺矣。二十七卷启三十首,皆散文之句,语相似而便于读耳,陆宣公奏议体也"。① 此外,东坡《后集》中《谢除两职兼礼部尚书表》与《扬州到任谢执政启》两篇亦有可观,前者"说讲学事,老成忠切",后者"但未归田之须臾,犹思报国之万一"一联"极可玩味"。② 欧阳修对苏氏父子"四六述叙,委曲精尽,不减古文"之评价,早已指出东坡四六长于叙述论理,融摄古文特长的艺术特征,只是南宋文人多以自身之所好求之于东坡四六,故多称赞其运典使事、化用成句警策可观,而很少提及其作品之流畅自然、指事造实。黄氏对东坡四六表启的评论,一方面明确将其风格来源上溯至陆贽,更为关键的,则是将此种化散为骈、运单成复,言之有物而不求对仗精工的写作方式视为"表启之本"。所谓"本",实即为表启二体与生俱来便应承担的以论事陈情为核心的基本表达功能,在黄氏看来,将散体句式剪裁齐整、连缀成篇,便能够在不影响意思表达的前提下,通过音节韵律的美感提高作品的艺术性,而前代陆宣公之奏议,本朝苏文忠之四六,皆堪称这一理想形式的现实模板。

虽然杨囷道将苏、王视为北宋两大四六派别之代表,但由于新法等历史问题的影响,导致部分南宋士人对王安石颇有不满,黄震本人对荆公之文学成就亦评价不高。③ 但在论及荆公四六应用时,黄氏则称其制诰"简淡有古意",启文"平易如散文",与律诗、记、志等体同样可观。值得注意的是,黄氏还以荆公外制《召试》三道"其二以散文为之"为例,指出"祖宗盛时,制诰尚存古意;自宏词之名立,而朝廷训诰之文,遂同场屋声病之习矣",④ 又于称赏《贺韩魏公启》"言众人之所未尝,任大臣之所不敢"一联后,再次提到"自宏词之科既设,启、表遂为程文,各以格名,无复气象"。⑤ 黄氏青年时期,正当梅亭四六风靡之时,那种"惟以流丽稳贴为宗,无复前人之典重",如同"类

---

① 黄震:《黄氏日抄》卷六二,见黄震著,张伟、何忠礼主编:《黄震全集》,第 6 册,第 1903 页。
② 黄震:《黄氏日抄》卷六二,见黄震著,张伟、何忠礼主编:《黄震全集》,第 6 册,第 1911 页。
③ 黄氏称王安石之文"率暧昧而不彰,迂弱而不振,未见其有犁然当人心,使人心开目明,诵咏不忘者"。黄震:《黄氏日抄》卷六四,见黄震著,张伟、何忠礼主编:《黄震全集》,第 6 册,第 1958 页。
④ 黄震:《黄氏日抄》卷六四,见黄震著,张伟、何忠礼主编:《黄震全集》,第 6 册,第 1948 页。
⑤ 黄震:《黄氏日抄》卷六四,见黄震著,张伟、何忠礼主编:《黄震全集》,第 6 册,第 1955 页。

书之外编、公牍之副本"的应用之作,无疑在一定程度上加深了黄氏对于时文的"厌恶之情",故其对欧、苏四六表启风格的推崇,与对"词科习气"的贬斥,实为一体之两面。

在北宋四六名家中,除欧、苏、王之外,能够符合黄氏之艺术诉求的"合格人选",尚有曾巩。黄氏评南丰之制诰"特散文之逐句相类耳",表文"多平淡说意",①启文则"平易不华,文章之正也"。② 黄氏对于维护"正道",有着不亚于程、朱等人的执着,其视庄、列等诸子为"汨漠天下之正理,惑生民之耳目"的异端,而唯尊孔孟之学为天下之正道,便为其证。曾巩之制诰表启与欧、苏四六皆具有平淡简约的类似古文特征,与精工雕琢之骈俪文字泾渭分明,在黄氏看来,这种风格不仅是应用体裁之本色,也是文章正道的体现。

由上可知,四六文至南宋,多以用典使事、雕琢篆刻见长,且随着词科影响力的增强,应用文的社会价值亦得到提升,而这在以辞章为薄的"言道者"看来,即是导致社会风气败坏、人心不古的"罪魁祸首"之一,故其对四六文的贬低与排斥,亦在情理之中。张栻、朱熹、叶适等理学大家非仅在哲学思想领域颇有建树,其四六应用亦得到了时人的肯定,因此,他们一方面称四六文"最为陋而无用",同时也从自身的艺术理念与好恶出发,为这类文体指明发展方向。相比于琐碎排偶、抽黄对白,理学家更为欣赏文从字顺、指事陈情的应用文字,这种写法在南宋时期尤为罕见,而以欧阳修、苏轼之作为代表的具有古文特色的四六表启,恰与理学中人所理解的四六文之"本色"完美契合,故包括朱熹、叶适、黄震在内的理学鸿儒皆对欧、苏四六称赏有加,这在很大程度上扭转了欧公四六于南宋时期颇受"冷落"的局面。与此相关,一些从学于理学家的文士,亦对时人四六写作之弊有着清醒的认识,楼昉、刘克庄皆为引领一时之风尚的文坛巨子,二家古文造诣深湛,其谈论四六,亦与理学中人相似,多以古文之艺术特征加诸骈体,而无论是楼昉强调四六遣词造句当以缕贯脉联、文从字顺为追求,还是刘克庄以立意与气力统摄骈散众体,其矛头所指,实际上皆是南宋四六普遍以全文成句为上而忽略文意表达的通病。身为南宋四六名家的后村,在向留心四六写作的晚辈后学指示修习门径时,亦盛赞笔力雄放、变化莫测的欧、苏四六,虽然其看待四六创作的着眼点与理学家有所差别,但对欧、苏四六的推崇则可谓所见略同。

要之,追捧"妙联警句"与提倡文从意顺,是南宋文人有关四六写作最具

---

① 黄震:《黄氏日抄》卷六三,见黄震著,张伟、何忠礼主编:《黄震全集》,第6册,第1929页。
② 黄震:《黄氏日抄》卷六三,见黄震著,张伟、何忠礼主编:《黄震全集》,第6册,第1932页。

代表性,亦略有抵触矛盾的两种倾向,而词科四六与理学中人所追捧的欧苏骈体,即为此两种倾向的绝佳代表。正如曹丽萍所言:"词科严格程序化要求下的骈文,与欧苏散体四六体现出来的是两种相对立的文学精神,前者要求必须将写作置于体制、法度的约束下,后者则提倡以意为文,赋予作者较高的创作自由空间,在文风、语言形式等方面大胆创新,为了表达需要可以突破体制规范。"①而站在各自的视角回顾北宋时期的"文学遗产",其眼中的"风景"亦有明显的区别:追捧"妙联警句"者,多称赏夏竦、元绛、王珪、王安中诸家之文;而提倡文从意顺者,则以欧阳修之四六表启为北宋骈体之代表。相比之下,唯苏轼、王安石二家四六能够得到不同"阵营"的一致好评。南宋文人这种以苏、王为尊,其余诸家为辅的看法,对后人认识、理解北宋四六产生了直接的影响,②而他们所提及的北宋表启,亦大多成为后人津津乐道的经典作品,故南宋时期,实可谓北宋四六表启乃至北宋四六文接受史中无可替代的最为重要的阶段。

5.2　南宋文章选本及四六类书中的北宋表启

相较于笔记与文集中的"只言片语",文章选本对于文学作品接受情况的反映,无疑更为清楚、直观。北宋时期古文盛行,文人心目中的文章正典,基本上未出六经、诸子、两汉及韩、柳等古圣先贤之作范围,而在南渡之后,北宋名家的作品,在一定程度上亦被视为经典,特别是在科举教学领域,"对于南宋教师来说,学生在唐宋作者的文章中,而不是在原本那些经典文本中,更容易感受到古典式写作的特点"。③　林之奇的《观澜文集》是南宋前期具有代表性的科举教材,是书选苏轼作品三十八篇,超过韩、柳二家之和,欧阳修、王安石、司马光、苏辙、曾巩等人亦皆有五篇以上入选。作为林氏高足的吕祖谦,显然继承了其师衣钵,在自编教学文选《古文关键》中,同样将欧苏之文与韩、

---

① 曹丽萍:《南宋词科对南宋骈文发展的影响》,北京化工大学学报(社会科学版),2008年第4期,第54-58页。

② 陈绎曾即将苏、王分别视为新、旧两派四六的代表:"故为四六之本,一曰约事,二曰分章,三曰明意,四曰属辞,务欲辞简意明而已。此唐人四六故规,而苏子瞻氏之所取则也。后世益以文华,加之工致,又欲新奇,于是以用事亲切为精妙,属对巧的为奇崛,此宋人四六之新规,而王介甫氏之所取法也。"见陈绎曾:《文章欧冶(文筌)·四六附说》,王水照编:《历代文话》,第2册,第1267页。明人沈懋孝、袁黄等在谈及宋四六时,亦皆以苏、王并称。盖以二家四六为北宋一代之宗的看法,几乎成为后世文人的"共识"。

③ 魏希德:《义旨之争——南宋科举规范之折冲》,杭州:浙江大学出版社,2015年,第123页。

第5章 南宋文人对北宋表启的接受

柳并视为学习作文的基础,并特别指出阅读荆公、子由、南丰诸家之文的参考要则。这些皆可以证明北宋名家之文,至少在孝宗时期,已逐渐迈入经典行列。

统治阶层对于北宋名家的作品亦同样表现出浓厚的兴趣,江钿的《圣宋文海》是南宋前期为数不多且规模庞大的北宋文章总集,孝宗并不因该书为江氏一家之作且属坊刻之本而有所轻视贬低,反是"命临安府校正刊行",以裨文治。而正是在周必大谏言后,吕祖谦因王淮荐举对该书重新编订铨择,才促成了《宋文鉴》的产生,这也是南宋民间出版物较为罕见的"逆袭"案例。

随着经济发展水平与文化消费需求的提升,杭州、成都、福州、建阳等地在十二、十三世纪成为商业刻印的中心。① 由于福建乡学兴盛,应举赴试及荣登科第之人数在全国名列前茅,②相关参考书籍市场较为活跃,各府县从业者数量较多,其中尤以建阳之私家书坊影响最大。③ 虽然在部分文士眼中,建阳之刻本质量难以令人满意,但亦无法否认该地出版之书籍在全国范围内的广泛流通。④ 围绕着科举教学、官场参考以及日常生活等实用性目的,各类经史读本、范文选集与综合性类书种类繁多,而魏齐贤、叶棻所辑之《播芳大全》,更是宋代难得一见的以四六应用为主的综合性文章选集,该书保留了许多别集失传之作者的作品,在文学接受层面也与《宋文鉴》存在明显区别。虽然吕祖谦与魏、叶二氏之工作性质、目的与条件等都不具有可比性,但与江钿纂辑《宋文海》相比,政治导向与经济目标,分别是伴随他们编纂过程之始终的外在压力。因此,他们在采择作品时,势必要在读者接受与个人偏好两个向度上达到尽可能的平衡与统一,这当然也在一定程度上提高了这两部选本的可参考性与经典价值,二者皆于后世广泛流传,⑤并成为

---

① 魏了翁在《眉山孙氏书楼记》中言道:"自唐末五季以来始为印书,极于近世,而闽浙庸蜀之锓梓遍天下。"见《鹤山集》卷四一,《文渊阁四库全书》第1172册,第474页上。

② 《宋史》卷八九《地理志五》:"(闽人)多向学,喜讲诵,好为文辞,登科第者尤多。"第2210页。

③ 朱熹《建宁府建阳县学藏书记》:"建阳版本书籍行四方者,无远不至。"《晦庵先生朱文公文集》卷七八,见朱熹撰,朱杰人、严佐之、刘永翔主编:《朱子全书》,第24册,第3745页。祝穆将"书籍行四方"作为建宁府的"土产"之一,并在其下注云:"麻沙、崇化两坊产书,号为图书之府。"见祝穆撰,祝洙增订:《方舆胜览》卷一一,北京:中华书局,2003年点校本,第181页。

④ 叶梦得即曾谈道:"今天下印书,以杭州为上,蜀本次之,福建最下。京师比岁印版,殆不减杭州,但纸不佳;蜀与福建多以柔木刻之,取其易成而速售,故不能工;福建本几遍天下,正以其易成故也。"见《石林燕语》卷八,第116页。

⑤ 《播芳大全》虽未见元、明书目著录,似不及《宋文鉴》之影响深远,但耶律楚材《西游录》中记有邱处机向其借阅《播芳大全》,并因不能理解黄庭坚《观音赞》(实为《沙弥文信大悲颂》)中的语句而为楚材轻视之事。姚从吾对此条记载十分重视,将其视为《播芳大全》流行于元代的直接反映。参见姚从吾:《耶律楚材〈西游录〉足本校注》,《姚从吾先生全集》,台北:正中书局,1982年,第7册,第221页。

明清时期相关文章选本所无法忽略并多有承袭的基础资料。

《经进东坡文集事略》与《重广分门三苏先生文粹》对东坡四六的采选力度又非《文鉴》《播芳大全》可相比拟,二书几乎囊括了后人所熟知的全部东坡表启经典名篇,仅就选录范围而言,明清时期的苏文选本与东坡四六专选本亦并未超出此二选之上。因此,在苏文选本史与东坡四六表启接受史上,此二选皆占有极其重要的位置。

南宋时期的四六类书,当可称中国古代类书发展史上的"奇葩",其独特的内容架构与传统类书大相径庭。客观来讲,《四六丛珠》与《翰墨大全》"依类选文+析章摘句"的编排方式,实乃文章选本与传统类书的"混合产物"。相比于一般的文章选本,四六类书在作品选择上针对性更强,更便于读者学习参考;而与传统类书相较,四六类书的主体内容明确,分类精细程度更高,更能满足士人撰文之需。由于四六类书在选文层面主要从实际操作角度出发,而并不过多考虑其他外在因素,故其所认同、推许的经典作品,或更为贴近彼时多数文人的普遍看法,因此,四六类书中的北宋表启,与文章选本中的同类作品,皆反映出南宋文人对北宋四六表启的接受与认同,故不可因其"难登大雅之堂"而有所忽略。

5.2.1 《宋文鉴》对北宋表启的选录

《宋文鉴》选文以古为主、以骈为辅,后人在谈到《宋文鉴》时,亦主要关注书中的古文作品,而很少涉及四六骈俪。实际上,吕氏于隆兴元年(1163)连中两科,博学宏词之选尤在进士高中之前,故其于四六写作亦颇有心得,《播芳大全》即录有多篇其所撰表启文字。[①] 而《宋文鉴》所选北宋骈体,亦可谓将名家精华荟萃一处,故该书非但于古文领域独树一帜,在宋代骈文之经典形成过程中,亦具有无可替代的重要价值。《宋文鉴》在成书之后很快为麻沙刘将仕私刻传播,而《播芳大全》则为崇化魏氏富学堂坊刻书籍之代表,由于地理位置上的接近,魏、叶二人在编辑《播芳大全》时,有较大可能曾参考《宋文鉴》,故对二书收录北宋表启作品的情况进行比较,实有助于深入了解南宋文人对北宋四六表启的接受。为后文讨论之便,兹先将《宋文鉴》所收北宋各家四六表启数量列于表5.1:[②]

---

① 吴子良即称:"东莱早年文章,在词科中最号杰然者。"见《荆溪林下偶谈》卷三,王水照主编:《历代文话》,第1册,第569页。另据管琴《两宋词科取士一览表》统计,两宋词科入等之一百零九人中,唯东莱一人曾于同年连中两科,足见其对时文应试之道极为精通。见《词科与南宋文学》,第104-110页。

② 该表作家排序,概依生年先后为准,此节其余统计表与此类同。

表 5.1 《宋文鉴》所收北宋作家表启数量统计表

作家	表文	启文	合计
窦仪	1	0	1
王禹偁	2	0	2
刘筠	1	1	2
杨亿	3	1	4
王冕	1	0	1
夏竦	1	2	3
范仲淹	2	0	2
晏殊	2	0	2
孙沔	1	0	1
宋祁	7	5	12
李淑	0	1	1
富弼	1	0	1
欧阳修	14	7	21
张方平	1	1	2
范镇	2	0	2
韩琦	1	0	1
元绛	2	0	2
苏洵	0	2	2
唐介	1	0	1
王拱辰	1	0	1
吕诲	2	0	2
陈襄	0	1	1
吕公著	1	0	1
司马光	2	0	2
王珪	4	1	5
刘敞	2	2	4
曾巩	2	0	2
宋敏求	1	0	1
滕甫	1	0	1
苏颂	2	1	3
王安石	31	9	40
钱公辅	1	0	1
冯京	1	0	1
郑獬	3	0	3
强至	3	9	12
刘攽	2	0	2
王安国	0	1	1
贾易	1	0	1

续表

作家	表文	启文	合计
沈文通	1	0	1
姚辟	0	1	1
刘挚	2	0	2
沈括	0	1	1
李清臣	2	0	2
程颢	1	0	1
吕惠卿	2	0	2
程颐	0	2	2
苏轼	13	11	24
林希	6	1	7
韩忠彦	1	0	1
苏辙	4	2	6
吕希纯	1	0	1
范祖禹	1	0	1
张商英	1	0	1
张舜民	2	0	2
曾肇	8	4	12
毕仲游	2	0	2
李之仪	1	0	1
秦观	0	2	2
陈师道	0	1	1
李昭玘	0	1	1
晁补之	0	2	2
张耒	1	3	4
晁咏之	0	2	2
陈瓘	3	0	3
蔡肇	1	3	4
廖正一	1	0	1
刘跂	1	1	2
李廌	0	1	1
邹浩	2	0	2
合计	159	81	240

吕氏对《宋文鉴》的选录标准曾进行过明确的说明：

国初文人尚少，故所取稍宽。仁庙以后，文士辈出，故所取稍严，如欧阳公、司马公、苏内翰、黄门诸公之文，俱自成一家，以文传世。今姑择其尤者，以备篇帙。或其人有闻于时，而其文不为后进所诵习,如李公择、孙莘老、李泰伯之类,亦搜求其文,以存其姓氏,使不湮没。或其尝仕于朝,不为清议所予,而其文自亦有可观,如吕惠卿之类,亦取其不悖于理者,而不以人废言。①

从表5.1来看,吕氏虽称对宋初之文取择稍宽,仁宗以后则标准略严,但以骈体表启而论,该选仍是以北宋中后期作品为重。自仁宗朝伊始,北宋四六名家辈出,宋祁、欧阳修为庆历至治平二十余年间最为重要的四六作家,其后王安石、苏轼二家横空出世,使得熙宁、元丰及至元祐、绍圣三十余年,成为名副其实的北宋四六"黄金时段",而由哲宗末年至徽宗时期,虽不乏赵鼎臣、王安中等四六名手,但吕氏对他们的作品毫无兴趣。故东莱虽未明言其对北宋四六表启的整体认识与看法,但通过《宋文鉴》诸家作品入选数量的差异,后人已可大致了解其好恶倾向。

《宋文鉴》所收表文总数几乎等同于启文的二倍,与其他应用体裁相比表文数量亦远胜之,可见东莱对该体的重视。周必大曾指出《文鉴》所录表章皆取"其谅直而忠爱者",②虽然吕祖谦对周序之部分观点并不完全认同,叶适更直斥其"无一词不谄""此书以序而晦,不以序而显",③但益公此言,确非虚语。《宋文鉴》所收表文以贺、谢二类为主,其中又以谢到任表数量最多。由于此类表文多为官员因事遭贬而迁谪遐域,或因对时局不满而自请外任所作,故行文多以倾诉委曲、铺陈忠心为主要内容,词句不见过多雕琢,但皆由事而发,情感激荡,既要明达己意,而又不可言过其实,这对作者布局谋篇与遣词造句的能力亦是一种挑战,故此类表文往往亦具有较高的艺术价值。而《宋文鉴》所选之文,由王禹偁《滁州谢上表》与《黄州谢上表》起,中有范仲淹《睦州谢上表》、韩琦《谢除使相判相州表》、欧阳修《亳州谢上表》、吕诲《蕲州谢上表》、司马光《永兴谢上表》、元绛《越州谢上表》、及至贾易《宣州谢上表》、苏轼《徐州谢上表》、曾肇《徐州谢上表》、张商英《鄂州谢上表》等,北宋一代谢上表文之精华尽皆在列。《宋文鉴》所载奏议"皆系一代政治之大节",④而上述各篇谢上表,亦多与彼时重要的历史事件及政局风向之转移变化有所关联,故此等表文之艺术价值自不待言,其内容更可谓于治化大有裨益。周益公或正是基于对《宋文鉴》此类表文的阅读体验,才形成该书奏疏表章皆取"其谅直而忠爱者"的整体风格判断。

---

① 吕乔年:《太史成公编皇朝文鉴始末》,见吕祖谦编:《宋文鉴》附录一,第2118页。
② 周必大:《皇朝文鉴序》,见吕祖谦编:《宋文鉴》卷首,第2页。
③ 叶适:《习学记言序目》卷四七,第696页。
④ 吕乔年:《太史成公编皇朝文鉴始末》,见吕祖谦编:《宋文鉴》附录一,第2118页。

吕氏在选录四六表启时所体现出的好恶倾向，亦与其个人的应用文写作有直接的联系。今存《东莱吕太史文集》中的四六表启，近八成为代人所作，而在这些作品中，为其父、叔父及舅氏等亲属所撰者全为谢上一类。虽然在具体写法上与北宋之作不尽相同，但其对此类作品的内容结构必当极为熟稔，结合北宋名家之谢上表本身所具有的艺术与参考价值，则吕氏以此类作为表文之首选，亦属自然而然。同时，代作本身需要"捉刀者"由进文者的角度出发，对现实环境、政治因素及文字风格等相关问题详加揣摩，方可实现恰如其分、适得其旨的效果，个中要妙，唯经亲身实践方能有深切体会。而东莱无疑是个中高手，王应麟《困学纪闻》即曾引其代父所作《自黄州易守池州谢宰执启》中"爰考唐朝"一联，以为范例。① 而北宋时以代作四六著称者，首推强至。强氏于治平四年入韩琦幕府主管机宜文字，现《祠部集》中所见表启，多有代韩魏公及他人而作者，虽然强氏之四六与其他北宋名家相比略有逊色，但吕氏或由自身之喜好出发，于《宋文鉴》中对其代作之文多加选录。

　　除代作谢上类之外，王应麟于《词学指南》中还曾引吕氏《贺车驾幸太学表》"东观书林，久徯汉仪之睹；西昆策府，载瞻周驭之临"，及《代提举国史进神宗哲宗徽宗皇帝国史表》"三后在天，轶鸿猷于今古；百王冠德，纪茂实于典谟"二联，作为表文起联的写作范例。② 而前表中另有描写皇帝临御一事之联曰："帝晖下瞩，光荣河温洛之藏；天藻昭垂，跨过沛横汾之咏"，盛赞天子才德，远超汉代圣王，非仅词句对仗工稳，亦能进一步凸显主题。此二文已足可体现东莱四六章表以措辞宏丽雅正，极尽铺叙形容之能事为其所长，而北宋名家四六章表风格与此近似者，当推宋祁、王珪二家，故《宋文鉴》所收章表虽以欧、苏、王三家之作为主，但景文、禹玉之表文数量略多于其他诸家，此亦乃吕氏个人之艺术理念、创作实践与其选文择篇之间存在一定联系的体现。

　　由表5.1统计可知，苏、王二家四六表启之入选数量远非其余诸家可比。吕祖谦在指导其内弟备考词科时，明确提出当率先研习欧、苏、王三家四六"以养根本"。③ 就《宋文鉴》的收录情况而言，虽然在采录诗文总量上王安石略多于欧阳修而"屈居"苏轼之下，但荆公四六表启之入选篇数却雄居三家之首，可见吕氏对王安石应用文之艺术造诣的充分肯定。自钦宗期开始的

---

① 王应麟著，翁元圻辑注：《困学纪闻注》卷一九，第2239页。
② 王应麟：《词学指南》卷三，第457页。
③ 吕祖谦：《与内弟曾德宽书》，《东莱别集》卷十，《文渊阁四库全书》第1150册，第297页上。吕氏的这种观点在南宋文人中亦不乏所见略同者，如朱熹《与方若水》："但四六须更看前辈欧、王、曾、苏所为乃佳。"《晦庵先生朱文公别集》卷四，见朱熹撰，朱杰人、严佐之、刘永翔主编：《朱子全书》，第25册，第4915页。

对新法"遗毒"之"清算"过程,至孝宗时仍远未结束,就在吕祖谦奉命校订《宋文海》之事前数月,有关王安石从祀孔庙的资格问题在朝中引发争议,孝宗迫于压力而将王雱画像由文宣王从祀群体中去除,以为权宜之法。① 吕氏作为"元祐党人"后代,又深受二程理学的影响,素来奉孔孟之教为"正学",而视所谓"王氏新学"为异端,直以"诐淫邪遁"斥之。② 但他在编纂《宋文鉴》的过程中,显然是将这些无关作品价值的"声音"搁置一旁,大体上能够以创作水平之优劣予以删取,客观反映每位作家在不同文类上的专长与特点,尤为难得。③

《宋文鉴》在成书之后虽饱受非议,但亦得到了如叶适等名家的高度赞扬。④ 作为南宋影响力最大的北宋文学作品官方选本,《宋文鉴》在部分北宋名家别集刊刻流通尚未全面普及之时,即成为后世文人获取、了解北宋文学相关信息最为重要的途径。⑤ 明清时期涉及宋代四六文的各类文章选本数量繁多,选家的文学好恶,选本的性质用途,以及编者采录作品的倾向等皆存在一定差异,但除有意求新补阙以避熟文者之外,《宋文鉴》所选录的经典篇目无疑是最受各家青睐的"优质集合",其影响之大,实非其他宋代文章选本可比。吕氏独到的评赏眼光以及官方钦定的"身份",皆使得《宋文鉴》超越了普通选本的范畴,而作为一代文学之"衡鉴"彪炳后世。

5.2.2 《圣宋名贤五百家播芳大全文粹》对北宋表启的选录

在《播芳大全》问世之前,两宋时期以本朝四六应用作为主要收录对象的文章选集尚可考见者,唯《仕途必用集》《太平盛典》《宏词总类》等少数几部,但

---

① 《宋史》卷一〇五《礼志八》:"淳熙四年,去王雱画像。"第 2554 页。
② 吕祖谦:《故左朝散郎徽猷阁待制提举江州太平兴国宫江都县开国子食邑五百户致仕赠左通议大夫王公行状》,《东莱集》卷九,《文渊阁四库全书》第 1150 册,第 79 页上。
③ 当然,如果从政治倾向性上考量,东莱显然更为偏向旧党。王学泰在所撰《〈宋文鉴〉的编刻与时政》文中指出吕祖谦"在《宋文鉴》中把旧党对新法的重要文献几乎搜罗殆尽,而新党的答辩几乎一篇未选",并以王安石之《论三朝百年无事札子》《乞置三司条例》《谢除左仆射表》等文未尝入选为例加以证明。该文见载于《多梦楼随笔》,北京:学苑出版社,1999 年,第 68 页。这一说法固然有理,但就四六表启而言,王文收录多于苏文亦是事实。故吕氏在编纂工作中,尽力于政治与文学二端寻求平衡,当是较为公允的评断。只是从实际效果来看,呈现出的结果仍未能得到各方人士的满意,这也是南渡后几十年中士大夫的高度政治敏感性的体现。
④ 叶适曾云:"独吕氏《文鉴》去取最为有意,止百五十卷,得繁简之中,鲜遗落之憾。"见《习学记言序目》卷五〇,第 547 页。
⑤ 明人李绍于《重刊苏文忠公全集序》中言道:"韩、柳、曾、王之全集,自李汉、刘禹锡、赵汝砺、危素之所编次,皆已传刻,至今盛行于世。欧阳文唯欧所自选《居士集》,大苏文唯吕东莱所编《文选》与前数家并行,然仅十中之一二,求其全集,则宋时刻本虽存,而藏于内阁,仁庙亦尝命工翻刻,而欧集止赐二三大臣,苏集以工未毕,而上升遐矣,故二集之传于世也独少。"见《苏轼文集》附录,第 2386 页。

这些选集皆已佚失，难知其详。虽然由许开所作序文很难推测出魏、叶二人编纂此书的目的与初衷，而从商业出版的层面考虑，市场上同类书籍的稀缺，或许本就是其开展工作的直接动力。因部分近臣之密告攻讦，导致《宋文鉴》始终未得由官方正式刊刻出版，但其甫一成书，便受到当时士人的极大关注，各地书坊纷纷制版印行，即所谓"官未刻而其后坊间私刻之"。《播芳大全》之成书当在淳熙之末，故从时间与空间条件上，魏、叶二人有很大可能曾于吕著有所借鉴参考，而对比二书所收北宋四六表启的异同，也更能反映出南宋不同文人群体对北宋四六表启接受情况的差别。为进一步讨论之便，兹先将《播芳大全》所收北宋各家四六表启作品数量予以列出（见表 5.2、表 5.3）。①

表 5.2 《播芳大全》所收北宋作家表文数量统计表②

作家	贺表③	杂表④	谢表	陈乞表	合计
田锡	(26)	(5)	(9)	0	(40)
张咏	(5)	(2)	(18)	(1)	(26)

---

① 本文统计所据《播芳大全》版本如下：国家图书馆所藏宋刻一百卷本，《宋集珍本丛刊》第 94、95、96 册影印宋刻一百卷本，《北京大学图书馆藏朝鲜汉籍善本萃编》第 9、10 册影印明正德嘉靖年间朝鲜乙亥活字四卷残本，《文渊阁四库全书》集部第 1352、1353 册影印清钞一百一十卷本，《宋集珍本丛刊》第 99、100 册影印傅增湘校岳雪楼明钞一百卷本，台湾学生书局 1985 年影印出版之台湾国立中央图书馆所藏清钞一百二十六卷本，《宋集珍本丛刊》第 96、97、98、99 册影印丁国钧过录瞿氏铁琴铜剑楼一百五十卷钞本。

② 由于《播芳大全》各版本之具体收录篇目皆存在一定的差异，故以下二表皆以宋刻百卷本为基准，将后出各本，特别是一百五十卷本所增益之作品以"（）"予以标记。有关这些差别的具体统计说明，可参见仝十一妹《五百家播芳大全文粹编纂流传考》所附《五百家播芳大全文粹》主要版本卷次对照表》，硕士学位论文，北京大学中文系，2013 年，第 43-45 页。另，鉴于各本之卷次分合与各卷具体内容皆有所不同，故下表不依卷次划分，而是以表启之二级分类为准。所谓二级分类，即针对表、启二体作品收录数量较大，故在一级分类之下，又依贺、谢、陈乞等用途进行区别，但不采用原本"贺登极""贺馆阁""谢执政""与交代"等更为细致的三级分类。而对于一些在各本中皆未标明作者，或作者归属有误的篇目，本文亦根据作家别集等材料，以及作品风格、内容加以补正，并在注释中予以说明。

③ 宋本卷二贺笺类所收篇目，皆归入贺表中统计。北京大学图书馆所藏朝鲜本《播芳大全》虽仅存首四卷，但因其多能体现宋本原貌，对一些作者失题的篇目时有补缮，故仍可称该书善本之一。值得注意的是，此本保留了一些宋本及其他版本中已然佚失的篇目，其与北宋四六相关者如下：卷一中贺表"祭祀类"有苏辙之《代张公贺南郊礼成表》《南郊贺表》《代南京留守贺南郊表》三篇为此本仅见；卷二下"进文字表"与"进贡表"，宋本多有佚失，此本则全部保留，且与四库本完全相同，可证此数篇当非后人补入，确乃原本佚失；卷四上谢表王安石《谢除翰林学士表》后，朝鲜本另有欧阳修《谢宣召入翰林表》、苏轼《谢宣召入翰林承旨表》《使星下烛》《谢宣召入翰旨表》（诏语春温）、苏辙《谢宣召入翰林表》（成命莫回）四篇不见于宋本者。以上诸作皆计入本表之中。

④ 杂表包括起居、陈请、进文字、进贡、慰表、辞免等类，因这些类别所涉作品数量较少，故统归一处。

第5章 南宋文人对北宋表启的接受

续表

作家	贺表	杂表	谢表	陈乞表	合计
王禹偁	7(1)①	0(1)	(15)	(1)	7(18)
刘筠	13②	0	0	0	13
杨亿	2(6)	1(13)	1(18)	(10)	4(47)
夏竦	1	0	0	0	1
范仲淹	0	0	(16)	0	(16)
晏殊	0	2	0	0	2
胡宿	(4)	(5)	(18)	(5)	(32)
宋庠	(1)	(2)	(14)	(6)	(23)
宋祁	17(5)	1(2)	5(20)	3③	26(27)
余靖	(6)	(3)	(20)	0	(29)
欧阳修	0	5	13	10④	28
韩琦	(3)	(17)	(31)	(23)	(74)
赵抃	0	0	(5)	0	(5)
蔡襄	3(1)	2	(8)	0	6(9)
王珪	(15)⑤	(11)	(37)	(4)	(67)
王安石	14⑥(4)	13⑦(9)	24⑧(7)	9⑨	60(20)

① 宋本卷二上《贺雨表》(自秋以来)未署作者,今据《小畜集》卷二三及朝鲜本卷二上定为王禹偁之作。

② 宋本卷一下有署名"中山内翰"的《贺月旦表》十二篇,《全宋文》依刘筠之佚著《中山刀笔集》,而将此数篇归入刘氏名下。依照《播芳大全》之惯例,确有以"姓氏+官职"署名者,如葛立方、钱良臣、周必大即曾分别以"葛侍郎""钱参政""周丞相"称之,但这些文士皆乃高宗末年至孝宗淳熙年间身当高位者,与该书之编纂时间正相重合。而此"中山内翰"虽很可能是宋人对刘氏的敬称,但在其他宋代典籍中未曾得见,若依全书通例,则此人必为南宋人士。由于尚无确证,本文暂将此数篇计入刘筠名下,以俟后考。另,宋本卷二上《贺河清表》(后祗秩祀)原未署作者,《国朝二百家名贤文粹》卷一八二亦收此文并属为刘筠所撰,今从之。《宋四六选》卷五以此文作者为赵鼎臣,未知何据。

③ 宋本卷七下《乞异姓恩泽表》原未题作者,今据《景文集》卷三〇定为宋祁之作。

④ 宋本卷七中《乞避位待罪表》(上天告戒)、卷七下《乞致仕表》(上恩曲谕已至矣)原未题作者,今据《欧阳文忠公集》卷九二、卷九三定为欧阳修之作。

⑤ 一百五十卷本卷六《贺冬表》(候黄钟之宫)未题作者,今据《华阳集》卷四二定为王珪之作。

⑥ 宋本卷一上两篇《贺皇帝登极表》(郊庙神灵、虔奉宝图)原未题作者,而分别见收于《临川先生文集》卷六一与《乐静先生李文公集》卷一二,今以之为据,将此二篇定为王安石、李昭玘二家之文。卷一下《贺冬表》(气复黄宫)原未题作者,今据《临川先生文集》卷五九定为王安石之作。

⑦ 宋本卷三上《慰山陵礼毕表》(宫车云返)、《慰祔庙表》(七月而葬、威灵有继)、《辞免仆射表》(恩言狎至)、卷三中《辞免史相表》(愚诚屡黩)、《辞免昭文相公表》亦皆未署作者,今据《临川先生文集》卷五七、卷六一定为王安石之作。

⑧ 宋本卷六下《谢赐诏药物表》(辍宫闱亲近之臣)、《谢宣召表》(含哀去国)、卷七上《谢赐生日表》(玺书加奖)原未题作者,今据《临川先生文集》卷五九、卷六一定为王安石之作。

⑨ 宋本卷七中《乞出表》四篇(明主训辞、圣恩所及、私怀恳至、封奏上昭)及《乞宫观表》(筋骸衰苶)皆未题作者,今据《临川先生文集》卷六〇定为王安石之作。

续表

作家	贺表	杂表	谢表	陈乞表	合计
司马光	1(1)	2(2)①	1(9)	1	5(12)
曾巩	2(2)	4	7(2)	1	14(4)
范纯仁	(2)	(2)	(17)	(2)	(23)
刘挚	(5)	7(3)②	(22)	4	11(30)
苏轼	7(1)	3	10	0	20(1)
曾布	10③	0	0	0	10
苏辙	4(1)	5④	10⑤	4⑥	23(1)
张舜民	1	1	0	0	2
黄庭坚	0	0	2	2	4
曾肇	0(1)	1	0(6)	0	1(7)
秦观	6(1)	1	2	0	9(1)
李昭玘	9⑦	1	8⑧	0	18
晁补之	7(1)	1(2)	5(14)	0	13(17)
陈师道	(3)⑨	0	0	0	(3)
张耒	0(1)	3(1)	1(3)	0	4(5)

① 司马光《辞免正议大夫表》同见于范祖禹《范太史集》卷七,《播芳大全》未题作者。此文或为范祖禹代司马光所撰,但未得明证,故仍归于司马光名下。

② 宋本卷三上《辞免右仆射表》(敷告于廷)未署作者,今据《忠肃集》卷一定为刘挚所撰。

③ 宋本卷一上《贺皇帝登极表》(祗膺先志)、卷一中《贺册皇后表》(椒房懿德)及卷二上《贺安南捷奏表》三篇,宋本皆署名曾布所撰,而四库本与清钞一百五十卷本皆归为刘挚之作。由于曾布集久佚不传,而这些作品虽皆见于刘氏《忠肃集》,但现行二十卷本乃四库馆臣自《永乐大典》中辑出,已非宋时四十卷本旧貌,不足为据;仅就二人之生平与上述表文之具体内容来看,无法准确判断其真正归属,故今暂依宋本之旧,将此数归于曾布名下。另,宋本卷一下《贺改元表》(嗣岁更瑞)题为曾布所撰,由于并无他据以证其非,故亦从之,《全宋文》失收此篇。

④ 宋本卷三下《辞免门下侍郎表》(喉吻之任)原未署作者,今据《栾城后集》卷一七定为苏辙之作。

⑤ 宋本卷五上《留守到任谢上表》实即《代张刍谏议南京谢表》,今据《栾城集》卷四九定为苏辙之作。

⑥ 宋本卷七下《乞致仕表》(老而求退、诚发于中)二篇未题作者,今据《栾城集》卷四九定为苏辙之作。另,四库本卷七下首篇《乞致仕表》(七十ḍ仕)误题为苏轼所撰,而实亦为苏辙之文。

⑦ 宋本卷一上《贺皇帝登极表》(虔奉宝图)原未署作者,今据《乐静先生李文公集》卷一二定其为李昭玘所作。卷一下《贺郊祀改元肆赦表》(行会通之礼)原未题作者,其他诸本亦同,而《全宋文》卷二六〇六径题此文为李昭玘所撰,实则该文亦未见于《乐静先生李文公集》,不知何据,今仍依宋本之旧,按作者未知处理。

⑧ 宋本卷六上《谢八宝赦转官表》误题作者名为"张成季",今据《乐静先生李文公集》卷一三定其为李昭玘之作。

⑨ 一百五十卷本卷三《贺册皇后表》(功德兼茂)原未题作者,今据《后山居士文集》卷一一定为陈师道之作。

续表

作家	贺表	杂表	谢表	陈乞表	合计
晁咏之	9	0	25	3	37
陈瓘	0	1	1	0	2
崔鶠	0	2	2	0	4
田昼	0	0	1	0	1
唐庚	2(2)	0	1(1)	0	3(3)
苏过	0	0	2(2)	0	2(2)
赵鼎臣	10(1)①	5	0	1	16(1)
王安中	0	0	1	0	1
石悫	2	1	0	0	3
合计	127(96)	62(80)	122(312)	38(52)	349(540)

表5.3 《播芳大全》所收北宋作家启文数量统计表

作家	贺启	谢启②	上启	回启	合计
杨亿	7③	3④	0	0	10
孙复	0	0	1	0	1
宋祁	0⑤	0⑥	1	0	1
欧阳修	4	4⑦	0	0	8

---

① 宋本卷二上《贺狱空表》(尧舜性仁)原未题作者,彭元瑞《宋四六选》卷五定其为赵鼎臣所撰,今暂从之。

② 为统计之便,今将《播芳大全》中谢除授启、谢到任启及谢启三类归为谢启,特此说明。

③ 宋本卷十《贺中书梁舍人启》原未题作者,今据《武夷新集》卷一九定为杨亿之作。宋本卷一一《贺集贤杨修撰启》原未题作者,四库本题为赵彦端所撰,《武夷新集》卷二〇亦收录该文。据文中"忝预宗盟,并荷堂构"之语,可知其出于杨亿之手的可能性很高,故将其暂定为杨亿之作。另,宋本卷一四《贺盛屯田兼史馆启》原题为滕膺所撰,而该文亦见收于《武夷新集》卷二〇,由于尚无直接证据足以判定该文归属,今仍依宋本之旧。

④ 宋本卷四〇《谢宰相答书启》(近奉柔毫)原未题作者,今据《武夷新集》卷一九定为杨亿之作。

⑤ 宋本卷一一《贺莫秘监启》、卷一二《贺乔侍讲启》二篇原题为"朱子京"所撰,四库本径改为"宋子京",《全宋文》编者以"朱子京"为南宋朱承,而二启亦皆不见收于《景文集》,故今仍依宋本之旧,将其视为朱子京之文。

⑥ 宋本卷三三《改秩谢侍从启》原题为"宋相公"所撰,四库本径署为宋祁之作。观该文多用成句为对,与《景文集》中所存表启风格迥然,且语气内容皆与宋祁之身份经历不合,故今以作者未知处理。

⑦ 宋本卷二九欧阳修《除校勘谢宰执启》于四库本被"替换"为陆游《除编修谢丞相启》。

续表

作家	贺启	谢启	上启	回启	合计
蔡襄	1	0	0	0	1
王安石	5	1	0	0	6
司马光	0	1	0	0	1
曾巩	5①	1	0	0	6
冯京	0	1	0	0	1
郑獬	1	0	0	0	1
刘攽	1	0	0	0	1
刘煇	0	1	0	0	1
苏轼	1	10②	0	0	11
苏辙	1	5③	0	0	6
张商英	1④	0	0	1	1
张舜民	1	1⑤	3	1	6
秦观	6	1	0	0	7

---

① 宋本卷一一《贺方正字启》原未题作者，中华书局点校本《曾巩集》据陆心源《群书校补》辑佚定其为曾巩所撰，今从之。

② 宋本卷二八《除中书舍人谢宰执启》(叨被宸恩)原未题作者，亦未见收于苏轼集中，四库本则以此篇为苏轼所撰。虽然从写作风格来看与东坡四六确相近似，但由于缺乏明确证据，今仍以作者未详处理。另，宋本卷三五《谢荐举启》(狠以庸虚)原未题作者，今据《苏文忠公全集》卷四六定为苏轼之作。

③ 宋本卷三九《叙事谢两府启》本为苏辙之作，四库本误题为苏轼所撰。

④ 宋本卷一一《贺正字启》(被命中宸)诸本皆未题作者，《全宋文》卷二二二九径题为张商英所撰，未知何据，今仍按作者未知处理。

⑤ 宋本卷三五《谢提仓荐举启》原未题作者，该文亦不见于今存八卷本《画墁集》，《全宋文》卷一八一四将其归为张舜民之作，未知何据。今仍以作者未知处理。

续表

作家	贺启	谢启	上启	回启	合计
李昭玘	5①	5②	6③	3	19
晁补之	1	4	1	0	6
陈师道	1	1	0	1	3
张耒	1	1	0	0	2
晁咏之	9	6	0	0	15
李廌	2	0	0	0	2
崔鶠	2	2	2	1	7
唐庚	4	5	0	0	9
苏过	1	2	0	1	4

---

① 《全宋文》卷二六一〇题《播芳大全》卷一七之《贺李帅启》为李昭玘所撰,而宋本此篇原署郑厚,清钞本则未题作者,该文亦未见收于《乐静先生李文公集》。据文中"眷五羊之奥壤,控百粤之上游"等语,可知此篇所涉之人事当与广东有紧密联系,而李氏官履未曾及此,郑氏则被贬潮州多年,故其为郑厚之作的可能性较高,今从宋本之旧。另,宋本卷二四《贺徐教授启》原题周少渊所撰,《乐静先生李文公集》卷一七亦收此文,由于尚无明证以断其准确归属,今暂依宋本之旧。

② 宋本卷三〇之《帅到任谢大漕启》原未署作者,今此启同见于《乐静先生李文公集》卷二一与《浮溪集》卷二三。由于汪集皆系四库馆臣由《永乐大典》中辑出,而明人胡尧臣所刊《浮溪文粹》亦未收启文,故难以判断该文之归属,现暂依宋本之旧,按作者未知处理。宋本卷三〇《宪到任谢太守启》与卷三一《沧州到任谢丞相启》原皆未题作者,而并见收于《乐静先生李文公集》卷十五,今暂依此为据,将二文归于李氏名下。另,宋本卷三二《签判到任谢上位启》原未题作者,亦未见于《乐静先生李文公集》,《全宋文》卷二六一〇定其为李氏之文,不知何据。李氏早年曾任滁州通判,与签判有别,但亦不排除《播芳大全》文题有误及李氏代人作文的可能,在尚无更多证据的情况下,仍以作者未知处理。此外,宋本卷三五《谢监司荐举启》(观其为主进身者)原题为王元长所撰,清钞本亦同,而《乐静先生李文公集》卷二〇亦收此作。依书前名贤总目,可知王氏名翼,仁宗时有太常博士与之同名,未审是否即此人。该文多用长联及散语成对,直陈心曲而豁达坦荡,颇具苏轼四六之风貌,而李昭玘之文亦"无依阿渨涩之态,亦无嚣呼愤戾之气",素为东坡所赏识,但仍不可以此断言此篇必为李氏之作,故今仍以之归于王氏,并不计入上表之中。宋本卷三六《谢试中馆职启》(落笔玉堂之上)原题任正一所撰,今亦见于《乐静先生李文公集》卷二〇。任氏生平仕宦之具体情形等多未得详知,李昭玘确曾任秘阁校理,文集中亦有《试馆阁策》一卷,但亦不可因而径以此文为李氏之作,今亦仍宋本之旧定为任氏。另,宋本卷三七《谢及第启》(献策枫宸)原署李昭玘所撰,《永乐大典》卷一四一三一则题撰者为陈诚之。李氏为元丰二年进士,而该文"稽神措于熙丰,昭前功于元观"当为南渡后人之语;且文中尚有倾吐屡试不中的苦闷之语云:"乡书四上,屡叨前列之龟;礼部数奇,更类退飞之鹢",而李氏"少与晁补之齐名",更未闻其有数举不第之事,故该文当非李氏所撰。

③ 宋本卷四五《教授与交代启》(传洛中之价)原题陈彦昭撰,而《乐静先生李文公集》卷一五亦收此文。陈氏生平未详,唯黄公度有《西园招陈彦昭同饮》一诗,未知是否即指此人。李氏虽曾为徐州教授,但并无其他材料可资确证此文归属,故今仍依宋本之旧定其为陈氏之作。

续表

作家	贺启	谢启	上启	回启	合计
赵鼎臣	4	10	5①	4	2
王安中	2②(1)	0	0	0	2(1)
石悫	3③	2	0	0	5
何栗	2	0	0	0	2
宋齐愈	5	0	1	0	6
合计	76(1)	67	20	11	174(1)

与制诏王言相比，表启二体显然在一般士人的日常应用中占有更为重要的地位，故《播芳大全》在选录作品时亦专以此二体为重点，该书收录表、启篇数皆是《宋文鉴》的两倍，且尤以贺、谢二类为主。值得一提的是，魏、叶二氏在编辑过程中，为尽可能提高该书的参考价值，也采取了一些与通常选本有所不同的"特殊"手段：其一是对同一作家之同题作品的大量采录，较有代表性的如刘筠与宋祁之《贺月旦表》，皆按月份先后依次收录全年之作，另如王安石之《贺诞皇子表》与《乞出表》等亦属此类。其二是对作品题目加以改动，为了与《播芳大全》各小类主题之划分相符合，编者对所录表启题目进行了大范围的调整，删改了题目中原有的在编者看来与主旨无关的时间、地点、事件、官职称谓等信息，这种"削足适履"的行为，其目的无非是令读者在翻阅参考此书时，可以不受作品本身之写作背景、施用对象等外在因素的限制，完全从个人之实际情况出发，尽取所需。

虽然成书时间较为接近，但《播芳大全》与《宋文鉴》在作品采录方面可谓异大于同。欧、苏、王三大家之作，占《宋文鉴》北宋四六表启总数的三分之一强，《播芳大全》虽亦大量选录三家表启，但编者对北宋中后期作家明显更为关注，如晁咏之、赵鼎臣二家之文即颇受欣赏，作品入选数量甚至超过了欧、苏二家。晁、赵二人皆为词科出身，对四六应用自是驾轻就熟，其所撰

---

① 宋本卷四四赵鼎臣《赴任与监税启》于卷四九同见，而署名为赵彦端，由于难以判断该文归属，今以作者未详处理。

② 宋本卷一七《贺李帅启》（载图外庸）原题作者为王安中，四库本与一百五十卷本皆未题作者，而该文同见于张嵲《紫微集》卷二七。据文中"水陆辐辏而货泉亟更，物产阜蕃而储蓄未称"等语，可知作者对川陕一带形势当较为熟稔，与张氏之仕履较为相近，但亦缺乏更为直接的证据，故今暂以作者未知处理。

③ 宋本卷二四《贺余察推启》原署作者为"许敏若"，四库本径改为石敏若，今虽未知许氏为何人，但亦不可轻改，仍以作者未知处理。

表启文字皆属结构精审、用词考究一类,且善用成句为对,在当时颇富文名,谢氏《谈麈》亦曾引赞二家作品中的妙联警句。孝宗淳熙年间,词科的录取人数虽与高宗时相比已略有下降,但这一科目长期以来的影响力仍未减弱,而词科四六作为最符合统治阶层对应用文字之要求的"官样文章"范本,自然很容易得到众多文士的大力追捧,故编者对词科文士之作多加采录,亦是出于迎合彼时市场文化需求之目的。

《播芳大全》的商业出版物性质,对其作品选录有着直接的影响。通过比对《播芳大全》与《宋文鉴》所采录的欧、苏、王三家表启篇目可以发现,二书所选王安石表启之重合率不过25%,欧阳修为13%,苏轼更是仅有10%。这些数据反映出的,即是魏齐贤、叶棻与吕祖谦在作品选录倾向与方法上所存在的本质差别:东莱选文,往往会对作品本身之历史意义与文学价值反复斟酌衡量,所选者通常具有较强的个人色彩;而魏、叶二人所着力呈现的,乃是更为纯粹,且可参考性与可模仿性较强的作品集合,这就要求入选作品之遣词造句及篇章结构,当以"普适性"与"通用性"为最高标准。而针对世人较为熟知的大家,亦唯有避熟求新,将同类选本所"遗漏"的作品加以补充,方能体现自家选本的独到之处。这一点不仅限于以上三家,秦观、晁补之、陈师道、张耒、李昭玘等苏门学士的应用之作在《宋文鉴》中入选者寥寥,而于《播芳大全》中则得到了较高的重视,他们的作品在一定程度上皆继承了东坡四六表启运散成骈、流畅明快的艺术特色,亦各有可取之处。朱彝尊与四库馆臣均对《播芳大全》缺少裁鉴、失于冗滥之弊多有指摘,实则魏、叶二人并非简单的"买菜求益",盲目追求体量扩充,而是将时人好尚与"营销策略"有机结合,力求最大限度地提高其选本的文学与商业价值。

《播芳大全》通选两宋表启,而编者的整体采录倾向体现出较为明显的"南北之别":北宋表重于启,南宋启重于表。这一趋向对后世选本的影响可谓极其深远,明清时期涉及两宋四六表启的文章选本亦大多呈现同样的特征。若将一百卷、一百一十卷与一百二十六卷诸本视为该书的"初选本",则作为"补选本"的一百五十卷本,无疑更体现出叶氏对北宋四六章表的高度认可,同时也进一步加深了这种"不平衡"趋势:叶氏所补选的北宋作品,除王安中《贺张都运启》一篇外,余则全为北宋前中期之名家章表,田锡、张咏、范仲淹、胡宿、宋庠、韩琦、赵抃、王珪、范纯仁等人之作,皆是初选诸本一无所涉,而补选本重新加以收录的,且诸家章表的入选数量亦颇为可观:仅韩琦一人即有七十四篇,占《安阳集》现存表文总数的80%,王珪亦有六十三篇,这使得二家取代晁咏之、赵鼎臣,一跃成为位居该书收文总量三甲的重要作家。此外,初选本有所涉及，但在叶氏看来仍有"缺憾"的作家亦不在少数，如王禹偁、杨亿、宋祁、司马光、刘挚等，其补录篇数或与原收数量持平，或达原收数量的二倍，这也使得一百五十卷本与《宋文鉴》之篇目重合率有所提高，叶氏显然十分清楚《宋文鉴》于北宋前期四六表启之选录略显单薄的情况，故在补选时即对此着力予以补充。这些在南渡之后，甚至在北宋末年已少为人所提及的作品，对于南宋文人可谓历久弥新，其写作风格与两宋之际的流行体式差别明显，可以在一定程度上拓宽彼时文士撰写应用表启的参考范围。

作为不可多得的宋四六文章总集，《播芳大全》虽然少见书目著录，但其影响力显然不可低估。除前此学者业已提及的该书在明清文人辑佚工作中所提供的帮助外，其自身价值的直接体现，至少还有如下几个方面可以补充。一是南宋中后期类书对《播芳大全》所选篇目的承袭，这一点在后文中会进行具体的讨论。二是海外文士在编选四六选本时对该书的参考借鉴。朝鲜中宗时（1506—1544）弘文馆典翰赵仁奎所编之《俪语编类》，可谓是该国中国古代骈文专选本的奠基之作，而《播芳大全》早于赵选成书前数十年即已于当地印行流通，而《编类》所涉篇目，亦与《播芳大全》多有相合，足证此书当为赵氏编选工作中的参摹范本之一，这也是中朝文化交流的一个具体案例。三是以《播芳大全》的结构安排与编选方式为蓝本，在其基础之上所产生的续作。日本内阁文库现藏有丰后佐伯藩主毛利高标所呈朝鲜活字印本《宋元播芳文粹》七卷七册，① 该书内含《圣宋名贤五百家播芳大全文

---

① 该书撰者未详，亦无序跋，卷首有"蟠桃院"印章，版式为黑口，双花鱼尾，四周单边，半页九行，行十七字，小字双行亦同，宋代部分版心有"宋芳"字样及卷次，元代部分则有"元芳"字样及卷次。全书末尾列"圣元名贤总目"，由许衡至杨弘道共一百二十三人，其中年辈较晚者有虞集、揭傒斯等，据此判断其成书时间当为元代中晚期，但依循《播芳大全》之例，其所涉及作家不乏编者同时代之人，且此本定非全本，故难以判定其准确的成书上限。宫内厅书陵部藏有该书元代续集的另一版本，此本亦为六卷，开篇即为"圣元名贤总目"，所列作者与内阁文库本全同，首页有"养安院藏书"印记，版式为半页十三行，行二十四五字不等，版心有"续华"字样及各卷卷次，书末署"洪武六年癸丑十二月日，别色副长权可□、校正书成均生权□明、校正成均进士权直均、判官通直郎兼劝农防御使赐紫金鱼袋慎仁道、使奉翊大夫兼管内劝农防御使李宝林、按廉使兼盐仓□集劝农使转输提点刑狱兵马公事中大夫左司议大夫进贤馆直提学知制教充春秋馆修撰官柳珣"。经对照可知，此本各卷文体、收录篇目、作品排次虽与内阁文库本大体一致，但亦偶有不同之处：如此本卷一虞集《贺圣节表》"弱翰无功"之后，径接其后一篇《贺圣节表》（历数在躬），而内阁文库本在两篇之间的另外四篇《贺圣节表》则移至《贺圣节表》（圣德当阳）之后，而此本《贺圣节表》（裘而后治）一篇为内阁文库本失收；此本卷三《亲祀毕贺表》后，尚有余谦《亲祀毕贺表》二篇、苏天爵《亲祀毕贺表》、作者未详之《贺郊祀礼成表》诸篇，内阁文库本皆缺；此本卷五姚燧之《即位诏》内阁文库本亦阙。相比之下，可知书陵部藏本当更为完善。

粹》卷一上、中、下，及《圣元名贤播芳续集》卷一至六。前者篇目内容与北京大学图书馆所藏朝鲜活字本《播芳大全》完全相同，后者卷一至三为表文，包括贺表（平宋、登极、上尊号、进封、建储、诞皇子、圣节、正旦、祭祀、改元）、进文字表、谢表（除授、礼物）、陈乞表等类，卷四为贺笺，卷五、卷六为诏书、敕书，所涉作品皆为元代前中期名家所撰四六骈体，尤以许衡、阎复、程钜夫、袁桷、虞集等人之文为多，从小类划分上即可确知此乃有意仿照《播芳大全》而纂辑成编。"元骈体文不及宋人之精警，而炼词工雅，亦有足采者"，①这种续编行为本身，是元人文化自信的体现，足以反映《播芳大全》在元代士林阶层所受到的重视与认可。另外，该书在朝鲜得以刊行流通，亦可证《播芳大全》实乃海外文人接触、了解中国古代骈文作品的主要途径之一，李朝文人多视宋代馆阁体为四六应用之典范，这与《播芳大全》之"深入人心"不无关联，足见此选影响之深远。

5.2.3 南宋苏文选本对苏轼表启的选录

南渡之后，苏文风靡于世，陆游所记"苏文熟，吃羊肉；苏文生，吃菜羹"之民间俗谚，正是对苏文在南宋科场应试，及文人创作等领域中所占有的举足轻重地位的形象描述。为便于士人寻阅披览，一些苏文选本亦在此时陆续问世。② 吕祖谦、吴炎所编注之《东莱标注三苏文集》即是其中产生年代较早、选文与注解质量较高、后世流传亦最为广泛的一种，但该本所收作品以论策上书为主，"皆取其论治体而便于科举之用"，于三苏四六则未取一篇。这种选文类别上的侧重，实为彼时三苏文选本所习见，如绍兴年间成书的《重广眉山三苏先生文集》，孝宗淳熙三年（1176）刊行的游孝恭所编选之《标题三苏文》，以及宁宗时出现的《三苏先生文粹》等，亦皆未选三苏四六。而今可见最早采录东坡四六的三苏文选本，当属郎晔所编之《经进东坡文集事略》，该选二五、二六两卷选东坡表文四十七篇，卷二七、二八选其启文三十九篇。③ 宋刻《七集》唯《东坡集》与《应诏集》尚可得见原貌，其中含表状文四十九篇，启文四十一篇；《后集》宋刻残帙表启部分已佚，而据"成化本"所录，有表状文五十九篇，启文十八篇；《续集》含表状文五篇，启文六十三篇。经对比可知，《事略》卷二五所收表文除《登州谢宣诏表》以外，全出《前

---

① 陆以湉：《冷斋杂识》卷七，北京：中华书局，1984年点校本，第392页。
② 有关南宋苏文选本的基本介绍与研究，可参考李建军：《〈三苏文集〉与南宋三苏选本》，《河南科技学院学报》2011年第9期，第76-80页。
③ 苏轼撰，郎晔选注，庞石帚校订：《经进东坡文集事略》，上海：文学古籍刊行社，1957年。

集》;卷二六《谢赐御书诗表》至《杭州谢放罪表》十一篇亦出《前集》,余下十一篇除《英州谢上表》《量移廉州谢表》《量移永州谢表》外,皆属《后集》。卷二七、二八所收启文除《谢起居舍人启》见于《外集》,《贺曾舍人启》《回乔舍人启》《贺孙枢密启》《谢惠生日诗启》《求婚启》二首等六篇见于《续集》外,其余诸篇亦皆见于《前集》,可见该书选文,概以《前集》所载为主。就作品之取舍来讲,郎氏对东坡表文中有关辞免、赐赏(衣带鞍马类除外)、节庆之类并不感兴趣,而主要以谢官、到任等与其平生仕履息息相关者为主要选录对象,启文部分则贺、谢、答三类选录较为平均,并未体现出明显的偏重倾向。

郎氏对入选《事略》之文皆详加注释,或叙述背景,或阐明时事,或疏解典故。东坡四六表启除引用先秦至唐代之人物事典入文以外,在行文时亦常见化用《庄子》词句,郎氏对与此相关的内容十分关注,如《谢赐对衣金带马表》(其一)中"敢不奉以牧民,永思去害之指""佩以良金,无复忘腰之适"等较为明显的运用《庄子》原句以成联的情况,郎氏自能一一注明;而对于一些相对并不明显的"暗用",郎氏亦未轻易放过。如《谢中书舍人表》中"日待迩英,亲闻访道"二句,郎氏即指出"访道"一词,出自《庄子·在宥》"黄帝访道于广成子"的记载。实际上,该词流传甚久,在很大程度上已成为寻常语汇,且文中词义当为"治国求贤"而非"求仙问道",与《庄子》之典应无关联,但郎氏此注,足可体现他对苏轼四六表启善用《庄子》语词的认同。另如苏轼《密州谢表》"分于圣世,处以散材",《杭州谢上表》"盖散材不任于斧斤",《密州谢执政启》"多病无功,久在散材之目",三处皆用"散材"一词,郎氏亦不厌其烦地三次引用《庄子·人间世》原典进行疏解,而类似这样的注释,无疑在一定程度上会使东坡四六表启的这一创作特征在读者心中留下深刻的印象。郎氏虽并未详论东坡表启在修辞技巧上的特点,但其于《提举玉局观谢表》"七年远谪,不自意全;万里生还,适有天性"联后注明"皆用西汉全句",这一注解当承袭谢伋《谈麈》而来,郎氏或是在批阅苏文过程中,对此化用成句而妥贴自然的实例颇有感触,故于注文中特意提及,以志其妙。

《重广分门三苏先生文粹》乃南宋苏文选本中与《经进东坡文集事略》同样选录东坡四六表启者。① 该书编者未详,其所收东坡四六表启共计六卷,卷六八至七〇为表状,卷七九至八一为启文,其中包括表状文八十三篇,启文三十二篇,具体篇目皆未出《东坡集》与《后集》范围,在作品排次上亦与二

---

① 本文所引《重广分门三苏先生文粹》相关内容,悉据日本宫内厅书陵部所藏南宋刻本,其版式为白口,黑鱼尾,上下单边,左右双边,半页十四行,行二十四字。

第5章　南宋文人对北宋表启的接受

集基本相同，可见其所依据之原本，很可能即为南宋之《七集》，或以《七集》为基础的分体编类本。编者于表状文部分删去《谢赐对衣金带马状》六首、《笏记》四首、《谢三伏早休表》二首、《贺兴龙节表》《谢赐历日表》三首、《贺立皇后表》二首、《贺坤成节表》《进郊祀庆成诗表》《慰正旦表》《慰宣仁圣烈皇后山陵礼毕表》《慰宣仁圣烈皇后祔庙礼毕表》《谢赐衣襦表》《慰皇太后上仙表》等共二十五篇。《东坡集》与《后集》所录"谢赐对衣金带马"类表状共十二篇，乃苏轼表状文中较有代表性的一类，编者删汰其半，而为宋人笔记、四六话所提及，且见收于《宋文鉴》者悉数在内，如此处理，实难明其本意，或出于避熟求新之目的亦未可知。此外，该书对以庆赏、礼节为主题的相关作品一律不予入选，这亦当是编者个人文学好恶的体现。

东坡前、后二集之启文数量仅为表状之半，但《文粹》编者却对启文进行了更甚于表状的剔除遴选。与表状文不同的是，编者将启文统分为谢启与贺启两部分，且入选作品多数集中于《东坡集》内，由《后集》采录者，乃前集所未收之颍州与定州启文，此当为编者有意将东坡启文依年代先后顺次排列而补足之。《文粹》于答启仅录《答范端明启》与《答杭州交代启》两篇，与贺、谢二类相较，宋人对苏轼答启的关注本就有限，而明清选家则表现出了与之相反的更大兴趣，从内容上来看，贺、谢一类启文多叙事论理，时有名言警句，体现出苏轼高人一等的眼光与见识。而答启则分为两类：一类与贺、谢近似，就所询之事陈述己见，或为礼节上的探问回复；另一类则多倾诉愁肠，对平生遭际之坎坷沉浮表达无奈与感叹。《文粹》编者所取之两文，一为论事，一为称谢，与贺、谢之启无异；而明清文人所欣赏者，则多为抒情一类，二者各有侧重。与表文不同的是，《文粹》并未将《宋文鉴》所选启文予以删剔，可见选家之好恶，实难以一体一文完全概括。

另外值得一提的是，该书卷七一、七二选录苏辙表状文五十篇，作品范围未出《栾城集》与《后集》，且先后排次亦与二集基本相同。具体而言，编者由《栾城集》卷四七"中书舍人撰两府请贺谢表状十首"中，取《谢讲彻论语赐燕状》二首、《乞御制集叙状》《进御集表》等四篇；"杂辞免恩命表状札子十六首"中，取《辞起居郎状》二首、《辞召试起居舍人状》二首、《辞户部侍郎札子》《辞吏部侍郎札子》《辞翰林学士札子》《辞尚书右丞札子》四首、《免尚书右丞表》二首等共十三篇；由卷四八"杂谢恩命表状二十一首"中，取《谢除中书舍人表》二首、《谢除户部侍郎表》二首、《谢翰林学士宣召表》二首、《谢赐对衣金带鞍马表》二首、《谢敕设表》二首、《笏记》二首、《谢除龙图阁学士御史中丞表》《谢除尚书右丞表》二首等共十五篇；由《后集》卷一六取《兄除翰林学士承旨乞外任札子》四首,卷一七取《辞门下侍郎札子》《免大中大夫门下侍郎表》三首《谢大中大夫门下侍郎表》二首,卷一八取《汝州谢上表》至《降授朝请大夫谢表》八篇。

　　由上述作品可知,与苏轼表状文情形相近,编者对苏辙所撰谢官之外的恩赏、礼节类作品亦不予采录,《栾城集》中所存二十三篇代人上表亦未置一顾,其选录倾向可谓一以贯之。明清时期三苏文选本种类繁多,但多数仅收录苏轼表启制诏等四六文,而苏洵、苏辙则仅有论策书序等散文入选。虽然在部分选本中亦偶有选录苏辙表启者,但除陶望龄《陶石篑先生批选唐宋六家表启》之外,皆止寥寥数篇而已。宋人对苏辙四六本就少见提及,《宋文鉴》仅采其骈体作品九篇,《播芳大全》选录二十余篇已为数不少,本书虽未录启文,但仅就表状所收,即已超迈诸选,充分体现出编者对苏辙四六创作水平的认可与肯定。

　　虽然在选文倾向与具体入选篇目上存在差异,但《文粹》以苏轼表启为主,苏辙四六为辅,苏洵则仅收论策之文的整体安排,已在很大程度上奠定了明清三苏文选本的基本结构。《事略》与《文粹》的编纂刊行,开启了东坡四六表启"独家接收史"的先河,后世涉及北宋四六的文章选本多视东坡四六表启为重中之重,从这个意义上来说,此二选对于后人了解、认可东坡四六表启的艺术价值,具有非常重要的意义。

5.2.4　南宋四六类书对北宋表启的选录

　　《宋文鉴》与《播芳大全》的出现,为南宋士人学习、参考前贤名家的作品提供了坚实的文本基础与必要途径,但由于类似的文章选本大多卷帙浩繁、查考不易,故一些体量适中,更有利于临文翻检之需的类书,对一般文士而言显然具有更大的吸引力,这也是两宋之际,特别是南宋时期类书编纂与流通极为兴盛的根本原因。① 南宋类书整体上与前代类书相似,亦是以隶事、举文为主要内容,而一些诸如《四六丛珠》《翰墨大全》等四六专门类书的出现,则是这一时期较为独特的现象,这也是南宋"专门类书"逐渐增多的一个具体体现。②

　　由于"士大夫方游场屋,即工时文;既擢科第,舍时文即工四六,不者弗

---

①　据王利伟《宋代类书研究》中《现存宋代类书分类表》之统计可知,宋代类书共约有八十余部,现存近五十部。其中,十三部成书于北宋,余下的三十五部皆为南宋人所编,其数量接近前者的三倍。见王利伟:《宋代类书研究》,硕士学位论文,四川大学历史系,2005年,第23页。

②　赵含坤即曾指出:"宋朝的类书比之前代不仅规模扩大,而且在内容、品种和体例方面有许多创新,专项内容的类书增多。"见赵含坤:《中国类书》,石家庄:河北人民出版社,2005年,第75页。

得称文士。大则培植声望，为他年翰苑词掖之储；小则可以结知当路，受荐举，虽宰执亦或以是取人，盖当时以为一重事焉"。① 虽然四六应用具有无可置疑的重要社会价值，但"向之习举业者，皆不暇及此"，而"有时乎应用，则又不容不为之"，②南宋四六的模式化程度较北宋更高，为应对各种场合的不同需求，日常的摘录、编类等准备工作就显得极为必要，故向四六类书"寻求帮助"，想来当是很多文士的共同选择，这就为此类书籍在坊间的流通奠定了基础。四六类书所选作品数量通常较为有限，而对施用场合与致文对象的划分则更为细致，甚至略显琐碎。编者又根据作品可参考性的不同，或直引全篇，或精选段落，或摘取联句，令读者可根据个人需求自行选择参考。这些特点，皆是四六类书相对于一般文章选本的优势所在，而其对北宋四六表启的收录，亦在一定程度上反映出南宋文人对北宋四六表启的认同与接受，故实有必要加以研究考察。

叶菜除参与编纂《播芳大全》外，另编有四六专门类书《四六丛珠》一百卷。③ 该书前有吴兔然所撰序文，以简练而生动的语言描述了四六文广泛的适用性："施之著述，古文可尚；求诸通用，非骈俪不可也。大而丝纶之所藻绘，小而缄滕之所络绎，莫不以四六为用，食之醯酱，岂可一日无哉"。④ 与《播芳大全》相似，叶氏此本选文，亦以广收博采见长，所谓"自鳌扉之腾奏，鳞幅之往来，宾嘉之成礼，释老之余用，凡百僚之冗，万绪之繁，莫不班班具在"。该书涉及体裁全面，且分类较为细致：表文分贺、谢二类，共十六卷；启文在贺、谢大类之下，又按照官职（由三公、宰相至主薄、监当）与州郡进行二级分类，而州郡部分仅收罗相关联句，并无作品全文，同祝穆《舆地纪胜》相仿；另如青词、乐语、上梁文、劝农文等体亦兼有采录。此书虽以"四六"为题，但其中亦有散体文章存焉，如卷八三所收"长书"体，包括欧阳修《上范司谏书》《与张秀才第二书》、范仲淹《上时相议制举书》、石介《上颍州蔡侍郎书》、曾巩《上田正言书》等六篇，皆非对仗文字，与全书主题实有龃龉。

值得一提的是，该书启文部分开篇六卷首列"贺启头""谢启头""赴上启

---

① 刘埙：《隐居通议》卷二一，见王云五主编：《丛书集成初编》，第214册，第211页。
② 俞琰：《书斋夜话》卷四，见《丛书集成三编》，台北：新文丰出版公司，1997年，第5册，第312页下。
③ 有关《四六丛珠》之版本、内容等方面的介绍与研究，可参见施懿超：《宋四六论稿》，第195-201页。
④ 吴兔然：《四六丛珠序》，见叶菜编：《圣宋名贤四六丛珠》卷首，《续修四库全书》第1213册，第196页上。

头""投献启头",其后接以"颂德""学术文章""述才""操守""功勋""世家""贤俊""武勇"等赞颂联句,再次则为"践扬""履历"等与致书对象相关的称美之语,合而观之,实即将一般书启正文之前的"客套"部分囊括于此。编者于每一小类中,皆详举数十联对以为法式,可谓条分而缕析。此外,该书卷七四至卷八二还特别汇辑诸式、内简、札子、画一禀目等公文之"活套",详细列举每类文章的固定格式与习惯用语,以便读者写作参考。

该书的每一类目下,皆包括"故事"与"四六"两部分。所谓"故事",即某一主题在儒家经典与宋前史书中的相关记载,而其后的"四六"部分,编者通常先将此小类之代表性作品一至三篇全文列出,再广引其他作品中的相关联句作为补充。在官职类启文中,编者还另设"总说"部分,历叙每一职官的名称与职署之流变,进一步提高了该书的参考价值。但全书所引文章皆未标明作者,这无疑为研究北宋四六表启的接受问题增添了难度,为后文探讨之便,兹先将《四六丛珠》所收北宋四六表启之"全文"作品列于表 5.4。

表 5.4 《四六丛珠》所收北宋表启"全文"作品统计表

作者	作 品	类目	《播芳大全》收录情况	合计
杨亿	《贺刁秘阁启》	直秘阁	是	2
	《贺王著作启》	著作郎	是	
夏竦	《贺皇帝册尊号表》	尊号	是	1
蔡襄	《册皇太后称贺表》	皇太后	是	1
王安石	《贺南郊礼毕肆赦表》(其一)	赦书	是	1
苏轼	《贺驾幸太学表》(其一)	视学	否	1
张商英	《贺王校书启》	秘书郎	是	2
	《贺正字启》	正字	是	
陈师道	《贺王秘监启》	秘书监	是	1
李昭玘	《贺元符改元表》	改元	是	2
	《贺左仆射相公启》	丞相	是	
晁咏之	《贺皇太子受册笺》	皇太子受册	是	1
崔鶠	《贺张太尉启》	太尉文臣	是	1
毛滂	《贺苏右丞启》	左右丞	否	2
	《贺苏内翰启》	翰林承旨	否	
赵鼎臣	《贺狱空表》(其二)	措刑	是	2
	《回雨节推启》	幕职官	是	
石𢖍	《贺刘太师启》	三公	是	1

由于《四六丛珠》与《播芳大全》刊刻时间相距未远,故其通常被认为是后者的"精选简编本"。实际上,从上文所述之内容设置可知,《四六丛珠》更为关注应用文写作的技术性问题,编者于书中广搜联句、明析体式的主要目的,即是为读者撰文提供最大限度的直接帮助。也正是出于这样的缘故,《四六丛珠》所收"全文"表启,多仅用以明其开阖结构即止,善学者自能举一反三、触类旁通,故选文总量较为有限。且在所选文章当中,归属未明者甚众,就作者可知者而言,表文部分概以北宋之作为主,启文则南宋作家所撰居多,其中尤以杨万里、洪适、程敦厚三家之文收录最广,北宋之作虽不乏杨亿《贺刁秘阁启》、王安石《贺南郊礼毕肆赦表》等后世多见称道的名文,但如张商英、石麟之启文,则少见其他选本涉及。

从表 5.4 统计来看,《四六丛珠》中的北宋表启作品整体上未出《播芳大全》之收录范围,但亦不乏叶氏于此另加补充者,如苏轼《贺驾幸太学表》、毛滂《贺苏内翰启》等即是。由于该书的"目标读者"乃南宋之一般文士,故从"切用"的角度考虑,其作品选录存在"重南轻北"的倾向,亦属自然。而书中所选录的北宋"范文",亦是以中后期之作为主,盖于体式风格方面与南渡后作品更为相近故也。《四六丛珠》与《播芳大全》虽同出一手,但与后者主要体现作品之艺术价值及编者之品味好尚有所不同,叶棻在纂辑该书时,须全盘考虑作品之审美价值、风格特点及可参考性,特别是对得列于各小类之首的示范性作品,更当慎之又慎。以"知名度"而言,书中的一些作品确略显"冷门",但这恰好为后人提供了一个与笔记、文章选本全然不同的看待北宋四六表启的视角,盖所需有别,取之之道有异也。

与《四六丛珠》同为建阳书肆所刊刻之《圣宋千家名贤表启翰墨大全》,是南宋时期另一部较为重要的四六类书。[①] 有关该书之版本流传与编辑体例,之前学者虽已有所讨论,但并未指出其选文上的具体特征。此书之体量规模不可谓不大,作家涵盖不可谓不全,虽然《天理图书馆善本丛书》影印本后附有"作者索引",但该索引仅是凭书中原文后所题撰者编成,而并未考虑其原系书贾坊刻,题目、作者皆颇多舛错的实际情况,值此之故,特先将书中所涉北宋四六章表列于下表(见表 5.5),并对疏误之处加以改正,以便分析讨论。需要说明的是,该书各类目下一般设有总叙(儒家典籍与前代史书中

[①] 本文所引该书相关内容,悉据《天理图书馆善本丛书·汉籍之部》第九卷,东京:八木书店,1981 年影印本,正文第 3-554 页,索引第 1-38 页。另外,国家图书馆所藏南宋刻本《圣宋千家名贤表启》(后简称《名贤表启》),实为《翰墨大全》之另一残本,其中部分内容为天理图书馆藏本所无,故现亦将相关内容补入表 5.5 中。有关《翰墨大全》及《名贤表启》之版本、内容等方面的介绍与研究,可参考施懿超:《宋四六论稿》,第 203-210 页。

与此类目相关的内容)、事偶(将典籍与史书中可资写作利用的词句加工成二至六字不等的对仗短语)、句联(四六表启中的长句对与隔句对)、要段(四六表启中至少二联以上的内容摘录)、全篇五个部分,而仅有"要段"与"全篇"注明撰者名姓,且相比"句联"所摘录者更具代表性,故表5.5所录即本于此。

表5.5 《翰墨大全》所收北宋表启"要段""全篇"作品统计表

作者	作品	类目	《播芳大全》收录情况	合计
王禹偁	《贺皇帝嗣位表》	登宝位	是	3
	《贺册皇太子表》	建储	是	
	《为宰臣上尊号表》	请加册号	否	
刘筠	《贺月旦表》(月各一篇)	元旦	是	12
杨亿	《请加尊号第四表》	请加册号	是	1
夏竦	《贺皇帝尊号表》	上尊号	否	3
	《正旦贺皇太子笺》①	建储	否	
	《贺皇太子授官表》	建储	否	
宋祁	《长宁节贺表》②	圣节	否	18
	《贺乾元节表》(其四)	圣节	是	
	《贺生皇子表》	诞子孙	否	
	《贺月旦表》(月各一篇)	元旦	是	
	《谢书目成加阶勋表》	谢迁秩	是	
	《代石少傅谢恩泽表》	谢任子	是	
	《南郊陈乞男彦国恩泽状》	乞致仕	是	
欧阳修	《谢明堂覃恩转官加勋表》	谢迁秩	是	10
	《谢南郊加食邑五百户表》	谢加恩	是	
	《亳州乞致仕第五表》	谢致仕	是	
	《代进奉承天节绢状》	进贡	是	
	《再乞外任第一表》	乞外任	是	
	《乞出第三表》	乞外任	是	
	《乞罢政事第一表》	乞外任	是	
	《为雨水为灾待罪乞避位第三表》	乞外任	是	
	《蔡州再乞致仕第三表》	乞致仕	是	
	《谢参知政事表》	朝臣自叙	是	
蔡襄	《册皇太后称贺表》	册妃后	是	2
	《贺颖王过礼表》	皇子冠礼	是	

① 此文原题为刘筠所作,而实为夏竦之文,今据《文庄集》改正。
② 此文原题为赵企所作,而实为宋祁之文,今据《景文集》改正。

续表

作者	作　品	类目	《播芳大全》收录情况	合计
王珪	《贺冬至表》(其一)	冬至	是	2
	《贺冬至表》(其二)	冬至	是	
曾巩	《明州谢到任表》	总君德	是	6
	《亳州谢到任表》	总君德	是	
	《贺元丰三年明堂礼毕大赦表》	明堂	是	
	《进奉熙宁八年同天节银绢状》	进贡	是	
	《进奉熙宁七年同天节银绢状》	进贡	是	
	《代翰林侍读学士钱藻遗表》	遗表	是	
司马光	《乞宫观表》	乞宫祠	是	1
苏颂	《上尊号第一表》①	上尊号	否	1
王安石	《贺哲宗皇帝登极表》②	登宝位	否	21
	《贺贵妃进位表》	册妃后	是	
	《贺生皇子第六表》	诞子孙	是	
	《贺生皇子表》(其一)	诞子孙	是	
	《贺生皇子表》(其六)	诞子孙	是	
	《贺生皇子表》(其二)	诞子孙	是	
	《贺鲁国大长公主出降表》	皇子冠礼	是	
	《贺正表》(其一)	元会	是	
	《贺正第五表》	元旦	否	
	《贺正第六表》	元旦	否	
	《贺冬表》(其四)	冬至	是	
	《贺冬表》(其三)	冬至	否	
	《贺冬表》(其一)	冬至	是	
	《贺明堂礼毕肆赦表》	明堂	是	
	《中使抚问谢表》(其一)③	谢诏奖	是	
	《除弟安国馆职谢表》	谢中状元(馆职)	是	
	《赐衣带等谢表》	赐衣马	是	
	《赐生日礼物谢表》(其二)	生日颁赐	是	
	《赐生日礼物谢表》(其一)	生日颁赐	是	
	《乞退表》(其三)④	乞外任	是	
	《乞罢政事表》(其三)	乞外任	是	

① 此文原未题作者,而实为苏颂之文,今据《苏魏公文集》补其阙。
② 此文原未题作者,而实为王安石之文,今据《临川先生文集》补其阙。
③ 此文原未题作者,而实为王安石之文,今据《临川先生文集》补其阙。
④ 此文原未题作者,而实为王安石之文,今据《临川先生文集》补其阙。

续表

作者	作品	类目	《播芳大全》收录情况	合计
刘挚	《贺英宗皇帝即位表》①	登宝位	否	4
	《再乞外任表》(其二)	乞外任	是	
	《再乞外任表》(其一)	乞外任	是	
	《辞免尚书左丞表》	朝臣自叙	是	
曾布	《贺立皇太子表》	建储	是	4
	《贺皇太子进封表》	建储	是	
	《贺册皇后表》(其一)	册妃后	是	
	《贺册皇后表》(其二)	册妃后	是	
苏轼	《贺兴龙节表》	圣节	是	4
	《同天节功德疏表》	圣节	否	
	《贺立皇后表》(其一)②	册妃后	是	
	《贺欧阳少师致仕启》	三少	否	
苏辙	《请太皇太后受册表》③	上尊号	否	10
	《代张公贺南郊表》	南郊	否	
	《代南京留守贺南郊表》	南郊	否	
	《明堂贺表》	明堂	是	
	《谢南郊加恩表》(其一)	谢加恩	是	
	《降授朝请大夫谢表》	谢谪降	是	
	《进郊祀庆成诗状》	进贡	是	
	《代张公安道乞致仕表》(其二)④	乞致仕	是	
	《代李诚之待制遗表》	遗表	是	
	《贺欧阳少师致仕启》	三少	否	
张舜民	《进御笔表》	进贡	是	1
黄庭坚	《代司马丞相进稽古录表》⑤	进贡	否	2
	《代孙莘老谢御史中丞表》(其一)	朝臣自叙	是	

---

① 此文原题曾布作,而实为刘挚《贺英宗皇帝即位表》,今据《忠肃集》改正。
② 此文原未题作者,而实为苏轼之文,今据《苏文忠公全集》补其阙。
③ 此文原未题作者,而实为苏辙之文,今据《栾城集》补其阙。
④ 此文原未题作者,而实为苏辙之文,今据《栾城集》补其阙。
⑤ 此文原题司马光所作,而实为黄庭坚之文,今据《豫章黄先生文集》改正。

续表

作者	作　品	类目	《播芳大全》收录情况	合计
秦观	《代贺兴龙节表》	圣节	是	4
	《代贺坤成节表》	圣节	是	
	《代贺元会表》	元会	是	
	《代谢加勋封表》	谢加恩	是	
陈师道	《代谢西川提点刑狱表》	谢到任	否	1
晁补之	《代北京贺坤成节表》	圣节	是	8
	《代北京留守王太尉元日贺表》	元旦	否	
	《代苏翰林为皇弟诸王贺冬至表》（《易》谨闭关）	冬至	是	
	《代苏翰林为皇弟诸王贺冬至表》（经谨周正）	冬至	否	
	《代刘中书谢加勋封表》	谢加恩	否	
	《亳州谢到任表》	谢谪降	是	
	《四月朔日蚀礼部请皇帝御正殿第二表》	请加册号（御正殿）	是	
	《谢除户部侍郎表》①	朝臣自叙	是	
李昭玘	《贺玉玺表》	总圣治	是	11
	《贺兴龙节表》	圣节	是	
	《贺生皇太子表》	诞子孙	是	
	《贺元符改元表》	改元	是	
	《贺郊祀改元肆赦表》	改元	是	
	《谢八宝赦转官表》	谢迁秩	是	
	《谢降授承议郎表》	谢谪降	是	
	《谢复官表》	谢叙复	是	
	《进奉贺皇帝宝位上绢表》	进贡	是	
	《贺平章文太师启》	三公	是	
	《贺右丞启》	左右丞	是	
张耒	《黄州谢到任表》	谢谪降	是	1

---

① 《全宋文》编者已指出此表或非晁氏所撰，今暂依原书所题录之。

作者	作 品	类目	《播芳大全》收录情况	合计
晁咏之①	《贺皇帝登极表》	登宝位	是	19
	《贺元圭表》	总圣治	是	
	《贺天宁节表》	圣节	是	
	《贺皇太子受册笺》	建储	是	
	《贺立皇太子表》	建储	是	
	《贺册皇后表》	册妃后	是	
	《代谢八宝赦转官表》	谢迁秩	是	
	《谢奖谕表》(其二)	谢诏奖	是	
	《谢奖谕表》(其一)	谢诏奖	是	
	《谢复官表》	谢叙复	是	
	《谢复职表》	谢叙复	是	
	《谢宫观表》(其一)	谢宫祠	是	
	《代乞致仕表》	谢致仕	是	
	《谢赐历日表》	赐历日	是	
	《谢赐御笔表》	赐文字	是	
	《谢赐衣襖表》	赐衣襖	是	
	《代乞致仕表》	乞致仕	是	
	《贺右丞启》	左右丞	是	
	《代人贺右丞启》	左右丞	是	
毛滂	《贺苏右丞启》	左右丞	否	1
陈瓘	《谢复官表》	谢叙复	是	1
崔鶠	《谢赐历日表》	赐历日	是	3
	《进瑞木嘉禾表》	进贡	是	
	《进琴表》	进贡	是	
田昼	《谢赐元祐新编勅表》	赐文字	是	1
唐庚	《贺降皇子表》	诞子孙	是	1
王安中	《谢赐对衣金带鞍马等表》(其一)	赐衣马	是	1

① 《全宋文》编者指出《播芳大全》所载晁咏之表章与其仕履多有不合,晁氏曾中宏词科,"一时传诵其文",故其现存四六当中或有代作及选文者为借其名而有意误题者,亦非不可理解,今仍依原书所题录之。

续表

作者	作 品	类目	《播芳大全》收录情况	合计
赵鼎臣	《请车驾东封表》(其一)	请驾幸	是	3
	《请车驾东封表》(其二)	请驾幸	是	
	《请车驾幸洛表》	请驾幸	是	
石悉	《贺元会表》	元会	是	4
	《贺元会表》	元旦	是	
	《圣节进绢表》	进贡	是	
	《贺刘太师启》	三公	是	
宋齐愈	《贺文太师启》①	三公	是	1
佚名	《贺文太师致仕启》	三公	是	1

　　据书前总目，该书卷一至卷二七为表文，卷二八至卷一二六为启文，其中尚混有少量制诏、赦文、致语等。各类目所涉作品少则一二篇，多至十余篇，仅就现存可见者而言，其作品选录与《播芳大全》同样体现出北宋表重于启、南宋启重于表的整体倾向。《翰墨大全》为建阳地区书坊刊刻销售，在商业利益的驱使下，该书的编纂方向与目标读者皆较为明确，编者势必要考虑并结合当地士子及一般官吏的知识背景与参考需求，故其在选文方面呈现出一定的"地域性"倾向。该书卷一八"谢到任"类表文多收录与福建相关者，如《福帅到任谢表》《福建漕到任谢表》《建宁府到任谢表》等比比皆是，而在作者选择上，张守、赵彦端的作品颇受编者青睐，张氏曾于绍兴二年(1132)知福州，赵氏亦曾在高宗、孝宗时前后数次于福建路任职，二人仕闽政声颇传，亦皆以文词得名于世。虽然二家文集所传不广，但很多作品在《翰墨大全》中皆得以保留，收录总数甚至有过于欧、苏等四六名家，这在其他四六选本当中实难一见，是为该书之"地域性"特色的直接反映。

　　《翰墨大全》之类别设置与作品选录，皆以"实用性"为出发点。该书表文分贺、谢、陈三大类，贺、谢二类数量远高于陈类；启文则包含贺、谢、上、回四类，从目录所标卷数来看，贺、谢二类启文总量当为上、回类启的数倍，符合宋代表、启题材分布的实际情况。在具体类目的安排上，该书将国家之大事盛典，与个人之升谪赐谢有机结合，上至登极建储，下至诏奖叙复，无所不包，且与《播芳大全》相似的是，编者对于可资参考的同题之作，亦常不惮

---

① 《全宋文》编者已指出此文当非宋齐愈所撰，今暂依原书所题录之。

其烦加以收录，如刘筠、宋祁所作《贺月旦表》，王安石《贺生皇子表》《贺冬表》等皆属此类。这种做法，为读者撰写同类表章提供了极其详细，甚至略显繁琐的参照模板，实乃《翰墨大全》之"实用性"选文方针于作品选录上的直接反映。

《翰墨大全》"实用性"的另一个体现，即所选作品之遣词造句务求中正平和，最大限度地减少"个人化"色彩。举例来说，欧阳修于亳州屡乞致仕，曾先后五次上表申明其意，诸家选本多推重其《第二表》，但《翰墨大全》却独选其《第五表》。推绎编者心意，此五表当中《第一表》《第三表》多写其在朝怨愤，语多激切；《第二表》引叙前朝制度以显本朝之优，非寻常致仕表章所见；《第四表》内多名联，但词句反覆，结构亦不精炼；唯《第五表》可谓朴实简明，不卑不亢，虽无大过人处，而亦未见疏漏，即置诸他集之中，亦不易分辨。依常理而言，这种较为"平淡"的作品，一般很难进入选本编者之法眼，但《翰墨大全》所看重的，却恰是这些作品"人皆可习"的广泛适用性：对于处在初学四六阶段的士人来说，当需要写作某一类应用文时，依照编者的预期设计，只要通过"总叙"明了主题立意，通过"事偶"学习词汇短语，通过"句联"记诵妙联佳对，通过"要段"掌握核心内容，通过"全篇"规划结构安排，便可对此类表章的基本写作要点做到心中有数，而欲顺利实现这一目的，编者势必要考虑入选作品的"标准化"程度及"可模仿"难度，欧阳修之《第五表》能够于同题诸作当中"脱颖而出"，即是编者对作品之艺术性与实用性加以权衡之后的结果。

东坡四六表启入选数量极低，且皆为"要段"而无"全篇"，当属《翰墨大全》在作品选录方面与其他选本之间的最大差异。东坡四六表启之艺术价值及其在南宋文人心目中的地位已毋庸赘言，但在《翰墨大全》中，东坡表文之入选数量非仅与王安石之作相差悬殊，纵与李昭玘、晁补之、晁咏之等人相较亦有所不及。苏轼最为后人称道的章表，当推其因贬谪、谢赐等事所上之文，虽然《翰墨大全》亦分别于卷二〇及卷二三设有"谢谪降""赐衣马（衣袄、笏带）"二类，但前者所录表文如张耒《黄州谢到任表》、晁补之《亳州谢到任表》、苏辙《降授朝请大夫谢表》等作，无一例外皆是以痛陈悔吝、感念圣恩为主旨，叙事婉转委切、真挚动人，但并无太多个人情绪掺杂其间。与张文相比，王禹偁之《黄州谢上表》在艺术性与知名度两方面，可谓有过之而无不及，但因其文中多见愤慨、无奈之语，确不适于一般士子诵读研习，故未予选录，由此亦不难理解苏轼所撰诸多以直抒胸臆、排遣愁懑为情感基调，甚至言含微讽的"谢上类"表文之所以不为《翰墨大全》选录的主要原因。而对于后者,苏轼之"谢赐对衣金带马"系列表状文字虽不乏精妙联句,但亦多寓规谏之意,与本选所录晁咏之、王安中等较为单纯的谢恩类表亦有不同。概而言之,东坡四六章表之风格特征,与编者"实用性"的选录方针多有龃龉,因此其大部分经典之作皆无缘本选。另外,蔡襄、崔鶠、田昼、王安中等人的作品在多数选本中皆难觅踪迹,编者将此数家之文采录入选,亦属独具只眼。以后人的角度来看,《翰墨大全》编者的一些选择确可谓"特立独行",但这也反映出其在选录过程中能够坚持个人立场,不为时俗所囿。

由于《播芳大全》选文甚夥,故《四六丛珠》与《翰墨大全》二书所涉作品与之多有重合,但仅就北宋四六表启而论,二书实非单纯的"《播芳》再选本",其自身之"个性"亦较鲜明:二书皆以北宋中后期四六表启为选录重点,除人所熟知的四六名家之外,蔡襄、张商英、崔鶠等"小家"之作亦有涉及,为后人展现了更为丰富多样的北宋四六表启之风貌。相较之下,《翰墨大全》在选文方面更为讲求"实用性",为读者参习之便,其选录作品以个人色彩淡薄者为上,这种独特的选录方针,使得该书之作品取舍常给人意想不到之感。在笔记著述及文章选本中,东坡四六章表皆占有极其重要的地位,但《翰墨大全》的存在则可以"提醒"后人,在苏文盛行的时期,亦有出于种种原因而并不"以苏为尊"者。总的来看,南宋四六类书所关注的北宋四六表启作品,与后世选本及今人较为熟悉的"名家名作"之间存在一定的差别,而正有赖于《四六丛珠》及《翰墨大全》的存在,才使那些逐渐为"主流"所"遗忘"的作家作品得以进入后人的视野,二书对北宋四六表启的选录,与文章选本同样是南宋文人对北宋四六表启之认同与接受的直接反映,固不可因其略显"小众"而有所轻视忽略。

第6章 结　　语

　　章太炎在谈到宋代四六文时,一方面认为"骈文本非宋人所工,徒以当时表奏皆用四六,故上下风行耳",同时亦表示"宋人四六实有可议处也"。①可惜的是,章氏并未就此"可议处"进一步阐发论述,但他所提到的宋代文人不工于四六但又不得不为之的问题,与元初名儒郝经的看法略有近似:

　　　　李唐以来,对属切律,遂为四六,谓之官样。或为高古,以则先汉,依仿《盘》《诰》,则以为野而非制,故皆模写陈烂,谨守程式,不遗步骤。至于作者,如韩、柳、欧、苏亦不敢自作,强勉为之,而世谓之"画葫芦"。行之千有余年,弗可改已。②

　　由于宋代四六文的"施展空间"较为有限,概以章表、书启等应用公文为主,而这些体裁皆有明确的格式要求与用语规范,故与诗词、散文等更为讲求抒发性灵、彰显个性的体裁相比,其"官样"特征尤为突出,即便是名高一世的文学大家,亦不能完全"从心所欲"而逾越规矩。从价值层面来说,"四六骈俪于文章家为至浅",其地位在古文运动盛行的北宋时期一直较为尴尬,虽不乏以应用之才名垂后世的"大手笔",但究非时人所重者。但尤为值得关注的是,部分作家并不满足于追摹故态,"依样画葫芦",而是有意纠正、改变前人四六写作所存在的弊端,或是另辟蹊径,试图在有限的条件下尽可能体现个人特色,而北宋四六表启的风格变迁,正建立在当时作家对表启写法不断进行尝试、调整的基础之上。

　　宋初文人所面对的主要问题,即如何在扭转唐末五代"卑弱芜鄙"文风的同时,创作出能够展现新王朝大国气象的文学作品。柳开、张咏、王禹偁等宋初作家推尊古文古道,力求以古文之笔法脉络改变骈体之面貌,实现"以古改骈"的目标。但柳开之章表用词生硬、风格怪诞,参考价值较低。而张咏则将"古正之辞"引入"偶语之作",以散句对仗增强文势,以简要精练的

---

①　章太炎:《国学讲演录》,上海:华东师范大学出版社,1995年,第242页。
②　郝经:《述拟序》,见郝经著,张进德、田同旭编年笺校:《郝经集编年笺校》卷三一,北京:人民文学出版社,2018年,第792页。

语汇叙事陈情,充分发挥了章表"昭明心曲"的文体功能。王禹偁兼通骈散二体,并能够从实用角度出发,以较为公允的态度看待古文与四六在写法风格与适用领域等方面所存在的差异,而他在撰写四六章表时,则是以简单对句或散句陈述事情、表露心曲,以标准的四六隔对叙官、谢恩,使骈散二体于一文之内有机结合、各尽其用,为古文与四六的融合提供了可资借鉴的"模板"。而以杨亿、刘筠、夏竦、宋祁等人为代表的昆体、后昆体作家,同样以"复古"为己任,但与古文家不同的是,他们并不试图改变四六骈俪的基本结构与写法,而是选择从三代两汉典籍与魏晋六朝作品中汲取精华,用雅致的文辞"妆点"四六章表,以成句对仗使作品的风貌更趋高古。相比于古文家的"以古改骈",昆体、后昆体作家通过"引古入骈"的方式写成的四六章表,显然更受彼时文士的青睐,昆体四六亦成为北宋前期最具影响力的骈文流派。

实际上,"用古人陈言乃为是""取古人之陈言入于翰墨"可谓宋代文人普遍认可的观点。因为"陈言之中负载着丰厚的历史文化内涵,是一种浓缩了复杂的意义和情感信息的符号",[①]从文化阶层最为熟悉的经典文本中摄取"养分",也确实有利于提高、凸显四六表启的"应用"属性。但较为遗憾的是,昆体风格的流行,导致一些文士在撰文时唯知"古其语""新其貌",而罔顾文意表达清晰顺畅与否,本末倒置之病日趋严重,以范仲淹、欧阳修等人为代表的有识之士,即欲以自己的创作实践纠正这一不良风习。范仲淹以善作律赋著称,精于抽黄对白,其早年四六章表亦常见使用古语切对,但随着时间的推移,其作品中的散句逐渐增多,对句逐渐减少,以致部分章表与寻常奏疏无异,在一定程度上实现了"以散代骈",对四六文的存在本身造成了"威胁"。与之相比,欧阳修更倾向于延续宋初古文家"以古改骈"的方法,其为文以韩愈为尊,而其四六章表亦颇得昌黎表文融汇骈散之精髓,在写法上多运单成骈,以四六叙事陈情而能尽其委曲,不减古文,其所惯用的在杂隔对的基础上衍生出的,以融入虚词或语气词的文句组成的新式隔对,亦广为之后的作家效仿承袭,这些打破"四字六字律令"的句法变化,即陈后山所谓的"以文体为对属"。与此同时,韩琦、富弼、吕诲、司马光等人亦皆以类似的方式撰作章表,其作品率以"指事造实"为依归,并不讲求用典造语、精工巧对,极大地增强了四六表文叙事说理的能力。通过这些作家的努力,终使以骈散互融为主要风格的章表为彼时文士所接受。

---

① 周裕锴:《宋代诗学通论》,第160页。

当然，昆体四六对北宋应用文领域的影响，并未因这些骈散互融、"指事造实"的章表的出现而完全消除，与此相反，这两种看似"针锋相对"的风格，在北宋中后期四六章表中融合交汇，使彼时的章表作品呈现出一种不同以往的面貌。以元绛、王珪、王安石等"大手笔"为代表的北宋中期作家，皆长于从经、史典籍中选取适用的故事、辞句，并通过精心的剪裁修饰，将其"加工"成与表文主题相契合的对句，他们的作品明显继承了昆体表文措辞雅致典赡，善用成句对仗的特点，名联警句层出不穷，从"技术"角度来看，与昆体作家相比亦可谓有过之而无不及。难能可贵的是，在究心于选材锤炼的同时，他们也未尝忽视章表陈情达意、昭明心曲的基本功能，对散句的运用亦较为灵活，在"精雕细琢"与"简约平实"之间取得平衡。因其突出的艺术成就，三人皆被视为北宋四六之代表性名家而为后人所推重。

　　与厚之、岐公、荆公遵循四六文创作传统，在延续昆体风格的基础上兼采欧公等作家四六表文之特长有所不同，苏轼之四六章表则是将"以文体为对属"的写法发挥到极致，并将成句对仗与之相结合，从而形成颇具个人色彩的四六文风。他经常在作品中使用通常意义上与骈体"无缘"的长联偶对增强语气，其纵横排宕之势为以华丽精致为主要风格的四六表文增添了别样的艺术美感，令人印象深刻。更为重要的是，苏轼还将成句对仗的施用对象，由此前专以四字短句为主，扩展至六字及以上的长句，明显拓宽了经典成句在四六表文中的"生存空间"，并使隔句对之四分句皆由成句构成的"全文对句"在四六表文中"焕发活力"。"全文对句"本非苏轼首创，在唐人律赋中已有先例，但将这种写法"迁移"至表文写作并使其"发扬光大"，则确为东坡之功。有鉴于苏轼个人在当时文坛的极高影响力及其作品独有的艺术魅力，北宋后期文人之四六章表多可见与东坡之作同样以长联叙事论理与使用"全文长句"者。虽然作品风貌互有差异，但以上诸家皆能将前人作品之长处融会贯通，在创作技法方面与前辈相比亦更胜一筹，共同将北宋四六表文的艺术水平提高到了一个全新的层次。

　　由于北宋晚期公文写作质量有所下滑，应用之才严重短缺，故哲宗、徽宗二帝皆以词科作为选拔能文之士的重要补充途径。而词科章表作为一种应试文体，自开篇至结尾的各个部分皆有相应的写作规范与技巧，应试者在备考时亦需花费大量时间练习掌握，这也使得词科出身文士的四六章表普遍存在较为明显的"重技巧而忽性灵"的缺陷。作者花费大量精力以"经史中全语"构撰妙联巧对，但却往往忽视了先立"自家机杼风骨"的问题，这既是北宋四六文写作技法愈趋圆熟的体现，也是后人对这一时期四六作品普遍评价不高的"罪魁祸首"。另外，徽宗致力于营造一种"祥瑞频现"的社会景观，庆贺祥瑞亦随之成为彼时章表最为常见的主题，而同类表文的大量创作需要，令多数作家不得不寻求类书的"帮助"，从中选取与主题相关的典故、词语充当创作素材，有限的材料与重复的内容，严重限制了作者的发挥，使四六表文写作的"程式化"问题凸显。而王安中的相关作品，在题材、技法、风格以及所存在的问题等方面，皆可视为该时期四六表文之"典型"，成熟的技巧与贫乏的内容，即是北宋末年四六章表的标志性特征。概而言之，北宋诸家章表多能自成一体而皆有可观，正可谓"雅趣横生，各擅其胜"。①

与表文相比，北宋前期四六书启明显更为巧丽精致，讲求使用事典、语典。王禹偁、丁谓、杨亿、夏竦、欧阳修等名家，皆善于由前代经史典籍中选取恰当的事例类比现实情境，借古喻今，使"古典"与"今情"有机结合，将欲言之意以婉转得体而又巧妙简洁的方式呈现出来。而同时期的上启，则多见使用成句语典，范仲淹、欧阳修皆致力于应用文风的变革，但二人早年所撰投知启文通篇可见经典成句，与其表文风格可谓大相径庭。

当然，欧阳修所倡导并践行的"以文体为四六"的写法亦不仅限于章表一体，在启文中同样有着充分的展现。苏洵、苏轼父子以撰作策论之法行之于四六书启，辨理析事层层深入，其作品不屑屑于雕刻篆组，而全以大篇长句成文，汪洋恣肆、豪放洒落，很大程度上改变了自六朝以来的启文风貌，给人留下了极为深刻的印象。吕陶、郑侠、张耒等文士之书启亦皆遵循此法而为之，足见骈散互融之启文风格至北宋晚期仍有延续。而在"以文体为对属"的基础上适当融入事典、语典，亦是北宋中期启文的常见写法。王安石、苏轼、秦观、李昭玘诸家皆长于此道，其作品中那些精妙警策的联句，将其融裁炼化之能体现得淋漓尽致。

北宋四六文之"语典"来源，概以经、史、子三部文献为主，而集部则略显"沉寂"。后昆体作家虽曾"用《选》作骈"，但其所涉及的作品，实未出两汉至六朝辞赋、散文之外，用"诗语"者较为罕见。而随着杜甫文学地位的提高，自北宋中期伊始，部分文人尝试在撰启时引用杜诗原句，至北宋后期这一写法已为彼时作家普遍采纳，以杜诗组成的联句在启文中常可得见。韩愈在北宋时期的影响力与杜甫相比犹有过之，而韩文经典名篇中的独创

---

① 林纾：《春觉斋论文》，北京：人民文学出版社，1959年点校本，第66页。

语汇,亦与杜诗同样为北宋后期四六作家广泛吸收借鉴。这种做法既丰富了北宋四六文的"语料库",也切实地反映出北宋文人对杜、韩二家作品的接受情形。

刘咸炘称宋人四六"惟仅长于句,故长篇可诵者少,而佳句传称者多"。① 这种看法的形成,一方面源于其个人的阅读体验,另一方面则与宋人笔记、四六话等著作对时人四六文中的"妙联警句"加以记录有直接的关系。而《四六话》《四六谈麈》《云庄四六余话》等四六专书,以及《容斋随笔》《诚斋诗话》《耆旧续闻》《词学指南》等著作对四六文风格流变、创作技法等内容的分析探讨,更标志着南宋"四六学"的全面建立。而通过观察这些著作的主体内容与作者关注重心的变化,可知宋四六之写法整体上存在着一个由重"事典"向重"语典"逐渐转移的过程。南宋四六作家频繁使用"全文成句""古语切对",使彼时四六渐趋华丽工巧而不复前人作品高古浑融之气象,包括朱熹、叶适、黄震等理学大家,以及楼昉、刘克庄等文坛巨匠在内的一众有识之士,皆曾指出并试图整治此"痼疾",而以欧、苏之作为代表的以平易流畅为宗的四六表启,即成为这些文人眼中的"对症良方",备受推崇。在此前笔记与四六话中"处境尴尬"的欧公四六,也因此得以"扬眉吐气"。

文章选本历来是研究某一时期文人对本朝及前代文学之接受状况的不可忽视的重要材料,《宋文鉴》与《播芳大全》两部南宋代表性文章选本皆大量收录北宋四六表启,而吕祖谦与魏齐贤、叶棻在文学品味、选文宗旨等方面的差异,使得二书面对同样的作品集合,却为后人描绘出两幅差别明显的图景。但欧阳修、苏轼、王安石等北宋四六大家的文学地位已无可撼动,而《经进三苏文集事略》《重广分门三苏先生文粹》等三苏文专选本对东坡四六表启的选录,更进一步确立了苏轼在后世文人心目中北宋四六文"大手笔"的光辉形象。此外,《四六丛珠》与《翰墨大全》皆是南宋时期颇具特色的四六专门类书,由于其选录编纂以实用为第一要务,故编者对北宋四六表启经典作品的理解和需求,与文章选本亦有所不同。而这些著作的存在,皆在一定程度上"形塑"了后人对北宋四六表启的基本认识与看法。

总的来看,诚如吕思勉、刘麟生等前辈学者所言,以整体风格而论,与六朝、唐代偶俪之作相较,北宋四六文确可谓"骈文中之古文",而将这种"用古文之法作骈俪之文"的理想化为现实,则"端系乎其人之思想灵活,不为对偶

---

① 刘咸炘:《骈文省抄·附论》,见《推十书·戊辑》,第1册,第294页。

韵律所束缚",①由此亦可想见宋代社会风气之自由开放,正所谓"无自由之思想,则无优美之文学"是也。北宋四六表启之风格并不单调乏味,不同时段、不同作家的作品皆呈现出特色鲜明、纷繁多样的艺术面貌,其"好用成句"的特点,为中国古代骈文在敷辞雕绘、剪裁融化的基础上,注入了浓厚的文化气息,体现出北宋文人渊博的学识素养与高超的艺术造诣,故四六应用虽是难登大雅之堂的"小道",但确为北宋文学毋庸置疑的重要组成部分,实有可观可议之处焉。

---

① 陈寅恪:《论再生缘》,《寒柳堂集》,第65页。

参 考 文 献

一、古代文献和资料（按四部分类及朝代顺序排列）

[1] 阮元校刻.十三经注疏（清嘉庆刊本）[M].北京：中华书局,2009.
[2] 韩婴撰,许维遹校释.韩诗外传集释[M].北京：中华书局,1980.
[3] 程颐撰,王孝鱼点校.周易程氏传[M].北京：中华书局,2011.
[4] 司马迁撰,裴骃集解,司马贞索隐,张守节正义.史记[M].北京：中华书局,1982.
[5] 班固撰,颜师古注.汉书[M].北京：中华书局,1962.
[6] 范晔撰,李贤等注.后汉书[M].北京：中华书局,1965.
[7] 陈寿撰,裴松之注.三国志[M].北京：中华书局,1982.
[8] 房玄龄等.晋书[M].北京：中华书局,1974.
[9] 沈约.宋书[M].北京：中华书局,1974.
[10] 姚思廉.梁书[M].北京：中华书局,1973.
[11] 姚思廉.陈书[M].北京：中华书局,1972.
[12] 李延寿.南史[M].北京：中华书局,1975.
[13] 刘昫等.旧唐书[M].北京：中华书局,1975.
[14] 欧阳修,宋祁.新唐书[M].北京：中华书局,1975.
[15] 薛居正等.旧五代史[M].北京：中华书局,1976.
[16] 脱脱等.宋史[M].北京：中华书局,1985.
[17] 钱俨.吴越备史[M].上海：上海古籍出版社,1987.
[18] 陶岳.五代史补[M].上海：上海古籍出版社,1987.
[19] 王溥.唐会要[M].北京：中华书局,1960.
[20] 司马光编著,胡三省音注.资治通鉴[M].北京：中华书局,1956.
[21] 李焘.续资治通鉴长编[M].北京：中华书局,2004.
[22] 程俱撰,张富祥校证.麟台故事校证[M].北京：中华书局,2000.
[23] 郑樵撰,王树民点校.通志二十略[M].北京：中华书局,1995.
[24] 徐梦莘.三朝北盟会编[M].上海：上海古籍出版社,2019.
[25] 杜大珪.名臣碑传琬琰集[M].上海：上海古籍出版社,1987.
[26] 司义祖整理.宋大诏令集[M].北京：中华书局,1962.
[27] 詹大和等著,裴汝诚点校.王安石年谱三种[M].北京：中华书局,1994.
[28] 祝穆撰,祝洙增订,施和金点校.方舆胜览[M].北京：中华书局,2003.
[29] 王称撰,孙言诚,崔国光点校.东都事略[M].济南：齐鲁书社,2000.
[30] 晁公武撰,孙猛校证.郡斋读书志校证[M].上海：上海古籍出版社,2011.

- [31] 陈振孙撰,徐小蛮,顾美华点校.直斋书录解题[M].上海:上海古籍出版社,1987.
- [32] 马端临.文献通考[M].北京:中华书局,2011.
- [33] 吴任臣撰,徐敏霞,周莹点校.十国春秋[M].北京:中华书局,2010.
- [34] 黄宗羲原撰,全祖望补修,陈金生,梁云华点校.宋元学案[M].北京:中华书局,1986.
- [35] 赵翼撰,王树民校证.廿二史札记校证[M].北京:中华书局,2013.
- [36] 徐松撰,赵守俨点校.登科记考[M].北京:中华书局,1984.
- [37] 徐松辑.宋会要辑稿[M].北京:中华书局,1957.
- [38] 黄以周等辑注,顾吉辰点校.续资治通鉴长编拾补[M].北京:中华书局,2004.
- [39] 朱谦之.老子校释[M].北京:中华书局,1984.
- [40] 郭庆藩撰,王孝鱼点校.庄子集释[M].北京:中华书局,2006.
- [41] 杨伯峻.列子集释[M].北京:中华书局,1979.
- [42] 王先谦撰,沈啸寰,王星贤点校.荀子集解[M].北京:中华书局,1988.
- [43] 扬雄撰,汪荣宝注疏,陈仲夫点校.法言义疏[M].北京:中华书局,1987.
- [44] 王充著,黄晖撰.论衡校释[M].北京:中华书局,1990.
- [45] 陈士珂辑,崔涛点校.孔子家语疏证[M].南京:凤凰出版社,2017.
- [46] 葛洪著,杨明照校笺.抱朴子外篇校笺[M].北京:中华书局,1991.
- [47] 葛洪.西京杂记[M].北京:中华书局,1985.
- [48] 刘义庆撰,刘孝标注,杨勇校笺.世说新语校笺[M].北京:中华书局,2006.
- [49] 欧阳询撰,汪绍楹校.艺文类聚[M].北京:中华书局,1999.
- [50] 徐坚.初学记[M].北京:中华书局,2004.
- [51] 白居易原本,孔传续撰.白孔六贴[M].上海:上海古籍出版社,1987.
- [52] 李匡义.资暇集[M].上海:商务印书馆,1936.
- [53] 王定保撰,阳羡生校点.唐摭言[M].上海:上海古籍出版社,2012.
- [54] 孙光宪撰,贾二强校点.北梦琐言[M].北京:中华书局,2002.
- [55] 何光远撰,邓星亮等校注.鉴诫录校注[M].成都:巴蜀书社,2011.
- [56] 李昉等编.太平御览[M].北京:中华书局,1960.
- [57] 李昉等编.太平广记[M].北京:中华书局,1961.
- [58] 王钦若等编纂,周勋初等校订.册府元龟[M].北京:中华书局,2006.
- [59] 杨亿口述,黄鉴笔录,宋庠整理.杨文公谈苑[M].上海:上海古籍出版社,1993.
- [60] 晏殊.晏元献公类要[M].济南:齐鲁书社,1996.
- [61] 宋祁.宋景文公笔记[M].上海:商务印书馆,1936.
- [62] 田况撰,张其凡点校.儒林公议[M].北京:中华书局,2017.
- [63] 范镇撰,汝沛点校.东斋记事[M].北京:中华书局,1980.
- [64] 欧阳修撰,李伟国点校.归田录[M].北京:中华书局,1981.
- [65] 司马光撰,邓广铭,张希清点校.涑水记闻[M].北京:中华书局,1989.
- [66] 刘攽.文选类林[M].北京:国家图书馆出版社,2013.

[67] 文莹撰,郑世刚,杨立扬点校.湘山野录[M].北京:中华书局,1984.
[68] 文莹撰,郑世刚,杨立扬点校.玉壶清话[M].北京:中华书局,1984.
[69] 沈括撰,金良年点校.梦溪笔谈[M].北京:中华书局,2015.
[70] 王辟之撰,吕友仁点校.渑水燕谈录[M].北京:中华书局,1981.
[71] 孔平仲撰,杨倩描,徐立群点校.孔氏谈苑[M].北京:中华书局,2012.
[72] 吴处厚撰,李裕民点校.青箱杂记[M].北京:中华书局,1985.
[73] 王得臣撰,俞宗宪点校.麈史[M].上海:上海古籍出版社,1980.
[74] 李廌撰,孔凡礼点校.师友谈记[M].北京:中华书局,2002.
[75] 魏泰撰,李裕民点校.东轩笔录[M].北京:中华书局,1983.
[76] 黄朝英撰,吴企明点校.靖康缃素杂记[M].北京:中华书局,2014.
[77] 赵令畤撰,孔凡礼点校.侯鲭录[M].北京:中华书局,2002.
[78] 方勺撰,许沛藻,杨立扬点校.泊宅篇[M].北京:中华书局,1983.
[79] 彭乘辑撰,孔凡礼点校.墨客挥犀[M].北京:中华书局,2002.
[80] 董弅.闲燕常谈[M].上海:上海古籍出版社,2015.
[81] 叶梦得撰,宇文绍奕考异,侯忠义点校.石林燕语[M].北京:中华书局,1984.
[82] 叶梦得.避暑录话[M].上海:商务印书馆,1936.
[83] 何薳撰,张明华点校.春渚纪闻[M].北京:中华书局,1983.
[84] 徐度撰,尚成校点.却扫编[M].上海:上海古籍出版社,2012.
[85] 马永卿辑,王崇庆解.元城语录解[M].上海:商务印书馆,1936.
[86] 朱弁撰,孔凡礼点校.曲洧旧闻[M].北京:中华书局,2002.
[87] 朱翌.猗觉寮杂记[M].上海:商务印书馆,1936.
[88] 蔡绦撰,惠民,沈锡麟点校.铁围山丛谈[M].北京:中华书局,1983.
[89] 张邦基撰,孔凡礼点校.墨庄漫录[M].北京:中华书局,2002.
[90] 江少虞.宋朝事实类苑[M].上海:上海古籍出版社,1981.
[91] 陈善.扪虱新话[M].上海:商务印书馆,1936.
[92] 邵博撰,刘德权,李剑雄点校.邵氏闻见后录[M].北京:中华书局,1983.
[93] 吴曾.能改斋漫录[M].上海:上海古籍出版社,1979.
[94] 胡仔纂集,廖德明校点.苕溪渔隐丛话[M].北京:人民文学出版社,1962.
[95] 陆游撰,李剑雄,刘德权点校.老学庵笔记[M].北京:中华书局,1979.
[96] 王明清.挥麈录[M].北京:中华书局,1961.
[97] 孙弈撰,侯体健,况正兵点校.履斋示儿编[M].北京:中华书局,2014.
[98] 洪迈撰,孔凡礼点校.容斋随笔[M].北京:中华书局,2005.
[99] 周煇撰,刘永翔校注.清波杂志校注[M].北京:中华书局,1994.
[100] 王楙撰,王文锦点校.野客丛书[M].北京:中华书局,1987.
[101] 叶绍翁著.冯惠民,沈锡麟点校.四朝闻见录[M].北京:中华书局,1989.
[102] 费衮撰,金圆校点.梁溪漫志[M].上海:上海古籍出版社,1985.
[103] 赵彦卫撰,傅根清点校.云麓漫钞[M].北京:中华书局,1996.
[104] 王正德.余师录[M].上海:商务印书馆,1936.

[105]　陈鹄撰,孔凡礼点校.西塘集耆旧续闻[M].北京:中华书局,2002.
[106]　叶适.习学记言序目[M].北京:中华书局,1977.
[107]　谢采伯.密斋笔记[M].上海:商务印书馆,1936.
[108]　楼昉.过庭录[M].上海:复旦大学出版社,2007.
[109]　俞文豹撰,张宗祥校订.吹剑录全编[M].上海:古典文学出版社,1958.
[110]　罗大经撰,王瑞来点校.鹤林玉露[M].北京:中华书局,1983.
[111]　黄震.黄氏日抄[M].杭州:浙江大学出版社,2013.
[112]　王应麟.玉海[M].南京:江苏古籍出版社,上海:上海书店,1987.
[113]　王应麟著,翁元圻辑注,孙通海点校.困学纪闻注[M].北京:中华书局,2016.
[114]　黎靖德编,王星贤点校.朱子语类[M].北京:中华书局,1986.
[115]　周密著,孔凡礼点校.浩然斋雅谈[M].北京:中华书局,2010.
[116]　俞琰.书斋夜话[M].台北:新文丰出版公司,1997.
[117]　刘埙.隐居通议[M].上海:商务印书馆,1936.
[118]　陶宗仪等编.说郛三种[M].上海:上海古籍出版社,1988.
[119]　何孟春撰,刘晓林等校点.余冬录[M].长沙:岳麓书社,2012.
[120]　黄瑜撰,魏连科点校.双槐岁钞[M].北京:中华书局,1999.
[121]　袁褧撰,袁颐续,尚成校点.枫窗小牍[M].上海:上海古籍出版社,2012.
[122]　蒋一葵撰,吕景琳点校.尧山堂外纪[M].北京:中华书局,2019.
[123]　佚名.西轩客谈[M].上海:商务印书馆,1936.
[124]　王士禛著,靳斯仁点校.池北偶谈[M].北京:中华书局,1982.
[125]　王士禛.居易录[M].上海:上海古籍出版社,1987.
[126]　何焯著,崔高维点校.义门读书记[M].北京:中华书局,1987.
[127]　王元启.读欧记疑[M].台北:新文丰出版公司,1988.
[128]　陆以湉著,崔凡芝点校.冷斋杂识[M].北京:中华书局,1984.
[129]　曾国藩.求阙斋读书录[M].北京:学苑出版社,2005.
[130]　金武祥.粟香三笔[M].南京:凤凰出版社,2017.
[131]　朱一新.无邪堂答问[M].北京:中华书局,2000.
[132]　曹植著,赵幼文校注.曹植集校注[M].北京:中华书局,2016.
[133]　嵇康著,戴明扬校注.嵇康集校注[M].北京:中华书局,2014.
[134]　陆机撰,金涛声点校.陆机集[M].北京:中华书局,1982.
[135]　陶渊明著,逯钦立校注.陶渊明集[M].北京:中华书局,1979.
[136]　鲍照著,丁福林,丛玲玲校注.鲍照集校注[M].北京:中华书局,2012.
[137]　江淹著,丁福林,杨胜朋校注.江文通集校注[M].上海:上海古籍出版社,2017.
[138]　萧纲著,萧占鹏,董志广校注.梁简文帝集校注[M].天津:南开大学出版社,2015.
[139]　萧绎著,陈志平,熊清元校注.萧绎集校注[M].上海:上海古籍出版社,2018.
[140]　徐陵撰,许逸民校笺.徐陵集校笺[M].北京:中华书局,2008.
[141]　庾信撰,倪璠注,许逸民点校.庾子山集校注[M].北京:中华书局,1980.

[142] 王勃著,蒋清翊注.王子安集注[M].上海：上海古籍出版社,1995.
[143] 骆宾王著,陈晋熙笺注.骆临海集笺注[M].上海：上海古籍出版社,1985.
[144] 杨炯著,祝尚书笺注.杨炯集笺注[M].北京：中华书局,2016.
[145] 陈子昂著,徐鹏校点.陈子昂集[M].北京：中华书局,1962.
[146] 沈佺期、宋之问撰,陶敏,易淑琼校注.沈佺期宋之问集校注[M].北京：中华书局,2001.
[147] 张说著,熊飞校注.张说集校注[M].北京：中华书局,2013.
[148] 王维撰,陈铁民校注.王维集校注[M].北京：中华书局,1997.
[149] 李白著,王琦注.李太白全集[M].北京：中华书局,1977.
[150] 高适著,孙钦善校注.高适集校注[M].上海：上海古籍出版社,1984.
[151] 杜甫撰,王洙编次.宋本杜工部集[M].北京：国家图书馆出版社,2019.
[152] 陆贽著,王素点校.陆贽集[M].北京：中华书局,2006.
[153] 韩愈著,刘真伦,岳珍校注.韩愈文集汇校笺注[M].北京：中华书局,2010.
[154] 韩愈撰,魏仲举集注,郝润华,王东峰整理.五百家注韩昌黎集[M].中华书局,2019.
[155] 刘禹锡撰,卞孝萱校订.刘禹锡集[M].北京：中华书局,1990.
[156] 柳宗元撰,尹占华,韩文奇校注.柳宗元集校注[M].北京：中华书局,2013.
[157] 白居易著,谢思炜校注.白居易诗集校注[M].北京：中华书局,2006.
[158] 白居易著,谢思炜校注.白居易文集校注[M].北京：中华书局,2011.
[159] 元稹撰,冀勤点校.元稹集[M].北京：中华书局,2010.
[160] 杜牧撰,吴在庆校注.杜牧集系年校注[M].北京：中华书局,2008.
[161] 李商隐著,刘学锴,余恕诚校注.李商隐文编年校注[M].北京：中华书局,2002.
[162] 罗隐撰,雍文华校辑.罗隐集[M].北京：中华书局,1983.
[163] 崔致远撰,党银平校注.桂苑笔耕集校注[M].北京：中华书局,2017.
[164] 徐铉著,李振中校注.徐铉集校注[M].北京：中华书局,2016.
[165] 柳开著,李可风点校.柳开集[M].北京：中华书局,2015.
[166] 张咏著,张其凡整理.张乖崖集[M].北京：中华书局,2000.
[167] 田锡撰,罗国威点校.咸平集[M].成都：巴蜀书社,2008.
[168] 王禹偁.小畜集[M].北京：线装书局,2004.
[169] 杨亿.武夷新集[M].北京：线装书局,2004.
[170] 夏竦.文庄集[M].北京：线装书局,2004.
[171] 范仲淹著,范能濬编集,薛正兴点校.范仲淹全集[M].南京：凤凰出版社,2004.
[172] 胡宿.文恭集[M].上海：商务印书馆,1936.
[173] 宋祁.景文集[M].上海：商务印书馆,1936.
[174] 石介著,陈植锷点校.徂徕石先生文集[M].北京：中华书局,1984.
[175] 张方平.乐全先生文集[M].北京：线装书局,2004.
[176] 欧阳修撰,李逸安点校.欧阳修全集[M].北京：中华书局,2001.
[177] 苏舜钦著,沈文倬校点.苏舜钦集[M].上海：上海古籍出版社,1981.

[178] 苏洵著,曾枣庄,金成礼笺注.嘉祐集笺注[M].上海:上海古籍出版社,1993.
[179] 韩琦.安阳集[M].北京:线装书局,2004.
[180] 司马光撰,李文泽,霞绍晖校点.司马光集[M].成都:四川大学出版社,2010.
[181] 苏颂著,王同策,管成学,严中其等点校.苏魏公文集[M].北京:中华书局,1988.
[182] 王珪.华阳集[M].上海:商务印书馆,1936.
[183] 曾巩撰,陈杏珍,晁继周点校.曾巩集[M].北京:中华书局,1984.
[184] 王安石.临川先生文集[M].北京:中华书局,1959.
[185] 王安石著,李壁笺注,高克勤点校.王荆文公诗笺注[M].上海:上海古籍出版社,2010.
[186] 刘攽.彭城集[M].上海:商务印书馆,1936.
[187] 吕陶.净德集[M].上海:商务印书馆,1936.
[188] 刘挚撰,裴汝诚,陈晓平点校.忠肃集[M].北京:中华书局,2002.
[189] 程颢,程颐著,王孝鱼点校.二程集[M].北京:中华书局,2004.
[190] 苏轼撰,茅维编,孔凡礼点校.苏轼文集[M].北京:中华书局,1986.
[191] 苏轼撰,王文浩辑注,孔凡礼点校.苏轼诗集[M].北京:中华书局,1982.
[192] 苏辙著,陈宏天,高秀芳点校.苏辙集[M].北京:中华书局,2017.
[193] 郑侠.西塘集[M].上海:上海古籍出版社,1987.
[194] 孔武仲撰,聂言之点校,傅义审订.宗伯集[M].南昌:江西教育出版社,2004.
[195] 黄裳著,陈叔侗,王枝忠点校.演山集[M].北京:方志出版社,2011.
[196] 黄庭坚著,刘琳,李勇先,王蓉贵校点.黄庭坚全集[M].成都:四川大学出版社,2001.
[197] 曾肇.曲阜集[M].上海:上海古籍出版社,1987.
[198] 刘弇.龙云集[M].上海:上海古籍出版社,1987.
[199] 秦观撰,徐培均笺注.淮海集笺注[M].上海:上海古籍出版社,1994.
[200] 李昭玘.乐静集[M].上海:上海古籍出版社,1987.
[201] 晁补之.鸡肋集[M].上海:上海古籍出版社,1987.
[202] 杨时撰,林海权校理.杨时集[M].北京:中华书局,2018.
[203] 陈师道.后山居士文集[M].上海:上海古籍出版社,1984.
[204] 陈师道.后山集[M].上海:上海古籍出版社,1987.
[205] 张耒撰,李逸安,孙通海,傅信点校.张耒集[M].北京:中华书局,1990.
[206] 毛滂.东堂集[M].上海:上海古籍出版社,1987.
[207] 晁说之.嵩山文集[M].上海:商务印书馆,1934.
[208] 邹浩.道乡集[M].上海:上海古籍出版社,1987.
[209] 李新.跨鳌集[M].上海:上海古籍出版社,1987.
[210] 慕容彦逢.摛文堂集[M].上海:上海古籍出版社,1987.
[211] 赵鼎臣.竹隐畸士集[M].上海:上海古籍出版社,1987.
[212] 葛胜仲.丹阳集[M].上海:上海古籍出版社,1987.

[213]　王安中.初寮集[M].上海：上海古籍出版社,1987.
[214]　翟汝文.忠惠集[M].上海：上海古籍出版社,1987.
[215]　孙觌.鸿庆居士集[M].上海：上海古籍出版社,1987.
[216]　綦崇礼.北海集[M].上海：上海古籍出版社,1987.
[217]　张守.毗陵集[M].上海：上海古籍出版社,1987.
[218]　胡寅著,尹文汉点校.斐然集[M].长沙：岳麓书社,2009.
[219]　周必大著,王蓉贵,白井顺点校.周必大全集[M].成都：四川大学出版社,2017.
[220]　杨万里著,辛更儒笺校.杨万里集笺校[M].北京：中华书局,2007.
[221]　朱熹撰,朱杰人,严佐之,刘永翔主编.朱子全书[M].上海：上海古籍出版社,合肥：安徽教育出版社,2010.
[222]　张栻著,杨世文点校.张栻集[M].北京：中华书局,2015.
[223]　吕祖谦.东莱集[M].上海：上海古籍出版社,1987.
[224]　王炎.双溪类稿[M].上海：上海古籍出版社,1987.
[225]　杨简.慈湖先生遗书[M].济南：山东友谊书社,1991.
[226]　陈亮著,邓广铭点校.陈亮集[M].北京：中华书局,1987.
[227]　叶适著,刘公纯,王孝鱼,李哲夫点校.叶适集[M].北京：中华书局,2010.
[228]　李刘.四六标准[M].上海：上海古籍出版社,1987.
[229]　魏了翁.鹤山集[M].上海：上海古籍出版社,1987.
[230]　刘克庄著,辛更儒笺校.刘克庄集笺校[M].北京：中华书局,2011.
[231]　赵孟坚.彝斋文编[M].上海：上海古籍出版社,1987.
[232]　王若虚.滹南遗老集[M].上海：商务印书馆,1936.
[233]　郝经著,张进德,田同旭编年笺校.郝经集编年笺校[M].北京：人民文学出版社,2018.
[234]　袁桷著,杨亮校注.袁桷集校注[M].北京：中华书局,2012.
[235]　张重华.沧沤集[M].济南：齐鲁书社,2001.
[236]　沈懋孝.长水先生文钞[M].北京：北京出版社,1997.
[237]　全祖望.鲒埼亭集外编[M].上海：上海古籍出版社,2002.
[238]　萧统编,李善注.文选[M].北京：中华书局,1977.
[239]　李昉等编.文苑英华[M].北京：中华书局,1966.
[240]　姚铉编,许增校.唐文粹[M].杭州：浙江人民出版社,1986.
[241]　吕祖谦编,齐治平点校.宋文鉴[M].北京：中华书局,1992.
[242]　魏齐贤,叶棻.圣宋名贤五百家播芳大全文粹[M].北京：线装书局,2004.
[243]　叶棻.圣宋名贤四六丛珠[M].上海：上海古籍出版社,2002.
[244]　佚名.新刊国朝二百家名贤文粹[M].北京：线装书局,2004.
[245]　苏轼撰,郎晔选注,庞石帚校订.经进东坡文集事略[M].北京：文学古籍刊行社,1957.
[246]　佚名.重广分门三苏先生文粹[M].刻本.1127-1279(南宋).
[247]　佚名.圣宋千家名贤表启翰墨大全[M].东京：八木书店,1981.

[248] 佚名.圣宋千家名贤表启[M].刻本.1127-1279(南宋).
[249] 陈垲.名家表选[M].济南:齐鲁书社,2001.
[250] 胡松.唐宋元名表[M].上海:上海古籍出版社,1987.
[251] 茅坤.唐宋八大家文钞[M].上海:上海古籍出版社,1987.
[252] 张一卿.新镌古表选[M].北京:人民出版社,重庆:西南师范大学出版社,2015.
[253] 汪用极.宋诸名家表[M].刻本.1368-1644(明).
[254] 陶望龄.陶石篑先生批选唐宋六家表启[M].刻本.1622(明天启二年).
[255] 陈天定.古今小品[M].北京:北京出版社,1997.
[256] 黄宗羲编.明文海[M].北京:中华书局,1987.
[257] 彭定求等编.全唐诗[M].北京:中华书局,1960.
[258] 董诰等编.全唐文[M].北京:中华书局,1983.
[259] 储欣编.唐宋十大家全集录[M].济南:齐鲁书社,1996.
[260] 汪份.唐宋八大家文分体读本[M].刻本.1720(清康熙五十九年).
[261] 周嘉猷,周鈖辑,汤聘评骘.律赋衡裁[M].北京:国家图书馆出版社,2017.
[262] 彭元瑞选,曹振镛编.宋四六选[M].新北:广文书局,1966.
[263] 鲁琢.赋学正体[M].北京:国家图书馆出版社,2017.
[264] 邱先德选,邱士超笺.唐人赋钞[M].北京:国家图书馆出版社,2017.
[265] 严可均校辑.全上古三代秦汉三国六朝文[M].北京:中华书局,1958.
[266] 许梿评选,黎经诰笺注.六朝文絜笺注[M].上海:上海古籍出版社,1982.
[267] 刘勰撰,黄叔琳注,纪昀评.文心雕龙辑注[M].北京:中华书局,1957.
[268] 陈师道.后山诗话[M].北京:中华书局,2004.
[269] 蔡居厚.蔡宽夫诗话[M].北京:中华书局,1980.
[270] 叶梦得.石林诗话[M].北京:中华书局,2004.
[271] 计有功撰,王仲镛校笺.唐诗纪事校笺[M].北京:中华书局,2007.
[272] 王铚.四六话[M].上海:复旦大学出版社,2007.
[273] 谢伋.四六谈麈[M].上海:复旦大学出版社,2007.
[274] 杨囦道.云庄四六余话[M].上海:复旦大学出版社,2007.
[275] 吴子良.荆溪林下偶谈[M].上海:复旦大学出版社,2007.
[276] 王应麟著,张骁飞点校.词学指南[M].北京:中华书局,2010.
[277] 方回选评,李庆甲集评校点.瀛奎律髓汇评[M].上海:上海古籍出版社,1986.
[278] 陈绎曾.文章欧冶(文筌)[M].上海:复旦大学出版社,2007.
[279] 吴讷著,于北山校点.文章辨体序说[M].北京:人民文学出版社,1998.
[280] 薛瑄撰,孙浦桓点校.读书录[M].南京:凤凰出版社,2017.
[281] 杨慎撰,王大厚笺证.升庵诗话新笺证[M].北京:中华书局,2008.
[282] 徐师曾著,罗根泽校点.文体明辨序说[M].北京:人民文学出版社,1998.
[283] 袁黄撰,黄强,徐姗姗校订.游艺塾文规正续编[M].武汉:武汉大学出版社,2009.

[284] 王夫之著,夷之校点.姜斋诗话[M].北京:人民文学出版社,1961.
[285] 王士禛原编,郑方坤删补,戴鸿森校点.五代诗话[M].北京:人民文学出版社,1998.
[286] 王之绩.铁立文起[M].上海:复旦大学出版社,2007.
[287] 李调元.赋话[M].上海:商务印书馆,1936.
[288] 孙梅著,李金生校点.四六丛话[M].北京:人民文学出版社,2010.
[289] 吴锡麟.选学胶言[M].台北:新文丰出版公司,1988.
[290] 孙德谦.六朝丽指[M].上海:复旦大学出版社,2007.
[291] 丁福保辑.历代诗话续编[M].北京:中华书局,2006.
[292] 张文成撰,李时人,詹绪左校注.游仙窟校注[M].北京:中华书局,2010.
[293] 凌濛初.初刻拍案惊奇[M].上海:上海古籍出版社,1982.
[294] 林纾.春觉斋论文[M].北京:人民文学出版社,1959.
[295] 张德瀛.中国文学史[M].铅印本.1909(清宣统元年).

二、近现代文献和资料（按作者姓氏汉语拼音母音序排列）

[296] 陈寅恪.寒柳堂集[M].上海:上海古籍出版社,1980.
[297] 程千帆,吴新雷.两宋文学史[M].上海:上海古籍出版社,1991.
[298] 陈尚君.汉唐文学与文献论考[M].上海:上海古籍出版社,2008.
[299] 陈元锋.北宋翰林学士与文学研究[M].上海:复旦大学出版社,2019.
[300] 曹丽萍.南宋骈文研究[M].南昌:江西高校出版社,2009.
[301] 成玮.制度、思想与文学的互动——北宋前期诗坛研究[M].上海:复旦大学出版社,2013.
[302] 邓国光.文章体统——中国文体学的正变与流别[M].上海:上海古籍出版社,2013.
[303] 东英寿.复古与创新——欧阳修散文与古文复兴[M].王振宇译.上海:上海古籍出版社,2005.
[304] 傅璇琮.唐代科举与文学[M].西安:陕西人民出版社,2007.
[305] 付琼.清代唐宋八大家散文选本考录[M].北京:商务印书馆,2016.
[306] 高步瀛选注.唐宋文举要[M].北京:中华书局,1963.
[307] 高步瀛选注,陈新点校.魏晋文举要[M].北京:中华书局,1989.
[308] 郭绍虞编选,富寿荪校点.清诗话续编[M].上海:上海古籍出版社,1983.
[309] 葛晓爱.《黄氏日抄》研究[M].新北:花木兰文化出版社,2013.
[310] 管琴.词科与南宋文学[M].北京:北京大学出版社,2018.
[311] 黄人.中国文学史[M].苏州:苏州大学出版社,2015.
[312] 金钜香.骈文概论[M].上海:商务印书馆,1933.
[313] 蒋伯潜,蒋祖怡.散文与骈文[M].上海:上海书店出版社,1997.
[314] 姜书阁.骈文史论[M].北京:人民文学出版社,1986.
[315] 江菊松.宋四六文研究[M].台北:华正书局,1977.

[316] 柯敦伯. 宋文学史[M]. 济南：山东画报出版社, 2021.
[317] 孔凡礼. 孔凡礼文存[M]. 北京：中华书局, 2009.
[318] 梁启超. 王安石评传[M]. 上海：世界书局, 1936.
[319] 吕思勉. 宋代文学[M]. 上海：商务印书馆, 1929.
[320] 林传甲. 中国文学史[M]. 北京：北京大学出版社, 2005.
[321] 刘麟生. 骈文学[M]. 上海：商务印书馆, 1934.
[322] 刘麟生. 中国骈文史[M]. 上海：东方出版社, 1996.
[323] 刘师培. 刘师培全集[M]. 北京：中共中央党校出版社, 1997.
[324] 刘咸炘. 推十书[M]. 上海：上海科学技术文献出版社, 2009.
[325] 刘成国. 王安石年谱长编[M]. 北京：中华书局, 2018.
[326] 铃木虎雄. 赋史大要[M]. 台北：地平线出版社, 1975.
[327] 莫道才. 骈文通论[M]. 济南：齐鲁书社, 2010.
[328] 莫山洪. 骈散的对立与互融[M]. 济南：齐鲁书社, 2010.
[329] 莫山洪. 骈文学史论稿[M]. 上海：上海古籍出版社, 2017.
[330] 聂崇岐. 宋史丛考[M]. 北京：中华书局, 1980.
[331] 庞俊. 养晴室遗集[M]. 成都：巴蜀书社, 2013.
[332] 彭红卫. 唐代律赋考[M]. 北京：社会科学文献出版社, 2009.
[333] 瞿兑之. 中国骈文概论[M]. 上海：世界书局, 1934.
[334] 钱基博. 中国文学史[M]. 武汉：华中师范大学出版社, 2011.
[335] 钱基博. 骈文通义[M]. 上海：上海古籍出版社, 2012.
[336] 钱穆. 中国学术思想史论丛[M]. 台北：联经出版社, 1998.
[337] 钱钟书. 谈艺录[M]. 北京：生活·读书·新知三联书店, 2001.
[338] 钱钟书. 钱钟书手稿集·容安馆札记[M]. 北京：商务印书馆, 2011.
[339] 钱茂伟. 王应麟学术评传[M]. 北京：中华书局, 2011.
[340] 施懿超. 宋四六论稿[M]. 上海：上海古籍出版社, 2005.
[341] 沙红兵. 唐宋八大家骈文研究[M]. 北京：人民文学出版社, 2008.
[342] 王梦曾. 中国文学史[M]. 北京：国家图书馆出版社, 2015.
[343] 王晋光. 王安石论稿[M]. 台北：大安出版社, 1993.
[344] 王水照. 苏轼研究[M]. 上海：上海人民出版社, 2019.
[345] 王学泰. 多梦楼随笔[M]. 北京：学苑出版社, 1999.
[346] 吴丽娱. 唐礼摭遗——中古书仪研究[M]. 北京：商务印书馆, 2002.
[347] 魏希德. 义旨之争——南宋科举规范之折冲[M]. 杭州：浙江大学出版社, 2015.
[348] 谢无量. 骈文指南[M]. 北京：中国人民大学出版社, 2011.
[349] 谢鸿轩. 骈文衡论[M]. 新北：广文书局, 1973.
[350] 谢朝栻. 中国古代公文书之流衍及范例[M]. 台北：文史哲出版社, 1986.
[351] 许同莘. 公牍学史[M]. 北京：档案出版社, 1989.
[352] 许炯编. 许永璋唐诗论文选[M]. 南京：南京出版社, 1993.
[353] 奚彤云. 中国古代骈文批评史稿[M]. 上海：华东师范大学出版社, 2006.

[354] 姚从吾.姚从吾先生全集[M].台北:正中书局,1982.
[355] 于景祥.唐宋骈文史[M].沈阳:辽宁人民出版社,1991.
[356] 于景祥.中国骈文通史[M].长春:吉林人民出版社,2002.
[357] 宇文所安.只是一首歌——中国11世纪至12世纪初的词[M].麦慧君,杜斐然,刘晨译.北京:生活·读书·新知三联书店,2022.
[358] 杨再喜.唐宋柳宗元传播接受史研究[M].北京:中国社会科学出版社,2013.
[359] 曾枣庄,刘琳主编.全宋文[M].上海:上海辞书出版社,合肥:安徽教育出版社,2006.
[360] 曾枣庄.宋文通论[M].上海:上海人民出版社,2009.
[361] 曾祥波.从唐音到宋调[M].北京:昆仑出版社,2006.
[362] 章太炎.国学讲演录[M].上海:华东师范大学出版社,1995.
[363] 章廷华.论文琐言[M]//黄霖主编,陈圣争编著.现代(1912-1949)话体文学批评文献丛刊·文话卷.南京:凤凰出版社,2021.
[364] 张仁青.中国骈文发展史[M].台北:文史哲出版社,2012.
[365] 张伯伟.全唐五代诗格汇考[M].南京:凤凰出版社,2002.
[366] 张兴武.宋初百年文学复兴的历程[M].北京:中华书局,2009.
[367] 张兴武.经史之学与两宋文学[M].上海:上海古籍出版社,2018.
[368] 张明华.西昆体研究[M].北京:人民文学出版社,2010.
[369] 赵含坤.中国类书[M].石家庄:河北人民出版社,2005.
[370] 查金平.宋代韩愈文学接受研究[M].合肥:安徽大学出版社,2010.
[371] 周振甫选注.李商隐选集[M].上海:上海古籍出版社,1986.
[372] 周剑之.黼黻之美——宋代骈文的应用场域与书写方式[M].北京:北京大学出版社,2021.
[373] 周裕锴.宋代诗学通论[M].上海:上海古籍出版社,2019.
[374] 祝尚书编.宋集序跋汇编[M].北京:中华书局,2010.
[375] 朱希祖.中国文学史要略[M].北京:北京大学出版社,2005.

三、单篇论文及学位论文(按作者姓氏汉语拼音母音序排列)

[376] 曹道衡.南北文风之融合与唐代《文选》学之兴盛[J].文学遗产,1999,1:16-24.
[377] 曹丽萍.南宋词科对南宋骈文发展的影响[J].北京化工大学学报:社会科学版,2008,4:54-58.
[378] 丁海燕.南宋陈鹄《耆旧续闻》研究[J].廊坊师范学院学报:社会科学版,2009,25(3):48-51.
[379] 丁功谊.论《诚斋诗话》成书年代[J].社会科学战线,2010,10:246-249.
[380] 段志鹏.宋代表文研究:以《四六法海》为中心[D].沈阳:辽宁大学中文系,2019.
[381] 方诚峰.祥瑞与北宋徽宗朝的政治文化[J].中华文史论丛,2011,4:215-253.
[382] 高香兰.宋代启文研究[D].广东:中山大学中文系,2006.

[383] 官性根.吕陶的"简易"思想述论[C]//蜀学(第二辑).成都:巴蜀书社,2007:155-162.
[384] 洪本健.略谈欧阳修对道教的排拒和对老庄思想的吸收[J].湖州师范学院学报,2004,26(5):1-4.
[385] 胡建升.《诚斋诗话》成书年代考[J].唐都学刊,2006,26(3):123-126.
[386] 侯体健.四六类书的知识世界与晚宋骈文程式化[J].文艺研究,2018,8:58-66.
[387] 简宗梧.试论唐赋之发展及其特色[C]//第二届国际唐代学术会议论文集.台北:文津出版社,1993:109-116.
[388] 李斐.王安石骈文研究[D].北京:首都师范大学中文系,2009.
[389] 李建军.《三苏文集》与南宋三苏文选本[J].河南科技学院学报,2011,9:76-80.
[390] 李慈瑶.明代骈文研究[D].杭州:浙江大学中文系,2015.
[391] 李海洁.北宋"四六"艺术的传承与新变[D].杭州:浙江大学中文系,2016.
[392] 刘英楠.苏轼表文研究[D].沈阳:辽宁大学中文系,2011.
[393] 刘炳辉.《圣宋名贤五百家播芳大全文粹》编纂再议[J].宁夏师范学院学报,2021,42(2):12-15.
[394] 马宝莲.唐律赋研究[D].台北:中国文化大学中文所,1992.
[395] 马海毓.宋代表文美学研究[D].济南:山东师范大学中文系,2018.
[396] 彭国忠.赵鼎臣生平事迹新考[J].文学遗产,2010,2:51-55.
[397] 沈松勤.论宋体四六的功能与价值[J].文学遗产,2009,5:25-33.
[398] 沈如泉.南宋李刘骈文与杜诗[C]//莫道才主编.骈文研究(第一辑).桂林:广西师范大学出版社,2017:23-33.
[399] 沈滢.北宋表类公文写作特点研究[D].长沙:湖南师范大学中文系,2013.
[400] 陶熠.从别调到主流——骈文"用成语"观念在宋代的成立[J].文学遗产,2021,3:65-77.
[401] 田小中.启文述源[J].渝西学院学报:社会科学版,2004,3(3):48-52.
[402] 仝十一妹.《五百家播芳大全文粹》编纂流传考[D].北京:北京大学中文系,2013.
[403] 王水照.王应麟的"词科"情结与《辞学指南》的双重意义[C]//傅璇琮,施孝峰主编.王应麟学术讨论集.北京:清华大学出版社,2012:1-14.
[404] 王友胜.宋四六的文体特征与发展轨迹[J].中国文学研究,2004,1:18-22.
[405] 王利伟.宋代类书研究[D].成都:四川大学历史系,2005.
[406] 王琳珂.北宋"黄河清"现象探析[J].唐山师范学院学报,2016,38(3):84-88.
[407] 吴瑞璘.简论苏舜钦散文的成就与历史地位[J].汕头大学学报:人文社会科学版,1992,3:11-16.
[408] 肖林恒.昆体四六文研究[D].无锡:江南大学中文系,2013.
[409] 熊仁珍.欧阳修四六文研究[D].湘潭:湘潭大学中文系,2019.
[410] 严杰.欧阳修与佛老[J].学术月刊,1997,2:85-91.
[411] 杨芹.宋代谢表及其政治功能[J].中州学刊,2016,10:126-130.

[412] 杨晓彪.欧阳修骈文研究[D].长沙：湖南师范大学中文系,2019.
[413] 易扬.论"表"[J].长沙大学学报：哲学社会科学版,1998,3：65-70.
[414] 于景祥.徐庾骈文论[J].沈阳师范学院学报：社会科学版,1998,22(5)：1-6.
[415] 曾枣庄.论宋代的四六文[J].文学遗产,1995,3：60-69.
[416] 曾枣庄.论宋启[J].文学遗产,2007,1：47-57.
[417] 张兴武.唐宋"四六"渐变转型的艺术轨迹[J].中华文史论丛,2012,2：136-171.
[418] 张兴武.北宋"四六"研究的三重思考[J].文学遗产,2015,3：82-94.
[419] 张兴武.宋金四六谱派源流考述[J].文学遗产,2019,1：85-100.
[420] 张海鸥.宋代谢表文化和谢表文体形态研究[J].学术研究,2014,5：145-151.
[421] 张力谦.曾巩骈文及其相关问题研究[D].重庆：四川外国语大学中文系,2019.
[422] 翟景运.论崔致远《桂苑笔耕集》在唐代骈文史上的地位[J].东亚文学与文化研究,2010,0：127-137.
[423] 赵俊波.窥陈编以盗窃——论唐代律赋语言雅正特点的形成[J].社会科学研究,2004,3：146-149.
[424] 赵玲.苏舜钦研究[D].太原：山西大学中文系,2005.
[425] 周剑之.北宋表文嬗变轨迹研究[C]//郭英德主编.斯文(第二辑).北京：社会科学文献出版社,2018：73-89.
[426] 祝尚书.论宋代的经义[J].重庆社会科学,2006,9：40-50.
[427] 朱宏达.典故简论[J].杭州大学学报,1983,13(3)：48-56.
[428] 朱刚."太学体"及其周边诸问题[J].文学遗产,2007,5：44-55.
[429] 朱昌豪.曾肇研究[D].杭州：杭州师范大学中文系,2012.

后　　记

由阅读、选题时的"灵光乍现",到寻材、问料时的"碧落黄泉",再到构思、写作时的"搜索枯肠",直至修改、完善时的"打磨锤炼",和本书一起成长的过程,确可谓五味杂陈、百感交集。涓滴意念,侥幸成河,越过山丘,犹不免望洋向若之叹。

衷心感谢导师刘石教授给了我在清华大学中文系读书求学的机会,自入学以来直至走上工作岗位,他对我的关心与鞭策,一直是我不断前进的动力,我的每一点进步与收获,都得益于他的精心指导与严格要求,他的言传身教将使我终生受益。感谢谢思炜教授、孙明君教授、马银琴教授、李飞跃副教授和北京大学中文系杜晓勤教授、张剑教授在本论文开题、写作、中期检查、预答辩及答辩过程中的指导与提点。感谢李天保、王晓冰、钱得运、鄢嫣、孙羽津、张申平等同门师兄、师姐在我入学后对我的关心与照顾,感谢刘明、崔现芳两位同窗好友的陪伴与鼓励。感谢清华大学出版社梁斐、李以清编辑及相关工作人员在本书成书过程中的辛勤付出。

最后,我要感谢我的父母、爱人长期以来对我的理解与包容,你们的付出与支持,使我能够勇于面对困难和挑战。

张　正
2022 年 4 月